Nagib Machfus

Die Kinder
unseres Viertels

Zu diesem Buch

Den geheimnisvollen Gabalawi, den Stammesvater des Viertels, hat seit undenklichen Zeiten niemand mehr gesehen. Doch seine Propheten Adam, Moses, Jesus und Mohammed tauchen einer nach dem anderen auf und versuchen, der Gewalt in den Gassen ein Ende zu setzen. In den Liedern und den Geschichten, die zur Opiumpfeife in den Kaffeehäusern erzählt werden, überleben ihre Taten.

Bis heute konnte dieser Roman in Ägypten nicht erscheinen. Seinetwegen wurde gegen Nagib Machfus von Fundamentalisten ein Todesurteil ausgesprochen und ein lebensgefährliches Attentat ausgeübt.

»Die Parabel von der ewigen Spirale der Gewalt, vom Segen der Demokratie und vom Fluch des Vergessens verpackt Machfus in Action pur bis zur letzten Seite.« *Frankfurter Rundschau*

Der Autor

Nagib Machfus, geboren 1911 in Kairo, gehört zu den bedeutendsten Autoren der Gegenwart und gilt als der eigentliche »Vater des ägyptischen Romans«. Sein Lebenswerk umfasst mehr als vierzig Romane, Kurzgeschichten und Novellen. 1988 erhielt er als bisher einziger arabischer Autor den Nobelpreis für Literatur. Nagib Machfus starb 2006 im Alter von 94 Jahren in Kairo.

Die Übersetzerin

Doris Kilias (1942–2008) arbeitete als Redakteurin beim arabischen Programm des Rundfunks Berlin (DDR). Nach der Promotion war sie als freie Übersetzerin tätig.

Mehr über den Autor und sein Werk auf *www.unionsverlag.com*

Nagib Machfus

Die Kinder unseres Viertels

Roman

Aus dem Arabischen und mit einem Nachwort
von Doris Kilias

Unionsverlag

Die deutsche Erstausgabe erschien 1990 im Unionsverlag.

Im Internet
Aktuelle Informationen, Dokumente und Materialien
zu Nagib Machfus und diesem Buch
www.unionsverlag.com

Unionsverlag Taschenbuch 810
Diese Ausgabe erscheint mit freundlicher Genehmigung
der American University in Cairo Press
© by Nagib Machfus 1959 und 1981
Originaltitel: Awlad Haratina
© by Unionsverlag 2018
Neptunstrasse 20, CH-8032 Zürich
Telefon +41 44 283 20 00
mail@unionsverlag.ch
Alle Rechte vorbehalten
Die erste Ausgabe dieses Werks im Unionsverlag erschien 1990
Reihengestaltung: Heinz Unternährer
Umschlagfoto: Linh Nguyen (Unsplash)
Umschlaggestaltung: Peter Löffelholz
Satz: Greiner & Reichel, Köln
Druck und Bindung: CPI – Clausen & Bosse, Leck
ISBN 978-3-293-20810-0
1. Auflage dieser Ausgabe
13. Auflage als Taschenbuch

Der Unionsverlag wird vom Bundesamt für Kultur mit einem
Verlagsförderungs-Strukturbeitrag für die Jahre 2016–2020 unterstützt.

Inhalt

Prolog 7

ADHAM 11
GABAL 113
RIFAA 211
KASIM 305
ARAFA 441

Nachwort 555
Nachbemerkung zur Neuausgabe 2018 564

Prolog

Das ist die Geschichte unseres Viertels. Genauer gesagt, es sind die Geschichten unseres Viertels. Ich habe nur die jüngsten als Zeitgenosse miterlebt und alle, auch die älteren, so aufgezeichnet, wie unsere Erzähler sie überliefert haben. Alle Kinder unseres Viertels kennen und erzählen sie, denn sie sind von Generation zu Generation weitergegeben worden und in den Kaffeehäusern lebendig geblieben. Einen anderen Beleg für die Geschichten als diese Erzählungen habe ich nicht. Es gibt so viele Anlässe, die Geschichten unseres Viertels immer und immer wieder zu erzählen! Wenn einer nicht mehr ein noch aus weiß, wenn einer an einem Unrecht schwer zu tragen hat, wenn einer sich ungerecht behandelt fühlt – dann weist er hinüber zum Großen Haus am Ende des Viertels, dorthin, wo die Wüste beginnt, und seufzt kummervoll: »Das ist das Haus unseres Ahnen, wir alle sind seine leiblichen Kinder und haben ein Recht auf seine Hinterlassenschaft. Warum aber müssen wir hungern, warum müssen wir leiden?« Und dann beginnt er, die Geschichten zu erzählen, und er berichtet vom Leben der ruhmreichen Kinder unseres Viertels, von Adham und Gabal, von Rifaa und Kasim.

Unser Ahne ist das geheimnisvollste aller Rätsel. Sein Leben währt schon länger, als je ein Mensch es sich wünschen oder auch nur vorstellen kann. Sein Alter ist sprichwörtlich geworden. Vor langer Zeit hat er sich ins Große Haus zurückgezogen, und seitdem hat ihn niemand mehr gesehen. Die Geschichte von seinem Verschwinden und seinem Alter verwirrt den Verstand. Vielleicht ist diese Geschichte aus Träumen und Wünschen entstanden. Wie dem auch sei, sein Name ist Gabalawi, der Mann vom Berg, und nach ihm ist unser Viertel benannt. Er ist der Herr aller Güter, die dem Viertel übergeben worden sind, und ihm gehört alles, was sich auf dem Boden des

Viertels und des umgebenden Wüstengebietes befindet. Als einmal ein Mann über Gabalawi sprach, hörte ich ihn sagen: »Er ist der Ursprung unseres Viertels, und unser Viertel ist der Ursprung Kairos, der Mutter der Welt. Einst lebte er hier ganz allein, als alles noch wüste Ödnis war. Dann aber machte sich sein starker Arm das Land zu eigen, wofür er seinen Einfluss beim Herrscher nutzte. Ein Mann, wie ihn noch keine Zeit gesehen hat. Ein Recke, vor dem sich die wildesten Tiere in den Staub warfen.« Einen anderen hörte ich sagen: »Ein wahrhaft edler Held war er, wie ihn gab es keinen Zweiten. Nie hat er jemandem einen Zwangstribut auferlegt, nie schritt er hochmütig einher. Barmherzig war er zu den Schwachen.«

Aber es kam auch eine Zeit, da ich einige wenige Menschen in einer Weise über ihn sprechen hörte, die seiner Macht und seiner Stellung nicht angemessen war. So ist die Welt. Ich aber war immer begierig, von ihm zu hören, nie konnte und kann ich davon genug bekommen. Wie oft streifte ich um das Große Haus herum, immer in der Hoffnung, dass er sich mir einmal zeigte. Vergeblich! Wie oft stand ich vor dem gewaltigen Tor und schaute gebannt auf das ausgestopfte Krokodil, das darüber hing. Wie oft saß ich in der Wüste des Mukattam und sah hinüber zur hohen Mauer des Großen Hauses und konnte doch nichts anderes erblicken als die Wipfel der Maulbeer- und Feigenbäume und der Palmen, die das Große Haus umgaben. Die immer geschlossenen Fenster ließen nie die geringste Spur von Leben vermuten. Ist es nicht traurig, dass wir einen Ahnen wie diesen haben, ohne dass wir ihn jemals sehen und ohne dass er uns jemals sieht? Ist es nicht seltsam, dass er sich in diesem Großen Haus verbirgt, das immer verschlossen ist, während wir draußen im Staub leben? Wann immer du fragst, wie es mit ihm und mit uns so weit kommen konnte, wirst du die Geschichten hören, und in deinen Ohren werden die Namen von Adham und Gabal, Rifaa und Kasim klingen. Aber nichts wird deiner Seele Ruhe und deinem Verstand Kraft geben. Ich sagte schon, dass niemand ihn gesehen hat, seit er sich zurückzog. Die meisten Menschen kümmert das nicht, denn von Beginn an waren ihnen nur sein Hab und Gut, seine Stiftung, und die zehn Gebote wichtig, über die schon unendlich viel geredet worden ist. Hier liegt auch der Grund für den Zwist, der unser Viertel in Atem hält und den ich beobachten konnte, seit ich geboren bin. Es war ein Streit, der immer gefährlicher geworden war und dessen Folgen, furchtbar in ihren Ausmaßen, selbst die Generationen von heute und morgen einholen. Trotzdem will ich ohne jeden bitteren Spott erwähnen, dass alle Kinder unseres Viertels eng miteinander verwandt sind. Wir alle waren und sind eine einzige Familie, in die nie ein Fremder eingedrungen ist. Jeder in unserem Viertel kennt die anderen, Frauen und Männer. Trotzdem gibt es kein anderes Viertel, das einen ähnlich erbitterten Kampf erlebt wie unseres. Nie hat ein Streit die Menschen eines Viertels so sehr entzweit wie bei uns. Kaum findet sich einer, der Gutes will, so stehen ihm sogleich zehn andere gegenüber, die mit Knüppeln drohen und auf Kampf aus sind. So weit ist es gekommen, dass die Menschen sich daran gewöhnt haben, Frieden mit einem Tribut zu erkaufen und Sicherheit durch Erniedrigung und Demütigung zu erlangen. Für das geringste Vergehen in Wort oder Tat haben sie mit den härtesten Strafen zu rechnen, ja es reicht schon, wenn ein befremdlicher Blick einen verdächtigen Gedanken verrät.

Seltsam ist, dass die Menschen aus den benachbarten Vierteln, die aus Utuf, Kafr as-Sirari, ad-Darrasa und al-Husainija, uns wegen der Stiftung und der starken Männer im Viertel beneiden. Unser Viertel sei uneinnehmbar, die Stiftung spende reichhaltig Güter, die Wächter seien unbesiegbar, so heißt es bei ihnen. Das alles stimmt, nur wissen sie nicht, dass wir die Ärmsten der Armen sind, im Dreck, zwischen Fliegen und Läusen hausen, uns mit Brotkrumen begnügen müssen und halb nackt herumlaufen. Wenn sie sehen, wie die Wächter einherstolzieren und auf uns herumtrampeln, dann erfüllt sie das mit Bewunderung und Staunen. Was sie nicht sehen, ist, dass uns kein anderer Trost bleibt, als sehnsüchtig zum Großen Haus hinüberzublicken und leidvoll zu seufzen: »Dort wohnt

Gabalawi, der Herr der Stiftung. Er ist der Ahne, und wir sind seine Kinder.«

Ich habe die letzte Epoche im Leben unseres Viertels miterleben können. Ich bin Zeuge der Ereignisse geworden, die Arafa, ein rechtschaffener Sohn unseres Viertels, bewirkt hat. Einem der Freunde Arafas ist es zu verdanken, dass durch meine Hand die Geschichten unseres Viertels aufgezeichnet werden können. Eines Tages hatte er zu mir gesagt: »Du gehörst zu den wenigen, die schreiben können. Warum schreibst du also nicht die Geschichten unseres Viertels auf? Bisher werden sie ohne jede Regel erzählt, nur der Neigung und Willkür des einzelnen Erzählers folgend. Es wäre gut, wenn diese Geschichten geschlossen aufgezeichnet würden und wir sie dann richtig nutzen könnten. Ereignisse und Geheimnisse, die dir unbekannt sind, teile ich dir mit.« Ich machte mich also daran, den Gedanken in die Tat umzusetzen, denn zum einen war ich davon überzeugt, dass es vernünftig war, und zum anderen wollte ich dem mir wohlgesinnten Mann einen Gefallen tun. So wurde ich in unserem Viertel der Erste, der das Schreiben als Beruf ausübte, auch wenn mir dies Spott und Verachtung einbrachte. Meine Aufgabe ist es, die Klagen und Bittschriften der Unterdrückten und Bedürftigen aufzuschreiben. Und auch wenn die Zahl der Armen, die mich aufsuchen, groß ist, so hat mich all meine reichhaltige Arbeit doch nicht aus dem Bettlerdasein erlöst. Ich bin nur so tief in die Geheimnisse der Menschen und ihre Sorgen eingedrungen, dass es mir die Brust beklemmt und die Seele bekümmert. Aber genug davon, ich will ja nicht über mich und meine Ängste schreiben. Denn was sind schon meine Leiden im Vergleich zu denen unseres Viertels, dieses wundersamen Viertels mit den wundersamen Geschichten! Wie war alles gekommen? Was war geschehen? Wer sind sie, die Kinder unseres Viertels?

ADHAM

1

Anfangs war dort, wo heute unser Viertel steht, leere Ödnis, die zu der bis zum Horizont reichenden Wüste des Mukattam gehörte. Nichts gab es dort, nur das Große Haus, das Gabalawi erbaut hatte. Es war, als wollte er damit jeglicher Furcht, Rohheit und Plünderei trotzen. Eine hohe Mauer umgab das weitläufige Gelände, dessen westlicher Teil aus einem Garten bestand und in dessen östlichem Teil das dreistöckige Haus hoch aufragte.

Eines Tages forderte der Stiftungsgründer seine Söhne auf, zu ihm in die mit dem Garten durch eine Terrasse verbundene Eingangshalle zu kommen. Die Söhne kamen alle, Idris, Abbas, Radwan, Galil und Adham. In seidenen Galabiyas standen sie vor ihm, und vor lauter Ehrerbietung sahen sie ihn nur verstohlen an. Erst als er ihnen befahl, sich zu setzen, nahmen sie Platz. Er musterte sie eine Weile mit falkenartig durchdringenden Blicken, dann ging er auf die zum Garten führende Tür zu, blieb dort stehen und sah hinaus in den Garten, wo dicht gedrängt Maulbeerbäume, Feigenbäume und Palmen wuchsen, Jasmin und Hennapflanzen rankten. Vögel sangen in den Zweigen, sodass der Garten von lärmendem Leben erfüllt war, während in der Halle Schweigen herrschte. Den Brüdern schien, dass der Herr der Einöde sie vergessen hatte. Hochgewachsen und breitschultrig kam er ihnen wie ein Wesen vor, das von einem anderen Stern gekommen war und in nichts den kleinen Menschen ähnelte. Sie sahen sich bänglich an, wussten sie doch, dass er sich immer dann so verhielt, wenn er einen Beschluss gefasst hatte. Es ängstigte sie, dass sie, gemessen an ihm, dem Herrscher des Hauses wie der Wüste, ein Nichts darstellten. Ohne sich von der Stelle zu rühren, drehte er sich zu ihnen um und sagte mit einer Stimme, die rau und tief den mit Teppichen und Vorhängen reich geschmückten

Raum durchdrang: »Ich denke, es ist das Beste, wenn die Verwaltung der Stiftung nicht länger in meinen Händen liegt.«

Wieder ruhte sein prüfender Blick auf ihnen, aber ihre Gesichter verrieten nichts. Die Stiftung zu verwalten, war nicht gerade eine wünschenswerte Aufgabe für junge Leute, die Müßiggang und Ruhe gewohnt waren. Aber sie mussten sich darüber nicht den Kopf zerbrechen, denn Idris war als ältester Sohn geradezu dafür bestimmt, dieses Amt zu übernehmen. Der stöhnte denn auch im Innern auf, als er daran dachte, was für eine Last da auf ihn zukäme. Er würde sich mit lauter neuen Problemen und mit diesen unglückseligen Pächtern herumschlagen müssen.

Aber Gabalawi hatte noch nicht zu Ende gesprochen. »Meine Wahl«, fuhr er fort, »ist auf euren Bruder Adham gefallen. Er wird die Stiftung unter seine Kontrolle nehmen.«

Verblüfft schauten die Brüder zu ihm auf und tauschten hastige und verwirrte Blicke. Nur Adham senkte verschämt den Kopf. Gabalawi wandte sich ab und sagte gleichmütig: »Deshalb hatte ich nach euch gerufen.«

Idris konnte vor Empörung kaum an sich halten, vor lauter Auflehnung schien er wie im Rausch zu sein. Alle Brüder, außer Adham, sahen beklommen auf Idris, schwiegen aber, obwohl sie sich darüber ärgerten, dass er übergangen worden war. Damit war auch ihre Ehre angetastet. Idris sagte nach kurzem Zögern mit ruhiger Stimme, als wäre nicht er es, der da sprach: »Aber, Vater ...«

Gabalawi unterbrach ihn frostig. »Was, aber?«

Alle senkten den Blick, ängstlich bemüht, sich nichts anmerken zu lassen. Nur Idris wagte es, hartnäckig zu bleiben. »Aber ich bin doch der älteste Sohn!«

Ungehalten erwiderte Gabalawi: »Ich denke, dass ich das weiß. Ich bin es, der dich gezeugt hat.«

Idris konnte seinen Zorn kaum noch verbergen. »Der älteste Sohn hat Rechte, die ihm nicht ohne Grund entrissen werden können.«

Gabalawi ließ seinen Blick lange auf ihm ruhen, als ob er ihm noch eine letzte Gelegenheit gewähren wollte, sich wieder in die Gewalt zu bekommen. »Ich versichere euch, dass ich mich in meiner Wahl vom Wohl aller leiten ließ.«

Der Schlag war zu stark für Idris' Geduld. Obwohl er genau wusste, dass sein Vater keinerlei Widerspruch duldete und noch viel Schlimmeres auf ihn zukäme, wenn er widerspenstig bliebe, ließ ihn sein Zorn alle möglichen Folgen vergessen. Er stürzte zu Adham, stellte sich dicht neben ihn und holte tief Luft. Wie ein Hahn vor dem Kampf schien er den anderen zeigen zu wollen, welch ein Unterschied in Stärke, Schönheit und Pracht zwischen ihm und seinem Bruder bestand. Die Worte quollen aus seinem Mund wie Speichel bei einem, der unter starkem Niesen leidet. »Ich und meine Brüder sind die Söhne der rechtmäßigen Gattin, der edelsten aller Frauen. Der da aber ist nur der Sohn einer schwarzen Dienstmagd.«

Adhams dunkelhäutiges Gesicht wurde blass, aber er verharrte regungslos. Gabalawi hob warnend die Hand. »Idris, benimm dich!«

Ein Sturm der Empörung hielt Idris in wahnsinnigem Zorn gefangen. »Er ist der Jüngste!«, schrie er. »Also sage mir einen einzigen Grund, warum du ihn mir vorziehst, falls es nicht einfach so ist, dass wir jetzt in der Zeit der Mägde und Sklaven leben!«

»Zügle deine Zunge, du Dummkopf, hab Mitleid mit dir selbst!«

»Lieber lass ich mir den Kopf abschlagen, als dass ich diese Schande ertrage!«

Radwan sah zum Vater auf und sagte mit leicht bittendem Lächeln: »Wir alle sind deine Söhne. Es kommt uns zu, betrübt zu sein, wenn wir dein Wohlgefallen verloren haben. Aber natürlich liegt es einzig und allein bei dir, zu entscheiden. Das Einzige, was wir begehren, ist, den Grund für deine Entscheidung zu erfahren.«

Gabalawi wandte den Blick von Idris zu Radwan und versuchte, seinen Unwillen, so gut es ging, zu unterdrücken. »Adham kennt die Pächter gut, von den meisten weiß er die Namen. Außerdem kann er schreiben und rechnen.«

Idris und die Brüder waren verwundert. Seit wann galt es als Vorzug, den Pöbel zu kennen? Seit wann wurde man wegen eines solchen Verdienstes vorgezogen? Und wenn einer die Schule besuchte, galt das denn als besondere Leistung? Hätte Adhams Mutter ihn in die Schule geschickt, wenn sie nicht daran gezweifelt hätte, dass er in der Welt der Noblen bestehen könnte? Voll bitterem Hohn fragte Idris: »Sollen etwa diese Gründe ausreichen, um die mir zugefügte Demütigung zu entschuldigen?«

»Es ist mein Wille«, antwortete Gabalawi barsch. »Du hast ihn vernommen, nun hast du zu gehorchen, das ist alles.« Abrupt drehte er sich zu den anderen Brüdern um. »Und ihr? Habt ihr noch etwas zu sagen?«

Abbas konnte dem Blick des Vaters nicht länger standhalten und erwiderte niedergeschlagen: »Ich höre und gehorche.« Galil schlug die Augen nieder und sagte schnell: »Wie du befiehlst, mein Vater.« Und Radwan, an seinem Speichel würgend, fügte hastig hinzu: »Gern, Vater, wie du meinst.«

Idris aber stieß ein zorniges Lachen aus, und mit verkrampftem Gesicht brüllte er: »Ihr Feiglinge, ihr! Etwas anderes als diesen verabscheuungswürdigen Verrat konnte ich von euch ja auch nicht erwarten! Wegen eurer Feigheit werdet ihr euch nun vom Sohn einer schwarzen Magd herumkommandieren lassen!«

Finsteren Blickes rief warnend Gabalawi: »Idris!«

Aber er war nicht mehr zu bändigen, er schien von Sinnen. »Was bist du denn für ein Vater! Du hast dich zum Gewaltherrscher aufgeschwungen und kannst nun nichts anderes mehr sein! Uns, deine Söhne, behandelst du, als gehörten wir zu deinen zahlreichen Opfern!«

Gabalawis Körper spannte sich, langsam trat er zwei Schritte näher an Idris heran und sagte drohend: »Hüte deine Zunge!«

Aber Idris scherte sich nicht darum. »Mir jagst du keine Angst ein!«, schrie er. »Du weißt genau, dass ich nicht furchtsam bin. Wenn du beschlossen hast, diesen Sohn einer Magd über mich zu stellen, dann wirst du niemals mehr von mir ein Wort heuchlerischen Gehorsams hören!«

»Weißt du nicht, welche Strafe auf Widerspruch steht, du missratener Sohn?«

»Der wirklich Missratene hier ist dieser Bastard einer Magd.«

Gabalawis Stimme schwoll an und klang rau: »Sie ist meine Frau, du streitsüchtiger Mensch! Beherrsche dich, oder ich werde dich zermalmen!«

Die Brüder zuckten entsetzt zusammen, Adham ebenso wie die anderen. Sie wussten, wie stark ihr despotischer Vater war. Idris' Zorn aber war so maßlos, dass er sich auch angesichts der drohenden Gefahr nicht mehr zurückhalten konnte. Wie ein Wahnsinniger schien er bereit zu sein, sich in loderndes Feuer zu stürzen. »Du hasst mich! Ich habe es nicht gewusst, aber nun ist mir klar, dass du mich hasst! Vielleicht war es diese Magd, die dich gegen uns aufgehetzt hat? Der Herr der Ödnis, Gründer der Stiftung, furchterregender Führer der Noblen lässt es zu, dass eine Magd ihr frevelhaftes Spiel mit ihm treibt! Morgen werden die Menschen die wundersamsten Geschichten über dich erzählen, du Herr der Ödnis!«

»Ich warne dich zum letzten Mal, hüte deine Zunge, verfluchter Sohn!«

»Verfluche mich nicht um Adhams willen! Selbst die Felsen werden sich weigern, das Echo eines solchen Fluches zu tragen! Alle Welt wird sich darüber das Maul zerreißen!«

Gabalawi brüllte so laut los, dass es bis in den Garten und den Harem zu hören war. »Verschwinde, geh mir aus den Augen!«

»Das ist mein Zuhause!«, schrie Idris zurück. »Hier lebt meine Mutter, eine Frau von untadligem Ruf!«

»Von heute an wirst du dich hier nicht mehr blicken lassen! Auf ewig sollst du verschwinden!«

Auf Idris' breites, rundes Gesicht legten sich Schatten, sodass es dunkel wurde wie der Nil, wenn dessen Fluten das Land überschwemmten. Sein Körper schwankte, die Fäuste waren wie

Granitblöcke geballt. Allen im Raum war klar, dass dies das Ende von Idris bedeutete und sie Zeugen einer neuerlichen Tragödie waren, Zeugen eines der vielen Trauerspiele, die sich in diesem Haus bisher, wenn auch weniger geräuschvoll, abgespielt hatten. Wie viele züchtige Frauen waren auf ein einziges Wort hin zu elenden Bettelweibern geworden! Wie viele Männer hatten nach langen Jahren schwerer Arbeit das Haus auf zitternden Füßen verlassen, mit Spuren der Bleipeitsche auf dem nackten Rücken und aus Mund und Nase blutend! Bei aller Fürsorge, die in ruhigen Zeiten im Haus herrschte, niemand war, welch Ansehen er auch genoss, vor dem Zorn des Herrn sicher. Deshalb wussten die Brüder, dass es mit Idris aus war. Idris, der Erstgeborene des Stifters, der ihm wie kein Zweiter an Kraft und Schönheit ebenbürtig war!

Gabalawi trat noch dichter an ihn heran. »Du bist nicht länger mein Sohn, und ich bin nicht länger dein Vater! Dieses Haus ist nicht mehr dein Haus! Du hast hier keine Mutter mehr, keinen Bruder und keinen Diener. Vor dir liegt die große weite Welt, also zieh hinaus, beladen mit meinem Zorn und meinem Fluch. Die Zeit wird dich lehren, dein wahres Schicksal zu erkennen, wenn du ziellos umherirrst und von meiner Güte und Fürsorge ausgeschlossen bist!«

Idris stampfte mit dem Fuß auf und brüllte: »Das ist mein Haus! Nie werde ich es verlassen!«

Der Vater stürzte sich auf Idris, bevor dieser sich noch in Sicherheit bringen konnte. Er packte ihn bei den Schultern und stieß ihn vorwärts. Er drängte ihn aus der Halle, die Treppe hinunter. Idris kam ins Stolpern. Aber der Vater ließ nicht nach. Er schob ihn auf dem von Rosen, Henna und Jasmin gesäumten Weg bis zum großen Tor. Mit einem letzten Stoß beförderte er ihn hinaus. Als das Tor schwer ins Schloss fiel, rief er so laut, dass jeder im Hause es hören konnte: »Dem Untergang ist jeder geweiht, der ihm erlaubt zurückzukehren oder ihm dabei hilft!« Sein Blick richtete sich auf die geschlossenen Fenster des Harems. »Wer das wagt, ist auf immer von mir verstoßen!«

2

Seit jenem düsteren Tag ging Adham nun jeden Morgen hinüber zur Stiftungsverwaltung im Gästehaus, das sich rechts neben dem Großen Haus befand. Eifrig beschäftigte er sich damit, die Pachtgelder einzutreiben, die Anteile an die Nutznießer der Stiftung zu verteilen und dem Vater die Abrechnung vorzulegen. Da er mit den Pächtern geschickt und klug umging, waren diese mit ihm zufrieden, obwohl sie doch sonst oft Händel suchten.

Die Gebote der Stiftung waren geheim, und niemand außer dem Vater kannte sie. Seine Entscheidung, Adham mit der Verwaltung zu betrauen, erregte die Sorge, dies könne das erste Anzeichen für seine Nachfolge sein. Nichts hatte bisher darauf hingewiesen, dass der Vater ihn bevorzugt behandelte. Dank seiner gerechten Haltung und des großen Respekts vor ihm hatten denn auch die Brüder einträchtig zusammengelebt. Selbst der schöne und starke Idris, der allzu oft über die Stränge schlug, hatte bis zu diesem Tag nie einen seiner Brüder gekränkt. Liebenswürdig und großzügig, wie er war, wurde er allgemein bewundert. Wenn die vier Brüder vielleicht auch im tiefsten Innern einen Unterschied zwischen sich und Adham machten, so ließen sie das doch nie laut werden. Mit keinem Wort, keiner Handbewegung gaben sie ihm einen Grund, sich verletzt zu fühlen. Adham war sich vielleicht selbst am stärksten bewusst, dass er anders war als sie. Seine Haut war viel dunkler, er war zarter als sie, und seine Mutter hatte gegenüber der seiner Brüder eine niedere Stellung. Wenn er darunter vielleicht auch litt und es ihm im Herzen wehtat, so ließ doch die Heiterkeit des Hauses, geschwängert von den süßesten Düften köstlicher Pflanzen und erfüllt von der Weisheit des Vaters, es nicht zu, dass sich auch nur der kleinste böswillige Gedanke in seiner Seele niederließ. So war er denn auch mit reinem Herzen und heiterem Gemüt zum jungen Mann herangewachsen.

Bevor Adham in der Stiftungsverwaltung zu arbeiten begann, bat er seine Mutter: »Gib mir deinen Segen, Mutter, denn diese Aufgabe, die er mir übertrug, ist für uns beide eine schwere Prüfung.«

Demütig antwortete sie: »Mögest du sie bestehen, mein Kind. Du bist ein guter Sohn, und den Guten ist Glück beschieden.«

Als Adham zur Verwaltung hinüberging, folgten ihm die Blicke vieler Neugieriger, die hinter den Fenstern der Zimmer und der Halle standen oder sich im Garten aufhielten. Er setzte sich auf den Stuhl des Verwalters und machte sich an die Arbeit. Ihm oblag nun die wichtigste Tätigkeit, die je einem Menschen in dieser Wüstengegend, gelegen zwischen dem Mukattam-Berg im Osten und dem alten Kairo im Westen, aufgetragen worden war. Vom ersten Augenblick an erhob Adham Redlichkeit zu seinem Leitprinzip. So geschah es denn, dass zum ersten Mal in der Geschichte der Stiftung jeder Millim getreulich in ein Buch eingetragen wurde. Er pflegte den Brüdern das Taschengeld auf so zuvorkommende und freundliche Weise zu geben, dass sie allen Groll gegen ihn vergaßen.

Als er eines Tages dem Vater die eingebrachte Summe übergab, fragte ihn dieser: »Wie gefällt dir die Arbeit, Adham?«

»So lange, wie du sie mir anvertraust«, antwortete Adham leise, »wird sie das Wichtigste in meinem Leben sein.«

Ein freudiges Lächeln huschte über das Gesicht des Vaters, denn bei aller Grobheit ließ sich sein Herz doch gern durch ein Wort des Dankes erwärmen. Adham freute sich, wenn der Vater kam und sich zu ihm setzte. Er genoss es, dass er vom Vater manch bewundernden und liebevollen Blick erntete. Noch schöner war es aber, wenn der Vater ihm und seinen Brüdern Geschichten aus der alten Zeit erzählte, wenn er von den Abenteuern der Noblen und der jungen Männer berichtete, wenn er darüber sprach, wie er durch diese Landstriche gezogen war und sich, einen schweren Knüppel furchterregend schwingend, jeden Fleck unterworfen hatte, auf den er seinen Fuß setzte.

Nachdem Idris aus dem Haus verstoßen war, hielten Abbas, Radwan und Galil an ihrer Gewohnheit fest, sich auf dem Dach des Hauses zu treffen und dort bei Essen und Trinken ihre Zeit mit Glücksspielen zu verbringen. Adham fand daran keinen Gefallen, vielmehr liebte er es, im Garten zu sitzen. Schon als Junge hatte er den Garten geliebt, und am schönsten war es für ihn, dort Flöte zu spielen. Auch wenn er jetzt durch seine Arbeit nicht mehr so viel Zeit hatte, behielt er diese Gewohnheit bei. Nach getanem Tagewerk ging er in den Garten, breitete dort an einem Bach einen kleinen Teppich aus, lehnte sich an den Stamm einer Palme oder eines Feigenbaumes oder legte sich ganz einfach in den Schatten eines Gitters, an dem dichter Jasmin rankte. Er schaute erst ein Weilchen den Vögeln zu – denn was gab es in größerer Zahl als sie? Oder er betrachtete die Tauben – denn was gab es Hübscheres als sie? Dann nahm er die Flöte und versuchte, all das Zwitschern, Gurren, Singen nachzuahmen – denn was war wunderbarer als diese Musik? Bisweilen schaute er durch die Zweige zum Himmel empor, denn: Gab es etwas Schöneres als ihn?

Als er eines Tages so vor sich hin träumte, kam sein Bruder Radwan vorbei. Er blickte spöttisch auf ihn herab und sagte: »Wie schade, dass du so viel Zeit in der Verwaltung verbringen musst.«

»Wenn ich nicht fürchtete, unseren Vater zu erzürnen, würde ich mich vielleicht auch beklagen.«

»Also danken wir dem Herrn, dass jetzt Zeit für Müßiggang ist.«

»Möge sie dir gut bekommen«, erwiderte Adham schlicht.

Radwan mühte sich, seinen Unwillen zu verbergen. »Möchtest du denn nicht so frei wie wir leben?«

»Das Schönste wäre, immer nur im Garten zu sitzen und Flöte zu spielen.«

»Idris hätte gern diese Arbeit getan«, fügte Radwan bitter hinzu.

»Es ging Idris doch gar nicht um die Arbeit, er ist wegen ganz anderer Dinge böse geworden. Hier im Garten, da kann man das wirkliche

Glück finden.« Nachdem Radwan gegangen war, sann Adham dem Glück weiter nach. Es ist der Garten, dachte er, seine zwitschernden Bewohner, das Wasser, der Himmel, meine trunkene Seele. Das alles ist wirkliches Leben. Aber trotzdem ist mir, als suchte ich etwas. Was aber kann dieses Etwas sein? Manchmal scheint mir, als wolle die Flöte mir die Antwort geben, aber trotzdem bleibt die Frage offen. Wenn der Vogel dort meine Sprache spräche, vielleicht würde er mir Gewissheit geben. Auch die funkelnden Sterne dort haben mir sicher etwas zu sagen. Nur das Klingeln des Geldes ist ein Misston in all dieser Musik.

Eines Tages schlenderte Adham zwischen den Rosen umher und beobachtete dabei seinen Schatten. Plötzlich sah er daneben einen zweiten Schatten, was ihm verriet, dass jemand in seine Nähe gekommen sein musste. Eigenartig, fast machte es den Eindruck, als träte der zweite Schatten dort heraus, wo sein Oberkörper und die Rippen sich befanden. Er drehte sich um und erblickte ein dunkelhäutiges junges Mädchen, das erschreckt davonspringen wollte, als sie ihn bemerkte. Als er ihr bedeutete, stehen zu bleiben, verharrte sie. Adham sah sie prüfend an und fragte sanft: »Wer bist du?«

»Umaima«, stammelte sie.

Er erinnerte sich dieses Namens. Das Mädchen gehörte zu den Mägden und war eine Verwandte seiner Mutter. Sie diente im Haus, so wie seine Mutter im Haus gedient hatte, bevor der Vater sie heiratete. Er hatte Lust, sich noch ein wenig mit ihr zu unterhalten, und fragte: »Was hat dich in den Garten geführt?«

Sie schlug die Augen nieder. »Ich dachte, hier wäre niemand.«

»Aber es ist euch doch verboten ...«

»Herr«, flüsterte sie fast unhörbar, »ich habe gefehlt.« Sie ging ein paar Schritte rückwärts, bis sie schließlich hinter der Wegkrümmung verschwunden war. Er konnte noch hören, wie sie schnell davonlief. Unwillkürlich murmelte er vor sich hin: »Du bist so schön!« Noch nie hatte er sich so sehr als eines der Geschöpfe dieses Gartens empfunden. Die Rosen, der Jasmin, die Nelken, die Vögel, die Tauben und er – all das war ein einziger Gesang. Umaima ist ein wunderschönes Mädchen, dachte er. Selbst ihre dicken Lippen sind hübsch. Bis auf den hochmütigen Idris sind alle meine Brüder verheiratet. Wie ähnlich ist ihre Haut der meinigen! Wie herrlich war es, ihren Schatten von meinem bedeckt zu sehen! Es sah aus, als wäre er ein Teil meines von Wünschen verwirrten Körpers. Wenn meine Wahl auf sie fällt, dann kann der Vater darüber nicht spotten. Warum hätte er sonst meine Mutter geheiratet?

3

Verwirrt durch die geheimnisvolle Schönheit, bemühte er sich, die Tagesrechnung zu prüfen. Doch er sah immer nur die Schwarzhäutige vor sich. Dass er ihr heute zum ersten Mal begegnet war, wunderte ihn nicht. Der Harem in diesem Haus glich den inneren Organen eines Menschen. Man weiß von ihnen, lebt dank ihrer, aber man sieht sie nicht. Sich rosigen Träumen hingebend, wurde er plötzlich durch eine markerschütternde Stimme aufgeschreckt, die nicht weit weg von ihm, vielleicht sogar aus dem Haus selbst, zu ertönen schien.

»Ich bin hier!«, hörte er es schreien. »Ich bin hier in der Wüste, Gabalawi! Ich verfluche euch alle, Frauen wie Männer! Fluch über euch! Ich bin bereit, jedem die Stirn zu bieten! Hörst du das, Gabalawi?«

»Idris!«, schrie Adham und rannte in den Garten, wo er auf den völlig verstörten Radwan stieß, der ihm zurief: »Idris ist betrunken! Ich habe ihn vom Fenster aus gesehen, er schwankt und kann kaum noch laufen. Welche Schande werden die Mächte des Schicksals noch über unsere Familie bringen?«

Adham schloss die Augen. »Mir ist, als würde mein Herz vor Leid bersten, Bruder.«

»Was sollen wir tun? Ein Unglück bedroht uns!«

»Meinst du nicht, Bruder, dass wir mit Vater noch einmal reden müssen?«

Radwan runzelte die Stirn. »Unser Vater wird darüber nicht nochmals sprechen wollen. Und so, wie sich Idris jetzt aufführt, wird er seinen Zorn nur noch vergrößern.«

»Wir können überhaupt nichts tun«, sagte Adham niedergeschlagen.

»Das ist wohl so. Die Frauen sitzen und weinen, Abbas und Galil sind völlig verstört, unser Vater hat sich in sein Zimmer zurückgezogen und erlaubt niemandem, sich ihm zu nähern.«

Adham wurde immer klarer, wie schwierig die Situation war. Unruhe befiel ihn. »Siehst du denn nicht, dass wir irgendetwas tun müssen?«, fragte er verzweifelt.

»Es scheint, dass jeder nur auf sich bedacht ist. Die eigene Sicherheit geht über alles. Ich werde meine Stellung nicht aufs Spiel setzen, und sollte auch der Himmel auf die Erde niederstürzen. Aber mit Idris wird jetzt die Ehre unserer Familie in den Schmutz gezogen.«

»Warum bist du denn ausgerechnet hierher, zu mir, gekommen?«, fragte Adham. Er hatte das Gefühl, dass er von einem auf den anderen Tag das schwarze Schaf geworden war. Er seufzte schwer. »Ich bin nicht schuld daran! Trotzdem werde ich wohl weiterhin kein ruhiges Leben haben, wenn ich schweige …«

»Für dich gibt es vielerlei Gründe, etwas zu tun«, antwortete Radwan im Weggehen.

Adham blieb allein zurück. In seinen Ohren hallten Radwans Worte wider. »Für dich gibt es vielerlei Gründe …« Ja, er war der Angeklagte, obwohl er sich nichts hatte zuschulden kommen lassen. Wie der Wind einen Wasserkrug einfach zerbrach, so spielte auch ihm das Schicksal übel mit. Immer dann, wenn die Brüder Mitleid mit Idris fühlten, würden sie ihn verfluchen. Schweren Herzens ging er zum Tor. Als er es öffnete, lag auf seinem Gesicht ein gütiges und zugleich verstörtes Lächeln. Idris stand nicht weit weg. Er schwankte, rollte mit den Augen und raufte sich das Haar. Seine

Galabiya stand weit offen, sodass das Brusthaar zu sehen war. Kaum hatte er Adham erblickt, wollte er sich, wie die Katze auf die Maus, auf ihn stürzen. Aber trunken, wie er war, fiel er zu Boden. Er griff nach Sand, warf eine Handvoll gegen Adham und traf ihn an der Brust. Der Sand rieselte an der Abaja hinunter. Freundlich sagte Adham: »Mein Bruder …«

Aber Idris ließ ihn nicht aussprechen, sondern tobte los: »Schweig, du Hund und Sohn einer Hündin! Weder bist du mein Bruder, noch ist dein Vater der meinige! Möge dieses Haus über euch Zusammenstürzen!«

Bittend sagte Adham: »Aber du bist doch der Edelste und Vornehmste dieses Hauses.«

Idris stieß ein kaltes Lachen aus und rief: »Warum bist du gekommen, du Sohn einer Magd? Lauf zu deiner Mutter, und bring sie in die Mägdekammer, wo sie hingehört!«

Adham blieb freundlich. »Lass dich nicht vom Zorn beherrschen, und verwehre nicht denen den Weg zu dir, die dir Gutes wollen.«

Aber Idris fuchtelte mit den Händen und schrie: »Verflucht sei das Haus, in dem sich nur Feiglinge wohlfühlen! Für ein Stück Brot nehmen sie die Schmach von Demütigungen auf sich und dienen noch dem, der sie knechtet! Ich werde nicht in ein Haus zurückkehren, in dem du Führer bist. Sag deinem Vater, dass ich von nun an dort leben werde, woher er gekommen ist, in der Wüste! Sag ihm, dass ich das werde, was er einmal war, ein Wegelagerer! Streitsüchtig, ruchlos, zähnefletschend wie er, so will ich werden. Überall, wo ich mein Unheil treibe, sollen die Menschen auf mich zeigen und sagen: ›Das ist der Sohn von Gabalawi!‹ So werde ich euch in den Schmutz ziehen, das merke dir, du, der du zu denen gehörst, die sich dünken, Herren zu sein, und doch nichts weiter sind als schmutzige Diebe.«

»Komm zu dir, Bruder«, flehte Adham. »Denk daran, dass jedes Wort dir noch größeren Tadel einbringen kann. Noch ist der Weg dir nicht versperrt, wenn du jetzt nicht endgültig dafür sorgst. Ich verspreche dir, dass alles so wird wie vorher.«

Als Idris sich schwankend erhob und taumelnd auf Adham zukam, sah er aus, als stemmte er sich gegen den Wind, der ihn zurückdrängen wollte. »In wessen Namen kannst du mir so etwas versprechen, du Sohn einer Magd?«, schrie er.

»Im Namen der Brüderlichkeit«, antwortete Adham und beobachtete ihn wachsam.

»Der Brüderlichkeit! Die habe ich auf dem ersten Scheißhaus vergessen, an dem ich zufällig vorbeikam!«

Schmerzlich berührt sagte Adham: »Früher waren deine Worte voller Anmut.«

»Die Herrschsucht deines Vaters hat mich gelehrt, die Wahrheit auszusprechen.«

»Ich will nicht, dass die Menschen dich in diesem Zustand sehen.«

»Sie werden mich mit jedem Tag in einem noch viel schlimmeren Zustand sehen«, erklärte Idris höhnisch lachend. »Durch mich werden Schande, Ehrlosigkeit und Verbrechen über euch kommen. Wenn dein Vater mich ohne jede Scham verstoßen hat, dann soll er auch die Folgen tragen.« Er stürzte auf Adham zu, doch dieser wich zurück, und Idris wäre fast gefallen, wenn er sich nicht an der Mauer des Gartens hätte stützen können. Er blieb röchelnd stehen und suchte mit den Augen den Boden nach einem Stein ab. Adham ging schnell auf das Tor zu und trat ein, Tränen in den Augen. Idris' Brüllen und Toben hörte nicht auf. Von Mitleid erfüllt, schritt Adham auf die Terrasse des Großen Hauses zu. In der Halle erblickte er den Vater. Er trat auf ihn zu, ohne von ihm bemerkt zu werden. Seine Trauer über das Geschick des Bruders war stärker als die Angst vor dem Vater. Geistesabwesend schaute er ihn nun an. Groß und breitschultrig, wie er war, stand er mit dem Rücken zu einem Bild, das auf die hintere Wand der Halle gemalt war. Adham senkte den Kopf und sagte: »Frieden sei mit Euch!«

Gabalawi musterte ihn mit seinem durchdringenden Blick, der bis ins Tiefste des Herzens zu gehen schien. »Erzähl, warum du gekommen bist.«

Adham wagte nur, kaum hörbar zu flüstern: »Mein Vater, Bruder Idris ist ...«

Mit schneidender Stimme unterbrach ihn Gabalawi: »Erwähne nie wieder seinen Namen in meiner Gegenwart.« Im Weggehen fügte er hinzu: »Geh wieder an deine Arbeit.«

4

Die Tage und Nächte verstrichen, und mit Idris ging es immer mehr bergab. Jeden Abend konnte er in seinem Lebensbuch eine neue Torheit verzeichnen. Er lungerte um das Große Haus herum und stieß die widerlichsten Flüche aus, oder er saß nackt, wie ihn seine Mutter geboren hatte, in der Nähe des Tores, als nähme er ein Sonnenbad, und sang die zotigsten Lieder. Bisweilen schlenderte er auch, mit seiner Kraft protzend, durch die benachbarten Viertel, warf den Vorüberkommenden herausfordernde Blicke zu und fing mit jedem Streit an, der sich ihm in den Weg stellte. Die Leute versuchten, ruhig zu bleiben, wichen ihm aus und flüsterten sich zu: »Der Sohn von Gabalawi!« Um Essen und Trinken sorgte Idris sich nicht. Wo er etwas fand, nahm er es sich, ob nun von einem Tisch in einer Gaststube oder von einem Gemüsekarren. Er schlug sich den Bauch voll, ging, ohne ein Wort des Dankes und ohne etwas zu bezahlen, weiter. Wenn ihm nach Geselligkeit war, suchte er das nächste Gasthaus auf und zechte, bis er betrunken war. Dann legte er los und machte sich lustig über die lächerlichen Geheimnisse seiner Familie, ihre Wunderlichkeiten, albernen Sitten, ihre verächtliche Feigheit und prahlte auf diese Weise damit, dass er es gewagt hatte, seinem Vater, der in aller Augen ein schrecklicher Tyrann war, zu trotzen. Es währte nicht lange, und er erzählte irgendwelche zweideutigen Witze, lachte schallend los, und manchmal sang und tanzte er auch. Seine Stimmung war auf dem Höhepunkt, wenn der Abend mit einer Schlägerei endete. Dann machte er sich, nach hier und dort grüßend, auf den Weg. So gut die Menschen konnten, mieden sie ihn. Für sie war er einer von vielen Schicksalsschlägen.

Der Familie blieb das alles nicht verborgen, es bereitete ihr große Sorge und Pein. Die Mutter war voller Kummer, sodass sie plötzlich an einer Lähmung erkrankte und der Tod nahte. Als Gabalawi an ihr Bett trat, um sich von ihr zu verabschieden, wies sie anklagend und schweigend auf ihn und verschied in Zorn und Trauer. Wie die Fäden eines Spinngewebes legte sich Trübsal auf die Familie, die Brüder feierten des Nachts nicht länger auf dem Dach, und Adham spielte im Garten nicht mehr Flöte.

Eines Tages wurde die Stille des Hauses von einem neuerlichen Zornesanfall Gabalawis unterbrochen. Dieses Mal war eine Frau sein Opfer, er beschimpfte sie mit lauter Stimme und wies sie aus dem Haus. Es ging um eine Dienerin namens Nargis. Er hatte erfahren, dass sie schwanger war. Sie gab zu, Idris habe sich an ihr vergangen, bevor er aus dem Haus vertrieben worden war. Also verließ sie, klagend und sich die Wangen schlagend, das Haus. Planlos irrte sie einen ganzen Tag umher, bis Idris sie schließlich fand. Er nahm sie mit, ohne sich darüber besonders zu freuen oder zu ärgern, aber mit dem Gefühl, dass sie vielleicht irgendwann einmal zu etwas nützlich wäre.

Wie groß ein Unglück auch sein mag, der Mensch hat sich doch eines Tages daran gewöhnt. So gingen also auch im Großen Haus die Menschen wieder dem normalen Alltag nach, gerade so, als kehrten die Bewohner nach einem Erdbeben, das sie zur Flucht gezwungen hatte, wieder zurück. Radwan, Abbas und Galil vergnügten sich des Nachts erneut auf dem Dach, und Adham verbrachte seine Abende wieder im Garten und vertraute sich der Flöte an. Er ertappte sich dabei, dass beim Gedanken an Umaima sein Kopf klarer und sein Herz wärmer wurden. In seiner Vorstellung sah er immer wieder ganz deutlich, wie sich ihr Schatten um seinen legte. Er entschloss sich, zu seiner Mutter zu gehen und sich ihr anzuvertrauen. Sie saß in ihrem Zimmer und stickte an einem Tuch. Nachdem er ihr alles erzählt hatte, schloss er mit den Worten: »Das Mädchen ist Umaima, Mutter, deine Verwandte.«

Die Mutter lächelte schwach. Wenn sie sich über diese Nachricht auch freute, so ließ doch ihr kränklicher Zustand keine heftige Bewegung zu. »Ja, Adham«, sagte sie. »Sie ist ein gutes Mädchen, und ihr passt beide gut zueinander. Sie wird dich glücklich machen, so der Herr will.« Als sie sah, dass sich seine Wangen vor Freude röteten, fügte sie hinzu: »Aber es wäre nicht gut, mein Sohn, wenn du jetzt schon zärtlich zu ihr bist, das würde dir nur dein Leben verderben. Lass mich erst bei deinem Vater um ihre Hand anhalten. Vielleicht erlebe ich noch das Glück, deine Kinder zu sehen, bevor ich sterbe.«

Wenig später rief der Vater ihn zu sich. Als Adham sah, dass er ihm freundlich zulächelte, sagte er sich, nichts wiege so sehr die Strenge des Vaters auf wie dessen Güte. »Du also«, begann der Vater, »willst eine Ehefrau nehmen. Wie die Zeit doch vergeht! In diesem Haus werden die Armen zwar gering geschätzt, aber mit deiner Wahl, dem Wunsch nach Umaima, ehrst du deine Mutter. Vielleicht wirst wenigstens du gute Nachkommen zeugen, denn Idris ist uns verloren, Abbas und Galil sind nicht zeugungsfähig, und von Radwans Kindern ist keines am Leben geblieben. Sie alle haben von mir nur meinen Stolz geerbt. So liegt denn die Hoffnung dieses Hauses bei deinen Nachkommen, wenn sich nicht mein Lebenswerk im Nichts auflösen soll.«

So fand also Adhams Hochzeit statt, prächtig wie keine andere je zuvor. Noch heute ist die Erinnerung daran in gleichnishaften Wendungen lebendig. In jener Nacht hingen Lampions in den Zweigen der Bäume, und auch auf der Gartenmauer leuchteten Lichter, sodass das Große Haus als Lichtermeer inmitten der dunklen Wüste erstrahlte. Auf dem Dach war ein Zelt für die Sänger und Sängerinnen aufgeschlagen worden, und in der Halle, im Garten und vor dem Tor standen Tische mit den köstlichsten Speisen und Getränken. Nach Mitternacht setzte sich der Hochzeitszug am äußersten Ende von Gamalija in Bewegung, und jeder, der Gabalawi liebte oder auch fürchtete, schloss sich ihm an, sodass keiner der Bewohner fehlte. Adham schritt stolz in einem seidenen Gilbab und mit brokatbesticktem Schaltuch einher, neben ihm gingen Abbas und Galil. Radwan eröffnete den Zug, flankiert von Blumen- und Kerzenträgern. Vor ihm tummelte sich eine Menge von Sängern und Tänzern. Lieder wurden gesungen, die Musiker feuerten die Sänger mit verzückten Rufen an, und die Menschenmenge brach immer wieder in Hochrufe auf Gabalawi und Adham aus. Das ganze Viertel hallte von den Freudentrillern der Frauen wider. Der Hochzeitszug bewegte sich von Gamalija über Utuf nach Kafr as-Sirari und Mabjada. Überall wurde er laut begrüßt, und selbst die jungen Mädchen zeigten sich auf der Straße. Wer den Stocktanz tanzen wollte, tat das, wer einen anderen Tanz vorzog, tanzte den andern. In den Schankstuben wurde Freibier ausgeschenkt, sodass sich sogar die Diener betranken. Wasserpfeifen machten die Runde, und der Duft von Haschisch und Opium hing schwer in der Luft.

Aber plötzlich tauchte dort, wo der Weg eine Biegung machte und zur Wüste hinter dem Großen Haus führte, Idris auf. Er löste sich aus der Finsternis wie ein böser Dämon. Die Lampionträger blieben mit einem Ruck stehen, und der Name »Idris« ging flüsternd von Mund zu Mund. Die Tänzer erstarrten. Die Holzpfeifen verstummten, und die Trommelschläger rührten sich nicht mehr. Jedes Lachen verstummte. Die Gäste fragten sich unruhig, was sie tun sollten. Wenn sie sich Idris gegenüber freundlich verhielten, würde es ihnen vielleicht schaden. Wenn sie ihn aber schmähen, dann würde diese Schande einen Sohn von Gabalawi treffen. Aber Idris ließ sie nicht länger überlegen. Er schwenkte einen dicken Knüppel und rief: »Wessen Hochzeit ist das hier, ihr elenden Feiglinge?«

Alles schwieg und starrte zu Adham und seinen Brüdern. Idris bedrängte sie weiter: »Seit wann seid ihr die Freunde des Sohns einer Magd und seines Vaters?«

Da löste sich Radwan aus der Menge, schritt auf ihn zu und

sagte: »Bruder, du tätest gut daran, den Hochzeitszug weitergehen zu lassen.«

Idris fuhr ihn zornig an: »Du bist der Letzte, Radwan, der etwas zu sagen hat, bist du doch nichts weiter als ein Verräter und der Sohn eines Feiglings! Ein Kriecher bist du, der für ein bequemes Leben mit seiner Ehre und dem Anstand der Brüderlichkeit bezahlt!«

Besorgt bat Radwan: »Aber die Leute haben doch nichts mit unserem Streit zu tun …«

Idris lachte nur. »Sie wissen sehr wohl, wie schändlich ihr euch benehmt. Wenn sie nicht von jeher so feige wären, dann gäbe es bei dieser Hochzeit weder einen Musiker noch einen Sänger.«

»Dein Vater hat uns deinen Bruder anvertraut«, entgegnete ihm Radwan mit fester Stimme. »Also müssen wir ihn auch verteidigen.«

»Siehst du denn nicht, dass du dich nur selbst verteidigst und nicht diesen Mägdesohn?«, erwiderte Idris spöttisch.

»Wo hast du bloß deinen Verstand gelassen, Bruder? Wenn du nur Vernunft annimmst, wirst du wieder nach Hause kommen können.«

»Du lügst!«, schrie Idris. »Und du weißt auch, dass du lügst.«

Traurig erwiderte Radwan: »Ich werde dich nicht beschimpfen. Lass den Hochzeitszug in Frieden vorbeiziehen.«

Die einzige Antwort von Idris war, dass er sich wutschnaubend wie ein Stier auf die Hochzeitsgäste stürzte und seinen Knüppel auf sie niedersausen ließ. Die Lampen verloschen, die Trommeln verstummten, und die Blumen flogen zerfetzt umher. Die Menschen flohen entsetzt, wie Sandkörner vor einem Sturm. Radwan, Abbas und Galil bauten sich vor Adham auf. Als Idris das sah, geriet er außer Rand und Band. »Ihr Lumpen, ihr! Ihr schützt doch diesen da bloß, weil ihr Angst um euer Essen und Trinken habt!« Er fiel über sie her, sie aber wehrten seine Schläge mit Knüppeln ab und zogen sich dabei langsam zurück. Da aber stürmte Idris mit einem Satz voran und bahnte sich einen Weg zu Adham. Grelle Schreie ertönten an den Fenstern des Großen Hauses. Adham duckte sich und rief: »Idris! Ich bin doch nicht dein Feind, komm doch zur Vernunft!«

Aber Idris scherte sich nicht darum, er hob seinen Stock und wollte losschlagen, als ein Ruf erscholl: »Gabalawi!«

Radwan schrie Idris an: »Der Vater kommt!« Idris sprang an den Wegrand und sah, als er sich umblickte, inmitten einer Schar von Fackelträgern Gabalawi. Er knirschte mit den Zähnen und rief ihm spöttisch entgegen: »Nicht lange, und ich werde dir einen Bastard als Engel ins Haus schicken, an dem sich dein Herz erfreuen wird!« Als er losrannte, machte ihm die Menge den Weg frei. Er lief in Richtung Gamalija und war bald in der Dunkelheit verschwunden.

Gabalawi war bei den Brüdern angekommen. Hunderte von Blicken verfolgten neugierig, was nun geschehen würde. Er aber schien äußerlich ganz ruhig und sagte mit strenger Stimme: »Macht weiter!«

Die Lampenträger zündeten aufs Neue die Lichter an, die Trommler schlugen wieder den Rhythmus, die Holzpfeifen jubilierten, die Sänger ließen ihre Stimmen erschallen, und die Tänzer hüpften und sprangen. Der Hochzeitszug setzte sich in Bewegung.

Bis zum frühen Morgen ging im Großen Haus das Fest mit frohem Lachen, Trinken und Singen weiter. Als Adham sein Zimmer betrat, von dem aus man die Mukattam-Wüste sehen konnte, stand Umaima vor dem Spiegel. Ihr Gesicht war noch immer vom weißen Schleier verhüllt. Volltrunken, wie er war, konnte Adham sich fast nicht auf den Beinen halten. Er ging zu ihr, krampfhaft bemüht, einen klaren Gedanken zu fassen. Er hob den Schleier und erblickte ihr wunderschönes Gesicht. Sein Kopf fiel vornüber, bis seine Lippen an ihrem zusammengepressten Mund hängen blieben. Als er von ihr ließ, stammelte er trunken: »Ende gut, alles gut.« Dann drehte er sich um und ging, mühselig die Beine schleppend, zum Bett. Angezogen, mit seidenem Gilbab und Schuhen, ließ er sich der Länge nach fallen. Umaima hatte ihn im Spiegel beobachtet und lächelte mitleidig und sehnsuchtsvoll.

5

Adham fand bei Umaima eine Glückseligkeit, wie er sie nie zuvor empfunden hatte. In seiner Einfalt zeigte er sein Glück in Worten und Gesten, sodass die Brüder sich bald über ihn lustig machten. Am Ende eines jeden Gebets streckte er die offenen Handflächen vor und sagte freudig: »Gepriesen sei der Herr der Gnade, dass mir mein Vater günstig gesinnt ist, meine Frau mich liebt und ich eine Stellung innehabe, für die andere viel besser geeignet wären. Gepriesen sei der Herr der Gnade, dass er mir den Garten, den Gesang und die Flöte gegeben hat.« Jede Frau im Großen Haus war der Meinung, dass Umaima eine kluge Gattin war, hütete sie doch ihren Mann, als wäre er ihr Sohn. Die Schwiegermutter hatte sie sich zur Freundin gemacht, indem sie ihr und sogar deren Familie diente. Sie kümmerte sich um ihre häuslichen Angelegenheiten, als wären diese ein Stück ihres Leibes. Adham aber war stets liebevoll und freundlich im Umgang. Wenn ihm die Arbeit in der Stiftungsverwaltung zuvor schon Zeit für sein unschuldiges Vergnügen im Garten genommen hatte, so füllte jetzt die Liebe den Rest seiner freien Zeit völlig aus. Er stürzte sich so in dieses Gefühl, dass er sich selbst dabei fast völlig vergaß. Die Tage verliefen für ihn in vollkommenem Glück, was für Radwan, Abbas und Galil nur noch mit Spott zu ertragen war. Trotzdem lag auf allem jene weise Ruhe, welche sprudelnde, aufgewühlte und schäumende Wassermassen finden, wenn sie nach Stromschnellen endlich den träge dahinfließenden Fluss erreicht haben.

Aber es dauerte nicht lange, und Adhams Herz begann, unruhig zu werden. Er fühlte, dass die Zeit nicht mehr wie im Fluge verstrich, sondern dass ein Tag wie der andere von der Nacht abgelöst wurde. Wenn die Vertrautheit ein für alle Mal gegeben war, dann verlor sie alle Bedeutung. Der Garten aber war ein wahres Vergnügen gewesen, das zu schön war, um es einfach aufzugeben. Auch wenn er solcherlei Gedanken hegte, so bedeutete das nicht, dass sich sein Herz von Umaima abgewendet hatte und sie nicht länger sein Innerstes ausfüllte. Es ist eben nur so, dass das Leben in bestimmten Zeiträumen verläuft, die sich der Mensch erst nach und nach bewusst macht. So kehrte er also zu seiner alten Gewohnheit zurück, dankbar und zugleich mit kleinen Schuldgefühlen am Bach zu sitzen und die Blumen und Vögel zu betrachten.

Eines Tages gesellte sich plötzlich die glückstrahlende Umaima zu ihm. Sie setzte sich neben ihn und sagte: »Ich habe aus dem Fenster geschaut, um zu sehen, was dich aufhält. Warum bist du nicht zu mir gekommen und hast mich gebeten, mit dir zu gehen?«

Adham lächelte und antwortete: »Ich habe befürchtet, dass es dir langweilig ist.«

»Langweilig? Ich habe diesen Garten doch schon immer geliebt, erinnerst du dich nicht mehr an unsere erste Begegnung hier?«

Adham nahm ihre Hand, lehnte sich an eine Palme und schaute durch die Zweige in den Himmel. Umaima sprach weiter. Je länger er schwieg, desto beredter versuchte sie, ihn davon zu überzeugen, wie groß ihre Liebe zu diesem Garten war. Sie hasste das Schweigen offensichtlich ebenso sehr, wie sie den Garten liebte. Am liebsten sprach sie aber von ihrem neuen Leben, und da war es auch nicht zu vermeiden, dass sie auf die neuesten Ereignisse im Großen Haus zu sprechen kam. War sie erst mal bei diesem Thema, dann ließ sie auf keinen Fall die Geschichten von den Ehefrauen der Brüder Radwan, Abbas und Galil aus. Aber Adham schwieg noch immer. Vorwurfsvoll fragte sie: »Warum bist du so weit weg von mir, Adham?«

Er lächelte wieder. »Wie könnte ich, da doch mein Herz voll von dir ist?«

»Aber du scheinst mir nicht zuzuhören.«

Das war richtig. Zwar hatte er sich über ihr Kommen nicht gerade gefreut, aber es fiel ihm auch nicht sonderlich schwer, zu vergessen, dass sie da war. Wenn sie hätte weggehen wollen, hätte er sie sogar festgehalten, damit sie bliebe. Er hatte durch und durch das Gefühl, sie sei ein Teil von ihm. Als wollte er sich entschuldigen, erklärte er: »Ich liebe diesen Garten doch so sehr. Früher gab es für mich nichts Schöneres, als hier zu sitzen. Die großen Bäume, die silbernen Bäche und die zwitschernden Vögel kennen mich schon genauso gut wie ich sie. Ich fände es schön, wenn du sie wie ich liebtest. Hast du gesehen, wie der Himmel durch die Zweige lugt?«

Umaima schaute für einen Moment nach oben und sah ihn dann lächelnd an. »Es ist wirklich schön. Der Garten ist es wert, dass er dir das Köstlichste ist.« Ohne dass sie es deutlich sagte, hörte er den Vorwurf heraus. »Das war so, bevor ich dich kannte«, beeilte er sich zu versichern.

»Und jetzt?«

Er drückte zärtlich ihre Hand. »Der Garten ist längst nicht so schön wie du.«

Sie blickte ihn scharf an. »Das Gute ist, dass der Garten es dir nicht übel nimmt, wenn du bei mir bist, statt zu ihm zu kommen.«

Adham musste lachen. Er zog sie an sich, bis seine Lippen ihre Wangen berührten. »Ist es nicht viel besser«, sagte er dann, »sich die Blumen hier anzuschauen, als über die Frauen der Brüder zu sprechen?«

»Natürlich sind die Blumen schön«, erwiderte sie hastig. »Aber die Frauen hören nicht auf, sich über dich das Maul zu zerreißen. Es geht um die Stiftung und immer wieder um die Stiftung. Und dann geht es immer wieder darum, dass dein Vater dir so sehr vertraut, sie haben überhaupt nichts anderes mehr im Kopf.«

Adham schaute nicht länger in den Garten. Er verzog ärgerlich das Gesicht und sagte scharf: »Aber es mangelt ihnen doch an nichts!«

»Ich habe Angst, dass dich der böse Blick trifft.«

Wütend rief Adham: »Verflucht sei die Stiftung, sie ist nur eine Last für mich, bringt die anderen gegen mich auf und raubt mir meine Ruhe. Soll sie doch zugrunde gehen!«

Umaima legte ihm den Finger auf die Lippen. »Sei nicht undankbar,

Adham! Die Verwaltung der Stiftung ist eine wichtige Angelegenheit, und sie bringt ungeahnten Gewinn mit sich.«

»Bisher hat sie mir nur Sorgen eingebracht. Die Tragödie mit Idris werden wir zu verantworten haben.«

Sie lächelte, sah aber nicht sehr glücklich dabei aus. Sorgen schienen den Glanz ihrer Augen zu trüben. Leise sagte sie: »Du musst nur mit der gleichen Aufmerksamkeit auf unsere Zukunft schauen, mit der du die Zweige, den Himmel und die Vögel betrachtest.«

Von nun an saß Umaima des Öfteren mit ihm im Garten, auch wenn ihr das Schweigen nicht leichtfiel. Adham gewöhnte sich an ihre Gegenwart und lernte allmählich, ihr nur mit halbem Ohr oder auch gar nicht zuzuhören. Wenn er Lust hatte, nahm er die Flöte und spielte, was ihm gerade einfiel. So konnte er zu Recht sagen, dass alles aufs Beste eingerichtet sei. Selbst Idris' Unglück war allmählich zu etwas Gewohntem und Alltäglichem geworden. Nur die Krankheit seiner Mutter, die immer schlimmer wurde, bereitete ihm Sorgen. Sie musste so heftige Schmerzen ertragen, dass es ihm fast das Herz zerriss. Öfter als sonst ließ sie ihn zu sich rufen und überhäufte ihn mit ihren Segenswünschen. Eines Tages flehte sie inständig, der Herr möge ihn vor dem Bösen beschützen und ihn nur auf den rechten Pfad führen. Sie ließ ihn nicht weggehen, sondern rief zwischen Stöhnen und Ermahnungen seinen Namen, bis sie schließlich in seinen Armen starb. Es weinte Adham, und es klagte Umaima. Dann kam Gabalawi, betrachtete eine Weile ihr Gesicht und bedeckte sie ehrerbietig mit dem Totenkleid. Als er sich von ihr abwandte, lag in seinen Augen ein schwermütiger Blick voller Trauer.

Kaum hatte Adham sich allmählich wieder an den Lebensalltag gewöhnt, beobachtete er an Umaima eine plötzliche Veränderung, die er sich nicht erklären konnte. Sie begleitete ihn nicht mehr in den Garten, und dies freute ihn keineswegs so, wie er zuvor angenommen hatte. Wenn er sie danach fragte, antwortete sie nur, sie habe zu viel Arbeit oder sei zu müde. Es fiel ihm auch auf, dass sie ihn nicht mehr mit so viel Überschwang aufnahm wie bisher. Wenn er sich ihr näherte, schien ihm, als erwartete sie ihn ohne ein warmes Gefühl. Es war, als ginge sie lediglich freundlich mit ihm um, und als wäre dies eine Plage für sie. Adham fragte sich, woran das liegen könne. Er hatte an sich selbst schon vorübergehend eine gewisse Gleichgültigkeit beobachtet, aber seine Liebe zu ihr hatte ihm geholfen, aus diesem Zustand herauszufinden und ihn zu überwinden. Es wäre ein Leichtes für ihn gewesen, hart gegen sie zu sein. Manchmal wünschte er sich nichts sehnlicher als das. Doch er brachte es nicht fertig, weil sie so blass und zerbrechlich aussah und übermäßig aufmerksam zu ihm war. Bisweilen erschien sie ihm traurig und verstört, dann wiederum lag in ihrem Blick ein Hauch von Widerwillen, sodass Adham wütend und besorgt zugleich war. Er sagte sich, er müsse Geduld mit ihr haben. Entweder bessere sich ihr Zustand, oder es komme ein Unglück auf sie zu.

Als er eines Tages mit dem Vater im Arbeitszimmer saß und ihm die Tagesabrechnung vorlegte, sah dieser ihn prüfend an. »Was ist mit dir los?«, fragte er.

Adham blickte erstaunt auf Gabalawi. »Nichts, Vater.«

Der kniff die Augen zusammen und fragte streng: »Wie geht es Umaima?«

Unter dem wachsamen Blick des Vaters wurde Adham hilflos. »Es geht ihr gut, alles in Ordnung.«

Der Vater gab sich damit nicht zufrieden. »Erkläre mir offen und ehrlich, was dich bedrückt.«

Adham schwieg einen Moment. Ihm war klar, dass er seinem Vater nichts verheimlichen konnte. Also sagte er: »Es hat sich vieles verändert. Sie scheint widerspenstig zu sein.«

Verwundert blickte Gabalawi ihn an. »Gab es Streit zwischen euch?«

»Überhaupt nicht.«

Da schmunzelte der Vater vergnügt. »Du Dummkopf, du. Sei nett zu ihr, und nähere dich ihr nicht eher, als bis sie dich dazu auffordert. Du wirst bald Vater sein.«

6

Adham saß in der Stiftungsverwaltung und trug die neuen Pächter ein. Die Schlange der Wartenden war lang, sie reichte bis weit nach draußen. Er schrieb einen nach dem anderen auf, bis schließlich der Letzte an der Reihe war. Ohne den Kopf zu heben, fragte er: »Name?«

»Idris Gabalawi.«

Erschrocken hob Adham den Kopf und sah seinen Bruder vor sich stehen. Er sprang entsetzt auf, blickte ihn warnend an und schob abwehrend die Arme vor, als müsste er sich gleich verteidigen. Idris' Äußeres hatte sich völlig verändert, noch nie hatte ihn jemand so gesehen. Seine Kleidung war zerschlissen. Er schaute ruhig, bescheiden und ein bisschen traurig auf Adham. Er machte einen durch und durch vertrauenerweckenden Eindruck. Als Adham ihn in solchem Aufzug vor sich stehen sah, war er fast bereit, den alten Streit zu vergessen. Aber ein kleiner Rest von Misstrauen mahnte ihn zur Vorsicht. »Idris!«

Idris senkte den Kopf und sah ganz liebenswürdig aus. Adham konnte kaum glauben, dass er es wirklich war. »Hab keine Angst, ich komme nur als Gast in dieses Haus und hoffe, dein großzügiger Charakter lässt das zu.«

Der da so nette Worte fand, war das wirklich Idris? Hatten ihn Kummer und Leid gezähmt? Diese Unterwürfigkeit war genauso schwer zu ertragen wie seine zügellose Raserei. Bat er vielleicht nur deshalb um den Schutz der Gastfreundschaft, weil er damit den Vater herausfordern wollte? Aber er war ja ganz von sich aus gekommen, ohne Einladung, überlegte Adham. Unbewusst wies er auf einen Stuhl neben sich. Sie nahmen Platz und sahen sich befremdet an.

»Ich habe mich heimlich in die Schlange der neuen Pächter eingereiht«, sagte Idris schließlich, »damit ich mit dir allein sprechen kann.«

Adham war unruhig. »Hat dich niemand gesehen?«

»Nein, jedenfalls keiner von den Leuten im Haus. Sei unbesorgt, ich bin nicht gekommen, um dein Glück zu trüben, sondern vertraue mich völlig deiner Ehrenhaftigkeit an.«

Adham schlug beschämt die Augen nieder, vor Aufregung schoss ihm das Blut in die Wangen.

»Vielleicht wunderst du dich«, fuhr Idris fort, »dass ich so verändert aussehe. Vielleicht fragst du dich, wo mein Stolz und meine Prahlsucht geblieben sind. Du musst wissen, dass ich unerträgliches Leid erfahren habe. Wie ich mich dir jetzt zeige, so würde ich keinem anderen gegenübertreten. Einer wie ich kann seinen Stolz nur dann vergessen, wenn er auf ein so freundliches und gütiges Wesen stößt, wie du es bist.«

»Möge Allah dir und uns ein leichtes Leben bescheren!«, murmelte Adham verlegen. »Wie hat mir dein Schicksal das Leben schwer und bitter gemacht!«

»Ich hätte von Anfang an anders handeln sollen«, erwiderte Idris. »Aber der Zorn hatte mich überwältigt und mir die Sinne getrübt. Der Wein ließ mich zudem meine Ehre vergessen. Das müßige Leben als Schmarotzer gab meiner Menschlichkeit den letzten Rest. Hattest du denn je zuvor an deinem großen Bruder ein solch übles Verhalten beobachten können?«

»Nie! Du warst immer der beste Bruder und der edelste Mensch.«

»Jammer über die letzten Tage!«, sagte Idris schmerzerfüllt. »Jetzt bin ich ein elender Lump, der sich in der öden Wüste herumschleppt und eine schwangere Frau hinter sich herzieht. Überall, wo ich auch hinkomme, ernte ich Flüche, und meinen Lebensunterhalt bestreite ich, indem ich Schändlichkeiten begehe und mir neue Feinde mache.«

»Es zerreißt mir das Herz, Bruder, was du da sagst.«

»Verzeih mir, Adham. Du hast eben noch die gleiche gute Art, wie ich sie schon von jeher an dir kannte. Hab ich dich nicht auf meinen Armen getragen, als du klein warst? Hab ich dich nicht als

Junge aufwachsen sehen und beobachten können, was für einen großmütigen und lobenswerten Charakter du hast? Allah möge den Zorn mit Fluch belegen, wo immer er auch auflodert!«

»Auf ewig, Bruder!«

Idris seufzte. »Ich habe mich schwer an dir vergangen«, sagte er, und es war, als spräche er zu sich selbst. »Was ich an Unglück schon erlebt habe und noch erleiden werde, ist nichts, gemessen an dem, was ich als Strafe verdiene.«

»Allah möge dir dein Leben leichter machen. Weißt du, ich habe nie die Hoffnung aufgegeben, dass du zurückkehrst. Selbst als der Zorn unseres Vaters alles Maß überstieg, wagte ich es, das Gespräch auf dich zu lenken.«

Idris lächelte breit und zeigte seine gelben und schmutzigen Zähne. »Das habe ich mir gedacht. Bestimmt, so sagte ich mir, ist da noch die Hoffnung, dass der Vater seine Meinung ändert, und kein anderer als du wird das erreichen.«

Adhams Augen glänzten freudig. »Nun erkenne ich, dass du dich wieder von deinem edlen Sinn führen lässt. Meinst du nicht auch, es ist jetzt Zeit, mit unserem Vater noch einmal über diese Angelegenheit zu sprechen?«

In hoffnungsloser Verzweiflung schüttelte Idris sein zottiges Haar. »Wer auch nur einen Tag älter ist als du, weiß über unseren Vater mehr, als in einem Jahr zu erfahren ist. Ich bin aber nicht nur ein Jahr älter als du, sondern zehn. Ich weiß, dass unser Vater alles verzeihen kann, nur nicht, wenn man ihn lächerlich macht und damit erniedrigt. Nach allem, was geschehen ist, wird der Vater mir nicht verzeihen. Für mich gibt es keine Hoffnung mehr, jemals ins Große Haus zurückzukehren.«

Adham wusste, dass das stimmte. Es machte ihn noch bedrückter, und so fragte er niedergeschlagen: »Wie also könnte ich dir helfen?«

Idris lächelte wieder. »Denk nicht, dass du mir mit Geld helfen solltest. Ich weiß, du bist ein ehrlicher Verwalter, und wenn du mir Geld geben würdest, so nähmst du es aus deiner eigenen Tasche. Das aber möchte ich nicht. Heute bist du nur Ehemann, schon morgen aber wirst du Vater sein. Nein, es ist nicht die Armut, die mich zu dir bringt. Ich bin gekommen, um dir zu sagen, wie sehr ich bereue, was ich dir unbedacht angetan habe. Ich möchte deine Freundschaft wiedergewinnen. Und dann hätte ich da auch noch eine kleine Bitte.«

Adham horchte auf. »Sprich, Bruder, sprich! Was für eine Bitte hast du?«

Idris rückte näher an Adham heran, als fürchtete er, dass jemand sie belauschen könnte. »Da ich heute alles verloren habe, möchte ich mich wenigstens dessen vergewissern, was mir das Morgen bringt. Wie du werde auch ich bald Vater sein, und da möchte ich gern wissen, was für einem Schicksal meine Nachkommen entgegensehen.«

»Ich stehe dir in allem, was mir möglich ist, zur Verfügung.«

Idris drückte dankbar Adhams Schulter. »Ich wüsste gern, ob der Vater meinen Anteil am Erbe gestrichen hat.«

»Wie soll ich das erfahren? Wenn du meine Meinung …«

Idris ließ ihn nicht aussprechen. »Ich will nicht deine Meinung, sondern die unseres Vaters wissen.«

»Aber du weißt doch, dass er nie jemandem auch nur den kleinsten Gedanken anvertraut.«

»Er hat bestimmt schon seinen Letzten Willen in der Stiftungsurkunde festgehalten.« Adham wiegte zweifelnd den Kopf, ohne etwas zu sagen. »Alles ist doch in dieser Urkunde enthalten«, drängte Idris weiter.

»Mir ist nichts bekannt«, erwiderte Adham. »Du weißt auch, dass niemand im Haus etwas darüber erfährt. Meine Arbeit hier, in der Verwaltung, steht völlig unter der Kontrolle unseres Vaters.«

Idris schaute ihn bekümmert an. »Die Stiftungsurkunde ist in einem dicken Buch aufbewahrt. Als Junge habe ich es einmal gesehen. Damals liebte und hütete er mich noch wie seinen Augapfel. Als ich ihn nach dem Buch fragte, antwortete er mir, in ihm sei alles über uns enthalten. Wir haben nie wieder darüber gesprochen, und er hat mir zu verstehen gegeben, dass er darüber nicht weiter befragt werden möchte. Ich habe nicht den geringsten Zweifel. Über mein Schicksal steht etwas in diesem Buch.«

Adham fühlte sich unwohl. Ihm war, als würde er in die Enge getrieben und könne sich nicht mehr befreien. »Allah allein ist allwissend«, sagte er leise.

»Das Buch ist in dem kleinen Raum neben dem Zimmer deines Vaters, bestimmt hast du dort schon die kleine Tür hinten links gesehen. Sie ist immer verschlossen, aber der Schlüssel liegt in einem Silberkästchen im Schubfach des kleinen Tisches am Bett. Das dicke Buch liegt auf einem Tisch in der kleinen Kammer.«

Beunruhigt runzelte Adham die Augenbrauen. »Was willst du?«

»Wenn ich noch ein wenig Ruhe in dieser Welt finden soll, dann hängt das von dem ab, was über mich in dieser Urkunde geschrieben steht«, erwiderte Idris seufzend.

»Am einfachsten wäre es, ihn zu bitten, mir klar und deutlich zu sagen, was die zehn Gebote der Stiftung sind.«

»Er wird dir nicht antworten, sondern nur zornig werden. Wahrscheinlich wird darunter nur dein Ansehen bei ihm leiden, oder er vermutet den wahren Grund deiner Frage, und dann ziehst du dir seinen Unwillen zu. Ich könnte es nicht ertragen, wenn du, nur weil du zu mir gut bist, das Vertrauen deines Vaters verlieren würdest. Er will auf gar keinen Fall, dass die zehn Gebote bekannt werden. Wenn es nichts dagegen einzuwenden gäbe, dann würden wir alle sie schon längst kennen. Also gibt es gar keine andere Möglichkeit, den Inhalt der Urkunde zu erfahren, als die, die ich dir gerade beschrieben habe. Das lässt sich ganz einfach machen, nämlich früh am Morgen, wenn er im Garten spazieren geht.«

Adham wurde blass. »Bruder, nichts Schrecklicheres habe ich je gehört, als was du mir da gerade vorgeschlagen hast.«

Idris war sichtlich enttäuscht und versuchte, dieses Gefühl mit einem schwachen Lächeln zu überspielen. »Es ist doch kein Verbrechen, wenn sich ein Sohn darüber unterrichtet, was im Testament des Vaters für ihn vorgesehen ist.«

»Aber du verlangst von mir, dass ich ein Geheimnis lüfte, das der Vater sorgsam hütet!«

Idris seufzte hörbar auf. »Als ich beschlossen hatte, dich aufzusuchen, habe ich mir schon selbst gesagt, nichts würde schwerer sein, als dich zu bitten, etwas gegen den Willen des Vaters zu tun. Aber ich ließ mich von der großen Hoffnung leiten, dass du vielleicht spürst, wie dringend ich deine Hilfe benötige. An der ganzen Sache ist nichts Verwerfliches, alles wird gut enden. Du hättest dann nur das Gefühl, einen Menschen, ohne den geringsten Schaden für dich, aus der Hölle errettet zu haben.«

»Der Herr bewahre uns vor Gefahren!«

»Amen! Nur hatte ich dich gebeten, mich von meinen Qualen zu befreien!«

Adham stand verwirrt und besorgt auf, und auch Idris erhob sich. Er lächelte zwar, ließ aber zugleich damit erkennen, wie verzweifelt er war. »Ich habe dich offensichtlich belästigt, Adham. Es gehört zu meinem Unglück, dass ich den Menschen, denen ich begegne, auf die eine oder andere Weise Kummer bringe. Idris ist offenkundig zu einem einzigen Fluch geworden!«

»Es schmerzt mich, dass ich dir nicht helfen kann. Noch nie habe ich solche Qualen erlitten!«

Idris trat an ihn heran, legte ihm zärtlich die Hand auf die Schulter und küsste ihn auf die Stirn. »Ich weiß doch, mein Unglück habe ich ganz allein zu tragen. Warum dachte ich nur daran, dir mehr aufzubürden, als du tragen kannst? Lass mich also in Frieden gehen, soll Allah tun, was er will.« Mit diesen Worten verließ Idris den Raum.

7

Umaimas Gesicht belebte sich zum ersten Mal seit Wochen. Neugierig fragte sie: »Hat dein Vater dir nie etwas über die Urkunde erzählt?«

Adham saß mit gekreuzten Beinen auf dem Sofa und schaute in die Finsternis der Wüste, die sich draußen, vor dem Fenster, weithin erstreckte. »Er hat noch nie jemandem etwas darüber gesagt.«

»Aber du bist doch ...«

»Ich bin nur einer seiner vielen Söhne.«

Umaima lächelte. »Aber dich hat er doch ausgewählt, die Stiftung zu verwalten?«

Er wandte sich ihr mit einem Ruck zu und entgegnete scharf: »Ich habe doch schon gesagt, dass er mit niemandem darüber gesprochen hat!«

Wieder lächelte sie, als wollte sie seinen Worten die Schärfe nehmen. »Denk nicht weiter darüber nach«, sagte sie listig. »Das verdient Idris wirklich nicht. Er hat dich so schlecht behandelt, dass man ihm das nicht vergessen kann.«

Adham schaute wieder zum Fenster hinaus und sagte traurig: »Aber der Idris, der heute zu mir kam, ist ein völlig anderer als der, der so gemein zu mir war. Sein reuevolles, trauriges Gesicht will nicht aus meinen Gedanken weichen.«

»Das habe ich dir schon angemerkt, und deswegen mache ich mir ja Sorgen. Du wirkst ziemlich verstimmt und bist ganz anders als sonst.«

Er starrte ins Dunkel. »Es nutzt nichts, wenn du dir Sorgen machst.«

»Aber dein Bruder bereut alles und hat dich gebeten, ihm zu verzeihen.«

»Der Wille, ihm zu helfen, ist da, aber die Kraft fehlt.«

»Du musst dich mit ihm besserstellen, auch mit deinen Brüdern, sonst stehst du eines Tages ganz allein da.«

»Dir geht es nur um dich und nicht um Idris.«

Sie schüttelte unwillig den Kopf. »Daran ist doch nichts auszusetzen. Das zeigt lediglich, dass ich mich auch für dich und das Wesen in meinem Bauch interessiere.«

Worauf wollte die Frau hinaus? Und dann diese Finsternis – undurchdringlich, selbst der gewaltige Mukattam-Berg schien von ihr verschlungen zu sein. Er versuchte, im Schweigen Ruhe zu finden.

Aber Umaima ließ nicht locker. »Hast du denn diese kleine Kammer nie betreten?«

»Nie! Als Junge wollte ich einmal hinein, aber der Vater hat es verboten. Meine Mutter hat mir daraufhin nicht mehr erlaubt, mich dieser Kammer auch nur zu nähern.«

»Aber bestimmt wolltest du gern mal hineinschauen?«

Er hoffte, sie wolle mit allem, was sie sagte, ihn von der ganzen Sache abbringen, nicht aber ihm zureden. Er brauchte jemanden, der ihm bestätigte, dass er sich dem Bruder gegenüber richtig verhalten hatte. Genau danach verlangte es ihn, aber stattdessen erging es ihm wie einem, der in der dunklen Nacht um Hilfe ruft und so die Räuber auf sich aufmerksam macht.

Umaima ließ keine Ruhe. »Und das Tischchen, in dem die silberne Kiste ist, kennst du das?«

»Jeder, der das Zimmer einmal betreten hat, kennt den Tisch. Warum fragst du?«

Sie rutschte näher und schaute ihn verführerisch an. »Möchtest du denn das dicke Buch nicht einmal sehen?«

»Nein«, entgegnete er mit schneidender Stimme. »Warum sollte ich?«

»Wer könnte schon dem Wunsch widerstehen, einmal einen Blick in die Zukunft zu werfen?«

»In deine Zukunft, wolltest du sagen.«

»Meine und deine, und auch die von Idris, wegen dem du so bekümmert bist trotz allem, was er dir angetan hat.«

Die Frau sprach laut und deutlich aus, was tief in seiner Seele schlummerte. Er reckte den Kopf noch weiter vor, als könnte er ihr auf diese Weise entfliehen. »Was mein Vater nicht will, will auch ich nicht.«

Fragend zog sie ihre hübsch gewölbten Brauen hoch. »Warum versteckt er überhaupt dieses Buch?«

»Das geht nur ihn etwas an. Was fragst du heute Abend so viel?«

»Die Zukunft!«, schwärmte sie leise vor sich hin. »Wir würden unsere Zukunft kennen und könnten dem armen Idris etwas Gutes tun. Es kostet uns nicht mehr Mühe, als ein Stückchen Papier zu lesen, und niemand weiß davon. Könnte irgendjemand, ob Freund oder Feind, uns beweisen, dass wir etwas Schlechtes getan und deinem geliebten Vater auch nur im Geringsten geschadet haben?«

Adham beobachtete einen Stern, der viel heller als die anderen leuchtete. Als ob er nicht gehört hätte, was Umaima laut überlegte, sagte er: »Der Himmel ist schön! Wenn es draußen nicht so feucht wäre, würde ich mich in den Garten setzen und durch die Zweige den Himmel betrachten.«

»Bestimmt hat er in der Stiftungsurkunde die anderen reichhaltiger bedacht als dich.«

»Ich bin überhaupt nicht an Vorteilen interessiert, das bringt nur Sorgen mit sich.«

»Ach, wenn ich nur lesen könnte«, seufzte Umaima, »dann würde ich ganz allein den Schlüssel aus dem Kästchen nehmen.«

Als Adham sich dabei ertappte, dass er die Idee auch gut fand, wurde er noch wütender auf sie und ärgerte sich über sich selbst. Ihm war fast zumute, als ob er diese ruchlose Tat schon hinter sich gebracht hätte und nun daran denken könnte wie an etwas Vergangenes. Finster dreinblickend, wandte er sich seiner Frau zu. Im Licht der Lampe, die im Windhauch, der durch das Fenster kam, hin und her pendelte, sah sein Gesicht noch düsterer aus. Trotz seines Zorns sprach er leise. »Ein Fluch muss auf mir gelegen haben, als ich dir von der Begegnung mit Idris erzählte.«

»Aber ich will doch überhaupt nicht, dass du etwas Schlechtes tust. Und deinen Vater liebe ich ebenso sehr wie du.«

»Schluss jetzt mit diesem ermüdenden Gespräch. Um diese Zeit ruhst du doch sonst schon.«

»Ich glaube, mein Herz gibt erst dann Ruhe, wenn diese Sache, die keine große Mühe kostet, in Angriff genommen worden ist.«

Adham ertrug es nicht länger. »Allah!«, hauchte er. »Gib dieser Frau den Verstand zurück!«

Sie blickte ihn an wie jemand, der zum großen Sprung ansetzt. »Hast du deinem Vater nicht schon zuwidergehandelt, als du mit Idris in der Verwaltung gesprochen hast?«

Adhams Augen weiteten sich vor Verblüffung. »Er stand plötzlich vor mir, wie hätte ich da nicht mit ihm sprechen sollen?«

»Hast du denn deinem Vater von seinem Besuch erzählt?«

»Du bist schwer zu ertragen heute Abend, Umaima!«

»Wenn du schon den Mut hast«, sagte sie triumphierend, »ihm in Dingen zuwiderzuhandeln, die dir schaden, warum handelst du dann nicht auch wenigstens in solchen Dingen gegen seinen Willen, die dir und deinem Bruder nützen und niemandem schaden?«

Er hätte das Gespräch durchaus abbrechen können, aber der Sog war schon zu stark. So ließ er sie also sprechen, denn ein Teil von ihm war schon bereit, sich von ihr leiten zu lassen. »Worauf willst du hinaus?«, fragte er gereizt.

»Ich meine, dass du bis morgen früh wach bleiben solltest, oder zumindest so lange, bis er draußen ist.«

»Die Schwangerschaft hat deine Gefühle durcheinandergebracht, so glaubte ich zumindest bis jetzt, nun aber sehe ich, dass auch dein Verstand gelitten hat.«

»Du bist doch völlig einverstanden mit dem, was ich gesagt habe. Schon deshalb, weil es auch wegen des Kindes zu Recht geschieht. Aber du hast Angst, und das passt überhaupt nicht zu dir.«

Grimmig blickte er vor sich hin. Es war, als schnitte jemand die letzten Seile durch, an denen er sich festgehalten hatte, um nicht seiner Willensschwäche zu unterliegen. »An diese Nacht werden wir uns noch lange erinnern, weil wir uns zum ersten Mal richtig streiten.«

Umaima war auf einmal ganz sanft. »Adham, lass uns ernsthaft über die Sache sprechen.«

»Es wird uns nichts Gutes bringen.«

»Das sagst du jetzt, aber du wirst schon sehen.«

Er fühlte, dass er in die Nähe einer Feuersglut geraten war. Wenn du erst einmal brennst, dachte er, dann werden auch deine Tränen das Feuer nicht mehr löschen können. Als er wieder zum Fenster hinaussah, stellte er sich vor, dass die Menschen, die da oben auf diesem funkelnden Stern wohnten, sehr glücklich darüber sein müssten, weit entfernt von diesem Haus zu leben. Leise sagte er: »Nie hat jemand seinen Vater so sehr geliebt wie ich den meinen.«

»Nichts liegt uns ferner, als ihm ein Leid zuzufügen.«

»Umaima, du musst jetzt schlafen!«

»Du bist schuld daran, dass meine Augen keinen Schlaf finden.«

»Ich habe gehofft, einmal ein vernünftiges Wort von dir zu hören.«

»Du hörst die ganze Zeit nichts anderes.«

Als spräche er zu sich selbst, flüsterte er fast unhörbar: »Steuere ich nicht auf meinen Untergang zu?«

Sie streichelte zärtlich seine Hand, die auf der Lehne lag, und sagte vorwurfsvoll: »Wir sind eins in unserem Schicksal, du Zweifler an unserer Liebe!«

Sein Widerstand schien gebrochen, denn seiner Stimme war eine gewisse Resignation anzuhören. »Nicht einmal der Stern dort weiß, wie mein Schicksal aussieht.«

Ihre Antwort kam prompt: »Dein Schicksal kannst du in dem dicken Buch lesen.«

Sein Blick hing an den Sternen, die Wache hielten und die Wolken in ein ruhiges Licht hüllten. Ihm schien, als könnten sie ihn verstehen. »Gütiger Himmel!«, flüsterte er.

Umaima riss ihn aus seinen Gedanken: »Du hast mir gezeigt, wie schön der Garten ist, nun möchte ich dir mal etwas Gutes zeigen.«

8

Der Vater verließ im Morgengrauen sein Zimmer, um in den Garten zu gehen. Adham stand am Ende des dunklen Flurs und beobachtete ihn. Von hinten drückte sich Umaima an ihn, ihre Hand lag auf seiner Schulter. Sie lauschten den schweren, gleichmäßigen Schritten, konnten aber in der Dunkelheit nicht ausmachen, in welche Richtung sie sich entfernten. Es gehörte zu Gabalawis Gewohnheiten, das Zimmer um diese Zeit ohne Licht und ohne Begleitung zu verlassen. Als das Geräusch der Schritte verhallt war, flüsterte Adham: »Sollten wir nicht besser zurückgehen?«

Umaima schubste ihn vorwärts und sagte leise: »Verflucht will ich sein, wenn ich denken würde, damit irgendjemandem etwas Schlechtes anzutun.«

Vorsichtig ging Adham einige Schritte weiter. Aufgeregt umklammerte er mit einer Hand eine kleine Kerze in seiner Tasche. Er tastete sich die Wand entlang, bis er die Tür fühlte.

»Ich bleibe hier und passe auf!«, flüsterte Umaima. »Geh und sei vorsichtig!« Sie streckte die Hand vor und stieß die Tür auf. Dann trat sie wieder ein wenig zurück.

Adham schlich in das Zimmer. Durchdringender Moschusduft schlug ihm entgegen. Er zog die Tür hinter sich zu und blieb stehen, um sich an die Dunkelheit zu gewöhnen. Allmählich konnte er die Fenster erkennen, die vom zarten Licht des frühen Morgens nur wenig erhellt wurden. Adham hatte das Gefühl, dass die Missetat – wenn es sich überhaupt um eine solche handelte – bereits mit dem Eintritt in dieses Zimmer begangen war. Nun blieb ihm also nichts weiter übrig, als auch noch den Rest zu vollbringen. Er ging die linke Wand entlang, stieß manchmal an Stühle, kam an der Tür zur kleinen Kammer vorbei und tappte weiter. Wenig später stolperte er an das Tischchen. Er öffnete die Schublade, tastete darin herum, bis er schließlich das Kästchen fand. Er hielt ein wenig inne, um Atem zu holen. Dann nahm er den Schlüssel heraus und schlich an der Wand zurück, bis er auf die Kammertür stieß. Aufgeregt suchte er das Schlüsselloch, steckte den Schlüssel hinein und öffnete die Tür. Endlich war es so weit, er konnte in den Raum hineinschleichen, den außer dem Vater noch nie jemand betreten hatte. Nachdem er die Tür leise zugezogen hatte, zündete er die Kerze an. Er sah einen hohen, quadratischen Raum, dessen einziger Ausgang die Tür war. Auf dem Boden lag ein kleiner Teppich. Rechts stand ein reich verzierter Tisch, auf dem das dicke Buch lag. Es war mit einer in der Wand eingelassenen Eisenkette gesichert. Adhams Mund war völlig ausgetrocknet, und als er schlucken wollte, schmerzte der Hals wie bei einer schlimmen Mandelentzündung. Er biss die Zähne zusammen, als könnte er dadurch die Angst überwinden, die seinen Körper und die Kerze zittern ließ. Er trat an den Tisch und sah auf das dicke Buch. Der Einband war mit einem vergoldeten Strichmuster geschmückt. Er streckte die Hand aus, öffnete das Buch. Als er merkte, dass es ihm schwerfiel, aufmerksam zu lesen, gab er sich Mühe, ruhiger zu werden. In persischer Schrift stand da: »Im Namen Allahs ...«

Da aber wurde plötzlich die Tür aufgestoßen. Adham fuhr erschreckt auf, ohne sich dessen bewusst zu werden. Ihm schien, als wäre er selbst die Tür, die da mit aller Kraft aufgerissen worden war. Im Schein der Kerze erblickte er Gabalawi, der mit seinem schweren, wuchtigen Körper den Türrahmen voll ausfüllte und ihn mit kaltem, strengem Blick maß. Adham starrte den Vater bewegungslos und schweigend an. Alle Kraft war von ihm gewichen, er konnte weder denken, reden noch sich rühren.

»Hinaus!«, befahl der Vater.

Aber Adham war unfähig, sich zu bewegen. Alles Leben schien von ihm gewichen zu sein, nur hätte er dann nicht den wühlenden Schmerz der Verzweiflung spüren können.

»Hinaus!«, schrie der Vater.

Panische Angst ließ ihn aufwachen. Er machte ein paar Schritte, und als der Vater die Tür freigab, verließ er mit der brennenden Kerze in der Hand die Kammer. Umaima stand tränenüberströmt und schweigend in der Mitte des Zimmers. Mit einem Handzeichen bedeutete ihm der Vater, sich neben sie zu stellen. Er tat es.

Als der Vater zu sprechen begann, lag in seiner Stimme eisige Kälte. »Du wirst meine Fragen wahrheitsgemäß beantworten.«

Adhams Gesicht ließ erkennen, dass er zu allem bereit war.

»Wer hat dir etwas von dem Buch erzählt?«, fragte der Vater.

Wie Wein aus einem zerbrochenen Krug strömt, so platzte Adham mit der Antwort heraus. »Idris!«

»Wann?«

»Gestern früh.«

»Wo und wie habt ihr euch getroffen?«

»Er hatte sich in die Schlange der neuen Pächter eingereiht und so lange gewartet, bis er mich allein sprechen konnte.«

»Warum hast du ihn nicht weggejagt?«

»Ich habe es nicht fertiggebracht, Vater.«

Gabalawi fuhr ihn scharf an: »Nenn mich nicht Vater!«

Adham nahm all seinen Mut zusammen und erwiderte: »Du bist und bleibst mein Vater, auch wenn du mir zürnst und ich eine Dummheit begangen habe.«

»Hat er dich dazu verführt?«

Unaufgefordert antwortete Umaima schnell: »Ja, Herr.«

»Halt den Mund, du Ungeziefer, du!« Dann wandte er sich wieder an Adham. »Antworte!«

»Er war so unglücklich und elend und bereute alles. Er wollte sich nur der Zukunft seiner Nachkommen vergewissern.«

»Dann warst du also bereit, das für ihn zu tun?«

»Aber nein! Ich habe ihm gesagt, dass ich es nicht fertigbringen würde.«

»Was hat dann deine Meinung geändert?«

Adham seufzte verzweifelt und sagte leise: »Der Satan!«

Gabalawi fragte mit grimmiger Stimme: »Hast du deiner Frau von dem Gespräch mit ihm erzählt?«

Umaima schluchzte los. Gabalawi hieß sie schweigen. Als er Adham einen Wink gab, sich mit der Antwort zu beeilen, sagte dieser: »Ja.«

»Und was hat sie dir geraten?«

Als Adham schwieg und an seinem Speichel würgte, schrie er ihn an: »Antworte, du niedriger Mensch!«

»Sie wünschte sich sehr, das Vermächtnis zu kennen, und meinte, dass das niemandem schaden würde.«

Gabalawi sah ihn voller Verachtung an. »Und da warst du bereit, den zu verraten, der dir seine Gunst schenkte und nur Gutes von dir erwartete.«

Adham stöhnte auf. »Es wird mir nicht helfen, wenn ich versuche, mich zu verteidigen. Aber deine Vergebung wird größer sein als jede Schuld und jede Verteidigung.«

»Hast du dich nicht mit Idris verschworen, den ich um deinetwillen verstoßen habe?«

»Ich habe mich nicht mit ihm verschworen, aber ich habe mich an dir vergangen. Nichts außer deiner Vergebung kann mich retten.«

Umaima flehte den Vater an: »Herr!«

Gabalawis grimmiger Blick ging von einem zum anderen. Mit furchterregender Stimme sagte er: »Verlasst das Haus!«

»Mein Vater!«, rief Adham.

Aber der sagte nur barsch: »Verlasst das Haus, bevor ich euch hinauswerfen lasse.«

9

Dieses Mal öffnete sich das Tor des Großen Hauses, um den Auszug der beiden Vertriebenen zu erleben. Adham ging mit einem Bündel Kleider voran, Umaima folgte ihm mit einem weiteren Bündel und ein wenig Wegzehrung. Kummerbeladen und bar jeder Hoffnung, schritten sie durch das Tor. Als es hinter ihnen zuschlug, schluchzten beide laut. Umaima stöhnte auf: »Der Tod ist das Mindeste, was ich zur Strafe verdient hätte!«

»Zum ersten Mal sprichst du die Wahrheit«, erwiderte Adham mit bebender Stimme. »Aber auch ich hätte den Tod verdient!«

Als sie ein Stück weg vom Haus waren, hallte plötzlich ein grelles, spöttisches Lachen durch die Wüstenödnis. Sie sahen sich um und erblickten Idris vor seiner aus Holz- und Blechteilen gebauten Hütte. Seine Frau Nargis saß auf einem Stein und spann. Idris' boshaftes Lachen riss nicht mehr ab. Gebannt blieben die beiden stehen und starrten ihn an. Wie volltrunken tanzte er los und zog dabei an seinen Fingern, sodass die Knöchel krachten. Seine Frau sammelte beunruhigt die Spinnsachen auf und flüchtete in die Hütte. Adham blickte ihn unentwegt mit von Zorn und Weinen geröteten Augen an. Jetzt hatte er begriffen, wie listig Idris vorgegangen war, und entdeckte dessen ganze ruchlose Gemeinheit. Es wurde ihm klar, dass Idris angesichts seiner Einfalt und Dummheit nun vor lauter Schadenfreude tanzte. Er zeigte sein wahres Gesicht, er war das fleischgewordene Böse. Das Blut kochte Adham in den Adern, sodass er nicht mehr klar denken konnte. Er griff eine Handvoll Sand, warf ihn in Richtung Idris und schrie dabei: »Du Dreckskerl! Du verfluchter Hund! Im Vergleich zu dir ist der Skorpion ein zahmes Geschöpf!«

Idris tanzte nur noch wilder. Er warf den Kopf von einer Seite zur anderen, hob und senkte die Augenbrauen und knackste noch immer mit den Fingerknöcheln. Adham sah rot vor Zorn. »Gemeinheit, Laster und Verderbtheit, das sind die Eigenschaften von solch heuchlerischen Gaunern, wie du einer bist!«

Idris wiegte sich nun heiter in den Hüften, sein Gesicht war ein einziges dummes, hässliches Lachen. Adham schrie weiter, obwohl Umaima versuchte, ihn wegzuziehen. »Selbst als Hure versuchst du dich, du widerlicher Kerl!«

Idris drehte ihm den Hintern zu und begann, sich langsam und kokett im Kreis zu drehen. Adham war nicht mehr zu halten. Er warf das Bündel auf die Erde und stieß Umaima von sich, die sich an ihn gehängt hatte. Er stürzte auf Idris zu und packte ihn mit aller Kraft an der Kehle. Idris schien das überhaupt nichts auszumachen, er tanzte weiter wie ein hübscher Geliebter. Adham schlug wie verrückt auf ihn ein, aber Idris ließ nicht ab von seinen Spötteleien und fing nun auch noch mit schrecklicher Stimme zu singen an: »Liebe Ente, sei gewarnt, da kommt die Katze mit dem Bart!« Plötzlich hielt er inne, begann, laut zu toben, und stieß Adham so kräftig vor die Brust, dass dieser nach hinten taumelte, das Gleichgewicht verlor und zu Boden stürzte. Schreiend rannte Umaima zu ihm und half ihm auf. Sie klopfte ihm den Sand von den Kleidern und sagte: »Was hast du mit diesem Wilden zu schaffen! Lass uns von hier fortgehen!«

Schweigend hob er das Bündel auf, und nachdem sie ihre Sachen wieder genommen hatte, gingen sie weiter, immer weiter, bis sie auf der anderen Seite des Großen Hauses angelangt waren. Als Adham spürte, wie ihn seine Kräfte verließen, warf er das Bündel auf die Erde, setzte sich darauf und sagte: »Lass uns ein wenig ausruhen.«

Die Frau setzte sich ihm gegenüber und begann, bitterlich zu weinen. Mitten in ihr Schluchzen drang plötzlich wie ein Donnerschlag die Stimme von Idris an ihre Ohren. Er stand genau vor dem Großen Haus, blickte herausfordernd und rief: »Wegen des verächtlichsten Sohnes, der dir geboren wurde, hast du mich verjagt! Hast du nun gesehen, wie er sich dir gegenüber verhalten hat? Du selbst hast ihn jetzt in den Staub gestoßen. Der einen Strafe folgt die nächste, aber der, der angefangen hat, ist der größte Übeltäter. Jetzt weißt du, dass Idris nicht zu besiegen ist. Da sitzt du nun allein, mit deinen unfruchtbaren und feigen Söhnen. Du wirst nur noch Enkel haben, die sich im Dreck wälzen und auf sandigem Boden leben. Von morgen an werden sie mit Kartoffeln und Melonen umherziehen und sie feilbieten, von morgen an werden sie den Schlägen der Wächterhorden von Utuf und Kafr as-Sirari ausgesetzt sein, von morgen an wird sich dein Blut mit dem des Pöbels mischen! Du aber wirst allein in deinem Zimmer hocken und wirst in deinem dicken Buch alles so streichen und verändern, wie es dir Zorn und Enttäuschung eingeben. Die Einsamkeit des Alters wirst du in Finsternis erleben, und dann, wenn es Zeit ist zu sterben, wird sich kein einziges Auge finden, das dich beweint.« Daraufhin wendete er sich in Adhams Richtung und schrie wie wahnsinnig: »Und du, du Schwächling, wie willst du denn ganz allein dem Leben trotzen? Du selbst hast keine Kraft, und auf die Macht eines anderen kannst du dich nicht mehr stützen. Was nützt es dir jetzt, hier in dieser Wüste, dass du lesen und rechnen kannst?« Er lachte laut auf.

Umaima weinte noch immer. Adham ertrug das nicht länger. »Hör auf damit«, fuhr er sie grob an.

»Ich werde noch viel weinen, Adham, denn ich bin die Frevlerin«, sagte sie und rieb sich die Augen.

»Mich trifft nicht weniger Schuld als dich«, erwiderte Adham. »Wäre ich nicht solch ein verächtlicher Schwächling gewesen, wäre das alles nicht geschehen.«

»Aber nein! Ich allein bin an allem schuld.«

Wütend schrie er sie an: »Du beschuldigst dich doch nur selbst, damit ich nicht mit meinen Vorwürfen über dich herfalle!«

Sie senkte den Kopf und schwieg. Nach einer Weile meinte sie: »Ich hätte nicht gedacht, dass er so hart sein kann.«

»Aber ich habe es gewusst und hätte deshalb nie so handeln dürfen.«

Sie zögerte ein wenig, dann sagte sie: »Wie soll ich denn hier leben, wo ich schwanger bin?«

»Wir werden hier leben müssen, da werden uns alle Tränen nichts nützen. Wir werden uns eine Hütte bauen.«

»Wo?«

Adham schaute sich um, sein Blick fiel auf die Hütte von Idris. Zerstreut sagte er: »Wir sollten nicht zu weit vom Großen Haus entfernt leben, selbst wenn wir dadurch gezwungen sind, die Nähe von Idris zu ertragen. Wir würden sonst in dieser Einöde zugrunde gehen.«

Umaima überlegte. »Ja«, sagte sie, »es ist besser, wenn wir in der Nähe bleiben, vielleicht erbarmt er sich unser.«

Adham stöhnte leise. »Ich werde vor Gram sterben. Wenn du nicht bei mir wärst, würde ich denken, dass alles nur ein schrecklicher Albtraum war. Wird denn sein Herz auf ewig hart sein können? Ich werde ihm nicht wie Idris die Stirn bieten. Und wenn ich nicht wie Idris bin, kann er mich dann wie ihn behandeln?«

Verbittert sagte Umaima: »Die anderen Viertel hatten nie einen solch strengen Vater, wie deiner es ist.«

»Weib«, fuhr er sie hart an, »wann wirst du endlich einmal deine Zunge hüten?«

»Aber ich habe doch gar kein Verbrechen begangen! Wenn du irgendjemandem, gleichgültig wem, davon erzählst und sagst, wie ich bestraft wurde, so wette ich mit dir, dass er dann nur mit den Achseln zuckt. Bei Allah, so einen Vater hat es noch nie gegeben!«

»Noch nie hat es einen solchen Mann gegeben! Dieses Gebirge, diese Wüste, dieser Himmel können es bezeugen! Einer wie er verkriecht sich nicht, wenn er herausgefordert wird!«

»Aber bei seiner Gewalttätigkeit wird keiner der Söhne im Haus bleiben.«

»Wir sind die Ersten, die gehen mussten, und wir sind auch die Schlechtesten.«

»Nein«, erwiderte sie unwillig, »ich bin nicht schlecht, wir sind es beide nicht.«

»Das letzte Urteil wird darüber erst in Zeiten der Prüfung gefällt werden.«

Beide flüchteten sich in Schweigen. Nichts Lebendes rührte sich in der Einöde, nur oben auf dem Gipfel des Berges waren ein paar Menschen zu sehen. Der Himmel war klar, und die Sonne überflutete mit ihren sengenden Strahlen die unendliche Sandwüste und ließ hier und da kleine Steine und verstreute Glasscherben aufleuchten. Allein der Berg erhob sich zum Himmel. Im Osten ragte ein großer Felsen aus dem Sand, der aussah wie der Kopf eines begrabenen Ungetüms. Die Hütte von Idris auf der Ostseite des Großen Hauses wirkte in ihrer Dürftigkeit wie eine einzigartige Herausforderung. Alles, aber auch alles wies auf künftige Not, Plage und Angst hin.

Umaima seufzte tief. »Wir werden uns abquälen müssen, bevor das Leben für uns ein bisschen erträglich wird.«

Adham sah hinüber zum Großen Haus. »Wir werden uns noch viel mehr plagen müssen, wenn sich dieses Tor dort für uns noch einmal öffnen soll.«

10

Adham und Umaima begannen, sich westlich des Großen Hauses eine Hütte zu errichten. Sie schleppten Steine und Platten heran, die am Fuß des Mukattam-Bergs lagen. Sie sammelten Holzstücke in der Umgebung von Utuf, Gamalija und Bab an-Nasr auf. Allmählich wurde ihnen klar, dass der Bau der Hütte viel mehr Zeit in Anspruch nehmen würde, als sie gedacht hatten. Außerdem waren nun auch die Vorräte an Eiern, Käse und Zuckersirup aufgebraucht, die Umaima noch vom Großen Haus mitgebracht hatte. So beschloss denn Adham, etwas zu tun, um den Lebensunterhalt zu verdienen. Er veräußerte einige der kostbaren Kleidungsstücke, um von dem Geld einen Handkarren zu kaufen und dann Kartoffeln, Melonen,

Gurken und was es sonst je nach Jahreszeit gab, feilzubieten. Als er die Kleider zusammenpackte, brach Umaima in Tränen aus. Er kümmerte sich nicht weiter darum, sondern sagte halb spöttisch, halb ärgerlich: »Die Sachen passen sowieso nicht mehr zu mir. Sieht es nicht etwa lächerlich aus, wenn ich mit Kartoffeln herumziehe und mit einer Abaja aus brokatbestickter Kamelhaarwolle bekleidet bin?«

Schon bald darauf stieß er seinen Karren vor sich her in Richtung Gamalija, jenes Viertel, das ihn an seinen Hochzeitszug erinnerte. Das Herz wurde ihm schwer, die Stimme versagte ihm den Dienst, sodass er seine Ware kaum noch ausrufen konnte. Tränen standen ihm in den Augen, und fluchtartig eilte er in die weiter entfernt gelegenen Viertel. Vom frühen Morgen bis zum späten Abend war er auf den Beinen, sodass seine Sandalen zerschlissen aussahen. Die Füße und Gelenke schmerzten, und die Hände waren müde und schwach. Das Feilschen der Frauen war ihm unerträglich, und dass er sich manchmal vor Erschöpfung im Schatten einer Mauer einfach auf die Erde legen musste, empfand er als widerwärtig. Es störte ihn, dass er irgendwo in einem Winkel seinen Urin abschlagen musste. Das Leben erschien ihm unwirklich. Die Tage des Gartens, der Arbeit in der Verwaltung, des freien Betrachtens des Mukattam-Bergs von der Halle aus – all das kam ihm wie ein einziges Märchen vor. Nichts, sagte er sich, ist auf dieser Welt wirklich, nicht das Große Haus, nicht die unfertige Hütte, nicht der Garten, nicht der Handkarren, nicht das Gestern, das Heute und das Morgen. Vielleicht habe ich immerhin gut daran getan, dass ich mich nicht weit vom Großen Haus niedergelassen habe. So kann ich wenigstens nicht die Vergangenheit vergessen, wo ich schon die Gegenwart und Zukunft verloren habe. Wäre es denn ein Wunder, wenn ich auch noch mein Gedächtnis einbüßte, da ich bereits meinen Vater und mein Ich aufgeben musste?

Wenn er am frühen Abend zu Umaima zurückkehrte, bedeutete das nicht, dass er sich nun Ruhe gönnte. Er musste an der Hütte weiterbauen.

Eines Tages hatte er sich zur Mittagszeit in der Watawit-Gasse hingehockt, um sich ein wenig auszuruhen, und war eingenickt. Als er durch eine Bewegung wach wurde, sah er, wie ein paar junge Burschen seinen Karren stehlen wollten. Erschreckt sprang er auf. Einer der Jungen bemerkte es und warnte die anderen durch grelles Pfeifen. Dann stieß er den Karren um, damit Adham davon abgehalten werde, sie zu verfolgen. Die Gurken purzelten herunter, und die Jungen stoben auseinander wie ein Heuschreckenschwarm. Adham war so wütend, dass er trotz seiner Wohlerzogenheit die wildesten Flüche ausstieß. Er hockte sich auf die Erde und sammelte die Gurken auf, die voller Schmutz waren. Das erzürnte ihn noch mehr, und weil er nicht wusste, wie er seinem Ärger Luft machen sollte, schimpfte er los: »Warum ist dein Zorn wie Feuer und brennt alles erbarmungslos nieder? Warum liebst du deinen Stolz mehr als dein eigen Fleisch und Blut? Wie kannst du ein Leben in Hülle und Fülle führen, obwohl du doch weißt, dass man auf uns herumtritt wie auf Würmern? Gnade, Sanftmut und Güte haben in deinem Großen Haus, du allgewaltiger Riese, keinen Platz!«

Gerade als er den Karren anheben wollte, um diese verfluchte Gasse zu verlassen, fragte hinter ihm jemand spöttisch: »Wie teuer sind denn heute die Gurken?«

Er drehte sich um und sah Idris, der grinsend vor ihm stand. Bekleidet mit einem hellen, gestreiften Gilbab und mit einem weißen Schal um den Kopf, stand er stolz da. Obwohl er nichts Böses sagte und ihn nicht anschrie, sondern nur grinsend dastand, wurde Adham noch ärgerlicher. Fest entschlossen weiterzugehen, schob er den Karren an. Aber Idris stellte sich ihm in den Weg und fragte mit heuchlerischer Empörung: »Hat denn ein Kunde wie ich nicht verdient, dass er gut behandelt wird?«

Aufgebracht antwortete Adham: »Lass mich in Ruhe!«

Aber Idris ließ nicht von ihm ab. »Wäre es nicht besser, wenn du mit deinem großen Bruder in einem anderen Ton sprächest?«

Adham setzte den Karren ab und bemühte sich, ruhig zu bleiben.

»Idris, reicht dir nicht, was du mir angetan hast? Weder will ich, dass du mich länger kennst, noch, dass ich dich kenne!«

»Aber wie sollte denn so etwas möglich sein, wo wir doch Nachbarn sind?«

»Ich hatte keineswegs die Absicht, in deiner Nähe zu wohnen, ich wollte nur dicht bei dem Haus bleiben, das ...«

»Das dich verstoßen hat«, spottete Idris.

Adham wurde blass vor Wut. Aber Idris redete bereits weiter: »Die Seele hängt an dem Ort, von dem man vertrieben wurde, nicht wahr?«

Adham schwieg.

»Du hast es darauf abgesehen, ins Haus zurückzukehren, du Schlauberger. Du bist zwar ziemlich schwach, aber auch pfiffig. Nur eins lass dir sagen, ich werde nie zulassen, dass du allein dorthin zurückkehrst, und sollte der Himmel auf die Erde niederstürzen!«

Adhams Nasenflügel bebten vor Wut. Er hielt es nicht länger aus. »Reicht es denn wirklich nicht, was du mir angetan hast?«

»Und was ist mit dir? Reicht es nicht auch dir, was du mir angetan hast? Wegen dir wurde ich verbannt, obwohl ich der Stern war, der das Große Haus zum Leuchten brachte.«

»Du bist verstoßen worden, weil du so anmaßend warst!«

Idris lachte schrill auf. »Und dich hat man rausgeworfen, weil du so schwach warst! Im Großen Haus ist eben kein Platz, weder für Schwäche noch für Stärke! Schau dir doch nur die Willkür deines Vaters an, bei niemandem duldet er Schwäche oder Stärke außer bei sich selbst. Er ist so stark, dass er sein Herzstück der Vernichtung preisgibt, und so schwach, dass er eine Frau wie deine Mutter heiratete.«

»Lass mich«, sagte Adham mit bebender Stimme. »Wenn du Streit willst, dann such dir einen, der so stark ist wie du.«

»Dein Vater macht das aber anders, der streitet mit den Starken ebenso wie mit den Schwachen.« Da Adham schwieg, nutzte Idris die Pause, sich weiter über ihn lustig zu machen. »Du willst bloß nicht laut etwas Schlechtes über ihn sagen. Das ist wieder mal eine deiner klugen Ideen. Aber es verrät, dass du davon träumst, wieder ins Haus zurückzukehren.« Er nahm eine Gurke in die Hand, sah sie voller Abscheu an und sagte: »Wie kannst du es nur ertragen, mit dreckigen Gurken herumzuziehen? Hast du nicht eine Arbeit finden können, die mehr Würde hat?«

»Ich bin zufrieden.«

»Ach was, du bist einfach gezwungen dazu. Und das, während dein Vater in Saus und Braus lebt. Denk mal drüber nach, vielleicht wäre es das Beste für dich, du schlössest dich mir an?«

»Ich bin für deine Art zu leben nicht geschaffen«, erwiderte Adham unwillig.

»Sieh dir doch nur meinen Gilbab an! Noch gestern stolzierte einer darin herum, der auf so etwas Prächtiges kein Recht hatte.«

In Adhams Augen glänzte Neugier. »Und wie bist du zu diesem Gilbab gekommen?«

»Na, wie es die Starken so machen.«

Also musste er gestohlen oder gemordet haben, dachte Adham und sagte bitter: »Ich kann nicht glauben, dass du mein Bruder Idris bist.«

Aber Idris lachte nur. »Da du weißt, dass ich der Sohn von Gabalawi bin, muss dich all dies nicht verwundern.«

Adham war mit seiner Geduld am Ende. »Machst du nun endlich den Weg frei?«

»Aber natürlich, du Idiot!« Er packte sich die Taschen mit Gurken voll, sah ihn voller Verachtung an, spuckte auf den Karren und ging.

Als Adham die Hütte erreichte, stand Umaima draußen und wartete auf ihn. Dunkle Nacht lag über der Einöde, und drinnen flackerte spärlich der Schein einer Kerze wie der letzte Lebensfunke eines Sterbenden. Aber droben am Himmel, da glänzten und funkelten die Sterne, und erhellt von ihrem Licht, sah das Große Haus wie ein Riese aus. An Adhams Schweigen merkte Umaima, dass es besser war, ihm aus dem Weg zu gehen. Sie brachte einen Krug mit Wasser und legte ihm einen sauberen Gilbab zurecht. Er wusch sich

Gesicht und Füße und zog das frische Gewand an. Dann setzte er sich auf den Boden und streckte die Beine aus. Vorsichtig kam sie näher und setzte sich zu ihm. Mit einer Stimme, die versöhnlich klingen sollte, sagte sie: »Ach, könnte ich dir nur einige Sorgen abnehmen!«

Als hätte sie eine offene Wunde berührt, schrie er los: »Schweig still, du Ursache allen Übels!«

Sie zog sich in die hinterste Ecke zurück. Er aber schrie weiter: »Das einzig Gute an dir ist, dass du mich daran erinnerst, wie dumm und sorglos ich war! Verflucht sei der Tag, an dem ich dich zum ersten Mal gesehen habe!« Aus dem Dunkel klang Schluchzen an sein Ohr, aber das machte ihn nur noch wütender. »Zum Teufel mit deinen Tränen! Sie sind nichts anderes als der Schweiß deiner Boshaftigkeit, von der dein ganzer Körper erfüllt ist!«

Aus der Ecke kam ihre schluchzende Stimme: »Worte sind nichts gegen das, was ich wirklich leide.«

»Schweig! Ich will deine Stimme nicht mehr hören und dein Gesicht nicht mehr sehen!« Er riss sich den Gilbab herunter und warf damit nach ihr. Da aber stöhnte sie plötzlich laut auf: »Mein Bauch!«

Im Nu verflog seine Wut, fürchtete er doch, irgendetwas Schlimmes wäre passiert. An seinem plötzlichen Schweigen merkte sie, dass er sich beruhigt hatte.

»Ich werde weit weggehen, damit du mich nicht mehr sehen musst«, erklärte sie. Als sie tatsächlich aufstand und ein paar Schritte zur Tür gegangen war, schrie er: »Meinst du, dass jetzt Zeit für Späße ist?« Er sprang auf. »Komm zurück!«, rief er. »Ich lasse dich in Ruhe!« Umaima war in der Dunkelheit verschwunden. Als er aber ihren Schatten wiederauftauchen sah, lehnte er sich an die Wand und sah in den Himmel. Zu gern hätte er sie gefragt, ob mit ihrem Bauch alles wieder in Ordnung wäre, aber sein Stolz verbot es ihm. Er hob sich das für später auf und sagte erst einmal nur, dass sie für das Abendbrot ein paar Gurken waschen solle.

II

Ein ruhiger Platz, dachte Adham. Wenn es hier auch keine Pflanzen gibt, kein Wasser und keine Vögel, die in den Zweigen zwitschern, so legt sich doch über die raue, kalte Ödnis des Nachts eine geheimnisvolle Hülle, die der Mensch mit seinen verborgensten Träumen auffüllen kann. Hoch droben breitet sich wie eine unendliche Kuppel der sternengeschmückte Himmel aus. Die Frau ist in der Hütte. Einsamkeit erfüllt das Herz, beredtes Schweigen. Die Trauer glimmt wie unter Asche begrabene Glut. Die hohe Mauer bricht den Blick des sehnsüchtig Schauenden. Wie kann ich nur diesen despotischen Vater meinen Ruf hören lassen? Weise wäre es, die Vergangenheit zu vergessen, doch sie ist die einzige Zeit, die uns geblieben ist. Deshalb hasse ich meine Schwäche, deshalb verfluche ich meine Niedertracht, deshalb habe ich das Elend zum Gefährten genommen und werde ihm Kinder in die Welt setzen. Der kleinste Vogel, dem keine Macht den Garten verwehren kann, ist glücklicher als ich. Meine Augen brennen vor Sehnsucht nach dem Bach, der zwischen den Rosenbüschen plätschert. Wo ist der Duft der Henna und des Jasmin? Wo ist die Sorglosigkeit, wo die Flöte? Oh, du grausamer Mann, schon ein halbes Jahr ist vergangen, wann endlich wird das Eis deiner Härte schmelzen? Von Weitem drang Idris' widerliche Stimme durch die Nacht. »Wunder über Wunder, Allah«, sang er laut. Adham konnte sehen, wie er vor seiner Hütte ein Feuer anzündete, wie die Flammen aufzüngelten und wieder in sich zusammenfielen. Seine schwangere Frau kam mit schwer hängendem Bauch und brachte Essen und Trinken. Betrunken, wie er war, schrie er durch das nächtliche Schweigen zum Großen Haus hinüber: »Zeit für Juteblättersuppe und gebratenes Huhn, ihr Leute! Macht so viel Gift ran, wie ihr könnt!« Und wieder sang er.

Immer wenn ich im Dunkeln für mich sein möchte, dachte Adham, kommt dieser Teufel und macht Feuer, schreit herum und stört meine Ruhe. Als Umaima sich an der Hüttentür zeigte, merkte er, dass sie noch nicht geschlafen hatte. Die Schwangerschaft hatte sie geschwächt, und Armut und Plage setzten ihr zu.

»Kommst du nicht schlafen?«, fragte sie sanft.

»Lass mich in Ruhe in der einzigen Stunde, in der das Leben noch erträglich ist«, fuhr er sie grob an.

»Aber du wirst in aller Frühe mit dem Karren losziehen, du brauchst den Schlaf.«

»Nur wenn ich so für mich bin, fühle ich mich wieder als vollwertiger Mensch, jedenfalls beinahe. Ich schaue mir den Himmel an und gedenke der verflossenen Tage.«

Umaima seufzte schwer. »Ach, könnte ich doch nur einmal deinen Vater aus dem Haus gehen sehen, dann würde ich mich ihm vor die Füße werfen und ihn inständig um Erbarmen bitten.«

»Wie oft habe ich dir schon gesagt, dass du dir diesen Gedanken aus dem Kopf schlagen kannst. Auf diese Weise werden wir seine Zuneigung nicht wiedergewinnen«, erwiderte Adham traurig.

Umaima schwieg. Nach einer Weile sagte sie leise: »Ich denke an das Kind in meinem Bauch und was aus ihm werden wird.«

»Ich denke die ganze Zeit über an nichts anderes, auch wenn ich jetzt wie ein Tier lebe.«

»Bei Allah, du bist der beste aller Männer!«

Adham lachte höhnisch auf. »Wo ich doch gar kein Mensch mehr bin! Wie die Tiere kümmere auch ich mich nur noch um das Essen!«

»Sei nicht traurig«, bat sie. »Wie viele Männer gab es schon, die arm wie du ihr Leben begannen und schließlich ein gutes Leben führten und Läden und Häuser besaßen.«

»Ich könnte wetten, dass dir die Schwangerschaft zu Kopf gestiegen ist!«

»Aber nein«, beharrte sie. »Du wirst ein angesehener Mann werden, und unser Sohn wird in Wohlstand aufwachsen.«

Adham klatschte in die Hände und lachte spöttisch auf. »Wird mich das Bier oder das Haschisch dazu bringen?«

»Die Arbeit, Adham, nur die Arbeit.«

»Arbeit um der Nahrung willen ist der schlimmste aller Flüche«, sagte er verächtlich. »Ich habe in einem Garten gelebt, ich hatte nichts weiter zu tun, als in den Himmel zu schauen und Flöte zu spielen. Aber jetzt, jetzt bin ich ein Tier. Ich stoße den Karren vor mir her, vom frühen Morgen bis zum späten Abend, und das nur wegen so etwas Armseligem wie dem Abendbrot, das mein Körper am nächsten Morgen ja ohnehin wieder von sich gibt. Nein, Arbeit nur um der Nahrung willen ist ein Fluch. Das wahre Leben ist das Große Haus, wo man nicht des Essens wegen arbeiten muss, wo alles lustig, schön und voller Gesang ist.«

»Da hast du etwas Wahres gesagt«, ertönte plötzlich beifällig die Stimme von Idris. »Die Arbeit ist ein Fluch. Solch eine Schmach sind wir nicht gewohnt. Hatte ich dir nicht angeboten, dich mit mir zusammenzutun?«

Adham sah sich um, Idris stand dicht bei ihm. Im Dunkeln schlich er also heran, ohne dass man es merkte, und belauschte einfach ein Gespräch. Ja, er mischte sich sogar ein, wenn ihm danach war. Adham sprang erregt auf. »Verschwinde, geh zurück in deine Hütte!«

»Aber, aber«, erwiderte Idris scheinbar ernsthaft, »ich bin doch derselben Ansicht wie du, nämlich dass die Arbeit wirklich ein Fluch ist und sich nicht mit der Würde des Menschen verträgt.«

»Du bietest mir an herumzuschmarotzen, und das ist noch schmutziger als Arbeit.«

»Nur, wenn die Arbeit ein Fluch und Schmarotzertum eine dreckige Angelegenheit ist, wovon leben denn dann die Menschen?«

Idris wartete auf eine Antwort, aber offensichtlich zog Adham es vor, sich nicht weiter auf ein Gespräch einzulassen. »Denkst du eigentlich«, fuhr er fort, »du bekommst dein täglich Brot ohne Arbeit? Das würde heißen, dass du auf Kosten der anderen leben willst.« Adham schwieg beharrlich. »Aber wahrscheinlich denkst du, dass du essen kannst, ohne zu arbeiten, und dennoch keinem schadest?« Er lachte bitter. »Wie du das machen willst, ist mir wirklich ein Rätsel, du Sohn einer Magd!«

»Scher dich fort«, schrie Umaima los. »Der Teufel hole dich!«

In diesem Augenblick rief Idris' Frau ihn mit lauter Stimme. Als er wegging, sang er wieder: »O Wunder über Wunder, Allah ...«

»Du musst es um jeden Preis vermeiden, ihm zu begegnen«, bat Umaima ihren Mann.

»Aber was soll ich machen? Er taucht einfach aus dem Nichts auf, ohne dass ich es merke.« Beide schwiegen, als wollten sie sich auf diese Weise ein wenig beruhigen. Nach einer Weile sagte Umaima leise: »Mein Herz sagt mir, dass ich eines Tages aus dieser Hütte ein Haus machen werde, das dem gleicht, aus dem wir verstoßen wurden. Es wird einen Garten haben, und Nachtigallen werden singen. Unser Kind wird nur Frohsinn und Glück um sich haben.«

Adham lächelte vor sich hin, ohne dass sie es im Dunkeln sehen konnte, und schüttelte sich den Sand vom Gilbab. »Eingelegte Gurken!«, ahmte er sich spöttisch nach. »Süße Gurken! ... Und der Schweiß fließt mir nur so den Leib herunter, die jungen Burschen treiben ihren Spott mit mir, die Erde verbrennt mir die Füße. Und all das für ein paar lächerliche Millim!«

Als er in die Hütte ging, folgte sie ihm und sagte: »Aber der Tag der Freude und des Gesangs wird kommen.«

»Du scheinst noch nicht unglücklich genug zu sein, sonst würdest du nicht Zeit zum Träumen finden.«

Sie legten sich auf ihre Strohsäcke. »Liegt es nicht vielleicht doch in Allahs Macht, aus unserer Hütte solch ein prächtiges Haus wie das andere dort zu machen?«, fragte Umaima nachdenklich.

Adham gähnte. »Ich wünsche mir, ins Große Haus zurückzukehren.« Er gähnte noch lauter. »Aber Arbeit ist und bleibt ein Fluch.«

»Vielleicht hast du recht«, sagte sie leise, »aber es ist ein Fluch, den du nur durch Arbeit überwinden kannst.«

12

Eines Nachts wurde Adham von lautem Stöhnen geweckt. Da er noch halb schlief, dauerte es eine Weile, bis er verstand, dass Umaima Schmerzen hatte. »Ah, mein Rücken … oh, mein Bauch«, rief sie ein ums andere Mal.

Er richtete sich auf und schaute zu ihr hinüber. »Es wird schon nichts weiter sein«, beruhigte er sie. »Das ist eben so in dieser Zeit. Zünd erst einmal die Kerze an.«

»Tu es selbst, diesmal ist es ernst.«

Er stand auf, tastete zwischen den Küchengeräten nach der Kerze, bis er sie endlich fand. Er zündete sie an und stellte sie auf den Tisch. Im schwachen Lichtschein sah er, dass Umaima halb aufgerichtet, gestützt auf die Ellenbogen, auf ihrem Sack saß. Sie stöhnte und reckte den Kopf in die Höhe, um leichter Luft zu bekommen.

»Immer wenn du Schmerzen hast, denkst du, dass etwas passiert«, sagte er beunruhigt.

Ihr Gesicht war verkrampft. »Nein«, erwiderte sie mühevoll, »diesmal ist es wirklich ernst.«

Er half ihr, sich ganz aufzurichten und sich an die Wand zu lehnen. »Es ist ja auch der richtige Monat«, überlegte er laut. »Versuche, es so gut wie möglich auszuhalten, ich gehe schnell nach Gamalija und hole die Hebamme.«

»Wie spät ist es denn jetzt?«

Adham ging nach draußen, schaute zum Himmel hinauf und sagte: »Die Sonne wird bald aufgehen. Ich bleib nicht lange weg.« Er machte sich eilends auf den Weg. Kurze Zeit später kam er mit der Hebamme zurück, die er an die Hand genommen hatte, um ihr im Dunkeln den Weg zu weisen. Als sie sich der Hütte näherten, konnten sie hören, wie Umaima laut schrie. Sein Herz klopfte vor Aufregung, und er schritt noch schneller aus, sodass die Hebamme kaum nachkam. In der Hütte angelangt, legte sie ihr Umschlagtuch ab, ging zu Umaima und erklärte ihr lachend: »Gleich wird es vorbei sein. Noch ein wenig Geduld, und du kannst dich ausruhen.«

»Wie geht es dir?«, fragte Adham besorgt.

»Ich komme vor Schmerzen fast um«, antwortete Umaima mit schwacher Stimme. »Mein ganzer Körper zerreißt, die Knochen brechen. Geh nicht weg.«

»Er wird hinausgehen«, erklärte die Hebamme energisch, »und draußen alles in Ruhe abwarten.«

Als Adham ins Freie trat, sah er den schwachen Umriss einer Gestalt. Ohne genauer hinzusehen, wusste er, wer dort wartete. Ihm wurde beklommen zumute, aber Idris sagte betont freundlich: »Sind die Wehen da? Die arme Umaima. Meine Frau hat das ja vor Kurzem auch durchgemacht. Aber es dauert nicht lange, und dann hören die Schmerzen auf. Dann wirst du endlich wissen, was dir bisher verborgen blieb. Als Hind geboren wurde, wusste ich auch endlich, woran ich war. Sie ist ein bezauberndes Mädchen, hört aber nicht auf, einzupullern und zu schreien. Fasse dich in Geduld!«

»Alles steht in des Herrn Macht«, entgegnete Adham widerwillig.

»Hast du die Hebamme von Gamalija geholt?«, fragte Idris.

»Ja.«

»Eine widerliche, habgierige Alte. Bei uns war sie auch. Als sie viel zu viel für ihre Dienste haben wollte, habe ich sie rausgeschmissen. Jetzt beschimpft sie mich immer, wenn sie mich in der Nähe ihres Hauses sieht.«

»Du darfst die Menschen nicht so behandeln«, sagte Adham zögernd.

»Du alter Besserwisser! Dein Vater hat mir beigebracht, die Leute grob und hart anzufassen!«

Gerade als Adham etwas erwidern wollte, gellte ein schriller Schrei durch die Stille. Adham hatte das Gefühl, als wäre das ein Echo, das dem Aufreißen von Umaimas Körper nachhallte. Er sprang aufgeregt zur Tür und rief: »Nur Mut!«

Idris rief hinter ihm: »Nur Mut, Frau meines Bruders!«

Adham fürchtete, dass Umaima seine Stimme gehört haben könnte. Er unterdrückte den aufsteigenden Ärger und sagte nur: »Es ist besser, wenn wir weiter weg von der Hütte warten.«

»Komm doch mit zu mir, ich mache dir Tee, und du kannst Hind sehen, wie sie schläft.«

Adham ging ein paar Schritte weiter, aber nicht in die Richtung von Idris' Hütte. Wütend, wie er war, verfluchte er ihn insgeheim. Idris folgte ihm. »Noch vor Sonnenaufgang wirst du Vater sein«, erklärte er im Plauderton. »Das ist eine ziemlich große Veränderung. Das einzig Gute daran ist, dass man ein Gefühl dafür bekommt, was für eine Bindung der Vater leichtfertig und dumm zerstört hat.«

Adham wollte seinem Ärger endlich Luft machen. »Du fällst mir mit deinem Gerede auf die Nerven!«

»Mag schon sein, aber das ist es doch, was uns zutiefst bewegt.«

Adham zögerte mit der Antwort. »Idris«, sagte er schließlich, »warum kommst du eigentlich immer her, obwohl du weißt, dass uns nichts miteinander verbindet?«

Idris lachte laut auf. »Was bist du doch für ein kleiner, ungezogener Junge! Deine Frau hat so laut geschrien, dass sie mich aus dem schönsten Schlaf geschreckt hat. Aber trotzdem habe ich mir untersagt, deshalb wütend zu werden, im Gegenteil, ich kam her, um dir meine Hilfe anzubieten. Dein Vater aber, der genauso wie ich das Schreien gehört haben muss, hat völlig herzlos einfach weitergeschlafen.«

»Wir alle müssen unser Schicksal tragen«, sagte Adham verärgert. »Aber könntest du mir nicht aus dem Weg gehen, so wie ich auch dir aus dem Weg gehe?«

»Du hasst mich, Adham. Aber nicht, weil du wegen mir verstoßen worden bist, sondern deshalb, weil ich dich ständig an deine Schwäche erinnere. Mit mir hasst du dein eigenes verworfenes Ich. Was mich betrifft, so gibt es für mich keinerlei Anlass, dich länger zu hassen. Für mich bist du jetzt sogar ein richtiger Trost und eine unterhaltsame Abwechslung. Vergiss nicht, dass wir Nachbarn sind. Wir sind die Ersten, die sich in dieser Wüstenödnis angesiedelt haben, und schon bald werden hier Seite an Seite unsere Kinder leben.«

»Du genießt es, mich zu quälen.« Da Idris schwieg, hoffte Adham, dass er ihn in Ruhe lassen würde. Aber er ließ nicht locker.

»Warum können wir uns nicht vertragen?«, fragte er ganz ernst.

Adham sagte seufzend: »Weil ich mich, den Umständen entsprechend, als Händler versuche, du aber deiner Neigung nachgehst, andere zu überfallen und zu schlagen.«

Ein jäher Schrei Umaimas ließ ihn schweigen. Als er mit flehendem Blick zum Himmel schaute, sah er, dass sich die Finsternis lichtete. Auf dem Berggipfel zeigten sich die ersten Strahlen der Sonne.

»Verfluchte Schmerzen!«, rief Adham.

»Wie bist du doch zartbesaitet«, machte sich Idris lustig. »Du bist tatsächlich nur für das bisschen Arbeit in der Stiftungsverwaltung und fürs Flötenspielen geschaffen.«

»Spotte nur, soviel du willst, ich aber bin schmerzerfüllt.«

»Wie das? Ich dachte, dass es deine Frau sei, die Schmerzen hat.«

»Scher dich weg, und lass mich in Ruhe!«, schrie Adham.

Idris bemühte sich, nicht zu zeigen, dass der Groll in ihm wuchs. »Dachtest du etwa, dass du Vater werden könntest, ohne etwas dafür zu bezahlen?« Da Adham schwieg, fuhr er fort: »Du bist doch ein kluger Mensch, ich habe dir einen Vorschlag zu machen, mit dem du die kommenden Generationen glücklich machen kannst. Das kleine Wesen da, dessen Ankunft mit so viel Geschrei verbunden ist, sollte nicht das letzte sein. Unser aller Wünsche werden erst dann befriedigt werden können, wenn wir einen Haufen schreiender Kinder in die Welt gesetzt haben. Was meinst du dazu?«

»Es wird Morgen, also geh endlich nach Hause, und schlaf noch ein bisschen.«

Das Schreien wurde noch lauter und brach nicht mehr ab. Adham hielt es nicht länger aus und rannte zur Hütte, auf die schon Licht fiel. Als er in die Tür trat, stieß Umaima ein schreckliches Stöhnen aus, das sich wie das Ende eines furchtbar traurigen Liedes anhörte.

»Wie geht es euch hier?«, fragte Adham beunruhigt.

»Warte!«, antwortete die Hebamme. Da ihre Stimme fröhlich klang, wurde er ein wenig ruhiger. Wenig später erschien die Frau an der Tür und verkündete ihm: »Du bist mit zwei Jungen beschenkt worden!«

»Zwillinge?«

»Mögest du sie mit Allahs Hilfe ernähren können.«

An Adhams Ohr drang Idris' spottende Stimme: »Da ist ja Idris nun Vater eines Mädchens und Onkel von zwei Jungen!« Während er zu seiner Hütte zurückging, sang er laut: »Wo sind denn Glück und gütiges Geschick, oh, sag es mir, Zeit, wo sind sie?«

Die Hebamme trat zu Adham und sagte: »Die Mutter möchte, dass der eine Kadri und der andere Humam heißt.«

Freude überflutete Adham, und leise murmelte er: »Kadri und Humam, Kadri und Humam.«

13

Kadri schürzte den Gilbab, trocknete sich das Gesicht und sagte: »Setzen wir uns hin, und essen wir.«

Humam schaute auf und sah, dass die Sonne gleich untergehen würde. »Ja, gern«, antwortete er, »die Zeit ist schnell vergangen.«

Sie hockten sich am Fuß des Berges nieder. Humam knotete das rote Tuch auf und fand darin Brot, Tamija und Lauch. Sie begannen zu essen und sahen von Zeit zu Zeit zu den Schafen hinüber. Ein paar von ihnen streiften herum, während andere ruhig und friedlich dalagen und wiederkäuten. Die beiden Brüder hatten die gleichen Gesichtszüge und die gleiche Gestalt, nur hatte Kadris Blick etwas von dem eines Jägers, was seinem Gesicht eine gewisse Schärfe verlieh. Er hatte sich gerade den Mund vollgestopft und sagte kauend: »Wenn nur wir in diesem Gebiet hier Schafe hätten, dann brauchten wir überhaupt nicht aufzupassen.«

»Das stimmt«, erwiderte Humam, »aber hier kommen ja leider auch die Hirten von Utuf, Kafr as-Sirari und Husainija her. Das Beste ist, wenn wir uns mit ihnen anfreunden. Dann tun sie uns nichts Böses.«

Kadri lachte laut los, sodass ihm einige Bissen aus dem Mund fielen. »Dieses Pack, wer ihre Freundschaft sucht, erntet nichts als Schläge.«

»Aber ...«

»Kein Aber, Bruder, da gibts nur ein Mittel. Man muss sich einen von denen greifen und ihm ordentlich eins vor den Kopf geben, damit er auf die Nase oder den Hintern fällt.«

»Deshalb können wir unsere Feinde schon fast nicht mehr zählen.«

»Wer hat dich denn gebeten, sie zu zählen?«

Humam beobachtete ein Lamm, das sich zu weit von der Herde entfernte. Er pfiff, und gehorsam kehrte es zurück. Dann suchte er sich ein schönes Stück Lauch aus, putzte es ein wenig und schob es sich genüsslich in den Mund. Laut schmatzend sagte er: »Deshalb sind wir immer allein und können die ganze lange Zeit über mit niemandem sprechen.«

»Was musst du noch sprechen, wo du schon ständig singst?«

Humam sah seinen Bruder aufmerksam an. »Aber mir scheint, auch dir fällt diese Einsamkeit schwer.«

»Ich finde immer einen Anlass, mich zu ärgern. Ob das nun das Alleinsein oder etwas anderes ist.«

Sie schwiegen, und nur ihr Schmatzen war zu hören. In der Ferne tauchte eine Gruppe von Hirten auf, die den Berg herunterkamen und in Richtung Utuf zogen. Ein Lied klang herüber, einer sang vor, und die anderen antworteten.

»Das Gebiet hier gehört uns«, überlegte Humam laut. »Aber wenn wir nur ein kleines Stück weiter nach Norden oder nach Süden ziehen würden, kehrten wir höchstwahrscheinlich nicht mehr zurück.«

Kadri lachte schrill. »Sicher gibt es weiter nördlich oder südlich eine Menge Leute, die mich nur zu gern umbringen würden. Aber kein Einziger von ihnen wird es wagen, mit mir den Kampf aufzunehmen.«

Humam ließ den Blick über die Herde schweifen. »Es stimmt, du bist mutig. Aber du darfst nicht vergessen, dass wir auch deshalb in Ruhe gelassen werden, weil wir den Namen unseres Großvaters tragen und unser Onkel solch einen Furcht einflößenden Ruf hat, auch wenn wir mit ihm im Streit liegen.«

Missbilligend runzelte Kadri die Brauen, sagte aber nicht laut, dass er nicht einverstanden war. Stattdessen blickte er zum Großen Haus hinüber, das im Glühen der untergehenden Sonne wie ein gewaltiger Tempel aussah. »Dieses Haus!«, sagte Kadri schwärmerisch. »Nichts gibt es, das ihm gleicht! Auf allen Seiten von Wüste umgeben, steht es ganz für sich und ruhig da, und doch, nicht weit weg, in den Vierteln und Straßen, toben Gewalt und Streit. Beherrscht wird es von einem Tyrannen. Großvater ist er, hat aber noch nie seine Enkel gesehen, obwohl sie doch nur einen Steinwurf entfernt von ihm leben.«

Nun schaute auch Humam zum Haus hinüber. »Unser Vater spricht dennoch immer mit Achtung und Ehrerbietung von ihm.«

»Dafür erwähnt unser Onkel seinen Namen nie ohne kräftigen Fluch.«

Scheu erwiderte Humam: »Wie es auch sei, er ist unser Großvater.«

»Und was nützt uns das? Vater müht sich schwer mit seinem Karren, und Mutter plagt sich bis weit in die Nacht hinein. Wir hüten barfuß und halb nackt die Schafe. Er aber hockt da hinter hohen Mauern, genießt sein Leben in unvorstellbarem Wohlstand und ist völlig herzlos.«

Sie hatten ihr Mahl beendet. Humam schüttelte das Tuch aus und steckte es in die Tasche. Die Arme unter dem Kopf verschränkt, lag er auf dem Rücken und schaute in den wolkenlosen Himmel, aus dem nach und nach die Abendstille auf die Erde herniedersank. Gabelweihen zogen am Horizont ihre Kreise. Kadri stand auf, ging ein wenig zur Seite und schlug sein Wasser ab. »Vater hat erzählt«, sagte er dabei, »dass unser Großvater früher oft aus dem Haus gegangen ist und auch des Öfteren bei ihnen vorbeikam. Aber jetzt hat ihn schon lange niemand mehr gesehen, es ist, als ob er Angst hätte.«

Träumerisch sagte Humam: »Wie sehr wünsche ich mir, ihn einmal zu sehen!«

»Bilde dir bloß nicht ein, dass er etwas Außergewöhnliches an sich hat. Er sieht bestimmt wie der Vater oder unser Onkel aus, oder er hat von beiden etwas. Seltsam, dass unser Vater ehrfurchtsvoll von ihm spricht, obwohl er doch so schlecht behandelt worden ist.«

»Offensichtlich hängt er sehr an ihm, oder er hält die Strafe, die ihn getroffen hat, für gerechtfertigt.«

»Oder er hofft noch immer, dass er ihm verzeiht.«

»Du verstehst unseren Vater nicht, er ist einfach ein sehr freundlicher, lieber Mensch.«

Kadri setzte sich wieder hin. »Es gefällt mir nicht, wie er ist, und auch nicht, wie du bist. Ich versichere dir, dass unser Großvater eine wirklich seltsame Person sein muss. Er verdient überhaupt nicht, dass man ihn verehrt. Wenn auch nur ein Fünkchen Gutes in ihm steckte, dann müsste sein eigen Fleisch und Blut nicht so schrecklich darben. Ich halte das Gleiche von ihm wie unser Onkel, nämlich dass er ein Fluch des Schicksals ist.«

»Wenn er überhaupt schlechte Eigenschaften hat«, erwiderte Humam lächelnd, »dann sind es die, mit denen du angibst, nämlich Stärke und Gewalt.«

»Er hat doch das Land geschenkt bekommen, musste nichts dafür tun«, brauste Kadri auf. »Und dann wurde er grausam und hochmütig.«

»Du kannst aber nicht leugnen, dass die Geschichte wahr ist, die uns der Vater erzählt hat.«

»Meinst du, dieses Vergehen genügte, um die Eltern mit solchem Zorn zu behandeln?«

»Manch einer geht mit den Menschen wegen unbedeutenderer Dinge grausam um.«

Kadri nahm den Krug und trank. Nachdem er kräftig gerülpst hatte, sagte er: »Und was haben die Enkel damit zu tun? Er weiß nicht, was es bedeutet, Schafe zu hüten. Zum Teufel mit ihm! Ich wünschte, sein Testament zu kennen und zu sehen, was da für uns steht.«

Humam hing träumerisch seinen Gedanken nach. »Reichtum erwirbt man nur durch Mühen. Erst wenn man sein Bestes gegeben hat, kann man das Leben in Freude und Heiterkeit genießen.«

»Du sprichst wie unser Vater. Da leben wir in Schmutz und Dreck, aber träumen davon, in einem blühenden Garten Flöte zu spielen. Im Grunde bewundere ich den Onkel viel mehr als den Vater.«

Humam gähnte, stand auf und räkelte sich. »Auf jeden Fall haben wir es zu etwas gebracht. Wir haben ein Heim, in dem Platz für alle ist, wir haben genug zu essen, wir haben Schafe, deren Milch wir verkaufen und die wir füttern, damit sie fett werden, um sie dann zu Geld zu machen. Aus ihrer Wolle spinnt Mutter uns außerdem noch den Faden für unsere Kleidung.«

»Und was ist mit dem Garten und der Flöte?«

Humam antwortete nicht, sondern nahm seinen Stock in die Hand und ging zu den Schafen. Auch Kadri stand auf. Höhnisch schrie er zum Großen Haus hinüber: »Wirst du es zulassen, dass wir deine Erben sind? Oder wirst du uns noch nach deinem Tod mit deiner Strafe verfolgen? Antworte, Gabalawi!«

Das Echo warf zurück: »Gabalawi!«

14

In der Ferne sahen sie jemanden auf sich zukommen. Erst allmählich konnten sie erkennen, wer es war. Kadri straffte den Körper, als müsste er sich bereithalten, seine Augen glänzten vor Freude. Humam beobachtete den Bruder und musste lächeln. Dann schaute er zu den Schafen hinüber und sagte leise: »Aber es wird bald dunkel!«

»Na und?«, fuhr Kadri ihn grob an. »Es wird auch wieder Morgen werden!« Er ging ein paar Schritte vorwärts und winkte dem Mädchen zu, das da näher kam. Sie schien erschöpft zu sein, ein langer Weg lag hinter ihr, und in den Pantinen stapfte man schlecht durch den Sand. Sie betrachtete beide. Ihre grünen Augen glänzten dreist und verführerisch. Sie war bis zu den Schultern in ein Tuch gehüllt, und der Wind zauste an ihren Zöpfen. Kadri wirkte auf einmal überhaupt nicht mehr mürrisch. Fröhlich rief er: »Willkommen, Hind!«

»Willkommen auch dir«, sagte sie sanft zu Kadri und wandte sich Humam zu. »Guten Abend, Sohn meines Onkels.«

»Guten Abend, wie geht es dir?«, erwiderte lächelnd Humam.

Kadri nahm ihre Hand und ging mit ihr zu einem großen Steinfelsen, hinter dem beide verschwanden. Er zog sie an sich, umarmte und küsste sie lange und heftig. Ergeben und alles vergessend, lag sie in seinen Armen. Dann aber schien sie wieder zu Bewusstsein zu kommen und machte sich von ihm frei. Heftig atmend richtete sie sich auf und zog das Tuch wieder fest. Er schaute sie herausfordernd an, und sie lächelte zurück. Aber gleich darauf schwand ihr Lächeln, als wäre ihr etwas Unangenehmes eingefallen. Kummervoll presste sie die Lippen aufeinander und sagte: »Ich hatte erst einen Kampf zu überstehen, ehe ich kommen konnte. Dieses Leben ist wirklich unerträglich!«

Kadri blickte finster, er wusste, was sie meinte. »Kümmere dich nicht darum«, erwiderte er, »wir sind eben die Kinder von Narren. Mein gutmütiger Vater ist ein dummer Kerl, und dein boshafter Vater steht ihm in nichts nach. Beide wollen uns ihren Hass aufeinander vererben. Welche Torheit! Aber wie hast du es geschafft, dennoch zu kommen?«

»Wie üblich stritten sich Vater und Mutter auch heute unaufhörlich. Er schlug sie einige Male, und sie schrie und verfluchte ihn. Vor Wut schmiss sie einen Krug auf den Boden. Weiter ging sie heute nicht, denn sonst kann es durchaus geschehen, dass sie ihn an der Kehle packt, selbst wenn er ihr das mit noch mehr Schlägen heimzahlt. Sie wünscht ihm dann alles erdenklich Schlechte an den Hals. Wenn er getrunken hat, dann muss man sich möglichst weit in Sicherheit bringen. Wie oft habe ich mir schon vorgenommen wegzulaufen, weil ich dieses Leben unendlich hasse. Aber meistens weine ich dann nur, bis mir die Augen wehtun. Doch was solls? Ich habe einfach gewartet, bis er sein Gewand angelegt hat und weggegangen ist. Da habe ich mein Tuch genommen, und als meine Mutter mir wie üblich den Weg versperrte, bin ich entschlüpft.«

Kadri nahm ihre Hand. »Ahnt sie, wo du bist?«

»Ich glaube nicht, ich wills auch gar nicht wissen. Wichtig ist nur, dass sie nicht wagt, meinem Vater etwas zu sagen.«

Kadri musste lachen. »Was, denkst du, würde er tun, wenn er von uns wüsste?«

Hind lächelte verwirrt. »Ich habe keine Angst vor ihm, obwohl er so stark ist. Im Gegenteil, ich liebe ihn sogar. Und er, er liebt mich auch auf eine gewisse einfältige Weise, die eigentlich nicht zu seinem Wesen passt. Er sagt es zwar nicht, aber ich bin für ihn die kostbarste Sache der Welt, und genau darum mache ich mir solche Sorgen.«

Kadri setzte sich am Fuße des Felsens hin und winkte sie an seine Seite. Nachdem sie sich hingehockt hatte, legte sie das Umschlagtuch ab. Er beugte sich über sie und küsste ihre Wange. Dann sagte er: »Mir scheint, dass es immer noch einfacher ist, mit meinem Vater fertigzuwerden als mit deinem. Meiner ist nur ungeheuer aufgebracht, wenn man auf deinen Vater zu sprechen kommt. Dem spricht er jegliche guten Eigenschaften ab.«

Hind lachte. »Die Menschen sind wirklich seltsam. Mit meinem Vater ist es genauso.« Da Kadri sie verwirrt ansah, erklärte sie: »Dein Vater wirft meinem seine Grobheit vor, und mein Vater wirft deinem seine Weichheit vor. Das Schlimmste ist, dass sie nie in etwas übereinstimmen werden.«

Kadri bäumte sich auf, als wollte er dem Wind trotzen. »Wir werden genau das machen«, erklärte er heftig, »was wir wollen.«

Hind sah ihn mitfühlend und zärtlich an. »Leider kann auch mein Vater das tun, was er will.«

»Ich bin zu vielem fähig. Was hat denn dieser immer betrunkene Onkel mit dir vor?«

Obwohl sie es nicht wollte, musste sie lachen. Halb im Spaß und halb im Ernst sagte sie: »Sprich netter von meinem Vater.« Sie rückte näher heran. »Ich habe mich oft schon gefragt, was er mit mir vorhat. Manchmal scheint es mir, als wolle er mich überhaupt mit niemandem verheiraten.« Kadri schaute sie ungläubig an. »Einmal«, erzählte sie weiter, »habe ich gesehen, wie er wütend zum Haus unseres Großvaters hinüberschaute, und dann hörte ich, wie er sagte: ›Es befriedigt ihn, seine Söhne und Enkel erniedrigt zu sehen, aber will er auch seiner Enkelin das gleiche Schicksal zukommen lassen? Es gibt nur einen würdigen Platz für Hind, und das ist dieses verschlossene Haus.‹ Ein anderes Mal erzählte er meiner Mutter, dass ein junger Mann aus Kafr as-Sirari mich heiraten wolle. Da freute sich meine Mutter, er aber schrie zornig: ›Erbärmliches, niedriges Weib! Wer ist das schon, jemand aus Kafr as-Sirari? Selbst der letzte Diener im Großen Haus ist vornehmer und gepflegter als solch ein dahergelaufener Kerl!‹ Als meine Mutter ihn jammernd fragte, wen er denn für würdig hielte, da brüllte er weiter: ›Die Antwort darauf kennt nur dieser Tyrann, der sich hinter den Mauern seines Hauses verschanzt! Sie ist seine Enkelin, und nicht jeder Nichtsnutz passt zu ihr. Ich will für sie einen Mann wie mich.‹ Aber die Mutter wagte es, ihm zu trotzen: ›Dann willst du also, dass sie so elend wie ihre Mutter lebt!‹ Da fiel er wie ein wildes Tier über sie her und begann, nach ihr zu treten, bis sie schließlich aus der Hütte rannte.«

»Das ist doch Wahnsinn.«

»Er hasst unseren Großvater und verflucht ihn, wann immer er von ihm spricht. Aber im tiefsten Innern ist er stolz darauf, sein Sohn zu sein.«

Kadri ballte die Hand zur Faust und schlug sich auf den Schenkel. »Vielleicht wären wir viel glücklicher, wenn dieser Mann nicht unser Großvater wäre.«

»Wahrscheinlich«, sagte Hind bitter.

Die Kraft, mit der er sie an sich zog, verriet, wie aufgeregt er war. Er umarmte sie stürmisch. Von schwermütigen Gedanken bedrängt und von sehnsüchtiger Liebe erfüllt, hielt er sie in den Armen. »Gib mir deine Lippen«, bat er dann.

Humam, der ein Stück weitergegangen war, um schnell nach den Schafen zu sehen, lächelte verschämt und ein wenig betrübt. Ihm schien, als wäre die ganze Luft vom Rausch der Liebe erfüllt. Aber die Liebe war für ihn auch mit der vagen Ahnung von schrecklichen Ereignissen verbunden. Nur wenn Kadri mit Hind hinter dem Felsen verschwindet, dachte Humam, ist sein Gesicht so klar und rein. Wer von uns verfügt schon über solche Kraft wie die Liebe und kann alle Sorgen von uns nehmen? Der sich neigende Tag ließ den Himmel erblassen, und träge wehte ein leichter Abendwind. Die Luft schien vom Zauber eines klagenden Abschiedsliedes erfüllt zu sein. Als Humam sah, wie ein Bock eine Ziege besprang, dachte er, dass sich die Mutter freuen würde, wenn der Tag der Geburt eines neuen Zickleins käme. Nur die Geburt eines Menschen, überlegte er wehmütig, ist mit Unheil verbunden. Schon vor dem ersten Lebensschrei schwebt über unseren Köpfen ein Fluch. Die schlimmste Feindschaft, für die es keinerlei Rechtfertigung gibt, ist wohl die zwischen Brüdern. Wie lange müssen wir noch diesen Hass ertragen? Wenn wir die Vergangenheit vergessen könnten, wäre die Gegenwart voller Frohsinn.

Aber wir werden wohl noch lange auf dieses Haus starren, von dem wir all unsere Stärke erhoffen und nur Unglück ernten. Humam betrachtete den Bock und lächelte. Dann machte er eine Runde um die Herde, pfiff sie zusammen und schwenkte den Stock. Wie zufällig fiel sein Blick auf den großen, schweigenden Felsen, der unberührt von allem, was geschah, und für ewig dazustehen schien.

15

Wie immer stand Umaima zur frühen Stunde auf, als nur der Morgenstern noch glänzte. Sie rief Adham, bis er sich gähnend erhob. Schlaftrunken ging er ins Nebengebäude, in dem Kadri und Humam schliefen. Mit den neu angebauten Räumen sah die Hütte schon fast wie ein kleines Haus aus. Eine Mauer umgab das Gehöft, in dessen hinterem Teil sich auch die Schafshürde befand. An den Steinen rankte Efeu, das die Mauer etwas freundlicher aussehen ließ. Umaima hatte offensichtlich noch immer nicht auf ihren alten Traum verzichtet, die Hütte, so gut es irgend möglich war, ähnlich schön zu gestalten wie das Große Haus. Die Männer gingen zum Wasserbottich auf den Hof, wuschen sich und zogen dann ihre Arbeitskleidung an. Aus dem Innern der Hütte drang der Geruch brennenden Holzes und das Geschrei der jüngeren Geschwister. Sie setzten sich an den Tisch vor der Hütte, auf dem ein Kupferkessel mit gekochten Bohnen stand. Es war ein herbstlicher Tag, feucht und am Morgen ein wenig kühl. Die drei Männer waren kräftig genug, um dem kalten Wind zu widerstehen. Unweit stand die Hütte von Idris, die wie ihre größer und geräumiger geworden war. Und dann war da das Große Haus, gehüllt in Schweigen und in sich gekehrt, als wäre es durch keinerlei Bande mehr mit der äußeren Welt verbunden.

Umaima brachte einen Krug frischer Milch, stellte ihn auf den Tisch und setzte sich zu den Männern. »Warum verkaufst du die Milch nicht an unseren verehrten Großvater?«, fragte Kadri spöttisch.

»Iss und halt den Mund!«, fuhr ihn Adham an, dessen Haar an den Schläfen ein wenig ergraut war. »Das einzig Gute, das ich von dir noch erwarte, ist, dass du schweigst.«

»Es ist Zeit«, lenkte Umaima ab, »die Zitronen, Oliven und Paprikaschoten einzulegen. Das hat dir immer Spaß gemacht, Kadri, weil du so gern die Zitronen gefüllt hast.«

»Als wir Kinder waren«, erwiderte Kadri mürrisch, »hat uns alles Spaß gemacht, selbst wenn wir keinen Grund dafür hatten.«

»Was ist mit dir heute los, du Griesgram«, fragte Adham und stellte den Krug zurück, aus dem er sich frische Milch eingegossen hatte. Kadri antwortete nicht, sondern lachte nur auf.

»Bald ist Markttag«, sagte Humam. »Wir müssen die Schafe aussuchen.«

Umaima nickte zustimmend, aber Adham gab sich mit Kadris Schweigen nicht zufrieden. »Kadri, hör bitte auf, dich so aufzuführen. Von jedem, den ich treffe, muss ich mir Klagen über dich anhören. Ich fürchte, dass du deinem Onkel nacheifern möchtest.«

»Oder meinem Großvater.«

Adhams Augen blitzten zornig auf. »Es steht dir nicht zu, über deinen Großvater schlecht zu reden. Hast du etwas Ähnliches je von mir gehört? Außerdem hat er dir nichts getan.«

»Solange er dir etwas antut, tut er es auch uns an«, hielt Kadri entgegen.

»Schweig! Eine größere Freude kannst du uns nicht machen!«

»Nur seinetwegen führen wir dieses Leben! Auch die Tochter unseres Onkels muss deshalb leiden!«

»Was haben wir mit ihr zu schaffen?«, fragte Adham stirnrunzelnd. »Ihr Vater ist die Ursache allen Übels.«

Kadri brauste auf: »Sein einziges Unrecht ist, dass er in dieser Ödnis ein Mädchen in die Welt gesetzt hat. Wer soll denn das arme Ding heiraten?«

»Und wenns der Teufel war, was haben wir damit zu tun? Sie ist bestimmt ebenso ungestüm wie ihr Vater.« Er schaute Umaima an, als hoffte er auf ihre Zustimmung.

»Ja, sicher«, sagte sie. »Bestimmt ist sie wie ihr Vater.«

Adham spuckte aus und bekräftigte nochmals: »Verflucht sei sie und auch ihr Vater!«

Humam sah ihn bittend an. »Verdirbt uns solch ein Gespräch nicht unser Frühstück?«

»Lass nur«, wehrte Umaima ab. »Es ist doch schön, dass wir alle zusammensitzen.«

Die tobende Stimme von Idris ließ alle zusammenfahren. Er fluchte und stieß die wildesten Verwünschungen aus. Angewidert sagte Adham: »Da hat also das Morgengebet wieder einmal begonnen!« Er stopfte sich noch einen Bissen in den Mund, stand auf und ging zu seinem Karren. Als er ihn an seiner Frau und den Söhnen vorbeizog, sagte er: »Lassts euch gut gehen!« Sie erwiderten: »Geh in Frieden!« Und er zog los in Richtung Gamalija. Humam erhob sich und ging zur Hürde hinüber. Bald darauf war das Blöken der Schafe und das Trappeln ihrer Hufe auf dem nach draußen führenden Pfad zu hören. Nun erhob sich auch Kadri, nahm den Stock und folgte seinem Bruder, nachdem er der Mutter zugewinkt hatte. Als die Brüder an Idris' Hütte vorbeikamen, stand der Onkel plötzlich vor ihnen. »He, ihr Burschen«, sagte er spöttisch, »was nehmt ihr denn so für jeden Kopf?«

Kadri schaute ihn neugierig an, während Humam verlegen beiseitesah.

»Will mir denn keiner von euch eine Antwort geben, ihr Söhne des Gurkenhändlers?«, bohrte er tadelnd weiter.

»Wenn du was kaufen willst, dann musst du auf den Markt gehen«, erwiderte Kadri schroff.

Idris kicherte. »Und wenn ich mir einfach eins nehme?«

»Vater«, ertönte bittend die Stimme Hinds aus der Hütte, »wir wollen doch keinen Streit.«

»Kümmere dich um deine Angelegenheiten«, rief er ihr scherzend zu, »und überlass mir diese Sklavensprösslinge!«

»Wir haben uns dir nicht in den Weg gestellt, tu du es also auch nicht«, sagte Humam.

»Ah, da spricht Vater Adham. Du solltest besser mitten in der Schafherde gehen statt hinter ihr«, spottete Idris.

»Unser Vater hat gesagt, dass wir uns mit dir nicht einlassen sollen.«

Idris lachte aus vollem Herzen. »Möge Allah es ihm mit Gutem vergelten! Hätte er es nicht befohlen, wäre ich wirklich furchtbar unglücklich.« Doch dann wurde er grob. »Euer ganzes Ansehen hängt nur von meinem Namen ab! Allah soll euch alle mit Fluch beladen, verschwindet mir aus den Augen!«

Sie zogen weiter. Als sie die Herde mit ihren Stöcken ein gutes Stück vorangetrieben hatten, war Humam vor Aufregung noch immer ganz blass. »Dieser Mann ist wirklich abscheulich«, sagte er zu Kadri. »Widerwärtig ist er, schon zu dieser frühen Stunde stinkt er nach Wein.«

»Er redet einfach nur viel«, hielt ihm Kadri entgegen. »Aber er hat noch nie die Hand erhoben, um uns etwas anzutun.«

»Aber er hat uns schon mehr als einmal ein Schaf gestohlen«, widersprach Humam heftig.

»Er ist zwar ein Trinker, aber immerhin unser Onkel, das lässt sich nicht leugnen.«

Es setzte Schweigen ein. Sie gingen zum großen Felsbrocken hinüber. Nur wenige Wolken zeigten sich am Himmel, sodass die Sonne die endlose Wüste mit ihren Strahlen überschüttete. Humam ertrug es nicht länger, seine Gedanken zurückzuhalten. »Du machst einen großen Fehler, wenn du dich an diese Familie bindest.«

»Hör auf, mir Ratschläge zu erteilen«, fuhr Kadri ihn wütend an. »Mir reichen schon die des Vaters!«

Humam hatte sich noch immer nicht von den Beschimpfungen erholt, die sie sich von Idris hatten anhören müssen. »Unser Leben ist ohnehin voller Sorgen, da bürde du uns nicht noch zusätzliche auf!«

»Diese Sorgen verdient ihr völlig zu Recht, weil ihr sie euch selbst zu verdanken habt. Was mich betrifft, so werde ich tun, was ich für richtig halte!«, schrie Kadri.

Sie hatten den Platz erreicht, an dem sie die Schafe immer frei herumziehen ließen. Humam drehte sich seinem Bruder zu und blickte ihn fest an. »Glaubst du vielleicht, du wirst dich vor den Folgen retten können?«

Kadri packte ihn an den Schultern. »Du bist doch bloß eifersüchtig, das ist alles!«

Humam zuckte erschreckt zusammen. Dass sein Bruder ihm so etwas vorhalten könnte, hätte er nicht erwartet, auch wenn er von ihm überraschende Wutausbrüche gewohnt war. Er schob Kadris Hand von den Schultern und sagte nur: »Allah bewahre uns vor dem Übel!«

Kadri verschränkte die Arme vor der Brust und blickte ihn höhnisch an. »Am besten wird sein«, fuhr Humam fort, »wenn ich dich so lange allein lasse, bis es dir leidtut. Wie ich dich kenne, wirst du erst, wenn es zu spät ist, eingestehen, dass du etwas falsch gemacht hast.« Er drehte ihm den Rücken zu und ging auf die Schattenseite des Felsens. Kadri blieb mit finsterem Gesicht in der Sonnenglut zurück.

16

Adhams Familie saß vor der Hütte und aß im schwachen Licht der Sterne zu Abend. Plötzlich aber geschah etwas, was seit der Vertreibung Adhams nicht geschehen war: Das Tor des Großen Hauses öffnete sich, und heraus kam ein alter Mann mit einer Laterne in der Hand. Sie alle schauten so gebannt auf die Laterne, dass keiner ein Wort hervorbrachte. Die Blicke aller richteten sich auf die Gestalt, die sich im Dunkeln wie ein irdischer Stern die Bahn schlug. Als der Mann die Hälfte des Wegs zwischen dem Großen Haus und der Hütte zurückgelegt hatte, versuchten sie angestrengt, herauszufinden, wer sich da im auf und ab tanzenden Lichtschein auf sie zubewegte. Endlich flüsterte Adham: »Es ist Amm Karim, der Torhüter!«

Nun merkten sie, dass er tatsächlich auf ihre Hütte zukam, und waren vollends verblüfft. Sie standen auf und blieben regungslos, ein Stück Brot in der Hand oder im Mund, stehen.

Der Mann erreichte sie, hob die Hand und sagte: »Guten Abend, Herr Adham.«

Adham erschauderte, als er diese Stimme hörte, die seit zwanzig Jahren nicht mehr an sein Ohr gedrungen war. Aus der Tiefe seines Gedächtnisses stieg die Erinnerung an den vollen Klang der Stimme des Vaters, an den Duft von Jasmin und Henna, an all den Kummer und das Sehnen auf. Ihm war, als wanke die Erde. Mit Mühe die aufsteigenden Tränen unterdrückend, antwortete er: »Guten Abend, Amm Karim.«

Auch der andere konnte seine Erregung nicht verbergen: »Ich hoffe, dass es dir und deiner Familie gutgeht.«

»Allah seis gedankt, Amm Karim.«

»Gern würde ich dir alles erzählen, was mich bewegt«, sagte Amm Karim freundlich. »Aber ich habe lediglich den Auftrag, dir mitzuteilen, dass mein ehrwürdiger Herr sofort deinen Sohn Humam zu treffen wünscht.«

Bestürzt sahen sich alle an und schwiegen. Aber plötzlich ertönte hinter ihnen eine Stimme: »Nur Humam?«

Unwillig drehte sich Adham um. Idris stand da, er musste gelauscht haben. Amm Karim antwortete nicht, sondern hob nur grüßend die Hand und ging zurück zum Großen Haus. Nun war wieder alles dunkel. Idris wurde wütend und schrie ihm hinterher: »Lässt du mich einfach ohne Antwort stehen, du Hundesohn?«

Nun wachte auch Kadri auf. »Warum denn nur Humam?«, fragte er zornig.

»Ja«, wiederholte Idris, »warum nur Humam?«

»Geh zurück in deine Hütte, und lass uns in Frieden«, antwortete nun Adham, dem das Sprechen offensichtlich half, seiner Erregung Herr zu werden.

»Frieden? Ich stehe da, wo ich will.«

Humam sah schweigend zum Großen Haus hinüber. Sein Herz klopfte so laut, dass er glaubte, ein Echo vom Mukattam-Berg zu hören.

»Geh zu deinem Großvater, Humam, geh in Frieden«, sagte Adham voller Ergebung.

Kadri drehte sich empört um. »Und ich? Bin ich nicht wie er dein Sohn?« Seine Stimme war von schneidender Schärfe.

»Sprich nicht wie Idris, Kadri. Natürlich bist du ebenso mein Sohn wie er, daran besteht gar kein Zweifel. Mir musst du also keinen Vorwurf machen, ich bin aber nicht der, der ihn eingeladen hat.«

Idris, der sich nicht vom Fleck gerührt hatte, widersprach: »Aber es liegt bei dir, ob zwischen Bruder und Bruder ein Unterschied gemacht wird.«

»Das geht dich überhaupt nichts an.« Adham wandte sich wieder Humam zu. »Du musst gehen. Für Kadri wird sich auch noch eine Gelegenheit bieten, da bin ich ganz sicher.«

»Du bist ein ebenso grausamer Vater wie der unsrige. Armer Kadri, warum wird er bestraft, ohne dass er Schuld auf sich geladen hat? Wenn auf diese Familie ein Fluch fällt, dann trifft er zuallererst die Besten. Allah hat diese verrückte Familie wirklich mit seinem Fluch bedacht!« Mit diesen Worten drehte er sich um und verschwand in der Dunkelheit.

»Du bist ungerecht zu mir, Vater!«, rief Kadri.

»Wiederhole nicht seine Worte«, sage Adham, »sondern komm her, und du, Humam, gehe jetzt!«

»Aber mir wäre lieber, wenn mein Bruder mitkäme«, erwiderte Humam verlegen.

»Er wird später nachkommen.«

Kadri war nicht zu beruhigen. »So eine Gelegenheit! Warum zieht er ihn mir vor? Ihn kennt er genauso wenig wie mich, warum lädt er ausgerechnet ihn ein?«

Adham schubste Humam vorwärts. »Geh nun!«

Während Humam sich langsam in Bewegung setzte, sagte Umaima leise: »Sieh dich vor!« Dann zog sie Kadri an sich und nahm ihn in die Arme. Der aber befreite sich von ihr und ging dem Bruder hinterher.

»Komm zurück, Kadri!«, rief Adham. »Setz nicht deine Zukunft aufs Spiel!«

»Keine Macht der Welt wird mich zurückhalten!«, rief Kadri wütend.

Umaima schluchzte laut auf, woraufhin auch die jüngeren Geschwister in der Hütte zu weinen begannen. Mit weit ausholenden Schritten erreichte Kadri seinen Bruder. Als beide ein Stück gegangen waren, tauchte Idris vor ihnen auf. An der Hand hielt er Hind. Gemeinsam gingen sie auf das Tor des Großen Hauses zu, und als sie dort angelangt waren, stieß Idris Kadri auf die linke Seite von Humam und Hind auf die rechte. Dann blieb er zurück und rief: »Öffne das Tor, Amm Karim! Die Enkel sind gekommen, um ihren Großvater zu treffen!«

Das Tor wurde geöffnet, und Amm Karim erschien mit einer Lampe in der Hand. »Mein Herr bittet Humam einzutreten«, sagte er höflich.

»Aber da ist sein Bruder Kadri«, rief Idris, »und das ist Hind, die meiner noch auf dem Sterbebett weinenden Mutter aufs Äußerste ähnelt.«

Amm Karim blieb auch weiter höflich. »Du weißt, Herr Idris, dass niemand dieses Haus betreten darf, dem Er es nicht erlaubt hat.« Er winkte Humam zu. Kadri nahm Hind an die Hand, um dem Bruder zu folgen. Aber da erscholl eine Stimme aus dem Garten, deren Strenge Idris nur zu gut kannte: »Geht fort in eurer Schande, mit der ihr euch beladen habt!«

Sie blieben wie angenagelt stehen. Das Tor fiel zu.

Idris stürzte auf Kadri und Hind zu, packte sie an den Schultern und fragte mit zornbebender Stimme: »Was meint er mit Schande?«

Hind begann zu weinen, während Kadri sich umwandte und Idris' Hände von den Schultern herunterstieß. Hind rannte los und flüchtete in die Dunkelheit. Idris trat einen Schritt zurück und versetzte Kadri einen Hieb. Der hielt sich aufrecht, obwohl Idris kräftig zugeschlagen hatte. Er schlug abermals und noch härter zu. Nun setzte sich Kadri zur Wehr, und beide bearbeiteten sich mit Faustschlägen und Fußtritten unmittelbar vor der Mauer des Großen Hauses.

»Ich bring dich um, du Hurensohn!«, schrie Idris.

»Und ich erschlag dich noch vorher!«, brüllte Kadri zurück.

Sie prügelten sich, bis Blut aus Kadris Mund und Nase floss. Adham, der den Lärm gehört hatte, lief schreiend herbei: »Lass meinen Sohn, Idris!«

»Wegen dieses Verbrechens bringe ich ihn um!«

»Ich werde dich daran hindern! Wenn du ihn wirklich tötest, wirst du auch nicht weiterleben!«

Da näherte sich die Mutter von Hind mit lautem Geschrei: »Idris! Hind ist weggelaufen! Du musst sie einholen, bevor sie ganz verschwunden ist!«

Adham warf sich zwischen die ringenden Männer. »Hör auf!«, brüllte er Idris an. »Du schlägst ihn völlig umsonst! Deine Tochter ist sicherlich unberührt und nur geflohen, weil du ihr Angst gemacht hast. Du musst sie suchen, bevor sie verschwunden ist!« Er zog Kadri zu sich und lief mit ihm schnell auf die Hütte zu. »Beeil dich!«, keuchte er. »Ich habe deine Mutter ohnmächtig zurückgelassen!«

Von Weitem hörten sie Idris, der laut durch die Dunkelheit schrie: »Hind! ... Hind!«

17

Humam folgte Amm Karim durch den Garten mit seinen duftenden Jasminbüschen. Die Nachtluft im Garten war für ihn eine völlig neue Erfahrung. Sie war feucht, lau und voll der herrlichsten Blumen- und Pflanzendüfte. Humam sog diese nie gekannte Herrlichkeit tief ein und konnte angesichts dieses Zaubers nur ehrfürchtig staunen. Im Nu war er von tiefer Liebe zu diesem Garten erfüllt, und ihm war bewusst, dass er die kostbarsten Augenblicke seines Lebens genießen durfte. Durch einige Fensterjalousien des Hauses fiel Licht, und eine grelle Lampe warf aus der offen stehenden Tür der Empfangshalle das Muster eines verzerrten Rechtecks auf den Gartenboden. Humam versuchte, sich das Leben in den Räumen und Sälen hinter diesen Fenstern vorzustellen, und sein Herz klopfte. Wie könnte es dort wohl sein, und wer lebte dort? Noch aufgeregter war er, als er sich der seltsamen Tatsache bewusst wurde, dass er zu den Nachkommen dieses Hauses gehörte und in seinen Adern das Blut dieser Familie floss. In seinem einfachen, blauen Arbeitsgilbab, seiner verschlissenen Baumwollmütze und den zerrissenen Sandalen stand er hier und sollte gleich dem Herrn dieses Lebens von Angesicht zu Angesicht gegenübertreten. Sie stiegen die wenigen Stufen hinauf, bogen in den rechten Flügel des Hauses und kamen an eine kleine Tür, die wieder auf eine Treppe führte. Als sie diese hinaufstiegen, deutete kein Geräusch darauf hin, dass das Haus von Leben erfüllt war. Ein langer Flur, erhellt von einer Lampe, tat sich vor ihnen auf. Die Decke war reich verziert. Nachdem sie den halben Flur entlanggegangen waren, blieben sie vor einer großen, geschlossenen Tür stehen. Humam war furchtbar aufgeregt. Hier, dachte er, irgendwo in diesem Flur, vielleicht genau an dieser Stelle, stand meine Mutter vor zwanzig Jahren, um aufzupassen. Welch schrecklicher Gedanke!

Amm Karim klopfte, um den Besuch anzukündigen. Dann öffnete er behutsam die Tür, ging zur Seite und gab Humam ein Zeichen einzutreten. Bedächtig und furchtsam machte Humam ein paar Schritte vorwärts. Hinter ihm schloss sich die Tür, ohne dass er es bemerkte. Alles war geheimnisvoll, nur das schwache Licht nahm er wahr, das die Decke und Ecken des Raums erhellte. Sein ganzes Denken war auf den Mann eingestellt, der, erhöht durch ein Podest, mit gekreuzten Beinen auf einem Diwan saß. Obwohl er seinen Großvater noch nie zuvor gesehen hatte, war er sicher, ihn vor sich zu haben. Wer sonst sollte dieser Riese sein, wenn nicht sein Großvater, über den er all die wundersamen Dinge gehört hatte? Als er näher an ihn herantrat, traf ihn aus den großen Augen ein Blick, der alles, was sein Gedächtnis barg, auslöschte. Aber gleichzeitig wurde sein Herz von tiefem Vertrauen und Frieden erfüllt. Er verbeugte sich tief, sodass seine Stirn fast den Diwan berührte, und streckte seine Hand aus. Der alte Mann reichte ihm die seine, und Humam küsste sie zutiefst bewegt. Mit unerwartetem Mut sagte er: »Guten Abend, Großvater.«

Mit tief dröhnender, doch warmherziger Stimme kam die Antwort: »Willkommen, mein Sohn, setz dich!«

Humam nahm auf einem Stuhl rechts vom Diwan Platz, wobei er sich nur auf die Kante zu setzen wagte.

»Setz dich ruhig richtig hin, mein Sohn«, forderte Gabalawi ihn auf.

Humam rutschte auf dem Stuhl zurück. Freude überströmte sein Herz, und seine Lippen formten leise ein Wort des Dankes. Es herrschte Schweigen. Humams Blick war starr auf das Muster des Teppichs zu seinen Füßen gerichtet, aber er fühlte den durchdringenden Blick des Alten auf sich ruhen. Auch die Strahlen der Sonne spüren wir ja auf uns liegen, selbst wenn wir sie nicht sehen. Plötzlich wendete sich seine Aufmerksamkeit einer kleinen Tür an der rechten Seite zu, und der Gedanke, dass sich dort die Kammer befinden musste, machte ihn ängstlich und bedrückt. Aber da unterbrach der Alte diesen bohrenden Gedanken und fragte: »Was weißt du über diese Tür?«

Ein Schaudern durchfuhr Humam. Wie konnte es denn sein, dass er alles erriet? »Ich weiß«, antwortete er demütig, »dass dies das Tor zu all unseren Leiden war.«

»Und was hast du über deinen Großvater gedacht, als du die Geschichte gehört hast?« Schon öffnete Humam den Mund, um zu antworten, da mahnte der Alte: »Sag mir die Wahrheit!«

Durch den freundlichen Ton fühlte sich Humam ermutigt. »Mir schien es falsch gewesen zu sein, was meine Eltern getan haben, aber die Strafe, die sie getroffen hat, hielt ich für viel zu hart.«

Gabalawi lächelte ein wenig. »Es stimmt, ungefähr so müssen deine Gefühle gewesen sein. Wisse, dass ich Lüge und Betrug hasse und deshalb jeden aus meinem Haus verstoße, der sich selbst beschmutzt.« Humams Augen füllten sich mit Tränen. Der Alte sprach weiter. »Mir scheint, dass du ein guter Junge bist, deshalb habe ich dich kommen lassen.«

»Danke, Herr«, sagte Humam mit einer von Tränen dumpfen Stimme.

»Ich habe beschlossen«, erklärte der Großvater in ruhigem Ton, »dir eine Möglichkeit zu bieten, wie ich sie noch keinem von draußen gewährt habe. Du sollst in diesem Haus leben dürfen, du sollst hier heiraten und ein neues Leben beginnen.«

Ein Rausch der Freude überflutete Humam. Die Worte des Großvaters schienen ihm eine wunderschöne Melodie, deren Klang er bis zum letzten Ton auskosten wollte, auch wenn er darauf warten musste. Aber es kam nichts weiter, der Alte schwieg. Humam zögerte ein wenig, dann sagte er: »Dank für deine Güte!«

»Du bist ihrer wert«, kam knapp die Antwort.

Humams Blick wanderte verwirrt zwischen dem Großvater und dem Teppich hin und her. Dann fasste er sich ein Herz und fragte besorgt: »Und meine Familie?«

»Alles, was ich wollte, habe ich gesagt«, war die tadelnde Antwort.

»Aber sie verdienen alle deine Güte und deine Zuneigung«, sagte Humam flehentlich.

Nun klang die Stimme Gabalawis schon etwas kälter. »Hast du nicht gehört, was ich gesagt habe?«

»Ja, gewiss. Aber sie sind doch meine Mutter, meine Geschwister. Mein Vater ist ein guter Mann.«

»Hast du nicht gehört, was ich sagte?« Ärger schwang in der Stimme. Nach einer Weile des Schweigens sagte der Alte: »Geh zurück, um dich zu verabschieden, und dann komm wieder!« Damit war unmissverständlich das Gespräch beendet.

Humam erhob sich, küsste die Hand des Großvaters und ging. Vor der Tür erwartete ihn Amm Karim. Humam folgte ihm schweigend. Als sie die Empfangshalle erreicht hatten, sah er im Lichtschein, der den vorderen Teil des Gartens erhellte, ein Mädchen. Obwohl sie schnell weglief, hatte er doch einen Teil ihres Gesichts, ihren Nacken und ihren schlanken Wuchs sehen können. In seinen Ohren klang wieder die Stimme des Großvaters: »Du sollst in diesem Haus leben, du sollst hier heiraten.« Dieses Mädchen vielleicht? Und dort leben wie der Vater? Wie hatte der nur sein Glück so leichtfertig aufs Spiel setzen können? Wie musste ihm nun ums Herz sein, wenn er den Karren vor sich herschob? Wie ertrug er dieses Leben? Dass er, Humam, dort leben sollte, kam ihm wie ein Traum vor. Es war das, was der Vater seit zwanzig Jahren erträumte. Von all dem Glück war ihm der Kopf schwer.

18

Als Humam zur Hütte zurückkehrte, wartete die ganze Familie auf ihn. Alle wollten wissen, was geschehen war, und Adham fragte ängstlich: »Wie war es, mein Sohn?« Aber Humam antwortete nicht, sondern ging besorgt auf Kadri zu, dessen Auge verbunden war. »Es hat einen hitzigen Kampf zwischen ihm und jenem Mann dort gegeben«, erklärte der Vater und wies in die Richtung von Idris' Hütte, deren Umrisse sich nur noch schwach in der herabsinkenden Finsternis abzeichneten.

»Das ist nur gekommen«, stieß Kadri zornig hervor, »weil aus dem Haus diese bösartige Verleumdung ausgestoßen worden ist.«

»Warum ist es dort so still?«, fragte Humam beunruhigt.

»Der Mann und seine Frau suchen die Tochter, die geflohen ist«, erklärte der Vater traurig.

»Und die Verantwortung dafür trägt dieser verfluchte Alte dort!«, rief Kadri laut.

»Sprich leiser«, bat Umaima.

»Wovor fürchtest du dich?«, schrie Kadri hasserfüllt. »Es passiert überhaupt nichts, nur dass wir nie zurückkehren werden. Glaub mir, du wirst nie, aber auch nie diese Hütte verlassen, außer wenn du gestorben bist.«

»Hör auf mit diesem Irrsinn«, erwiderte Adham aufgeregt. »Du bist verrückt! Hast du dich nicht tatsächlich mit diesem jungen Mädchen zusammentun wollen?«

»Und ich werde es auch tun.«

»Schweig endlich! Ich hab jetzt genug von deinen Dummheiten!«

»Von heute an werden wir in Idris' Nähe nicht mehr ruhig leben können«, warf Umaima ein, und ihre Stimme klang beklommen.

Adham wandte sich wieder Humam zu. »Also, was ist geschehen?«

Als Humam antwortete, lag kein bisschen Freude mehr in seiner Stimme. »Mein Großvater hat mich aufgefordert, im Großen Haus zu leben.«

Adham wartete gespannt, dass er weitersprach. Als aber nichts mehr kam, fragte er drängend: »Und wir? Was hat er über uns gesagt?«

Humam schüttelte traurig den Kopf und flüsterte: »Nichts.«

Das grelle Lachen Kadris schien vom Gift des Skorpionstichs zu sein. Dann fragte er höhnisch: »Und was machst du dann noch hier?«

Ja, wirklich, dachte Humam, was suche ich hier noch? Nichts, jemand wie ich ist eben nicht für das Glück geschaffen. Trauer befiel ihn und legte sich auf seine Stimme: »Ich habe aber nicht versäumt, euch bei ihm in Erinnerung zu bringen.«

»Danke, vielen Dank«, stieß Kadri gehässig aus. »Aber warum zieht er ausgerechnet dich uns allen vor?«

»Du weißt genau, dass ich nichts dafürkann.«

Adham seufzte schwer. »Humam, du bist bestimmt der Beste von uns allen.«

»Aber wieso denn?«, rief Kadri verbittert. »Du, Vater, hast doch immer nur Gutes über den Großvater geredet, obwohl er es gar nicht verdient hat!«

»Davon verstehst du nichts«, entgegnete Adham.

»Dieser alte Mann dort ist viel schlechter als sein Sohn Idris!«

»Hör auf, Kadri!«, flehte Umaima ihn an. »Du brichst mir das Herz. Wenn du weiter so sprichst, beraubst du dich ein für alle Mal jeder Hoffnung.«

»Meine ganze Hoffnung liegt hier in dieser Wüstenödnis begraben. Begreift das doch endlich, und gebt euch zufrieden! Gebt endlich die Hoffnung auf dieses verfluchte Haus auf. Ich fürchte die Wüste nicht, nicht einmal Idris fürchte ich! Ich bin durchaus imstande, ihn im Kampf zu besiegen. Also spuckt auf dieses Haus, und beruhigt euch!«

Soll denn dieses Leben auf ewig so weitergehen, grübelte Adham. Warum hast du, Vater, die Sehnsucht nach dir in uns geweckt, ohne bereit zu sein, uns zu verzeihen? Womit ließe sich dein Herz noch erweichen, wenn das die lange Zeit nicht geschafft hat? Was nützt alles Hoffen, wenn unsere Qualen nicht die Barmherzigkeit dessen, den wir lieben, geweckt haben? »Was gedenkst du also zu tun, Humam?«, fragte Adham mit schwacher Stimme.

»Er sagte, dass ich mich verabschieden und dann zurückkehren soll«, antwortete Humam verschämt.

Obwohl es dunkel war, errieten die anderen, dass Umaima ihr Weinen zu unterdrücken versuchte.

»Was zögerst du also noch?«, fragte Kadri bösartig.

Adham hatte sich gefasst: »Geh, Humam, geh in Frieden und mit unserem Segen.«

»Geh nur, geh, du edler Mensch, und scher dich nicht um die anderen«, äffte Kadri den Ton des Vaters nach.

»Hör auf, deinen gutherzigen Bruder zu verspotten!«, rief Adham scharf.

Kadri lachte. »Er ist der Schlimmste von uns allen.«

»Wenn ich mich entschließen sollte zu bleiben«, schrie ihn Humam aufgeregt an, »dann gewiss nicht deinetwegen!«

»Nein, du wirst gehen, ohne noch länger zu zögern«, erklärte Adham entschieden. Umaima schluchzte auf und stammelte: »Ja, geh nur … geh in Frieden.«

»Nein, Mutter, ich werde nicht gehen«, erwiderte Humam.

»Bist du wahnsinnig geworden?«, fuhr der Vater ihn an.

»Nein, Vater, aber es ist besser, noch einmal über alles nachzudenken.«

»Das ist überhaupt nicht nötig. Bürde mir nicht ein weiteres Vergehen auf!«

»Ich glaube«, entgegnete Humam entschlossen, »dass sich dort«, er wies zur Hütte von Idris, »verhängnisvolle Ereignisse abspielen werden.«

»Du bist doch viel zu schwach, um von dir selbst ein Unglück abzuhalten, geschweige denn von anderen«, spottete Kadri.

Humam sah ihm voll ins Gesicht. »Man hört am besten nicht mehr hin, wenn du etwas sagst.«

Adham wollte den Entschluss seines Sohnes nicht wahrhaben. »Humam, bitte geh!«

Aber Humam wandte sich ab und sagte: »Ich bleibe bei dir.«

19

Von der Sonne war nur noch das Abendrot geblieben. Weit und breit war kein Mensch zu sehen. Nur Kadri und Humam waren noch mit den Schafen unterwegs. Sie hatten den ganzen Tag über nur dann miteinander gesprochen, wenn es die Arbeit erforderte. Für mehrere Stunden war Kadri fortgeblieben, und Humam vermutete, dass er sich aufgemacht hatte, um etwas über Hind zu erfahren. Er stand gerade im Schatten des Felsbrockens, unweit von den Schafen, als Kadri plötzlich auftauchte und ihn in gereiztem Ton fragte: »Erklär mir doch mal, was dich dazu gebracht hat, nicht zu deinem Großvater zu gehen.«

»Das geht nur mich allein etwas an.«

Wut loderte auf in Kadris Herzen, und sein Gesicht wurde finster wie die Gipfel des Mukattam-Bergs. »Warum bist du geblieben? Und wann gehst du dahin? Wann wirst du Mut genug haben, um laut und deutlich zu sagen, was du vorhast?«

»Ich bin geblieben, um meinen Anteil an jenen Leiden zu tragen, die du durch deine Scheußlichkeiten verursacht hast.«

Kadri lachte gequält. »Das sagst du doch bloß, weil du deine Eifersucht verbergen willst.«

Humam schüttelte den Kopf. »Man kann dich nur bedauern.«

Kadri trat näher an ihn heran. Er bebte vor Wut und sagte hasserfüllt: »Am widerlichsten bist du, wenn du den Neunmalklugen spielst.«

Humam schaute ihn verächtlich an und schwieg. Aber Kadri gab keine Ruhe. »Die Welt muss sich doch schämen, dass so etwas wie du lebt.«

Humam hielt dem stechenden Blick Kadris stand, mit fester Stimme sagte er: »Wisse, dass ich dich nicht fürchte.«

»Hat dir etwa der größte aller Schurken seinen Schutz angetragen?«

»Der Zorn macht dich so hässlich, dass man Mitleid mit dir fühlen muss.« Kaum hatte er zu Ende gesprochen, schlug Kadri zu. Humam war darauf gefasst und holte aus, um ihm einen kräftigen Hieb zu versetzen. »Komm zur Besinnung!«, rief er ihm zu. Aber Kadri bückte sich blitzschnell, hob einen Stein auf und warf ihn mit all seiner Kraft auf den Bruder. Humam wollte ausweichen, aber der Stein traf ihn mitten auf der Stirn. Er schrie auf und stand da wie erstarrt. Der Zorn, der gerade noch seine Augen glänzen ließ, wich plötzlich und verglomm wie eine Flamme, die mit Sand zugeschüttet wird. Schwärzliche Leere erfüllte seine Augen, als wären sie nach innen gerichtet. Er geriet ins Taumeln, fiel zu Boden und lag da mit dem Gesicht auf der Erde.

In Sekundenschnelle war Kadris hasserfüllte Wut gewichen. Er ähnelte plötzlich einem Stück Eisen, das nach dem Glühen sofort abkühlt. Furcht überkam ihn, und ängstlich wartete er darauf, dass Humam wieder aufstand oder sich wenigstens rührte. Aber nichts geschah. Er beugte sich über den Bruder, schüttelte ihn vorsichtig. Da Humam sich nicht regte, drehte er ihn auf den Rücken, um ihm Mund und Nase vom Sand zu reinigen. Mit weit geöffneten Augen starrte Humam ihn an. Kadri kniete nieder und rüttelte erneut an ihm. Dann nahm er seine Hände und drückte sie wieder und wieder. Entsetzt sah er, wie Blut aus der Stirnwunde floss. »Humam!«, rief er. »Humam!« Er erhielt keine Antwort. Humams Schweigen war so bedrückend, dass es ihm wie sein eigenes vorkam. Er fühlte, wie diese Starre auch ihn befiel. Für ihn, den Lebenden, war sie genauso seltsam wie für den Bewegungslosen, denn nichts regte sich in ihm, und alles Denken und jedes Gefühl waren von ihm gewichen. Es war, als hätte jemand aus einer anderen Welt ihn auf diese Erde geworfen, mit der ihn nichts verband.

Instinktiv erfasste Kadri den Tod, und verzweifelt begann er, sich das Haar zu raufen. Ab und zu schaute er furchtsam auf, aber kein

Lebewesen zeigte sich. Nur die Schafe waren da, doch sie zogen wie immer umher und kümmerten sich nicht um ihn. Bald würde es Nacht sein, und Finsternis würde herniedersinken. Entschlossen stand er auf und nahm seinen Stock. Er ging zu einer Stelle zwischen Felsbrocken und Berg und begann, mit den bloßen Händen ein Loch auszuheben. Er arbeitete wie besessen, sodass Schweiß von ihm troff und seine Beine zitterten. Dann rannte er zu Humam, schüttelte und rief ihn ein letztes Mal, ohne aber wirklich auf Antwort zu hoffen. Er fasste ihn an den Füßen, zog ihn zu dem Loch und legte ihn hinein. Dann schaute er auf den Bruder nieder und seufzte schwer. Er zögerte, warf aber dann mit beiden Händen den Sand auf ihn. Ab und zu richtete er sich auf und wischte sich mit dem Ärmel des Gilbabs den Schweiß. Immer wenn sich der Sand vom Blut rot färbte, warf er die Stelle hastig mit Erde zu. Erschöpft ließ er sich schließlich auf den Boden fallen. Er fühlte, wie ihn die Kräfte verließen, und hatte nur noch den Wunsch, laut zu weinen. Aber die Tränen wollten nicht fließen. Der Tod hat mich besiegt, sagte er sich. Er hatte ihn nicht herbeigerufen, hatte ihn nicht gewollt, doch der Tod war einfach gekommen. Oh, könnte er sich in einen Schafbock verwandeln und in der Herde verschwinden! Könnte er doch zu einem Sandkorn werden und in der Erde versinken! Solange ich lebe, werde ich mich nie wieder gegen irgendetwas und irgendjemanden stellen, denn ich werde nie wieder die Kraft dazu haben. Nie werde ich die Augen mit dem starren Blick aus meinem Gedächtnis verbannen können! Was ich da begraben habe, gehört nicht mehr zu den Lebenden und ist dennoch nicht leblos. Alles ist einzig und allein das Werk meiner Hände.

20

Als Kadri mit der Herde nach Hause kam, stand der Karren des Vaters noch nicht am gewohnten Platz. Von drinnen erscholl die Stimme der Mutter: »Warum kommt ihr so spät?«

Kadri trieb die Schafe in die Hürde. »Ich war eingeschlafen. Ist Humam denn noch nicht da?«

Umaimas Stimme wurde lauter, musste sie doch den Lärm der kleineren Kinder übertönen. »Nein! War er denn nicht bei dir?«

Kadri würgte an seinem Speichel. »Er ist weggegangen, ohne zu sagen, wohin. Ich dachte, er wäre nach Hause zurückgekehrt.«

Adham kam auf den Hof und stellte den Karren ab. »Habt ihr Streit gehabt?«

»Aber nein!«

»Bestimmt ist er wegen dir weggegangen. Wo könnte er denn jetzt noch sein?«

Umaima kam aus dem Haus. Kadri hatte gerade das Hürdentor verriegelt und wusch sich nun Gesicht und Hände in einer Schüssel, die unter der Wassertonne stand. Er musste durchhalten. Das Leben hatte sich von Grund auf verändert, aber aus der Verzweiflung konnte auch neue Kraft gewonnen werden. Er ging zu den Eltern hinüber und trocknete sich am Gilbab das Gesicht ab.

»Wo kann Humam denn hingegangen sein?«, fragte Umaima besorgt. »Er ist doch noch nie weggeblieben.«

»Stimmt«, pflichtete ihr Adham bei. »Wenn er etwas vorhatte, gab er immer Bescheid.«

Ein Schauder überlief Kadri. Das Bild des Toten erstand wieder vor seinen Augen. »Ich hatte am Felsen gesessen, und als ich mich umdrehte, sah ich, wie er sich in Richtung unseres Hauses entfernte. Erst wollte ich nach ihm rufen, doch dann unterließ ich es.«

»Ach, hättest du es nur getan und deinen Ärger einmal vergessen«, sagte Umaima bedauernd.

Adham hielt in der Dunkelheit verwirrt Ausschau. Von Idris' Hütte drang ein schwacher Lichtschein herüber, Zeichen dafür, dass sich dort wieder Leben regte. Aber es kümmerte ihn nicht. Er sah zum Großen Haus hinüber und fragte: »Ob er wohl zu seinem Großvater gegangen ist?«

»Nein«, wehrte Umaima ab. »Das hätte er nicht getan, ohne es uns vorher zu sagen.«

»Vielleicht hat er sich zu sehr geschämt?«, fragte Kadri schwächlich.

Adham blickte ihn misstrauisch an, weil seiner Stimme weder Spott noch Feindseligkeit anzuhören war.

»Aber wir haben ihn doch gedrängt, dorthin zu gehen. Er hat es abgelehnt.«

»Vielleicht hat er aber dennoch gewollt und sich nur nicht getraut, es vor uns einzugestehen«, beharrte Kadri mit einer gewissen Hilflosigkeit.

»Nein, das ist nicht seine Art. Was ist denn mit dir los, du siehst ja richtig krank aus?«

»Das ist nur, weil ich heute ganz allein arbeiten musste«, erwiderte Kadri schnell.

Adham seufzte bekümmert, als suchte er Hilfe. »Ehrlich gesagt, bin ich ziemlich beunruhigt.«

»Ich werde zum Großen Haus gehen«, sagte Umaima heiser, »und nach ihm fragen.«

Adham zuckte entmutigt mit den Schultern. »Es wird dir niemand antworten. Außerdem bin ich ganz sicher, dass er nicht dorthin gegangen ist.«

»O Herr! Nie zuvor war mein Herz so beunruhigt. Tu etwas, Mann!«

Adham stöhnte laut in die Finsternis. »Gut, wir werden ihn suchen, jeder geht in eine Richtung.«

»Aber vielleicht ist er jetzt gerade auf dem Weg zu uns«, warf Kadri ein.

»Nein«, erwiderte Umaima entschlossen, »wir können nicht länger warten.« Überwältigt von Schmerz, schaute sie zur Hütte von Idris hinüber. »Ob Idris ihm vielleicht irgendwo begegnet ist?«

Adham reagierte unwillig. »Idris hat es auf Kadri abgesehen, nicht auf Humam.«

»Er würde nicht zögern, jeden von uns zu vernichten. Ich werde zu ihm gehen!«

Adham war das nicht recht, er wollte sie daran hindern. »Mach die Geschichte nicht noch schwerer. Ich verspreche dir, wenn wir ihn nicht finden, gehe ich zu Idris und ebenfalls zum Großen Haus.« Sein Blick fiel auf Kadri. Warum sah er so niedergeschlagen aus? Warum sagte er nichts? Doch schon im nächsten Augenblick war seine einzige Sorge nur die um Humam.

Umaima stürzte los, aber Adham holte sie ein und hielt sie an den Schultern fest. In diesem Augenblick öffnete sich das Tor zum Großen Haus. Gebannt schauten alle hin. Nach kurzer Zeit erschien Amm Karim und kam auf sie zu. Adham ging ihm entgegen. »Willkommen, Amm Karim.«

Der Mann erwiderte seinen Gruß und fragte: »Mein mächtiger Herr möchte wissen, was Humam noch zurückhält.«

Umaima stöhnte auf. »Allah bewahre mich vor den bösen Ahnungen, die mein Herz ergriffen haben.«

Amm Karim kehrte wieder zurück. Umaima begann, wie wild den Kopf hin und her zu werfen, und schien kurz vor einem Zusammenbruch zu stehen. Adham führte sie in ihr Zimmer, wo die Kleinen laut heulten. »Du verlässt nicht das Haus«, fuhr er sie grob an. »Ich komme mit ihm zurück, aber wehe dir, wenn du das Zimmer verlässt!« Als er in den Hof zurückging, stolperte er über Kadri, der auf der Erde hockte. Er beugte sich über ihn und fragte leise: »Sag mir, was weißt du über deinen Bruder?«

Ruckartig hob Kadri den Kopf, aber irgendetwas schien ihn am

Sprechen zu hindern. Adham drängte abermals: »Nun sag schon, Kadri, was hast du mit deinem Bruder gemacht?«

Leise, kaum hörbar kam die Antwort: »Nichts.«

Adham ging zum Haus zurück. Als er wiederkam, trug er eine Laterne. Er zündete sie an und stellte sie auf den Karren. Ein schwacher Lichtschein fiel auf Kadris Gesicht. Adham sah ihn prüfend an und sagte: »Dein Gesicht kündet Unheil an.«

Von drinnen hörte man Umaimas Stimme. Aber das Geschrei der Kinder war so laut, dass nichts zu verstehen war. »Sei ruhig, Frau«, rief Adham. »Wenn du meinst, sterben zu müssen, dann tu das, aber sei still dabei!« Er musterte wieder Kadris Gesicht, und plötzlich begann er zu zittern. Er fasste ihn am Arm und sagte entsetzt: »Blut! Was ist das? Ist dies das Blut deines Bruders?«

Kadri schaute auf den Ärmel seines Gilbabs und kroch mit einer abwehrenden Bewegung in sich zusammen, verzweifelt ließ er den Kopf hängen. Sein Verhalten kam einem Geständnis gleich. Adham zog ihn empor, bis er stand. Dann stieß er ihn ins Freie und ergriff ihn mit ungewohnter Härte. Seine Augen waren finsterer als die schwärzeste Nacht.

21

Adham stieß Kadri in die Wüste hinaus. »Wir gehen in Richtung Darrasa, so kommen wir nicht an Idris' Hütte vorbei«, erklärte er. Sie drangen in die Finsternis ein. Unter der starken Hand des Vaters, die schwer auf Kadris Schulter lag, taumelte er mehr, als er ging. Als Adham Kadri mit Fragen bestürmte, klang seine Stimme brüchig wie die eines alten Mannes. »Hast du ihn geschlagen? Womit hast du ihn geschlagen? In welchem Zustand hast du ihn liegen gelassen?«

Kadri antwortete nicht. So schwer die Hand des Vaters auch auf ihm lastete, er spürte sie nicht. Er litt an einem unendlichen Schmerz, aber er zeigte ihn nicht. Er wünschte sich nur eines, dass die Sonne nie wieder aufgehen möge.

»Erbarme dich meiner und sprich endlich«, flehte der Vater. »Aber du hast ja noch nie Barmherzigkeit gekannt. Mit dem Tag deiner Geburt habe ich mich selbst zum Leiden verurteilt. Ich, der ich seit zwanzig Jahren von einem Fluch verfolgt werde, bettle nun bei einem Menschen um Barmherzigkeit, obwohl dieser ein solches Gefühl nicht kennt.«

Da brach Kadri so heftig in Tränen aus, dass seine Schultern unter der gestrengen Hand des Vaters bebten. Er zitterte am ganzen Leib, und beinah hätte sich der Vater von diesem starken Gefühl mitreißen lassen. Doch fragte er nur: »Soll das deine Antwort sein? Warum nur, Kadri, warum hast du ihm etwas angetan? Wie konntest du das tun? Gestehe jetzt, in der dunklen Nacht, bevor du dich dem Tageslicht zeigen musst.«

»Möge der Tag nie anbrechen!«, rief Kadri.

»Wir sind eine Familie der Finsternis, uns wird sich das Tageslicht nicht mehr zeigen. Ich habe immer geglaubt, dass sich das Böse in der Hütte von Idris niedergelassen hätte, und nun muss ich plötzlich entdecken, dass es in unserem ureigensten Blut steckt. Idris lacht widerlich, betrinkt sich und sucht Streit, wir aber bringen uns gegenseitig um! Hast du deinen Bruder getötet?«

»Nein! Niemals!«

»Wo ist er dann?«

»Ich habe ihn nicht töten wollen.«

Da schrie ihn Adham an: »Aber du hast ihn getötet!«

Kadri schluchzte und wimmerte, aber die Hand des Vaters packte nur noch fester zu. Humam war also tot, er, der Lohn aller Mühe, der Liebling des Großvaters. Er war einfach weg. Wenn da nicht der reißende Schmerz gewesen wäre, Adham hätte es nicht geglaubt.

Sie erreichten den großen Felsbrocken. Adham fragte grob: »Wo hast du ihn verlassen, du Verbrecher?«

Kadri ging zu der Stelle zwischen Fels und Berg, wo er den Bruder vergraben hatte.

»Wo ist dein Bruder? Ich kann ihn nicht sehen«, drängte der Vater.

Kadri war kaum zu verstehen, als er leise sagte: »Ich habe ihn hier begraben.«

»Begraben?«, schrie der Vater auf. Er holte Streichhölzer aus der Tasche, zündete eins an und sah sich suchend um. Schließlich entdeckte er eine Erhebung im Sand und eine Schleifspur, die dort endete. Von Schmerz überflutet, stöhnte er auf und begann wie rasend, den Sand mit zitternden Händen beiseitezuschieben. Er grub so lange, bis seine Finger an den Kopf Humams stießen. Dann legte er seine Hände unter die Schultern des Leichnams und zog ihn vorsichtig heraus. Er kniete nieder und legte ihm die Hände an den Kopf. Er schloss die Augen und bot ein Bild verzweifelten Unglücks und kummerbeladener Hoffnungslosigkeit. Ein Stöhnen, aus tiefster Seele kommend, drang durch die Nacht. Dann murmelte er: »Angesichts deines Leichnams, mein Sohn, erscheint mir mein vierzigjähriges Leben unsagbar sinnlos und töricht.«

Plötzlich erhob er sich und sah zu Kadri hinüber, der auf der anderen Seite des Toten stand. Für einen Augenblick fühlte er nichts anderes als blinden Hass. Grob befahl er: »Humam wird auf deinen Schultern zur Hütte zurückkehren!«

Erschrocken wich Kadri nach hinten, aber der Vater lief um den Leichnam herum, packte den Sohn an den Schultern und schrie ihn an: »Trag deinen Bruder!«

Kadri wimmerte: »Nein, das kann ich nicht.«

»Du hast ihn auch töten können!«

»Ich kann es nicht, Vater!«

»Nenn mich nicht Vater! Der Mörder eines Bruders hat weder Vater noch Mutter noch Geschwister!«

»Ich kann nicht.«

Der Vater packte noch härter zu. »Ein Mörder kann sein Opfer auch tragen!«

Kadri versuchte zu entkommen, aber der Vater verhinderte es nicht nur, sondern schlug ihm vielmehr in ohnmächtiger Wut immer wieder ins Gesicht. Kadri wich den Schlägen weder aus, noch schrie er vor Schmerz. Da ließ der Vater von ihm ab: »Verlier keine Zeit, deine Mutter wartet.«

Bei dem Gedanken an die Mutter zitterte Kadri noch mehr. »Lass mich gehen«, bettelte er.

Der Vater zog ihn zu Humam. »Komm, wir tragen ihn gemeinsam.«

Adham legte die Hände unter die Schultern des Toten, und Kadri bückte sich und fasste ihn an den Füßen. Langsam schritten sie in Richtung Darrasa-Wüste. Eingetaucht in die Welt größten Leids, vermochte Adham seinen Schmerz nicht mehr bewusst zu empfinden. Kadri aber litt Qualen, sein Herz klopfte wild, und seine Glieder zitterten. In der Nase hatte er den durchdringenden Geruch des Sandes, und durch die Berührung des Leichnams ging von seinen Händen das Gefühl des Todes auf den ganzen Körper über. Es herrschte tiefe Dunkelheit, nur am Horizont funkelten die Lichter der noch nicht schlafenden Viertel. Kadri hatte das Gefühl, vor übermächtiger Verzweiflung nicht mehr atmen zu können. Er blieb stehen und sagte zum Vater: »Ich werde den Leichnam allein tragen.«

Den einen Arm unter dem Rücken, den anderen unter den Schenkeln des Toten, schritt er aus, gefolgt von Adham.

22

Als sie sich der Hütte näherten, hörten sie schon von Weitem Umaimas ängstliche Frage: »Habt ihr ihn gefunden?«

Bitter rief Adham ihr zu: »Geh in die Hütte und warte dort!«

Er lief voraus, um sich zu vergewissern, dass sie nicht länger draußen stand. Nachdem Kadri die Hütte erreicht hatte, blieb er regungslos vor der Tür stehen. Der Vater bedeutete ihm hineinzugehen, aber Kadri weigerte sich und flüsterte: »Ich kann ihr nicht begegnen.«

Mit vor Zorn erstickter Stimme sagte der Vater: »Du warst fähig zu viel Widerwärtigerem.«

Kadri blieb, wo er war. »Nein, das hier ist schlimmer.«

Entschlossen stieß ihn der Vater vor sich her, bis sie schließlich in den hinteren Raum gelangten. Adham stürzte zu Umaima und hielt ihr den Mund zu, damit der Schrei, der sich gerade von ihren Lippen lösen wollte, nicht erscholl. »Ruhig, Frau«, sagte er mit fester Stimme, »und nicht schreien! Es ist nicht nötig, dass jemand uns hört, bevor wir die Sache geregelt haben. Lass uns das Schicksal schweigend und unseren Schmerz geduldig ertragen. Aus deinem Schoß und meinen Lenden ist das Böse hervorgekrochen, uns alle hat der Fluch getroffen.«

Er hielt ihr mit aller Kraft den Mund zu, und sie mühte sich vergeblich freizukommen. Sie versuchte, ihm in die Hand zu beißen, schaffte es aber nicht. Allmählich ließen ihre Kräfte nach. Ohnmächtig fiel sie zu Boden. Kadri stand noch immer schweigend da, mit dem Leichnam auf den Armen, und starrte vor lauter Scham auf die Lampe, um nicht die Mutter ansehen zu müssen. Adham ging zu ihm, und beide legten den Toten auf das Bett. Der Vater deckte ihn vorsichtig zu. Als Kadri auf den Bruder niederschaute, mit dem er das bisherige Leben geteilt hatte, spürte er, dass für ihn kein Platz mehr im Haus war.

Umaima bewegte den Kopf. Als sie die Augen öffnete, sagte Adham schnell zu ihr: »Wehe, du schreist!« Er half ihr beim Aufstehen und warnte sie nochmals, keinen Lärm zu machen. Als sie sich über das Bett werfen wollte, konnte er es gerade noch verhindern. Hilflos blieb sie stehen und begann schließlich, ihren Schmerz zu lindern, indem sie sich mit aller Kraft das Haar raufte und Strähne um Strähne ausriss. Adham kümmerte sich nicht um sie, sondern sagte nur grob: »Tu, was du willst, Hauptsache, du bist ruhig.«

»Mein Sohn, mein Sohn«, wimmerte sie unaufhörlich.

»Das ist sein Leichnam, denn unser Sohn ist nicht mehr zurückgekommen. Und der da hat ihn getötet! Bring ihn um, wenn du willst.«

Umaima schlug auf ihre Wangen und zischte Kadri rasend an: »Das gemeinste Tier ist harmlos, verglichen mit dir!«

Schweigend senkte Kadri den Kopf.

Adham erklärte: »Soll dieser Mensch für nichts und wieder nichts gestorben sein? Du verdienst es nicht, weiterzuleben, das fordert die Gerechtigkeit.«

Umaima jammerte still vor sich hin. »Gestern war er noch unser aller Hoffnung. Wir hatten ihm gesagt, er solle gehen, aber er wollte nicht. Wäre er nur gegangen! Wenn er nicht so edel, hilfreich und gut gewesen wäre, dann hätte er es getan. Ist der Tod nun sein Lohn? Wie hast du dies nur tun können, du kaltblütiger Mensch? Du bist nicht mehr mein Sohn, und ich bin nicht mehr deine Mutter.«

Kein Wort kam über Kadris Lippen, aber im Stillen dachte er: Ich habe ihn einmal erschlagen, aber er bringt mich in jeder Sekunde mehrmals um. Lebe ich denn noch? Wer sagt, dass ich noch lebe?

»Was soll ich nun mit dir machen?«, fuhr der Vater ihn an.

»Du hast gesagt, dass ich es nicht verdiene weiterzuleben«, antwortete Kadri ruhig.

»Wie konntest du so etwas nur tun, wie konntest du ihn töten?«, jammerte Umaima.

»Jetzt helfen mir keine Klagen«, erwiderte Kadri verzweifelt. »Ich bin bereit, die Folgen auf mich zu nehmen. Der Tod ist leichter zu ertragen als das, was ich leide.«

Hasserfüllt schleuderte ihm Adham entgegen: »Nur hast du auch uns das Leben unerträglich gemacht, sodass für uns der Tod ebenfalls leichter wäre.«

Umaima schlug sich wieder auf die Wangen und klagte: »Nie werde ich das Leben wieder genießen können! Begrabt mich mit meinem Sohn. Warum lässt du mich nicht meinen Kummer laut hinausschreien?«

Mit bitterem Spott entgegnete Adham: »Ich tue es nicht aus Mitleid mit deiner Kehle, sondern weil ich fürchte, dass uns dieser Satan hört.«

»Soll er doch hören, was immer er will«, warf Kadri verächtlich hin. »Ich kümmer mich nicht mehr um dieses Leben.«

Da erscholl vom Eingang her die Stimme von Idris: »Bruder Adham! Komm zu mir, du armer Mensch!«

Es schauderte sie vor Entsetzen. Adham fasste sich als Erster und rief: »Geh zu deiner Hütte! Ich warne dich, bring mich nicht in Wut!«

»Ein Unheil ist schlimmer als das andre«, sagte Idris mit lauter Stimme. »Dein schwerer Schicksalsschlag hat euch vor meinem Zorn errettet. Wir wollen nicht mehr miteinander streiten, denn einen jeden von uns hat das Unglück getroffen. Du hast deinen Sohn verloren, den du so liebtest, und ich habe keine Tochter mehr. Die Kinder waren uns das Liebste in der Fremde, aber nun sind sie von uns gegangen. Komm her, mein armer Bruder, spenden wir uns gegenseitig Trost.«

Also war das Geheimnis schon gelüftet! Wie hatte das geschehen können? Zum ersten Mal hatte Umaima Angst um Kadri. »Es kümmert mich nicht, dass du hämisch bist«, rief Adham. »Wer solchen Schmerz fühlt, den kann Schadenfreude nicht treffen!«

»Schadenfreude?«, fragte Idris zurück. »Weißt du denn nicht, dass ich geweint habe, während ich mit ansehen musste, wie du den Leichnam aus dem Loch gezogen hast, das Kadri ausgehoben hatte?«

»Elender Schnüffler!«, schrie Adham wutentbrannt.

»Ich habe nicht nur um den Toten geweint, sondern auch um des Mörders willen! Oh, armer Adham, habe ich mir gesagt, der in einer einzigen Nacht zwei Söhne verloren hat.«

Umaima konnte nicht länger an sich halten, sie schrie los, ohne sich noch um jemanden zu kümmern. Kadri stürzte plötzlich ins Freie, Adham rannte ihm hinterher. Umaima rief: »Ich will nicht noch den Zweiten verlieren!«

Kadri wollte sich auf Idris stürzen, aber Adham konnte ihn noch zurückstoßen. Dann trat er vor Idris hin und sagte herausfordernd: »Ich warne dich, reize uns nicht!«

Idris blieb ruhig. »Was bist du doch dumm, Adham, dass du nicht einmal zwischen Freund und Feind unterscheiden kannst. Du willst den Bruder bekämpfen, nur um den Mörder deines Sohnes zu verteidigen.«

»Geh weg von mir!«

Idris lachte. »Wie du willst! Nehmt also mein Beileid entgegen, und lebt in Frieden!« Mit diesen Worten verschwand er in der Finsternis.

Adham drehte sich um, aber statt Kadri sah er nur Umaima vor sich. Als sie ihn fragte, wo Kadri wäre, starrte er ins Dunkel und rief, so laut er konnte: »Kadri! Kadri! Wo bist du?«

Wie ein Echo ertönte darauf die Stimme von Idris, der laut schrie: »Kadri! Kadri! Wo bist du?«

23

Humam wurde auf dem zur Stiftung gehörenden Friedhof in Bab an-Nasr begraben. Viele, die Adham kannten, zumeist Händler wie er und auch einige Kunden, schlossen sich dem Begräbniszug an. Sie mochten ihn wegen seiner freundlichen Art und seines höflichen Benehmens. Idris sah es als seine Pflicht an, bei der Feier dabei zu sein, und ordnete sich in den Zug ein. Er stellte sich sogar in die Reihe der Familie, um die Beileidsbezeugungen als Onkel des Verstorbenen entgegenzunehmen. Widerwillig schwieg Adham, denn es waren auch viele von Idris' Kumpanen zugegen – Bandenführer, Zuhälter, Diebe und Wegelagerer. Idris stand am Grab und versuchte, Adham mit tröstenden Worten zu ermuntern. Adham hielt dem geduldig stand und antwortete nicht, nur die Tränen flossen ihm über die Wangen. Umaima hingegen versuchte, ihren Schmerz zu lindern, indem sie auf sich einschlug, laut schrie und sich auf dem Boden wälzte.

Als die Gäste sich zerstreut hatten, wandte sich Adham an Idris und sagte voller Groll: »Kennt deine Grausamkeit keine Grenzen?«

Idris tat überrascht. »Was meinst du damit, mein armer Bruder?«

»Ich hatte nicht geglaubt«, erwiderte Adham scharf, »wie gemein du sein kannst, auch wenn ich dir eine Menge böser Dinge zutraue. Der Tod bedeutet das Ende für einen jeden, der lebt, wo ist da noch Platz für Schadenfreude?«

Idris schlug erstaunt die Hände aneinander. »Der Schmerz lässt dich deine Höflichkeit vergessen. Aber ich werde Nachsicht üben.«

»Wann wirst du endlich zur Einsicht gelangen, dass nichts uns miteinander verbindet?«

»Der Himmel sei uns gnädig, bin ich denn nicht dein Bruder? Das ist ein Band, das man nicht einfach zerschneiden kann.«

»Idris! Es reicht, was du mir bisher schon angetan hast!«

»Trauer ist etwas Hässliches, aber wir sind beide davon betroffen. Du hast Humam und Kadri verloren, und ich habe Hind nicht mehr. Nun hat also der mächtige Gabalawi eine hurende Enkelin und einen ermordeten Enkel. Aber dir ergeht es auf jeden Fall besser als mir, denn du hast ja noch andere Kinder, die dir ersetzen können, was du verloren hast.«

»Hat dein Neid auf mich noch immer kein Ende?«, fragte Adham erschöpft.

»Idris soll neidisch sein auf Adham?«, war die erstaunte Antwort.

Adham konnte nicht länger an sich halten. »Wenn alles, was du tust, genauso gemein ist wie das, was du mir angetan hast, um mich zu strafen, dann soll die Welt doch gleich untergehen!«

»Untergehen, jawohl, untergehen!«, äffte Idris ihn nach.

Die darauffolgenden Tage verliefen in schwermütiger, düsterer Stimmung. Umaima war von Trauer beherrscht, sodass sie erkrankte und immer schwächer wurde. Im Verlaufe weniger Tage war Adham in einem solchen Maß gealtert wie andere nach einem langen

Leben. Unaufhaltsam litten die beiden Eheleute an Krankheit und Auszehrung. Bald ging es ihnen so schlecht, dass sie das Bett hüten mussten. Umaima legte sich mit den zwei kleinen Kindern in den hinteren Raum, Adham blieb im vorderen, dem von Kadri und Humam. Der Tag verging, und die Nacht kam, ohne dass sie die Lampe anzündeten. Adham reichte das Mondlicht, das von draußen hereinfiel. Er schlief ein wenig, wurde dann wieder wach und befand sich so im Dämmerzustand zwischen Wachsein und Betäubung. Plötzlich drang Idris' spöttische Stimme an sein Ohr: »Brauchst du vielleicht Hilfe?«

Adham wurde beklommen zumute. Er antwortete nicht. Idris verließ stets zur gleichen Stunde seine Hütte, um die Nacht irgendwo durchzufeiern, und Adham hasste diese Stunde, zu der Idris hier vorbeikam. Wieder ertönte die Stimme: »Leute, ihr könnt bezeugen, wie rechtschaffen ich bin und wie eigensinnig er ist.« Dann zog er weiter und sang: »Zu dritt stiegen wir auf den Berg, um zu jagen. Den einen verschlang der Abgrund, und den anderen trugen seine Lieben fort.«

Adhams Augen füllten sich mit Tränen. Dieser Schurke, der nie aufhört, sich müßig die Zeit zu vertreiben, der immer über andere herfällt, der tötet und sich so Respekt verschafft! Hart und grausam ist er und spottet noch der Folgen. Lässt er sein widerliches Lachen erschallen, dann dröhnt es bis zum Berg. Er findet Gefallen daran, mit den Schwachen sein Spiel zu treiben, die Nacht bei Totenfeiern zuzubringen und an Grabsteinen zu singen. Mir naht der Tod, aber er lacht noch immer höhnisch. Der Tote verdorrt im Grab, der Mörder irrt umher, und die Hütte ist voll vom Weinen über beide. Das glückliche Kindheitslachen im Garten hat sich im Laufe der Zeit in düstere Trauer und Tränen verwandelt. Schmerz zerreißt mir die Seele. Warum nur all dieses Leid? Wo ist das Glück, das ich einst erträumte?

Da glaubte er, Schritte zu hören. Schwer und gemächlich schienen sie zu sein, und dumpfe Erinnerungen stiegen in ihm auf wie reiner süßer Duft, der unbegreiflich in seiner Wirkung bleibt. Er blickte zur Tür und sah, wie sie sich öffnete. Und dann stand plötzlich etwas da, was wie eine riesige Gestalt aussah. Er starrte sie verwirrt an. Hoffnung glomm in seinem Blick auf, getrübt von Verzweiflung. Ein tiefes Stöhnen entrang sich seiner Brust, und fragend flüsterte er: »Vater?«

Und dann glaubte er, die alte Stimme zu erkennen.

»Guten Abend, Adham.«

Seine Augen füllten sich mit Tränen. Er wollte aufstehen, aber er konnte nicht. Ein Gefühl unendlichen Glücks überströmte ihn, wie er es schon seit mehr als zwanzig Jahren nicht mehr verspürt hatte. Mit bebender Stimme sagte er: »Lass mich glauben …«

»Jetzt weinst du, aber du hattest schwer gefehlt«, lautete die Antwort.

Schluchzend erwiderte Adham: »Das Vergehen war groß, die Strafe war schwer. Aber selbst das lästigste Ungeziefer hofft noch, Schatten zu finden.«

»Willst du mich Weisheit lehren?«

»Verzeih, verzeih! Die Trauer hat mich niedergedrückt, und die Krankheit hat mich heimgesucht. Selbst meine Herde ist vom Untergang bedroht.«

»Es ist gut, dass du dich um deine Schafe sorgst.«

Ein Flehen lag in Adhams Stimme, als er fragte: »Hast du mir vergeben?«

Nach kurzem Schweigen kam die Antwort: »Ja.«

Adham erbebte und rief: »Allah sei Dank! Vor Kurzem noch durchschritt ich den Höllengrund der Verzweiflung.«

»Und du bist auf mich gestoßen?«

»Ja, und es ist, als wäre ich aus einem Albtraum erwacht.«

»So sei es denn, du bist ein guter Junge.«

Adham stöhnte auf. »Aber ich habe einen Mörder und einen Ermordeten gezeugt.«

»Der Tote kehrt nicht zurück. Was also willst du?«

»Ach«, antwortete Adham seufzend, »einst liebte ich den Gesang im Garten, aber nun werde ich wohl an nichts mehr Gefallen finden.«

Da kam die Antwort: »Die Stiftung wird deinen Nachkommen gehören.«

»Allah sei Dank!«

»Überanstrenge dich nicht, sondern vertraue dem Schlaf.«

Innerhalb kurzer Zeit verließ das Leben Adham, dann Umaima und schließlich auch Idris. Die Kinder waren groß geworden. Nach langer Zeit der Abwesenheit kehrte Kadri zurück. Hind war bei ihm und beider Kinder. Sie wuchsen Seite an Seite mit den anderen heran, vermischten sich und nahmen an Zahl zu. Die Ansiedlung wurde dank des Vermögens der Stiftung größer, sodass schließlich unser Viertel ins Buch des Seins Eingang fand. Von diesen und jenen Vorfahren stammen die Kinder unseres Viertels ab.

GABAL

24

Die Häuser unseres Viertels, erbaut von den Einnahmen der Stiftung, waren in zwei sich gegenüberliegenden Reihen angeordnet. Die ersten Häuser standen kurz vor dem Großen Haus, und von hier erstreckte sich die lang hingezogene Straße in Richtung Gamalija. Das Große Haus stand völlig allein am oberen Ende der Straße, dort, wo die Wüste beginnt. Unser Viertel, das Viertel des Gabalawi, war das längste in der ganzen Gegend. Die meisten Häuser bildeten richtige Gehöfte, so wie im Straßenteil der Hamdanfamilie. Hütten hingegen waren mehr in der unteren Hälfte, nach Gamalija hin, zu finden. Das Bild wäre nicht vollständig, würde man nicht das Haus des Verwalters der Stiftung am Anfang der rechten Straßenseite und das der Wachmannschaft am Anfang der linken Straßenseite erwähnen. Die beiden Häuser lagen sich genau gegenüber.

Die Türen des Großen Hauses hatten sich hinter dem Herrn und seinen vertrauten Dienern geschlossen. Die Söhne von Gabalawi waren früh verstorben, und von all jenen Nachkommen, die im Großen Haus ins Leben getreten und aus ihm wieder abberufen worden waren, lebte zu jener Zeit nur noch der Effendi, der Herr Stiftungsverwalter. Was die Leute des Viertels aber betraf, so betätigten sie sich im Allgemeinen als Hausierer oder besaßen einen Laden oder ein Kaffeehaus. Viele gingen betteln. Sie alle aber verband ein gemeinsames Interesse, und das war der Handel mit Rauschgift, vor allem mit Haschisch und Opium. Jeder beteiligte sich daran, so gut er konnte. Wie auch heute noch, prägten Lärm und Gedränge das Bild unseres Viertels. Barfuß und halb nackt spielten die Kinder in allen Winkeln, füllten die Luft mit ihrem Geschrei und beschmutzten den Boden mit ihrem Dreck. In den Hauseingängen drängten sich die Frauen, eine hackte Juteblätter, eine andere schälte Zwiebeln, eine Dritte zündete einen Holzstoß an, und alle schwatzten und spaßten miteinander. Wenns nötig war, rief man sich auch einmal Schimpfwörter und Flüche zu. Gesang und Weinen rissen nicht ab. Trommelklänge waren besonders beliebt. Handkarren quirlten unaufhörlich durcheinander. Mit Zungen und Händen wurden Kämpfe ausgefochten, die hier und dort aufflammten. Katzen miauten, Hunde knurrten, und manchmal zankten sie sich auch miteinander auf den Müllhaufen. Ratten und Mäuse tummelten sich auf Höfen und Mauern. Nicht selten geschah es, dass ein paar Leute zusammenliefen, um eine Schlange oder einen Skorpion zu töten. Der Zahl der Fliegen kam nur noch die der Läuse gleich. Wenn jemand aß, dann gesellten sie sich auf dem Teller zu ihm, wenn jemand trank, dann ließen sie sich auf dem Rand des Kruges nieder. Sie tummelten sich an den Augenlidern, flogen in den Mündern ein und aus, gerade so, als wären sie jedermanns Freund.

Kaum dass ein junger Bursche seinen Mut entdeckte oder auch seine Muskeln spielen lassen konnte, da suchte er auch schon Händel mit den Friedfertigen, griff die Sanften an und ernannte sich selbst zum Beschützer eines Teils des Viertels. Von denen, die arbeiteten, erhob er ein Schutzgeld. So konnte er sich ohne jegliche Arbeit voll dem Müßiggang überlassen. Junge Leute dieser Art gab es mehrere im Viertel – Kidra, Laisi, Abu Sari, Barakat und Hamuda. Auch Soklot war einer von ihnen, und zwar ein besonders kampflustiger Raufbold, der gegen jeden antrat und schließlich, nachdem er alle besiegt hatte, zum Führer der jungen Männer im Viertel wurde. Auch sie mussten ihm nun eine Pflichtabgabe zahlen. Der Herr Stiftungsverwalter fand, dass er jemanden wie diesen Mann brauchte, um seine Anordnungen auszuführen und auch um Gefahr von sich abzuwenden. So holte er ihn zu sich und zahlte ihm aus den Stiftungseinnahmen einen gewaltigen Lohn. Soklot richtete sich also in dem Haus ein, das dem des Herrn Verwalters gegenüberlag, und baute seine Macht aus. Auf diese Weise kam es immer seltener zu Kämpfen zwischen den berüchtigten Raufbolden, denn der Schlimmste von ihnen, Soklot, wollte es vermeiden, dass nach solchen Raufereien vielleicht jemand als Stärkster gepriesen würde. Dieser hätte auf die Idee kommen können, ihm seine Stellung streitig zu machen. Die Wächter konnten die so aufgestaute Lust am Zuschlagen also nur noch an den friedfertigen, sanften Bewohnern auslassen. Wie hatte es nur so weit mit unserem Viertel kommen können?

Gabalawi hatte Adham versprochen, dass die Stiftung seinen Nachkommen zugutekommen sollte. Häuser waren gebaut und Güter verteilt worden, und die Menschen hatten sich eine Zeit lang eines glücklichen Lebens erfreut. Als aber der Vater das Tor hinter sich geschlossen und sich von der Welt zurückgezogen hatte, eiferte ihm der Verwalter nur für eine kurze Zeit im Guten nach. Dann aber machte sich Gier in seinem Herzen breit und der Wunsch, die Einkünfte der Stiftung ganz für sich allein zu haben. Er begann, die Rechnungen zu fälschen und mit dem zu knausern, was von den Einkünften an die Bewohner verteilt werden sollte. Schließlich riss er das gesamte Vermögen an sich, wobei er sich ganz auf den Schutz der von ihm ausgehaltenen Wächterhorde stützen konnte. Es blieb den Menschen nichts weiter übrig, als sich mit den niedrigsten Arbeiten zufriedenzugeben. In dem Maß, wie ihre Zahl zunahm, wurde auch ihre Armut größer. Sie versanken in Elend und Schmutz. Die Starken hielten sich an den Terror, die Schwachen an das Betteln, alle gemeinsam aber waren auf das Rauschgift bedacht. Da mühte und quälte sich einer für ein paar Bissen ab, und schon musste er auch diese noch mit den Wächtern teilen. Es wurde ihm nicht etwa dafür gedankt, nein, er erntete nur Püffe, Flüche und Beschimpfungen. Nur die Wächterhorde lebte in Wohlstand und Prunk. Über sich hatten sie den obersten Wächter, und über allen thronte der Verwalter. Die einfachen Menschen aber wurden mit Füßen getreten. Wenn einer dieser armen Teufel nicht imstande war, das Schutzgeld zu zahlen, dann rächten sich die Wächter seines Wohngebiets in übelster Weise an ihm. Kam jemand auf die Idee, sich beim obersten Wächter zu beklagen, so schlug der ihn zusammen und übergab ihn dem für ihn zuständigen Wächter, damit dieser ihn nun seinerseits bestrafe. Wenn sich einer dazu verführen ließ, beim Herrn Verwalter mit einer Beschwerde vorzusprechen, dann schlug erst der ihn, dann der oberste und schließlich der zuständige Wächter. Ich selbst konnte noch in letzter Zeit diese finsteren Zustände beobachten, noch immer ein wahres Abbild dessen, was die Erzähler über die Vergangenheit berichteten. Aber die Sänger in den Kaffeehäusern unseres Viertels rühmen nur die heroischen Taten, um so die hohen Herren nicht öffentlich in Bedrängnis zu bringen. Sie besingen also die vorzüglichen Eigenschaften des Herrn Verwalters und der Wächterhorde, preisen eine Gerechtigkeit, die uns nicht zuteilwird, eine Barmherzigkeit, die uns nicht betrifft, eine Anständigkeit, die wir nicht vorfinden, eine Frömmigkeit, die wir nicht sehen, und eine Lauterkeit, von der wir nichts hören. Also frage ich mich: Was hat unsere Väter in diesem verfluchten Viertel gehalten, und was hält uns noch heute hier? Die Antwort zu geben, fällt leicht. In den anderen Vierteln müssten wir ein noch viel schrecklicheres Leben erdulden, sofern deren Wächterhorde uns nicht auf der Stelle umbringt, aus Rache dafür, was unsere Horde ihnen angetan hat. Das Schlimmste ist ja, dass die anderen uns auch noch beneiden! Welch glückliches Viertel, sagen die Leute der umliegenden Viertel über uns! Was für eine einzigartige Stiftung können sie genießen! Wie tüchtige Wächter haben sie, bei denen einem das Blut schon in den Adern gerinnt, wenn sie nur erwähnt werden!

Nur, wir haben von der Stiftung nichts außer Leid und von unserer Wächterhorde nichts als Schimpf und Schmerz. Trotzdem sind wir geblieben und ertragen alles geduldig.

Unser Blick ist auf eine Zukunft gerichtet, von der wir nicht wissen, wann sie kommen wird. Wir weisen zum Großen Haus hinüber und sagen: »Dort ist unser aller Vater«, und wir zeigen auf die Wächterhorde: »Das dort sind unsere Männer.« Was war und was sein wird – alles liegt einzig in Allahs Hand.

25

Die Geduld der Hamdanfamilie war am Ende. Die Wogen des Aufruhrs schlugen bei ihnen hoch.

Die Familie wohnte am oberen Ende des Viertels, gleich neben dem Haus des Herrn Verwalters und dem von Soklot. Sie hatten ihre Gehöfte dort aufgebaut, wo einst Adham seine Hütte errichtet hatte. Das Oberhaupt der Familie war Hamdan, der Kaffeehausbesitzer. Sein Kaffeehaus war das schönste im ganzen Viertel, und es lag genau in der Mitte der hamdanschen Ansiedlung. Meister Hamdan saß immer rechts am Eingang des Kaffeehauses, bekleidet mit einer grauen Abaja, um den Kopf ein besticktes Tuch. Er beobachtete Abdun, den Gehilfen, der ununterbrochen hin und her lief, und schwatzte dabei mit einigen Kunden. Der Raum war recht schmal, erstreckte sich aber weit in die Tiefe und endete schließlich bei der Polsterbank des Sängers, die unter einem bunten Fantasiegemälde stand. Auf dem Bild war Adham zu sehen, wie er vom Totenbett aus zu Gabalawi aufschaut, welcher an der Tür zur Hütte steht.

Hamdan gab dem Sänger ein Zeichen, woraufhin dieser die Rabab in die Hand nahm und sich auf das erste Lied vorbereitete. Die Saiten zum Klingen bringend, begann er mit einem Gruß an den Verwalter, den Liebling des Gabalawi, und an Soklot, den Stolz aller Männer. Dann berichtete er aus dem Leben Gabalawis und der Zeit vor Adhams Geburt. Das Schlürfen der Kaffee-, Zimt- und Teetrinker war zu hören, und von den Wasserpfeifen stieg Rauch auf, der in feinen Schwaden um die Lampe kreiste. Aller Augen richteten sich auf den Sänger, und zustimmend nickten die Gäste mit dem Kopf, wenn der Mann besonders schön oder lehrreich an die früheste Zeit erinnerte. Hingebungsvoll überließ man sich den Traumbildern, bis schließlich das Ende kam. Laut riefen alle dem Sänger beifällige Worte des Dankes zu. Und genau da entzündete sich die Flamme der Empörung, die die Hamdanfamilie erfasst hatte. Der triefäugige Atris, der in der Mitte des Gastraums saß, war mit seinen Gedanken noch ganz bei dem, was sie gerade von Gabalawis Geschichte gehört hatten. »Ach ja«, sagte er, »die Welt war damals noch gut. Selbst Adham musste nicht einen einzigen Tag hungern.«

In diesem Augenblick kam die alte Tamarhinna vorbei. Sie ließ den Apfelsinenkorb langsam vom Kopf heruntergleiten und wandte sich an Atris, den Triefäugigen. »Gesegnet sei deine Rede, Atris, deine Worte sind wahrlich so süß wie meine Orangen.«

»Geh weiter, Frau«, schalt Meister Hamdan, »lass uns in Ruhe mit deinem Gewäsch.«

Aber Tamarhinna setzte sich genau am Eingang auf die Erde. »Ach«, seufzte sie, »es ist so schön, in deiner Nähe zu sitzen, Meister Hamdan.« Sie wies auf den Korb. »Einen ganzen Tag und eine halbe Nacht war ich unterwegs und habe mir die Kehle wund geschrien, und alles nur für ein paar Millim, Meister.«

Gerade wollte der Meister ihr antworten, da sah er Dolma kommen. Sein Gesicht war schmutzig, und er blickte finster drein. Als er das Kaffeehaus erreicht hatte, stellte er sich in die Tür und rief laut: »Unheil über diesen gemeinen Schurken! Kidra ist der Allerschlimmste! Ich habe ihn um Aufschub bis morgen gebeten, wenn Allah mir mehr Erfolg beschiedet, aber er warf mich zu Boden und kniete sich auf meine Brust, dass ich beinahe erstickt wäre.«

»Komm her, Dolma«, rief ihm Daabas zu, der hinten im Gastraum saß. »Setz dich zu mir! Allahs Fluch soll diese Hurensöhne treffen! Wir sind die rechtmäßigen Nachkommen dieses Viertels, aber man trampelt auf uns herum wie auf Hunden. Dolma kann den Tribut für Kidra nicht aufbringen, Tamarhinna muss mit Apfelsinen herumziehen, obwohl sie doch fast blind ist und nicht weiter als eine Armeslänge sehen kann! Also wo, Hamdan, wo ist dein Mut geblieben, du Sohn Adhams?«

Dolma ging hinein. Die alte Tamarhinna wiederholte wie ein Echo die Frage: »Wo ist dein Mut geblieben, du Sohn Adhams?«

»Verschwinde, Tamarhinna!«, schrie Hamdan sie an. »Seit fünfzig Jahren bist du aus dem Heiratsalter heraus, was also suchst du noch hier bei den Männern?«

»Wo sind denn hier Männer?«, fragte die Alte zurück. Bevor Hamdan wütend über sie herfallen konnte, fügte sie entschuldigend hinzu: »Lass mich doch nur ein wenig dem Sänger zuhören, Hamdan!«

»Nur zu«, forderte Daabas den Sänger mit bitterer Stimme auf, »erzähl ihr davon, wie tief die Hamdanfamilie in diesem Viertel gesunken ist.«

Der Sänger lächelte kläglich. »Seid vernünftig, Daabas. Geduld, Herr und Gebieter.«

»Wer ist denn hier noch Herr und Gebieter?«, hielt ihm Daabas aufgebracht entgegen. »Der Gebieter schlägt die Menschen, unterdrückt sie und ermordet sie meuchlings! Du weißt genau, wer dieser Gebieter ist!«

Der Sänger wurde unruhig. »Bestimmt taucht hier gleich Kidra oder einer der anderen Teufel auf.«

»Das sind alles Idris' Nachkommen!«, setzte Daabas scharf hinzu.

Der Sänger dämpfte seine Stimme. »Sei vernünftig, Daabas, sonst stürzt das ganze Kaffeehaus über unseren Köpfen zusammen.«

Daabas stand auf, durchquerte mit großen Schritten den Gastraum und setzte sich zu Hamdan. Er wollte gerade etwas sagen, als draußen einige junge Burschen so laut zu lärmen begannen, dass seine Stimme übertönt wurde. Wie ein Heuschreckenschwarm tobten sie vor dem Kaffeehaus herum und schrien sich die wildesten Schimpfwörter zu. »He, ihr kleinen Teufel, ihr!«, brüllte Daabas los. »Habt ihr keine Löcher, in denen ihr euch des Nachts verkriechen könnt?«

Als er merkte, dass sie sich keinen Deut darum scherten, sprang er wie von der Schlange gebissen hoch und stürzte sich auf sie. Im Nu zerstoben sie in alle Himmelsrichtungen und riefen sich beim Rennen aufmunternd zu: »Haut ab!«, und: »Los!« Nun kam aber noch der Lärm der Frauen hinzu. Sie lehnten sich aus den Fenstern des gegenüberliegenden Hauses. »Recht getan!«, rief die eine und »Du hast die Kinder erschreckt, Mann!«, die andere. Unwillig winkte er ab und ging an seinen Platz zurück. »Da wird man ja ganz wirr im Kopf«, sagte er. »Die Kinder geben keine Ruhe, die Wächterhorde gibt keine und der Verwalter auch nicht.«

Alle stimmten ihm zu. Die Hamdanfamilie war ihrer Rechte an der Stiftung verlustig gegangen. Sie musste sich in Schmutz und Elend wälzen. Sie wurde von einer Wächterhorde beherrscht, deren Mitglieder weit unter dem Ansehen der Familie standen und aus dem niedrigsten Teil des Viertels kamen. Kidra stolzierte frech umher, ohrfeigte jeden nach Belieben und setzte eigenmächtig das Schutzgeld fest. Und so kam es, dass die Geduld der Hamdanfamilie erschöpft war und in ihren Häusern die Wellen der Empörung hochschlugen.

»Hamdan, alle sind einer Meinung«, erklärte Daabas. »Wir sind immerhin die Hamdanfamilie, eine große Familie mit berühmter Abstammung. Wir haben ebenso ein Recht auf die Stiftung wie der Verwalter selbst.«

»Allah, möge diese Nacht gut zu Ende gehen«, murmelte verstört der Sänger. Hamdan aber schlug die Abaja fester um seinen Körper, zog die buschigen und wie Dreiecke geformten Brauen hoch und erklärte: »Wir haben schon so oft darüber gesprochen, und irgendetwas wird jetzt auch geschehen. Ich rieche, dass etwas in der Luft liegt.«

Ali Fawanis trat mit geschürztem Gilbab und grauer, bis zu den Augenbrauen heruntergezogener Mütze ein und grüßte laut in die Runde. »Wir alle sind bereit«, sprach er gleich weiter. »Und wenn dafür Geld gebraucht wird, werden alle etwas geben, selbst die Bettler.« Er drängelte sich zwischen Hamdan und Daabas auf die gepolsterte Bank und rief dem Gehilfen Abdun zu, er möge ihm Tee ohne

Zucker bringen. In diesem Moment machte sich der Sänger durch ein Räuspern bemerkbar. Ali Fawanis lächelte, steckte seine Hand in die Brusttasche und holte ein kleines Päckchen heraus, das er dem Sänger zuwarf. Dann legte er seine Hand auf Hamdans Schenkel und sah ihn fragend an.

»Wir werden also zu Gericht sitzen«, erklärte Hamdan.

»Richtig so«, pflichtete ihm die alte Tamarhinna bei.

»Denkt an die Folgen«, mahnte der Sänger, nachdem er sich aus dem Päckchen etwas herausgenommen hatte.

»Schlimmer können wir nicht mehr erniedrigt werden«, entgegnete Ali Fawanis scharf. »Hinter uns stehen viele, das darf man nicht vergessen. Und der Effendi kann über unsere Herkunft, die nahe Verwandtschaft zu ihm und zum Herrn der Stiftung nicht einfach hinwegsehen.«

Mit einem bedeutungsvollen Blick auf Hamdan sagte der Sänger: »Es kann uns doch nicht schwerfallen, eine Lösung zu finden!«

»Ich hab eine kühne Idee«, erklärte Hamdan, und das klang wie eine Antwort auf des Sängers Frage. Alle Blicke richteten sich auf ihn. »Wir suchen beim Verwalter Zuflucht.«

»Ein trefflicher Gedanke«, erklärte Abdun, der Ali Fawanis gerade den Tee brachte. »Und danach wird man dann Massen von Gräbern ausheben.«

Die alte Tamarhinna musste lachen. »Von euren Kindern werdet ihr dann erfahren, ob es richtig war«, meinte sie.

Hamdan aber war entschlossen. »Wir müssen gehen, lasst es uns alle zusammen tun!«

26

Vor dem Haus des Verwalters versammelte sich die Hamdanfamilie, Männer und Frauen. Vorn standen Hamdan, Daabas, der triefäugige Atris, Dolma, Ali Fawanis und Radwan, der Sänger. Radwan war der Meinung, Hamdan gehe besser allein, um auf diese Weise den Verdacht eines Aufstands zu zerstreuen, unter dessen schlimmen Folgen alle zu leiden hätten. Hamdan aber erklärte frank und frei: »Mich umzubringen, ist einfach. Aber die ganze Hamdanfamilie töten – das können sie nicht.«

Die Menschenansammlung erregte Aufsehen im Viertel. Vor allem die nächsten Nachbarn verfolgten aufmerksam das Geschehen. Die Frauen standen an den Fenstern, und viele Männer, die auf ihren Köpfen Körbe und Kiepen mit schweren Lasten trugen oder ihre Karren schoben, ließen es sich nicht nehmen, alles genau zu beobachten. Groß und klein lief zusammen, und jeder wollte wissen, was die Hamdanfamilie plante. Hamdan aber ergriff entschlossen den kupfernen Türklopfer. Wenig später öffnete der Torwärter grimmigen Gesichts das Tor. Duft von herrlichstem Jasmin drang an die Draußenstehenden. Der Torwärter blickte verärgert auf die Menschenansammlung. »Was wollt ihr?«

Vertrauend auf die Kraft, die ihm die hinter ihm Stehenden gaben, antwortete Hamdan mutig: »Wir möchten den Herrn Verwalter sprechen.«

»Alle zusammen?«

»Wir haben alle das gleiche Recht, den Verwalter zu treffen.«

»Wartet hier, bis ich euch gemeldet habe.« Er wollte das Tor wieder schließen, aber Daabas huschte an ihm vorbei und erklärte: »Es ist würdevoller, drinnen zu warten.« Wie ein Taubenschwarm folgten die anderen, und Hamdan, verärgert über Daabas'

Voreiligkeit, wurde von der Masse mitgezogen. Die Menschen stürmten auf dem gefliesten Weg zwischen Garten und Empfangshalle vorwärts.

»Ihr müsst wieder hinausgehen!«, rief der Torwärter.

»Einen Gast kann man nicht einfach vor die Tür setzen, also geh und benachrichtige deinen Herrn«, entgegnete Hamdan mit fester Stimme. Vor lauter Empörung zuckten die Lippen des Mannes, aber kein Laut war zu hören. In das verkniffene Gesicht war Bewegung gekommen. Plötzlich rannte er zur Empfangshalle. Die Menschen beobachteten genau, wie er hinter dem Vorhang der Tür verschwand. Die meisten starrten wie gebannt auf diesen Fleck, nur einige ließen den Blick im Garten umherschweifen. Da war ein von Palmen umgebener Springbrunnen, Weinstöcke rankten an den Wänden, und Jasminzweige bedeckten die Mauern. Aber niemand konnte sich so recht an diesem schönen Anblick erfreuen, vielmehr waren die Blicke verwirrt und sorgenvoll und hefteten sich immer wieder auf den Vorhang, der die Tür zur Empfangshalle verbarg.

Plötzlich hob sich der Vorhang, und der Effendi selbst erschien. Er blickte mürrisch drein, und mit schnellen Schritten ging er wütend bis an die ersten Stufen der Treppe. Eingehüllt in die Abaja, waren von ihm nur das zornige Gesicht, die Kamelhaarpantoffeln und ein langer Rosenkranz, den er in der rechten Hand hielt, zu sehen. Er bedachte die Menschenmenge mit einem verächtlichen Blick und sah dann Hamdan an.

Überaus höflich sagte dieser: »Möge Allah deinen Morgen mit Glück versehen, verehrter Herr Verwalter.«

Eine flüchtige Handbewegung sollte den Dankesgruß andeuten. »Wer sind die da?«

»Das ist die Hamdanfamilie, Herr Verwalter.«

»Wer hat ihnen erlaubt, mein Haus zu betreten?«

»Es ist das Haus ihres Verwalters, also auch ihr Haus, stehen sie doch unter seinem Schutz«, antwortete Hamdan geschickt.

Nichts im Gesicht des Effendis deutete darauf hin, dass er nun freundlicher gesinnt war. Vielmehr fragte er: »Versuchst du, euer schlechtes Benehmen zu rechtfertigen?«

Daabas ertrug Hamdans Höflichkeit nicht länger. »Wir alle sind eine Familie«, rief er. »Wir alle sind die Kinder von Adham und Umaima!«

Unwillig entgegnete der Verwalter: »Das ist doch längst vorbei. Dank der Gnade Allahs kann ein jeder Mensch seinen eigenen Wert erkennen.« Nun ergriff Hamdan wieder das Wort. »Aber wir leiden unter Armut und schlechter Behandlung, und da haben wir den Entschluss gefasst, zu dir zu kommen, damit unsere Not ein Ende hat.«

»Bei deinem Leben«, mischte sich nun Tamarhinna ein, »selbst die Schaben würden sich vor dem ekeln, wovon wir uns ernähren müssen.«

»Die meisten von uns«, sagte Daabas mit schon beträchtlich lauterer Stimme, »sind Bettler. Unsere Kinder leiden Hunger. Unsere Gesichter sind von den Schlägen der Wächter geschwollen. Gehört sich das für die Kinder des Gabalawi, die die Nutznießer seiner Stiftung sein sollten?«

Die Hand des Effendis umklammerte den Rosenkranz fester. »Was denn für eine Stiftung?«, schrie er.

Hamdan versuchte, Daabas am Reden zu hindern. Aber dem sprudelten die Worte nur so heraus, als hätte ihm zu viel Wein den Kopf verwirrt. »Die große Stiftung! Werd nicht wütend, verehrter Herr Verwalter, aber ich meine die große Stiftung, die allen in unserem Viertel, vom Ersten bis zum Letzten, gehört und die alles Pachtgeld der umliegenden Gebiete umfasst. Ich meine die Stiftung des Gabalawi, Herr Verwalter!«

Die Augen des Effendis funkelten zornentbrannt. »Das ist die Stiftung meines Vaters und Großvaters!«, brüllte er. »Damit habt ihr nichts zu tun! Ihr verbreitet Märchen und glaubt sie dann, aber einen Beweis oder eine Urkunde habt ihr nicht.«

Stimmengewirr kam auf, aus dem Daabas und Tamarhinna herauszuhören waren. »Aber alle wissen doch Bescheid?!«

»Alle? Was hat das schon für einen Wert? Wenn ihr erfinden würdet, dass mein Haus irgendeinem von euch gehört, dann reichte das wohl auch aus, um mir mein Haus wegzunehmen? Ihr hergelaufenes Pack! Ein wahres Viertel von Haschischsüchtigen, das seid ihr! Sagt mir doch, wann jemals auch nur einer von euch einen Millim aus dem Stiftungseinkommen erhalten hat?«

Für einen Augenblick herrschte Schweigen. Dann sagte Hamdan: »Unsere Väter haben ihren Anteil bekommen.«

»Könnt ihr das beweisen?«

»Das haben sie uns so gesagt, und wir glauben ihnen«, antwortete Hamdan.

»Lüge, alles Lüge!«, rief der Effendi. »Geht freiwillig, oder ich lasse euch rauswerfen.«

»Zeig uns erst die zehn Gebote«, erwiderte Daabas mit fester Stimme.

»Warum sollte ich sie euch zeigen? Wer seid ihr denn? Was habt ihr damit zu tun?«

»Wir sind die Teilhaber der Stiftung.«

Von der Tür her hörte man die Stimme von Frau Huda, der Gattin des Effendis. »Lass sie und komm herein! Rede dich nicht heiser!«

»Hilf Gutes tun, verehrte Frau!«, rief ihr Tamarhinna zu.

Mit wutentbrannter Stimme entgegnete Frau Huda: »So weit ist es schon gekommen, dass die Straßenräuber es wagen, sich am helllichten Tag und bei vollem Sonnenlicht zu zeigen!«

Da wurde auch Tamarhinna wütend: »Möge Allah dir verzeihen, verehrte Frau! Aber unser Großvater, der hinter sich die Türen geschlossen hat, der kennt die Wahrheit.«

Plötzlich streckte Daabas den Kopf gen Himmel und rief mit Donnerstimme: »Oh, Gabalawi! Komm und sieh dir an, wie wir leben! Du hast uns der Barmherzigkeit jener überlassen, die keine Barmherzigkeit kennen!«

Die Stimme hallte mächtig wider. Einigen schien es, dass der Großvater in seinem Haus sie gehört haben musste.

Mit hasserfüllter, zitternder Stimme schrie der Effendi: »Hinaus mit euch! Hinaus, und zwar sofort!«

Bedrückt sagte Hamdan: »Also kommt!« Er ging zur Tür, und die anderen folgten schweigend, auch Daabas. Aber noch einmal hob er den Kopf und rief mit aller Kraft: »Oh, Gabalawi!«

27

Der Effendi ging in die Empfangshalle zurück. Er war blass vor Wut. Seine Frau erwartete ihn mit finsterem Gesicht. »Ein seltsamer Vorfall, noch nie geschah Ähnliches. Das ganze Viertel wird darüber sprechen. Wenn wir die Sache zu leicht nehmen, kann uns das um unseren Frieden bringen.«

Angeekelt sagte der Effendi: »Pöbel, nichts als Pöbel! Wagen doch tatsächlich, nach der Stiftung zu fragen. Wer kennt denn schon seine Herkunft in einem Viertel, das einem Bienenstock gleicht?«

»Du musst die Sache klären. Lass Soklot kommen, und erteile ihm deine Anordnungen. Soklot erhält von uns Geld, ohne bisher etwas dafür geleistet zu haben. Soll er doch endlich einmal etwas tun für all das, was er uns bisher schon geraubt hat.«

Der Effendi sah sie nachdenklich an. »Und Gabal?«

»Gabal! Er ist doch unser Pflegesohn, und mir ist er sogar wie ein eigener Sohn«, erklärte sie mit einer Stimme, aus der volles Vertrauen sprach. »Er kennt nichts anderes als unser Haus. Was die Hamdanfamilie betrifft, so weiß er nichts von ihr, und sie weiß nichts von ihm. Wenn sie ihn als einen der Ihren betrachtete, dann hätte sie ihn schon längst vorgeschickt. Was ihn betrifft, kannst du also ganz ruhig sein. Er wird übrigens gleich von seinem Rundgang bei den Pächtern zurückkehren und an dem Treffen teilnehmen.«

Soklot kam wie gewünscht. Er war mittelgroß, untersetzt und kräftig gebaut. Er wirkte ziemlich hässlich und grob, Hals und

Nacken waren voller Narben. Nachdem er sich gesetzt hatte, sagte er: »Ich habe gehört, dass es Unerfreuliches gab.«

Verärgert erwiderte Huda: »Schlechte Nachrichten verbreiten sich immer am schnellsten.«

Der Effendi sah Soklot verschlagen an. »Das schadet deinem Ansehen ebenso wie dem unsrigen.«

Soklots Stimme hörte sich wie das Gebrüll eines Ochsen an. »Ist ja auch ziemlich lange her, dass wir unsere Knüppel eingesetzt und Blut vergossen haben.«

Huda lächelte. »Das sind aber auch eingebildete Leute, diese Hamdanfamilie. Haben bisher keinen einzigen Wächter gestellt, und trotzdem wagt selbst noch der Elendste unter ihnen zu behaupten, er sei der Herr des Viertels.«

Angewidert verzog Soklot das Gesicht. »Alles Hausierer und Bettler! Unter solchen Schlappschwänzen gibt es doch keinen Kerl, der zum Wächter taugt.«

»Was ist also zu tun, Soklot?«, fragte der Effendi.

»Ich werde sie wie Schaben unter meinen Füßen zerquetschen.«

In diesem Augenblick trat Gabal ein, er musste Soklot noch gehört haben. Sein Gesicht war vom Ausflug in die Wüste gerötet. Hochgewachsen und kräftig, verkörperte er die Frische der Jugend. Seine Gesichtszüge waren gleichmäßig, die gerade Nase und die großen klugen Augen verliehen dem Gesicht Lebendigkeit. Höflich begrüßte er alle und wollte gerade von den neuen Landstücken, die verpachtet worden waren, berichten, als Huda ihn unterbrach: »Setz dich, Gabal. Wir haben auf dich in einer wichtigen Angelegenheit gewartet.« Als er Platz nahm, blickte er schon genauso bekümmert wie seine Mutter.

»Ich sehe dir an, dass du schon vermutest, was uns Sorgen bereitet.«

»Da draußen sprechen alle davon«, sagte er ruhig.

Huda sah entsetzt zu ihrem Mann hinüber. »Hast du gehört? Also warten nun alle auf eine Antwort von uns!«

Soklots Gesicht verzog sich zu einer widerlichen Grimasse. »Solch eine Flamme kann man doch mit einer Handvoll Sand löschen. Ich würde am liebsten gleich anfangen.«

»Wolltest du noch etwas sagen, Gabal?«, wandte sich Huda an ihn. Gabal versuchte, seinen Ärger zu verbergen, und blickte zu Boden. »Bei euch, und nur bei euch, liegt die Entscheidung, verehrte Frau Mutter.«

»Aber ich will wissen, was du denkst.«

Er überlegte ein Weilchen und spürte dabei, dass der Effendi ihn scharf ansah und Soklot ihn verärgert anstarrte. »Verehrte Frau Mutter«, sagte er schließlich. »Durch eure Huld bin ich euer Pflegesohn, aber ich weiß wirklich nicht, was ich euch antworten soll. Schließlich bin doch auch ich einer von Hamdans Söhnen.«

»Warum erwähnst du die Hamdans, obwohl du unter ihnen weder Vater noch Mutter noch irgendwelche sonstigen Verwandten hast?«, entgegnete Huda aufgebracht.

Der Effendi ließ einen knappen Laut hören, der wie spöttisches Lachen klang. Er sagte aber nichts. Gabal war anzusehen, dass er aufrichtigen Schmerz litt. Trotzdem erklärte er: »Mein Vater und meine Mutter gehörten zu ihnen, das ist nun mal so.«

Huda stöhnte auf. »Wie werde ich doch in all meinen Hoffnungen, die ich auf meinen Sohn setzte, enttäuscht!«

»Allah bewahre dich davor! Selbst der ganze Mukattam-Berg könnte mich nicht dazu bringen, dir die Treue aufzukündigen. Aber nichts ändert sich, wenn man die Tatsachen leugnet.«

Der Effendi war mit seiner Geduld am Ende. Er stand auf und sagte zu Soklot: »Verlier hier nicht unnütz deine Zeit damit, sinnlose Vorwürfe anzuhören.«

Grinsend erhob sich Soklot, aber Huda erklärte nach einem verstohlenen Blick auf Gabal schnell: »Überschreite nicht das rechte Maß, Soklot! Wir wollen sie bestrafen, aber nicht vernichten.«

Soklot verließ die Halle. Der Effendi sah Gabal vorwurfsvoll an und fragte spöttisch: »Du gehörst also zur Hamdanfamilie?«

Gabal flüchtete sich in Schweigen, sodass Huda sich schließlich seiner erbarmte. »Mit dem Herzen ist er bei uns«, sagte sie. »Es ist ihm nur in Gegenwart von Soklot schwergefallen, seine Herkunft zu leugnen.«

Als Gabal zu sprechen begann, war seiner Stimme tiefe Trauer anzuhören. »Sie leben wirklich im Elend, obwohl sie doch von ihrer Herkunft her die würdevollste Familie des Viertels sind.«

»Ach was«, schrie der Effendi, »die haben überhaupt keine Herkunft!«

Gabal erwiderte mit feierlichem Ernst: »Wir sind die Kinder von Adham, und unser Großvater, dem Allah ein langes Leben geschenkt hat, weilt noch immer unter uns.«

»Wer kann schon sicher sein, wessen Sohn er ist?«, fragte der Effendi. »Natürlich wird bisweilen so etwas behauptet, aber das ist noch lange kein Grund dafür, sich das Vermögen anderer anzueignen.«

»Wir wollen ihnen nichts Böses tun«, griff Huda nun ein. »Aber das geht nur unter der Bedingung, dass sie nicht nach unserem Besitz streben.«

Der Effendi wollte das Gespräch beenden und sagte deshalb zu Gabal: »Geh an deine Arbeit, und denk nicht mehr daran.«

Gabal verließ die Halle und ging zur Stiftungsverwaltung in das Gartenhaus. Ihm oblag es, die Zahl der Pachtverträge in die Bücher einzutragen und die monatliche Endabrechnung zu prüfen. Aber jetzt war er niedergeschlagen und konnte seine Gedanken nicht sammeln. Merkwürdig war, dass die Hamdanfamilie ihn nicht mochte. Er wusste das und konnte sich noch gut daran erinnern, mit welcher Kälte er in Hamdans Kaffeehaus bei seinen seltenen Besuchen empfangen worden war. Trotzdem schmerzte es ihn, dass man ihnen nun Unheil zufügen wollte. Bekümmert, wie er war, konnte er sich über ihr wagemutiges Verhalten nicht leichtfertig hinwegsetzen. Er hätte gerne all das Schlimme, das da auf sie zukam, von ihnen abgewendet. Nur fürchtete er, damit den Groll dieses Hauses auf sich zu ziehen, in dem er aufgenommen und als Sohn anerkannt worden war. Was wäre aus ihm geworden, wenn Frau Huda ihm nicht ihre Zuneigung geschenkt hätte? Zwanzig Jahre war es her: Die Gattin des Verwalters hatte ein nacktes Kind in einer Regenpfütze herumplanschen sehen. Sie hatte ihn voller Vergnügen beobachtet und in ihr Herz geschlossen, denn das Glück, selbst Mutter zu werden, war ihr verwehrt geblieben. Sie hatte jemanden losgeschickt, ihn zu holen, und er hatte ängstlich zu weinen begonnen. Nach einigen Erkundigungen erfuhr sie, dass er ein Waisenkind war, um das sich bisher eine Frau, die Hühner verkaufte, kümmerte. Sie schickte nach der Frau und bat sie, ihr das Kind zu überlassen, worüber sich die andere sehr freute. So wuchs Gabal also im Hause des Verwalters und unter seinem Schutz auf und genoss die mütterlichste Liebe, der sich wohl je ein Kind im Viertel erfreut hatte. Er war zur Schule gegangen, hatte Lesen und Schreiben gelernt und wurde, nachdem er volljährig geworden war, vom Effendi mit der Stiftungsverwaltung beauftragt. Überall, wo die Stiftung über Besitzungen verfügte, nannten ihn die Leute »Herr Stellvertreter«, und Blicke voller Achtung und Bewunderung folgten ihm, wo immer er erschien. So lachte ihm also das Leben mit allem Schönen verheißungsvoll zu, bis zu dem Zeitpunkt, da die Hamdanfamilie zu rebellieren begann. Nun hatte Gabal das Gefühl, zwei Seelen in der Brust zu haben. Die eine war der Mutter treu ergeben, und die andere fragte verwirrt: Und was ist mit der Hamdanfamilie?

28

Die ersten Töne der Rabab kündigten an, dass gleich die Geschichte vom Tode Humams, bewirkt durch Kadris Hand, erzählt werden würde. Als sich alle Augen auf den Sänger Radwan richteten, blickten sie nicht nur aufmerksam, sondern gleichfalls beunruhigt. Diese Nacht war nicht wie die anderen, vollendete sie doch einen

Tag des Aufruhrs. Viele Mitglieder der Hamdanfamilie fragten sich besorgt, ob sie friedlich verlaufen würde. Tiefste Dunkelheit lag über dem Viertel, selbst die Sterne verbargen sich hinter dicken Herbstwolken. Durch die geschlossenen Fensterläden drang spärliches Licht, und nur hier und da flackerte der Lampenschein von Handkarren auf, die in andere Teile des Viertels unterwegs waren. Die Straßenecken hallten vom Lärm der jungen Burschen wider, die sich wie Motten um die beleuchteten Karren drängten. Die alte Tamarhinna breitete ein Stück Sackleinen vor einem Haus der Hamdanfamilie aus und begann, die Worte zu summen: »Am Eingang unseres Viertels steht Hasan, der Kaffeehausmann …« Katzen miauten mal leiser, mal lauter, liebestolle Nebenbuhler schienen sich zu bekämpfen, oder der Streit ums täglich Brot war im Gange. Die Stimme des Sängers schwoll erregt an, als er in seiner Geschichte die Stelle erreicht hatte, wo Adham rief: »Was hast du mit deinem Bruder gemacht?«

Genau in diesem Augenblick tauchte Soklot im Lichtschein der Kaffeehauslampe auf. Er stand so plötzlich da, als hätte ihn die Dunkelheit ausgespuckt. Sein Gesicht war finster und hasserfüllt, seine Augen funkelten vor Bosheit, und die Hand umklammerte den furchterregenden Prügelstock. Ein langer, schrecklicher Blick musterte die Gäste, als wären sie giftige Insekten. Dem Sänger blieben die Worte in der Kehle stecken, Dolma und Atris erwachten aus ihrem Rausch, Daabas und Ali Fawanis hörten auf zu plaudern, Abdun blieb wie angewurzelt stehen. Hamdan zerrte nervös am Schlauch der Wasserpfeife. Totenstille.

Plötzlich kam Bewegung in den Raum. Die Gäste, die nicht zur Hamdanfamilie gehörten, verließen fluchtartig das Kaffeehaus. Dafür tauchten die Kerle der Wächterbande auf – Kidra, Laisi, Abu Sari, Barakat, Hamuda. Wie eine Mauer standen sie hinter Soklot. Die Nachricht verbreitete sich so geschwind im Viertel, als wäre ein Haus eingestürzt. Die Kleinen kamen angelaufen, die Großen waren hin- und hergerissen zwischen Mitleid und Schadenfreude.

Hamdan brach als Erster das Schweigen. Er erhob sich, als wollte er neue Gäste begrüßen. »Herzlich willkommen, Meister Soklot, Wächter unseres Viertels. Bitte schön ...«

Aber Soklot blickte über ihn hinweg, als hätte er ihn weder gesehen noch gehört. Sein kalter Blick glitt über die Anwesenden. Schließlich fragte er barsch: »Wer ist als Wächter für diesen Teil des Viertels verantwortlich?«

Obwohl die Frage nicht an Hamdan gerichtet war, antwortete dieser: »Unser Wächter ist Kidra.«

Soklot drehte sich zu Kidra um und fragte spöttisch: »Du bist also der Beschützer der Hamdanfamilie?«

Kidra trat ein paar Schritte vor. Er war klein und untersetzt, und sein Gesicht verriet, dass er sich gern mit einem jeden herumprügelte. »Ich beschütze sie vor allen, außer vor dir, Meister.«

Soklot setzte ein Lächeln auf, das Unwillen ausdrücken sollte. »Hast du denn keine andere als diese Weiberecke finden können, um Wächter zu sein?« Er drehte sich um und schrie los: »Ihr Weiberhaufen, ihr Hurensöhne, ihr! Ihr wollt wohl nicht wahrhaben, dass ihr hier einer Schutzwache unterstellt seid?«

Hamdan war blass geworden. »Aber Meister Soklot, zwischen dir und uns war doch immer alles in Ordnung.«

Soklot schrie ihn an: »Halts Maul, du räudiger, alter Tölpel! Jetzt heuchelst du kriecherisch, dass dir alles leidtut, nachdem du erst deine Herren und die deiner Familie angegriffen hast!«

»Es sollte doch überhaupt kein Angriff sein«, erwiderte Hamdan bekümmert. »Wir wollten uns lediglich beim Herrn Verwalter beschweren.«

»Habt ihr gehört, was dieser Hurensohn sagt?«, brüllte Soklot los. »Hamdan, du Stinktier, hast du etwa vergessen, was deine Mutter getrieben hat? Bei Allah, keiner von euch wird sich je wieder sicher in diesem Viertel bewegen können, ehe er nicht laut und deutlich gesagt hat: ›Ich bin ein Weib!‹« Er hob seinen Stock und ließ ihn mit aller Wucht auf den Tisch niedersausen, sodass Tassen, Gläser, Teller,

Löffel, Milch-, Zucker- und Teedosen, Zimt, Ingwer und Kaffeekannen durcheinanderflogen. Abdun sprang zurück, stieß an den Tisch und stürzte mit ihm zu Boden. Da aber schlug Soklot plötzlich Hamdan ins Gesicht, der verlor das Gleichgewicht und fiel auf die Wasserpfeife, die in Stücke ging. Soklot hob erneut den Stock und schrie: »Kein Vergehen bleibt ungestraft, ihr Hurensöhne!«

Daabas warf einen Stuhl nach der großen Lampe, sodass sie zerbrach. Kaum war der Raum dunkel, da sauste der Stock auf die alte Tamarhinna hinter dem Tisch nieder. Die Frau schrie auf, und in ihr Geschrei mischten sich von den Fenstern und Türen her die Stimmen der anderen Frauen der Hamdanfamilie. Es war, als heulte der ganze Straßenteil wie ein Hund, den ein Stein getroffen hatte. Soklot tobte wie ein Verrückter und teilte nach allen Seiten Schläge aus, wobei er gleichermaßen Menschen, Stühle und Wände traf. Wogen von Schreien, Hilferufen und Seufzern mischten sich ineinander, die Menschen flüchteten nach allen Seiten und prallten aufeinander. Wie ein Donner fuhr Soklots Stimme dazwischen: »Jeder hat sich in seinem Haus aufzuhalten!«

Eilends machten sich alle daran, den Befehl auszuführen, ob sie nun zur Hamdanfamilie gehörten oder nicht, und nur das Getrampel davoneilender Schritte war zu hören. Als Laisi mit einer Lampe kam, war außer Soklot und seinen Kumpanen niemand mehr zu sehen. Die Straße war wie leer gefegt, und man vernahm nur noch einige Frauenstimmen. »Spar deine Kräfte für Besseres auf, Meister«, sagte Barakat schmeichlerisch zu Soklot. »Mit diesen Schaben werden wir allein fertig.« Abu Sari fügte hinzu: »Wenn du es wünschst, dann machen wir die Hamdanfamilie zu Staub, über den du mit deinem Pferd reiten kannst.« Und Kidra, der eigentliche Beschützer des hamdanschen Straßenteils, erklärte: »Wenn du mich beauftragst, sie gefügig zu machen, dann erfüllst du mir damit einen großen Wunsch, denn ich möchte dir einen Dienst erweisen, Meister.«

Hinter der geschlossenen Tür eines Gehöfts erscholl die Stimme von Tamarhinna: »Der Herr strafe den Tyrannen!«

»Sei ruhig, Tamarhinna«, schrie Soklot zurück, »sonst beauftrage ich irgendeinen der Hamdanmänner nachzuprüfen, wie viele Männer mit dir herumgehurt haben!«

Aber Tamarhinna war nicht zu bremsen. »Zwischen dir und uns steht unser Herr als Zeuge, dass Hamdan der Gebieter der ...« Ihre letzten Worte waren nicht mehr zu verstehen, was darauf schließen ließ, dass ihr jemand die Hand auf den Mund gelegt hatte, um sie am Weiterreden zu hindern. Soklot wandte sich wieder seinen Wächtern zu und sprach absichtlich laut, damit auch die Hamdanfamilie seine Worte hörte. »Wenn einer von den Hamdanmännern das Haus verlässt, wird er verprügelt!« Und Kidra fügte drohend hinzu: »Wer sich für einen Mann hält, soll herauskommen!«

»Was geschieht mit den Frauen, Meister?«, fragte Hamuda.

»Soklot verkehrt mit Männern und nicht mit Frauen«, entgegnete Soklot scharf.

Der Tag brach an, und kein Mann der Hamdanfamilie hatte sein Gehöft verlassen. Die Wächter saßen vor den Kaffeehäusern ihrer Straßenteile und beobachteten die Leute. Soklot machte alle Stunden einen Rundgang durch das Viertel. Die Leute beeilten sich, ihn zuvorkommend zu grüßen, sich freundlich zu stellen und ihn mit Lobesworten zu überschütten. »Bei Allah«, tönten sie, »du bist der Löwe unter den Männern, du Schutz unseres Viertels.« Oder: »Bravo, du Zierde der Männer, der du Hamdan ein Weiberkopftuch angelegt hast.« Oder: »Dank sei Allah, der mithilfe deiner starken Hand, Soklot, die Hamdanmänner in ihrem Hochmut gedemütigt hat.« Soklot aber schenkte keinem von ihnen die geringste Beachtung.

29

Gefällt dir diese Gewaltherrschaft, Gabalawi? Diese Frage ging Gabal nicht aus dem Kopf, als er bei jenem Felsbrocken lag, von dem es in den Geschichten hieß, Kadri sei dort mit Hind allein gewesen, und hier habe er Humam getötet. Er sah in den vom Abendrot gefärbten Himmel, ohne sich aber mit ungetrübtem Herzen daran erfreuen zu können. An sich gehörte er nicht zu den Menschen, die gern allein waren. Dazu war er viel zu beschäftigt. Aber plötzlich spürte er übermächtig den Wunsch, die Einsamkeit zu suchen, war doch seine Seele zu stark erschüttert von dem, was der Hamdanfamilie zugestoßen war. Vielleicht würden in der Wüstenödnis endlich die lärmenden Stimmen in seinem Inneren verstummen, die ihn mit Vorwürfen überschütteten und ihn quälten. Es waren jene Stimmen, die er immer zu hören glaubte, wenn er an einem der hamdanschen Häuser vorbeiging. »Gemeiner Verräter an Hamdan!« In seinem Innersten tönte es: »Wenn du auf Kosten anderer lebst, wirst du nicht viel Freude haben.« Die Hamdanfamilie war die seine, Mutter und Vater waren aus ihr hervorgegangen, in ihren Grabstellen waren sie beerdigt worden. Ihres Vermögens beraubt, war sie der schlimmsten Unterdrückung ausgesetzt. Und wer tut ihr all das an? Sein Wohltäter, der Mann jener Frau, die ihn aus dem Dreck geholt und auf eine Stufe mit der Familie des Großen Hauses gestellt hatte.

Das ganze Leben im Viertel litt unter dem Terror, da war es nicht erstaunlich, dass ehrwürdige Männer in ihren Häusern eingesperrt wurden. Unser Viertel hat noch keinen einzigen Tag erlebt, an dem Frieden und Gerechtigkeit geherrscht hätten. Dieses Schicksal ist ihm seit damals beschieden, als Adham und Umaima aus dem Großen Haus vertrieben worden waren. Weißt du das nicht, Gabalawi? Es scheint, dass die Zwangsherrschaft noch in dem Maße an Härte zunimmt, wie du schweigst. Wie lange, Gabalawi, willst du noch zusehen? Die Männer sind Gefangene in ihren Häusern, und die Frauen sind im Viertel Spott und Hohn ausgesetzt. Ich aber schlucke schweigend diese Erniedrigung. Verwunderlich ist, dass die Menschen in unserem Viertel noch lachen. Worüber nur? Gleichgültig, wer der Sieger ist, sie jubeln ihm zu. Gleichgültig, wer der Stärkste ist, sie spenden ihm Beifall. Sie werfen sich vor den Knüppeln der Wächterbande in den Sand und versuchen, die tief in ihrem Innersten bohrende Angst zu vergessen. Mit jedem Bissen wird hier Schande hinuntergeschluckt. Niemand weiß, wann der Knüppel auf seinen Kopf niedersausen wird.

Gabal sah zum Himmel auf. Alles war still, ruhig und schläfrig. Einziger Schmuck dort oben waren ein paar kleine Wölkchen. Eine letzte Gabelweihe flog vorbei, die Menschen hatten sich zurückgezogen. Es war die Zeit, in der Käfer und andere Insekten aus ihren Verstecken kamen. Plötzlich hörte Gabal, wie unweit von ihm jemand schrie: »Bleib stehen, du Hurensohn!« Er schüttelte alle schwermütigen Gedanken von sich ab, sprang auf und versuchte, sich zu erinnern, wo er diese Stimme schon einmal gehört hatte. Er ging um Hinds Felsen herum und sah, wie ein Mann in panischer Angst davonlief, verfolgt von einem anderen. Bald würde er ihn eingeholt haben. Gabal schaute genauer hin und entdeckte, dass der Fliehende Daabas war und der Verfolger Kidra, Wächter des hamdanschen Straßenteils. Sofort war ihm klar, was hier los war, und mit wachsender Unruhe beobachtete er die Verfolgungsjagd, die immer näher kam. Als Kidra Daabas eingeholt hatte, packte er ihn an der Schulter. Beide Männer standen jetzt und keuchten vor Anstrengung. Nach Luft ringend, schrie Kidra: »Wie kannst du es wagen, deine Höhle zu verlassen, du Schlangenbrut? Heil wirst du nicht zurückkehren!«

Daabas versuchte, seinen Kopf mit den Händen vor Schlägen zu schützen. »Lass mich, Kidra«, rief er, »du bist doch unser Wächter und hast uns zu beschützen!« Kidra aber schüttelte ihn so heftig, dass

Daabas' Kopfband davonflog. Dabei schrie er: »Du weißt genau, du Sohn einer Dirne, ich verteidige euch vor jedem – außer vor Soklot.«

Daabas blickte sich verstört um, und als er Gabal in der Nähe entdeckte, rief er: »Hilf mir, Gabal! Hilf mir, denn zuallererst bist du doch einer von uns!«

»Gegen mich kann dir keiner helfen, du Lumpensohn!«

Gabal ging zu ihnen und sagte ruhig: »Sei freundlich zu dem Mann, Meister Kidra.«

Kidra maß ihn mit kaltem Blick. »Ich weiß allein, was ich zu tun habe.«

»Vielleicht musste er wegen einer dringlichen Angelegenheit das Haus verlassen.«

»Sein ihm auferlegtes Schicksal hat ihn herausgetrieben.« Er packte noch fester zu, und Daabas stöhnte laut auf.

»Sei vorsichtig«, sagte Gabal schon etwas schärfer. »Siehst du denn nicht, dass er älter und schwächer ist als du?«

Aber Kidra scherte sich nicht darum. Er schlug Daabas mit solcher Wucht in den Nacken, dass sich sein Rücken krümmte. Dann bearbeitete er ihn mit den Knien, sodass Daabas vornüberfiel. Im Nu hockte er über ihm, schlug auf ihn ein und schrie keuchend und hasserfüllt: »Hast du nicht gehört, was Soklot befohlen hat?«

Wut packte Gabal, und er rief: »Verflucht seist du, und verflucht sei Soklot! Lass ihn los, du unverschämter Kerl!«

Kidra ließ von Daabas ab, sah Gabal verstört an und fragte: »Das sagst du, Gabal? Warst du nicht dabei, als der Herr Verwalter Soklot befahl, die Hamdanleute zu züchtigen?«

Aber Gabal wurde nur noch wütender und schrie: »Lass ihn los, du schamloser Bursche!«

»Glaub ja nicht«, erwiderte Kidra mit vor Zorn zitternder Stimme, »dass mich dein Posten im Haus des Verwalters davon abhalten wird, mit dir abzurechnen!«

Gabal stürzte sich auf ihn, als wüsste er nicht mehr, was er da tat. Er trat Kidra mit den Füßen, der auf die Seite fiel, und schrie:

»Mach, dass du zu deiner Mutter kommst, bevor sie einen Sohn weniger hat!«

Kidra sprang auf, nahm seinen Knüppel in die Hand und schwang ihn hoch. Aber Gabal kam ihm zuvor. Er versetzte ihm einen harten Schlag in den Bauch, sodass Kidra vor Schmerzen taumelte. Geschwind nutzte Gabal die Gelegenheit und entriss ihm den Stock. Er stellte sich vor ihn hin und beobachtete ihn genau. Kidra wich zwei Schritte zurück, bückte sich blitzschnell und griff nach einem Stein. Aber bevor er noch ausholen konnte, traf der Stock ihn an der Stirn. Er schrie laut auf, drehte sich um die eigene Achse und stürzte vornüber auf die Erde. Blut schoss aus der Wunde an der Stirn.

Die Nacht hatte sich herabgesenkt. Gabal sah sich um. Niemand außer Daabas war zu sehen. Der schüttelte den Sand von seinem Gilbab und befühlte die Stellen, die ihm wehtaten. Dann trat er an Gabal heran und sagte dankend: »Ich wurde von einem wirklich treuen Bruder gerettet, Gabal.«

Doch der antwortete nicht, sondern beugte sich über Kidra und drehte ihn auf den Rücken. »Er ist ohnmächtig geworden«, murmelte er. Nun bückte sich auch Daabas. Als er ihm ins Gesicht zu spucken begann, zog Gabal ihn weg. Besorgt beugte er sich wieder über Kidra und schüttelte ihn vorsichtig. Aber es sah nicht so aus, als ob er wieder aufwachen würde. »Was hat er?«, fragte Gabal.

Daabas kam heran, beugte sich nieder und horchte an Kidras Brust. Dann zündete er ein Streichholz an und hielt es ihm vor den Mund. Als er wieder aufstand, flüsterte er: »Er ist tot.«

Ein Schauder überlief Gabal. »Du lügst!«

»Bei deinem Leben, er ist tatsächlich tot!«

»Welch ein furchtbares Unglück.«

Daabas versuchte, die Sache zu verharmlosen. »Wie oft hat er jemanden geschlagen, wie oft hat er getötet! Sollen doch die Engel diesen Verdammten in die Hölle stürzen!«

Traurig, als spräche er zu sich selbst, sagte Gabal: »Aber ich habe noch nie jemanden geschlagen und noch nie jemanden getötet.«

»Du hast dich nur verteidigt!«

»Ich wollte ihn nicht töten, an so etwas habe ich überhaupt nicht gedacht!«

Besorgt erwiderte Daabas: »Deine Hand, Gabal, ist stark. Du brauchst dich vor ihnen nicht zu fürchten, und wenn du wolltest, könntest du ein Wächter sein.«

Gabal schlug sich die Hände an den Kopf und rief: »Weh mir! Bin ich schon beim ersten Schlag, den ich jemandem versetzte, zum Mörder geworden?«

»Komm zu dir! Also los, begraben wir ihn, sonst gibt es nur Ärger!«

»Den gibt es sowieso, ob wir ihn nun begraben oder nicht.«

»Mir tuts nicht leid, und alles andere geht mich nichts an. Hilf mir, dieses Miststück verschwinden zu lassen.« Mit diesen Worten nahm er den Stock und begann unweit jener Stelle, an der auch schon Kadri die Erde mit den Händen ausgehoben hatte, ein Loch zu graben. Nach kurzer Zeit half ihm Gabal schweren Herzens. Schweigend arbeiteten sie vor sich hin. Als wollte Daabas Gabal von der Last seiner Sorgen befreien, sagte er: »Sei nicht traurig. Mord gehört in unserem Viertel genauso zum Alltag wie Datteln essen.«

Aber Gabal seufzte: »Nie hätte ich gedacht, dass ich zum Mörder werden könnte! O Herr, nie habe ich damit gerechnet, dass mich meine Wut zu so etwas Scheußlichem triebe!«

Als sie zu Ende gegraben hatten, stand Daabas auf und trocknete sich am Saum seines Gilbabs den Schweiß ab. Dann schnäuzte er sich, um den Sandgeruch aus der Nase zu bekommen. Hasserfüllt sagte er: »Diese Grube reicht nicht nur für diesen Hurensohn, sondern auch für die anderen Wächter.«

Gabal gefiel der Ton nicht. »Du solltest den Toten achten, denn wir alle sterben einmal.«

»Achten sie uns, wenn wir am Leben sind, dann werden auch wir sie achten, wenn sie tot sind«, erwiderte Daabas scharf.

Sie hoben den Leichnam auf und legten ihn in die Grube.

Den Stock gab Gabal dem Toten mit. Dann schütteten sie die Grube mit Sand zu. Als Gabal aufschaute, sah er, dass die Nacht die Welt zugedeckt hatte. Er seufzte und unterdrückte seine Tränen.

30

Wo war Kidra?

Diese Frage stellte sich Soklot, und auch die anderen Wächter hatten sich schon gewundert, wo ihr Freund geblieben war. Im Viertel war von ihm ebenso wenig zu sehen wie von den Hamdanmännern. Kidra hatte in unmittelbarer Nachbarschaft der Hamdans gewohnt. Da er Junggeselle war, feierte er gewöhnlich irgendwo die Nacht hindurch und kehrte erst im Morgengrauen oder noch später zurück. Es war auch schon öfter vorgekommen, dass er zwei Nächte hindurch weggeblieben war. Aber noch nie war er für eine ganze Woche verschwunden, ohne dass jemand wusste, wo er sich aufhielt. Noch merkwürdiger war, dass er sich gerade jetzt nicht blicken ließ, da doch die Hamdanmänner mit einer Ausgangssperre belegt waren und ihm Aufgaben zukamen, die schärfste Überwachung und größte Vorsicht erforderten. Die Männer der Hamdanfamilie wurden verdächtigt, und so beschloss die Wächterbande, ihre Häuser zu durchsuchen. Mit Soklot an der Spitze stürmte sie in die Gehöfte und kehrte das Unterste zuoberst. Sogar die Höfe wurden der Länge und Breite nach umgegraben. Die Männer der Hamdanfamilie sahen sich den schimpflichsten Beleidigungen ausgesetzt, und niemand von ihnen blieb von Schlägen, Fußtritten oder dem Angespucktwerden verschont. Aber die Wächterhorde entdeckte nichts, was ihren Verdacht hätte bestätigen können. So zogen sie in der Wüste umher und hörten sich bei den Leuten um, aber niemand konnte ihnen irgendetwas Verdächtiges mitteilen.

Kidra blieb das Gesprächsthema, wenn man sich in Soklots

Opiumhöhle, einer weinberankten Laube in seinem Garten, traf. Das geschah immer erst bei Dunkelheit. Eine kleine Lampe, die zwei Handspannen vom Kohlebecken entfernt stand, strahlte schwaches Licht aus. Barakat, der dort hockte, schnitt im Schein der Lampe das Haschisch und presste es. Nachdem er die Glut zerstochert hatte, setzte er der Pfeife den Kopf auf und drückte ihn fest, damit sie gut zog. Ein schwacher Windhauch ließ die Lampe schaukeln, sodass sich ab und zu auf den düsteren Gesichtern von Soklot, Hamuda und Laisi das Licht widerspiegelte. Sie saßen da, die trägen Augenlider halb geschlossen, und ihre umherirrenden Blicke verrieten dunkle Absichten. Die Frösche quakten laut. Es hörte sich an, als würden sie inmitten der Stille der Nacht nach Hilfe rufen. Laisi nahm die Pfeife von Barakat entgegen, reichte sie Soklot weiter und sagte: »Wo kann er bloß sein? Als ob ihn der Erdboden verschluckt hätte.«

Soklot nahm einen tiefen Zug, klopfte mit dem Zeigefinger auf den Pfeifengriff und stieß dichten Rauch aus. »Kidra wurde gewiss vom Erdboden verschluckt, eine Woche mindestens ruht er schon in ihm«, sagte er. Alle schauten ihn neugierig an. Nur Barakat beschäftigte sich emsig weiter. »Ohne jeden Grund«, fuhr Soklot fort, »verschwindet ein Wächter nicht, und den Geruch des Todes kann ich sehr wohl wahrnehmen.«

Abu Sari wollte eine Frage stellen, aber ein Hustenanfall schüttelte ihn so, dass sich sein Rücken wie eine Ähre im Wind krümmte. Endlich stieß er hervor: »Aber wer hat ihn umgebracht, Meister?«

»Komische Frage. Wer sonst, wenn nicht einer von den Hamdans?«

»Aber sie haben ihre Häuser nicht verlassen, und die Häuser haben wir gründlich durchsucht.«

Soklot schlug mit der Faust auf das Sitzpolster. »Was erzählen denn so die anderen Leute im Viertel?«

»Sie sind alle davon überzeugt, dass Hamdan seine Hand im Spiel hat.«

»Dann versteht doch endlich, ihr Trunkenbolde! Solange die Leute das glauben, müssen wir ihnen bestätigen, dass einer von den Hamdans Kidras Mörder ist.«

»Selbst wenn einer aus Utuf der Täter war?«

»Sogar wenn es einer aus Kafr as-Sirari war. Anstatt den Mörder zu bestrafen, ist es viel wichtiger für uns, den Leuten Angst einzujagen.«

»Allah ist groß!«, rief Abu Sari voller Bewunderung. Laisi, der gerade den Pfeifenkopf über einem Krug abschüttelte und dann die Pfeife zu Barakat hinüberreichte, sagte: »Allah erbarme sich eurer, ihr Hamdans!«

Ein kurzes Lachen erscholl, in das sich das Quaken der Frösche mischte. Drohend nickten sie mit den Köpfen. Ein scharfer Windstoß raschelte mit den trockenen Blättern. Hamuda klatschte in die Hände und sagte: »Hier geht es jetzt nicht mehr nur um den Streit zwischen den Hamdans und dem Verwalter, hier geht es jetzt um die Ehre der Wächter.«

Wieder schlug Soklot mit der Faust auf das Kissen. »Nie zuvor wurde ein Wächter durch die Hand eines Mannes aus dem Viertel getötet!« Vor Wut versteinerte sich sein Gesicht, sodass sich selbst seine Zechbrüder vor ihm zu fürchten begannen. Sie hüteten sich davor, durch ein Wort oder auch nur eine Bewegung seinen Zorn auf sich zu lenken. So herrschte Schweigen, das nur vom Gluckern der Wasserpfeife oder vom Husten und Räuspern unterbrochen wurde.

Plötzlich überraschte sie Barakat mit der Frage: »Und was ist, wenn Kidra trotz all unserer Vermutungen zurückkommt?«

Wütend blaffte Soklot ihn an: »Dann lasse ich mir den Bart abnehmen, du Sohn einer Rauschgiftsüchtigen!«

Barakat musste zuerst lachen, wurde aber schnell wieder still. Es herrschte Schweigen. In Gedanken stellten sich die Männer das Blutbad vor: Knüppel bringen die Schädel zum Bersten, Blut fließt in Strömen, sodass sich die Erde rot färbt, Klagegeschrei dringt aus den Fenstern, ertönt von den Dächern, und Dutzende von Männern röcheln in Todesqualen. Wie Tiger saßen sie da und verspürten Gier, das Beutetier zu reißen. Wenn sie sich anschauten, sahen sie in den

Augen des anderen die gleiche Grausamkeit. Es ging überhaupt nicht mehr um Kidra, eigentlich hatte ihn niemand so recht leiden können, denn in dieser Bande mochte keiner den anderen. Sie alle verband lediglich ein Wunsch, nämlich Furcht zu verbreiten und die Macht der Wächterhorde zu verteidigen.

»Und was werden wir tun?«

»Wie abgesprochen, muss ich erst mal zum Verwalter«, erklärte Soklot.

31

Soklot erklärte: »Herr Verwalter, die Hamdanfamilie hat ihren Wächter Kidra ermordet.« Den Blick fest auf den Effendi gerichtet, nahm er aus den Augenwinkeln zugleich Frau Huda, rechts vom Verwalter, und Gabal neben ihr wahr. Den Effendi schien diese Nachricht nicht zu überraschen. »Ich habe gehört, dass er verschwunden ist. Habt ihr es wirklich aufgegeben, ihn noch zu finden?«

Das durch die Tür hereinflutende Licht des Vormittags ließ die Hässlichkeit von Soklots Gesichtszügen in aller Deutlichkeit hervortreten. »Wir werden ihn bestimmt nicht mehr finden, in solchen Dingen kenne ich mich aus.«

Huda, die beobachtete, dass Gabal starr auf die gegenüberliegende Wand blickte, sagte nervös: »Wenn es stimmt, dass er ermordet wurde, dann ist es eine gefährliche Sache.«

Soklot verkrampfte die ineinander verschlungenen Finger. »Und erfordert eine strenge Bestrafung, denn sonst ist es aus mit uns und mit euch.«

Der Effendi spielte mit den Perlen des Rosenkranzes. »Immerhin steht und fällt damit unser Ansehen.«

»Und sogar das der ganzen Stiftung«, fügte Soklot nachdrücklich hinzu.

Gabal brach sein Schweigen. »Vielleicht ist hier nur ein Verbrechen vorgetäuscht worden, und in Wirklichkeit ist gar nichts geschehen.«

Gabals Einwand erzürnte Soklot. »Es ist völlig unnötig, mit langem Gerede Zeit zu verlieren.«

»Dann bring doch einen Beweis, dass er ermordet wurde!«

Als der Effendi zu sprechen begann, war er offensichtlich bemüht, die Stimme besonders eindringlich klingen zu lassen, um seine heimlichen Zweifel zu verbergen. »Niemand in unserem Viertel verschwindet einfach so, wenn er nicht ermordet wurde.«

Das Ächzen des kalten Herbstwindes konnte die mit blutigen Rachegedanken geladene Atmosphäre nicht entspannen. Soklot sagte gereizt: »Dieses Verbrechen ruft so laut nach Sühne, dass es bald in den benachbarten Vierteln zu hören sein wird. Jetzt noch lange reden bedeutet nur Zeitverlust.«

Gabal wollte nicht aufgeben. »Aber die Hamdanmänner waren die ganze Zeit über in ihren Häusern eingesperrt!«

Soklot grinste und sagte dann höhnisch: »Ein hübsches Rätsel!« Er lehnte sich entspannt in seinen Sessel zurück und sah Gabal herausfordernd an. »Dir kommt es doch nur darauf an, deine Leute reinzuwaschen.«

Gabal war bemüht, den aufsteigenden Zorn zu zügeln. Aber seine Stimme klang dennoch erregt: »Mir kommt es auf die Wahrheit an. Ihr werdet schon aus den nichtigsten Gründen gewalttätig, manchmal ohne jeden Grund. Du willst jetzt doch nichts anderes als die Erlaubnis für ein Blutbad unter friedlichen Menschen.«

Soklots Augen funkelten hasserfüllt. »Deine Leute sind Verbrecher! Sie haben Kidra umgebracht, als er die Stiftung verteidigen wollte!«

Gabal wandte sich an den Effendi. »Verehrter Verwalter, gestatte diesem Mann nicht, seine blutrünstige Gier zu befriedigen!«

»Aber wenn unser Ansehen verloren geht, dann ist es auch mit unserem Leben aus«, hielt ihm der Effendi entgegen.

»Willst du denn«, fragte Huda und sah Gabal an, »dass wir bei lebendigem Leibe in unserem eigenen Viertel begraben werden?«

»Du scheinst all die Güte deiner Wohltäter vergessen zu haben«, schleuderte ihm Soklot entgegen. »Stattdessen denkst du nur noch an diese Verbrecher!«

Eine Woge hitzigen Zorns überflutete Gabal. Heftig warf er Soklot vor: »Nicht sie sind die Verbrecher! Unser Viertel wird von einer ganz anderen Verbrecherbande heimgesucht!«

Hudas Hand zerrte erregt an ihrem blauen Schaltuch. Der Effendi blähte die Nasenflügel, sein Gesicht sah gelb aus. Soklot fühlte sich angesichts dessen, dass die beiden sichtlich betroffen waren, ermutigt. Grimmig erwiderte er: »Dir fällt es deshalb nicht schwer, diese Verbrecher zu verteidigen, weil du einer von ihnen bist.«

»Solange du der Anstifter aller Verbrechen in unserem Viertel bist, ist jede deiner Anschuldigungen völlig unglaubwürdig!«

Soklot sprang auf. Sein Gesicht war fürchterlich finster. »Wenn du nicht einen Platz in der Familie dieses Hauses gefunden hättest, dann würde ich dich auf der Stelle in Stücke reißen!«

Obwohl Gabals Stimme ganz ruhig wirkte, war zu erahnen, was in ihm tobte. »Du faselst dummes Zeug, Soklot.«

»Was erlaubt ihr euch eigentlich in meiner Gegenwart?«, schrie jetzt aufgebracht der Effendi.

»Ich leg mich mit ihm nur an, um dein Ansehen zu verteidigen«, sagte Soklot hinterhältig.

Die Finger des Effendis zerrten so heftig am Rosenkranz, dass er ihn beinahe zerrissen hätte. »Ich erlaube dir nicht«, wandte er sich entschieden an Gabal, »die Hamdanfamilie zu verteidigen!«

»Aber dieser Mann da erfindet über sie die unglaublichsten Lügen, nur weil er Lust darauf hat, ihnen etwas Schlimmes anzutun!«

»Das einzuschätzen, musst du schon mir überlassen!«

Für einen Augenblick herrschte betroffenes Schweigen. Aus dem Garten drang fröhliches Gezwitscher herüber, und vom Viertel her war lautes Gejuchze zu hören, das hier und da von zotigen Flüchen übertönt wurde. Soklot fragte grinsend: »Erlaubt mir der Herr Verwalter also, die Verbrecher zu züchtigen?«

Gabal wusste, dass nun die Schicksalsstunde gekommen war. Er drehte sich zu Frau Huda um und sagte verzweifelt: »Verehrte Frau, ich sehe mich gezwungen, mich meinen Leuten in ihrem Arrest anzuschließen, um auf diese Weise ihr Schicksal zu teilen.«

»Oh, wie werden all meine Hoffnungen zunichtegemacht«, rief sie verzweifelt. Gabal war gerührt und senkte den Kopf. Unwillkürlich sah er zu Soklot hinüber, und als er sein schadenfrohes Grinsen bemerkte, biss er sich voller Hass auf die Lippen. Betrübt sagte er dann: »Ich habe keine andere Wahl, aber nie werde ich all das Gute vergessen, das ihr mir erwiesen habt.«

Der Effendi sah ihn kalt an. »Ich muss jetzt wissen, ob du für uns oder gegen uns bist!«

Gabal war sich bewusst, dass dies den völligen Bruch mit seinem bisherigen Leben bedeutete. Zutiefst traurig erwiderte er: »Alles, was ich bin, verdanke ich eurer Huld, und deshalb kann ich gar nicht gegen euch sein. Aber es wäre eine Schande, meine Leute allein zu lassen, wenn sie zugrunde gerichtet werden, und mich stattdessen hier eures Schutzes zu erfreuen.«

Huda war aufs Äußerste erregt, fühlte sie doch, dass ihrem Mutterdasein in bedrohlicher Weise der Boden entzogen wurde. Also versuchte sie, einen Aufschub zu erreichen. »Meister Soklot, lasst uns doch zu einem späteren Zeitpunkt weitersprechen.« Das Gesicht Soklots wurde noch finsterer, die Situation schien ihm so unangenehm zu sein, als müsste er auf Maultierhufen laufen. Flink huschten seine Augen zwischen Frau Huda und dem Effendi hin und her. Dann murmelte er: »Ich weiß nicht, was dann morgen im Viertel alles geschehen wird.«

Nach einem kurzen Seitenblick auf seine Frau fragte der Effendi nochmals: »Antworte mir, Gabal, bist du für uns oder gegen uns?« Doch schon im nächsten Augenblick übermannte ihn der Zorn, und ohne die Antwort abzuwarten, schrie er: »Entweder bleibst du hier bei uns als einer, der zu uns hält, oder du gehst zu deinen Leuten!«

Gabal war empört, als er sah, wie sich Soklot über diese Worte freute. »Herr, du vertreibst mich, also gehe ich«, erklärte er entschlossen.

»Gabal!«, schrie Huda gequält auf.

Soklot aber frohlockte: »Da habt ihr wieder den Mann vor euch, wie ihn seine Mutter auf die Welt gebracht hat.«

Gabal ertrug es nicht länger. Er stand auf und ging mit weit ausholenden Schritten zur Tür. Huda erhob sich, aber der Effendi hielt sie zurück. Im nächsten Augenblick war Gabal verschwunden. Der Wind war stark aufgefrischt, er ließ die Vorhänge wehen und die Fensterläden klappern. In der Halle breitete sich eine Atmosphäre der Gereiztheit und der Niedergeschlagenheit aus. Als wäre nichts geschehen, sagte Soklot ruhig: »Wir müssen etwas tun.«

»Ganz und gar nicht«, entgegnete Huda, und ihre Stimme gab ihm warnend zu verstehen, dass sie bereit war, Widerstand zu leisten. »Zurzeit genügt es vollauf, dass sie eingesperrt sind. Hüte dich, Gabal ein Leid zuzufügen!«

Soklot regte das nicht weiter auf, denn er genoss die Befriedigung über den gerade errungenen Sieg. Fragend blickte er auf den Effendi. Widerwillig, als müsste er an einer sauren Zitrone lutschen, sagte er: »Wir werden später noch mal darüber sprechen.«

32

Gabal warf einen Abschiedsblick auf den Garten und das Gartenhaus und erinnerte sich an Adhams unheilvolle Geschichte, von der die Rabab jeden Abend erzählte. Als er auf das Tor zuschritt, erhob sich der Torwärter und fragte: »Warum musst du denn schon wieder hinausgehen, Herr?«

Bekümmert antwortete Gabal: »Ich gehe, um nie zurückzukehren, Amm Husnein.«

Beunruhigt starrte ihn der Mann mit offenem Mund an und fragte dann leise: »Wegen der Hamdanfamilie?« Gabal senkte schweigend den Kopf. »Wer könnte das glauben?«, fuhr der Torwärter fort. »Wie kann das Frau Huda zulassen? Oh, Herr der Himmel! Wie willst du dort leben, mein Sohn?«

Gabal überschritt die Schwelle und ließ den Blick zum Viertel hinüberschweifen, das voller Menschen, Tiere und Unrat war. »So wie die Menschen unseres Viertels«, antwortete er.

»Aber dafür bist du nicht geschaffen.«

Gabal lächelte schwach. »Ich bin bisher nur aus Zufall vor diesem Leben bewahrt geblieben.« Er machte sich auf den Weg. Hinter sich hörte er noch die Warnung des Torwärters, sich nicht dem Unwillen der Wächterhorde auszusetzen.

Vor seinen Augen lag das Viertel – staubig, voller Maultiere, Katzen und Kinder. Erst jetzt wurde ihm vollständig bewusst, wie sehr sich sein Leben ändern würde, wie viel Leid ihn erwartete und wie viel Glück ihm genommen worden war. Aber der Zorn war stärker als all seine Schmerzen, und so machte er den Eindruck, als würde er sich weder um Blumen und Vögel noch um zärtliche Mutterliebe kümmern. Unterwegs begegnete ihm der Wächter Hamuda. »Ach«, sagte er mit stechendem Spott, »da kannst du uns ja mit kräftiger Hand helfen, die Hamdans zu bändigen.«

Gabal beachtete ihn nicht, sondern ging geradewegs auf ein großes Gehöft der Hamdanfamilie zu. Doch Hamuda holte ihn ein und fragte verwirrt und zugleich missbilligend: »Was hast du vor?«

»Ich kehre zu meiner Familie zurück«, antwortete Gabal gelassen.

Vor lauter Staunen weiteten sich Hamudas schlitzartige Augen. Er sah aus, als könne er nicht glauben, was er da gerade vernommen hatte. In diesem Moment trat Soklot aus dem Haus des Verwalters. Als er die beiden sah, rief er Hamuda zu: »Lass ihn hinein!

Aber wenn er irgendwann einmal herauskommt, dann begrabe ihn bei lebendigem Leibe!«

Auf Hamudas Gesicht erschien ein dümmliches, wollüstiges Lächeln. Gabal klopfte an die Tür, bis einige Fenster des Gehöfts und der anliegenden Häuser geöffnet wurden. Etliche Männer schauten heraus, darunter auch Hamdan, Atris, Dolma, Ali Fawanis, Abdun und der Sänger Radwan. Auch Tamarhinna war zu sehen. Dolma rief spöttisch: »Was willst du, hoher Herr?« Und Hamdan fragte nur knapp: »Bist du für uns oder gegen uns?«

»Rausgeschmissen haben sie ihn«, schrie Hamuda, »und da kommt er nun wieder zurück in seinen alten Dreck.«

Ungeduldig fragte Hamdan: »Haben sie dich wirklich hinausgeworfen?«

Gabal blieb ruhig. »Öffne die Tür, Onkel Hamdan.«

Tamarhinna stieß Freudentriller aus und rief: »Dein Vater war ein guter Mann und deine Mutter eine ehrenwerte Frau!«

Hamuda lachte laut los. »Ich beglückwünsche dich, Tamarhinna, für Hurerei bist du ja die beste Zeugin!«

Tamarhinna blieb ihm die Antwort nicht schuldig. »Bei Allah, wie war das denn mit deiner Mutter und ihren fröhlichen Nächten im Sultanbad?«, keifte sie zurück und schloss geschwind das Fenster, sodass der Stein, den Hamuda warf, nur noch den Fensterladen traf. Beim Ton des dumpfen Aufpralls schrien die Jungen, die an den Straßenecken standen, jubelnd auf.

Die Tür des Gehöfts wurde geöffnet. Als Gabal eintrat, schlug ihm feuchte Luft, in der ein seltsamer Geruch lag, entgegen. Er wurde umarmt und mit freundlichen Worten willkommen geheißen. Aber die Begrüßung wurde durch das Gebrüll von zwei Männern gestört, die sich im hinteren Ende des Hofes stritten. Als Gabal genauer hinsah, entdeckte er Daabas im Handgemenge mit einem Mann, der Kaabalha hieß. Er eilte zu ihnen, warf sich zwischen sie und sagte scharf: »Da streitet ihr euch hier, obwohl sie uns in unseren Häusern eingesperrt haben!«

Keuchend erklärte Daabas: »Er hat Kartoffeln aus der Kupferschale gestohlen, die vor meinem Fenster stand.«

»Hast du denn gesehen, dass ich sie genommen habe?«, schrie Kaabalha empört zurück. »Du solltest dich schämen, Daabas«, fügte er wütend hinzu.

»Wenn der im Himmel sich unser erbarmen soll«, schrie Gabal beide an, »dann müssen wir uns erst einmal unser selbst erbarmen!«

Daabas blieb hartnäckig. »Der hat meine Kartoffeln im Bauch, und ich werde sie ihm mit eigenen Händen herausholen!«

Kaabalha rückte sich das Käppchen auf dem Kopf zurecht. »Bei Allah, seit einer Woche habe ich schon keine Kartoffeln mehr zu kosten bekommen.«

»Du bist der einzige Dieb hier im Gehöft!«

»Fälle kein Urteil ohne Beweis, so wie es Soklot mit euch macht«, ermahnte ihn Gabal.

»Er muss bestraft werden, dieser Sohn einer Räuberin!«, brüllte Daabas.

»Ach, und du, Daabas? Du Sohn einer Rettichhändlerin!«, hielt Kaabalha dagegen.

Daabas sprang auf, rammte ihm den Kopf in den Bauch, sodass Kaabalha strauchelte. Selbst als von Kaabalhas Kopf schon Blut troff, schlug Daabas weiter auf ihn ein, ohne sich um die mahnenden Rufe der anderen zu kümmern. Da reichte es Gabal. Wütend warf er sich auf Daabas und packte ihn mit aller Kraft am Genick. Vergebens mühte sich Daabas, dem harten Griff zu entkommen. Schließlich krächzte er heiser: »Willst du mich etwa so wie Kidra umbringen?«

Gabal stieß ihn heftig von sich. Daabas prallte an die Mauer und starrte ihn wütend und hasserfüllt an. Fragend gingen die Blicke der übrigen Männer von einem zum anderen. Sollte es wirklich Gabal gewesen sein, der Kidra getötet hatte? Dolma trat an ihn heran und küsste ihn. Atris rief: »Gesegnet seist du, du bester aller Hamdanmänner!«

Voller Groll sagte Gabal zu Daabas: »Ich habe ihn nur deshalb getötet, weil ich dich verteidigen wollte.«

»Aber es hat dir Spaß gemacht«, bemerkte Daabas leise. »Was bist du doch für ein Heuchler, Daabas«, schrie Dolma ihn an. »Du solltest dich schämen, Mann!« Er nahm Gabal beim Arm und sagte: »Sei mein Gast, du kannst bei mir wohnen. Komm, Herr der Hamdans!« Gabal überließ sich willig Dolmas Hand, nur spürte er, dass sich heute unter seinen Füßen ein bodenloser Abgrund aufgetan hatte. Leise flüsterte er Dolma zu: »Gibt es keine Möglichkeit zu fliehen?«

»Fürchtest du denn, dass einer dich an unsere Feinde verraten könnte, Gabal?«, fragte Dolma missbilligend zurück.

»Daabas ist ein Dummkopf.«

»Sicher, aber er ist kein feiger Verräter.«

»Ich habe nur Angst, dass sie euch meinetwegen noch mehr verdächtigen.«

Zuversichtlich sagte Dolma: »Wenn du willst, zeige ich dir einen Fluchtweg. Aber wohin willst du gehen?«

»Die Wüste ist weiter, als du denkst!«

33

Erst kurz vor Ende der Nacht gelang Gabal die Flucht. Alles war still, und der Schlaf drückte alle Augenlider schwer nieder, da sprang er von Dach zu Dach und fand sich schließlich in Gamalija wieder. Es war stockfinster, dennoch schlug er den Weg nach ad-Darrasa ein und lenkte seine Schritte der Wüste zu. Als er sie erreicht hatte, ging er im schwachen Schein der Sterne zum Felsen von Hind und Kadri. Dort angekommen, fühlte er, dass er der Müdigkeit nicht länger widerstehen konnte. Zu groß war die Erschöpfung, zu wenig hatte er Schlaf gefunden! So legte er sich in den Sand, schlug die Abaja um sich und schlief ein.

Beim ersten Strahl der Sonne, der die Spitze des Felsens traf, erwachte er. Schnell sprang er auf, um noch den Berg zu erreichen, bevor Leben in die Wüste kam. Gerade wollte er losgehen, da fiel sein Blick auf jene Stelle, an der er Kidra vergraben hatte. Er starrte dorthin, und seine Glieder begannen zu zittern. Der Mund wurde ihm trocken, und in übergroßer Bedrängnis setzte er zum Laufen an, als wollte er sich selbst entrinnen. Er hatte doch nur einen Verbrecher getötet! Trotzdem fühlte er sich verfolgt, als er sich von diesem Grab immer weiter entfernte. Wir sind nicht fürs Töten geschaffen, sagte er sich, auch wenn die Zahl unserer Ermordeten jedes Maß übersteigt. Wie konnte es nur sein, wunderte er sich, dass er keinen anderen Platz zum Ausruhen gefunden hatte als ausgerechnet den, an dem sein Opfer begraben lag? Er spürte, wie der Wunsch, schnell wegzukommen, ihn vorwärtstrieb. Von allen Menschen, die er liebte oder hasste, musste er nun für immer Abschied nehmen, von seiner Mutter, von Hamdan und auch von diesen Banditen. Am Fuße des Mukattam-Bergs angekommen, fühlte er sich einsamer und trostloser als je zuvor. Trotzdem ging er weiter nach Süden, bis er, noch am Vormittag, den Mukattam-Markt erreichte. Noch einmal drehte er sich um, bedachte die Wüste mit einem langen Blick und sagte sich, schon etwas zuversichtlicher: »Nun ist eine beträchtliche Entfernung zwischen ihnen und mir.« Dann wandte er sich dem vor ihm liegenden Markt zu. Es war ein kleiner Platz, auf den aus allen Richtungen kleine Gassen mündeten. Von allen Seiten lärmte es, Menschen riefen sich etwas zu, und Esel schrien. Man schien den Geburtstag eines Heiligen zu begehen, denn der Platz war von Menschen überfüllt. Händler, Derwische, Verrückte und Spaßmacher hatten sich bereits eingefunden, obwohl das Fest erst nach Sonnenuntergang beginnen würde. Seine Augen durchmaßen die aufeinandertreffenden Wogen der Menschenmassen, bis er schließlich am Rand der Wüste eine Wellblechhütte entdeckte, an der Holzstühle aufgestellt waren. Trotz ihrer Ärmlichkeit schien sie das beste Kaffeehaus des Marktes zu sein, denn zahlreiche Kunden hatten sich dort niedergelassen. Er ging auf einen freien Platz zu und setzte sich, froh über die Ruhepause. Der Besitzer der Hütte eilte zu ihm, unterschied sich Gabal doch durch sein Äußeres von den anderen Gästen. Seine prächtige Abaja, der hohe Turban und die teuren, roten Lederschuhe stachen ins Auge. Er bestellte ein Glas Tee und beobachtete vergnügt das Treiben der Menschen. Nicht lange, und Lärm, der von einer öffentlichen Wasserstelle kam, drang an sein Ohr. Eine dichte Menschentraube mit Gefäßen umlagerte den Ort. Das Gerangel ums Wasser glich einem heftigen Kampf, bei dem es auch Opfer gab. Es wurde gebrüllt und laut geflucht. Plötzlich ertönte ein hohes, grelles Schreien. Zwei Mädchen, die mitten in dem Menschenknäuel steckten, versuchten, sich rückwärts herauszuwinden, um sich zu retten. Mit zwei leeren Kanistern entkamen sie dem Kampfplatz. Sie waren vom Hals bis zu den Fersen in leuchtend helle Galabiyas gehüllt, sodass nur ihre jungen Gesichter zu sehen waren. Gabal schaute flüchtig auf die Kleinere von beiden, dann ruhte sein Blick auf der anderen, die große, schwarze Augen hatte. Als beide Mädchen in seine Nähe kamen, konnte er erkennen, dass sie sich wie Schwestern ähnelten, die Größere allerdings war sehr viel hübscher. Wie berauscht sagte er sich: »Welche Schönheit! Noch nie habe ich so etwas in unserem Viertel gesehen!« Die Mädchen blieben stehen, brachten das zerzauste Haar wieder in Ordnung und bedeckten den Kopf mit einem Schleier. Dann drehten sie die Kanister um und setzten sich darauf. Die Kleinere von beiden sagte bekümmert: »Wie sollen wir denn bei diesem Gedränge die Kanister füllen?«

Die andere, die ihm so gefiel, erwiderte: »An einem solchen Feiertag kann dir nur Allah helfen. Unser Vater wird schon verärgert auf uns warten.«

Unwillkürlich mischte sich Gabal in ihr Gespräch ein. »Warum kommt er denn nicht selbst, um die Kanister zu füllen?«

Empört drehten sich beide zu ihm um, aber sein vornehmes Aussehen schien sogleich eine gewisse besänftigende Wirkung auszuüben.

So begnügte sich denn die Hübschere der beiden zu sagen: »Was geht dich das an! Haben wir uns etwa bei dir beklagt?«

Gabal freute sich, dass sie sich auf ein Gespräch einließ, und sagte entschuldigend: »Ich meine doch nur, dass es für einen Mann einfacher ist, sich im Festtagsgedränge durchzusetzen.«

»Das ist unser Problem. Er hat anderes und Wichtigeres zu tun.«

»Was arbeitet euer Vater denn?«, fragte er lächelnd.

»Das geht dich nichts an.«

Ohne sich um die vielen neugierigen Augen der anderen Gäste zu kümmern, stand er auf, ging zu den Mädchen und erklärte höflich: »Ich werde für euch die Kanister füllen.«

Die Hübsche wandte ihr Gesicht ab. »Wir brauchen dich nicht.« Aber ihre Schwester sagte mutig: »Tu es nur, vielen Dank.« Sie stand auf und zog auch die andere empor. Gabal nahm die beiden Kanister und bahnte sich, stark, wie er war, einen Weg durch die Menge. Es war nicht leicht, aber schließlich erreichte er die Wasserstelle, die sich vor einer Holzbude befand. Er gab dem Wasserverkäufer zwei Millim und füllte die Kanister. Als er zu den Mädchen zurückging, sah er sie mit einigen jungen Burschen, die sie belästigten, in ein Wortgefecht verwickelt. Gabal, der sich darüber furchtbar ärgerte, stellte die Kanister ab und näherte sich drohend den jungen Leuten. Einer von ihnen stellte sich ihm in den Weg, er aber versetzte ihm einen Schlag vor die Brust. Daraufhin schimpften die anderen und wollten gemeinsam über ihn herfallen. Da jedoch ertönte eine durchdringende Stimme: »Verschwindet, ihr Schande der Männer!«

Alle Augen richteten sich auf einen kleinen, untersetzten Mann mittleren Alters. Seine Augen glänzten. Bekleidet war er mit einem Gilbab, der an der Hüfte von einem Gürtel zusammengehalten wurde. Verlegen riefen die Burschen: »Meister Balkiti!«, und stürmten, nicht ohne Gabal wütende Blicke zuzuwerfen, davon. Die beiden Mädchen flüchteten sich zu dem Mann, und die Kleinere sagte: »Heute am Feiertag ist ohnehin schon alles schwerer, und dann kommen auch noch diese Kerle.«

»Ich hatte mir gedacht, dass ihr euch wegen des Festtags verspätet, und da bin ich hergekommen, offensichtlich genau zum richtigen Zeitpunkt«, antwortete Balkiti und schaute dabei prüfend auf Gabal. Unvermittelt richtete er das Wort an ihn: »Du gehörst wohl zu den anständigen Menschen, die heutzutage immer seltener werden.«

Gabal wurde verlegen. »Das war doch nur eine kleine Hilfe, nicht großer Dankesworte wert.« Mittlerweile hatten die Mädchen die Kanister genommen und sich schweigend auf den Weg gemacht. Gabal wünschte nichts sehnlicher, als der Schönen so lange wie möglich hinterherzusehen, aber er wagte es nicht, sich den ihn noch immer musternden Augen des Balkiti zu entziehen. Ihm war, als könne dieser Mann einen bis ins Innerste durchschauen, und er fürchtete, dass er dort seine geheimen Wünsche lesen würde.

»Jedenfalls hast du diese böswilligen Burschen von den Mädchen abgehalten. Solche Menschen wie du verdienen Zuneigung. Wie können es diese jungen Leute wagen, die Töchter des Balkiti zu belästigen? Das macht das Bier. Hast du nicht gemerkt, dass sie betrunken waren?« Gabal schüttelte verneinend den Kopf. »Ich habe eine gute Nase. Aber lassen wir das. Kennst du mich nicht?«

»Nein, Meister, ich hatte noch nicht die Ehre.«

»Dann kannst du nicht aus dieser Gegend sein«, lautete die Antwort.

»Bin ich auch nicht.«

»Ich bin Balkiti, der Schlangenbeschwörer.«

Gabals Gesicht hellte sich mit einem Schlag auf. »Welche Ehre! Natürlich kennen dich viele Menschen in unserem Viertel.«

»Aus welchem Viertel kommst du denn?«

»Aus dem Gabalawi-Viertel.«

Balkiti zog die buschigen, weißen Augenbrauen hoch und erwiderte mit wohlklingender Stimme: »Ich bin erfreut und fühle mich geehrt. Wer kennt nicht Gabalawi, den Herrn der Stiftung? Oder Soklot, euren Wächter? Bist du zum Festtag gekommen, Meister …?«

»Gabal ist mein Name.« Dann setzte er schlau hinzu: »Ich bin gekommen, weil ich eine neue Bleibe suche.«
»Hast du denn dein Viertel verlassen?«
»Ja.«
Balkiti sah ihn noch durchdringender an. Schließlich sagte er: »Solange es Wächter gibt, so lange wird es wohl auch Auswanderer geben. Aber sag mir, hast du einen Mann oder eine Frau getötet?«
Gabals Herz klopfte heftig, doch er bemühte sich, seine Stimme sicher klingen zu lassen. »Deine Art zu spaßen erscheint mir nicht so liebenswürdig wie dein sonstiges Benehmen.«
Balkiti lachte laut auf. »Du gehörst nicht zum Pöbel, mit dem die Wächter ihren Unfug treiben, du bist auch kein Dieb. Jemand wie du flieht aus seinem Viertel nur, wenn er einen Mord begangen hat.«
»Ich sagte doch schon, dass …«, setzte Gabal scharf und unwillig an. Aber der Mann fiel ihm ins Wort: »Mein Herr, es interessiert mich nicht, ob du ein Mörder bist. Vor allem nicht, nachdem du mir einen Beweis deiner Anständigkeit geliefert hast und mir klar ist, dass es hier weder einen Dieb noch einen Plünderer noch einen Mörder gibt. Aber damit du mir glaubst, lade ich dich zu einer Tasse Kaffee und ein paar Zügen aus der Pfeife in mein Haus ein.«
Gabal schöpfte neuen Mut. »Gern, es ist mir eine Ehre.« Seite an Seite durchschritten sie das Markttreiben und gingen in Richtung des Stadtteils Kalla. Als sie das Getümmel hinter sich gelassen hatten, fragte Balkiti: »Wolltest du hier eine bestimmte Person aufsuchen?«
»Nein«, erwiderte Gabal. »Ich kenne hier niemanden.«
»Und du hast hier auch keine Wohnung?«
»Nein.«
Freudig sagte Balkiti: »Dann sei mein Gast, wenn du willst. Jedenfalls so lange, bis du etwas gefunden hast.«
Gabals Herz hüpfte vor Freude. »Wie großmütig du bist, Meister Balkiti.«
Der lachte. »Wundere dich nicht darüber! In meinem Haus wimmelt es von Schlangen, wie sollte es da nicht noch Platz für einen

Menschen geben? Bist du jetzt entsetzt? Ich bin eben Schlangenbeschwörer, und wenn du willst, kannst du bei mir lernen, wie man mit diesen Tieren fertigwird.«

Sie hatten die Stadt hinter sich gelassen und gingen jetzt auf die unendlich weite Wüste zu. Gabal erblickte ein kleines Haus, dessen Ziegelmauern zwar nicht verputzt waren, das aber dennoch einen besseren Eindruck machte als die baufälligen Häuser in dem Stadtteil hinter ihnen. Balkiti wies auf das kleine Haus und sagte stolz: »Das ist das Haus von Balkiti, dem Schlangenbeschwörer.«

34

Als sie angekommen waren, sagte Balkiti: »Ich habe diesen Platz in der Wüste gewählt, weil die Menschen glauben, dass ein Beschwörer auch nichts anderes ist als eine einzige große Schlange.« Sie betraten einen langen Flur, an dessen Ende und beiden Seiten je ein Raum lag. Alle Türen waren geschlossen. Balkiti wies auf die Tür am Ende des Flurs und erklärte: »Dort befinden sich die Arbeitsgegenstände, sowohl die lebenden als auch die leblosen. Hab keine Angst, die Tür ist immer verschlossen. Aber ich kann dir versichern, dass die Schlangen angenehmere Gesellschafter sind als die meisten Menschen, also angenehmer zum Beispiel als jene Leute, vor denen du geflohen bist.« Er lachte und öffnete dabei seinen fast zahnlosen Mund. »Die Menschen fürchten sich vor Schlangen, selbst die Wächter haben Angst vor ihnen. Ich aber verdanke ihnen meinen Lebensunterhalt und das Haus.« Dann wies er auf die rechte Tür und erklärte: »In diesem Zimmer schlafen meine beiden Töchter. Ihre Mutter ist zu einer Zeit gestorben, als ich bereits zu alt war, um noch einmal zu heiraten.« Er wies auf die linke Tür. »Und hier werden wir beide schlafen.«

Von der Seitentreppe her, die zum Dach hinaufführte, hörte man die Stimme der kleineren Tochter: »Schafika, hilf mir bei der Wäsche, und steh da nicht so stumm und untätig herum wie ein Stein!«

»Aber meine Dame!«, rief ihr Balkiti zu. »Wenn du weiter so schreist, wirst du noch die Schlangen aufwecken. Und du, Schafika, hilf deiner Schwester!«

Sie hieß also Schafika! Was gab es Schöneres als sie! Als sie ihn vorhin gescholten hatte, war es überhaupt nicht verletzend gewesen. In ihren schwarzen Augen hatte stummer Dank gelegen. Ob sie wohl jemals wissen würde, dass er diese gefährliche Gastfreundschaft nur wegen ihrer Augen in Anspruch nahm?

Balkiti öffnete die Tür zum linken Zimmer und ließ Gabal eintreten. Nachdem er die Tür wieder geschlossen hatte, fasste er seinen Arm und ging mit ihm zu dem Sofa, das die ganze rechte Wand des kleinen Raums einnahm. Sie setzten sich, und Gabal schaute sich um. Auf der anderen Seite stand ein Bett mit einer grauen Decke darauf. Auf dem Boden zwischen Sofa und Bett lag eine verzierte Matte, und genau in der Mitte stand ein großes, fleckiges Kupfertablett. Es diente als Unterlage für ein Kohlebecken, in dem sich pyramidenförmig Asche häufte. Daneben lagen eine Wasserpfeife, ein Spieß, eine Zange und eine Handvoll getrockneten, honigversetzten Tabaks. Das einzige Fenster im Raum war weit geöffnet, sodass es den Blick auf die Wüste, den blassen Himmel und die in der Ferne hoch aufragende Felswand des Mukattam-Berges freigab. Ein Windhauch wehte die von Sonnenhitze erfüllte Luft herein, und die Stille der Natur wurde nur durch das Rufen eines Hirtenmädchens gestört.

Balkitis forschender Blick lag noch immer auf Gabal.

Dem wurde dies allmählich unerträglich, und er war versucht, seinen Gastgeber durch ein Gespräch von sich abzulenken. Aber im gleichen Augenblick hörte man auf dem Dach über ihnen Schritte, die Gabals Herz ins Schwingen brachten. Sein erster Gedanke war, dass dies ihre Schritte sein mussten. Er wünschte sich jetzt nur, dieses Haus möge ihm Glück bringen, selbst wenn alle Schlangen darin frei herumkriechen würden. Vielleicht, so sagte er sich, wird mich dieser Mann umbringen und in der Wüste vergraben, so wie ich es mit Kidra getan habe, und mein Mädchen wird nie erfahren, dass ich ihr Opfer bin. Balkitis Stimme riss ihn aus diesen Gedanken.

»Hast du denn Arbeit?«

An das wenige Geld denkend, das ihm noch verblieben war, antwortete er: »Ich werde etwas finden müssen, irgendetwas.«

»Vielleicht hast du es doch nicht so eilig damit?«

Bei dieser Frage befiel Gabal Unruhe: »Doch, doch, ich müsste mir eher heute als morgen etwas suchen.«

»Du hast die Figur eines Wächters.«

»Ich hasse es, Gewalt auszuüben!«

Balkiti lachte. »Was hast du denn bei dir zu Hause gearbeitet?«

Gabal zögerte ein wenig. Dann sagte er: »Ich habe in der Verwaltung der Stiftung gearbeitet.«

»Ach du liebe Güte, wie konntest du denn solchen Wohlstand aufgeben?«

»Es war eben mein Schicksal.«

»Hattest du deine Augen zu begehrlich auf eine der Damen gerichtet?«

»Allah verhüte, ehrwürdiger Scheich!«

»Du bist sehr vorsichtig! Aber du wirst schon bald Vertrauen zu mir fassen und mir all deine Geheimnisse verraten.«

»Ja, vielleicht.«

»Hast du noch Geld?«

Wieder wurde Gabal unruhig und bemühte sich, es nicht zu zeigen. »Ich habe noch ein bisschen, aber das wird mich nicht davor bewahren, etwas tun zu müssen«, sagte er in einem Ton, der unbesorgt klingen sollte.

Balkiti zwinkerte ihm zu. »Du bist schlau wie ein Teufel. Weißt du, dass du dich zum Schlangenbeschwörer eignen würdest? Vielleicht können wir zusammenarbeiten. Sei nicht erstaunt, dass ich das sage. Ich bin alt geworden und brauche jemanden, der mir hilft.«

Gabal nahm den Vorschlag zwar nicht ernst, wollte aber auf jeden

Fall die Beziehung zu diesem Mann festigen. Gerade als er antworten wollte, sagte Balkiti: »Denk in Ruhe darüber nach!« Dann stand er auf, nahm das Kohlebecken und trug es hinaus, um es neu mit Glut zu versehen.

Am frühen Nachmittag gingen beide Männer aus. Balkiti machte seinen Rundgang, und Gabal wollte noch einmal auf den Markt, um dort herumzuschlendern und einzukaufen. Am Abend kehrte er zurück und ging durch die Wüste auf das einsam liegende Haus zu. Spärliches Licht aus einem der Fenster wies ihm den Weg. Als er das Haus erreicht hatte, vernahm er ein hitziges Wortgefecht. Er konnte sich nicht beherrschen und lauschte. Die kleine Tochter, die Saijida hieß, erklärte gerade: »Wenn das richtig ist, was du, Vater, gesagt hast, dann muss er irgendein Verbrechen begangen haben. Aber gegen die Wächter des Viertels können wir nicht bestehen.«

Dann hörte er Schafikas Stimme. »Er hat aber nichts von einem Verbrecher an sich.«

Ziemlich schalkhaft fragte Balkiti: »Hast du ihn schon so gut kennengelernt, du kleines Schlangenmädchen?«

»Warum sollte er sonst aus all dem Wohlstand geflohen sein?«, beharrte Saijida.

»Es ist doch kein Wunder, wenn einer aus einem Viertel weggeht, das wegen seiner vielen Wächter berüchtigt ist«, erklärte Schafika.

»Woher hast du denn plötzlich die Kraft, das Verborgene sehen zu können?«, machte sich Saijida über ihre Schwester lustig.

Balkiti seufzte laut auf. »Das lange Zusammenleben mit den Schlangen hat mir zwei kleine Vipern eingebracht!«

»Willst du ihn denn wirklich als Gast aufnehmen, ohne etwas über ihn zu wissen, Vater?«

»Ich weiß schon eine ganze Menge über ihn, und ich werde bald alles wissen. Ich habe zwei Augen, auf die ich mich noch immer verlassen kann. Und eingeladen habe ich ihn, weil mich sein anständiges Verhalten beeindruckt hat. Von dieser Meinung wird man mich nicht abbringen.«

Gabal freute sich. Hätte er etwas anderes vernommen, dann wäre er, ohne zu zögern, weggegangen. Hatte er nicht auch das Haus des Glücks und Wohlstands ohne langes Hin und Her aufgegeben? Nun würde er sich der Gewalt unterwerfen, die ihn mit Macht zu diesem Haus hinzog. Bei diesem Gedanken jauchzte sein Herz auf. Dass sie ihn verteidigt hatte, machte ihn trunken vor Freude. Ihre Stimme war von solch zärtlichem Mitleid gewesen, dass die Einsamkeit der Nacht und der Wüstenödnis verflogen war und der über dem Berg schwimmende Halbmond lächelte, als hätte er inmitten von Finsternis frohe Kunde gebracht. Gabal schaute noch ein bisschen in die Nacht hinaus, dann hustete er mehrmals und klopfte an die Tür. Mit einer Lampe in der Hand öffnete ihm Balkiti. Als die beiden in ihrem Zimmer waren, legte Gabal ein kleines Päckchen auf das Kupfertablett und setzte sich. Balkiti sah ihn fragend an, und er erklärte: »Das sind nur ein paar Datteln, ein bisschen Käse, Sesamsüßigkeiten und scharfe Bohnenpastetchen.« Balkiti lächelte und zeigte erst auf die Wasserpfeife, dann auf Gabals Päckchen und sagte: »Das sind die besten Nächte, die man mit solchen Köstlichkeiten verbringt.« Er legte Gabal freundlich die Hand auf die Schulter. »Ist es nicht so, Sohn des Stifters?«

Ohne dass er es wollte, wurde Gabal beklommen zumute. In seinem Innersten entstand das Bild jener Frau, die ihn wie einen Sohn erzogen hatte. Er sah den Garten vor sich, der voller Jasminbüsche, Vögel und plätschernder Bäche war. Dort war alles Geborgenheit, Friede und glücklicher Traum gewesen – eine Welt des verlorenen Glücks, dessen Verlust ihm die Freude am Leben zu verderben drohte. Aber da schlug plötzlich eine Welle hoch und spülte die in Trauer versinkenden Erinnerungen ans Festland der Ruhe, dorthin, wo dieses liebe, freundliche Mädchen wartete und wo ihn magische Kräfte an dieses Haus, das Schlangennest, banden. Als hätte ein Windstoß den Schein einer Lampe aufgehellt, sagte er unversehens voller Begeisterung: »Ich weiß nichts Schöneres, Meister, als hier bei dir zu leben.«

35

Erst kurz vor dem Morgengrauen erbarmte sich der Schlaf seiner. Zu viele Ängste hatten ihn bedrängt. Wie ein Jasminblatt, das auf trockene, von Käfern wimmelnde Gräser fällt, suchte ihr Bild ihn inmitten der visionären Schrecknisse heim. Es waren grauenvolle Fantasien, die aus der Dunkelheit des fremden Hauses erstanden. Nichts als ein Fremder bist du hier, sagte er sich, der in stockfinsterer Nacht daliegt, in diesem Haus der Schlangen. Vom Verbrechen verfolgt, zitterte sein Herz vor Liebe. Wenn ihn doch alle nur in Frieden ließen, denn das Einzige, was er suchte, war Ruhe. Die Schlangen fürchtete er lange nicht so sehr wie einen Verrat durch jenen Mann dort, der im anderen Bett schnarchte. Wie konnte er wissen, ob er wirklich schlief? Er konnte niemandem und nichts vertrauen. Selbst Daabas, der ihm sein Leben verdankte, könnte in all seiner Dummheit das Geheimnis lüften, sodass Soklot vor Wut rasen und seine Mutter in Tränen ausbrechen würde und Feuerbrände das unglückliche Viertel heimsuchten. Aber dann war da die Liebe, die ihn an dieses Haus und an das Zimmer des Schlangenbändigers fesselte. Nur, woher wollte er wissen, ob er überhaupt noch lange genug lebte, um seine geheimsten Gefühle zu offenbaren? Von solcherlei quälenden Gedanken bedrängt, konnte er erst kurz vor Morgengrauen einschlafen.

Als das Morgenlicht durch die geschlossenen Fensterläden sickerte, hob er die schweren Augenlider. Balkiti saß mit gebeugtem Rücken im Bett und rieb sich die Beine unter der Bettdecke. Trotz der Kopfschmerzen lächelte Gabal vergnügt. Verflucht seien die Hirngespinste, die sich bei Dunkelheit im Kopf einnisten und im Morgenlicht wie Fledermäuse davonflattern. Aber passten diese schlimmen Gedanken nicht zum schlechten Gewissen eines

Mörders? Von jeher hat im Blut unserer hochgepriesenen Familie das Verbrechen gesteckt.

Balkitis lautes Gähnen schwang sich allmählich wie eine sich im Tanz wiegende Schlange zu beträchtlicher Höhe auf, sodass Gabal zu ihm hinüberschaute. Sein Brustkorb wölbte sich, er begann, heftig zu husten, und Gabal kam es vor, als müssten gleich seine Augen aus den Höhlen treten. Als Balkiti endlich zur Ruhe gekommen war, stöhnte er genüsslich und aus tiefster Seele auf.

»Guten Morgen«, sagte Gabal. Er hatte sich aufgesetzt. Balkiti sah ihn mit vom schweren Hustenanfall gerötetem Gesicht an. »Guten Morgen, Meister Gabal. Du hast ja kaum geschlafen diese Nacht.«

»Sehe ich so aus?«

»Nein, aber du hast dich im Dunkeln hin und her gewälzt und mich angestarrt wie jemanden, vor dem du dich fürchtest.«

Was bist du doch für eine Schlange! Hoffentlich bist du nicht giftig, schon um jener schwarzen Augen willen! »Ich konnte tatsächlich nicht schlafen, aber schuld daran war die ungewohnte Schlafstelle.«

Balkiti lachte. »Du hast aus einem einzigen Grund nicht geschlafen: aus Angst vor mir. Du hast dir gesagt: Bestimmt wird er mich umbringen, mir mein Geld wegnehmen und mich dann in der Wüste vergraben, so wie ich den Mann, den ich getötet habe.«

»Du …«

»Höre, Gabal, Angst kann unerhört großen Schaden anrichten. Die Schlangen beißen nur, wenn sie Angst haben.«

Gabal fühlte sich besiegt. »Du siehst tiefer in die Menschen hinein als sie selbst.«

»Du weißt sehr wohl, dass ich nichts als die Wahrheit gesagt habe, du ehemaliger Stiftungsbeamter!«

Im Haus rief eine Stimme: »Steh auf, Saijida!« Gabals Gesicht erstrahlte plötzlich vor unverhoffter Freude. Diese zarte Taube inmitten der Schlangenbrut hatte ihn für unschuldig erklärt und ließ ihn damit am Baum der Hoffnung die schönsten Blüten sehen.

»In unserem Haus sind wir vom frühen Morgen an rege«, erklärte

Balkiti. »Die beiden Mädchen holen gleich frühmorgens Wasser und gekochte Bohnen, um ihren alten Vater zu füttern. Dann schicken sie ihn mit seinem Sack voller Schlangen los, damit er für alle den Lebensunterhalt verdient.«

Gabal war völlig ruhig geworden, hatte er doch das Gefühl, schon zu dieser Familie zu gehören. Vor lauter Zuneigung wurde ihm warm ums Herz. Er wollte sich ihnen ganz öffnen und ihnen sein Schicksal anheimstellen. Der Wunsch war so stark, dass er ihm nicht widerstehen konnte. »Meister, ich werde dir in der Tat meine Geschichte erzählen.« Balkiti lächelte still vor sich hin und rieb weiter an seinen Beinen. »Wie du schon sagtest«, fuhr Gabal fort, »bin ich ein Mörder. Aber dafür gibt es eine Erklärung.« Und nun erzählte er alles, was geschehen war. Als er fertig war, stieß Balkiti hervor: »Was sind das doch für brutale Kerle! Du aber bist ein ehrenwerter Mann, mein Blick hat mich nicht getäuscht.« Dann setzte er sich aufrecht hin. »Du hast jetzt ein Recht darauf, dass ich zu dir genauso offen bin. Also wisse, auch ich gehörte ursprünglich zum Gabalawi-Viertel.«

»Du?«

»Ja. Ich bin als junger Mann weggegangen, weil ich dieser Wächterbande überdrüssig war.«

Verwirrt stammelte Gabal: »Sie sind das Unglück unseres Viertels.«

»Ja, aber wir werden unser Viertel trotz dieser Bande nie vergessen. Deshalb habe ich dich gleich gemocht, als ich hörte, woher du kommst.«

»Aus welchem Teil bist du?«

»Aus dem der Hamdans, genau wie du.«

»Seltsam.«

»Nichts ist seltsam auf dieser Welt. Aber das ist nun alles schon lange her, und niemand wird sich noch an mich erinnern, nicht einmal die alte Tamarhinna, obwohl sie doch mit mir verwandt ist.«

»Ich kenne diese mutige alte Frau. Aber wer aus der Bande war dein Widersacher? Soklot?«

»Zu jener Zeit war er lediglich der Wächter eines ganz ärmlichen Straßenteils.«

»Wie ich schon sagte, sie sind das Unglück unseres Viertels.«

»Ich spucke auf die ganze Vergangenheit.« Im nächsten Augenblick wurde seine Stimme lebhafter. »Von jetzt an musst du dich ganz und gar mit deiner Zukunft beschäftigen. Ich sage dir noch einmal in vollem Ernst, dass du das Zeug dazu hast, ein außerordentlich geschickter Schlangenbeschwörer zu werden. Weiter südlich von hier liegt ein günstiges Gebiet, es ist von unserem Viertel weit genug entfernt. Auf jeden Fall wird dich hier keiner finden, weder eure Wächterbande noch ihre Anhänger.«

Gabal verstand natürlich nichts von diesem Gewerbe, aber er fand den Vorschlag erst einmal günstig, konnte er doch so bei der Familie bleiben. »Glaubst du wirklich, ich bin tauglich?«, fragte er, und seiner Stimme war anzuhören, dass er bereits einverstanden war. Balkiti sprang mit akrobatischer Leichtigkeit auf und baute sich vor ihm auf. Sein Gilbab war auf der Brust geöffnet und ließ dichtes, weißes Haar sehen. »Du bist genau richtig! Noch nie hat mich mein Blick getäuscht.« Er reichte ihm die Hand, und Gabal schlug ein. »Ich gestehe dir ganz offen, dass ich dich mehr als meine Schlangen liebe.«

Gabal lachte übermütig wie ein Kind. Er zog an der Hand von Balkiti und hinderte ihn daran zu gehen. Balkiti blieb mit fragendem Gesicht stehen. Als wollte sich Gabal durch nichts mehr von seinem Vorsatz abbringen lassen, stieß er erregt hervor: »Meister, Gabal möchte dein Schwiegersohn werden.«

»Wirklich?«

»Beim Herrn des Himmels, ja.«

Balkiti lachte kurz auf. »Ich habe mich schon die ganze Zeit über gefragt, wann du mir das eröffnen wirst. Ja, Gabal, gern, denn ich bin nicht dumm. Du bist ein Mann, dem ich meine Tochter gern anvertraue. Glücklicherweise ist Saijida wirklich ein vortreffliches Mädchen, so wie es schon ihre Mutter war.«

Wie sich bei einer aufgeblühten Blume an den Spitzen der Blütenblätter das nahe Welken andeutet, so zeigte sich auf Gabals eben noch strahlendem Gesicht Verwirrung. Er fürchtete, dass sein schöner Traum sich gleich in Dunst auflösen würde, nachdem er ihn doch fast hatte packen können. Leise murmelte er: »Aber ...«

Balkiti brach in schallendes Gelächter aus. »Aber du willst Schafika! Ich weiß es, Sohn. Deine Augen und die Worte des Mädchens gestern Abend haben es mir verraten. Außerdem lernt man beim Umgang mit Schlangen so etwas erkennen. Nimm es mir nicht übel, aber Schlangenbeschwörer schließen nun einmal auf solche Weise Verträge ab.«

Gabal seufzte erleichtert auf, nun konnte er wieder beruhigt sein. Er fühlte in sich jugendliche Kraft, Begeisterung und Übermut. Er dachte nicht länger an das Haus des Wohlstands, das er verlassen musste, und auch nicht mehr an die würdevolle Stellung, die er beanspruchen konnte. Er fürchtete sich nicht länger vor harter Arbeit und elender Plackerei. Sollte sich über alles Vergangene ein dicker Vorhang legen, sollte das Vergessen alle zurückliegenden Sorgen und Schmerzen verschlingen, sollte doch alles Sehnen nach der verloren gegangenen Mutterliebe dahinschwinden!

Am Vormittag des gleichen Tages waren Saijidas Freudentriller zu hören. Die glückliche Nachricht verbreitete sich schnell in den benachbarten Stadtteilen. Dann aber erlebte der Mukattam-Markt die Hochzeit von Gabal.

36

Eines Tages sagte Balkiti spöttisch: »Es schickt sich nicht für einen Mann, wie das Kaninchen und der Hahn faul vor sich hin zu leben. Bis jetzt hast du überhaupt noch nichts gelernt, und mit deinem Geld bist du fast am Ende.« Die beiden Männer saßen auf einem

Fell vor der Haustür. Glücklich und gelassen streckte Gabal die Beine auf dem sonnenerhitzten Sand aus. Als er sich zu seinem Schwiegervater umdrehte, lächelte er und sagte: »Solange unser Vater Adham lebte, hat er sich nichts mehr gewünscht, als das unschuldige und unbekümmerte Leben im üppig blühenden Garten zu genießen.«

Balkiti lachte laut und rief seiner Tochter zu: »Schafika, hol dir deinen Mann, bevor ihn die Faulheit umbringt!«

Schafika kam zur Tür. Sie hielt einen Teller mit Linsen, die sie aussortierte, in der Hand. Der purpurrote Schleier, den sie trug, hob ihre klaren Gesichtszüge noch stärker hervor. Ohne den Blick vom Teller zu heben, fragte sie: »Was ist mit ihm, Vater?«

»Er wünscht sich zwei Dinge, er will dir gefallen und ein Leben ohne Arbeit führen.«

Ungläubig lachend fragte sie: »Und wie will er das schaffen, mich zufrieden zu sehen und mich gleichzeitig vor Hunger sterben zu lassen?«

»Das ist eben das Geheimnis des Schlangenbeschwörers«, sagte Gabal.

Balkiti puffte ihn in die Seite. »Unterschätze nicht einen der schwierigsten Berufe! Wie schaffst du es denn, einem Zuschauer ein Ei in die Tasche zu schmuggeln und es bei einem anderen, der in der gegenüberliegenden Reihe sitzt, wieder hervorzuholen? Wie verwandelst du Murmeln in kleine Küken? Wie bringst du die Schlange zum Tanzen?«

Schafika strahlte den Vater stolz an. »Lehre es ihn, Vater. Er hat doch im Leben bisher nichts anderes gelernt, als in einem weichen Sessel in der Stiftungsverwaltung zu sitzen.«

Balkiti erhob sich. »Die Zeit ist gekommen, an die Arbeit zu gehen.« Er ging ins Haus. Gabal sah seine Frau erstaunt an. »Soklots Frau ist fürchterlich hässlich, aber trotzdem verbringt sie den ganzen Tag auf weichen Polstern, und wenn der Abend kommt, geht sie in den Garten und erfreut sich am Duft des Jasmins und des plätschernden Wassers.«

Halb im Spaß und halb im Ernst erwiderte sie: »Das machen die Leute, die sich am Besitz anderer gütlich tun.«

Nachdenklich kratzte sich Gabal am Kopf. »Aber es muss doch einen Weg zum vollkommenen Glück geben.«

»Hör auf zu träumen, Gabal. Du hast doch damals auch nicht geträumt, als du auf dem Markt aufstandst, um uns zu helfen. Du hast doch nicht geträumt, als du uns diese lästigen Burschen vom Hals schafftest. Deshalb hattest du mein Herz gewonnen.«

Am liebsten hätte er sie geküsst. Er nahm ihre Worte ernst, auch wenn er überzeugt war, dass er mehr von der Welt wusste als sie. »Was mich betrifft«, sagte er leichthin, »so habe ich mich ohne jeden Grund in dich verliebt.«

»Aber hier, wo wir leben, haben nur Verrückte solche Träume.«

»Was willst du von mir, meine Süße?«

»Dass du wie mein Vater bist!«

»Und was fange ich dann mit deiner ganzen Schönheit an?«

Ein kleines Lächeln kam auf ihre Lippen, und ihre Finger huschten emsiger zwischen den Linsen umher.

»Als ich floh, war ich von allen Menschen der unglücklichste. Aber wenn es nicht so gekommen wäre, hätte ich dich nicht geheiratet.«

Sie lachte. »Dann schulden wir unser Glück also der Wächterhorde deines Viertels, so wie mein Vater seinen Lebensunterhalt den Nattern und Vipern verdankt.«

Gabal seufzte. »Aber trotzdem hat der beste aller Männer unseres Viertels daran geglaubt, dass die Menschen ihr täglich Brot haben können, auch wenn sie nur im Garten herumsitzen und singen.«

»Du fängst ja schon wieder an! Schau mal, da kommt mein Vater mit seinem Sack. Steh auf, und behüte dich Allah!«

Als Balkiti bei ihnen war, stand Gabal wirklich auf und schloss sich ihm an. Unterwegs sagte Balkiti: »Lerne mit deinen Augen ebenso wie mit deinem Verstand. Schau auf das, was ich tue, und frag mich nichts in Gegenwart anderer. Warte geduldig ab, bis ich dir erkläre, was dir verborgen geblieben ist.«

Gabal fand die Arbeit wirklich schwer, nahm sie aber von Anfang an ernst. Er bemühte sich, so geschickt wie möglich zu sein, auch wenn es ihm nicht leichtfiel. Es blieb ihm nichts anderes übrig, wollte er nicht Hausierer, Dieb, Räuber oder einer dieser Wächterbanditen werden. Die Gassen des Viertels unterschieden sich in nichts von seinem Viertel, außer dass es keine Stiftung und mit ihr verknüpfte Geschichten gab. Obgleich ein kleiner Rest von Kummer geblieben war, wegen der Vergangenheit, wegen der Erinnerungen an den verflossenen Ruhm und an die Hoffnungen, derentwegen die Hamdanfamilie ähnlich wie Adham litt, so war er doch entschlossen, sich dem neuen Leben ganz in die Arme zu werfen, es festzuhalten, sich ihm völlig zu ergeben und damit hoffentlich alles zu vergessen. Immer wenn ihm etwas Trauriges einfiel oder er sich beim Umherziehen erniedrigt vorkam, suchte er Zuflucht bei seiner geliebten und ihn liebenden Frau. So überwand er alle Kümmernisse und stellte sich beim Lernen so geschickt an, dass selbst Balkiti, der Tag und Nacht mit ihm in der Wüstenödnis arbeitete, überrascht war. Tage, Wochen, ja Monate vergingen, ohne dass Gabal es an Entschlossenheit fehlen ließ oder der schweren Arbeit müde wurde. Mittlerweile kannte er alle Straßen und Gassen und wusste mit den Schlangen gut umzugehen. Vor Hunderten von Kindern war er schon aufgetreten und fand am Erfolg ebenso großen Gefallen wie am Verdienst. Voller Freude erfuhr er, dass er bald Vater wurde. Nach Feierabend legte er sich auf den Rücken und besah sich die Sterne, er saß mit Balkiti zusammen, teilte mit ihm die Pfeife und erzählte die Geschichten, zu denen damals, in Hamdans Kaffeehaus, die Rabab erklungen war. Von Zeit zu Zeit fragte er sich, wo wohl Gabalawi sein möge. Wenn Schafika bisweilen besorgt war, dass die Vergangenheit ihm sein Leben verderben könne, dann hielt er ihr lautstark entgegen, dass dieses Etwas, das in ihrem Bauch heranwuchs, zu den Menschen seiner Vergangenheit gehöre, denn schließlich seien die Hamdans seine Familie, und sie seien es, die vom Effendi auf schändlichste Weise ausgeplündert und von Soklot mit brutalster

Gewalt unterdrückt würden. Wie sollte er Freude am Leben haben, solange es solche Schurken gab?

Eines Tages führte er in Sainhum inmitten einer großen Schar von Kindern seine Kunststücke vor, und als er sich einmal unwillkürlich umdrehte, erblickte er plötzlich Daabas, der sich mühsam einen Weg nach vorn bahnte und ihn dabei unaufhörlich anstarrte. Gabal geriet völlig durcheinander und versuchte, nicht zu ihm hinzusehen. Schließlich gelang ihm nichts mehr, und er beendete die Vorführung, obwohl die Kinder heftig Einspruch erhoben. Er nahm den Sack und ging. Aber es dauerte nicht lange, da hatte Daabas ihn eingeholt. »Gabal!«, rief er. »Bist du wirklich Gabal?«

Er blieb stehen, drehte sich um und sagte: »Ja! Was aber hat dich hierhergebracht, Daabas?«

Daabas war noch immer völlig verblüfft und staunte: »Gabal als Schlangenbeschwörer! Wann und wo hast du das gelernt?«

»Warum fragst du? Es gibt doch noch viel seltsamere Dinge in dieser Welt«, erwiderte Gabal unwillig und ging weiter. Daabas folgte ihm. Schließlich setzten sie sich am Fuß des Berges in den Schatten eines überhängenden Felsens. Außer einigen Schafen und einem Hirten, der nackt dasaß, weil er seinen Gilbab von Läusen reinigte, war niemand zu sehen. Daabas blickte Gabal prüfend an. »Warum bist du damals eigentlich geflohen? Wie konntest du von mir bloß solch eine schlechte Meinung haben, dass du glaubtest, ich könnte dich verraten? Bei Allah, nie würde ich einen der Hamdans verraten, nicht einmal Kaabalha! Für wen hätte ich dir das auch antun sollen? Für den Effendi oder für Soklot? Der Herr der Himmel soll sie verbrennen! Sie haben des Öfteren nach dir gefragt, ich bin dann immer ins Schwitzen gekommen.«

»Sag mal, wie hast du es denn geschafft, aus dem Gehöft herauszukommen, ohne ihrer Rache zum Opfer zu fallen?«

Daabas winkte ab. »Der Arrest wurde schon vor geraumer Zeit aufgehoben. Heute fragt niemand mehr nach Kidra oder seinem Mörder. Es heißt, dass Frau Huda uns vor dem Hungertod gerettet hat. Aber man hat uns zu ewiger Ungnade verurteilt, kein Kaffeehaus mehr, keine Ehre. Wir müssen weit weg vom Viertel unserer Arbeit nachgehen, und kommen wir nach Hause, verbergen wir uns hinter den Mauern. Wenn einer der Wächterbande jemanden erwischt, dann schlägt er zu oder bespuckt ihn. Selbst der Staub in unserem Viertel genießt in ihren Augen jetzt mehr Ehre als wir, Gabal. Da ergeht es dir hier in der Fremde sehr viel besser.«

»Kümmer dich nicht um mein Glück«, knurrte Gabal verärgert. »Sag mir lieber, ob jemandem etwas wirklich Schlimmes zugestoßen ist.«

»Als wir noch unter Arrest standen, haben sie zehn Leute umgebracht«, sagte Daabas und schlug dabei mit einem Stein heftig auf den Boden.

»Herr des Himmels!«

»Sie haben sie als Geisel für Kidra, diesen Schuft und Sohn einer Schurkin, genommen. Aber es war niemand dabei, der zu unseren Freunden gehörte.«

Gabal wurde wütend. »Aber Daabas, sie gehörten doch zur Hamdanfamilie!« Daabas blinzelte verlegen und murmelte etwas, was unverständlich blieb, aber sich wie eine Entschuldigung anhören sollte. »Und die anderen«, fuhr Gabal fort, »müssen Schläge und Speichel ertragen.« Er fühlte, dass er verantwortlich für den Tod dieser armen Seelen war. Schmerz presste ihm das Herz zusammen. Jeden Augenblick des Friedens, den er seit seiner Flucht genießen durfte, bereute er auf das Heftigste. Als Daabas nun plötzlich sagte: »Wahrscheinlich bist du zurzeit das einzige glückliche Mitglied der Hamdanfamilie«, da schrie er los: »Keinen einzigen Tag habe ich aufgehört, an euch zu denken!«

»Aber immerhin warst du weit weg von Kummer und Gram.«

»Ich konnte die Vergangenheit nie loswerden«, entgegnete Gabal ungehalten.

»Zerbrich dir nicht den Kopf, für uns gibt es ohnehin keine Hoffnung mehr.«

Gabals Stimme schwang geheimnisvoll, als er nachdenklich wiederholte: »Für uns gibt es keine Hoffnung mehr.«

Neugierig sah Daabas ihn an, wagte aber aus lauter Ehrfurcht vor dem Leid, das sich auf Gabals Gesicht abzeichnete, nicht, etwas zu sagen. Er blickte zu Boden und sah einen Skarabäus, der hastig auf einen Steinhaufen zukrabbelte und darunter verschwand. Der Schäfer schüttelte seinen Gilbab aus und zog ihn wieder an. Sein Körper war von der Sonne verbrannt.

»In Wirklichkeit bin ich gar nicht glücklich, das sieht nur nach außen hin so aus«, sagte Gabal.

Höflich schmeichelnd erwiderte Daabas: »Du hättest es aber verdient, glücklich zu sein.«

»Ich habe geheiratet und einen neuen Beruf erlernt. Aber eine innere Stimme hörte nie auf, mir nachts den Schlaf zu rauben.«

»Allah segne dich. Wo wohnst du?«

Gabal antwortete nicht. Stattdessen sagte er, als spräche er zu sich selbst: »Solange es solche Schurken gibt, wird das Leben nicht gut sein.«

»Da hast du recht. Aber wie kann man sie loswerden?«

Die Stimme des Hirten war weithin zu hören, er rief seine Schafe. Mit dem langen Stock unter dem Arm ging er zur Weidestelle. Nach einer Weile klang ein Lied zu den beiden Männern herüber. »Wo kann ich dich finden?«, fragte Daabas.

»Frage auf dem Mukattam-Markt nach dem Haus von Balkiti, dem Schlangenbeschwörer. Aber erzähl niemandem, dass du mich getroffen hast.«

Daabas stand auf, reichte ihm die Hand und machte sich auf den Weg. Gabal sah ihm mit traurigen Augen nach.

37

Es war fast Mitternacht. Im Gabalawi-Viertel wäre es stockdunkel gewesen, wenn nicht durch die Türen der Kaffeehäuser, die wegen der Kälte nicht länger offen, sondern nur angelehnt waren, schwacher Lichtschein gedrungen wäre. Am Winterhimmel leuchtete kein einziger Stern. Die jungen Burschen hockten zu Hause, und selbst die Hunde und Katzen hatten sich auf den Höfen verkrochen. Inmitten des allumfassenden Schweigens erklangen die eintönigen Laute der Rabab, die den Gesang der Geschichten begleitete. Nur im Wohnviertel der Hamdanfamilie herrschte stumme Finsternis.

Aus der Richtung der Wüste tauchten zwei Gestalten auf. Sie gingen an der Mauer des Großen Hauses vorbei, erreichten das Haus des Effendis und lenkten ihre Schritte schließlich zu den Hamdanhäusern. Als sie vor das mittlere Gehöft gelangten, klopfte einer der beiden an die Tür. In der lastenden Stille klang das Klopfen wie Trommelschlag. Hamdan selbst öffnete. Im schwachen Schein der Lampe wirkte sein Gesicht blass. Er hob sie höher, um besser zu sehen, und rief gleich darauf verwirrt: »Gabal!« Schnell wich er zurück, um Gabal eintreten zu lassen. Er war mit einem Bündel und einem Sack beladen, hinter ihm folgte seine Frau, die ebenfalls einen Packen trug.

Die beiden Männer umarmten sich. Als Hamdan einen hastigen Blick auf die Frau warf und sah, dass sie schwanger war, fragte er: »Deine Frau? Seid beide herzlich willkommen. Kommt herein und folgt mir langsam.« Sie schritten durch einen langen, überdachten Gang und kamen schließlich auf den großen Hof. Dort stiegen sie eine schmale Treppe hinauf, die zu Hamdans Wohnung führte. Schafika wurde in das Frauengemach geleitet, und die beiden Männer nahmen in einem großen Zimmer Platz, dessen Veranda auf den Hof ging. Kaum hatte sich die Nachricht von Gabals Rückkehr verbreitet, strömten viele der Hamdanmänner herbei, voran Daabas, Atris, Dolma, Ali Fawanis, der Sänger Radwan und Abdun. Sie drückten ihm begeistert die Hand und setzten sich auf die Matten. Neugierig starrten sie den Heimkehrer an, und bald folgte eine Frage der anderen. Gabal berichtete, wie es ihm in letzter Zeit ergangen war. Traurig sahen sich die Männer an. Gabal bemerkte, dass die ausgemergelten Leiber der Männer ein beredtes Zeichen für deren erschlafften Willen waren. Sie waren der völligen Erschöpfung nahe. Als sie ihm erzählen wollten, in welchem Maße man sie gedemütigt hatte, erklärte Daabas, dass er Gabal bei ihrer Begegnung vor einem Monat bereits über alles unterrichtet habe. Umso mehr wunderte er sich, dass Gabal jetzt gekommen sei. »Wolltest du uns einladen, mit dir zu deinem Wohnort aufzubrechen?«, fragte er spöttisch.

»Wir haben keinen anderen Wohnort als diesen hier«, erwiderte Gabal. Die Kraft, die aus seiner Stimme klang, ließ die Männer aufhorchen. Hamdan sah ihn aufmerksam an: »Wenn sie Schlangen wären, dann würde es dir bestimmt nicht schwerfallen, sie zu bändigen.«

Tamarhinna kam mit Tee herein und begrüßte Gabal voller Freude. Sie lobte seine Frau und erklärte, bald werde er wohl Vater eines Sohnes sein. »Aber«, so fuhr sie fort, »groß ist der Unterschied nicht mehr zwischen unseren Männern und unseren Frauen.« Als sie hinausging, tadelte Hamdan sie, doch den Augen der anderen Männer war anzusehen, dass sie in gewissem Maße einverstanden waren mit dem, was die alte Frau gesagt hatte. Mehr und mehr erfasste Trauer die Versammelten, und keinem wollte der Tee so recht schmecken. Schließlich fragte der Sänger Radwan: »Warum bist du zurückgekommen, Gabal, wo du doch überhaupt nicht an Demütigungen gewöhnt bist?«

In Hamdans Stimme klang ein Frohlocken, als er sagte: »Ich habe euch so oft erklärt, es ist besser, geduldig auszuharren, als irgendwo unter Fremden herumzulungern, die uns nur hassen.«

»Ganz so, wie du es siehst, ist es nicht«, sagte Gabal mit fester Stimme.

Hamdan senkte den Kopf, ohne etwas zu erwidern. Wieder herrschte Schweigen. »Kommt, Männer«, sagte Daabas. »Lassen wir ihn jetzt ein wenig ausruhen.« Aber Gabal deutete ihnen mit der Hand an, dass sie bleiben sollten. »Ich bin nicht gekommen, um mich hier auszuruhen. Ich will mit euch etwas besprechen. Es ist sehr wichtig, ihr könnt es euch gar nicht vorstellen.«

Überrascht richteten sich alle Augen auf ihn. Radwan flüsterte leise, er könne nur hoffen, etwas Gutes zu hören. Gabal schaute die Männer mit prüfendem Blick an. Dann begann er zu sprechen. »Ich hätte gut und gern das ganze Leben im Kreis meiner neuen Familie zubringen können, ohne je an eine Rückkehr in unser Viertel zu denken.« Er machte eine Pause. »Aber vor einigen Tagen geschah es, dass ich den Wunsch verspürte, ganz allein, trotz Kälte und Dunkelheit, draußen herumzulaufen. Ich ging also in die Wüste hinaus, und plötzlich hatten mich meine Füße an einen Platz geführt, von dem aus ich unser Viertel sehen konnte. Seit meiner Flucht damals war ich nicht mehr dort gewesen.« Den Augen der Männer sah man die Spannung an, mit der sie zuhörten. »Ich ging also durch tiefste Dunkelheit, denn selbst die Sterne versteckten sich hinter Wolken. Ich weiß nicht, wie, aber plötzlich wäre ich beinahe mit einer hoch aufragenden Gestalt zusammengestoßen. Zuerst dachte ich, es sei einer von der Wächterbande. Aber dann schien mir, dass diese Gestalt weder jemandem aus unserem Viertel noch überhaupt einem Menschen glich. Sie war groß und breit, fast wie ein Berg. Angst überkam mich, und ich wollte zurückgehen. Aber da drang eine wundersame Stimme an mein Ohr: ›Bleib stehen, Gabal.‹ Ich blieb auf der Stelle stehen, vor lauter Furcht lief mir der Schweiß, und ich fragte: ›Wer ist da? Wer bist du?‹« Wieder machte Gabal eine Pause. Gebannt streckten sich ihm die Köpfe der Männer entgegen. Dolma fragte eilig: »War er aus unserem Viertel?« Atris knurrte ihn ärgerlich an: »Er hat doch schon gesagt, dass diese Gestalt nicht wie einer von uns oder von sonst wo aussah.«

Aber da sagte Gabal: »Und trotzdem war er aus unserem Viertel.«

Nun stürmten alle mit Fragen auf ihn ein, aber Gabal sprach ungerührt weiter: »Die wundersame Stimme sagte: ›Hab keine Angst! Ich bin dein Großvater Gabalawi.‹«

Die Männer schrien erstaunt auf, ungläubig starrten sie ihn an.

»Du scherzt doch sicher nur«, sagte Hamdan.

»Aber nein, es ist die reine Wahrheit. Ich habe nichts übertrieben und nichts ausgelassen.«

»Warst du vielleicht betrunken?«, fragte Fawanis.

»Noch nie ist mir der Rausch zu Kopf gestiegen!«, rief Gabal ärgerlich.

»Er trinkt ja immer nur die erlesensten und teuersten Sachen«, sagte Atris.

Da wurde Gabal wütend. »Ich habe mit eigenen Ohren gehört«, brüllte er, »wie er zu mir sagte: ›Hab keine Angst! Ich bin dein Großvater Gabalawib.‹«

Als wollte er ihn beruhigen, warf Hamdan mit sanfter Stimme ein: »Aber er hat doch seit langer Zeit sein Haus nicht verlassen. Niemand hat ihn mehr gesehen.«

»Vielleicht geht er nur nachts aus dem Haus, wenn ihn keiner sehen kann?«

Hamdan drängte vorsichtig weiter: »Aber niemand ist ihm je begegnet, außer dir.«

»Ja, außer mir.«

»Sei nicht böse, Gabal, ich wollte nicht zweifeln an dem, was du sagst. Aber manchmal spielt einem die Fantasie böse Streiche. Bei Allah, nun erkläre mir doch eins: Wenn dieser Mann aus seinem Haus herauskommen kann, warum hat er dann die Kontrolle über die Stiftung anderen überlassen? Warum dürfen sie mit den Rechten seiner Kinder ihr frevelhaftes Spiel treiben?«

Gabal runzelte die Stirn und sagte: »Das ist sein Geheimnis, und nur er kann da Antwort geben.«

»Aber wenn man sagt, dass er sich wegen seines Alters und seiner Schwäche zurückgezogen hat, dann klingt das viel vernünftiger.«

»Anstatt lange hin und her zu reden, sollten wir uns lieber den Rest der Geschichte anhören, falls es einen gibt«, schlug Daabas vor.

Gabal setzte wieder zu reden an. »Ich sagte zu ihm: ›Ich hätte es mir nie träumen lassen, dir in diesem Leben zu begegnen.‹ Und er antwortete: ›Aber nun stehst du mir gegenüber.‹ Ich mühte mich, hinaufzuschauen und sein Gesicht im Dunkeln zu erkennen. Aber da sagte er schon: ›Solange es dunkel ist, wirst du mich nicht sehen können!‹ Ich war erschrocken darüber, dass er gemerkt hatte, was ich wollte, und fragte: ›Aber du kannst mich im Dunkeln sehen?‹ Da sprach er: ›Ich bin daran gewöhnt, im Dunkeln zu sehen, seit ich darin gewandelt bin, noch bevor das Viertel gegründet wurde.‹ Voller Staunen erwiderte ich: ›Dank sei dem Herrn der Himmel, dass du dich noch immer einer guten Gesundheit erfreust.‹ Da sprach er: ›Du, Gabal, gehörst zu denen, auf die man sich verlassen kann. Du hast Wohlstand und Glück den Rücken gekehrt, denn dich erboste das Unrecht, das deiner Familie geschieht. Und deine Familie ist meine Familie. Sie haben ein Recht auf meine Stiftung, und sie müssen es sich wieder nehmen. Sie haben eine Ehre, die geschützt werden muss. Sie sollen wieder ein Leben führen, das glücklich ist.‹ Ein Gefühl der Begeisterung schlug in mir hoch und hätte fast die Finsternis zum Leuchten gebracht. Eilig fragte ich: ›Und was ist der Weg, der dahin führt?‹ Da sprach er: ›Durch Stärke werdet ihr die Ungerechtigkeit ausmerzen, euer Recht zurückerobern und ein gutes Leben führen.‹ Da rief ich zutiefst aufgewühlt aus: ›Dann werden wir stark sein!‹ Und er erwiderte: ›Der Erfolg wird euer Verbündeter sein.‹«

Als Gabal zu Ende gesprochen hatte, schwiegen alle. Es schien, als wären die Männer von einem Traum verzaubert. Sie schauten sich an und blickten dann alle auf Hamdan, der das Schweigen schließlich brach.

»Lasst uns diese Geschichte mit unserem Verstand und unserem Herzen in Ruhe erwägen.«

Daabas sagte mit fester Stimme: »Das sind nicht die Fantasien eines Betrunkenen, alles ist wahr.« Dolma unterstützte ihn. »Diese Geschichte wäre dann reine Fantasie, wenn unsere Rechte erfunden wären.«

Zögernd fragte Hamdan: »Hast du nicht gefragt, was ihn daran hindert, selbst wieder Gerechtigkeit herzustellen? Oder was ihn veranlasst hat, die Kontrolle der Stiftung Leuten zu übertragen, die die Rechte der Menschen nicht zu wahren vermögen?«

»Das habe ich nicht gefragt«, erwiderte Gabal unwillig. »Ich habe es nicht fertiggebracht. Du bist ihm ja nicht mitten in der Wüste und der Finsternis begegnet, da kannst du auch nicht die Furcht nachempfinden, die einem in seiner Gegenwart überkommt. Wenn dir das alles passiert wäre, dann hättest du auch nicht mit ihm herumgestritten und an seinen Worten gezweifelt.«

Hamdan nickte, als wollte er zustimmen. »Die Worte sind Gabalawi durchaus angemessen, aber noch richtiger wäre es, wenn er die Sache selbst in die Hand nähme.«

»Dann wartet doch ab«, schrie Daabas los, »bis ihr in dieser Schmach sterbt!« Der Sänger Radwan räusperte sich, schaute die anderen warnend an und sagte: »Was Gabal erzählt hat, hört sich gut an. Aber denkt an das, was uns erwartet.«

»Wir sind schon einmal losgezogen, um wenigstens einige Rechte zu erbitten. Ihr wisst, wie es ausgegangen ist«, sagte Hamdan traurig.

»Was fürchten wir denn noch?«, rief der kleine Abdun. »Schlimmer als jetzt kann es uns gar nicht ergehen!«

»Ich fürchte mich nicht um meinetwillen«, erwiderte Hamdan, »sondern ich habe Angst um euch.«

»Dann geh ich eben allein zum Verwalter«, erklärte Gabal verächtlich. Daabas sprang an seine Seite. »Wir kommen mit. Vergesst nicht, dass Gabalawi uns Erfolg verheißen hat.«

»Wenn überhaupt, dann geh ich allein«, sagte Gabal. »Aber ich will mich darauf verlassen können, dass ihr geschlossen hinter mir steht und allen Widerwärtigkeiten mutig trotzt!«

Abdun sprang begeistert auf. »Wir halten zu dir bis in den Tod!«

Sein Feuer steckte Daabas, Atris, Dolma und Fawanis an. Nur der Sänger Radwan fragte listig, ob denn Gabals Frau wüsste, welches der Grund für seine Rückkehr gewesen sei. So erzählte Gabal ihnen, dass er Balkiti in alles eingeweiht habe. Der habe ihn zwar vor den Folgen gewarnt, aber er, Gabal, habe trotzdem nicht von der Absicht gelassen, in das Viertel zurückzukehren. Seine Frau war entschlossen, bis zum schlimmsten Ende bei ihm zu bleiben.

»Wann wirst du zum Verwalter gehen?«, fragte Hamdan und zeigte damit den anderen, dass er bereit war, zu ihm zu halten.

»Wenn mein Plan herangereift ist«, entschied Gabal.

Hamdan stand auf. »Ich werde für dich ein Zimmer herrichten lassen. Du bist mir der liebste aller Söhne. Nach dieser Nacht liegt Großes vor uns. Vielleicht wird schon bald die Rabab davon singen, und die Gesänge von Adham werden um neue Geschichten bereichert. Auf, ihr Männer, schließen wir einen Bund für gute und für schlechte Zeiten!«

Von draußen hörte man die Stimme des Wächters Hamuda, der im Morgengrauen betrunken nach Hause schwankte.

»Trink, mein Süßer, und zeig deine Pracht, zieh herum, zeig dem Viertel die Macht.

Vor lauter Geld kannst du stolz dich strecken, so lass dir denn die Garnelen schmecken.«

Die Männer horchten nur kurz auf, dann reichten sie sich die Hand und schlossen begeistert und voller Hoffnung den Pakt.

38

Schon bald wusste das ganze Viertel, dass Gabal zurückgekehrt war, sahen doch die Menschen, wie er mit einem Sack durch die Gegend zog und seine Frau nach Gamalija ging, um einzukaufen. Erstaunt erzählten sie sich von seinem neuen Beruf. Noch nie hatte jemand aus dem Viertel so eine Arbeit getan. Dabei führte er seine Zauberkunststücke nicht einmal im eigenen Viertel, sondern nur in denen der Nachbarn vor. Mit den Schlangen arbeitete er absichtlich nicht, denn er wollte niemanden wissen lassen, dass er sich darauf verstand. Er ging am Haus des Verwalters vorbei, als wäre er ihm noch nie im Leben begegnet. Aber in seinem tiefsten Inneren fühlte er schmerzliche Sehnsucht nach der Mutter. Wenn ihn einer aus der Wächterhorde, also Hamuda, Laisi, Barakat und Abu Sari, sah, schlugen sie ihn zwar nicht wie die anderen Mitglieder der Hamdanfamilie, aber sie stellten sich ihm in den Weg und machten sich über ihn und seinen Sack lustig. Eines Tages begegnete er Soklot. Dieser baute sich vor ihm auf, maß ihn mit strengem Blick und fragte: »Wo warst du so lange?«

Mit sanfter Stimme antwortete Gabal: »In der großen, weiten Welt.«

»Ich bin der Wächter, der dich beschützt, und ich habe das Recht, dich zu fragen, was ich will, und du hast mir zu antworten«, herrschte Soklot ihn an.

»Ich habe dir geantwortet.«

»Warum bist du zurückgekommen?«

»Jeder kommt schließlich in sein Viertel zurück.«

»An deiner Stelle hätte ich das nicht getan.« Die Drohung war nicht zu überhören. Er kam Gabal plötzlich gefährlich nahe und hätte ihn fast angerempelt, wenn dieser nicht schnell ausgewichen wäre. Nur mit Mühe konnte Gabal seinen Zorn unterdrücken.

In diesem Augenblick rief der Torhüter vom Verwalterhaus seinen Namen. Verwirrt drehte Gabal sich um und ging zu ihm. Als er vor dem Haus angekommen war, begrüßten sich beide freudig. Der Mann fragte, wie es ihm ginge, und teilte ihm dann mit, dass die Herrin ihn zu sehen wünsche. Die Einladung kam ihm nicht unerwartet, denn seit er ins Viertel zurückgekehrt war, hatte er darauf gehofft. Sein Herz hatte ihm immer wieder versprochen, dass er gerufen werde. Unter den Umständen, unter denen er das Haus verlassen hatte, konnte er nicht einfach von sich aus dort erscheinen. Außerdem hatte er beschlossen, nicht um eine Begegnung zu bitten. Das hätte vielleicht beim Verwalter und bei den Männern der Wächterbande Verdacht aufkommen lassen.

Kaum hatte er das Haus betreten, schon wusste das ganze Viertel von der Einladung. Als er zur Empfangshalle hinüberschritt, warf er einen flüchtigen Blick auf den Garten. Da waren die hohen Maulbeerbäume, da waren Blumenstauden und Rosenbüsche in allen Winkeln. Nur der herrliche Duft fehlte, denn es war Winterzeit. Mildes, ruhiges Licht, ähnlich dem am Spätnachmittag, erfüllte die Luft, als wären dichte, weiße Wolken niedergeschwebt. Gabal stieg die Treppe hinauf und kämpfte gegen die aufkommenden Erinnerungen an. Beim Betreten der Halle sah er gleich vorne Frau Huda und ihren Mann sitzen. Beide betrachteten ihn. Er schaute zur Mutter, und sie blickten sich tief in die Augen. Schließlich erhob sie sich, und er beugte sich über ihre Hände, um sie zu küssen. Sie drückte zärtlich ihre Lippen auf seine Stirn, und ihn überflutete eine Welle von Liebe und Glück. Als er sich zum Verwalter umwandte, verharrte der unbeweglich in seine Abaja gehüllt und schaute mit kaltem Blick auf Mutter und Sohn. Gabal streckte ihm die Hand entgegen, er erhob sich ein wenig, um sie zu schütteln, und setzte sich dann sofort wieder. Huda sah Gabal freudig überrascht, aber auch ein wenig beunruhigt an. Er trug einen grob gewebten Gilbab, der an der Hüfte durch einen derben Gurt zusammengehalten wurde. Die Schuhe waren verschlissen, und die Baumwollmütze auf seinem dichten Haar war nicht mehr weiß, sondern von schmutzig grauer Farbe. Da legte sich Trauer auf ihr Gesicht, sie sagte zwar kein Wort, doch ihre Augen verrieten, wie sehr sie sein Aussehen und dieses neue Leben, mit dem er sich zufriedengab, bekümmerten. All die großen Hoffnungen, die sie auf ihn gesetzt hatte, schienen nun zusammengebrochen zu sein. Als sie ihn aufforderte, sich zu setzen, nahm er dicht bei ihr Platz. Sie sah krank und erschöpft aus, und Gabal ahnte, was in ihr vorging. So begann er also, mit kraftvoller Stimme von seinem Leben in der

Gegend des Mukattam-Markts, von seinem Beruf und seiner Frau zu erzählen. Er wollte ihr deutlich machen, dass er mit diesem Leben, trotz all seiner Härten, durchaus zufrieden war. Aber Huda reagierte unwillig. »Mag dein Leben sein, wie es will. Aber warum führt dich dein erster Schritt nach der Rückkehr ins Viertel nicht in mein Haus?«

Gabal erklärte, dass er nur um dieses Hauses willen zurückgekehrt sei, es aber nicht sofort aufgesucht habe, weil er den rechten Zeitpunkt hatte abwarten wollen und bei dem Gedanken, sie zu treffen, zunächst noch viel zu erregt gewesen war. »Dein Haus zu betreten, war mein größter Wunsch. Aber ich fand nicht den Mut, gleich zu kommen, nach allem, was geschehen war.«

Nun mischte sich der Effendi ins Gespräch ein. Seine Stimme klang kühl, als er fragte: »Warum bist du denn überhaupt zurückgekommen, wenn das Leben da draußen für dich so gut gewesen ist?«

Seine Frau warf ihm einen vorwurfsvollen Blick zu, doch er übersah ihn einfach. Gabal antwortete lächelnd: »Vielleicht bin ich zurückgekommen, um dich, Herr, zu treffen?«

»Aber trotzdem bist du erst gekommen, nachdem wir dich dazu aufgefordert haben, du undankbarer Sohn«, schalt ihn Huda.

Gabal senkte den Kopf. »Glaub mir, Herrin, immer wenn ich mich der Umstände erinnerte, die mich zum Verlassen dieses Hauses gezwungen haben, dann verfluchte ich sie aus tiefster Seele.«

Der Effendi sah ihn misstrauisch an. Als er ihn fragen wollte, was er damit meinte, kam ihm Frau Huda zuvor: »Du hast bestimmt davon gehört, dass wir der Hamdanfamilie um deinetwillen verziehen haben.«

Gabal merkte, dass nun der Zeitpunkt gekommen war, die friedliche Stimmung zu nutzen und den Kampf zu beginnen. »In Wahrheit, Herrin, müssen meine Leute eine Schmach erdulden, die schlimmer ist als der Tod. Viele von ihnen sind ermordet worden.«

Wütend zerrte der Effendi am Rosenkranz, und mit lauter Stimme rief er: »Weil sie Verbrecher sind! Sie haben bekommen, was sie verdienen!«

Huda hob bittend die Hand. »Lasst uns doch das Vergangene vergessen.« Aber der Effendi war nicht bereit, einfach nachzugeben. »Immerhin konnte Kidras Blut nicht einfach ungesühnt bleiben.«

Gabal hielt an seinem Entschluss fest. »Die einzigen Verbrecher hier sind die Wächter.«

Empört sprang der Effendi auf. Vorwurfsvoll sah er seine Frau an. »Da siehst du nun, das kommt dabei heraus. Und nur, weil ich deinem ständigen Drängen, ihn einzuladen, nachgegeben habe.«

»Herr, ich wäre auf jeden Fall zu euch gekommen.« Gabals Stimme war anzuhören, dass er zu allem entschlossen war. »Ich habe mit dem Besuch nur deshalb gewartet, weil ich an dieses Haus auch schöne Erinnerungen habe.«

Der Verwalter sah ihn beunruhigt an. »Warum wolltest du unbedingt kommen?«

Gabal erhob sich und stellte sich mutig vor ihn hin. Er wusste genau, dass er im Begriff war, ein Tor zu öffnen, durch das die heftigsten Stürme hereinblasen würden. Aber das Leben in der Wüste hatte ihn zu unerschütterlicher Furchtlosigkeit erzogen. »Ich bin gekommen, um die Rechte der Hamdanfamilie an der Stiftung und an einem ruhigen, würdevollen Leben einzufordern.«

Das Gesicht des Effendis wurde schwarz vor Wut, während seiner Frau vor Schreck der Mund offen blieb. Er blickte Gabal vernichtend an: »Du wagst es tatsächlich, dieses Gespräch noch einmal zu beginnen? Hast du vergessen, dass euch die Schicksalsschläge ereilt haben, nachdem euer schwachsinniger Scheich diese völlig unsinnigen und erlogenen Forderungen vorgebracht hat? Ich könnte beschwören, dass du verrückt geworden bist. Ich bin nicht im Geringsten geneigt, meine Zeit Verrückten zu opfern.«

»Gabal«, flehte Huda weinerlich, »ich hatte vor, dir und deiner Frau anzubieten, hier im Haus zu wohnen.«

»Ich habe nur wiederholt«, sagte Gabal mit fester Stimme, »was der Wunsch von dem ist, dem kein Wunsch abgeschlagen werden kann, und das ist euer und unser aller Großvater, nämlich Gabalawi.«

Der Effendi war verblüfft. Prüfend sah er Gabal an. Huda aber stand auf und legte Gabal besorgt die Hände auf die Schultern. »Gabal, was ist dir zugestoßen?«

»Nichts, Herrin, mir geht es gut«, erwiderte er lächelnd.

»Gut? Dir soll es gut gehen? Und was ist mit deinem Verstand?«, fragte der Effendi.

»Hört meine Geschichte, und urteilt selbst«, sagte Gabal ruhig. Nun erzählte er ihnen, was er auch schon den Hamdans berichtet hatte. Der Effendi blickte ihn die ganze Zeit über misstrauisch an. Als Gabal fertig war, sagte der Verwalter: »Der Stifter hat noch nie sein Haus verlassen, seit er sich zurückgezogen hat ...«

»Aber ich bin ihm in der Wüste begegnet.«

Spöttisch fragte der Effendi: »Und warum ist er mit seinen Wünschen nicht zu mir gekommen?«

»Das ist sein Geheimnis, denn nur er ist allwissend.«

Der Effendi lachte wütend auf. »Du bist wirklich zu Recht ein Zauberer geworden. Nur leider begnügst du dich nicht mit den üblichen Kunststücken, sondern willst mit der ganzen Stiftung herumspielen.«

Gabal ließ sich nicht aus der Ruhe bringen. »Allah weiß, dass ich nicht übertreibe. Wendet euch doch an Gabalawi selbst, wenn ihr könnt, oder haltet euch an seine zehn Gebote.«

Das war zu viel für den Effendi. Aus unmäßigem Zorn zitterte er an allen Gliedern, sein Gesicht verfinsterte sich. »Du durchtriebener Dieb, du!«, schrie er. »Du wirst deinem schrecklichen Schicksal nicht entgehen, selbst wenn du versuchst, dich auf den höchsten Gipfel des Berges zu retten!«

»Oh, welch ein Unglück!«, jammerte Huda. »Nie hätte ich gedacht, dass du mir solches Unheil ins Haus bringst, Gabal.«

Gabal war erstaunt. »Aber ich habe doch nichts weiter getan, als das verbürgte Recht meiner Familie einzufordern!«

Die Stimme des Effendis überschlug sich fast. »Schweig, du Schurke, du! Du Haschischsüchtiger! Du Hundesohn, du Balg des

Rauschgiftviertels! Hinaus aus meinem Haus! Wenn du noch ein einziges Mal von diesem ganzen Unsinn faselst, dann hast du dich und deine Leute dazu verurteilt, wie die Schafe abgeschlachtet zu werden!«

Gabal runzelte die Stirn. »Ich warne dich vor dem Zorn von Gabalawi!«

Der Effendi stürzte sich auf ihn und schlug mit aller Kraft auf ihn ein. Gabal ließ alles geduldig geschehen. Dann wandte er sich an Huda. »Ich achte ihn nur um deinetwillen.« Er drehte sich um und ging.

39

In der Hamdanfamilie waren alle auf das Schlimmste gefasst. Nur Tamarhinna war der Meinung, dass es ihnen diesmal nicht so grausam ergehen würde, da Gabal der Führer der Familie war und Huda seinen Tod nicht zulassen würde. Gabal teilte nicht ihre Hoffnung. Er war davon überzeugt, dass man, sobald die Stiftung gefährdet war, weder auf ihn selbst noch auf jemand anderen, sei er auch mit dem Effendi höchstpersönlich verwandt, Rücksicht nehmen würde. Gabal erinnerte die Männer an den Rat ihres Großvaters, nämlich stark zu bleiben und allen Schicksalsschlägen zu widerstehen. Daabas erklärte, Gabal habe in Glück und Wohlstand gelebt und auf alles aus freiem Willen verzichtet, nur um ihrer Ehre willen. Da sei es nicht recht, dass auch nur einer von ihnen Gabal im Stich ließe. Wenn sie dieses Mal selbst mit Gewalt nichts erreichten, so sagte er, dann könne das Leben nicht viel schlechter werden, als es ohnehin schon sei. Tatsächlich breitete sich Angst in der Hamdanfamilie aus, und eine große Anspannung erfasste sie. Aber die Verzweiflung gab ihr auch ungeahnte Kraft. Sie waren zu allem entschlossen, sodass das Sprichwort zutraf, welches besagt: »Alles gewonnen oder alles zerronnen.« Nur der Sänger Radwan seufzte kummervoll: »Wenn der Stifter nur wollte und das Wort der Gerechtigkeit verkündete, dann würde uns Recht zuteilwerden, und wir wären vom sicheren Untergang errettet.« Als Gabal dies hörte, wurde er wütend. Er schritt aufgebracht auf ihn zu, packte ihn bei den Schultern und schüttelte ihn so heftig, dass der Alte fast vom Stuhl fiel. Dann schrie er los: »Gehört sich das für einen Sänger, Radwan? Da erzählt ihr immer die Heldengeschichten und singt zur Rabab, aber wenn es hart auf hart kommt, dann verkriecht ihr euch in eure Höhlen und verbreitet um euch eine Stimmung voller Zaudern und Niedergeschlagenheit. Allah verfluche die Feiglinge!« Dann wandte er sich an die anderen. »Keinen anderen Straßenteil hat Gabalawi in diesem Viertel in der gleichen Weise geehrt wie den euren. Würde er euch nicht als seine, ihm besonders lieb gewordene Familie erachten, dann hätte er sich mir nicht gezeigt und nicht mit mir gesprochen. Er hat uns den Weg gewiesen und uns seiner Hilfe versichert. Wahrlich, ich werde den Kampf aufnehmen, und stünde ich auch ganz allein da!«

Es zeigte sich, dass er nicht allein dastand. Jeder Mann trat ihm zur Seite, jede Frau hielt zu ihm. Alle warteten auf die große Heimsuchung und taten trotzdem so, als würden sie sich nicht im Geringsten um die Folgen scheren. Aufgrund der Ereignisse war Gabal zum allseits anerkannten Führer im hamdanschen Straßenteil geworden, ohne es angestrebt oder dafür etwas unternommen zu haben. Hamdan erhob keinerlei Einwände, war er doch vielmehr froh, dass er sich von einer Stellung zurückziehen konnte, die bei dem zu erwartenden Überfall das Ziel grausamster Rache sein würde.

Wie immer verließ Gabal das Gehöft, um spazieren zu gehen, obwohl Hamdan ihm davon dringend abgeraten hatte. Bei jedem Schritt erwartete er, dass das Unheil ausbrechen würde. Aber keiner der Wächter stellte sich ihm in böser Absicht in den Weg. Er wunderte sich sehr. Die einzige Erklärung, die er dafür fand, war, dass der Effendi nichts von der Begegnung mit ihm erzählt hatte, weil er hoffte, auch er, Gabal, würde schweigen und seine Forderungen nicht wiederholen. So wäre die Angelegenheit damit beendet, und alles wäre wie ehedem. Genau das war es aber, was Gabal Sorge machte. Hinter diesem Vorgehen, so vermutete er, musste die traurige und in ihrer Mütterlichkeit aufrichtige Huda stehen. Er fürchtete, dass ihm ihre Liebe mehr schaden könnte als die Härte ihres Mannes. So überlegte er also, was zu tun sei, um die Glut von der Asche zu befreien.

Im Viertel geschahen seltsame Dinge. Eines Tages erschollen aus dem Schlafraum einer Frau laute Hilfeschreie. Es stellte sich heraus, dass eine Schlange zwischen ihren Füßen herumgekrochen und nach draußen entwichen war. Einige Männer eilten mit Stöcken herbei und begannen, das Haus zu durchsuchen. Als sie die Schlange gefunden hatten, fielen sie mit Schlägen über sie her und töteten sie. Sie warfen den Kadaver auf die Straße, die Jungen schnappten ihn sich und spielten laut juchzend damit herum. An sich war diese Geschichte nicht so ungewöhnlich, wäre da nicht schon nach knapp einer Stunde der nächste Hilfeschrei erschollen. Diesmal drang er aus einem Haus am anderen Ende des Viertels, gegen Gamalija zu. Kaum aber senkte sich die Nacht hernieder, da wurde es im Gehöft von Hamdan laut. Auch dort war eine Schlange bemerkt worden, die aber, noch bevor jemand sie erwischen konnte, verschwunden war. Vergebens versuchten die Leute, sie zu finden. Da endlich besann sich Gabal seiner Kenntnisse, die er bei Balkiti gewonnen hatte. Er stellte sich nackt auf den Hof, redete in einer geheimen Sprache die Schlange an, bis sie ganz von allein herausgekrochen kam. Vielleicht wäre dieses Ereignis am Morgen des nächsten Tages vergessen gewesen, wenn sich ähnlich schlimme Dinge nicht auch in Häusern von recht bedeutenden Leuten abgespielt hätten. Es hieß, dass Hamuda, als er durch den dunklen Flur seines Hauses ging, von einer Schlange gebissen worden sei. Er habe laut geschrien, bis seine Gefährten ihm schließlich zu Hilfe eilten. Nun wurde von nichts anderem mehr geredet, die Schlangen waren und blieben einziger Gesprächsstoff. Das war verständlich, denn ihre seltsame Regsamkeit ließ nicht nach. Einige Männer entdeckten eine Schlange in den Dachbalken der

Opiumhöhle von Barakats Wächtertruppe. Sie zeigte sich für eine halbe Minute und verschwand dann. Die Männer stürmten entsetzt davon, sodass die Opiumrunde gesprengt war.

Die Meldungen von den Schlangen übertönten die Geschichten der Sänger in den Kaffeehäusern. Als eine dicke Schlange gar im Haus des Herrn Verwalters auftauchte, war allen klar, dass das Maß nun voll war. Obwohl die zahlreiche Dienerschar alle Ecken und Winkel durchsuchte, zeigte sich ihnen nicht die geringste Spur von dem Tier. Furcht befiel den Verwalter und seine Frau. Huda dachte sogar daran, das Haus zu verlassen und nicht eher zurückzukommen, bis sie gewiss sein konnte, dass alle Schlangen vertrieben waren. Während im Haus noch das Unterste zuoberst gekehrt wurde, drang aus dem Haus des Oberwächters Soklot grelles Schreien und lauter Tumult. Der Torwärter des Verwalters wurde hinübergeschickt, um zu erfahren, was geschehen sei. Er kehrte zurück und berichtete seinem Herrn, dass einer von Soklots Söhnen von einer Schlange gebissen worden war. Auch sie blieb danach unauffindbar. Furcht bemächtigte sich der Herzen. Als die Schreckensschreie aus allen Gehöften tönten, beschloss Frau Huda, das Viertel zu verlassen. Da aber erinnerte Amm Husnein, der Torwärter, seine Herrin daran, dass Gabal ein Zauberer sei und Zauberer Erfahrung im Umgang mit Schlangen hätten. Er versicherte ihr, dass Gabal im Gehöft der Hamdans bereits ein Tier gefangen habe. Der Effendi hörte diesen Mann, wurde blass und sagte nichts. Seine Frau aber befahl dem Torwärter, Gabal rufen zu lassen. Er schaute zum Effendi hinüber, um von ihm die Erlaubnis zu erhalten, der murmelte jedoch nur verärgert etwas Unverständliches vor sich hin. Daraufhin stellte ihn seine Frau vor die Wahl, entweder lüde er Gabal ein, oder sie verließe das Haus. Erst da fand sich der Effendi bereit, den Torwärter gehen zu lassen, zitternd vor ohnmächtiger Wut.

Zwischen dem Haus des Verwalters und dem von Soklot hatten sich viele Neugierige eingefunden. Die einflussreichen Männer strebten zum Haus des Verwalters, so auch Soklot, Hamuda, Barakat,

Laisi und Abu Sari. Auch sie sprachen von nichts anderem als von den Schlangen. »Bestimmt ist oben auf dem Berg etwas geschehen«, sagte Abu Sari, »was die Schlangen in unsere Häuser getrieben hat.«

Soklot erwiderte mit verzerrtem Gesicht, als kämpfte er mit sich selbst: »Aber bislang haben wir mit dem Berg in guter Nachbarschaft gelebt, und nie ist etwas Schlimmes geschehen.« Seit sein Sohn gebissen worden war, regte er sich über die Geschichte mit den Schlangen furchtbar auf. Hamuda humpelte noch immer, weil sein Bein vom Biss noch nicht geheilt war. Von Entsetzen gepackt, waren alle der Meinung, dass sie in ihren Häusern nicht länger wohnen bleiben könnten. Außerdem wurde die Lage gefährlich, weil sich die Bewohner des Viertels zusammenzurotten begannen.

Da endlich erschien Gabal. Er trug einen Sack. Er grüßte die Anwesenden und blieb höflich und zuversichtlich vor dem Effendi und seiner Frau stehen. Der Effendi brachte es nicht fertig, ihn anzusehen. Also sagte Frau Huda: »Es heißt, Gabal, dass du unsere Häuser von den Schlangen befreien könntest?«

»Das gehört zu den Dingen, die ich gelernt habe, gütige Herrin«, erwiderte Gabal gelassen.

»Wir haben dich hergebeten, um das Haus von den Schlangen zu säubern.«

Gabal blickte fragend zum Effendi hinüber. »Erlaubt das der Herr Verwalter?« Notgedrungen versuchte dieser, seine Wut zu verbergen. »Ja«, brummte er barsch.

Laisi schaute Soklot an. »Und unsere Häuser, und die Häuser der anderen?« Auf diese Frage war Soklot noch gar nicht gekommen.

»Ich stelle meine Erfahrung in den Dienst von allen«, erwiderte Gabal. Dankesworte wurden laut. Gabal ließ seinen Blick eine Weile schweifen, dann fuhr er fort: »Bestimmt ist es nicht nötig, euch daran zu erinnern, dass in unserem Viertel, entsprechend unseren Umgangsformen, jedes Ding seinen Preis hat.« Bestürzt blickten ihn die Wächter an. »Warum staunt ihr so?«, fragte Gabal. »Ihr beschützt die

Stadtteile und nehmt dafür Schutzgeld. Der Herr Verwalter leitet die Stiftung und ist dafür am Ertrag beteiligt.«

Ganz offensichtlich war den Versammelten die Situation zu heikel, um sich anmerken zu lassen, was sie insgeheim dachten. Soklot fasste sich als Erster. »Was willst du für deine Arbeit?«

»Ich will kein Geld«, sagte Gabal mit ruhiger Stimme. »Ich fordere euer Ehrenwort, dass die Würde der Hamdanfamilie wiederhergestellt und ihr Recht auf die Stiftung bestätigt wird.«

Hasserfülltes Schweigen lag bedrückend im Raum. Frau Huda erfasste Unruhe. Sie schaute zu ihrem Mann, der starr zu Boden blickte.

Gabal ergriff wieder das Wort. »Ich will euch nicht vorhalten, was ihr von Rechts wegen und im Namen der Gerechtigkeit euren hilflosen Brüdern hättet gewähren müssen. Die Furcht, die euch jetzt aus euren Häusern getrieben hat, ist nur ein Bruchteil von der, die eure Brüder an jedem Tag ihres elenden Lebens haben ertragen müssen.«

Wie Blitze zwischen Gewitterwolken flammte für einen Augenblick Zorn in den Augen der anderen auf, aber ebenso schnell wurde er wieder von Nebelschleiern verhüllt. Nur Abu Sari schrie los: »Ich kann euch jemanden von der Schlangenjägerzunft holen! Wir müssten höchstens zwei oder drei Tage draußen übernachten, bis er aus seinem Dorf hier ist.«

»Wo soll denn ein ganzes Viertel für zwei oder drei Tage übernachten?«, fragte Frau Huda. Der Effendi kämpfte mit sich. Angestrengt war er bemüht, gegen die im Innern schwelenden Hassgefühle anzukommen. Schließlich stieß er hervor: »Ich gebe dir das Ehrenwort, das du gefordert hast. Beginne mit deiner Arbeit.« Die Wächter waren verblüfft, wagten es aber angesichts der Situation nicht, offen auszusprechen, was sie dachten. Mörderische Wut überkam sie.

Gabal traf seine Anordnungen. Alle müssten sich in den hintersten Teil des Gartens entfernen, damit für ihn das Haus frei würde. Dann zog er sich aus, sodass er nackt wie an jenem Tag dastand, als ihn die Frau des Verwalters aus der Regenpfütze aufgelesen hatte. Dann begann er, von einer Stelle zur anderen und von einem Raum in den anderen zu gehen. Bald stieß er einen leisen Pfiff aus, bald murmelte er unverständliche Worte.

Soklot ging zum Verwalter und sagte: »Er, er allein war es, der uns die Schlangen geschickt hat.« Aber der Effendi machte ihm ein Zeichen, dass er schweigen solle. »Dann soll er sie jetzt auch wieder wegschaffen«, erwiderte er leise.

Eine Schlange, die in einer Fensterluke lag, fügte sich Gabals Befehlen. Eine andere kroch aus dem Raum der Stiftungsverwaltung heraus. Er wickelte sie sich um den Arm, ging vor die Tür der Empfangshalle und steckte sie in den Sack. Dann nahm er seine Kleider, zog sich an und wartete, bis die anderen herbeikamen. »Also los«, forderte er sie auf, »gehen wir zu euren Häusern, damit ich sie säubere.« Zu Frau Huda sagte er leise: »Wenn meine Leute nicht in solchem Elend lebten, dann hätte ich nie eine Bedingung gestellt, um euch einen Dienst zu erweisen.« Bevor er aufbrach, hob er die Hand, grüßte den Verwalter und warnte ihn mutig: »Das Versprechen eines freien Mannes verpflichtet ihn, es zu halten.« Dann schritt er davon, und die anderen folgten ihm schweigend.

40

Alle Bewohner des Viertels konnten Gabal dabei beobachten, wie er erfolgreich ihre Häuser von den Schlangen befreite. Immer wenn er wieder eine aus ihrem Schlupfloch herausgelockt hatte, erschollen Beifallsrufe und Freudentriller, sodass das ganze Viertel, vom Großen Haus bis hin nach Gamalija, davon erfüllt war. Nach beendeter Arbeit ging er nach Hause zum Hamdangehöft, wo die Burschen und kleinen Jungen ihn umringten, klatschten und sangen:

»Gabal, du Schutz der Armen,
Gabal, du Trutz der Schlangen.«

Als er schon längst im Haus verschwunden war, klatschten und sangen sie immer noch und verärgerten damit die Wächter. So dauerte es nicht lange, und Hamuda, Laisi, Abu Sari und Barakat liefen herbei und fielen mit Flüchen, Beschimpfungen, Schlägen und Fußtritten über sie her. Fluchtartig rannten die Burschen und Kinder weg, sodass nur noch Hunde, Katzen und Fliegen auf der Straße zu sehen waren. Die Leute fragten sich, was wohl hinter diesem Überfall stecken möge. Wie konnten die Wächter Gabals Arbeit anerkennen und gleichzeitig aber die misshandeln, die Gabal feierten? Würde der Effendi sein Versprechen halten, oder sollte dieser Überfall der Beginn eines frechen Rachezugs sein? Auch Gabal bewegte diese Frage, und so forderte er also die Männer der Hamdanfamilie auf, zu ihm zu kommen, um gemeinsam die Angelegenheit zu beraten.

Zur gleichen Zeit traf Soklot mit dem Verwalter und dessen Frau zusammen. Aufs Äußerste entschlossen, stieß Soklot hasserfüllt hervor: »Wir werden keinen von ihnen am Leben lassen!«

Das Gesicht des Effendis entspannte sich zufrieden. Aber Huda fragte: »Und was ist mit dem Ehrenwort, das der Verwalter gegeben hat?«

Soklots Gesichtszüge verzerrten sich dermaßen, dass er kaum noch Ähnlichkeit mit einem menschlichen Wesen hatte. »Die Leute fügen sich der Gewalt, nicht der Ehre.«

»Aber man wird über uns reden«, hielt sie ihm entgegen.

»Sollen sie doch reden, was sie wollen. Haben sie sich schon jemals nicht das Maul über euch und uns zerrissen? Jede Nacht tratschen und spotten sie über uns in ihren Opiumspelunken, aber wenn sie uns dann auf der Straße begegnen, stehen sie unterwürfig da. Sie gehorchen, weil sie Angst vor dem Stock, und nicht ... weil sie Ehrfurcht haben.« Unwillig sah der Effendi seine Frau an. »Es war doch Gabal«, sagte er, »der den Plan mit den Schlangen ausgeheckt hat, um uns gefügig zu machen. Das weiß doch jeder. Wer kann da noch verlangen, dass ich gegenüber einem Gauner, Schwindler und Betrüger mein Wort halte?«

Verschlagen fügte Soklot hinzu: »Vergiss nicht, Herrin, wenn Gabal für die Hamdanfamilie ein Recht auf die Stiftung durchsetzt, werden sich die anderen so lange aufregen, bis auch sie ihr Recht bekommen. Dann aber wäre es mit der Stiftung aus, und wir alle wären verloren.«

Der Effendi zerrte so heftig am Rosenkranz, dass die Perlen laut klapperten. »Lass keinen von ihnen übrig!«, schrie er.

Die Wächter wurden zu Soklot beordert, einige Helfershelfer, die in ihrer Gunst standen, gesellten sich noch hinzu. Im Viertel verbreitete sich die Nachricht, dass sich gegen die Hamdanfamilie etwas Gefährliches zusammenbraute. Die Frauen drängten sich an den Fenstern, die Männer bildeten Grüppchen auf der Straße. Gabal hatte bereits einen Plan gefasst. Er trommelte die Männer der Hamdanfamilie auf dem Hof des mittleren Gehöfts zusammen und bewaffnete sie mit Knotenstöcken und Körben voller Steine. Die Frauen wurden auf die Zimmer und aufs Dach verteilt. Jeder wusste genau, was er zu tun hatte. Geschah auch nur der kleinste Fehler, oder versuchte jemand, den Plan eigenwillig zu verändern, dann würde das ihrer aller Untergang bedeuten. So stellten sie sich geordnet um Gabal herum auf, obwohl alle aufs Äußerste angespannt und beunruhigt waren. Gabal war klug genug, um zu erkennen, wie den Männern zumute war. Deshalb erinnerte er sie noch einmal daran, dass der Stifter ihnen seine Hilfe zugesagt und den Starken Erfolg verheißen hatte. Seine Worte fielen auf fruchtbaren Boden, denn einige vertrauten ihm voll und ganz, und die anderen wollten ihm aus reiner Verzweiflung glauben. Der Sänger Radwan flüsterte Hamdan ins Ohr: »Ich fürchte, dass unser Plan misslingt. Vielleicht wäre es besser, wenn wir das Tor zusperrten und dann vom Dach und von den Fenstern aus kämpften.«

Hamdan schüttelte abweisend den Kopf. »Damit würden wir uns selbst dazu verurteilen, eingesperrt zu werden und hungers zu sterben.« Hamdan ging zu Gabal hinüber. »Wäre es nicht besser, das Tor offen zu lassen?«

»Lass es, wie es ist, sonst werden sie misstrauisch.«

Ein kalter Wind heulte ums Gehöft. Die Wolken flogen dahin, als würde jemand sie vor sich hertreiben. Alle fragten sich, ob es wohl regnen würde. Draußen vor dem Tor lärmten die zusammengelaufenen Menschen, sodass das Miauen der Katzen und das Bellen der Hunde kaum noch zu hören waren. Plötzlich rief Tamarhinna laut: »Da kommen sie, die Teufel!«

Und wirklich, umringt von Wächtern und Günstlingen, trat Soklot aus seinem Haus. Alle trugen dicke Stöcke bei sich. Gemächlich schlenderten sie erst auf das Große Haus zu und bogen dann zum hamdanschen Straßenteil ab. Die gaffende Menge jubelte und schrie ihnen zu. Es gab verschiedene Gruppen. Eine kleine Minderheit freute sich, dass es gleich einen Kampf geben und Blut fließen würde. Dann gab es welche, die die Hamdans hassten, weil sie sich anmaßten, eine Stellung zu beanspruchen, die ihnen keiner zugestehen wollte. Die meisten aber waren den Wächtern wegen des beabsichtigten Angriffs übel gesinnt, nur versteckten sie ihren Ärger und heuchelten aus Angst Zustimmung.

Soklot schritt, ohne sich um irgendjemanden zu kümmern, auf Hamdans Gehöft zu. Dort angekommen, schrie er: »Wenn es unter euch auch nur einen Mann gibt, dann soll er zu mir herauskommen!«

Tamarhinna rief vom Fenster aus: »Gib uns dein Ehrenwort, dass ihm draußen nichts geschieht!«

Soklot ärgerte sich, dass sie es wagte, auf das Ehrenwort des Verwalters anzuspielen. »Gibts denn außer dieser alten Vettel keinen unter euch, der antworten kann?«

»Allah erbarme dich deiner armen Mutter, Soklot!«, schrie Tamarhinna nun wütend.

Soklot rief seinen Männern den Befehl zu, das Tor zu stürmen. Einige rannten dagegen an, andere warfen mit Steinen nach den Fenstern. Von dort aus konnte niemand wagen, mit der Verteidigung zu beginnen. Mit aller Kraft ging die Masse der Angreifer gegen das

Tor vor. Sie stemmten sich mit den Schultern so mächtig dagegen, dass es erschüttert wurde. Als sie ihre Anstrengungen verstärkten, bebte es, und die Angeln lockerten sich. Sie traten zurück, als wollten sie zum Sprung ansetzen, dann stürmten sie gemeinsam mit aller Kraft vor und rammten das Tor, das aufsprang. Vor ihnen lag der lange Gang, an dessen Ende sie Gabal und die Hamdanmänner mit erhobenen Stöcken stehen sahen. Soklot winkte seinen Männern und lachte verächtlich auf, dann rannte er, gefolgt von seinen Leuten, den langen Gang entlang. Kaum hatten sie die Mitte erreicht, da schwankte plötzlich der Boden unter ihren Füßen. Eine große, tiefe Grube tat sich auf, und alle, die sich im Gang befanden, stürzten hinein. In diesem Augenblick öffneten sich die Fenster der Häuser, die dem Gang am nächsten standen, und aus Krügen, Kannen, Schüsseln und Schläuchen ergossen sich wahre Ströme von Wasser. Die Hamdanmänner eilten herbei und warfen all die Steine aus den Körben in die Grube. Zum ersten Mal vernahm das Viertel Schreie, die von den Wächtern kamen. Zum ersten Mal konnte man sehen, wie aus Soklots Kopf Blut spritzte und wie die Stöcke auf Hamuda, Barakat, Laisi und Abu Sari niedersausten, während sie im Dreckwasser herumwateten. Als die Gefolgsleute der Wächter sahen, was diesen geschah, traten sie die Flucht an und überließen sie hilflos ihrem Schicksal. Das Wasser floss unaufhörlich, die Steine regneten ununterbrochen, die Stockschläge sausten gnadenlos herab. Hilferufe kamen aus Kehlen, die zeitlebens nur Schmäh- und Schimpfworte gekannt hatten. Lauthals schrie der Sänger Radwan: »Keiner soll übrig bleiben!«

Blut und Wasser vermischten sich miteinander.

Hamuda starb als Erster. Laisi und Abu Sari schrien fürchterlich. Soklot krallte sich mit einer Hand an die Wand und wollte sich aus der Grube ziehen. Mörderische Wut lag in seinem Gesicht. Er mühte sich, Schwäche und Mattheit zu überwinden, und keuchte und stöhnte wie ein Stier. Wieder und wieder hagelten Stockschläge gegen ihn, bis seine Hand schließlich erschlaffte und von der Wand glitt. Er sank ins Wasser, mit jeder Hand einen Klumpen Schlamm umkrallend. Stille herrschte. Nichts bewegte sich mehr in der Grube, kein Laut drang heraus. Die schlammige Oberfläche hatte eine lehmige, rote Farbe angenommen.

Die Männer der Hamdans standen da und keuchten. Am Tor, dort, wo der lange Gang begann, stand eine Menschenmenge, die zur Grube schubste und drängte, um einen Blick hinein werfen zu können.

»Das ist die Strafe für alle Unterdrücker!«, rief der Sänger Radwan.

Wie ein Feuer verbreitete sich die Nachricht im Viertel. Gabal habe, so hieß es, die Wächterhorde genauso vernichtet wie das Natterngezücht. Mit donnernder Stimme jubelten die Menschen ihm zu, und vor Begeisterung wurde ihnen so warm, dass sie den kalten Wind überhaupt nicht mehr spürten. Sie riefen Gabal zu, dass er nun der Wächter des Gabalawi-Viertels sei. Dann verlangten sie die Leichen, um sie zu verstümmeln. Die Leute klatschten in die Hände, und einige begannen zu tanzen. Gabal aber behielt einen klaren Kopf. Alles hatte er genau geplant. So rief er denn jetzt seinen Leuten zu: »Die Zeit ist gekommen, den Verwalter aufzusuchen.«

41

In den wenigen Minuten, die bis zum Aufbruch Gabals und der Hamdanmänner vergingen, brach ein wahrhaft orkanartiger Tumult aus. Die Frauen strömten aus den Häusern und schlossen sich den Männern an. Die Menge stürmte in die Häuser der Wächter und fiel mit Händen und Füßen über deren Familien her, bis diese unter Schmerzen stöhnend und weinend davonliefen. In den Häusern aber wurde alles, Möbel, Nahrung und Kleidung, geplündert. Was zerbrechlich war, Holz und Glas, wurde zerstört. Zum Schluss bot sich ein Bild verwüsteter Ruinen. Nun zog die wütende Menge zum

Haus des Verwalters, drängte sich vor dem verschlossenen Tor und brüllte mit donnernder Stimme ihrem Wortführer nach: »Bringt den Verwalter her, und wenn nicht, dann …« Darauf folgte höhnisches Gelächter.

Einige gingen zum Großen Haus hinüber und riefen nach ihrem Großvater Gabalawi. Er solle endlich herauskommen und sich um all das Unrecht kümmern, das ihnen und ihrem Viertel angetan worden war. Indessen hatten ein paar Leute vor dem Haus des Verwalters damit begonnen, am Tor zu rütteln und mit ihren Schultern dagegen anzurennen. Sie hetzten die anderen auf, die noch zögerten oder sich fürchteten, das Tor zu erstürmen. Doch in diesem spannungsgeladenen Augenblick erschien an der Spitze des Zuges seiner Leute, der Frauen und Männer gleichermaßen umfasste, Gabal. Im Bewusstsein des großen Sieges, den sie errungen hatten, schritten sie stolz und entschlossen vorwärts. Die Menge machte ihnen den Weg frei und feierte sie mit lautem Jubel und mit Freudentrillern. Schließlich gab Gabal ein Zeichen, dass die Menschen schweigen sollten. Nach und nach verebbten die Stimmen, dann war es plötzlich still. Man konnte wieder das Heulen des Windes hören. Gabal schaute auf die Menschen, die ihn erwartungsvoll anblickten. »Leute unseres Viertels, ich grüße euch, und ich sage euch Dank.«

Wieder brach Jubel aus, und Gabal hob die Hand, um Ruhe zu gebieten. »Wir werden unsere Aufgabe nicht beenden können, wenn ihr nicht ruhig und friedlich aufbrecht.«

Aus etlichen Kehlen drang der Ruf: »Wir wollen Gerechtigkeit, Herr unseres Viertels!«

Laut genug, um von allen verstanden zu werden, erwiderte Gabal: »Geht ruhig nach Hause! Der Wille des Stifters wird sich bald erfüllen!«

Hochrufe auf den Stifter und seinen Sohn Gabal erschollen. Dieser blickte streng in die Menge, um sie zum Aufbruch zu drängen. Die Leute wären gern geblieben, aber angesichts der Macht, die von seinen Augen ausging, wagten sie nicht, ihrem Wunsch nachzugeben.

Also begannen sie, einer nach dem anderen loszugehen, sodass der Platz schließlich geräumt war. Erst da schritt Gabal auf das Tor zu, klopfte und rief: »Mach auf, Amm Husnein!«

»Aber die Leute …, die Leute!«, kam von drinnen die zeternde Stimme des Torwärters.

»Außer uns ist niemand mehr da!«

Das Tor wurde geöffnet. Gabal trat ein, gefolgt von seiner Familie. Sie gingen den überdachten Pfad zur Empfangshalle entlang. Die Frau des Verwalters stand schon ergeben vor der Tür. Der Effendi stand mit gesenktem Kopf hinter ihr. Sein Gesicht war weiß wie ein Leichentuch. Als die Männer und Frauen ihn erblickten, entstand Gemurmel und Gebrumme.

»Mir ist furchtbar elend, Gabal«, stöhnte Frau Huda.

Voller Verachtung wies Gabal auf den Effendi. »Wenn die Machenschaften dieses ehrlosen Mannes geglückt wären, dann lägen wir alle mit zerstückelten Leibern herum.« Frau Huda seufzte schwer. Gabal sah den Verwalter zornig an. »Da siehst du nun«, sagte er zu ihm, »was aus dir geworden ist. Du bist unterworfen, hast weder Macht noch Stärke. Keine Wächterbande schützt dich länger, kein Mut stärkt dich, keine Männlichkeit verteidigt dich. Hätte ich dich den Leuten unseres Viertels überlassen, dann hätten sie dich in Stücke gerissen und wären mit Füßen auf dir herumgetrampelt.«

Angst erfasste den Effendi, und es schien, als fiele er immer mehr in sich zusammen. Frau Huda trat auf Gabal zu und sagte bittend: »Ich will von dir nur freundliche Worte hören, so wie ich das bisher gewohnt war. Wir befinden uns in einem erbärmlichen Zustand, und da ist es wohl nur recht, dass du, ein Ehrenmann, uns barmherzig behandelst.«

Gabal versuchte, seine Rührung hinter einem Stirnrunzeln zu verbergen. »Wenn ich dich nicht so achten würde, dann wären die Dinge hier sehr viel anders gelaufen.«

»Daran zweifle ich nicht, Gabal. Du bist ein guter Mensch, der einen in seinen Hoffnungen nicht enttäuscht.«

»Wie gut wäre es gewesen«, sagte Gabal bedauernd, »wenn die Gerechtigkeit gesiegt hätte, ohne dass ein Tropfen Blut vergossen worden wäre.« Der Effendi bewegte sich ein wenig, und es trat noch deutlicher zutage, wie kraftlos und gebrochen er war.

»Was geschehen ist, ist geschehen«, antwortete Frau Huda. »Von nun an wirst du nur noch erleben, dass wir dir aufmerksam zuhören.«

Der Effendi schien um jeden Preis etwas sagen zu wollen. Er begann zu sprechen, seine Stimme klang kläglich. »Es ist die Gelegenheit gekommen, die Fehler, die begangen worden sind, zu berichtigen.« Die Leute spitzten die Ohren, um ihn zu verstehen. Groß war die Neugier, diesen Tyrannen jetzt zu erleben, da seine Gewalt gebrochen war. Sie beobachteten ihn voller Genugtuung, aber auch mit Widerwillen. Der Effendi schien nun, da er zu sprechen begonnen hatte, wieder Mut zu fassen. »Du kannst von heute an Soklots Platz einnehmen, denn du bist dessen würdig.«

Gabals Gesicht wurde finster. Verächtlich stieß er hervor: »Einer aus dieser Wächterhorde zu sein, ist nicht das, wonach ich strebe. Such dir für deinen Schutz einen anderen. Was ich will, das sind die vollen Rechte für die Hamdanfamilie.«

»Aber ihr sollt sie doch ohne alle Abstriche bekommen. Wenn du willst, kannst du sogar die Stiftung leiten.«

»Dann bist du wie früher bei uns«, sagte Frau Huda bitter.

Aus der Menge der Hamdanfamilie ertönte laut Daabas' Stimme: »Warum sollte uns nicht die ganze Stiftung gehören?« In ihren Reihen erhob sich zustimmendes Gemurmel. Der Effendi und seine Frau wurden leichenblass. Aber Gabal fuhr zornig dazwischen: »Der Stifter hat mir befohlen, euch eure Rechte zurückzuholen, und nicht, die der anderen zu rauben!«

»Und woher willst du wissen, dass die anderen Menschen im Viertel auch ihre Rechte erhalten?«, fragte Daabas.

»Das geht mich nichts an«, schrie Gabal. »Du musst doch nur die Ungerechtigkeit hassen, die dich betrifft.«

»Das stimmt«, warf Frau Huda aufgeregt ein. »Du bist ein redlicher Mann, Gabal. Wie sehr wünsche ich mir, dass du in mein Haus zurückkehrst!«

»Ich werde weiterhin bei den Hamdans wohnen«, erwiderte er entschlossen.

»Aber das entspricht nicht deiner Stellung!«

»Wenn uns Wohl zuteilwird, dann werden wir die Häuser so ansehnlich wie das Große Haus machen. Das ist der Wunsch unseres Großvaters Gabalawi.«

Der Verwalter blickte ihn zögernd an. »Wie die Bewohner des Viertels sich heute verhalten haben, gefährdet das nicht unsere Sicherheit?«

»Was zwischen dir und denen ist, geht mich nichts an«, wehrte Gabal geringschätzig ab.

»Wenn du unseren Vertrag einhältst, wird es keiner von ihnen wagen, dich anzugreifen«, riet ihm Daabas.

»Euer Recht wird euch vor aller Welt bescheinigt werden!«, rief der Verwalter begeistert aus.

Und Frau Huda fügte freundlich hinzu: »Iss doch mit uns heute zu Abend. Das ist der Wunsch einer Mutter.«

Gabal begriff, dass diese Einladung ein Freundschaftsbeweis sein sollte, den er nicht ablehnen konnte. So sagte er: »Wie du wünschst, Herrin.«

42

Die folgenden Tage waren für die Hamdanfamilie, oder die Gabalfamilie, wie sie nun immer öfter genannt wurde, voller Freude. Das Kaffeehaus öffnete seine Türen, und der Sänger Radwan saß wieder mit gekreuzten Beinen auf der Matte und griff in die Saiten der Rabab. Das Bier floss in Strömen, und in den Räumen hingen schwer die Haschischschwaden. Tamarhinna tanzte, bis sie sich vor lauter Schwäche nicht mehr in der Taille wiegen konnte. Niemand kümmerte sich mehr darum, ob der Mörder von Kidra gefunden wurde, und Gabals Begegnung mit Gabalawi erhielt den Glanz eines visionären Ereignisses. Für Gabal und Schafika gehörten diese Tage zu den besten ihres Lebens. So sagte er denn zu ihr: »Ich fände es sehr schön, wenn wir Balkiti bitten würden, bei uns zu wohnen.«

Schafika stand kurz vor ihrer Niederkunft. »Ja«, sagte sie voller Freude, »dann könnte er seinen Enkel mit seinem Segen begrüßen.«

»Du bist mein höchstes Glück«, erwiderte Gabal dankbar. »Und wenn Saijida mitkommt, wird sie unter den Männern der Hamdanfamilie einen ihr ebenbürtigen Gatten finden.«

»Sag doch Gabalfamilie wie alle hier, du bist schließlich der beste Mann, den das Viertel je gekannt hat.«

Gabal musste lächeln. »Nein, der Beste von uns allen war Adham. Wie sehr hatte er sich ein Leben gewünscht, das man in Wohlstand führt und nur mit Singen verbringt. Sein Traum wird für uns nun in Erfüllung gehen.«

Inmitten einer Gruppe von Mitgliedern der Gabalfamilie tauchte tanzend der betrunkene Daabas auf. Als er Gabal auf sich zukommen sah, wirbelte er fröhlich mit seinem Stock herum und sagte: »Du hast ja keine Lust, unser Beschützer zu sein. Dann werde ich eben die Aufgabe übernehmen.«

Laut genug, um von allen gehört zu werden, entgegnete Gabal: »Bei den Hamdans wird es keine Wächter mehr geben, denn von nun an wird es die Angelegenheit aller sein, wenn uns jemand etwas antun will!« Als Daabas auf das Kaffeehaus zuging und die anderen, schwankend vor Trunkenheit, ihm folgen wollten, fügte Gabal glückstrahlend hinzu: »Von allen Menschen im Viertel liebt euer Großvater euch am meisten. Niemand kann euch jetzt noch euren Platz als Herren des Viertels streitig machen. Deshalb dürft ihr von nun an nur noch in Liebe, gerecht und achtungsvoll miteinander umgehen. Kein Verbrechen darf jemals wieder in eurem Straßenteil begangen werden!«

Trommelwirbel und Gesang erschollen aus allen Häusern der Hamdans, und Lichterglanz überflutete ihren Straßenteil. Die anderen Teile des Viertels versanken hingegen in der üblichen Dunkelheit. Die kleineren Kinder waren herbeigelaufen und blieben in der Nähe der Hamdanhäuser, um sich an all dem Licht und Gesang zu erfreuen. Einige Männer tauchten auf, ihre Gesichter sahen ernst aus. Als sie das Kaffeehaus erreicht hatten, wurden sie freundlich begrüßt. Man bot ihnen Platz an und brachte Tee. Gabal vermutete, dass sie nicht nur gekommen waren, um ihre Glückwünsche zu übermitteln. Sein Verdacht bestätigte sich, als der Älteste von ihnen, Sanati, zu sprechen begann. »Gabal«, sagte er, »wir sind die Kinder eines Viertels und eines Großvaters. Du bist heute der Herr dieses Viertels und sein mächtigster Mann. Wenn im ganzen Viertel und nicht nur im Hamdanteil Gerechtigkeit herrschen würde, dann wäre das besser.« Gabal sagte nichts. Auf den Gesichtern der anderen Hamdanmänner lag Gleichgültigkeit. Sanati wollte nicht aufgeben. Entschlossen sprach er weiter: »In deiner Hand liegt es nun, Gabal, dass dem ganzen Viertel Gerechtigkeit widerfährt.«

Noch nie hatte sich Gabal für die anderen Familien im Viertel interessiert, und ebenso ging es auch den anderen Mitgliedern der Hamdans. Im Gegenteil, sie hatten sich schon immer für etwas Besseres gehalten. Selbst in den Tagen der schwersten Heimsuchung war das nicht anders gewesen.

»Mein Großvater hat mir das Schicksal meiner Familie anvertraut«, erwiderte Gabal nun in freundlichem Ton.

»Aber er ist der Großvater all dieser Menschen, Gabal.«

»Darüber kann man verschiedener Meinung sein«, sagte Hamdan und blickte in die Gesichter der Gäste, um die Wirkung seines Einwands zu beobachten. Sie sahen noch niedergeschlagener aus als zuvor. »Was unsere Beziehung zu ihm betrifft«, fuhr er fort, »so hat er sie selbst bei der Begegnung in der Wüste nachdrücklich bestätigt.«

Sanati schaute ihn an, als ob er nun seinerseits sagen wollte, darüber könne man verschiedener Meinung sein. Schließlich raffte er sich auf und wandte sich nochmals an Gabal. »Gefällt es dir, dass wir in solch schrecklicher Armut und Schmach leben?«

»Aber nein«, entgegnete Gabal eifrig. »Nur haben wir damit nichts zu tun.«

Der Mann ließ nicht locker. »Aber warum habt ihr damit nichts zu tun?«

Schon fragte sich Gabal insgeheim, wie dieser Mann es wagen konnte, so mit ihm zu sprechen. Aber noch ärgerte er sich nicht wirklich über ihn, sondern empfand in gewisser Weise sogar Mitleid. Dennoch war er nicht bereit, sich um anderer Leute willen neue Schwierigkeiten aufzuladen. Wer waren sie denn schon? Daabas beantwortete genau diese Frage, als er den Mann plötzlich anfuhr: »Habt ihr etwa vergessen, wie ihr euch uns gegenüber verhalten habt, als es uns schlecht ging?«

Sanati schaute einen Moment zu Boden und sagte dann: »Wer hätte denn in der Zeit der Wächterbande schon wagen können, seine Meinung laut und deutlich zu sagen und seine Gefühle offen zu zeigen? Hätte es diese Wächterbande denn je verziehen, wenn sich einer nicht so verhalten hätte, wie sie es wollte?«

Verächtlich kniff Daabas die Lippen zusammen. »Genau wie jetzt habt ihr uns schon immer wegen unseres Ansehens im Viertel beneidet. Wahrscheinlich habt ihr es noch viel früher als die Wächterhorde getan.«

Sanati ließ verzweifelt den Kopf hängen und sagte leise: »Allah vergebe dir, Daabas.«

Der aber brüllte mitleidlos: »Ihr solltet unserem Führer dafür danken, dass er es nicht zugelassen hat, an euch Rache zu nehmen!«

In Gabal tobten die widersprüchlichsten Gefühle. Er schwieg. Er scheute davor zurück, den Leuten die helfende Hand zu reichen, fühlte sich aber zugleich unwohl bei dem Gedanken, vor allen anderen frei und offen auszusprechen, dass er seine Hilfe verweigerte. So sahen sich die Männer den schärfsten Anschuldigungen vonseiten Daabas' und den frostigen Blicken der anderen ausgesetzt. Gabal aber hüllte sich in Schweigen, ließ sie bar jeglicher Hoffnung. Enttäuscht standen sie auf und gingen hinaus.

Als sie verschwunden waren, hob Daabas die geballte Faust und schrie verächtlich: »Auf den Misthaufen mit euch, ihr Schweinesöhne!«

Da aber herrschte ihn Gabal an: »Sich am Unglück anderer zu ergötzen, schickt sich nicht für einen edlen Mann!«

43

Es war ein denkwürdiger Tag, als Gabal den Anteil seiner Familie an der Stiftung erhielt. Er nahm im Hof seines Hauses, dem Haus des Sieges, Platz und ließ die Mitglieder der Hamdanfamilie zu sich kommen. Er zählte sie durch und verteilte das Geld gleichmäßig an alle. Auch für sich nahm er nicht mehr, als die anderen bekamen. Hamdan war anzumerken, dass er mit dieser Art von gleichmacherischer Gerechtigkeit nicht zufrieden war. Da er dies aber nicht offen aussprechen wollte, begnügte er sich damit, zu Gabal zu sagen: »Die Gerechtigkeit fordert nicht, dass du dir selbst unrecht tust.«

»Ich habe den Anteil von zwei Mitgliedern bekommen, den für mich und den für Schafika«, erwiderte Gabal stirnrunzelnd.

»Aber du bist der Führer hier.«

Laut genug, sodass alle es hören konnten, sagte Gabal: »Ein Führer darf aber sein Volk nicht bestehlen.«

Daabas hörte unruhig dem Wortwechsel zu. Schließlich sagte er: »Gabal ist nicht Hamdan, Hamdan ist nicht Daabas, und Daabas ist nicht Kaabalha.«

»Willst du etwa«, hielt ihm Gabal wütend entgegen, »eine Familie in Diener und Herren unterteilen?«

Aber Daabas bestand auf seiner Meinung. »Es gibt unter uns den Kaffeehausbesitzer einerseits und die Hausierer und Bettler andererseits. Wie kannst du sie gleichsetzen? Ich war immerhin der Erste, der sich hinausgetraut hatte, als wir in die Häuser gesperrt waren, habe mich also der Gefahr ausgesetzt, von Kidra verfolgt zu werden. Ich war der Erste, der dir in der Fremde begegnete. Ich war der Erste, der dich danach begeistert unterstützte, und dies zu einer Zeit, als die anderen noch zögerten.«

Zorn überkam Gabal. »Wer sich selbst lobt, lügt!«, schrie er ihn an. »Bei Allah, solche Menschen wie du verdienen tatsächlich, dass sie unterdrückt werden!«

Als Daabas, der durchaus noch den Streit fortsetzen wollte, bemerkte, dass Gabals Augen vor Zorn funkelten, hielt er ein. Wortlos verließ er den Hof. Am Abend suchte er die Opiumhöhle des triefäugigen Atris auf, setzte sich zu den anderen und rauchte, grübelnd in seine Sorgen vertieft, vor sich hin. Dann fand er, dass es besser wäre, den Abend unterhaltsam zu verbringen, und lud Kaabalha zum Damespiel ein. Schon nach einer halben Stunde hatte er seinen Anteil am Stiftungsgeld verspielt. Atris, der aufgestanden war, um das Wasser in der Pfeife zu wechseln, lachte. »Was hast du doch für ein Pech, Daabas! Es ist dir eben beschieden, in Armut zu leben, selbst wenn der Stiftungsgründer es anders beschlossen hätte.«

Daabas erwachte schlagartig aus seinem Rausch und murmelte hasserfüllt: »So leicht verliert man seinen Reichtum nicht!«

Kaabalha prüfte mit einem Zug aus der Pfeife, ob genügend Wasser vorhanden war, und sagte dann leichthin: »Aber du hast deinen verloren, Bruder.« Sorgfältig begann er, die Geldscheine zu glätten. Dann nahm er sie und wollte sie in die Brusttasche stecken. Aber Daabas ergriff seine Hand und machte ihm mit einem unverwechselbaren Zeichen klar, dass er sein Geld zurückforderte. Kaabalhas Gesicht verfinsterte sich. »Das ist nicht mehr dein Geld, du hast kein Recht mehr darauf!«

»Gib das Geld her, du Mistvieh!«

Atris schaute beunruhigt zu ihnen hinüber. »Hört auf, in meinem Haus zu streiten.«

Daabas zerrte noch immer an Kaabalhas Hand und schrie: »Dieser Hurensohn wird mich nicht bestehlen!«

»Lass doch meine Hand los, Daabas! Ich habe dich nicht bestohlen!«

»Was dann? Hast du es etwa bei einem Handel verdient?«

»Warum hast du mich zum Glücksspiel aufgefordert?«

Daabas schlug ihm ins Gesicht. »Mein Geld, bevor ich dir alle Knochen breche!«

Aber Kaabalha konnte ihm plötzlich die Hand entziehen. Daabas wurde wie wahnsinnig vor Wut und drückte ihm mit aller Gewalt den Zeigefinger ins rechte Auge. Kaabalha brüllte laut auf, sprang in die Höhe und hielt sich beide Hände vors Auge. Die Geldscheine flatterten Daabas in den Schoß. Kaabalha taumelte vor Schmerz, fiel zu Boden, stöhnte und krümmte sich qualvoll. Die anderen Männer scharten sich um ihn, während Daabas das Geld aufsammelte und in die Tasche steckte. Plötzlich kam Atris auf ihn zu und erklärte bestürzt: »Du hast ihm das Auge ausgedrückt!« Daabas fuhr erschrocken zusammen, dann erhob er sich ruckartig und ging hinaus.

Gabal stand im Hof seines Hauses, umringt von den Männern der Familie. Seine zuckenden Mundwinkel und blitzenden Augen ließen erkennen, wie erregt er war. Kaabalha hockte vor ihm auf dem Boden, das verletzte Auge straff verbunden. Daabas, der dicht neben Gabal stand, ertrug dessen Wut schweigend. Hamdan wollte Gabal besänftigen und sagte mit milder Stimme: »Daabas wird Kaabalha das Geld zurückgeben.«

So laut er konnte, brüllte Gabal ihn an: »Dann soll er ihm zuerst das Auge zurückgeben!«

Kaabalha heulte los, und der Sänger Radwan seufzte: »Ach, wäre es nur möglich, das Augenlicht zurückzugeben!«

Gabals Gesicht war finster wie der Himmel, an dem ein Gewitter aufzog. »Aber es ist möglich«, entschied er streng, »dass ein Auge für ein anderes genommen wird!«

Daabas starrte ihn von Angst erfüllt an. Er nahm das Geld heraus und reichte es Hamdan. »Ich muss vor Wut den Verstand verloren haben, ich wollte ihm doch gar nicht wehtun.«

Gabal blickte ihn lange und hasserfüllt an, dann sagte er mit fast feierlichem Ernst: »Auge um Auge, denn der, der angefangen hat, ist der wahre Übeltäter.«

Alle schauten sich bestürzt an, noch nie hatten sie Gabal so wütend gesehen. Sie wussten genau, wie ernst man ihn in einem solchen Zustand nehmen musste. Sie hatten sich damals, als er das Haus des Wohlstands verlassen hatte, und auch an jenem Tag, als Kidra durch seine Hand umkam, davon überzeugen können. Wahrhaftig, in seinem Zorn war er unermesslich stark und ließ sich durch nichts von einer einmal gefassten Absicht abbringen. Hamdan setzte zum Sprechen an, aber Gabal kam ihm zuvor. »Der Begründer der Stiftung hat euch in seiner Liebe nicht vorgezogen, damit ihr übereinander herfallt. Entweder beruht das Zusammenleben auf Ordnung, oder das Chaos wird keinen verschonen. Deshalb bestehe ich darauf, Daabas, dass dir ein Auge ausgedrückt wird.«

Von Entsetzen gepackt, schrie Daabas: »Niemand rührt mich an, oder ich bringe euch alle um!«

Wie ein rasender Stier fiel Gabal über ihn her und schlug ihm mit aller Kraft ins Gesicht, sodass Daabas, ohne sich mit der geringsten Bewegung wehren zu können, zu Boden ging. Gabal richtete den ohnmächtigen Daabas auf, umfasste von hinten mit beiden Armen seinen Oberkörper und sagte im Befehlston zu Kaabalha: »Steh auf, und nimm dir dein Recht!«

Kaabalha stand tatsächlich auf, zögerte aber. Aus dem Haus von Daabas hörte man schreckliches Schreien. Gabal maß Kaabalha mit einem harten Blick und brüllte ihn an: »Nun mach schon, bevor ich dich bei lebendigem Leib begrabe!«

Kaabalha ging zu Daabas und drückte mit dem Finger auf sein rechtes Auge, bis es herausspritzte. Alle hatten es sehen können. Durchdringendes Schreien tönte aus dem Haus von Daabas. Einige seiner Freunde, wie Atris und Ali Fawanis, weinten.

»Was seid ihr doch für jämmerliche Feiglinge und elende Schurken!«, schrie Gabal auf sie ein. »Bei Allah, ihr habt diese Wächterbanditen nur deshalb gehasst, weil sie euch übel mitgespielt haben. Aber kaum fühlt sich einer von euch stark genug, da hat er nur noch Gewalt und Feindseligkeit im Sinn. Da darf der tief in eurem Innern verborgene Teufel ohne Milde und Barmherzigkeit zuschlagen. Entweder herrscht hier Ordnung, oder alles ist dem Untergang geweiht!«

Mit diesen Worten überließ er Daabas seinen Freunden und ging weg.

Dieses Ereignis machte auf die Angehörigen der Hamdanfamilie nicht nur großen, sondern nachhaltigen Eindruck. Bis jetzt war Gabal ein bei allen beliebter Führer gewesen. Seine Familie hatte ihn für ihren Beschützer gehalten, der für sich weder den Titel noch die Grundsätze der bisherigen Wächter beanspruchen wollte. Von nun an fürchteten ihn die Menschen und waren eingeschüchtert. Flüsternd erzählten manche, wie grausam und gewalttätig er sein konnte. Aber immer gab es auch andere, die solchem Gerede widersprachen und daran erinnerten, dass er trotz seiner Härte auch über ganz andere Eigenschaften verfügte. Er hatte seine Barmherzigkeit mehrfach bewiesen und war einzig von dem ehrlichen Wunsch erfüllt, eine Ordnung zu errichten, die den Menschen der Hamdanfamilie Brüderlichkeit und Gerechtigkeit brachte. Tagtäglich gab es dafür neue Beweise, wenn die Menschen Gabals Worte und Taten beobachteten. Der, der ihn eben noch abgelehnt hatte, erkannte ihn wieder an. Der, der ihn gefürchtet hatte, glaubte wieder an ihn. Der, der ihn gemieden hatte, suchte wieder seine Nähe. Alle waren von nun an darauf bedacht, die Ordnung einzuhalten, und niemand überschritt je wieder ihre Regeln. Ruhe und Redlichkeit herrschten zu seiner Zeit. Gabal war für die Menschen seiner Familie das Symbol von Gerechtigkeit und Ordnung, bis er schließlich aus der Welt schied. Nie war er auch nur einen Fingerbreit von seinem Weg abgewichen.

Das ist die Geschichte von Gabal.

Er war der Erste, der sich in unserem Viertel gegen Unterdrückung und Gewalt aufgelehnt hatte. Er war auch der Erste, dem das Glück beschieden war, dem Gründer der Stiftung zu begegnen, nachdem dieser sich zurückgezogen hatte. Er hatte ein solches Maß an Macht erreicht, dass niemand ihm diese mehr streitig machen konnte. Das hatte er geschafft, obwohl er sich jeglicher Art von roher Gewalt, Schmarotzertum und Bereicherung mittels Schutzgeldern oder Rauschgifthandel enthalten hatte. Auf immer sollte er für die Menschen seiner Familie das Vorbild für Gerechtigkeit, Macht und Ordnung bleiben. Ja, gewiss, er hatte sich nie um die anderen Kinder unseres Viertels gekümmert. Vielleicht lag dies daran, dass er sich im tiefsten Innern eine ebensolche Verachtung und einen ähnlichen Hochmut ihnen gegenüber bewahrt hatte wie die anderen Hamdans. Aber niemals war er gegen einen von ihnen feindselig gewesen, nie hatte er ihnen Böses angetan. Auch das machte ihn für alle zum nachahmenswerten Beispiel.

Wenn unser Viertel nicht von der Seuche der Vergesslichkeit befallen wäre, dann hätte solch gutes Beispiel nicht einfach verloren gehen können.

Aber die Seuche unseres Viertels ist die Vergesslichkeit.

RIFAA

44

Bald würde die Morgendämmerung anbrechen. Noch ruhten alle im Viertel, selbst Wächter, Hunde und Katzen. Finsternis herrschte in jedem Winkel, und es war, als wollte sie nie mehr weichen. Das allumfassende Schweigen wurde vom Knarren einer Tür unterbrochen, die ganz vorsichtig im Haus des Sieges, gelegen im Straßenteil der Gabalfamilie, geöffnet wurde. Zwei Gestalten stahlen sich heraus. Lautlos gingen sie auf das Große Haus zu, dann an der hohen Mauer entlang in Richtung Wüste. Behutsam die Schritte setzend, schauten sie von Zeit zu Zeit zurück, um sich zu vergewissern, dass ihnen niemand folgte. Geführt vom schwachen Schein der wenigen Sterne, drangen sie tiefer in die Wüste ein, bis sie schließlich Hinds Felsen ausmachten, der sich vom ohnehin dunklen Hintergrund als tiefschwarzer Stumpf abhob. Der Mann war mittleren Alters, die Frau war jung und schwanger. Beide trugen schwere Bündel. Am Felsen angekommen, seufzte die Frau auf. »Schafii, ich bin müde.«

Der Mann blieb stehen und erwiderte unwillig: »Dann ruh dich aus. Möge der Herr die strafen, die uns müde gemacht haben.«

Die Frau ließ das Bündel zu Boden gleiten und setzte sich breitbeinig darauf, damit ihr gewölbter Bauch in eine bequeme Lage käme. Der Mann blieb einen Moment stehen, sah sich um und setzte sich dann ebenfalls. Der leichte Wind trug schon den feuchten Hauch der Morgendämmerung. Die Frau schien sich durch nichts von der einzig sie beschäftigenden Frage ablenken zu lassen. »Was meinst du, wo werde ich wohl mein Kind zur Welt bringen?«

»Jeder Platz, Abda«, sagte er bitter, »ist dafür besser als unser verfluchtes Viertel.« Er schaute zum Berg, der sich vom äußersten Norden bis zum äußersten Süden erstreckte. »Wir werden zum

Mukattam-Markt gehen. Dorthin hatte sich auch Gabal begeben, als ihn das Unglück heimsuchte. Ich werde dort eine Tischlerei aufmachen und die gleiche Arbeit wie im Viertel verrichten. Ich habe geschickte Hände, die Gold wert sind, und eine ziemlich große Summe Geld für den Anfang.«

Die Frau zog das Umschlagtuch fester um Kopf und Schultern und sagte traurig: »Wir werden in der Fremde leben, als hätten wir keine Familie. Dabei gehören wir zur Gabalfamilie, den Herren des Viertels.«

Der Mann spuckte verächtlich in den Sand und antwortete erregt: »Herren des Viertels! Nichts anderes als elende, gedemütigte Sklaven sind wir, Abda. Vorbei ist die gute Zeit von Gabal, gekommen ist die von Sunful, den Allah im Höllenfeuer schmoren lassen möge! Er sollte unser Schutzwächter sein und ist doch nur gegen uns. Er verschlingt unser Einkommen und bringt die um, die sich beklagen.«

Abda konnte nicht leugnen, dass es so war, wie er sagte. Aber es schien, als ob sie sich trotz all der bitteren Tage und durchweinten Nächte, die sie erlebt hatte, immer mehr allein der guten Dinge erinnerte, je sicherer sie sich vor den Widerwärtigkeiten des Viertels fühlte. So sagte sie nur bedauernd: »Kein anderes Viertel ist so schön wie das unsrige, wenn es nur nicht diese bösen Menschen dort gäbe. Wo findet man schon solch ein Haus wie das unseres Großvaters? Wo findet man solche guten Nachbarn? Wo sonst kannst du die Geschichten von Adham, Gabal und Hinds Felsen hören? Möge Allahs Fluch diese Missetäter treffen!«

»Wegen der geringsten Kleinigkeit hagelt es Stockschläge, und die großen Herren mit den vor Hochmut strotzenden Gesichtern stolzieren zwischen den Menschen einher, als verkörperten sie höchstpersönlich den göttlichen Ratschluss und das Schicksal!« Er erinnerte sich an den verfluchten Sunful und daran, wie der ihn beim Kragen gepackt und so heftig geschüttelt hatte, dass ihm fast alle Rippen im Leib gebrochen wären. Dann hatte er ihn vor allen Leuten auf den Boden geworfen, und alles das nur, weil er es ein einziges Mal gewagt hatte, von der Stiftung zu sprechen. Zornerfüllt stampfte er mit dem Fuß auf den Boden. »Dieser verfluchte Verbrecher hat sogar den neugeborenen Sohn von Sidhum, dem Tierkopffleischer, entführt. Nie wieder hat man etwas von ihm gehört. Nicht einmal mit einem Säugling hat er Mitleid gehabt. Und du fragst noch, wo du dein Kind gebären wirst. Du wirst es bei Leuten bekommen, die keine Kinder töten.«

»Wärst du doch nur mit dem zufrieden, womit sich auch die anderen begnügen«, sagte Abda besonders sanft, als wollte sie ihrem Vorwurf die Schärfe nehmen.

Unwillig runzelte der Mann die Stirn. »Was habe ich denn verbrochen, Abda? Nichts. Ich habe lediglich gefragt, wo Gabal geblieben und warum seine Zeit vorüber ist. Wo ist die Macht der Gerechtigkeit, habe ich gefragt, und was hat die Gabalfamilie wieder in Armut und Elend gebracht? Das reichte ihm, um meinen Laden zu zerschlagen. Wären die Nachbarn nicht dazwischengegangen, hätte er mich umgebracht. Wenn wir bis zu deiner Entbindung in unserem Haus geblieben wären, dann hätte er sich auf unser Kind genauso gestürzt wie auf das von Sidhum.«

Abda schüttelte traurig den Kopf. »Ach, Schafii, nur ein wenig Geduld hat dir gefehlt! Hast du nicht gehört, wie die Leute darüber sprachen, dass sich eines Tages bestimmt Gabalawi zeigen wird, um seine Enkel aus Schmach und Schande zu erretten?«

Meister Schafii schnaufte empört. Dann sagte er spöttisch: »Ja, das erzählen die Leute. Das höre ich schon, seit ich ein kleiner Junge war. Die Wirklichkeit aber sieht so aus, dass sich unser Großvater zurückgezogen hat und der Verwalter seiner Stiftung sich den Ertrag ganz allein aneignet. Nur der Wächterbande gibt er etwas für seinen Schutz ab. Sunful, der Wächter der Gabalfamilie, steckt sein Geld ein und begräbt es in seinem Bauch. Es ist, als wäre Gabal nie in diesem Viertel erschienen, und als hätte er nie das Auge seines Freundes Daabas für das des armen Kaabalha gefordert.«

Die Frau schwieg und starrte in die Dunkelheit. Der Morgen würde sich ihr unter fremden Menschen zeigen. Unbekannte würden ihre neuen Nachbarn sein, und deren Hände empfingen ihren Sohn. Ihr Kind würde auf fremdem Boden heranwachsen, ein abgehackter Ast von einem Baum. Sie war mit dem Leben in der Gabalfamilie zufrieden gewesen. Tagsüber ging sie hinaus, um ihrem Mann das Essen in den Laden zu bringen. Nachts hatte sie am Fenster gesessen und den Klängen der Rabab von Meister Gawad, dem blinden Sänger, gelauscht. Gab es etwas Schöneres als die Rabab, etwas Herrlicheres als die Geschichte von Gabal? Vor allem gefiel ihr, wenn von jener Nacht erzählt wurde, in der Gabal in der Dunkelheit Gabalawi begegnete, der zu ihm sagte: »Fürchte dich nicht.« Seine Zuneigung und Unterstützung hatten Gabal begleitet, bis er siegte. Mit stolzem Sinn war er ins Viertel zurückgekehrt. Wie schön muss es sein, wenn man aus der Fremde heimkehrt ...

Schafii wandte das Gesicht hin und her, besah sich den Himmel und die Sterne. Als er über dem Berg den ersten Schein des Morgenlichts erblickte, sagte er warnend: »Wir müssen weitergehen, damit wir den Markt vor Sonnenaufgang erreichen.«

»Aber ich muss mich noch ein wenig ausruhen.«

»Möge der Herr die strafen, die uns müde gemacht haben.« Wie schön könnte das Leben sein, wenn es keinen Sunful gäbe. Das Leben ist doch voll der herrlichsten Dinge – klare, reine Luft, sternengeschmückter Himmel, warmherzige Gefühle. Aber es gibt eben den Stiftungsverwalter Ihab und die Wächter Bajumi, Gabir, Handusa, Chaled, Baticha, Sunful. Jedes Gehöft im Viertel könnte wie das Große Haus aussehen, aus Stöhnen und Seufzen könnte Gesang werden, aber die Armen sehnen noch immer – wie Adham – das Unmögliche herbei. Wie sieht es denn aus, das Leben der Armen? Der Nacken geschwollen von Schlägen, der Rücken brennend von Fußtritten, die Augen gesäumt von Fliegen, der Kopf wimmelnd von Läusen. »Warum nur hat uns Gabalawi vergessen?«

»Allein Allah weiß, wie es ihm geht«, murmelte die Frau.

Von Schmerz und Wut gepackt, rief der Mann: »He du, Gabalawi!« Das Echo warf den Hall seiner Stimme zurück. Der Mann stand auf und sagte: »Vertrauen wir auf Allah.«

Nun erhob sich auch Abda. Er nahm sie bei der Hand und ging mit ihr nach Süden, in die Richtung des Mukattam-Marktes.

45

»Da ist ja endlich unser Viertel! Endlich kehren wir aus der Fremde zurück, Lob sei Allah, dem Herrn aller Welten!« Abdas Augen strahlten, ihr Mund lachte.

Auch Meister Schafii lächelte froh. Nachdem er sich mit dem Ärmel der Abaja den Schweiß von der Stirn gewischt hatte, sagte er mit feierlichem Ernst: »Es ist wahr, nichts ist schöner, als zurückzukehren.«

Rifaa lauschte aufmerksam dem Gespräch der Eltern. Auf seinem offenen, schönen Gesicht zeigte sich Verwirrung, vermischt mit Trauer. »Aber können wir denn«, wendete er unwillig ein, »den Mukattam-Markt und alle Nachbarn dort vergessen?«

Seine Mutter lächelte. Sie zog sich das Umschlagtuch fester über das ergraute Haar. Sie wusste, dass sich der Junge nach seinem Geburtsort genauso sehnte wie sie. Er war von Natur aus sanft und freundlich, und es widersprach seinem Gefühl, alte Freundschaften zu vergessen. »Gute Dinge behält man immer im Kopf«, antwortete sie ihm. »Aber das hier ist dein ursprüngliches Viertel, hier lebt deine Familie, die Herren des Viertels. Du wirst sie lieben, und sie werden dich in ihr Herz schließen. Jetzt, nach Sunfuls Tod, gibt es kein schöneres Viertel als das von Gabal.«

»Aber Chonfus wird nicht viel besser sein als Sunful«, warnte Meister Schafii.

»Chonfus hegt dir gegenüber keinerlei Feindseligkeit.«

»Die Feindschaft der Wächter entsteht genauso schnell wie Lehmschlamm nach dem Regen.«

»Denk doch nicht so etwas, Meister Schafii«, bat Abda. »Wir kommen zurück, um in Frieden zu leben. Wir werden einen Laden einrichten und damit unseren Lebensunterhalt verdienen. Vergiss nicht, dass du auch am Mukattam-Markt unter der Herrschaft der Wächter gelebt hast, überall gibt es Wächter, denen sich die Menschen unterwerfen.«

Die Familie setzte den Weg fort. Vorneweg ging Meister Schafii und trug einen Sack, ihm folgten Abda und Rifaa, beide ebenfalls mit einem schweren Bündel. Groß und schlank, war Rifaa ein anziehender junger Bursche, dessen klare Gesichtszüge von unendlicher Friedfertigkeit und Güte sprachen. In dieser Gegend wirkte er wie ein Fremder. Neugierig schaute er sich in der neuen Umgebung um, bis sein Blick plötzlich auf das Große Haus fiel, das einsam am Anfang des Viertels stand. Hinter der Mauer wiegten sich hohe Bäume im Wind. Er schaute lange und fragte schließlich: »Ist das das Haus unseres Großvaters?«

»Ja«, erwiderte Abda glücklich. »Siehst du nun, dass alles stimmt, was ich dir darüber erzählt habe? Dort ist dein Großvater, der Herr des Bodens und von allem, was sich darauf befindet. Alles Gute kommt von ihm, und alle Huld geht von ihm aus. Hätte er sich nicht zurückgezogen, dann wäre das Viertel von Licht erfüllt.«

»In seinem Namen plündert der Stiftungsverwalter Ihab unser Viertel aus«, sagte Meister Schafii spöttisch. »In seinem Namen überfallen uns die Wächter.«

Entlang der südlichen Mauer des Großen Hauses schritten sie auf das Viertel zu. Rifaa konnte den Blick nicht von diesem verschlossenen Anwesen reißen. Schließlich erreichten sie das Haus des Stiftungsverwalters Ihab, vor dem auf einer gepolsterten Bank der Torwärter saß. Gegenüber lag das Gehöft von Bajumi, einem der Wächter des Viertels. Diese waren damit beschäftigt, Körbe mit Reis und Obst von einem Karren zu laden und ins Haus zu tragen. Das

Viertel schien ein einziger Spielplatz für barfüßige Kinder zu sein. Frauen saßen auf niedrigen Bänken oder Matten vor den Häusern und lasen Bohnen oder schnitten Juteblätter. Sie riefen sich Späße zu oder schimpften und schalten. Hier wurde gelacht, dort wurde gezetert. Meister Schafiis Familie ging zum Straßenteil der Gabalfamilie hinüber. Am Straßenrand versuchte ein blinder Alter, sich langsam mit einem Stock vortastend, den Weg zu finden. Meister Schafii nahm den Sack vom Rücken, eilte freudig auf ihn zu und rief: »Meister Gawad, der Sänger! Friede sei mit dir!«

Der Sänger lauschte angestrengt dem Klang der Stimme, dann schüttelte er verwirrt den Kopf und sagte: »Friede auch dir! Deine Stimme kommt mir bekannt vor.«

»Hast du etwa deinen Freund Schafii, den Tischler, vergessen?«

Da erstrahlte das Gesicht des alten Mannes vor Freude. »Herr der Himmel, Meister Schafii!« Er breitete die Arme aus, und die beiden Männer umarmten sich lange und liebevoll. Schon schauten die in der Nähe Stehenden neugierig herüber, und zwei Jungen hatten ihren Spaß daran, die Umarmung nachzuäffen. Gawad nahm die Hand seines Freundes und schüttelte sie heftig. »Vor zwanzig Jahren hast du uns verlassen! Welch lange Zeit! Wie geht es deiner Frau?«

»Gut, Meister Gawad«, mischte sich Abda ein. »Ich hoffe, dass auch du wohlauf bist. Das hier ist unser Sohn Rifaa. Komm her, Rifaa, und küsse dem Meister die Hand.« Freudig trat Rifaa näher, nahm Meister Gawads Hand und drückte seine Lippen darauf. Der Alte tastete seine Schultern ab, befühlte Kopf und Gesicht. »Unglaublich, wunderbar«, murmelte er. »Du bist deinem Großvater ja unerhört ähnlich!«

Das Lob ließ Rifaas Gesicht leuchten, aber Meister Schafii lachte und wehrte ab: »Wenn du sehen könntest, wie mager er ist, dann würdest du so etwas nicht sagen.«

»Ihm scheints zu reichen, und Gabalawi wiederholt sich ohnehin nicht. Was macht der junge Mann?«

»Ich habe ihm das Tischlerhandwerk beigebracht. Aber er ist ein verwöhntes Einzelkind. In meinem Laden hat er sich bisher kaum aufgehalten, er treibt sich lieber in der Wüste und auf dem Berg herum.«

Der Sänger lachte. »Ein Mann wird erst sesshaft, wenn er heiratet. Wo warst du denn die ganze Zeit über, Meister Schafii?«

»Am Mukattam-Markt.«

Da lachte Meister Gawad laut auf. »Genau wie Gabal! Nur ist er als Schlangenbeschwörer zurückgekehrt, während du noch genau wie früher die Tischlerei betreibst. Jedenfalls ist dein alter Widersacher jetzt tot, aber die Neuen sind wie die Alten.«

»Sie sind sich alle gleich«, beeilte sich Abda zu sagen. »Alles, was wir wollen, ist ein friedliches Leben.«

Nun kamen auch andere, die Schafii erkannt hatten, herbeigelaufen. Das Umarmen nahm kein Ende, das Stimmengewirr riss nicht ab. Rifaa schaute sich um und nahm alles begierig auf. Er war umringt von den Leuten seiner Familie, und die Einsamkeit, die ihn seit dem Abschied vom Mukattam-Markt bedrängt hatte, verging allmählich. Sein Blick fiel auf ein Fenster des ersten Gehöfts, aus dem ein Mädchen ihn aufmerksam betrachtete. Als sie merkte, dass er zu ihr hinsah, blickte sie schnell nach oben. Ein Freund des Vaters hatte den Blickwechsel beobachtet und flüsterte ihm zu: »Das ist Aischa, die Tochter von Chonfus. Ein Blick zu ihr kann reichen, um ein Blutbad auszulösen.«

Rifaa wurde rot. Seine Mutter kam ihm zu Hilfe. »Er ist nicht einer von diesen Lümmeln, die auf Mädchen aus sind. Er hat sich nur ein wenig umgeschaut, weil er doch sein Viertel zum ersten Mal sieht.«

Aus dem ersten Gehöft trat ein Mann, groß und stark wie ein Stier. Bekleidet mit einem üppig fallenden Gilbab, stolzierte er einher. Ein frecher Schnurrbart schmückte sein narbiges und fleckiges Gesicht. Leise raunten sich die Leute zu: »Chonfus ... da kommt Chonfus!« Der Sänger nahm Meister Schafii an der Hand und zog ihn zu dem Haus hinüber. »Der Friede Allahs sei mit dem Wächter der Gabalfamilie. Darf ich dir unseren Bruder, den Tischler Schafii, vorstellen? Nach zwanzig Jahren in der Fremde ist er nun in sein Viertel zurückgekehrt.«

Chonfus blickte Meister Schafii prüfend an und übersah einen Augenblick lang die zum Gruß ausgestreckte Hand. Dann reichte er ihm die Rechte, ohne dass seine Miene freundlicher wurde. »Willkommen«, sagte er kühl. Rifaa sah ihn verärgert an, aber seine Mutter flüsterte ihm zu, dass er gehen solle, ihn zu begrüßen. Unwillig bot Rifaa ihm die Hand.

»Mein Sohn Rifaa«, sagte Meister Schafii.

Hochmütig und voller Verachtung sah Chonfus ihn an. Allen war bewusst, dass das zarte Aussehen von Rifaa etwas Ungewöhnliches für das Viertel war und dass er damit bei Chonfus nur auf Geringschätzung stoßen konnte. So begrüßte er ihn auch nur flüchtig und wandte sich dann an Schafii: »Du hast doch hoffentlich während deiner langen Abwesenheit nicht vergessen, nach welchen Regeln das Leben in unserem Viertel verläuft.«

Meister Schafii wusste sofort, was er meinte. Den aufkommenden Ärger unterdrückend, sagte er eifrig: »Immer zu Diensten, Meister.«

Chonfus blickte ihn misstrauisch an. »Warum hast du dein Viertel damals verlassen?«

Meister Schafii schwieg, weil er nach einer passenden Antwort suchte.

»War es wegen Sunful?«, fragte Chonfus weiter.

Der Sänger kam Meister Schafii schnell zu Hilfe. »Jedenfalls war es kein Vergehen, das nicht zu vergeben wäre.«

Chonfus achtete nicht darauf, sondern sagte zu Meister Schafii: »Solltest du meinen Zorn erregen, dann wirst du an keinem Ort sicher sein, gleichgültig, wohin du fliehst.«

»Meister«, erklärte Abda mit bittender Stimme, »wir werden die angenehmsten Menschen sein.« Nach diesen Worten führten die Freunde Meister Schafii und seine Familie zum Haus des Sieges, wo, wie der Sänger Gawad wusste, eine Wohnung leer stand. Als sie durch den Gang schritten, der auf den Hof führte, schaute aus einem

Fenster der anliegenden Häuser ein hübsches, frech dreinblickendes Mädchen heraus. Sie kämmte sich im Spiegelglas des Fensters die Haare. Als sie die Leute kommen sah, fragte sie schalkhaft: »Wer ist denn der, den ihr da wie einen Bräutigam geleitet?«

Viele mussten lachen, und einer der Männer sagte: »Das ist dein neuer Nachbar, Jasmina, er wird im Haus gegenüber wohnen.«

Nun lachte auch sie und rief: »Schön, dass der Herr für immer mehr Männer sorgt!« Flüchtig schaute sie auf Abda, um dann aufmerksam und bewundernd Rifaa zu betrachten. Den aber schien dieser Blick mehr getroffen zu haben als der von Aischa, der Tochter von Chonfus. Er folgte seinen Eltern zur Tür der Wohnung, die auf der anderen Hofseite lag. Sie trällerte ein Lied: »Oh, wie schön ist er doch, Mutter ...«

46

Meister Schafii richtete seine Tischlerei am Tor zum Haus des Sieges ein. Wenn Abda morgens auf den Markt zog, gingen Meister Schafii und Rifaa in den Laden. Sie setzten sich auf die Schwelle und warteten darauf, dass es etwas zu verdienen gäbe. Der Vater besaß noch genügend Geld für einen Monat oder etwas länger. Es bestand also kein Grund, unruhig zu werden. Er schaute auf den von Wohnungen überdachten Gang zum Hof und sagte: »Das ist der gesegnete Weg, auf dem Gabal unsere Feinde ertränkte.«

Mit träumerischem Blick und lächelndem Mund schaute Rifaa auf diesen Gang. Sein Vater sprach weiter. »Genau an dieser Stelle hatte Adham seine Hütte erbaut, hier haben alle Ereignisse stattgefunden. Hier segnete Gabalawi seinen Sohn, hier hat er ihm vergeben.«

Rifaas schöner Mund lächelte noch versonnener, und seine Augen gaben sich nun ganz dem Traum hin. All die prächtigen Erinnerungen hatten hier ihren Ursprung. Wäre nicht so viel Zeit verstrichen, dann könnte er hier noch die Fußstapfen von Gabalawi und Adham sehen, und die Luft wäre noch von ihrem Atem geschwängert. Von diesen Fenstern aus ergoss sich das Wasser über die Banditen in der Grube, auch von Jasminas Fenster aus. Jetzt aber zeigten sich an den Fenstern nur noch angsterfüllte Gesichter. Die Zeit treibt eben mit allem Erhabenen ihr frevelhaftes Spiel. Gabal hatte im Hof gewartet, umringt von ängstlichen Männern, und doch hatte er gesiegt. »Gabal hat zwar gesiegt, Vater«, überlegte er laut, »aber was hat das genützt?«

Meister Schafii seufzte. »Wir haben uns versprochen, nicht darüber nachzudenken. Du hast doch Chonfus gesehen?«

Da rief jemand mit koketter Stimme: »Herr Meister! Herr Tischler!« Vater und Sohn sahen sich missbilligend an. Meister Schafii stand auf und sah Jasmina am Fenster. Ihre langen Zöpfe hingen herunter und schwangen hin und her.

»Ja?«, rief er.

»Schick doch deinen Jungen her, damit er den Tisch abholt. Er muss in Ordnung gebracht werden.« Ihre Stimme klang nun ziemlich schwach.

Meister Schafii kehrte zu seinem Platz zurück. »Geh hin. Vertraue Allah!«

Die Tür der Wohnung stand offen, anscheinend wurde Rifaa schon erwartet. Er räusperte sich, und sie rief ihn herein. Sie stand da in einem braunen Gilbab, der am Hals und am Busen mit weißer Borte besetzt war. Ihre Füße waren nackt. Sie schaute ihn eine Weile schweigend an, als wollte sie herausbekommen, welchen Eindruck sie auf ihn machte. Seine Augen aber blickten unschuldig wie immer, und so wies sie lediglich auf einen kleinen Tisch in der Ecke, der nur drei Beine hatte. »Das vierte ist unter dem Sofa«, erklärte sie. »Befestige es wieder, und richte den Tisch ein wenig her.«

»Zu Diensten, meine Dame«, erklang seine volle, warme Stimme.

»Und was wird es kosten?«

»Das muss ich meinen Vater fragen.«

»Und du?«, gurrte sie. »Weißt du denn nicht den Preis?«
»Er kümmert sich darum.«
Sie sah ihn prüfend an. »Wer repariert denn den Tisch?«
»Das mache ich, aber mein Vater hilft mir und prüft die Arbeit.«
Sie lachte unbekümmert auf. »Baticha, der Sohn unseres Wächters, ist jünger als du, aber er kriegt einen ganzen Menschenauflauf in den Griff. Und du? Kannst du nicht einmal einen Tisch allein in Ordnung bringen?«
»Wichtig ist doch nur«, sagte Rifaa, und seine Stimme klang, als wollte er möglichst schnell das Gespräch beenden, »dass der Tisch, wenn er zurückgebracht wird, besser aussieht als jetzt.« Er holte das Bein unter dem Sofa hervor, lud sich den Tisch auf die Schulter und ging zur Tür. »Lasst es euch gut gehen, auf Wiedersehen.«
Im Laden angekommen, legte er den Tisch auf den Boden. Der Vater schaute ihn an und sagte dann ärgerlich: »Um ganz ehrlich zu sein, ich hätte mir gewünscht, dass der erste Auftrag aus einer saubereren Ecke käme.«
Naiv, wie er nun mal war, antwortete Rifaa: »Aber es war dort gar nicht schmutzig, Vater. Sie ist, wie mir scheint, ziemlich einsam.«
»Nichts ist gefährlicher als eine alleinstehende Frau.«
»Vielleicht braucht sie jemanden, der ihr hilft und ihr den rechten Weg weist.«
»Unser Beruf ist die Tischlerei«, entgegnete Meister Schafii spöttisch, »und nicht das Wegweisen. Gib den Leim her!«
Am Abend gingen Meister Schafii und Rifaa ins Kaffeehaus »Gabal«. Der Sänger Gawad hockte auf dem Polster und schlürfte Kaffee. Schaldam, der Besitzer, saß am Eingang. Inmitten einer Schar von Bewunderern thronte Chonfus auf einem Ehrenplatz. Meister Schafii und Rifaa gingen zu ihm, um ihm ihren Gruß als Untergebene zu entbieten, und setzten sich dann zu Schaldam. Nicht lange, und Meister Schafii zog an der Wasserpfeife, seinem Sohn hatte er ein Glas Zimtgetränk mit Haselnuss bringen lassen. Die Atmosphäre war einschläfernd. Dicke Rauchschwaden zogen an der

Decke des Gastraumes entlang, die Luft war geschwängert vom Duft nach mildem Tabak, Pfefferminze und Gewürznelken. Die Gesichter der Männer, mit buschigen Schnurrbärten und schweren Augenlidern, waren blass. Husten und Räuspern mischten sich mit grobem Gelächter und derben Späßen. Von draußen drang der Lärm von Jungenstimmen herein, die ein Lied sangen.

»Du Kind des Viertels, tut ... tut ... tut,
vielleicht bist du Christ, vielleicht Jud.
Was ist es, was ihr esst?
Datteln, gepresst.
Was ist es, was ihr trinkt?
Kaffee bestimmt.«

An der Tür des Kaffeehauses lag eine Katze auf der Lauer. Plötzlich sprang sie mit einem Satz unter ein Polster. Geraschel und Kratzgeräusche waren zu hören, dann kam sie hervor und lief mit einer Maus zwischen den Zähnen auf die Straße. Angeekelt stellte Rifaa sein Glas ab. Als er aufschaute, sah er, wie Chonfus kräftig ausspuckte. »Wann fängst du endlich an, du Schlauberger?«, rief er dem Sänger Gawad zu.

Gawad lächelte und nickte. Dann nahm er die Rabab in die Hand, griff in die Saiten und ließ die Eröffnungsmelodie hören. Er sprach einen Gruß an den Verwalter Ihab, einen zweiten an den Wächter Bajumi, einen dritten an Chonfus, den Nachfolger von Gabal. Erst dann begann er zu singen: »Adham saß in der Stiftungsverwaltung und empfing die neuen Pächter. Über die Bücher gebeugt, hörte er plötzlich die Stimme des Letzten in der Reihe, der seinen Namen sagte: Idris Gabalawi. Da schaute Adham entsetzt auf und sah seinen Bruder vor sich ...«

Der Sänger erzählte weiter, und alle lauschten aufmerksam. Rifaa nahm begierig jedes Wort auf. Endlich hörte er den Sänger, endlich vernahm er die alten Geschichten. Wie oft hatte er seine Mutter sagen hören: »Unser Viertel ist das Viertel der schönen Geschichten.« Es stimmte, diese Geschichten musste man wirklich lieben. Vielleicht konnte er in ihnen Trost für die lustige Zeit der Wettkämpfe am Mukattam-Markt und seine schönen, einsamen Spaziergänge dort finden. Vielleicht käme nun endlich sein von dunkler Leidenschaft gequältes Herz zur Ruhe, einer Leidenschaft, die genauso geheimnisvoll war wie das verschlossene Große Haus. Außer den Feigen- und Maulbeerbäumen und den Palmen war dort kein Lebewesen auszumachen. Gab es außer diesen Bäumen und Geschichten noch einen anderen Hinweis darauf, dass Gabalawi lebte? Gab es außer der Ähnlichkeit, die der blinde Sänger mit seinen Händen festgestellt hatte, irgendeinen anderen Beweis dafür, dass er, Rifaa, Gabalawis Enkel war?

Die Nacht war hereingebrochen. Meister Schafii rauchte bereits die dritte Pfeife. Die Rufe der Hausierer und die Schreie der jungen Burschen waren verstummt. Still war es geworden, nur die Klänge der Rabab ertönten noch, und aus der Ferne gesellten sich Tamburinschläge dazu. Irgendwo schrie eine Frau, die offenbar von ihrem Mann verprügelt wurde. Adham aber war von Idris schon ins Unglück gezogen worden, war in die Wüste aufgebrochen, gefolgt von der weinenden Umaima. Eigentlich ging es ihr, dachte Rifaa, genau wie meiner Mutter. Als sie aus dem Viertel wegging, da bewegte auch ich mich schon in ihrem Bauch. Fluch den Wächtern! Verflucht seien auch die Katzen, zwischen deren Zähnen die Mäuse ihren letzten Seufzer machen. Fluch jedem hämischen Blick, jedem kaltherzigen Lachen. Verflucht sei der, der den zurückkehrenden Bruder mit den Worten empfängt, dass ihn vor seinem Zorn nichts schützen wird. Fluch denen, die Schrecken verbreiten und zur Heuchelei erziehen! Adham war nichts anderes geblieben als die Wüste.

Als der blinde Gawad gerade ein Trinklied von Idris sang, beugte sich Rifaa zum Vater hinüber und sagte leise: »Ich würde gern ein anderes Kaffeehaus besuchen.«

»Aber unseres ist doch das beste im Viertel«, erwiderte Meister Schafii erstaunt.

»Aber was für Geschichten erzählen denn die Sänger dort?«

»Genau die gleichen, sie hören sich dort nur ein bisschen anders an.«

Schaldam, der ihr Flüstern verstanden hatte, sagte zu Rifaa: »Es gibt nichts Verlogeneres als die Leute unseres Viertels, und die Sänger sind die Schlimmsten. Im nächsten Kaffeehaus wirst du hören können, dass Gabal sich Sohn des Viertels nannte. Aber bei Allah, er hat nie etwas anderes gesagt, als dass er ein Sohn der Hamdans sei.«

»Jeder Sänger will seine Zuhörer um jeden Preis zufriedenstellen«, sagte Meister Schafii.

»Vor allem aber will er die Wächterbande glücklich machen«, flüsterte Schaldam.

Um Mitternacht verließen Vater und Sohn das Kaffeehaus. Es herrschte eine so tiefe Finsternis, dass sie wie eine dicke Wand vor den Männern stand. Stimmen hallten, als kämen sie aus dem Nichts. Eine Zigarette glomm in einer unsichtbaren Hand auf, als funkelte ein zur Erde gefallener Stern. »Hat dir die Geschichte von Adham gefallen?«, fragte Meister Schafii.

»Ja, ich kann mir nichts Schöneres vorstellen.«

Der Vater lachte. »Meister Gawad hat dich gern. Was hat er in der Pause zu dir gesagt?«

»Er hat mich eingeladen, ihn zu Hause zu besuchen.«

»Erstaunlich, wie schnell die Leute dich lieb gewinnen. Aber im Lernen bist du dafür umso langsamer.«

»Ich habe doch noch mein ganzes Leben lang Zeit, das Tischlerhandwerk zu erlernen«, entschuldigte sich Rifaa betroffen. »Im Augenblick interessieren mich die Kaffeehäuser viel mehr.«

Als sie den Gang zum Hof entlanggingen, tönte aus Jasminas Wohnung der Lärm von Betrunkenen. Jemand sang: »Du mit dem weißen Baumwollmützchen, wer hat es für dich gehäkelt? Mein Herz hat es gewebt, als es mit dir beschäftigt war.«

Rifaa flüsterte dem Vater zu: »Sie scheint doch nicht so allein zu sein, wie ich dachte.«

Der Vater seufzte. »Du hast zu viel Zeit auf deinen einsamen Spaziergängen vergeudet!«

Leise und vorsichtig stiegen sie die Treppe hinauf. »Vater«, sagte Rifaa, »ich werde Meister Gawad auf jeden Fall besuchen.«

47

Rifaa klopfte bei Gawad, dem Sänger. Die Wohnung lag im dritten Gehöft des Gabalschen Straßenteils. Im Hof zeterten Frauen beim Waschen und Kochen. Als Rifaa von einem der den Hof umrahmenden Balkone herunterschaute, sah er, dass das lautstärkste Wortgefecht zwischen zwei der Frauen ausgetragen wurde. Die eine der beiden stand hinter einem Waschtrog und fuchtelte mit den von Seifenschaum bedeckten Händen. Die andere stand am Tor. Mit aufgekrempelten Ärmeln wiegte sie sich höhnisch in der Taille und stieß dabei die schlimmsten Schimpfwörter aus. Die anderen Frauen waren in zwei Parteien gespalten. Das unerträgliche Geschrei hallte an den Mauerwänden wider, es herrschte kein Mangel an schmutzigen Schimpfwörtern und unzüchtigen Schmähungen. Erschreckt über das, was er sah und hörte, wandte sich Rifaa angeekelt ab und ging wieder zur Tür von Meister Gawad. Selbst Frauen und Katzen sind also schlimm, von den Wächterbanditen ganz zu schweigen. An jeder Hand sind Krallen, auf jeder Zunge liegt Gift, in allen Herzen findet man Furcht und Hass. Reine, saubere Luft gibt es nur noch in der Mukattam-Wüste oder im Großen Haus, in dem sich der Stiftungsgründer ganz allein des schönsten Friedens erfreut ...

Als der Blinde die Tür öffnete und Rifaa ihn laut grüßte, ging ein Lächeln über sein Gesicht. Er trat beiseite und bat Rifaa herein. »Herzlich willkommen, Sohn meines Bruders.«

Rifaa schlug durchdringender Weihrauchduft entgegen. Er folgte dem Mann in ein kleines, rechteckiges Zimmer. An den

Seitenwänden befanden sich Sitzpolster, auf dem Fußboden lag eine bestickte Matte. Die Decke war dort, wo die Lampe hing, mit Tauben und kleinen Vögeln bemalt. Durch die Ritzen der geschlossenen Fensterläden drang nur schwaches Licht, sodass es im Zimmer dämmrig war wie kurz vor Sonnenuntergang. Rifaa setzte sich neben Meister Gawad auf die Matte.

»Wir haben gerade Kaffee zubereitet«, erklärte dieser. Er rief seine Frau, die wenig später mit einem Tablett erschien. »Komm her, Umm Bichatirha, das ist Rifaa, der Sohn von Meister Schafii.« Die Frau setzte sich auf die andere Seite, goss den Kaffee ein und sagte: »Sei uns willkommen, mein Sohn.«

Sie war älter als sechzig Jahre, groß und kräftig. Ihre Augen blickten durchdringend. Mitten auf ihrem Kinn war ein Zeichen tätowiert. Gawad wies auf Rifaa. »Er ist ein guter Zuhörer, Umm Bichatirha, und begierig auf die Geschichten. Wenn man als Sänger solche Menschen um sich hat, gerät man in Begeisterung und ist mit sich zufrieden. Aber leider sind nicht alle so, die meisten sind im Nu vom Haschisch und all dem anderen Zeug schläfrig.«

»Für ihn«, sagte sie scherzend, »sind deine Geschichten ja auch neu, die anderen kennen sie schon.«

Unwillig erwiderte er: »Aus dir spricht wieder mal einer deiner vielen kleinen Teufel, die du im Leib hast.« Und an Rifaa gewandt, erklärte er: »Die Dame ist nämlich eine große Verehrerin von Teufelsaustreibungen.«

Rifaa sah sie neugierig an. Als sie ihm die Kaffeetasse reichte, trafen sich ihre Blicke. Wie hatte er sich am Mukattam-Markt von der Trommel der Teufelsaustreiber angezogen gefühlt! Sein Herz hatte vor Aufregung mitgetanzt, wenn er mitten auf der Straße stand, den Kopf hoch hinauf zu den Fenstern reckte und den zum Himmel steigenden Weihrauch und die sich hin und her wiegenden Köpfe beobachtete.

»Hast du denn draußen in der Fremde nichts über unser Viertel gehört?«, fragte der Sänger.

»Doch, mein Vater hat mir manches erzählt, meine Mutter auch. Aber da ich dort von Herzen gern lebte, kümmerte mich die Stiftung mit all ihren Sorgen und Nöten wenig. Ich staunte nur immer darüber, dass es so viele Opfer gegeben hat. Deshalb hat meine Mutter ja auch recht, wenn sie Liebe und Frieden für das Wichtigste hält.«

Betrübt schüttelte Meister Gawad den Kopf. »Wie können denn Frieden und Liebe in die Herzen der Menschen einziehen, wenn diese in Armut leben, bedrängt von den Knüppeln der Wächter!«

Rifaa antwortete nicht, denn gerade hatte er an der rechten Wand ein seltsames Bild erblickt. Es war mit Ölfarbe unmittelbar auf die Wand gemalt, wie die Bilder in den Kaffeehäusern. Eine riesige Männergestalt füllte das Bild aus, neben der sich die Gehöfte des Viertels wie Spielzeug ausnahmen. »Wer ist das dort auf dem Bild?«

»Gabalawi«, antwortete Umm Bichatirha.

»Hat ihn denn jemand gesehen?«

»Nein, jedenfalls keiner aus unserer Generation«, sagte Meister Gawad. »Selbst Gabal hat ihn ja in der Dunkelheit der Wüste nicht sehen können. Der Maler hat ihn so dargestellt, wie er in den Geschichten immer wieder beschrieben wird.«

»Warum hält er die Türen seines Hauses vor seinen Enkeln verschlossen?«, fragte Rifaa und seufzte bekümmert.

»Wegen des Alters, heißt es. Wer weiß schon, wie die Zeit ihm zugesetzt hat ... Bei Allah, wenn er die Tore seines Hauses öffnen würde, dann bliebe keiner von den Leuten unseres Viertels länger in seiner schmutzigen Hütte.«

»Könntest du nicht ...«

Umm Bichatirha unterbrach Rifaa. »Denk nicht zu viel an ihn! Immer wenn die Menschen unseres Viertels über den Stiftungsgründer zu sprechen begannen und schließlich über die Stiftung redeten, traf sie ein Unglück nach dem andern.«

Verwirrt sah Rifaa sie an. »Aber wie soll man sich denn nicht mit diesem merkwürdigen Großvater beschäftigen?«

»Machen wir es doch wie er. Er kümmert sich auch nicht um uns.«

Rifaa blickte wieder zu dem Bild hinauf. »Aber er ist doch Gabal begegnet und hat mit ihm gesprochen …«

»Ja, aber nachdem Gabal gestorben war, kam erst Sunful und dann Chonfus. Es ist, junger Mann, als ob nie etwas geschehen wäre.«

Meister Gawad lachte. »Das Viertel könnte einen gebrauchen, der es von seinen Teufeln befreit, so wie du von bösen Geistern befallene Menschen befreist.«

Nun musste auch Rifaa lächeln. »Tante, die wirklichen Teufel sind diese Menschen da. Hättest du nur gesehen, wie Chonfus meinen Vater begrüßt hat!«

»Mit denen habe ich nichts zu schaffen. Die Geister, mit denen ich zu tun habe, gehorchen mir wie die Schlangen Gabal. Ich habe alles, was sie mögen – sudanesischen Weihrauch, abessinische Amulette und mächtige Gesänge.«

»Aber woher hast du denn die Macht über die Geister?«, fragte Rifaa gespannt.

»Das ist mein Beruf, so wie dein Vater Tischler ist. Ich habe diese Gabe von jemandem geschenkt bekommen, der sich auf hunderterlei Künste versteht.«

Rifaa trank den übrig gebliebenen Kaffee und wollte gerade etwas sagen, als draußen Meister Schafiis Stimme ertönte. »Rifaa, du fauler Lümmel!«

Rifaa ging zum Fenster. Sein Vater stand unten im Hof. »Lass mir noch eine halbe Stunde Zeit, Vater!«, rief er.

Meister Schafii zuckte mit den Schultern, als hätte er alle Hoffnung aufgegeben. Dann ging er in den Laden zurück. Rifaa wollte das Fenster wieder schließen, da sah er wie am Tag seiner Ankunft Aischa am Fenster stehen. Er schaute angestrengt hinüber. Es kam ihm vor, als hätte sie gelächelt, oder als wollte sie ihm etwas mit den Augen sagen. Er zögerte ein wenig, schloss dann aber das Fenster und ging auf seinen Platz zurück. Gawad lachte unvermittelt auf. »Dein Vater will, dass du Tischler wirst. Aber was willst du eigentlich?«

Rifaa überlegte eine Weile und antwortete: »Ich muss wohl wie

Vater als Tischler arbeiten. Aber das, was ich liebe, das sind die Geschichten und alles, was mit Dämonen zu tun hat. Erzähl mir noch ein bisschen von deinen Geheimnissen, Tante.«

Ihr Lächeln zeigte, dass sie nicht abgeneigt war, ihn ein wenig einzuweihen. »Jeder Mensch«, so begann sie, »hat einen Dämon, der ihn beherrscht, aber nicht jeder dieser Dämonen ist ein böser Geist, den man austreiben muss.«

»Und wie unterscheidest du zwischen dem einen und dem anderen?«

»Man unterscheidet sie nach dem, was sie bewirken. Du zum Beispiel bist ein guter Junge, und dein Geist verdient nur, dass man ihm Gutes tut. Aber mit den Geistern von Bajumi, Chonfus und Baticha ist es keineswegs so.«

Voller Unschuld fragte er: »Und Jasminas Geist, muss der raus?«

Umm Bichatirha lachte. »Jasmina, eure Nachbarin? Aber die wollen Gabals Männer doch so haben, wie sie ist.«

Eifrig drängte er: »Ich will alles wissen, also sei nicht so geizig.«

»Wer wird schon gegenüber einem so guten Jungen wie dir geizig sein?«, sagte Gawad. Und Umm Bichatirha fügte hinzu: »Ich würde mich freuen, wenn du zu mir kommst, sooft du kannst. Allerdings geht das nur unter der Bedingung, dass sich dein Vater darüber nicht ärgert. Die Leute werden sich wundern, was solch ein netter junger Mann mit Geistern und Dämonen zu tun hat. Aber du musst wissen, dass die Krankheiten der Menschen nur von ihnen kommen.«

Rifaa hörte aufmerksam zu und betrachtete dabei das Bild von Gabalawi.

48

Das Tischlern sollte also sein Beruf und seine Zukunft sein, daran war offensichtlich nicht zu rütteln. Wenn aber diese Arbeit ihn nicht ausfüllte, woran könnte er sonst Gefallen finden? Auf jeden Fall war das immer noch besser, als sich mit einem schweren Handkarren zu mühen oder Körbe und Kiepen zu schleppen. Von Berufs wegen aber Dieb, Schmarotzer oder gar Schutzwächter zu werden, das war ihm vollkommen verhasst, das verabscheute er. Noch nie hatte irgendetwas dermaßen seine Vorstellungskraft entfacht wie Umm Bichatirhas Dämonen, abgesehen vielleicht von dem Wandbild Gabalawis im Zimmer des Sängers Gawad. Er hatte den Vater gedrängt, sich entweder zu Hause oder im Laden auch solch ein Bild malen zu lassen, aber als Antwort bekam er zu hören, dass sie das Geld dafür selbst gut gebrauchen könnten. Außerdem sei das Bild nur reine Fantasie, wozu wäre es also gut. Rifaa wusste nichts weiter darauf zu sagen, als dass er so ein Bild gern immer sehen würde. Da hatte der Vater nur laut aufgelacht und ihm gesagt, es wäre besser, wenn er sich seine Arbeit anschaute. »Ich werde nicht immer für dich da sein«, hatte er gesagt, »also musst du dich darauf vorbereiten, eines Tages ganz allein für dich, deine Mutter, deine Frau und deine Kinder zu sorgen.« Doch Rifaa konnte an nichts anderes denken als an Umm Bichatirhas Geschichten und ihr Tun. Was sie über die Geister und Dämonen sagte, schien ihm wichtiger zu sein als alles andere. Ständig dachte er daran, selbst wenn er heiter und glücklich ein Kaffeehaus nach dem anderen aufsuchte. Nicht einmal die alten Geschichten hinterließen bei ihm einen solchen Eindruck wie das, was Umm Bichatirha erzählt hatte. »In jedem Menschen ist ein Dämon, der ihn beherrscht. Wie der Herr, so der Diener.« Das wiederholte Umm Bichatirha immer wieder. Er hatte schon viele Nächte bei ihr zugebracht und der Trommel gelauscht, wenn die Geister gezähmt wurden. Manche Kranke waren nach der Sitzung völlig erschöpft und wurden, noch regungslos, nach Hause gebracht, andere mussten in Ketten gefesselt weggeschafft werden, um vor dem Bösen geschützt zu sein. Je nach Lage der Dinge wurde eine bestimmte Art von Weihrauch verbrannt. Je nach Art des Geistes musste ein bestimmter Rhythmus getrommelt werden. Dann aber geschahen die reinsten Wunder. Wenn es also stimmt, überlegte Rifaa, dass wir für jeden Geist das richtige Heilmittel kennen, könnten wir dann nicht auch den Stiftungsverwalter und seine Wächterbanditen behandeln? Diese miesen Kerle machen sich zwar über die Geisteraustreibung lustig, aber vielleicht gibt es sie nur ihretwegen? Natürlich, man könnte sie alle töten, aber andererseits gibt so ein Dämon ja bereits bei harmlosem Weihrauch und hübschem Trommelgewirbel auf. Wie sollte solch ein böser Geist dann je wieder Aufnahme bei einem guten Menschen finden? Nichts war wunderbarer als dieses Wissen über Geister und ihre Austreibung! So hatte er also Umm Bichatirha erklärt, dass er von ganzem Herzen alle Geheimnisse erfahren wolle. Auf ihre Frage, ob er damit viel Geld zu verdienen hoffe, hatte er geantwortet, es gehe ihm einzig und allein darum, die Menschen des Viertels zu läutern und zu reinigen. Sie hatte nur fürchterlich gelacht und gesagt, er sei dann aber der erste Mann, der sich mit so etwas beschäftige. »Was findest du denn daran so verlockend?«, hatte sie gefragt. »Das ist die klügste und gescheiteste Arbeit, von der ich je gehört habe«, hatte er geantwortet. »Du besiegst das Böse durch das Gute und Schöne.« Als sie schließlich daranging, ihn in ihre Geheimnisse einzuweihen, war er unendlich glücklich. Vor lauter Freude stieg er, noch bevor der Morgen dämmerte, auf eines der Dächer des Gehöftes, um die ersten Lichtstrahlen zu begrüßen. Oben angekommen, bannte aber plötzlich nichts anderes als das Große Haus seine Aufmerksamkeit. Vergessen waren die Sterne, das nächtliche Schweigen und der erste Hahnenschrei! Er starrte nur noch auf das Haus zwischen den hohen Bäumen. Wo bist du, Gabalawi?, fragte er. Warum zeigst du dich nicht, selbst wenn es nur für einen kurzen Moment wäre? Warum kommst du nicht heraus, und wäre es nur ein einziges Mal? Warum sprichst du nicht, und wäre es ein einziges Wort? Weißt du denn nicht, dass ein Wort von dir genügte, um das Leben im Viertel von Grund auf zu ändern? Oder bist du etwa zufrieden mit dem, was dort geschieht? Was hast du doch für schöne Bäume um dein Haus. Ich mag sie schon deshalb, weil sie gewiss auch dir gefallen. Ich schaue sie mir immer wieder an, weil ich hoffe, dort dem Glanz deiner Augen zu begegnen …

Wenn er dem Vater seine Gedanken anvertraute, hörte dieser nur unwillig zu. »Denk lieber an die Arbeit, du Faulpelz! Du wirst noch eines Tages zu den Lümmeln gehören, die in den Straßen herumlungern oder das Viertel vor ihren Knüppeln zittern lassen.«

Einmal saß die Familie nach dem Mittagessen noch ein wenig beisammen, als die Mutter plötzlich sagte: »Erzähl ihm doch, Vater, was geschehen ist.«

Rifaa spürte, dass es um ihn ging. Neugierig sah er den Vater an, aber dieser sagte nur, die Mutter solle berichten. Abda strahlte ihn daraufhin bewundernd an und sagte: »Gute Nachrichten, Rifaa, Frau Sakija, die Gattin unseres Wächters Chonfus, hat mich besucht. Natürlich habe ich ihr einen Gegenbesuch abgestattet. Sie hat mich wärmstens empfangen und mir ihre Tochter Aischa vorgestellt, ein Mädchen, schön wie der Mond! Dann hat sie mich wieder besucht und auch Aischa mitgebracht.«

Meister Schafii, der gerade einen Schluck aus der Kaffeetasse nehmen wollte, blickte verstohlen zu Rifaa hinüber, um zu sehen, wie die Worte der Mutter auf ihn wirkten. Dann wiegte er den Kopf, als wollte er sagen, dass etwas Schwieriges auf ihn zukommen würde. Schließlich erklärte er gewichtig: »Es ist eine Ehre, die bisher noch keinem Haus im gabalschen Straßenteil zuteilgeworden ist. Stell dir vor, die Frau von Chonfus und seine Tochter machen uns hier, in diesem Haus, einen Besuch!«

Rifaa sah seine Mutter verwirrt an. Aber Abda war nicht mehr zu halten in ihrer Begeisterung. »Du kannst dir nicht vorstellen, wie prächtig ihr Haus ist! Die weichen Sessel, die herrlichen Teppiche! Selbst vor den Fenstern und Türen hängen Vorhänge!«

»Dieser ganze Reichtum stammt von dem Geld, das sie der Gabalfamilie gestohlen haben«, knurrte Rifaa.

Meister Schafii unterdrückte ein Lächeln. »Wir haben uns darauf geeinigt, über dieses Thema nicht mehr zu sprechen.«

Besorgt sagte Abda: »Wir sollten nur daran denken, dass Chonfus der Führer der Gabalfamilie ist und dass unsere Gebete erhört werden, wenn wir mit dieser Familie befreundet sind.«

»Na, dann freu dich über diesen Segen«, erwiderte Rifaa mit wachsendem Groll.

Abda und Meister Schafii sahen sich bedeutungsvoll an. »Dass Sakija ihre Tochter Aischa mitbrachte«, erklärte Abda, »sollte uns etwas sagen.«

»Was sollte es uns sagen?«, fragte Rifaa beklommen.

Meister Schafii lachte und winkte ab. »Wir hätten ihm schon längst erzählen sollen, wie es zu unserer Hochzeit kam.«

»Nein! Niemals, Vater!«, rief Rifaa erregt.

»Was willst du? Was ist los mit dir? Du benimmst dich ja wie eine Jungfrau!«

Abda bot nun all ihre Überredungskunst auf. »Es liegt nun ganz in deiner Hand, ob durch uns die Gabalfamilie wieder Anteil an der Stiftungsverwaltung hat. Sie werden dich als Bräutigam billigen, selbst Chonfus wird das tun. Wenn sich seine Frau ihres Einflusses nicht ganz sicher wäre, dann hätte sie diesen Schritt nie getan. Du hättest damit die Möglichkeit, eine Stellung einzunehmen, um die dich das ganze Viertel, vom ersten bis zum letzten Mann, beneiden würde.«

Meister Schafii lachte. »Wer weiß, vielleicht erleben wir noch, wie du oder einer deiner Söhne eines Tages Stiftungsverwalter der Gabals wird.«

»Das sagst du, Vater? Hast du denn vergessen, warum du damals, vor zwanzig Jahren, aus dem Viertel geflohen bist?«

Meister Schafii blinzelte verlegen. »Heute leben wir hier wie alle anderen. Es wäre doch dumm, diese Gelegenheit verstreichen zu lassen.«

Als spräche er zu sich selbst, sagte Rifaa: »Wie sollte ich mich mit dem Teufel verschwägern, wenn mich doch gerade jetzt nichts anderes interessiert als die Teufelsaustreibung!«

Aufgebracht rief Meister Schafii: »Nie im Leben hätte ich mir träumen lassen, dass du einmal mehr sein könntest als ein Tischler! Aber nun ist dir das Glück beschieden, in unserem Viertel eine hervorragende Stellung einzunehmen. Und da willst du ein Weib werden, das sich mit der Teufelsaustreiberei beschäftigt? O Schande! Welcher böse Blick hat dich nur getroffen? Sag, dass du sie heiraten wirst, und damit genug der Späße!«

»Ich werde sie nicht heiraten, Vater!«

Ohne darauf zu hören, erklärte Meister Schafii: »Ich werde Chonfus aufsuchen und um ihre Hand anhalten.«

»Nein, Vater! Tu das nicht!«, rief Rifaa hitzig.

»Erzähl mir, Junge, was ist los mit dir?«, fragte Meister Schafii bekümmert.

»Sei nicht so streng zu ihm«, flehte Abda ihren Mann an. »Du weißt doch, wie er ist.«

»Ja, leider weiß ich das nur zu genau. Das ganze Viertel macht sich schon über uns lustig, weil er so zartbesaitet ist!«

»Sei doch nett zu ihm, damit er in Ruhe überlegen kann.«

»Andere in seinem Alter sind schon Väter! Wenn sie auftauchen, dann bebt der Boden unter ihren Füßen!« Wütend sah er ihn an. »Warum wirst du schon wieder blass? Reiß dich zusammen, du bist doch ein Mann!«

Rifaa stöhnte auf. Er war unsagbar niedergeschlagen, am liebsten hätte er geweint. Da ist der Vater nun so zornig, dachte er, dass unsere ganze Beziehung dadurch zerstört wird. Wenn einem so hart zugesetzt wird, dann verwandelt sich das Zuhause in ein düsteres Gefängnis. Was du vorhast, kannst du hier und mit diesen Menschen nicht verwirklichen. »Quäle mich nicht, Vater«, flehte er.

»Du quälst mich! Seit du geboren bist, hast du nichts anderes getan!«

Rifaa senkte den Kopf, sodass sein Gesicht nicht mehr zu sehen war. Meister Schafii war bemüht, seinen Zorn zu dämpfen und nicht mehr zu schreien. »Hast du denn Angst vor der Heirat? Wärst du nicht gern verheiratet? Sag mir doch, was in dir vorgeht! Oder soll ich zu Umm Bichatirha gehen? Vielleicht weiß sie mehr von dir als wir?«

Da stöhnte Rifaa: »Aber nein!« Er sprang auf und lief hinaus.

49

Meister Schafii ging hinunter und öffnete den Laden. Er hatte geglaubt, Rifaa dort zu finden. Er rief erst gar nicht nach ihm, sondern sagte sich, dass es wohl das Klügste sei, so zu tun, als bemerkte er seine Abwesenheit nicht. Der Tag schleppte sich dahin. Als das Licht der Sonne verlosch und sich die Sägespäne zu Meister Schafiis Füßen häuften, war von Rifaa noch immer nichts zu sehen. Der Abend kam, und er verschloss den Laden. Er war wütend und niedergeschlagen zugleich. Wie immer nach Arbeitsschluss ging er zu Schaldams Kaffeehaus hinüber und setzte sich auf seinen gewohnten Platz. Als der Sänger Gawad allein eintrat, fragte er ihn verwundert: »Wo ist denn Rifaa?« Meister Gawad ging zu seinem Platz und antwortete: »Ich habe ihn seit gestern nicht gesehen.«

Meister Schafii wurde unruhig. »Ich habe ihn auch nicht mehr gesehen, seit er uns nach dem Mittagessen verlassen hat.« Erstaunt hob Meister Gawad die weißen Brauen. Er hockte sich mit gekreuzten Beinen auf das Polster und legte die Rabab neben sich. »Ist etwas passiert bei euch?«

Meister Schafii antwortete nicht, sondern stand plötzlich auf und verließ das Kaffeehaus. Schaldam fand Schafiis Unruhe zum Lachen und witzelte hinter ihm: »Solche Albernheiten hats ja im Viertel nicht mehr gegeben, seit Idris seine Hütte in der Wüste aufgeschlagen hat. In meiner Jugend bin ich auch mal für mehrere Tage verschwunden, ohne dass sich jemand darum gekümmert hätte. Als ich zurückkam, rief mir mein Vater, Allah erbarme sich seiner, zu: ›Was hat dich denn zurückgebracht, du Sohn einer Verruchten?‹«

Chonfus, der wieder seinen Ehrenplatz eingenommen hatte, bemerkte: »Dein Vater war sich eben nicht mehr sicher, ob du wirklich sein Sohn bist.« Gelächter erfüllte den Raum, und etliche beglückwünschten Chonfus zu seinem Witz.

Meister Schafii kam nach Hause und fragte Abda, ob Rifaa zurückgekehrt sei. Jetzt wurde auch sie unruhig, hatte sie doch geglaubt, er sei mit dem Vater im Laden gewesen. Als Meister Schafii erzählte, dass er sich auch bei Meister Gawad nicht hatte blicken lassen, fragte sie besorgt: »Wo kann er denn nur hingegangen sein?«

Draußen rief Jasmina nach einem Feigenverkäufer. Abda schaute fragend zu ihrem Mann, aber der schüttelte verdrossen den Kopf und lachte verächtlich.

»Solch ein Mädchen kann durchaus Schwierigkeiten machen«, beharrte Abda. Von Verzweiflung getrieben, ging Meister Schafii hinüber. Nachdem er geklopft hatte, öffnete sie die Tür. Als sie sah, wer da vor ihr stand, warf sie den Kopf verwirrt, aber auch ein wenig triumphierend zurück. »Du? Na, das kann ja nichts Gutes bedeuten.«

Angesichts ihres durchsichtigen Gewandes senkte er verschämt den Blick und erkundigte sich niedergeschlagen: »Ist Rifaa bei dir?«

Nun schaute sie noch verdutzter drein. »Rifaa? Wieso?«

Verlegen wies Meister Schafii ins Innere der Wohnung.

»Such ihn doch, wenn du willst«, sagte Jasmina trotzig. Als Meister Schafii sich umdrehte und ging, rief sie ihm nach: »Ist denn Rifaa heute etwa volljährig geworden?« Im Weggehen hörte Meister

Schafii, wie sie drinnen zu jemandem sagte: »Heutzutage machen sich die Leute mehr Sorgen über einen Jungen als über ein Mädchen.«

Abda erwartete ihn schon im Gang. »Komm«, sagte sie, »lass uns zusammen zum Mukattam-Markt gehen.«

Da brach alle Wut aus ihm heraus. »Möge Allah ihn mit Plagen zudecken! Ist das etwa der Lohn dafür, dass ich den ganzen Tag schwer gearbeitet habe?«

Ein Eselskarren brachte beide zum Mukattam-Markt. Sie fragten bei den früheren Nachbarn nach ihm, sie erkundigten sich bei Bekannten – ohne Erfolg. Ja, gewiss, es war schon vorgekommen, dass er am frühen oder späten Nachmittag ein paar Stunden an einem stillen Fleck oder auf dem Berg verbracht hatte. Aber es war überhaupt nicht vorstellbar, dass er zu so später Nachtstunde noch allein in der Wüste sein sollte. Betrübt kehrten sie zum Viertel zurück.

Die Nachricht von Rifaas Verschwinden ging von Mund zu Mund, zumal er mehrere Tage wegblieb. Im Kaffeehaus, in der Wohnung von Jasmina und im gabalschen Straßenteil witzelte man über ihn. Die Leute machten sich über die Angst der Eltern lustig. Die Einzigen, die mit ihnen fühlten, waren wahrscheinlich Umm Bichatirha und Meister Gawad. Immer wieder fragte er: »Wo ist der Junge nur hingegangen? Er ist doch keiner von diesen Herumtreibern! Wenns so wäre, dann würden wir uns nicht so um ihn sorgen.« Einmal, als Baticha betrunken war, rief er: »Helft, helft, ein Knabe ist verschwunden!« Da es sich anhörte, als ob man nach einem kleinen Kind suchte, lachten alle im Viertel, und die Jungen schrien diesen Satz immer wieder. Die Trauer machte Abda krank. Mit geröteten Augen und geistesabwesend setzte Meister Schafii die Arbeit in der Werkstatt fort. Sakija, die Frau des Chonfus, hatte längst ihre Besuche bei Abda eingestellt, sie übersah sie sogar auf der Straße.

Eines Tages, Meister Schafii beugte sich gerade mit der Säge über ein Stück Holz, rief Jasmina: »Meister Schafii! Seht nur, seht!« Er blickte auf und sah, dass sie in die Wüste wies, zum Ende des Viertels. Er ging hinaus, die Säge noch in der Hand. Da kam sein Sohn

Rifaa. Verlegen schritt er auf das Gehöft zu. Meister Schafii ließ die Säge fallen und eilte ihm entgegen. Als er bei ihm war, blickte er ihn bestürzt an, packte ihn an der Schulter und rief: »Rifaa! Wo warst du? Weißt du nicht, wie schlimm es für uns ist, wenn du einfach verschwindest? Deine arme Mutter ist vor Kummer fast gestorben!«

Rifaa blieb stumm. Als der Vater sein ausgemergeltes Gesicht sah, fragte er: »Warst du krank?«

»Nein«, antwortete Rifaa verwirrt. »Lass mich, ich will meine Mutter sehen.«

Jasmina kam angelaufen. Neugierig fragte sie: »Wo warst du denn?« Er sah sie nicht an. Kinder standen um sie herum.

Der Vater brachte ihn ins Haus. Es dauerte nicht lange, und Gawad und Umm Bichatirha kamen gelaufen. Kaum hatte Abda ihren Sohn erblickt, sprang sie aus dem Bett und drückte ihn an ihre Brust. »Allah vergebe dir!«, sagte sie mit schwacher Stimme. »Wie konnte dir deine Mutter nur so gleichgültig sein?«

Rifaa nahm ihre Hand, drückte sie mit beiden Händen und führte sie zum Bett zurück. Er setzte sich neben sie und sagte: »Es tut mir leid.«

Meister Schafii, dem im tiefsten Innern die Freude das Herz wärmte, setzte eine düstere Miene auf. Es war, als verdunkelten schwarze, schattige Wolken den hellen Schein des Mondes. Vorwurf lag in seinen Worten: »Wir wollten dich doch nur glücklich machen.«

Abdas Augen füllten sich mit Tränen. »Dachtest du denn, dass wir dich zu dieser Heirat zwingen würden?«

»Ich bin müde«, sagte Rifaa traurig.

Nun fragten fast alle auf einmal: »Wo warst du?«

Rifaa seufzte. »Ich war dieses Lebens überdrüssig, also ging ich in die Wüste. Ich wollte allein sein. Ich hielt mich dort die ganze Zeit auf, nur manchmal bin ich fortgegangen, um etwas zu essen.«

Meister Schafii schlug sich an die Stirn. »So etwas tut doch kein vernünftiger Mensch!«

»Lass ihn«, sagte Umm Bichatirha mitleidig. »Ich kenne mich in solchen Dingen aus. Einem Menschen wie ihm darf man nichts aufzwingen.«

Abda umklammerte seine Hand. »Wir hatten nur sein Glück im Auge, aber das Schicksal hat es anders gewollt. Wie dünn du geworden bist, mein Junge ...«

Meister Schafii grollte noch immer. »Sag mir, ob so etwas schon je in unserem Viertel vorgekommen ist!«

Aber Umm Bichatirha erwiderte vorwurfsvoll: »Mir erscheint das alles gar nicht seltsam, Meister Schafii. Glaub mir, er ist einfach nur ein sehr ungewöhnlicher Junge.«

»Wir sind dadurch im ganzen Viertel ins Gerede gekommen.«

Jetzt wurde Umm Bichatirha richtig böse. »Im ganzen Viertel gibts keinen Jungen wie ihn!«

»Nichts als Sorgen macht er uns.«

»Bei Allah, Mann!«, rief Umm Bichatirha. »Du weißt ja nicht, was du sagst! Du kannst nicht einmal zuhören!«

50

Im Laden ging es betriebsam zu, alles sah nach Erfolg aus. An der einen Seite des Tisches sägte Meister Schafii Holz, an der anderen stand Rifaa und schlug Nägel ein. Unter dem Tisch häuften sich die Sägespäne. An der Wand lehnten Fensterflügel und Türrahmen, voneinander getrennt durch einen Stapel bereits geschliffener, aber noch nicht lackierter Holzkisten. Es duftete nach frischem Holz, Meister Schafii und Rifaa sägten, hämmerten und schmirgelten, und die Wasserpfeife, die vier Kunden rauchten, gluckerte. Die Kunden saßen an der Eingangstür und schwatzten miteinander. Einer von ihnen, Higasi, sagte zu Meister Schafii: »Bei dem Sofa will ich sehen, wie geschickt du bist. Deine nächste Arbeit sind dann hoffentlich die

Möbel für die Aussteuer der Tochter.« Dann wandte er sich wieder an die anderen. »Ich kann euch nur sagen: Gabal würde verrückt, wenn er mit ansehen müsste, wie wir leben.«

Die anderen Männer nickten bedrückt und rauchten weiter. Barhum, der Totengräber, lächelte zu Meister Schafii hinüber und fragte: »Warum willst du mir eigentlich keinen Sarg bauen? Jedes Ding hat doch seinen Preis, nicht wahr?«

Meister Schafii hielt inne und lachte. »Allah stehe mir bei! Ein Sarg im Laden vertreibt nur die Kunden!«

Farhat pflichtete ihm bei: »Recht so, mit dem Tod und allem, was damit zusammenhängt, will man nichts zu tun haben.«

»Euer Fehler ist«, beharrte Higasi, »dass ihr den Tod mehr fürchtet als nötig. Deshalb kann Chonfus euch beherrschen, deshalb kann Bajumi Gewalt ausüben und Ihab euer Vermögen rauben.«

»Hast du denn weniger Angst vor dem Tod als wir?«

Higasi spuckte aus. »Wir haben alle den gleichen Fehler. Nur Gabal war stark. Mit seiner Kraft und Entschlossenheit hat er damals unser Recht erkämpft, das wir wegen unserer Feigheit wieder verloren haben.«

Rifaa hörte plötzlich auf zu hämmern. Er nahm die Nägel aus dem Mund und sagte: »Gabal hatte das Recht für seine Familie nur auf gütige Weise bekommen wollen. Erst als er angegriffen wurde, verteidigte er sich gewaltsam.«

Higasi lachte bissig auf. »Sag mal, mein Sohn, kannst du Nägel ohne Gewalt einschlagen?«

Rifaas Gesicht wurde noch ernster. »Menschen sind kein Holz, Meister.« Meister Schafii blickte ihn kurz an und arbeitete dann weiter. Higasi ließ sich von Rifaas Einwand nicht beirren. »Wahr ist, dass Gabal der Kräftigste von allen jungen Männern war, die das Viertel je gekannt hat. Wie hat er die Gabalfamilie dazu angespornt, stark zu sein!«

»Sie hätten die starken Führer des ganzen Viertels sein sollen und nicht nur der eigenen Familie«, berichtigte ihn Farhat.

»Aber heute sind sie nichts anderes als Mäuse und Hasen.«

Meister Schafii wischte sich mit dem Handrücken den Schweiß ab und fragte: »Welche Farben bevorzugst du, Meister Higasi?«

»Such eine aus, bei der man den Schmutz nicht so schnell sieht. Das wirkt sauberer.« Dann wandte er sich wieder seinen Freunden zu. »An dem Tag, an dem Daabas Kaabalha ein Auge ausdrückte, ließ Gabal auch ihm das Auge ausdrücken. Er hat mit Gewalt Gerechtigkeit geschaffen.«

Aus Rifaas Ecke war Stöhnen zu vernehmen. »An Gewalt mangelt es uns nicht«, erklärte er. »Zu jeder Tages- oder Nachtzeit können wir sehen, wie die Menschen aufeinander einschlagen, wie sie sich verletzen oder gar töten. Selbst die Frauen fallen mit ihren Fingernägeln übereinander her, bis das Blut fließt. Wo aber bleibt die Gerechtigkeit? Wie ist doch alles widerlich!«

Für einen Moment herrschte Schweigen. Hanura, der bisher nur zugehört hatte, sagte plötzlich: »Der junge Meister verachtet unser Viertel. Er ist ja auch so zart, und schuld daran bist du, Meister Schafii.«

»Ich?«

»Ja, er ist einfach ein verwöhnter Junge.« Und an Rifaa gewandt, sagte er mit einem Lachen: »Das Beste wäre, du fändest eine Braut.«

Die anderen Männer stimmten in sein Lachen ein, nur Meister Schafii runzelte die Stirn, und Rifaa wurde rot. Als Higasi sich endlich beruhigt hatte, bekräftigte er nochmals: »Gewalt, nichts anderes als Gewalt! Ohne sie wird es keine Gerechtigkeit geben.«

Obwohl Rifaa spürte, dass sein Vater ihn besorgt ansah, beharrte er: »Was unser Viertel wirklich braucht, das ist Barmherzigkeit.«

Barhum, der Totengräber, kicherte: »Willst du mir etwa das Geschäft verderben?«

Gelächter ertönte, gefolgt von lautem Husten. Higasi wurde von einem wahren Anfall gepackt, sodass sein Gesicht fast die rötliche Farbe des Leims annahm. »Damals«, sagte er keuchend, »ging Gabal zum Stiftungsverwalter, um von ihm Gerechtigkeit und Barmherzigkeit einzufordern. Das Einzige, was dieser tat, war, Soklot und dessen Banditen loszuschicken. Wenn Gabals Leute barmherzig gewesen wären und nicht zu den Knüppeln gegriffen hätten, wäre die ganze Familie vernichtet worden.«

Meister Schafii zischte warnend: »He, passt auf! Die Wände haben Ohren. Wenn sie euch so sprechen hören, findet ihr niemanden, der für euch noch ein gutes Wort einlegt.«

»Der Mann hat recht«, brummte Hanura. »Ihr seid nichts anderes als haschischsüchtige Maulhelden. Wenn Chonfus jetzt hier vorbeikäme, dann würdet ihr euch ehrfurchtsvoll vor ihm verneigen.« Er drehte sich zu Rifaa um. »Nimm es uns nicht übel, mein Sohn, aber einem Haschischraucher ist nichts verwehrt. Hast du es schon mal probiert, Rifaa?«

Meister Schafii schmunzelte. »Er mag die Haschischrunden nicht. Wenn er auch nur mehr als zwei Züge nimmt, fängt er an zu keuchen oder schläft ein.«

»Was für ein zarter junger Mann er ist!«, wunderte sich Farhat laut. »Einige meinen, er sei ein Teufelsaustreiber, weil er sich von Umm Bichatirha gar nicht mehr trennen kann. Andere sagen, er sei ein Sänger, weil er die alten Geschichten so sehr liebt.«

Higasi grinste. »Und die Haschischrunden hasst er genauso wie die Ehe.«

Barhum rief den Gehilfen des Kaffeehauses herüber, damit er ihnen die Pfeife abnähme. Dann standen die Männer auf, grüßten und gingen ihrer Wege. Meister Schafii ließ die Säge sinken und sah Rifaa vorwurfsvoll an. »Lass dich nicht auf Gespräche mit solchen Leuten ein.«

Vor dem Laden tummelten sich Kinder, spielten und machten Lärm. Rifaa ging um den Tisch herum, nahm seinen Vater an die Hand und zog ihn nach hinten, weit genug, um nicht belauscht werden zu können. Er wirkte aufgeregt und verstört, aber die aufeinandergepressten Lippen zeugten von Entschlusskraft. Seine Augen glänzten seltsam, sodass Meister Schafii ihn fragend ansah. »Ich kann nicht länger schweigen«, erklärte Rifaa.

Der Vater fühlte schon wieder Ärger in sich aufsteigen. Wie anstrengend war doch dieser Sohn, den er eigentlich sehr liebte. Seine kostbare Zeit verschwendete er im Haus von Umm Bichatirha, und obendrein verbrachte er viele Stunden ganz allein bei Hinds Felsen. Wenn er sich dann für eine Stunde im Laden aufhielt, schaffte er mit seinen Reden nur Probleme. »Bist du vielleicht müde?«, fragte Meister Schafii kurz.

Rifaa wirkte jetzt gelassen, alle Unruhe schien von ihm abgefallen zu sein. »Ich kann dir einfach nicht länger verheimlichen, was mich bewegt.«

»Was bewegt dich denn?«

Rifaa trat noch dichter heran. »Nachdem ich gestern um Mitternacht Meister Gawads Haus verlassen hatte, fühlte ich das dringende Bedürfnis, noch ein wenig zu laufen. Also ging ich in die Wüste. Ich lief im Dunkeln umher und wurde müde. Ich suchte mir einen Platz an der Mauer des Großen Hauses, von dem aus ich die Wüste betrachten konnte.« Meister Schafii blickte Rifaa aufmerksam an, als wollte er ihn drängen, endlich weiterzusprechen. »Plötzlich hörte ich eine seltsame Stimme, es war, als spräche jemand mit sich selbst. Mich überkam sofort das überwältigende Gefühl, dass es die Stimme unseres Großvaters Gabalawi sein musste.«

Meister Schafii starrte seinen Sohn an und murmelte verwirrt: »Die Stimme von Gabalawi? Was hat dich denn auf diese Idee gebracht?«

»Es war nicht einfach eine Idee, Vater«, sprach Rifaa erregt auf ihn ein. »Ich kann es dir gleich beweisen. Ich bin nämlich gleich aufgesprungen und ein paar Schritte vorgetreten, um das Große Haus besser zu sehen, aber da war nichts weiter als stockdunkle Finsternis.«

»Allah seis gedankt.«

»Geduld, Vater! Denn da sprach die Stimme: ›Als Gabal seine Aufgabe übernahm, tat er dies in bester Absicht. Doch alles ist viel schlimmer geworden, als es zu seiner Zeit war.‹«

Dem Vater schien es, als würde ihn die plötzliche Hitze in der Brust verbrennen.

Der Schweiß rann ihm von der Stirn. Mit zitternder Stimme sagte er: »Es haben schon so viele an der Mauer des Großen Hauses gesessen, ohne dass sie solch eine Stimme vernommen hätten!«

»Aber ich, Vater, ich habe sie gehört!«

»Vielleicht hat da jemand im Dunkeln gelesen und vor sich hin gesprochen.«

Rifaa schüttelte abwehrend den Kopf. »Die Stimme kam vom Haus!«

»Wie willst du das wissen?«

»Ich rief: ›Großvater, Gabal ist tot! Andere haben seinen Platz eingenommen! Reiche uns also deine Hand!‹«

»Da kann ich Allah nur bitten, dass dich niemand gehört hat«, stammelte Meister Schafii verwirrt.

»Aber unser Großvater hat mich gehört!«, rief Rifaa mit glänzenden Augen.

Erregt fuhr er fort: »Ich hörte ihn sagen: ›Nichts ist verwerflicher, als dass ein junger Mann seinen alten Großvater bittet, tätig zu werden. Es ist der geliebte Sohn, der selbst zur Tat schreiten muss.‹ Da fragte ich: ›Was kann ich denn, schwach, wie ich bin, gegen diese starken Männer, gegen die Wächter, ausrichten?‹ Da sprach er: ›Schwach ist nur der Dummkopf, der das Geheimnis seiner Kraft nicht kennt. Ich aber liebe Dummköpfe nicht.‹«

Meister Schafii war entsetzt. »Meinst du wirklich, dass du mit Gabalawi gesprochen hast?«

»Beim Herrn der Himmel, ja!«

Da stöhnte Meister Schafii auf. Schmerz lag in seiner Stimme, als er sagte: »Solche Wahnvorstellungen bringen immer Unglück mit sich!«

»Glaub mir, Vater, das alles war so, wie ich sagte.«

»Lass mir bitte wenigstens die Hoffnung, dass es vielleicht doch nicht stimmt.«

Rifaas Gesicht leuchtete verklärt, als wäre er im Rausch. »Ich weiß jetzt, was ich zu tun habe.«

Voller Wut schlug sich der Vater an den Kopf und rief: »Was solltest du denn zu tun haben?«

»Ich weiß es genau. Wenn ich auch schwach bin, so bin ich doch kein Dummkopf. ›Der geliebte Sohn ist es, der zur Tat schreiten muss!‹«

Meister Schafii hatte das Gefühl, als risse ihm die große Säge die Brust auf. »Was du auch tust, es wird Unglück bringen! Du wirst vernichtet werden und wir mit dir!«

Rifaa lächelte still vor sich hin. »Sie bringen nur den um, der die Stiftung antasten will.«

»Und du? Willst du sie etwa nicht antasten?«

»Adham erstrebte ein Leben in reinem, sorgenfreiem Glück, das Gleiche wollte auch Gabal. Er hatte ja sein Recht auf die Stiftung nur wegen eines heiteren, unbeschwerten Lebens eingefordert. Seitdem sind wir vom Gedanken beherrscht, dass wir nur dann leichter leben können, wenn das Stiftungsvermögen an alle verteilt wird und jeder mit seinem Anteil etwas Gewinnbringendes tut. Dann erst brauchte niemand mehr mühevoll zu arbeiten, und jeder könnte das Leben genießen. Aber die Stiftung ist eine törichte Sache, wir müssen begreifen, dass wir auch ohne sie glücklich und zufrieden sein können. Jeder, der das wirklich will, kann es schaffen. Es liegt in unserer Hand, von Stund an frei von Not und Armut zu sein.«

Erleichtert atmete Meister Schafii auf. »Hat dir das dein Großvater gesagt?«

»Er hat nur gesagt, dass er Dummköpfe nicht liebt. Der Dummkopf, so sagte er, kennt nicht das Geheimnis seiner Kraft. Ich bin wahrlich der Letzte, der wegen der Stiftung zum Kampf aufrufen würde. Die Stiftung, Vater, bedeutet überhaupt nichts. Worum es wirklich geht, das ist das Glück eines heiteren, zufriedenen Lebens. Aber den Weg zu diesem Glück versperren uns die Dämonen, die tief in unserem Innern schlummern. Es war also nicht vergeblich, dass ich mich so eifrig mit der Geisterheilkunde beschäftigt habe und mich jetzt gut darauf verstehe. Vielleicht war es der Wille des Herrn der Himmel, der mich zu diesem Handwerk trieb.«

Entspannt ließ sich Meister Schafii auf einem Haufen Sägespäne nieder und streckte die Beine von sich. Nach all der Aufregung fühlte er sich erschöpft. Den Rücken bequem an einen noch zu reparierenden Fensterladen gelehnt, blickte er listig seinen Sohn an und fragte: »Und warum haben wir dieses Leben in Reichtum nicht erreicht, obwohl wir schon lange vor deiner Geburt Umm Bichatirha bei uns hatten?«

Rifaas Antwort kam ganz sicher. »Weil sie immer nur darauf wartete, dass die wohlhabenden Kranken zu ihr kamen. Nie ging sie von sich aus zu den Armen.«

Meister Schafii ließ den Blick schweifen. »Sieh dir doch an, wie gut wir jetzt von unseren Aufträgen leben. Was aber wird auf uns zukommen, wenn du dich mit ganz anderen Dingen beschäftigst?«

»Nur Gutes, Vater«, antwortete Rifaa frohlockend. »Wenn Kranke geheilt werden, dann leiden nur die Dämonen darunter.«

Leuchtender Glanz breitete sich im Laden aus, denn der Spiegel eines an der Tür stehenden Schrankes bündelte die Strahlen der sich neigenden Sonne.

51

Am Abend herrschte eine gedrückte Stimmung in Meister Schafiis Wohnung. Obwohl Meister Schafii seiner Frau Abda Rifaas Geschichte schon etwas gelassener erzählte und sie nicht mehr erfahren hatte, als dass dieser die Stimme seines Großvaters gehört zu haben meinte und nun entschlossen war, die von Geistern befallenen Armen zu heilen, verspürte Abda Unruhe und dachte unentwegt über die möglichen Folgen nach. Rifaa war nicht zu Hause. Von Weitem drang der Lärm einer Hochzeitsgesellschaft zu ihnen – Trommelgewirbel, Blasmusik und Freudentriller der Frauen.

Abda war entschlossen, der Wahrheit ins Auge zu sehen. »Rifaa lügt nicht«, erklärte sie ihrem Mann.

»Aber es kann sein, dass ihn seine Fantasie irregeführt hat. Das ist schon jedem von uns passiert«, erwiderte er ungehalten.

»Was hältst du von dem, was er gehört zu haben glaubt?«

»Wie kann ich das beurteilen!«

»Aber so lange, wie unser Großvater lebt, ist dies alles nicht unmöglich.«

»Nur wehe uns, wenn es sich herumspricht!«

Sie sah ihn bittend an. »Lass uns darüber schweigen! Wir sollten Allah dafür danken, dass Rifaa nur an die armen Seelen denkt und nicht an die Stiftung. Solange er niemandem schadet, wird auch ihm niemand etwas antun.«

»So viele im Viertel mussten schon leiden, obwohl sie doch niemandem etwas Böses taten«, gab Meister Schafii zu bedenken.

Draußen im Gang brach plötzlich Tumult aus, der die Hochzeitsmusik übertönte. Als Abda und ihr Mann sich aus dem Fenster beugten, sahen sie dort viele Männer stehen. Im Schein einer Lampe konnten sie die Gesichter von Higasi, Barhum, Farhat und Hanura erkennen. Alle sprachen und schrien durcheinander, es war ein einziges Stimmengewirr und Getöse. Lauter als die anderen rief plötzlich jemand: »Die Ehre der Gabalfamilie steht auf dem Spiel! Niemandem werden wir erlauben, sie in den Schmutz zu ziehen!«

Abda fuhr erschrocken zusammen. »Unser Geheimnis ist schon entdeckt!«

Meister Schafii trat vom Fenster zurück und seufzte schwer. »Mein Herz hat mich nicht betrogen!« Er stürzte hinaus, ohne auch nur daran zu denken, dass es vielleicht gefährlich werden könnte. Abda rannte hinterher. Mühselig bahnte er sich einen Weg durch die Menge und rief, so laut er konnte: »Rifaa! Wo bist du, Rifaa?« Aber

Rifaa war weder zu sehen noch zu hören. Stattdessen drängte sich Higasi zu ihm durch und rief laut: »Na, ist dein Sohn schon wieder verschwunden?«

Farhat schrie: »Schau dir nur an, wie sich Frevler an der Ehre der Gabalfamilie vergehen!«

Besorgt rief Abda ihnen zu: »Um Allahs willen, nur wer vergeben kann, ist ehrenwert!«

Wütendes Geschrei erhob sich. »Die Frau ist ja verrückt!«, riefen einige. »Die weiß wohl nicht, was Ehre bedeutet!«, empörten sich andere.

Meister Schafii wurde von Entsetzen gepackt und flehte Higasi an: »Wo ist der Junge?«

Higasi schob und drängelte, bis er das Tor erreicht hatte: »Rifaa! Komm her, Junge, Meister Schafii will dich sprechen!«

Nun verstand Meister Schafii überhaupt nichts mehr. Er hatte gedacht, dass Rifaa von der aufgebrachten Masse in eine Ecke des Ganges gedrängt worden war. Aber nein! Draußen, im Schein einer Lampe, tauchte Rifaa auf. So schnell er konnte, packte Meister Schafii ihn am Arm und zog ihn in den hinteren Teil des Ganges, wo Abda zurückgeblieben war. Gleich darauf erschien Schaldam mit einer Laterne, gefolgt von Chonfus, der hasserfüllt und finster um sich blickte. Alle Augen richteten sich auf den Wächter, es wurde still. »Was geht hier vor?«, fuhr Chonfus die Männer an.

Mehrere Stimmen riefen zugleich: »Jasmina hat unser Ansehen in den Schmutz gezogen!«

»Nicht alle auf einmal«, rief Chonfus. »Der, der es bezeugen kann, soll sprechen!«

Saituna, ein Fuhrmann, trat vor und baute sich vor Chonfus auf. »Vor Kurzem habe ich gesehen, wie sie durch die Hintertür das Haus von Bajumi verließ. Ich bin ihr hierher gefolgt, und als ich sie fragte, was sie im Haus des Wächters zu tun habe, merkte ich, dass sie betrunken war. Der ganze Gang roch nach Wein. Sie rannte weg und schloss sich in ihrer Wohnung ein. Nun könnt ihr also selbst überlegen, was wohl eine betrunkene Frau im Haus eines Wächters getan haben kann.«

Meister Schafii und Abda atmeten auf, dafür wurde Chonfus umso nervöser. Er war sich im Klaren darüber, dass er in eine schwierige Lage geraten war. Wenn er Jasmina nicht sonderlich schwer bestrafte, dann würde er bei der Gabalfamilie an Achtung verlieren. Wenn er aber der aufgebrachten Menge freie Hand ließ, dann würde sich Bajumi, der Oberwächter des Viertels, von ihm herausgefordert fühlen. Was also sollte er tun? Mittlerweile eilten immer mehr Männer der Gabalfamilie herbei und drängten sich auf dem Hof und auf der Straße vor dem Haus des Sieges. Chonfus' Lage wurde immer bedenklicher. Schon wurden aufgebrachte Rufe laut: »Vertreibt das Weib aus der Gabalgegend!«

»Vorher muss sie ausgepeitscht werden!«

»Bringt sie doch einfach um!«

Ein Schrei von Jasmina drang herüber. Sie stand im Dunkeln hinter ihrem Fenster und hatte alles mit angehört. Während die Leute Chonfus erwartungsvoll anstarrten, war plötzlich Rifaas Stimme zu vernehmen. »Müssten sie nicht zuallererst ihren Zorn gegen Bajumi richten, Vater? Er hat sie doch in diese unglückliche Lage gebracht!«

Murren kam auf, und Saituna erklärte: »Sie ist auf eigenen Antrieb in sein Haus gegangen!«

»Wenn du kein Ehrgefühl hast, dann ist es besser, du schweigst!«, rief ein anderer.

Meister Schafii sah Rifaa strafend an, aber er ließ sich nicht aufhalten. »Bajumi hat nichts anderes getan als das, was ihr auch tut.«

Halb wahnsinnig vor Wut, schrie Saituna: »Sie ist eine aus der Gabalfamilie, da kann sie nicht anderen Männern gehören!«

»Ein schamloser Kerl ist das, der keine Ehre im Leib hat!«

Meister Schafii stieß ihn in die Seite, damit er nichts weiter sagte. Aber da rief Barhum auch schon: »Meister Chonfus soll sprechen!«

Chonfus kochte vor Wut. In diesem Augenblick waren wieder Jasminas Hilfeschreie zu hören, sodass sich alle Augen auf die Fenster ihrer Wohnung richteten. Es schien, als würde die wutentbrannte Menge im nächsten Augenblick hinaufstürzen. Je lauter Jasmina schrie, desto stärker fühlte Rifaa Schmerz im Herzen. Er konnte es nicht länger ertragen. Flink löste er sich aus dem Zugriff des Vaters und drängte sich durch die Menge hindurch zu Jasminas Wohnung. Flehentlich rief er: »Habt Mitleid mit ihr, sie ist doch schwach und hat schreckliche Angst!«

Da schrie Saituna zurück: »Du jämmerliches Weib, du!«

Meister Schafii rief ihn besorgt zu sich, aber Rifaa achtete nicht darauf. »Allah vergebe dir«, sagte er laut zu Saituna. Dann blickte er fest in die Menge und erklärte: »Habt Erbarmen mit ihr! Ihr könnt dafür mit mir machen, was ihr wollt. Rührt es eure Herzen nicht, wenn ihr sie um Hilfe rufen hört?«

»Kümmert euch nicht um diesen unverschämten Idioten!«, schrie Saituna, und zu Chonfus sagte er: »Das Wort ist jetzt an dir, Meister.«

»Halt!«, rief Rifaa. »Würdet ihr euch zufriedengeben, wenn ich sie heirate?«

Eine Woge wütenden Schreiens und höhnischen Gelächters brandete auf. »Wir wollen, dass sie ihre Strafe bekommt«, erklärte Saituna.

Alles aufs Spiel setzend, entgegnete Rifaa: »Wenn ich sie heirate, dann ist das meine Angelegenheit!«

»Nein! Das ist die Sache aller!«

Chonfus erfasste sofort, dass Rifaas Vorschlag ihn aus einer schwierigen Situation befreien würde. Wenn ihm diese Heirat auch nicht gefiel, so sah er doch keine bessere Lösung. Er setzte ein besonders grimmiges Gesicht auf, um seine Unsicherheit zu überspielen. »Der junge Mann hat sich im Beisein von uns allen verpflichtet, sie zu heiraten. Dann soll er auch haben, worum er gebeten hat!«

Blind vor Hass, schrie Saituna: »Feigheit hat die Ehre zugrunde gerichtet!« Blitzschnell stieß Chonfus zu und traf ihn an der Nase. In lautes Geheul ausbrechend, wich Saituna zurück. Blut schoss aus beiden Nasenlöchern. Die Menge verstand, dass Chonfus jedem gegenüber die eigene Schwäche mit brutaler Gewalt verdecken würde. So weit der Lichtschein der Lampe reichte, sah man ängstliche Gesichter. Keiner wagte es, Saituna sein Mitleid zu zeigen. Vielmehr beschimpfte ihn Farhat: »Das kommt davon, dass du so vorlaut bist!« Barhum aber dankte Chonfus mit den Worten: »Ohne dich hätten wir das Problem nicht gelöst.« Und Hanura fügte noch hinzu: »Schlimm, dass du dich ärgern musstest, Meister.« Nach und nach gingen alle fort, sodass schließlich nur noch Chonfus, Schaldam, Meister Schafii, Abda und Rifaa auf dem Hof standen. Schafii ging zu Chonfus und hielt ihm die Hand zum Gruß hin, der aber war noch so wütend, dass er sie mit dem Handrücken wegschlug. Stöhnend wich Meister Schafii zurück. Rifaa und Abda eilten zu ihm, während Chonfus den Gang entlangschritt und dabei alle Welt beschimpfte – Frauen, Männer, die ganze Gabalfamilie, sogar Gabal selbst. Vor lauter Schmerz vergaß Meister Schafii, in welch vertrackte Lage Rifaa geraten war. Er tauchte seine Hand in warmes Wasser, und Abda massierte sie vorsichtig. »Da siehst du«, sagte sie, »wie Sakija ihren Mann gegen uns aufgehetzt hat.«

»Der Feigling hat offensichtlich völlig vergessen, dass unser einfältiger Sohn es war, der ihn vor dem Knüppel von Bajumi gerettet hat.«

52

Rifaas Eltern hatten all ihre Hoffnungen auf den Sohn gesetzt. Wie sahen sie sich nun getäuscht! Durch die Heirat mit Jasmina wurde er zu einem Niemand, und schon lange vor der Hochzeit zerrissen sich alle das Maul über die Familie. Abda weinte insgeheim und wurde immer schwächer. Meister Schafii blickte genauso düster auf die Welt, wie diese ihm entgegentrat. Dem Sohn aber zeigten sie ihren Kummer nicht. Mit keiner Miene deuteten sie an, dass sie ihm zürnten. Vielleicht trug auch Jasminas Verhalten dazu bei, dass sich die Eltern mit diesem Schicksalsschlag abfanden. Sie kam zu ihnen gelaufen, kniete nieder und schüttete ihr von Dankbarkeit erfülltes Herz aus. Inständig und mit tiefem Ernst versuchte sie, ihnen begreiflich zu machen, wie sehr sie alles bereute. Die Heirat jetzt noch zurückzuziehen, nachdem Rifaa sie vor aller Welt verkündet hatte, war nicht möglich. Also gewöhnten sich die Eltern daran, dass Rifaa sie heiraten würde. Zwei sich widersprechende Wünsche tobten in ihnen. Zum einen hätten die Eltern es gern gesehen, wenn die Hochzeit traditionsgemäß und mit großem Umzug gefeiert würde, zum anderen schien es richtiger, zu Hause zu feiern, um sich nicht dem Gespött der Gabalfamilie auszusetzen. Noch immer stellten sich die Angehörigen der Familie der Heirat entgegen und nutzten jede Gelegenheit zu Spott und Hohn.

»Wie sehr hatte ich mir gewünscht, Rifaas Hochzeitszug zu erleben!«, seufzte Abda. »Wie gern hätte ich ihn, meinen einzigen Sohn, gesehen, wenn er, umringt von der Gästeschar, durch die Straßen des Viertels gezogen wäre!«

»Leider wird kein Einziger von den Gabals daran teilnehmen wollen«, brummte missmutig Meister Schafii.

Abda runzelte die Stirn. »Wenn wir zum Mukattam-Markt zurückgingen, wäre das viel besser, als zwischen Menschen zu leben, die uns nicht mögen.«

Rifaa saß am offenen Fenster, streckte die Beine aus und sonnte sich. »Wir werden das Viertel auf keinen Fall verlassen, Mutter.«

»Wären wir nie zurückgekommen!«, rief sein Vater. »Wie unglücklich warst du doch am Tag der Rückkehr.«

Rifaa lächelte. »Heute ist nicht gestern. Wenn wir weggehen, wer befreit dann die Gabalfamilie von den Dämonen?«

»Sollen die Dämonen sie auf ewig gepackt halten!«, brauste Meister Schafii auf. Er zögerte ein wenig und fragte dann: »Wirst du ins Haus kommen mit …?«

Rifaa unterbrach ihn. »Ich komme mit niemandem her. Ich werde woanders wohnen.«

»So hat Vater es doch gar nicht gemeint!«, rief Abda besorgt.

»Aber ich, Mutter. Mein neues Heim ist nicht weit weg, wir werden uns jeden Morgen die Hand schütteln können.«

Fand Meister Schafii auch alles ziemlich traurig, er beschloss dennoch, die Hochzeit zu feiern, wenn auch im kleinsten Rahmen. Der Gang und die beiden Wohnungstüren wurden geschmückt, und Schafii bestellte einen Koch und einen Sänger. Zwar wurden alle Bekannten und Freunde eingeladen, aber es erschienen nur der Sänger Gawad, Umm Bichatirha, Meister Higasi mit Familie und ein paar arme Leute, die auf das Essen erpicht waren. Rifaa war der erste junge Mann im Viertel, der ohne Brautumzug heiratete. Die Familie ging lediglich durch den Gang hinüber zur Wohnung der Braut, begleitet vom lustlosen Gesang des Musikers, der angesichts der geringen Zahl der Gäste wenig Begeisterung zeigte. Als die kleine Schar beim Essen saß, brachte der Sänger Gawad einen Lobspruch auf Rifaa aus. Er sei, so sagte er, ein kluger, anständiger Mann mit reinem Gewissen. Aber das Viertel hätte für einen wie ihn keinen Platz, denn hier gäbe es nur Tagediebe und knüppelschwingende Banditen. Genau in diesem Augenblick begannen Jungen, die sich vor dem Gehöft zusammengerottet hatten, zu singen:

»He, Rifaa, du hässliche Laus,
wer hat dir befohlen den grässlichen Schmaus?«

Die Glückwünsche und Zurufe verstummten mit einem Schlag. Rifaa starrte zu Boden, und Meister Schafiis Gesicht verfärbte sich gelblich. Wütend rief Meister Higasi: »Ihr Hundesöhne!«

»Es gibt viel Schmutz in unserem Viertel«, sagte der Sänger Gawad nachdenklich. »Aber das Gute wird hier nie vergessen. Wie viel Schurken gab es schon unter den Wächtern, aber die Leute erinnern sich nur an solch gute Menschen wie Adham und Gabal.« Nach diesen Worten drängte er den Musiker, mit lautem Gesang den Lärm von draußen zu übertönen. Nun war die Stimmung nicht mehr so bedrückend, und die Feier ging weiter. Schließlich gingen alle Gäste, nur Rifaa und Jasmina blieben bei den Eltern. Sie sah in ihrem Brautkleid aus wie ein Wunder an Schönheit. Ihr zur Seite saß Rifaa in einem leichten, seidenen Gilbab. Um den Kopf trug er einen bestickten Schal und an den Füßen leuchtend gelbe Schuhe. Sie saßen beide auf dem mit rosa Wäsche geschmückten Sofa, das dem Bett gegenüberstand. Im Spiegel des Schranks sah man, dass sich unter dem Bett eine Waschschüssel und ein Krug befanden.

Jasmina schien offensichtlich darauf zu warten, dass Rifaa nun einen Angriff starten oder zumindest einen Versuch wagen würde. Aber Rifaa tat nichts anderes, als mal zur Deckenlampe und mal zur Bodenmitte zu blicken. Als ihr das Warten zu lange dauerte, wollte sie das lastende Schweigen brechen. »Ich werde nie vergessen, wie freundlich du zu mir warst. Ich schulde dir mein Leben.«

Er sah sie warmherzig an. »Wir alle schulden anderen Menschen unser Leben.« Seiner Stimme war anzuhören, dass damit dieses Gespräch für ihn beendet war.

Wie war er doch gütig! Damals, in jener Nacht, hatte er sich geweigert, ihr seine geöffneten Hände zu reichen, die sie küssen wollte. Jetzt aber sollte sie ihn nicht einmal mehr daran erinnern, wie gut er an ihr gehandelt hatte. Seiner Großmütigkeit kam nur noch seine Geduld gleich. Worüber er wohl nachdachte? Ob es ihn nun schmerzte, dass seine Gutmütigkeit ihn dazu gebracht hatte, eine wie sie zu heiraten? »Ich bin nicht so schlecht, wie die Leute denken. Sie verachten mich wegen der gleichen Sache, wegen der sie mich auch lieben.«

»Ich weiß. In unserem Viertel ist man vielen Irrtümern verfallen«, tröstete er sie.

»Da geben die Leute immer damit an, dass sie von Adham abstammen«, sagte sie verächtlich, »und zur gleichen Zeit prahlen sie voreinander mit den schlimmsten Verbrechen.«

»Je eher wir die Dämonen vertreiben, desto schneller nähern wir uns dem Glück.«

Sie begriff nicht, was er meinte, stattdessen wurde ihr plötzlich klar, wie albern es war, dass sie so nebeneinandersaßen. Sie musste lachen. »Das ist doch wirklich eine seltsame Unterhaltung für eine Hochzeitsnacht!« Sie warf den Kopf stolz zurück. Alle Dankbarkeit schien auf einmal vergessen. Sie legte den verzierten Gurt ab, der ihre Schultern umspannte, und blickte ihn mit zärtlicher Hingabe an.

»Du wirst die Erste im Viertel sein, die ihr Glück findet«, erklärte Rifaa.

Jasmina lächelte. »Wirklich? Ich habe noch etwas zu trinken ...«

»Ich habe schon beim Mittagessen getrunken, das reicht.«

Verwirrt dachte sie einen Augenblick nach, dann sagte sie: »Ich habe auch noch gutes Haschisch.«

»Als ich einmal Haschisch kostete, merkte ich, dass es mir nicht bekam.«

»Aber dein Vater ist richtig süchtig danach. Ich habe ihn einmal beobachtet, als er von einer Haschischrunde bei Schaldam kam. Er konnte die Nacht nicht mehr vom Tag unterscheiden.«

Rifaa lächelte, sagte aber nichts. Im Gefühl, eine Niederlage erlitten zu haben, stieg Wut in ihr auf. Jasmina erhob sich, ging zur Tür, kam wieder und blieb unter der Lampe stehen. Ihr dünnes Kleid ließ die Rundungen ihres hübschen Körpers erkennen. Sie blickte ihn an, sah, wie ruhig seine Augen blieben, und Verzweiflung packte sie. »Warum hast du mich gerettet?«

»Ich ertrage es nicht, wenn ein Mensch gequält wird.«

Wütend fauchte sie ihn an: »Also deshalb hast du mich geheiratet! Das allein war es!«

»Erzürne dich bitte nicht«, bat er.

Sie biss sich auf die Lippen. Es schien, als ob sie es bereute, laut geworden zu sein. Mit leiser Stimme sagte sie: »Ich habe geglaubt, dass du mich liebst.«

Seine Antwort klang ehrlich und schlicht: »Ich liebe dich, Jasmina.«

Erstaunt sah sie ihn an. »Wirklich?«

»Ja. Es gibt kein Geschöpf im Viertel, das ich nicht liebe.«

Sie seufzte enttäuscht. Dann warf sie ihm einen misstrauischen Blick zu. »Ich habe dich verstanden. Du bleibst bei mir ein paar Monate, und dann lässt du dich scheiden.«

Rifaas Augen weiteten sich. »Rede doch nicht das dumme Zeug der anderen nach«, murmelte er.

»Du verwirrst mich! Was bist du denn bereit, mir zu geben?«

»Das wahre Glück.«

»Das habe ich bisweilen schon erlebt, bevor ich dich kennengelernt habe«, warf sie unwillig ein.

»Wahres Glück ist immer mit Würde verbunden.«

Gegen ihren Willen musste sie lachen. »Aber mit Würde allein ist man nicht glücklich.«

»In unserem Straßenteil hat noch nie jemand wahres Glück empfunden«, meinte Rifaa traurig.

Langsam ging sie zum Bett hinüber und setzte sich müde auf den Rand. Von Mitleid erfüllt, ging er zu ihr. »Wie alle Menschen im Viertel hier denkst du wohl auch nur an die verloren gegangene Stiftung.«

Auf ihrem Gesicht zeichnete sich Spott ab. »Möge der Herr mir behilflich sein, deine Rätsel zu lösen!«

»Sie werden sich von ganz allein lösen, wenn du von deinem Dämon befreit bist.«

»So, wie ich bin, bin ich zufrieden mit mir!«

»Das behaupten Chonfus und die anderen auch von sich.«

Sie schnaufte empört. »Werden wir etwa bis morgen früh so reden?«

»Geh schlafen, möge Allah dir schöne Träume bereiten.«

Sie schob sich aufs Bett und legte sich auf den Rücken. Ihr Blick ging zwischen Rifaa und der leeren Stelle neben sich hin und her.

»Ruh dich aus«, sagte Rifaa. »Ich werde auf dem Sofa schlafen.«

Jasmina bekam einen Lachanfall. Prustend sagte sie: »Ich habe nur Angst, dass deine Mutter morgen früh hereinkommt, um dich zu warnen, es nicht zu übermäßig zu treiben.« Ihn genau beobachtend, hoffte sie darauf, sich an seinem verlegenen Gesicht ergötzen zu können. Aber sie hatte sich geirrt, er sah genauso ruhig und sanft aus wie zuvor.

»Ich wünsche mir sehr, dich von deinem Dämon zu befreien«, antwortete er nur.

Da schrie sie ihn an: »Überlass den Frauen die Frauenarbeit!«

Mit einem Ruck drehte sie sich zur Wand. In ihrem Herzen loderten Flammen der Wut und Erregung.

Rifaa stand auf und drehte den Docht der Lampe herunter. Nachdem er das Licht ausgepustet hatte, herrschte tiefste Finsternis.

53

In den Tagen nach der Hochzeit konnte man Rifaa unermüdlich in Bewegung sehen. Er ging nur selten in den Laden. Wenn der Vater ihn nicht so geliebt und nicht solches Mitleid mit ihm verspürt hätte, dann hätte sich Rifaa wohl kaum ernähren können. Jeden aus der Gabalfamilie, den er zufällig auf der Straße traf, versuchte er davon zu überzeugen, dass er ihn von seinem Dämon befreien und ihm damit zum reinen, nie gekannten Glück verhelfen könne. Die Leute flüsterten sich zu, dass Meister Schafiis Sohn seinen Verstand verliere und wohl bald zu den Verrückten zu zählen sei. Einige sagten, er hätte sich schon immer seltsam benommen, während andere meinten, sein Zustand ließe sich nur damit erklären, dass er eine Frau wie Jasmina geheiratet habe. Überall, in den Kaffeehäusern, Wohnungen, Haschischspelunken und beim Schieben der Handkarren, wurde darüber gesprochen.

Eines Tages war Umm Bichatirha völlig überrascht, als Rifaa auch sie fragte, ob sie ihm erlaube, sie von den bösen Geistern zu befreien. Verblüfft schlug sie die Hände über der Brust zusammen und fragte: »Woher willst du denn wissen, ob ich überhaupt von einem Dämon befallen bin? Denkst du so über die Frau, die dich liebt wie ihren eigenen Sohn?«

Rifaa sah sie ernst an. »Ich biete meine Dienste nur Menschen an, die ich liebe und achte. Du bist der Quell von allem Guten und Segensreichen, aber du bist nicht frei von der Gier, aus der Krankenheilung einen Handel zu machen. Wenn du den Geist loswerden könntest, der dich beherrscht, dann würdest du Gutes tun, ohne dich dafür bezahlen zu lassen.«

Die Frau konnte nicht länger an sich halten und lachte auf. »Du willst wohl mein Haus zerstören! Allah vergebe dir, Rifaa«, erklärte sie, nachdem sie sich ein wenig beruhigt hatte.

Diese Geschichte mit Umm Bichatirha verbreitete sich rasch, unter lautem Gelächter wurde sie weitererzählt. Selbst Meister Schafii musste schmunzeln, obwohl er das alles keineswegs so lustig fand.

Als Rifaa sah, dass sein Vater lächelte, sagte er zu ihm: »Selbst du, Vater, brauchst mich. Meine Achtung vor dir fordert, dass ich mit dir beginne.«

Betrübt schüttelte der Vater den Kopf. Er hämmerte verbissen auf die Nägel ein, als könnte er sich dadurch beruhigen. Nach einer Weile sagte er lediglich: »Möge unser Herr mir Geduld geben!«

Aber Rifaa redete weiter auf ihn ein, sodass er doch aus der Fassung geriet. »Reicht es dir nicht, dass das ganze Viertel über uns redet?« Daraufhin zog sich Rifaa niedergeschlagen in eine dunkle Ecke des Ladens zurück. Argwöhnisch blickte Meister Schafii zu ihm hinüber und fragte: »Stimmt es, dass du auch deiner Frau diesen schrulligen Vorschlag gemacht hast?«

»Genau wie ihr will auch sie nicht das wahre Glück kennenlernen«, erwiderte Rifaa betrübt.

Er ging zur Opiumhöhle von Schaldam, die sich in einer Ruine hinter dem Kaffeehaus befand. Um die Feuerstelle herum saßen Schaldam, Higasi, Barhum, Farhat, Hanura und Saituna. Sie sahen ihn befremdet an. »Willkommen, Sohn von Meister Schafii«, sagte

Schaldam. »Dich hat wohl die Ehe vom Sinn des Opiums und des Haschischs überzeugt?«

Rifaa legte ein Stück Honigkuchen auf das niedrige Tischchen und setzte sich. »Das habe ich euch mitgebracht.«

»Oh, wie großzügig«, sagte Schaldam und reichte die Pfeife weiter.

Barhum lachte. »Gleich wird er uns vorschlagen, eine Geisterbeschwörung vorzunehmen, um uns die bösen Dämonen auszutreiben.« Barhums Stimme klang ziemlich scharf.

Saituna sah Rifaa voller Hass an, als wollte er ihn verschlingen. Näselnd wie neuerdings immer, stieß er hervor: »Wenn du dich auf so etwas verstehst, dann solltest du erst mal deine Frau von ihrem Dämon namens Bajumi befreien.« Die anderen schienen unangenehm berührt, Verlegenheit zeichnete sich auf ihren Gesichtern ab. Saituna wies auf seine gebrochene Nase. »Daran ist nur er schuld.«

Farhat blickte schnell zu Rifaa hinüber. Aber der schien nicht wütend zu werden. Traurig sagte er: »Dein Vater ist ein guter Mensch und ein geschickter Tischler. So, wie du dich benimmst, bereitest du ihm nur Kummer und lenkst Spott auf ihn. Kaum hat er sich davon erholt, dass du diese Frau geheiratet hast, da lässt du seinen Laden im Stich, um die Leute von angeblichen Dämonen zu befreien. Möge Allah dich wieder gesund machen, mein Sohn!«

»Aber ich bin nicht krank! Ich will für euch nur das vollkommene Glück.«

Saituna nahm einen tiefen Zug aus der Pfeife und sah ihn, als er den Rauch ausstieß, streng an. »Und wer hat dir gesagt, dass wir nicht glücklich sind?«

»Unser Großvater will uns in besseren Verhältnissen sehen.«

Farhat lachte. »Lass deinen Großvater, wo er ist. Woher willst du überhaupt wissen, dass er uns nicht vergessen hat?«

Higasi hatte bemerkt, dass Saituna den jungen Mann unentwegt anstarrte und dass sein hasserfüllter Blick nichts Gutes versprach. Er stieß ihn an und sagte mahnend: »Du hast dieses Beisammensein zu respektieren, also lass alle Feindseligkeit.« Saituna schien das einzusehen, denn er nickte, gab den Männern ein Zeichen, und alle begannen zu singen:

»Das Boot der Liebsten kommt über den Fluss, den kühlen, trägt langsam mit sich das heißeste Fühlen.«

Rifaa ging hinaus, einige Männer sahen ihm voller Bedauern nach. Niedergeschlagen kam er nach Hause, wo ihn Jasmina mit einem ruhigen Lächeln empfing. In der ersten Zeit hatte sie ihn gescholten, dass er durch sein Benehmen sowohl sich selbst als auch sie zur Spottfigur machte. Aber dann hörte sie auf mit den Vorwürfen, änderten sie doch ohnehin nichts. Sie schickte sich geduldig in dieses Leben, von dem sie nicht wusste, wie es enden würde, und behandelte ihn sogar freundlich und gütig.

Es klopfte an der Tür. Unaufgefordert trat Chonfus ein, der Wächter der Gabalfamilie. Rifaa erhob sich, ihn zu begrüßen, aber schon hatte Chonfus ihn mit festem Griff an der Schulter gepackt, als müsste er einem kläffenden Hund das Maul zuhalten. Ohne lange Vorrede fuhr er ihn barsch an: »Was hast du in Schaldams Opiumbude über die Stiftung gesagt?«

Vor Schreck erstarrte Jasmina das Blut in den Gliedern. Rifaa, der neben Chonfus wie ein Spatz in den Klauen eines Geiers aussah, blieb gelassen. »Ich habe nur gesagt, dass unser Großvater für uns ein glückliches Leben will.«

Der andere schüttelte ihn wild. »Woher willst du das wissen?«

»Das hat er doch zu Gabal gesagt.«

Schmerzhaft presste die Hand seine Schultern. »Mit Gabal hat er nur über die Stiftung geredet!«

Der Schmerz wurde unerträglich. »Mich kümmert die Stiftung überhaupt nicht. Das Glück, zu dem ich bisher noch keinem verhelfen durfte, hat mit der Stiftung nichts zu tun. Auch nichts mit Wein oder Haschisch. Nur das habe ich gesagt, und zwar überall hier bei den Gabals, alle konnten es hören.«

Chonfus schüttelte ihn wieder. »Dein Vater war auch mal ein Rebell, aber er hat es dann wenigstens bereut. Ich warne dich davor, ihm nacheifern zu wollen. Wenn du nicht hörst, dann zerquetsche ich dich wie eine Wanze.« Er gab ihm einen kräftigen Stoß, sodass Rifaa rücklings aufs Sofa fiel. Dann ging er.

Jasmina lief zu Rifaa, um ihn zu trösten. Behutsam massierte sie ihm die Schulter, die schrecklich wehtun musste, er schien vor Schmerz halb ohnmächtig zu sein. Als spräche er mit sich selbst, murmelte er: »Und doch war es die Stimme meines Großvaters, die ich gehört habe.«

Jasmina sah ihn mitleidig und verwirrt an. Hatte er vielleicht wirklich den Verstand verloren? Nie hätte sie gewagt, das gerade Gehörte zu wiederholen. Nie zuvor war sie von solch beängstigender Unruhe ergriffen worden.

Eines Tages, als Rifaa das Gehöft verließ, stellte sich ihm eine Frau in den Weg, die nicht zu den Gabals gehörte. Bescheiden sagte sie: »Guten Morgen, Meister Rifaa.«

Erstaunt über die Achtung, die aus ihren Worten sprach, und über den Titel, den sie seinem Namen vorangestellt hatte, fragte er: »Was willst du?«

Sie sah ihn flehentlich an. »Mein Sohn ist von einem Dämon besessen, und ich möchte, dass du ihn davon befreist.«

Wie alle Gabals verachtete auch Rifaa die anderen Bewohner des Viertels. Unwillkürlich verspürte er eine Abneigung, dieser Frau zu helfen, und weil er wusste, dass seine Familie, sollte er etwas für sie tun, noch geringschätziger auf ihn herabschauen würde, verstärkte sich dieses Gefühl. »Gibt es denn bei euch in der Familie keine Geisterbeschwörerin?«

Mit fast weinerlicher Stimme antwortete die Frau: »Ja, schon, aber ich bin arm.«

Rifaa fühlte Mitleid mit ihr. Es freute ihn auch, dass sie ihn aufgesucht hatte, empfing er doch von seiner Familie nichts als Hohn und Missachtung. Entschlossen sah er sie an. »Gut, ich helfe dir.«

54

Jasmina lehnte aus dem Fenster und besah sich voller Freude die neue Umgebung. Unten auf der Straße spielten einige Jungen, eine Frau pries laut Datteln zum Verkauf an, und Baticha hatte gerade einen Mann beim Wickel und hieb kräftig auf ihn ein. Der flehte ihn vergeblich an aufzuhören. Rifaa saß auf dem Sofa und schnitt sich die Zehennägel. »Gefällt dir unser neues Heim?«

Sie drehte sich zu ihm um. »Hier kann man direkt auf die Straße sehen, dort haben wir immer nur auf den dunklen Gang geschaut.«

Rifaa erwiderte bekümmert: »Wenn wir nur diesen Gang in unserer Nähe hätten! Es ist ein gesegneter Ort, an dem Gabal den Sieg über seine Feinde davongetragen hat. Aber wir konnten ja leider nicht länger bleiben, da alle Menschen uns auf Schritt und Tritt verhöhnten. Hier gibt es nur arme Leute, und die sind gutherzig. Nur gute Menschen sind ehrenwert, nicht aber die Gabals.«

Jasmina sagte verächtlich: »Ich hasse sie, seit sie mich fortjagen wollten.«

Er schmunzelte. »Aber warum sagst du dann immer zu unseren neuen Nachbarn, dass du zur Gabalfamilie gehörst?«

Sie lachte hell auf, sodass ihre glitzernd weißen Zähne zu sehen waren. »Damit sie wissen, dass ich etwas Besseres bin als sie.«

Rifaa legte die Schere aufs Sofa und setzte die Füße auf die Bodenmatte. »Du würdest noch viel hübscher und netter sein, wenn du nicht so eingebildet wärst. Die Gabalfamilie stellt überhaupt nichts Besonderes in unserem Viertel dar. Etwas Besonderes sind nur die guten Menschen. Ich habe mich genauso geirrt wie du und mich nur um die Gabalfamilie gekümmert. Aber das wahre Glück verdient nur der, der es ehrlichen Herzens sucht. Schau dir nur an, wie diese gütigen Menschen mich hier aufgenommen haben und wie sie sich von den Dämonen befreien lassen.«

»Aber alle erhalten für ihre Arbeit einen Lohn, nur du nicht!«, wandte sie empört ein.

»Ohne mich hätten die Armen niemanden, der ihnen hilft. Geheilt können sie werden, nur bezahlen können sie nicht. Andererseits habe ich aber, bevor ich sie kennenlernte, noch nie Freunde besessen.« Vor lauter Groll hatte Jasmina keine Lust, das Gespräch fortzusetzen. Aber Rifaa ließ sich nicht beirren. »Ach, wenn du dich mir fügen würdest, wie diese Leute es tun! Dann würde ich dich von allem befreien, was das Leben trübe macht.«

Jetzt wurde sie wütend. »Findest du mich denn dermaßen unangenehm?«

»Manche Menschen lieben ihren Dämon richtig, ohne es zu wissen.«

»Ich verabscheue nichts mehr als solche Gespräche!«, schrie sie. Rifaa lächelte. »Du bist wirklich eine aus der Gabalfamilie. Alle dort haben sich geweigert, von mir Heilung zu erlangen, selbst mein Vater.«

Es klopfte. Bestimmt stand ein neuer Kunde vor der Tür. Rifaa stand auf, um ihn zu begrüßen.

So glücklich wie jetzt war Rifaa noch nie in seinem Leben gewesen. Im neuen Wohnteil nannte man ihn Meister Rifaa. Die Menschen taten es, weil sie ihn liebten und verehrten. Er war dafür bekannt, dass er die Dämonen vertrieb und Gesundheit und Glück nur um Allahs willen schenkte. Einem solch lauteren Charakter waren die Menschen hier noch nie zuvor begegnet. Deshalb liebten ihn die Armen wie keinen zuvor. Da war es nur zu verständlich, dass Baticha, der Wächter ihres neuen Wohnteils, Rifaa nicht ausstehen konnte. Zum einen war er ihm viel zu gütig, zum anderen ließ sich bei ihm keinerlei Schutzgeld eintreiben. Er fand keinen einzigen Grund, gewalttätig gegen ihn vorzugehen. Jeder, der von Rifaas Händen geheilt wurde, hatte eine Geschichte, die er immer und immer wieder erzählen konnte. Umm Dawud zum Beispiel hatte früher, wenn sie einen Nervenanfall bekam, ihren Jungen gepackt und gebissen. Jetzt war sie geradezu ein Vorbild an Ruhe und Ausgeglichenheit. Oder Sinara, der sonst nichts so sehr liebte wie Zank und Streit, war nun auf einmal sanftmütig und geduldig und wie ein einziger Friedensgruß. Talba, der Taschendieb, bereute alle seine Schandtaten aus tiefstem Herzen und arbeitete bei einem Kupferschmied. Awis heiratete plötzlich und führte ein ordentliches Leben. Rifaa hatte vier Kranke als Freunde gewonnen, die ihm schließlich wie Brüder waren – Saki, Husain, Ali, Karim. Keiner von ihnen hatte, bevor sie ihn kennenlernten, gewusst, was Freundschaft oder Liebe war. Saki war ein nörgliger Griesgram gewesen, Husain ein hoffnungsloser Opiumsüchtiger, Ali ein brutaler Schläger und Karim ein schlimmer Kuppler. Sie alle waren zu großherzigen Männern geworden. Wenn sie sich an Hinds Felsen, mitten in der Wüste, trafen, führten sie heitere und freundschaftliche Gespräche miteinander. Zu ihrem Heilsbringer schauten sie mit von Liebe und Ergebenheit gefüllten Augen auf. Sie alle träumten von dem Glück, das sich mit den weißen Schwingen der Barmherzigkeit auf das ganze Viertel legen würde. Einmal, als sie in der Stille des sich neigenden Tages beieinandersaßen und das Abendrot betrachteten, fragte Rifaa: »Warum sind wir glücklich?«

Begeistert antwortete Husain: »Du, nur du bist das Geheimnis unseres Glücks!«

Rifaa blickte ihn dankbar lächelnd an. »Das ist es nicht. Wir sind glücklich, weil wir uns von den Dämonen befreit haben und damit von Hass, Gier und allen anderen Übeln erlöst sind, die die Menschen unseres Viertels noch immer zerstören.«

»Wir sind glücklich«, pflichtete ihm Ali bei, »obwohl wir arm und schwach sind und keinen Anteil an der Stiftung und an der Macht haben.«

Rifaa nickte zustimmend. »Wie sehr mussten die Menschen schon wegen dieser verloren gegangenen Stiftung und der blinden Gewalt leiden! Verfluchen wir also die Stiftung und die Gewalt!«

Die anderen beeilten sich, in den Fluch einzustimmen. Ali griff nach einem Stein und warf ihn mit aller Kraft in die Richtung des Berges. Rifaa nahm seine Gedanken wieder auf: »Seit der Zeit, da die Sänger davon erzählen, dass Gabalawi Gabal dazu drängte, aus den Gehöften der Familie Häuser zu machen, die dem Großen Haus an Pracht und Schönheit ähnlich sind, streben die Menschen nur noch nach der Macht und Stellung von Gabalawi. Sie vergaßen fortan alle seine anderen guten Eigenschaften. So war es Gabal nicht möglich, obwohl er das Recht auf die Stiftung verwirklichte, die Herzen der Menschen zu verändern. Als er dann aus der Welt schied, verwandelten sich die Starken wieder in Gewaltherrscher, und die Schwachen waren wieder von Hass erfüllt. So kehrten alle zum alten Elend zurück. Ich aber öffne allen die Türen zum wahren Glück, und zwar ohne Stiftung, ohne Gewalt, ohne das Streben nach Rang und Ruhm.«

Karim war so bewegt, dass er Rifaa küsste. Dann sagte er: »Morgen, wenn die Starken erst einmal das Glück der Schwachen wahrnehmen, werden sie begreifen, dass ihre Macht, ihre Stellung und ihr gewaltsam angeeignetes Vermögen im Grunde nichts bedeuten.«

Die Männer schwelgten in Worten der Liebe und des Lobes kommenden Glücks. Von weit draußen aus der Wüste trug ein Windhauch das Lied eines Hirten heran. Ein einziger Stern stand hoch oben am Himmel. Rifaa schaute plötzlich seine Freunde an und sagte: »Ich schaffe es nicht mehr allein, die Leute unseres Viertels zu behandeln. Es ist Zeit geworden, dass auch ihr etwas tut. Ihr müsst alle Geheimnisse erlernen, damit ihr die Kranken von den Dämonen erlösen könnt.«

Begeisterung zeichnete sich auf den Gesichtern ab, und Saki rief: »Das ist das Schönste, was du uns geben kannst!«

Er lächelte sie an. »Ihr werdet der Schlüssel zum Glück für unser Viertel sein.«

Sie kehrten in ihren Wohnteil zurück, wo in einem Gehöft Hochzeit gefeiert wurde und alles hell erleuchtet war. Als die Gäste Rifaa erblickten, eilten sie zu ihm, um ihm die Hand zu schütteln. Baticha ärgerte sich darüber, stand fluchend und schimpfend von seinem Platz im Kaffeehaus auf und ohrfeigte mal diesen und mal jenen. Als er bei Rifaa anlangte, fuhr er ihn grob an: »Was meinst du wohl, Söhnchen, wer du bist?«

»Der Freund der Armen, Meister.«

Baticha schrie ihn an: »Dann bewege dich gefälligst auch wie sie, und komme nicht einhergeschritten, als wärst du der strahlende Bräutigam eines Hochzeitszuges! Hast du vergessen, dass man dich aus deinem Wohnteil vertrieben hat, dass du Jasminas Mann bist und ein Beschwörerweib?« Streitsüchtig, wie er war, spuckte er Rifaa an. Die Umstehenden gingen weg. Es herrschte furchtsames Schweigen. Aber die Freudentriller der Frauen bei der Hochzeit deckten alles zu.

55

Bajumi, der Oberwächter des Viertels, stand zur frühen Nachtstunde am hinteren Gartentor, das zur Wüste hinausging. Der Mann hielt Ausschau und lauschte. Als es klopfte, öffnete er, und eine Frau schlüpfte herein. Eingehüllt in eine Milaja und einen Schleier, sah sie aus wie eine aus der Dunkelheit herausgemeißelte Figur. Er nahm sie bei der Hand und ging mit ihr durch den Garten, wobei er vermied, zu dicht ans Haus heranzukommen. Schließlich erreichten sie das Gartenhaus. Er öffnete die Tür, und beide traten ein. Er zündete eine Kerze an und stellte sie auf das Fensterbrett. Im Raum herrschte Halbdunkel. An den Wänden standen Sofas, in der Mitte befand sich ein großes Tablett mit einer Wasserpfeife und allem Zubehör, um das Tablett herum lagen Kissen. Die Frau legte die Milaja und den Schleier ab. Bajumi zog sie so kräftig an sich, dass es ihr wehtat und sie ihn flehentlich ansah. Als sie ihm gewandt entschlüpfte, lachte er leise auf und setzte sich auf ein Kissen. Er stocherte mit den Fingern in der Asche des Kohlebeckens herum und zog sie schnell zurück, als er auf ein glühendes Stück stieß. Sie setzte sich neben ihn, küsste ihn aufs Ohr, wies auf das Kohlebecken und sagte: »Ich habe fast vergessen, wie das riecht.«

Er bedeckte ihre Wangen und ihren Hals mit einer Flut von Küssen. Dann nahm er ein Stück Haschisch, legte es ihr in den Schoß und erklärte: »Diese gute Sorte rauchen hier im Viertel nur der Verwalter und ich.«

Vom Viertel drang Lärm herüber, dort musste ein Kampf ausgebrochen sein. Schimpfwörter wurden geschrien, Stöcke knallten aufeinander, Glasscherben klirrten, eilige Schritte stampften davon, eine Frau schrie, ein Hund bellte ... Während die Frau beunruhigt aussah, zerstückelte der Mann gleichgültig das Haschisch. »Es war schwer für mich herzukommen«, sagte sie. »Damit mich niemand sehen konnte, ging ich erst in Richtung Gamalija, dann nach ad-Darrasa und von dort in die Wüste, um schließlich die Hintertür des Gartens zu erreichen.«

Er beugte sich zu ihr hinüber, ohne dass aber seine Finger vom Haschisch ließen, und schnüffelte genüsslich an ihrer Achselhöhle. »Es würde mir überhaupt nichts ausmachen, dich zu Hause zu besuchen.«

Sie lächelte. »Keiner von diesen Feiglingen würde es wagen, sich dir in den Weg zu stellen. Selbst Baticha würde noch den Sand mit Teppichen für dich bedecken. Ihre ganze Empörung würden sie nur an mir auslassen.« Verspielt zwirbelte sie an seinem dicken Schnurrbart. »Aus lauter Angst vor deiner Frau bist du aber hierher, ins Gartenhaus geschlichen.«

Er ließ das Stück Haschisch fallen, zog sie an sich und umarmte sie so heftig, dass sie aufstöhnte. Dann flüsterte sie leise: »Allah sollte uns besser vor der Leidenschaft der Wächter bewahren.«

Er ließ von ihr ab, warf den Kopf zurück und streckte seine Brust wie ein Truthahn vor. »Hier gibts nur einen Wächter, und die anderen sind seine Laufburschen.«

Sie spielte mit den Haaren auf seiner Brust, die aus dem Ausschnitt seines Gilbabs hervorkrochen. »Für die anderen ist er tatsächlich der Wächter, aber nicht für mich.«

Er zwickte sie in die Brust. »Du bist die Krone auf dem Haupt des Wächters.« Dann streckte er die Hand nach einem Krug hinter dem Tablett aus. »Das ist ein wunderbares Bier.«

Bedauernd sagte sie: »Es riecht bloß ziemlich stark. Möglicherweise merkt mein lieber Ehemann etwas.«

Er nahm einen tüchtigen Schluck, häufelte die Glut und sagte stirnrunzelnd: »Was ist das schon für ein Mann! Ich habe ihn einige Male gesehen, als er wie ein Irrer umherstreifte. Der erste Mann in diesem seltsamen Viertel, der sich als Teufelsaustreiberin versucht!«

Sie sah zu, wie er rauchte. »Ich schulde ihm mein Leben. Deshalb halte ich bei ihm aus. Er tut mir nichts, und ihn zu betrügen, ist nicht schwer.« Er reichte ihr die Pfeife. Sie schob sie sich schnell in den Mund, voller Gier nahm sie einen tiefen Zug und stieß dann mit geschlossenen Augen berauscht den Rauch aus. Danach war er wieder an der Reihe. Er nahm etliche kurze Züge und sagte zwischendurch: »Verlass ihn … er spielt mit dir wie ein Kind.«

Sie zuckte mit den Schultern. »Wieso?«, fragte sie spöttisch. »Mein Mann tut nichts weiter, als die Armen von Dämonen zu befreien.«

»Und du? Befreist du ihn nicht auch manchmal von etwas?«

»Bei deinem Leben! Wenn man sich sein Gesicht auch nur einmal ansieht, braucht man darüber kein Wort mehr zu verlieren.«

»Kein einziges Mal im Monat?«

»Kein einziges Mal im Jahr! Er hat keine Zeit für seine Frau, weil er sich um die bösen Geister der Leute kümmern muss.«

»Der Teufel soll ihn holen! Was nützt ihm denn das alles?«

Verlegen schüttelte sie den Kopf. »Gar nichts! Wenn sein Vater uns nicht helfen würde, dann wären wir schon verhungert. Er ist davon überzeugt, dass er den Auftrag hat, die Armen glücklich zu machen und sie zu erlösen.«

»Wer hat ihm denn seiner Meinung nach den Auftrag erteilt?«

»Er sagt, dass es der Stifter für seine Kinder wünscht.«

In den schmalen Augen Bajumis leuchtete Interesse auf. Er steckte die Pfeife in eine Blechkanne und fragte: »Hat er wirklich gesagt, dass der Stifter es will?«

»Ja.«

»Und woher will er wissen, was der Stifter gesagt hat?«

Die Frau wurde unruhig und fürchtete, dass das Gespräch die heitere Stimmung trüben und sie vielleicht Dinge ausplaudern würde, die gefährlich werden könnten. »So erklärt er sich die Aussprüche des Stifters, die in den Versen der Sänger vorkommen.«

Er stocherte in der Glut herum und sagte: »Verruchtes Viertel! Und der Wohnteil der Gabals ist der verrückteste, von dort sind die schlimmsten Scharlatane gekommen. Plappern dummes Zeug über die Stiftung und die zehn Gebote, als hätten nur sie diesen Großvater. Gestern war da dieser Quacksalber Gabal und beklaute mit seinen Lügen die Stiftung, und heute macht sich dieser Schwachsinnige daran, Worte zu erklären, die keiner Erklärung bedürfen. Er wird noch behaupten, dass er den ganzen Unsinn von Gabalawi höchstpersönlich gehört hat.«

Ängstlich sagte sie: »Aber er will doch nur die Armen von den Dämonen befreien.«

Bajumi schnaubte höhnisch. »Woher wollen wir wissen, ob nicht vielleicht sogar die Stiftung von einem bösen Geist besessen ist?« Plötzlich schwoll seine Stimme an, als hätte er alle Heimlichkeit vergessen. »Der Stifter ist tot! Oder zumindest so gut wie tot, ihr Hundesöhne!«

Jasmina war bestürzt. Vor lauter Angst, dass die sich bietende Gelegenheit entrinnen könnte und die schöne Stimmung dann zerstört wäre, begann sie, sich langsam das Kleid auszuziehen. Das Gesicht des Mannes heiterte sich wieder auf. Mit gierigen Augen sah er ihr zu.

56

In der locker hängenden Abaja sah der Verwalter mager und schwach aus. Sorge überschattete sein blasses, rundes Gesicht mit den welken Augenlidern und dem müden Blick, der vom vorzeitigen Ergreisen sprach. Die tiefen Falten um die Augen deuteten darauf hin, dass er übermäßig ausschweifenden Lastern frönte. Bajumis dickes, pralles Gesicht verriet nichts von der inneren Genugtuung, mit der er sich über die ängstliche Unruhe seines Herrn freute. Er selbst hatte den Grund dafür geliefert, indem er ihm die schlimmen Nachrichten überbracht und darauf verwiesen hatte, welch heiklen Dienst er sowohl dem Verwalter als auch der Stiftung leistete. »Ohne dich mit diesen Nachrichten zu sehr belästigen zu wollen«, erklärte er, »kann ich bei Dingen, die mit der Stiftung zusammenhängen, doch erst dann etwas unternehmen, wenn ich mit dir Rücksprache gehalten habe. Hinzu kommt, dass dieser schwachsinnige Störenfried aus der Gabalfamilie stammt und wir dazu verpflichtet sind, keinem von ihnen, ohne deine ausdrückliche Erlaubnis, Gewalt anzutun.«

Das Gesicht von Ihab, dem Verwalter, wurde düster. »Hat er wirklich behauptet, dass er mit dem Stifter zu tun hatte?«

»Das habe ich aus mehr als einer Quelle erfahren. Seine Kranken glauben sogar ganz fest daran, auch wenn sie darauf bedacht sind, es geheim zu halten.«

»Vielleicht ist er verrückt, denn auch Gabal war ein Scharlatan. Nur leider liebt dieses elende Viertel gerade die Verrückten und die Scharlatane. Was will denn die Gabalfamilie noch, nachdem sie schon völlig zu Unrecht die Stiftung geplündert hat? Warum setzt sich der Stifter nicht mal mit jemand anderem in Verbindung? Warum, zum Beispiel, nicht mit mir, wo ich ihm doch am nächsten stehe! Er hockt da in seinem Zimmer, und das Tor seines Hauses öffnet sich nur, wenn ihm gebracht wird, was er braucht. Niemand sieht ihn, und er selbst bekommt nur seine Dienerin zu Gesicht. Aber natürlich ist nichts leichter, als dass einer von den Gabals ihn ständig trifft oder dass sie ihn hören!«

Bajumi sagte ärgerlich: »Sie werden keine Ruhe geben, bevor sie sich nicht der ganzen Stiftung bemächtigt haben.«

Vor Wut gelb im Gesicht, sprang der Verwalter auf, um Anordnungen zu treffen. Aber schon im nächsten Augenblick sank er wieder in den Sessel zurück und fragte: »Hat er irgendetwas über die Stiftung gesagt, oder beschränkt sich sein Eifer auf das Austreiben von bösen Geistern?«

»Er machts wie Gabal, der hat sich auch nur damit begnügt, die Schlangen zu verscheuchen.« Bajumi grinste. »Bloß, was hat der Stifter mit bösen Geistern zu tun?«

Ihab stand auf und erwiderte schroff: »Ich will nicht vom gleichen Fluch wie der Effendi getroffen werden.«

Bajumi lud Gabir, Handusa, Chaled und Baticha in seine Opiumhöhle ein und erklärte ihnen, dass sie ein Mittel gegen den Wahnsinn von Rifaa, dem Sohn des Tischlers Schafii, finden müssten. Verärgert fragte Baticha: »Und deshalb hast du uns kommen lassen, Meister?« Als Bajumi nickte, klatschte er in die Hände und rief: »Ach, du liebe Güte! Da werden die Wächter des Viertels wegen eines Geschöpfes zusammengerufen, das weder Mann noch Weib ist!«

Bajumi sah ihn missbilligend an. »Er treibt sein Unwesen vor deinen Augen, aber du kriegst nicht mit, dass er gefährlich ist. Und natürlich hast du auch nicht gehört, wie er behauptet, mit dem Stifter in Verbindung zu stehen.« Beide Männer sahen sich durch den dicken Rauch hindurch aufgebracht an.

»Dieser alte Hurensohn!«, schimpfte Baticha verwirrt los. »Was soll denn der Stifter mit Geistern zu tun haben? War vielleicht unser Großvater eine von diesen alten Vetteln, die Dämonen austreiben?«

Die Männer begannen zu lachen, hörten aber sofort auf, als sie sahen, wie finster Bajumi blickte. »Du bist voll von Kokain, Baticha!

Ein Wächter kann sich betrinken, und er kann Haschisch rauchen, doch es gehört sich nicht für ihn, Kokain zu nehmen!«

»Aber Meister«, begann Baticha, sich zu verteidigen, »ich war auf Antars Hochzeit, und obwohl dort zwanzig Männer mit ihren Stöcken über mich herfielen und mein Gesicht und mein Hals voller Blut waren, habe ich meinen Knüppel nicht fallen lassen.«

Handusa mischte sich ein. »Soll er doch die Sache mit Rifaa in Ordnung bringen, und zwar so, wie er denkt. Wenn er es nicht schafft, verliert er sein Ansehen. Vielleicht findet er einen Weg, diesen Schwachsinnigen ohne Gewalt kleinzukriegen. So einen wie den anzugreifen, ist doch unter der Würde eines Wächters.«

Das Viertel schlief schon, und niemand ahnte, was da in Bajumis Spelunke ausgeheckt worden war. Als Rifaa am Morgen des nächsten Tages aus dem Haus trat, erblickte er Baticha. »Guten Morgen, Meister«, grüßte er höflich.

Aber Baticha sah ihn voller Abscheu an und schrie: »Dein Morgen soll schwarz wie Teer sein, du Sohn einer alten Vettel! Geh zurück ins Haus, und lass dich nicht wieder sehen, sonst schlage ich dir den Kopf ein!«

Verblüfft blieb Rifaa stehen. »Was hat denn unseren Wächter so verärgert?«

Baticha tobte los: »Du sprichst jetzt mit Baticha und nicht mit dem Stifter! Also mach, dass du wegkommst!«

Rifaa wollte etwas sagen, aber der andere schlug so heftig zu, dass er an die Hausmauer taumelte. Eine Frau, die alles beobachtet hatte, schrie laut auf. Das ganze Viertel horchte auf. Weitere Frauen begannen zu kreischen. Von überall her ertönten Rufe, dass Rifaa Hilfe brauche. In Windeseile kamen die Menschen herbeigelaufen, unter ihnen auch Saki, Ali, Husain und Karim. Dann kamen auch Meister Schafii und der Sänger Gawad, der sich mühte, mit seinem Stock den Weg zu finden. Es dauerte nicht lange, und Rifaas Freunde, Frauen und Männer füllten den Platz. Baticha war überrascht, das hatte er nicht erwartet. Er hob die Hand und schlug Rifaa mitten ins Gesicht. Ohne jegliches Zeichen, dass er sich verteidigen würde, blieb Rifaa unbeweglich stehen. Die anderen schrien empört. Erregung kam auf. Einige flehten Baticha an, von Rifaa abzulassen, andere begannen, seine guten Eigenschaften aufzuzählen. Die meisten wollten aber wissen, warum er ihn angegriffen hatte. Hier und da wurden Protestrufe laut. Da schrie Baticha wutentbrannt: »Habt ihr vergessen, wer ich bin?«

Die Liebe zu Rifaa, die sie hatte herbeilaufen lassen, gab ihnen jetzt auch den Mut, sich der unüberhörbaren Warnung Batichas entgegenzustellen. Ein Mann, der ganz vorn stand, sagte: »Du, unser Wächter, bist unser Haupt. Wir wollten dich nur darum bitten, diesem guten Menschen zu vergeben.« Ein anderer fasste, geschützt von der Menge, Mut und rief: »Du, unser Wächter, bist unser Augapfel. Aber was hat sich denn Rifaa zuschulden kommen lassen?« Wieder ein anderer, der ganz hinten stand und sich deshalb sicher glaubte, schrie: »Rifaa ist unschuldig, und wehe dem, der in böser Absicht gegen ihn die Hand erhebt!«

Baticha riss den Stock hoch, schwenkte ihn über seinem Kopf und rief wütend: »Ihr Weiberhaufen, ihr! Euch werde ich es zeigen!«

Aber da erhoben sich von allen Seiten die Stimmen der Frauen, es war ein Heulen, als wäre der ganze Straßenzug ein einziger Friedhof. Aus wütenden Mäulern brachen blutrünstige Warnungen hervor. Ziegelsteine flogen Baticha unmittelbar vor die Füße, damit er nicht weiter vortreten konnte. Eingekreist, wie er war, befand er sich zum ersten Mal in seinem Leben in einer wirklich gefährlichen Lage. Nicht einmal in einem Albtraum hätte er sich dies schlimmer ausmalen können. Aber bevor er einen der anderen Wächter zu Hilfe riefe, würde er lieber sterben. Der Steinhagel wurde dichter und drohte ihn zu überwältigen. Er flüchtete sich in Schweigen, die einzige Möglichkeit, seine Würde als Wächter zu beweisen. Dafür blitzten seine Augen umso heller. Mehr und mehr Steine prasselten auf ihn nieder, und die Leute trotzten ihm immer wütender. Noch nie zuvor war dies einem Wächter zugestoßen.

Da stürmte plötzlich Rifaa hervor und stellte sich vor Baticha. Er gab mit beiden Händen ein Zeichen, und es trat Stille ein. Dann rief er laut: »Unser Wächter hat nichts Falsches getan! Ich allein bin der, der Schuld auf sich geladen hat!« Er sah es den Gesichtern der Leute an, dass sie ihm nicht glaubten. Aber niemand wagte, es laut zu sagen. »Geht, bevor er seinen Zorn an euch auslassen kann!«

Ein paar Leute begannen zu begreifen. Das Ansehen des Wächters musste gewahrt bleiben. So gingen sie also weg. Andere, verwirrt und ratlos, schlossen sich ihnen an. Die noch umherstanden, beeilten sich, schnell davonzukommen, denn sie fürchteten, dass Baticha sie allein erwischen würde. Schon bald darauf hatte sich der Platz geleert.

57

Nach diesem Vorfall verschärfte sich die Lage im Viertel. Die größte Sorge des Verwalters war, dass sich die Menschen von der Kraft ihres Zusammenhalts überzeugten und es wagten, den Wächtern zu trotzen. Deshalb war es seiner Meinung nach notwendig, Rifaa und alle, die ihn unterstützten, auszuschalten. Wollte er aber erreichen, dass nicht im ganzen Viertel ein Kampf ausbrach, dann musste er alle Schritte mit Chonfus, dem Wächter der Gabalfamilie, absprechen. »Rifaa ist nicht so schwach, wie du denkst«, sagte der Verwalter zu Bajumi, »denn viele Menschen lieben ihn und könnten ihn trotz aller Härte der Wächter retten. Was wäre aber erst los, wenn das ganze Viertel im gleichen Maß zu ihm hält wie sein Straßenteil! Dann würde er sich vielleicht nicht mehr um böse Geister scheren, sondern ganz offen erklären, dass die Stiftung sein alleiniges Ziel ist.«

Bajumi ließ seine Wut an Baticha aus. Er packte ihn bei den Schultern, schüttelte ihn und schrie: »Wir hatten dir die Sache überlassen, und nun sieh dir an, was daraus geworden ist, du Schande aller Wächter!«

Baticha knirschte hasserfüllt mit den Zähnen. »Ich werde ihn euch vom Halse schaffen, selbst wenn ich ihn dafür umbringen müsste!«

»Das Beste ist, du verschwindest aus dem Viertel, und zwar für immer!«, erklärte Bajumi.

Bajumi hatte Chonfus gebeten, sich mit ihm zu treffen. Als Chonfus auf dem Weg zu ihm war, passte ihn Meister Schafii ab. Noch nie im Leben war er von solcher Furcht erfüllt. Er hatte versucht, Rifaa zu bewegen, wieder in den Laden zurückzukehren und von seinem Heilungsdrang abzulassen, der ihm so viele Schwierigkeiten einbrachte. Aber ohne Erfolg und enttäuscht war er zurückgekehrt. Als er nun erfahren hatte, dass Chonfus auf dem Weg zu Bajumi war, trat er an ihn heran und sagte: »Meister Chonfus, du bist unser Wächter und unser Schutz. Sie werden von dir verlangen, dass du Rifaa aufgibst. Tu das nicht! Versprich ihnen alles, was sie wollen, aber gib ihn nicht auf! Ein Wort von dir, und ich verlasse das Viertel und nehme ihn mit, selbst wenn dies nur mit Gewalt ginge. Aber lass ihn nicht im Stich!«

»Ich weiß selbst am besten, was ich zu tun habe und was für die Gabalfamilie gut ist«, erklärte Chonfus vorsichtig. Seit er gehört hatte, was mit Baticha geschehen war, verspürte er tatsächlich ein wenig Furcht vor Rifaa. Ihm war völlig bewusst, dass es jetzt hieß, für sich selbst auf der Hut zu sein und nicht für den Verwalter oder für Bajumi.

Er traf Bajumi im Gartenhaus an. Es gehe darum, so erklärte dieser, dass er sich mit Chonfus darüber verständigen müsse, was mit Rifaa geschehen solle. »Nimm die Sache mit ihm nicht zu leicht«, warnte Bajumi. »Die Ereignisse haben gezeigt, welch gefährlichen Einfluss er hat.«

Chonfus stimmte ihm zu, trotzdem bat er: »Ich möchte, dass er nicht in meiner Gegenwart überwältigt wird.«

»Wir sind doch Männer, Meister, und haben gemeinsame Interessen. Wir greifen niemanden in seinem Haus an. Der junge Mann wird gleich hier erscheinen. Ich will ihm ein paar Fragen stellen, und du sollst dabei sein.«

Als Rifaa kam, strahlte sein Gesicht wie immer. Er begrüßte die beiden Männer und setzte sich auf ein Zeichen von Bajumi vor ihnen auf die Matte. Nachdenklich schaute Bajumi in Rifaas schönes, sanftes Gesicht und wunderte sich, wie dieser freundliche Bursche die Ursache solch schrecklicher Unruhe sein konnte. Barsch fragte er: »Warum hast du deinen Straßenteil und deine Eltern verlassen?«

»Es hat mich dort niemand angehört«, lautete Rifaas schlichte Antwort.

»Was hast du von ihnen gewollt?«

»Ich wollte sie von den Dämonen befreien, die ihnen ihr Glück zerstören.«

Bajumis Stimme verriet, wie aufgebracht er war. »Bist du etwa für das Glück der Menschen verantwortlich?«

»Ja, jedenfalls so lange, wie ich dazu fähig bin«, erklärte Rifaa in aller Unschuld.

Bajumis Gesicht wurde finster. »Manche Leute wollen gehört haben, dass du Macht und Gewalt verachtest?«

»Glück ist nicht das, was die Leute sich darunter vorstellen, sondern vielmehr das, was ich tue. Nichts anderes will ich ihnen beweisen.«

Nun griff Chonfus ein. »Heißt das aber nicht, dass du die Menschen, die Macht und Gewalt darstellen, verachtest?«

Rifaa musste den Groll, der in Chonfus' Stimme lag, bemerkt haben, er ließ sich trotzdem nicht im Geringsten beunruhigen. »Aber nein, Meister, ich will nur darauf aufmerksam machen, dass Glück noch etwas anderes ist als das, was die Leute von Rang und Macht haben.«

Bajumi sah ihn durchdringend an. »Die Leute wollen auch gehört haben, dass dieses Glück der Wille des Stifters sei?«

In Rifaas Augen flackerte Besorgnis auf. »Das sagen die anderen.«

»Und was sagst du?«

Zum ersten Mal zögerte er ein wenig. »Ich kann nur über das sprechen, was ich verstehe.«

Chonfus grinste. »Nur, alles Unglück kommt von Leuten mit ranzig gewordenem Verstand!«

Bajumis Augen verengten sich zu schmalen Schlitzen. »Die Leute sagen, du würdest nur wiederholen, was du von Gabalawi selbst gehört hast!«

Rifaas Augen flackerten verwirrt. Wieder zögerte er. »Ich wiederhole nur das, was ich aus seinen Gesprächen mit Adham und Gabal gehört habe.«

Wütend schrie ihn Chonfus an: »Seine Worte zu Gabal bedürfen keiner Erklärung!« Auch Bajumi war außer sich vor Ärger. Alles nur Lügner, dachte er im Stillen, und Gabal war von euch Tagedieben der Erste, der gelogen hat. Laut sagte er: »Du behauptest, Gabalawi gehört zu haben und das weiterzugeben, was Gabalawis Wunsch ist. Aber niemandem, außer dem Verwalter seiner Stiftung und seinem Erbe, kommt es zu, im Namen von Gabalawi zu sprechen. Wenn Gabalawi den Wunsch verspürte, etwas mitteilen zu wollen, dann würde er es ihm sagen. Er allein ist der Treuhänder seiner Stiftung und der Vollstrecker seiner zehn Gebote. Du schwachsinniger Hohlkopf, wie kannst du es wagen, Macht und Gewalt im Namen Gabalawis zu verachten, wo doch dies seine glorreichen Eigenschaften sind?«

Auf Rifaas offenem Gesicht zeichnete sich Schmerz ab. »Ich wende mich an die Menschen unseres Viertels, nicht an Gabalawi. Sie sind es, die von bösen Geistern besessen sind und von bitteren Fragen gequält werden.«

Bajumi brüllte los: »Du bist nicht imstande, selbst Macht und Gewalt auszuüben, und deshalb verfluchst du sie! Du willst bloß deine miese Stellung gegenüber den wirklichen Herren erhöhen! Und wenn du sie dir willfährig gemacht hast, dann nutzt du sie aus, um die Macht an dich zu reißen!«

Rifaa riss verwundert die Augen auf. »Ich habe kein anderes Ziel, als die Menschen unseres Viertels glücklich zu machen!«

Bajumi schrie: »Du hinterhältiger Schurke! Du machst die Leute glauben, sie seien krank. Du willst, dass wir uns alle für krank halten und davon überzeugt sind, dass du der einzig Gesunde hier im Viertel bist!«

»Aber warum hasst ihr denn das Glück so sehr, obwohl ihr es doch unmittelbar haben könntet?«

»Du Sohn einer listigen Natter! Verflucht soll das Glück sein, das von einem wie dir kommt!«

Rifaa seufzte. »Warum hassen mich nur manche Leute, obwohl ich noch nie jemanden gehasst habe?«

Bajumi schrie ihm die Antwort ins Gesicht: »Versuch ja nicht, uns wie diese Dummköpfe zu betrügen! Hör auf, uns hinters Licht zu führen, und versteh endlich, dass man meinem Befehl nicht zuwiderhandelt! Danke Allah dafür, dass du dich in meinem Haus befindest, denn sonst würdest du nicht unversehrt entkommen!«

Rifaa stand auf. Er war verzweifelt. Nachdem er die beiden Männer gegrüßt hatte und hinausgegangen war, sagte Chonfus: »Überlass ihn mir!«

Aber Bajumi wehrte ab: »Dieser Schwachkopf hat viele Anhänger, wir wollen auf keinen Fall ein Blutbad.«

58

Rifaa eilte sofort nach Hause. Der Himmel hatte sich ins Kleid des Herbstes gehüllt, es wehte ein milder Wind. Die Menschen des Viertels drängten sich um die mit Zitronen gefüllten Körbe, als feierten sie die Zeit des Gemüseeinlegens. Gelächter und Gesprächsfetzen mischten sich ineinander, und unter den kleinen Jungen war ein Kampf ausgebrochen, bei dem sie sich mit Sand bewarfen. Rifaa wurde von vielen freundlich gegrüßt. Als ihn eine Handvoll Sand traf, schüttelte er nur Schultern und Kopftuch ab und ging weiter.

Zu Hause angekommen, fand er Saki, Ali, Husain und Karim vor, die auf ihn gewartet hatten. Wie bei jeder Begrüßung umarmten sich die Freunde, und dann erzählte er ihnen und Jasmina, die sich zu ihnen gesellt hatte, von dem Gespräch mit Bajumi und Chonfus. Besorgt und voller Unruhe hörten sie zu. Als er geendet hatte, sahen alle bedrückt aus. Jasmina fragte sich insgeheim, was für Folgen diese heikle Sache wohl haben würde. Gab es denn kein Mittel, Rifaa, diesen guten Menschen, vor dem Verderben zu schützen, ohne zugleich ihr Glück zu gefährden? Allen war anzusehen, dass sie sich ähnlich bange Fragen stellten. Rifaa lehnte seinen Kopf an die Wand, als wäre er erschöpft.

»Einen Befehl von Bajumi kann man nicht einfach beiseiteschieben«, sagte Jasmina.

Ali, der von allen das hitzigste Gemüt hatte, erwiderte: »Rifaa hat schließlich Freunde, die schon Baticha in die Flucht geschlagen haben. Und der ist daraufhin ganz aus dem Viertel verschwunden.«

Jasmina sagte bekümmert: »Baticha ist nicht Bajumi! Wenn ihr Bajumi angreift, dann gute Nacht!«

Husain wandte sich Rifaa zu. »Lasst uns doch erst einmal hören, was der Meister sagt!«

Rifaa hielt die Augen halb geschlossen. »Denkt nicht an einen Kampf. Wer die Menschen beglücken will, darf nicht leichtfertig ihr Blut vergießen.« Jasmina strahlte ihn glücklich an. Sie hasste den Gedanken, frühzeitig Witwe zu werden und dann, unter den wachsam spähenden Blicken der anderen, kaum noch eine Möglichkeit zu finden, zu ihrem schrecklichen Geliebten zu kommen. »Das Beste, was du tun kannst, ist, dir nicht selbst Ärger zu bereiten.«

Saki erhob Einspruch. »Wir werden unsere Aufgabe nicht im Stich lassen. Da ist es schon besser, wir gehen von hier fort.«

Bei dem Gedanken, dass sie fern vom Viertel des Geliebten wäre, blieb Jasmina vor Schreck fast das Herz stehen. »Wir werden doch nicht als Fremde, weit entfernt von zu Hause, herumstreunen!«, erklärte sie empört. Alle blickten erwartungsvoll Rifaa an. Er hob langsam den Kopf und sagte: »Ich möchte unser Viertel nicht verlassen.«

In diesem Augenblick wurde heftig und ungeduldig an die Tür geklopft. Jasmina ging, um zu öffnen. Die Männer konnten die Stimme von Meister Schafii und Abda hören, die nach ihrem Sohn fragten. Rifaa erhob sich und umarmte beide. Schwer atmend setzten sie sich hin. Ihren Gesichtern war anzusehen, dass sie mit schlechten Nachrichten kamen. Da sagte Meister Schafii auch schon: »Mein Sohn, Chonfus will mit dir nichts mehr zu tun haben! Dein Leben ist also in Gefahr! Meine Freunde haben mir berichtet, dass die Helfershelfer der Wächter um dein Haus schleichen.«

Abda rieb sich die geröteten Augen und stöhnte: »Wären wir doch nie in dieses Viertel zurückgekehrt, wo die Gesinnung verkauft wird, als wäre sie ein wertloser Fetzen!«

Aber Ali war nicht so leicht unterzukriegen. »Fürchtet Euch nicht, liebe Frau! In unserem Straßenteil lieben uns alle, und alle sind unsere Freunde!«

Rifaa seufzte schwer auf. »Was haben wir denn getan, dass wir Strafe verdienten!«

»Du bist einer aus der Gabalfamilie, und die hassen sie am meisten«, erwiderte Meister Schafii bekümmert. »Von Anfang an hatte Angst mein Herz beschlichen, weil du den Namen des Stifters erwähntest.«

»Aber gestern noch«, rief Rifaa verwundert aus, »haben sie Gabal bekämpft, weil er sein Recht an der Stiftung einforderte, und heute wollen sie mir Gewalt antun, weil ich die Stiftung verachte?«

Meister Schafii winkte ab. »Du kannst ihnen erklären, was du willst, das wird für sie ohnehin nichts ändern. Nur musst du wissen: Wenn du das Haus verlässt, bist du ein toter Mann. Schlimm ist, dass ich nicht einmal sicher bin, ob du am Leben bleibst, wenn du es nicht verlässt.«

Karim spürte, wie ihn zum ersten Mal Angst beschlich. Mit dem festen Vorsatz, furchtlos zu bleiben, sagte er zu Rifaa: »Sie werden dir draußen auflauern, und wenn du hierbleibst, dann kommen sie ins Haus. Wir wissen doch, wie diese Wächterbanden sind. Also lass uns über die Dächer in mein Haus fliehen, dort können wir in Ruhe darüber nachdenken, was zu tun ist.«

»Ja«, stimmte Meister Schafii begeistert zu, »und von dort könnt ihr dann in der Nacht aus dem Viertel fliehen!«

»Ich soll alles, was ich aufgebaut habe, der Zerstörung preisgeben?«, fragte Rifaa seufzend.

Abda schluchzte auf. »Tu, was er gesagt hat! Erbarme dich deiner Mutter!« Der Vater fuhr ihn aufgebracht an: »Du kannst ja deine Arbeit jenseits der Wüste von Neuem beginnen, wenn du unbedingt willst!«

Besorgt stand Karim auf. »Lasst uns die Sache gründlich planen! Meister Schafii und seine Frau bleiben noch ein wenig hier und gehen dann zum Haus des Sieges zurück, als kehrten sie von einem ganz gewöhnlichen Besuch heim. Jasmina verlässt das Haus in Richtung Gamalija, als ginge sie einkaufen. Wenn sie zurückkommt, schleicht sie sich heimlich in mein Haus. Das ist für sie einfacher, als mit uns über die Dächer zu gehen.« Meister Schafii atmete erleichtert auf. »Wir haben keine Zeit zu verlieren«, sprach Karim weiter. »Ich gehe gleich los, um mich auf den Dächern umzusehen.« Er verließ das Zimmer.

Meister Schafii stand auf und nahm Rifaas Hand. Abda befahl Jasmina, ein paar Kleider einzupacken. Als Jasmina das bisschen Kleidung hervorholte, war ihre Brust wie zugeschnürt, das Herz wie von einem Messer verwundet und ihr Bauch wie von einem Klumpen Hass gebläht. Abda trat zu Rifaa, küsste ihn und sprach schluchzend ein paar Zauberformeln. Rifaa aber stand regungslos da und überlegte noch immer, wie das alles hatte geschehen können. Wenn er die Menschen von ganzem Herzen liebte, wenn er nur auf ihr Glück bedacht war – wie konnten sie ihn dann unter ihrem Hass leiden lassen? Würde Gabalawi einen Misserfolg billigen?

Karim kehrte zurück. »Folgt mir!«, forderte er Rifaa und die anderen auf. Abda weinte und konnte kaum sprechen. »Wir kommen später nach«, schluchzte sie, »auch wenn es eine Weile dauern wird.«

Auch Meister Schafii kämpfte gegen die Tränen an. »Mögest du unversehrt bleiben, Rifaa«, sagte er. Rifaa umarmte die Eltern und sagte dann zu Jasmina: »Verhülle dich gut mit dem Tuch, und zieh den Schleier herunter, damit dich niemand erkennt.« Leise flüsterte er ihr zu: »Ich könnte es nicht ertragen, wenn dir etwas Schlimmes zustoßen würde.«

59

Ganz in Schwarz gehüllt, verließ Jasmina das Gehöft. In den Ohren tönten ihr noch Abdas Abschiedsworte: »Auf Wiedersehen, meine Tochter, der Herr behüte und beschütze dich. Du bist für Rifaa verantwortlich. Ich werde Tag und Nacht für euch beide beten.«

Langsam senkte sich die Nacht herab. In den Kaffeehäusern waren die Lampen angezündet, und die Kinder spielten im verstreuten Licht der Laternen an den Handkarren. Zwischen Hunden und Katzen brachen, wie immer um diese Zeit, erbitterte Kämpfe um die Müllhaufen aus. Jasmina ging in Richtung Gamalija. In ihrem liebenden Herz war kein Platz für Mitleid. Wenn sie auch nicht zauderte, so war sie doch von der Furcht erfüllt, dass viele Augen sie beobachten könnten. Erst als sie von ad-Darrasa in Richtung Wüste lief, wurde sie etwas ruhiger. Dann endlich war sie in Bajumis Gartenhaus angelangt und fühlte sich endgültig sicher. Als sie den Schleier vom Gesicht nahm, sah er sie besorgt an. »Hast du Angst gehabt?«

Sie atmete heftig. »Ja.«

»Aber nein! Du bist doch nicht feige. Erzähl mir, was du hast.«

»Sie sind über die Dächer zu Karims Haus geflohen«, flüsterte sie leise. »Sie werden bei Morgengrauen das Viertel verlassen.«

»Soso. Bei Morgengrauen, diese Hundsfötter!«

»Die anderen haben ihn überzeugt, dass es besser ist zu verschwinden. Warum solltest du ihn also nicht gehen lassen?«

Bajumi grinste. »Gabal war damals auch gegangen und kam wieder. Dieses Fliegengeschmeiß verdient es nicht zu leben!«

Zerstreut sagte sie: »Er hängt nicht am Leben, aber den Tod hat er nicht verdient.«

Bajumi verzog angeekelt den Mund. »Wir haben im Viertel schon genug Verrückte.« Jasmina sah ihn Hilfe bittend an, dann senkte sie den Blick und flüsterte leise, als spräche sie zu sich selbst: »Er hat mir einmal das Leben gerettet.«

Bajumi lachte höhnisch. »Und nun bist du hier, um ihn dem Untergang preiszugeben! Wie du mir, so ich dir. Der, der angefangen hat, ist eben der größere Übeltäter.«

Unruhe erfasste sie, die beinahe körperlich wehtat. Vorwurfsvoll sah sie ihn an: »Ich habe getan, was ich tun musste, denn du bist mir teurer als mein Leben.«

Zärtlich streichelte er ihre Wange. »Es wird bald einfacher für uns. Aber wenn dir alles zu schwer ist, dann hast du hier im Haus einen Platz.«

Ihre Stimmung wurde sichtlich besser. »Wenn mir jemand das Haus des Stifters anbieten würde, du aber nicht da wärst, dann würde ich ablehnen«, erklärte sie froh.

»Du bist ein treues Mädchen.«

Bei dem Wort »treu« zuckte sie zusammen und fühlte sich vor lauter Unruhe wieder krank. Ob er sich über sie lustig machte? Die Zeit reichte nicht für ein längeres Gespräch. Jasmina stand auf, und auch er erhob sich, um sie zu verabschieden. Vorsichtig schlich sie aus dem Garten. Als sie bei ihrem Mann und seinen Freunden ankam, wurde sie schon von ihnen erwartet. Sie setzte sich neben Rifaa und sagte: »Unser Haus wird überwacht. Es war klug von deiner Mutter, die Lampe am Fenster brennen zu lassen. Wenn ihr bei Morgengrauen flieht, wird es leicht sein.«

Saki sah, dass Rifaa traurig war. »Schau nur, wie bekümmert er ist«, sagte er zu Jasmina. »Als ob es nicht überall Kranke gäbe. Brauchen denn all die anderen nicht auch Heilung?«

»Am meisten bedürfen jene Menschen der Heilmittel, bei denen die Krankheit am verheerendsten ist«, antwortete Rifaa. Jasmina sah ihn mitleidig an. Sie fand, dass es ein großes Unrecht wäre, ihn umzubringen. Wenn er doch nur eine einzige Eigenschaft hätte, die seine Bestrafung rechtfertigte. Dann dachte sie daran, dass er der einzige Mensch auf dieser Welt war, der sie gut behandelt hatte. Als Entgelt sollte er dafür nun sterben. Aber im nächsten Augenblick verfluchte sie schon diese Gedanken, schließlich konnte der, der immer nur Gutes erlebt hatte, auch Gutes tun. Als sie merkte, dass er sie ansah, tat sie, als empfinde sie Mitleid: »Dein Leben ist viel mehr wert als unser verfluchtes Viertel.«

Rifaa lächelte. »So sagst du, aber in deinen Augen lese ich, dass du Kummer hast.«

Jasmina fuhr vor Schreck zusammen. Wehe mir, sagte sie sich, wenn er in den Augen der Menschen genauso gut lesen kann, wie er böse Geister aus den Seelen vertreibt. »Ich bin nicht traurig, aber ich habe Angst um dich«, erklärte sie.

Karim stand auf. »Ich werde uns Abendbrot machen.« Wenig später kam er mit einem Tablett herein und bat alle, sich zu setzen. Das Abendessen bestand aus Brot, Käse, Molke, Gurken und Rettich. Auch ein Krug mit Bier stand auf dem Tablett. Karim füllte die Gläser und sagte: »In dieser Nacht brauchen wir Wärme und Ermutigung.« Sie tranken.

Rifaa setzte das Glas ab und sagte lächelnd: »Bier und Wein stacheln die Dämonen an. Aber denjenigen, der von ihnen befreit ist, beleben diese Getränke.« Bedeutungsvoll sah er Jasmina an, und sie verstand. »Morgen kannst du mich von ihnen erlösen, wenn Allah uns so lange leben lässt«, sagte sie.

Rifaa strahlte vor Freude, und die Freunde beglückwünschten sich gegenseitig. Fröhlich aßen sie weiter. Das Brot war gebrochen, die Hände begegneten sich über den Tellern. Es war, als hätten sie vergessen, dass der Tod sie umgab. Da sagte Rifaa plötzlich: »Der Herr der Stiftung wollte, dass seine Kinder wie er seien. Aber sie schlugen es aus und wollten nichts anderes als den bösen Geistern ähnlich sein. Sie sind dumm, und die Dummen liebt er nicht, wie er mir sagte.«

Karim nickte bedauernd. Nachdem er einen Bissen gegessen hatte, sagte er: »Wenn er noch etwas von seiner alten Kraft hätte, dann würde alles nach seinem Gefallen geschehen.«

»Wenn, wenn, wenn ...«, unterbrach ihn Ali verbittert. »Was haben wir schon von diesem Wenn! An uns liegt es, etwas zu tun!«

»Wir waren ja nicht untätig«, erwiderte Rifaa. »Wir haben die Dämonen ohne jede Nachsicht vertrieben, und immer wenn ein Geist eine Leere hinterließ, dann hat sich dort die Liebe eingenistet. Kein anderes Ziel darf es geben.«

Saki seufzte bedauernd: »Wenn sie uns nur weiterarbeiten ließen, würden wir das ganze Viertel mit Gesundheit, Liebe und Frieden erfüllen.«

»Ich wundere mich nur«, sagte Ali vorwurfsvoll, »dass wir fliehen wollen, wo wir so viele Freunde hier haben.«

Rifaa sah ihn lächelnd an. »Ein letzter Rest deines Dämons scheint in deinem Leib noch immer sein Unwesen zu treiben. Vergiss nicht, dass unsere Aufgabe das Heilen, nicht aber das Töten ist. Es ist für einen Menschen besser, getötet zu werden, als selbst zu töten.« Plötzlich wandte er sich an Jasmina: »Du isst ja gar nicht und hörst auch nicht zu.«

Ihr Herz pochte vor Angst, aber sie zwang sich, sie zu überwinden. »Ich bewundere euch, weil ihr lustig plaudert, als würdet ihr bei einer Hochzeit sitzen.«

»Du wirst diese Fröhlichkeit auch kennenlernen und dich an sie gewöhnen, wenn du morgen von deinem Dämon befreit bist.« Er schaute seine Brüder an. »Einige von euch schämen sich wegen dieser versöhnlichen Haltung. Wir sind eben Kinder unseres Viertels, und dort wird nur die Stärke geachtet. Aber Stärke muss nicht immer rohe Gewalt sein. Es ist zehnmal schwieriger, sich den Dämonen entgegenzustellen, als Schwächere anzugreifen oder den Kampf mit den Wächtern aufzunehmen.«

»Der Lohn für all das Gute, das wir getan haben, ist diese unglückliche Lage, in der wir uns jetzt befinden«, sagte Ali bedauernd.

»Dieser Kampf wird nicht so enden, wie sie es sich vorstellen«, erwiderte Rifaa entschlossen. »Wir sind nicht so schwach, wie sie denken. Wir haben nur den Kampfplatz verändert, und das erfordert von uns noch mehr Mut und noch größere Kraft.«

Die Freunde aßen weiter und dachten über seine Worte nach. Rifaa wirkte völlig ruhig und ausgeglichen. Es ging von ihm ebenso viel Kraft aus wie Güte und Sanftmut. Inmitten des Schweigens konnten sie plötzlich die Stimme des Sängers aus ihrem Straßenteil vernehmen, der gerade von Adham berichtete: »Eines Tages hatte er sich mittags in der Watawit-Gasse hingehockt, um sich ein wenig auszuruhen, und war eingenickt. Als er durch eine Bewegung wach wurde, sah er, wie ein paar junge Burschen seinen Karren stehlen wollten. Erschreckt sprang er auf. Einer der Jungen bemerkte das und warnte die anderen durch grelles Pfeifen.

Dann stieß er den Karren um, damit Adham davon abgehalten wurde, sie zu verfolgen. Die Gurken purzelten herunter, und die Jungen stoben auseinander wie ein Heuschreckenschwarm. Adham war so wütend, dass er trotz seiner Wohlerzogenheit die wildesten Flüche ausstieß. Dann hockte er sich auf die Erde und sammelte die Gurken auf, die voller Schmutz waren. Das machte ihn noch wütender, und weil er nicht wusste, wie er seinem Ärger Luft machen sollte, schimpfte er los: ›Warum ist dein Zorn wie Feuer und brennt alles erbarmungslos nieder? Warum liebst du deinen Stolz mehr als dein eigen Fleisch und Blut? Wie kannst du ein Leben in Hülle und Fülle führen, obwohl du doch weißt, dass auf uns wie auf Würmern herumgetreten wird? Gnade, Sanftmut und Güte haben in deinem Großen Haus, du allgewaltiger Riese, keinen Platz!‹ Gerade als er den Karren anheben wollte, um diese verfluchte Gasse zu verlassen, fragte hinter ihm jemand spöttisch: ›Wie teuer sind denn heute die

Gurken?‹ Er drehte sich um und sah Idris, der grinsend vor ihm stand ...«

Der Schrei einer Frau übertönte plötzlich den Sänger. »Ein Kind ist verloren gegangen! Oh, ihr Leute, ein Junge ist verschwunden!«

60

Die Zeit verging langsam. Die Freunde unterhielten sich, während Jasmina Qualen litt. Husain wollte gern einen Blick hinaus aufs Viertel werfen, aber Karim hinderte ihn daran, weil ihn jemand sehen und sich über das, was da vor sich ging, wundern könnte. Saki überlegte laut, ob die Wächter wohl schon Rifaas Haus überfallen hätten, aber der meinte, dass außer den Klängen der Rabab und dem Geschrei der Kinder bisher nichts zu hören gewesen war. Das Viertel ging seinem alltäglichen Leben nach, nichts wies darauf hin, dass insgeheim ein Verbrechen vorbereitet wurde. In Jasminas Kopf jagte ein Gedanke den anderen, schon fürchtete sie, ihre Augen könnten verraten, unter welcher Bedrängnis sie litt. Sie hatte nur noch den Wunsch, dass ihr Leiden, gleichgültig wie und zu welchem Preis, endlich ein Ende hätte. Am liebsten würde sie trinken, um alles um sich herum vergessen zu können. Sie sagte sich immer wieder, dass sie nicht die erste Frau in Bajumis Leben sei und auch nicht die letzte sein würde. Ein Haufen Müll zieht ja auch Massen von herumstreunenden Hunden an. Diese Qual sollte endlich um jeden Preis ein Ende finden.

Je weiter die Zeit voranschritt, desto ruhiger wurde es allmählich. Verstummt waren das Geschrei der Kinder und die Rufe der Verkäufer. Nur das Klagen der Rabab war noch zu hören. Auf einmal wurde Jasmina von jähem Hass auf diese Männer gepackt, einfach deshalb, weil sie in ihnen den Grund für ihre Qualen sah.

»Soll ich das Kohlebecken für die Pfeife vorbereiten?«, fragte

Karim. Aber Rifaa wehrte entschieden ab. »Wir müssen klar denken können.«

»Ich dachte, dass uns das hilft, die Zeit besser zu überstehen.«

»Du bist ein wenig zu ängstlich.«

Karim wollte den Vorwurf nicht auf sich sitzen lassen. »Es gibt doch gar keinen Grund dafür. Warum sollte ich also?«

Das stimmte, denn nichts ereignete sich, auch Rifaas Haus war noch nicht gestürmt worden. Jetzt war der Gesang verklungen, die Sänger gingen nach Hause. Schon hörte man, wie Türen abgeschlossen wurden, und nur noch hier und da drangen Fetzen eines Gesprächs in die Nacht, gefolgt von vereinzeltem Lachen und Husten. Dann herrschte Stille.

Die Freunde warteten bis zum ersten Hahnenschrei. Saki stand auf, ging zum Fenster und schaute auf die Straße hinunter. Als er sich wieder umdrehte, sagte er: »Alles ist ruhig und leer. Das Viertel sieht aus wie an jenem Tag, an dem Idris als Verstoßener hierherkam.«

»Also ist es Zeit zu gehen!«, erklärte Karim.

Jasmina war von Entsetzen gepackt. Was würde aus ihr werden, wenn sich Bajumi verspätete oder es sich anders überlegt hatte?

Die Männer erhoben sich und griffen nach ihren Bündeln. »Lebe wohl, höllisches Viertel!«, sagte Husain. Er ging als Erster. Rifaa drängte Jasmina behutsam, ihm zu folgen. Er legte ihr beide Hände auf die Schultern, als fürchtete er, sie im Dunkeln zu verlieren. Dann kam Karim, dann Ali und zuletzt Saki. Einer nach dem anderen schlichen sie zur Tür hinaus und erklommen vorsichtig die Treppe, wobei sie sich am Geländer festhielten, um in der stockfinsteren Nacht nicht zu stolpern. Oben auf dem Dach war es heller, obwohl kein einziger Stern am Himmel stand. Der Mond versteckte sich hinter einer Wolke, aber ein wenig Licht drang doch hervor und ließ die sich jagenden Wolken erkennen.

»Die Dächer gehen fast ineinander über«, flüsterte Ali. »Wenn Jasmina will, helfen wir ihr.« Als Saki oben auf dem Dach angekommen war, merkte er, dass sich hinter ihm etwas bewegte. Er drehte sich zur Dachtür und sah vier Schatten. Überrascht fragte er: »Wer ist da?« Die anderen blieben wie festgenagelt stehen und drehten sich ebenfalls um. Plötzlich hörten sie Bajumi sagen: »Bleibt stehen, ihr Hundesöhne!«

Gabir, Chaled und Handusa verteilten sich nach links und rechts. Jasmina stieß einen kurzen Schrei aus, entschlüpfte der Hand von Rifaa und lief zur Dachtür zurück. Keiner der Wächter stellte sich ihr in den Weg. »Die Frau hat dich verraten!«, rief Ali verstört. Im nächsten Augenblick waren sie umzingelt, und Bajumi stellte sich ganz dicht vor sie hin, um sich in aller Ruhe einen nach dem anderen zu betrachten. »Wo ist dieser Teufelsaustreiber?«, fragte er. Dann erkannte er Rifaa, packte ihn mit eisernem Griff bei der Schulter und fragte hämisch grinsend: »Wo wolltest du denn hin, du Freund von bösen Geistern?«

Niedergeschlagen antwortete Rifaa: »Unsere Gegenwart schien dich belästigt zu haben, und da hatten wir es vorgezogen wegzugehen.«

Bajumi lachte höhnisch auf und wandte sich an Karim. »Und du fandest es also richtig, sie in deinem Haus zu verstecken?«

Karim lief vor Schreck der Speichel im Mund zusammen, er zitterte vor Aufregung. »Ich habe gar nicht gewusst, dass du mit ihnen Streit hast!« Bajumi schlug mit der freien Hand so hart zu, dass Karim niederfiel. Plötzlich sprang dieser aber auf und lief in panischer Angst zum Dach des Nachbargehöfts. Husain und Saki rannten hinterher. Handusa griff sich Ali, trat ihm mit aller Gewalt in den Bauch, sodass er zu Boden ging und vor Schmerz aufschrie. Gabir und Chaled wollten den Entflohenen hinterherlaufen, aber Bajumi winkte verächtlich ab. »Die sind keine Gefahr für uns. Sie wissen genau, dass sie über diese Angelegenheit kein Sterbenswörtchen verlieren dürfen, weil wir sie sonst umbringen.«

Rifaa beugte vor Schmerz den Kopf auf die Seite, wo Bajumis Hand lag. »Sie haben nichts getan, wofür sie Strafe verdienten«, sagte er. Bajumi schlug ihm ins Gesicht und fragte höhnisch: »Na, sag schon, haben sie nicht auch Gabalawis Stimme gehört, so wie du?« Er stieß ihn vor sich her. »Du gehst voran, und halte ja den Mund!«, befahl er.

Rifaa ergab sich in sein Schicksal. Vorsichtig stieg er die dunkle Treppe hinunter, gefolgt von den Wächtern mit ihren schweren Schritten. Von Finsternis und Ratlosigkeit überwältigt und in Erwartung dessen, was auf ihn zukam, konnte er kaum daran denken, wer von den Freunden zu fliehen vermochte und wer sie verraten hatte. Es hatte sich eine solch tiefe, wehmütige Trauer über ihn gesenkt, dass er beinahe keine Angst mehr verspürte. Ihm schien, als legte sich nun Finsternis auf die ganze Welt.

Unten angekommen, schritten sie durch den Straßenteil, in dem es dank seiner Hilfe keinen kranken Menschen mehr gab. Handusa ging voraus. Er schlug die Richtung des gabalschen Straßenteils ein. Als sie am verschlossenen Haus des Sieges vorbeikamen, war es Rifaa, als hörte er seine Eltern atmen. Für einen Augenblick fragte er sich, wie es ihnen wohl ginge. Fast glaubte er, in der Stille der Nacht Abdas Schluchzen zu vernehmen. Wieder befiel ihn das Gefühl der Hoffnungslosigkeit. Er verspürte Angst. Die Häuser der Gabalfamilie erhoben sich vor ihm wie die Schatten gespenstischer Riesen, umhüllt von Finsternis. Wie dunkel hier alles war, und wie tief die Menschen hier schliefen! Nur die Schritte der Henkersknechte zerrissen die Stille der dunklen Nacht, und das Knarren ihrer Stiefel klang wie das Gelächter von Teufeln, die im Dunkeln ihre Späße trieben.

Handusa führte sie in Richtung Wüste. Als sie an der Mauer des Großen Hauses vorbeigingen, hob Rifaa den Kopf. Schwarz wie der Himmel stand es da. Am Ende der Mauer tauchte eine Gestalt aus dem Dunkel auf. »Meister Chonfus?«, fragte Handusa.

»Ja.« Er schloss sich schweigend den Männern an. Rifaa sah noch immer zum großen Haus hinüber. Ob sein Großvater wusste, wie es ihm jetzt erging? Ein Wort von ihm genügte, um ihn, Rifaa, aus den Klauen dieser Tyrannen zu erretten und ihren Anschlag von ihm abzuwenden. Gabalawi könnte sie, wie ihn damals an dieser Stelle, seine Stimme hören lassen. Gabal hatte sich auch einmal in solch einer ausweglosen Situation befunden und wurde gerettet und hatte schließlich gesiegt. Aber jetzt war nichts zu hören außer den Schritten dieser Rohlinge und ihrem Atem. Als sie die Wüste erreicht hatten, wurde das Laufen im Sand immer beschwerlicher, und sie kamen nur langsam voran. Rifaa fühlte sich hier plötzlich fremd. Nun fiel ihm wieder ein, dass seine Frau ihn verraten hatte und die Gefährten durch Flucht entkommen waren. Noch einmal wollte er das Große Haus sehen, und so wandte er sich um. Da stieß ihn Bajumi in den Rücken, und er fiel hin. Bajumi hob den Knüppel und rief: »Meister Chonfus?«

Den Stock schwingend, rief der zurück: »Mit dir verbunden, Meister, bis zum Ende!« Rifaa richtete sich auf und fragte verzweifelt: »Warum wollt ihr meinen Tod?«

Bajumis Stock sauste mit aller Kraft auf Rifaas Kopf nieder. Rifaa schrie laut auf und rief aus vollster Seele: »O Gabalawi!« Da traf ihn auch schon der Stock von Chonfus am Hals. Dumpf prasselten die Schläge auf ihn nieder. Dann war es still. Nur Röcheln war zu hören.

Unter Aufbietung aller Kraft arbeiteten die Hände der Wächter emsig daran, im Dunkeln eine Grube auszuheben.

61

Die Mörder verließen die Stelle und gingen zurück ins Viertel. Wenig später hatte die Dunkelheit sie aufgenommen. Da zeigten sich plötzlich die Umrisse von vier Menschen, die unweit vom Ort des Verbrechens standen. Stöhnen und unterdrücktes Weinen verloren sich in der Stille, bis jäh ein Schrei sich löste: »Ihr Feiglinge! Habt mich festgehalten, bis ich fast von Sinnen war, und er musste sterben, ohne dass ihn jemand verteidigte!«

Einer der anderen sagte: »Hätten wir auf dich gehört, dann wären wir jetzt alle tot, und zwar ohne ihn retten zu können.«

Ali war in seinem maßlosen Zorn nicht zu bändigen. »Ihr Feiglinge! Was seid ihr doch für erbärmliche Feiglinge!«

Mit weinerlicher Stimme sagte Karim: »Verliert die Zeit nicht mit Reden. Vor uns liegt eine schwierige Arbeit, die wir vollbracht haben müssen, bevor der Morgen kommt.«

Mit Tränen in den Augen sah Husain zum Himmel auf und stammelte leise: »Der Morgen wird bald dämmern, beeilen wir uns also.«

Saki stöhnte: »Die Zeit war so kurz, dass es mir wie ein Traum vorkommt. Wir haben das Beste verloren, das wir je gekannt haben.«

Ali biss sich auf die Lippen und murmelte leise, als er zur Stelle des Verbrechens ging: »Ihr Feiglinge!« Die anderen schlossen sich ihm an. Dort angekommen, knieten sie im Halbkreis nieder und begannen, die Erde vorsichtig abzutasten. Karim rief plötzlich wie von einem Skorpion gebissen: »Hier ist es!« Er roch an seiner Hand und fügte hinzu: »Das ist sein Blut.«

»In diesem weichen Sand haben sie ihn also vergraben!«, rief Saki. Sie gingen daran, die Erde mit den Händen abzutragen. Niemand auf der Welt war so verzweifelt wie sie, denn sie hatten verloren, was ihnen das Teuerste war, und hatten untätig zusehen müssen, wie er erschlagen wurde. Als hätte er für einen Moment den Verstand verloren, sagte Karim einfältig: »Vielleicht ist er noch am Leben, wenn wir ihn finden!«

Ali, der verbissen mit den Händen weiterschaufelte, schnaubte verdrossen: »Hör sich einer an, was diese Feiglinge ausspinnen.«

Der Geruch von Blut und Sand stieg ihnen in die Nase. Vom Berg scholl das Heulen eines Hundes herüber. Ali rief plötzlich besorgt: »Langsam, langsam! Hier scheint sein Körper zu sein!«

Die Männer erschraken. Vorsichtig glitten ihre Hände durch den Sand, bis sie traurig ein Stück seines Gewandes berührten. Sie brachen in Weinen aus. Nachdem sie den Leichnam vom Sand befreit hatten, hoben sie ihn behutsam heraus. Schon krähten in den Gassen der Viertel die Hähne. Als Ali merkte, dass die anderen hastig aufbrechen wollten, erklärte er ihnen, dass sie zuerst die Grube wieder mit Sand auffüllen mussten. Nachdem das getan war, legte Karim seinen Gilbab ab und breitete ihn auf dem Boden aus, damit sie den Leichnam darauflegen konnten. Mit Husains Gilbab deckten sie ihn zu und brachen in Richtung Haus des Sieges auf. Über dem Berg lag schon der erste Schein des Morgens, das weichende Dunkel ließ Wolken erkennen. Tau und Tränen machten die Gesichter der Männer feucht. Husain zeigte den Gefährten, wo die Grabstelle seiner Familie lag. Als sie dort angekommen waren, öffneten sie schweigend das Grab. Morgenlicht breitete sich aus, und sie sahen nun den bedeckten Toten, ihre blutigen Hände und ihre vom Weinen geröteten Augen. Sie hoben den Leichnam und legten ihn ins Grab. Demutsvoll verharrten sie. Ein jeder bemühte sich, seine Tränen vor den anderen zu verbergen. Karim setzte zum Sprechen an, die Worte schienen ihn fast zu ersticken. »Dein Leben war ein kurzer Traum, aber es hat unsere Herzen mit Liebe und Reinheit erfüllt. Niemals hätten wir geglaubt, dass du uns so schnell verlassen wirst. Nie hätten wir gedacht, dass einer dich töten würde – eines der Kinder unseres ungläubigen Viertels, das du so sehr geliebt hast und heilen wolltest. Unser Viertel, das nichts anderes im Sinn hat, als Liebe, Barmherzigkeit und Heilung zu zerstören, diese lauteren Wünsche, deren Verkörperung du warst. So hat denn das Viertel selbst den Fluch für ewige Zeiten auf sich geladen!«

Saki schluchzte laut auf. »Warum müssen immer die guten Menschen gehen? Warum bleiben immer die Bösen übrig?«

Und Husain stöhnte: »Wenn unsere Herzen nicht von Liebe zu dir erfüllt wären, dann würden wir die Menschen von heute an nur noch hassen.«

Da aber sagte Ali: »Unsere Seelen werden nicht eher Frieden finden, bevor wir nicht unsere Feigheit wiedergutgemacht haben.«

Als sie die Grabstelle verließen und in die Wüste aufbrachen, hatte sich der Himmel mit dem Rot der Rose gefärbt.

62

Keiner der vier Gefährten kehrte ins Gabalawi-Viertel zurück. Ihre Familien glaubten, dass sie mit Rifaa geflohen wären, um einem Anschlag der Wächterbande zu entgehen. Die vier Freunde aber lebten am Rande der Wüste. Ihre Stimmung war bedrückt und angespannt, rangen sie doch mit aller Kraft darum, dem beklemmenden Schmerz von Trauer und Reue standzuhalten. Die Trennung von Rifaa war für sie schlimmer, als es ihr eigener Tod hätte sein können. Dass sie ihn missen mussten, bedeutete für sie eine immerwährende mörderische Qual. Ihnen war keine andere Hoffnung geblieben als die, seinem Tod durch die Weitervermittlung seiner Botschaft zu trotzen und seine Mörder der gerechten Strafe zuzuführen. Ali war dazu von Anfang an entschlossen. Sicher, ins Viertel konnten sie nicht mehr zurück. Aber sie hofften darauf, dass sie anderswo zu all denen sprechen könnten, die sie hören wollten.

Eines Morgens schreckte ein Schrei von Abda die Bewohner des Hauses des Sieges aus dem Schlaf. Eiligst kamen die Nachbarn herbei, um zu wissen, was geschehen sei. Mit heiserer Stimme rief Abda: »Mein Sohn Rifaa ist tot!«

Alle starrten sprachlos Meister Schafii an. Der wischte sich die Tränen und sagte: »Die Wächter haben ihn in der Wüste ermordet.«

Abda brach wieder in lautes Klagen aus. »Mein Sohn, mein armer Sohn! Nie hat er etwas Böses getan!«

Jemand fragte: »Weiß denn unser Wächter Chonfus davon?«

»Chonfus war doch einer der Mörder!«, erwiderte Meister Schafii aufgebracht.

»Jasmina hat ihn verraten, sie hat Bajumi zu ihm geführt!«, klagte Abda. Die Leute sahen sich voller Abscheu an. »Deshalb wohnt sie jetzt also bei ihm, nachdem ihn seine Frau verlassen hat!«, rief einer empört.

Die Nachricht verbreitete sich schnell im Viertel. So dauerte es auch nicht lange, bis Chonfus zu Meister Schafii kam. »Bist du verrückt geworden, Mann?«, schrie er ihn an. »Was erzählst du da über mich?«

Schafii ließ sich nicht einschüchtern, sondern erwiderte schroff: »Du warst dabei, als er getötet wurde, obwohl du als unser Wächter ihn doch hättest beschützen müssen!«

Chonfus tat, als wäre er entrüstet: »Du musst verrückt sein, Schafii! Du weißt ja nicht, was du sagst. Ich werde lieber gehen, damit ich nicht noch gezwungen bin, dich zu bestrafen.« Er verließ das Gehöft und schäumte innerlich vor Wut.

Die Nachricht erreichte auch den Teil des Viertels, in dem Rifaa zuletzt gewohnt hatte. Die Menschen waren bestürzt, Groll kam auf, und Klagerufe und Weinen erhoben sich. Angesichts der bedrohlichen Lage zeigten sich die Wächter jetzt unentwegt in den Straßen. Mit fester Hand umklammerten sie die Knüppel, und ihre Augen funkelten bösartig. Schon bald wussten die Leute etwas Neues zu berichten: Westlich von Hinds Felsen wäre der Sand befleckt vom Blute Rifaas. Meister Schafii machte sich mit seinen engsten Freunden auf den Weg, suchte aber vergeblich nach dem Leichnam. Sie konnten nichts entdecken. Aber die Unruhe ließ nicht nach, die Menschen redeten aufgeregt durcheinander, ein Gerücht jagte das andere, und viele sprachen laut von ihrer Befürchtung, dass im Viertel noch Schlimmes geschehen würde. Die Menschen in Rifaas Straßenteil stellten sich die Frage, was denn Rifaa eigentlich getan habe, um mit dem Tod bestraft zu werden. Die Gabalfamilie begann, darüber nachzudenken, warum Rifaa tot war, Jasmina aber im Haus von Bajumi lebte. Die Wächter schlichen des Nachts heimlich zu der Stelle, an der Rifaa getötet worden war. Beim Licht einer Laterne hoben sie den Sand dort ab, wo sie ihn vergraben hatten. Vom Leichnam keine Spur. »Ob Schafii ihn weggeschleppt hat?«, fragte Bajumi.

»Nein, er hat nichts gefunden. Das haben mir meine Spione berichtet«, antwortete Chonfus.

Bajumi stampfte wütend mit dem Fuß auf. »Dann müssen das seine Freunde gewesen sein! Es war ein Fehler, sie entkommen zu lassen! Jetzt fangen sie an, uns hinterrücks zu bekämpfen!«

Auf dem Rückweg flüsterte Chonfus Bajumi ins Ohr: »Wenn du, Meister, Jasmina noch länger bei dir behältst, kann uns das Ärger einbringen.«

»Keineswegs!«, erwiderte Bajumi grob. »Du bist nur zu schwach in deinem Wohnteil.«

Verärgert ging Chonfus weg. Die Lage wurde sowohl im Gabalteil als auch im Rifaateil zusehends schwieriger. Immer häufiger wurden die empörten Bewohner von den Wächtern tätlich angegriffen. Angst und Schrecken herrschten in den Straßen des Viertels, sodass die Menschen ihre Häuser nur noch verließen, wenn es unbedingt notwendig war.

Eines Nachts, als Bajumi in Schaldams Kaffeehaus saß, schlichen einige Männer aus der Familie seiner Frau in sein Haus, um Jasmina zu überfallen. Jasmina aber hatte sie bemerkt und floh, bekleidet mit einem Gilbab, in die Wüste. Die Männer rannten hinterher. Sie eilte durch die Nacht wie eine Wahnsinnige. Ja, sie lief sogar noch weiter, als die Männer die Verfolgung schon aufgegeben hatten. Außer Atem blieb sie stehen. Sie warf den Kopf zurück, schloss die Augen und keuchte heftig. Nach einer Weile ging ihr Atem wieder ruhiger. Sie sah sich um, niemand war ihr gefolgt. Vor dem Gedanken, jetzt in der Nacht ins Viertel zurückzukehren, scheute sie zurück. Sie blickte wieder nach vorn und sah in der Ferne einen schwachen Lichtschein. Von der Hoffnung erfüllt, dort eine Hütte zu finden, in der sie bis zum Morgen unterschlüpfen konnte, machte sie sich auf den Weg. Es war weiter, als sie gedacht hatte. Bei der Hütte angekommen, ging sie zur Tür und machte sich durch Rufe bemerkbar. Als ihr geöffnet wurde, war sie wie vom Schlag getroffen. Vor ihr standen die engsten Freunde ihres Mannes – Ali, Saki, Husain und Karim.

63

Jasmina stand wie festgenagelt da, ihr Blick ging unruhig von einem zum anderen. Die Männer kamen ihr wie eine Mauer vor, die sich, wenn man in einem Albtraum verfolgt wird, plötzlich vor einem aufrichtet. Voller Abscheu sahen die vier sie an. Alis Blick glänzte vor eiserner Härte. Unwillkürlich rief Jasmina: »Ich bin unschuldig! Beim Herrn der Himmel, ich bin wirklich unschuldig. Ich bin doch mit euch zusammen losgegangen, und als sie uns überfielen, bin ich genau wie ihr geflohen.«

Die Gesichter blieben finster. »Woher willst du denn wissen, dass wir geflohen sind?«, fuhr Ali sie mit kalter Wut an.

Als sie antwortete, zitterte ihre Stimme. »Wenn ihr nicht geflohen wärt, würdet ihr jetzt nicht mehr leben. Ich bin unschuldig! Ich habe nichts anderes getan, als auch zu fliehen!«

Ali knirschte mit den Zähnen. »Du bist zu deinem Herrn Bajumi geflohen!«

»Nein! Niemals! Lasst mich nun gehen. Ich bin unschuldig –«

Ali schrie auf: »In den Schlund der Erde wirst du gehen!«

Jasmina wollte weglaufen, aber Ali sprang hinzu und packte sie bei den Schultern. Sie brüllte los: »Lass mich frei um seines Gedenkens willen! Er hat weder das Töten noch Menschen, die töten, geliebt!«

Mit beiden Händen umklammerte er ihren Hals. Aber Karim sagte plötzlich: »Warte, wir müssen erst einmal darüber nachdenken.«

Ali schrie: »Seid ruhig, ihr Feiglinge!« Er packte noch fester zu und legte in den Griff die ganze Kraft der in ihm tobenden Gefühle – Zorn, Hass, Schmerz und Reue. Wieder versuchte sie zu entkommen, vergeblich. Sie griff nach seinem Arm, trat ihn mit den Füßen, schüttelte wie wild den Kopf. Es nützte nichts. Ihre Kraft ließ nach, ihre Augen quollen hervor, und plötzlich schoss Blut aus ihrer Nase. Sie begann zu taumeln, und alles war aus. Ihr Körper glitt Ali aus den Händen, tot fiel sie vor seine Füße.

Am Morgen des nächsten Tages wurde Jasminas Leiche vor Bajumis Haus gefunden. Schnell wie ein Sandsturm verbreitete sich die Neuigkeit. Männer und Frauen liefen zu Bajumis Haus. Lärmendes Geschrei erhob sich, die unterschiedlichsten Meinungen waren zu hören. Welche Gefühle die Leute wirklich bewegten, sagten sie nicht. Mit einem Mal ging die Tür auf, und Bajumi schoss wie ein rasender Stier aus dem Haus. Er schlug auf jeden ein, der ihm zufällig im Weg stand. Erschrocken stürmten die Menschen auseinander und flüchteten sich in die Gehöfte und Kaffeehäuser. Bajumi stand ganz allein im leeren Viertel und schimpfte, fluchte und drohte. Er hieb in die Luft, schlug auf die Mauer und den Boden ein.

Am selben Tag noch verließen Meister Schafii und seine Frau das Viertel. Es schien, dass die Spur von Rifaa sich in nichts aufgelöst hatte.

Aber einige Dinge sollten bleiben und immer an ihn erinnern. Da war das Haus des Sieges, in dem Meister Schafii gewohnt hatte, und der Tischlerladen. Da war das Haus, in dem Rifaa gewohnt hatte und das von nun an »Haus der Heilung« genannt wurde. Es blieb die Stelle bei Hinds Felsen, an der er umgekommen war. Aber vor allem waren da seine treuen Freunde, die Rifaas Verehrer um sich scharten und sie in die Geheimnisse seines Wissens einweihten, in die Geheimnisse der Befreiung der Seelen von Dämonen, damit sie wiederum andere Kranke heilten. Sie glaubten fest daran, dass sie auf diese Weise Rifaa wieder zum Leben erweckten. Nur Ali hatte noch immer nicht den Gedanken aufgegeben, die Mörder zu bestrafen. Husain schalt ihn deshalb mit den Worten: »Du hast nichts mehr von Rifaa in dir.«

Aber Ali hielt ihm entgegen: »Ich kenne Rifaa besser als ihr. Er hat sein Leben lang hart gegen die Dämonen gekämpft.« Da mahnte Karim: »Du willst zur Gewalt zurückkehren, aber die hat er am meisten verabscheut.« Doch Ali ließ sich nicht überzeugen. Begeistert rief er aus: »Er war in Wirklichkeit der Gewaltigste und Mächtigste, ihr habt euch nur von seiner Sanftheit täuschen lassen.«

So machte sich also ein jeder, erfüllt von seinem aufrichtigen Glauben, an die Arbeit. Von nun an wurde die wahre Geschichte von Rifaa erzählt, die vielen ja noch unbekannt war. Berichtet wurde auch, dass der Leichnam von Rifaa lange in der Wüste gelegen hatte und dann von Gabalawi selbst fortgetragen und von ihm in seinem herrlichen Garten begraben worden war.

Fast wäre nun alles zur Ruhe gekommen, wenn nicht plötzlich der Wächter Handusa auf rätselhafte Weise verschwunden wäre. Eines Morgens lag sein verstümmelter Leichnam vor dem Haus des Verwalters Ihab. Für ihn und für Bajumi geriet alles ins Wanken. Wieder erlebte das Viertel eine Zeit des Schreckens. Jeder, der mit Rifaa Beziehungen unterhalten hatte oder von dem dies nur behauptet wurde, musste genauso mit einem Überfall rechnen wie jene Menschen, die mit den Freunden von Rifaa zu tun hatten. Wie Regentropfen prasselten die Schläge wieder auf die Köpfe der Menschen, in Bäuche wurde getreten, Brustkörbe wurden zerquetscht und Rücken zerfetzt. Es kam so weit, dass manche Menschen sich freiwillig in ihren Häusern einsperrten. Die, die flüchten konnten, taten es. Wer die Gefahr nicht achtete, wurde in der Wüste ermordet. Heulen und Klagen beherrschten das Viertel, schwärzeste Nacht war hereingebrochen, Blutgeruch drang aus allen Ecken und Ritzen. Aber seltsam, die Dinge nahmen trotzdem ihren Lauf. So wurde zum Beispiel der Wächter Chaled getötet, als er einmal vor Morgengrauen Bajumis Haus verließ. Die Folge war, dass nun der nackte Wahnsinn ausbrach und grausamste Verfolgung einsetzte. Aber wieder geschah etwas: Eines Nachts, zu später Stunde, brach im Haus des Wächters Gabir ein Brand aus und vernichtete seine ganze Familie. Da geriet Bajumi außer sich und brüllte: »Rifaas Verrückte haben sich wie die Wanzen verbreitet! Bei Allah, lasst sie uns alle töten, und müssten wir sie in ihren eigenen Häusern aufstöbern!«

In Windeseile verbreitete sich im Viertel die Nachricht, dass man in der Nacht die Häuser überfallen würde. Panische Angst erfasste die Menschen. In heller Aufregung stürmten sie aus den Häusern, bewaffnet mit Stöcken, Stühlen, Kupferdeckeln, Messern, Holzschuhen und Ziegelsteinen. Bajumi war entschlossen anzugreifen, bevor die Lage ernst wurde. Seinen Stock angriffslustig schwingend und umringt von einer Schar von Helfershelfern, trat er aus seinem Haus.

Zum ersten Mal zeigte sich Ali an der Spitze der Aufrührer, begleitet von einem Trupp starker Männer. Als er Bajumi kommen sah, befahl er, mit Steinen zu werfen. Wie ein Heuschreckenschwarm ergoss sich über Bajumi und seine Männer ein Steinhagel, und Blut begann zu fließen. Bajumi schrie auf wie ein wildes Tier und wollte zum Angriff übergehen. Da traf ihn mit voller Wucht ein Stein am Kopf, und er musste trotz aller Wut und Kraft stehen bleiben. Er geriet ins Schwanken und fiel schließlich blutüberströmt zu Boden. Im Handumdrehen machten sich seine Helfershelfer auf und davon. Die tobende Menschenmenge stürmte in das Haus von Bajumi. Das Krachen von Holz, Splittern von Glas und Prasseln von Steinen war selbst im Haus des Verwalters zu hören. Er begriff, dass dort draußen ein Unheil seinen Lauf nahm und die Wächter und deren Helfer ihre Strafe fanden. Ihre Häuser wurden zerstört. Die Gefahr war also groß, dass ihm die Zügel der Herrschaft aus den Händen glitt. Da entschloss sich der Verwalter, nach Ali zu schicken, um ihn zu treffen. Als Alis Männer davon hörten, ließen sie von ihrem Rachezug und ihrer Zerstörungswut ab. Sie wollten warten, was Alis Treffen mit dem Verwalter ergeben würde. So kehrte also wieder Ruhe ins Viertel ein.

Alis Begegnung mit dem Verwalter leitete einen neuen Abschnitt im Leben des Viertels ein, denn der Verwalter bestätigte die Rifaaiten als Bewohner eines eigenen Wohnteils, der mit den gleichen Vorrechten wie der der Gabalfamilie ausgestattet sein sollte. Er setzte Ali als Verwalter ihres Stiftungsanteils ein und machte ihn damit zugleich zum obersten Wächter der Rifaaiten. Er sollte ihren Anteil von der Stiftung entgegennehmen und diesen auf der Grundlage völliger Gleichberechtigung verteilen. Nun kehrten auch die wieder zurück, die damals, während der Herrschaft von Gewalt und Schrecken, geflohen waren. Als einer der Ersten ließ sich Meister Schafii mit seiner Frau hier nieder, gefolgt von Saki, Husain und Karim. Dem toten Rifaa wurde aber so viel an Ehrerbietung und Liebe zuteil, wie er es sich nie im Leben hätte erträumen können. Überall wurde die herrliche Geschichte seines Lebens erzählt, und jede Rabab stimmte dazu die Musik an. Am schönsten fanden alle den Teil, in dem es hieß, dass Gabalawi seinen Leichnam aufgehoben und in seinem prächtigen Garten begraben hätte. Die Rifaaiten hatten sich auf diese Fassung geeinigt, ebenso hatten sie einmütig beschlossen, Rifaas Eltern als Heilige zu verehren. Aber über einen Punkt konnten sie sich nicht verständigen. Karim, Husain und Saki bestanden nämlich darauf, dass Rifaas Botschaft sich auf die Heilung von Kranken und auf die Verachtung von Gewalt und Macht beschränkte. In diesem Sinne führten sie und ihre Anhänger ihr Leben. Manche übertrieben sogar und lehnten zum Beispiel die Ehe ab, weil sie nur ihm nacheifern wollten. Ali hingegen hielt alle seine Rechte an der Stiftung fest in der Hand. Er heiratete und rief zur Erneuerung der Rifaagemeinschaft auf. Rifaa, so erklärte er, hatte nicht die Stiftung an sich gehasst, sondern hatte beweisen wollen, dass man auch ohne sie wahrhaft glücklich sein kann. Er wollte nur das Böse beseitigen, das aus der Gier entsteht. Wenn also nun das Vermögen gerecht verteilt und damit Gutes getan würde, dann führten die Menschen das glücklichste Leben aller Zeiten.

Jedenfalls erfreuten sich die Menschen nun eines guten Lebens. Ihre Gesichter strahlten. Zuversichtlich erklärten sie, dass der heutige Tag besser als der gestrige sei und der morgige Tag besser sein würde als der heutige.

Warum nur ist das Vergessen die Seuche unseres Viertels?

KASIM

64

Im Viertel hatte sich kaum etwas verändert. Noch immer hinterließen nackte Füße ihre Spuren im Sand, noch immer spielten die Fliegen abwechselnd auf dem Müll und um die Augen der Menschen. Noch immer sahen die Gesichter der Menschen verhärmt und welk aus, war ihre Kleidung zerlumpt. Beschimpfungen wurden wie Grußworte gewechselt, und heuchlerische Schmeicheleien machten die Ohren taub. Das Große Haus verbarg sich noch immer hinter den Mauern und ertrank in Schweigen und Erinnerung. Rechts davon stand das Haus des Verwalters, links das des obersten Wächters. Dann schloss sich der Gabalteil an, gefolgt vom Rifaateil, der mitten im Viertel lag. Der Rest des Viertels aber, der sich hangabwärts in Richtung Gamalija zog, war von einer Masse eigenschaftsloser und herkunftsloser Menschen, den Garabis, den »Wüstenmäusen«, bewohnt. Diese Menschen waren die allerärmsten und elendsten im Viertel. Zu jener Zeit verwaltete Rifat die Stiftung, wobei er sich darin von seinen Vorgängern in nichts unterschied. Der Wächter des Viertels war Lahita, dessen schlankem, kleinem Körper man nicht ansah, dass er durchaus kräftig zuschlagen konnte. Wenn er in einen Kampf verwickelt war, schien er sich blitzschnell in eine wütende, alles verheerende Feuerflamme zu verwandeln. Er hatte sich nach einer Reihe von Kämpfen im Viertel, bei denen unendlich viel Blut geflossen war, als oberster Wächter durchgesetzt. Der Gabalteil, dessen Wächter Galta hieß, prahlte noch immer damit, dem Stiftungsgründer am nächsten verwandt und überhaupt der Wächter des besten Straßenteils zu sein. Die Gabals rühmten sich, dass einer von ihnen, nämlich Gabal, der Erste und Letzte gewesen sei, mit dem Gabalawi gesprochen und dem er seine Huld erwiesen hätte. Deshalb mochten die anderen Leute im Viertel nur selten einen von den Gabals. Der Wächter der Rifaafamilie war Haggag, nur leider nahm er sich nicht so sehr an Ali ein Beispiel als an Chonfus, Galta und ähnlich gewalttätigen Räubern. Er bemächtigte sich ganz allein des ihm übertragenen Stiftungsanteils, schlug die, die dagegen Klage erhoben, und ermunterte die Familienmitglieder zugleich heuchlerisch, sich an Rifaas Verachtung von Reichtum und Rang ein Beispiel zu nehmen. Selbst die armen Garabis hatten ihren Wächter, Sawaris mit Namen, der aber natürlich keinen Stiftungsanteil für seine Leute erhielt.

So sah die Lage aus, und die Rababsänger bekräftigten, dass dies eine gerechte Ordnung sei – wenn nötig, halfen ein paar Stockschläge, um die Menschen davon zu überzeugen. Grundlage dieser Ordnung wären die zehn Gebote des Stiftungsgründers, und Verwalter und Wächter würden sich gleichermaßen darum bemühen, auf ihre Einhaltung zu achten.

Unter den Garabis war Sakarija, der Kartoffelverkäufer, für seine Gutmütigkeit bekannt. Von den anderen Leuten seines Straßenteils unterschied er sich ein wenig dadurch, dass er ein entfernter Verwandter des Wächters Sawaris war. Er zog durch die verschiedenen Teile des Viertels, schob den Handkarren vor sich her und rief seine Kartoffeln aus. Mitten auf dem Karren stand ein kleiner Ofen, von dem appetitlich duftender Rauch aufstieg. Die Jungen aus dem Gabal- und Rifaateil wurden davon ebenso angezogen wie die aus Gamalija, Utuf, ad-Darrasa, Kafr as-Sirari und Bait al-Kadi. Sakarija hatte keine Kinder, obwohl er schon ziemlich lange verheiratet war. Dafür aber war der kleine Kasim, sein Neffe, seine ganze Freude. Er wohnte bei ihm, seit seine Eltern verstorben waren. Der Kleine stellte für Sakarija keine große Last dar, denn das Leben der Menschen war gerade in diesem Teil des Viertels nicht viel besser als das der Hunde, Katzen und Fliegen, die ja auch ihren Lebensunterhalt mit dem bestritten, was sie im Abfall und auf dem Müll fanden. Sakarija liebte den Jungen wie ein Vater, und als seine Frau doch noch schwanger wurde, schien es ihm, dass Kasims Aufnahme in die Familie ein gutes

Vorzeichen gewesen war. Als ihm sein Sohn Hasan geschenkt wurde, liebte er Kasim um nichts weniger als diesen.

Kasim verbrachte seine Zeit zumeist allein, denn sein Onkel zog tagsüber mit dem Karren umher, und seine Tante hatte mit dem Haushalt und dem Säugling zu tun. Je älter er wurde, desto größer wurde seine Welt. Nach und nach begann er, auf dem Hof des Gehöfts oder in den Straßen des Viertels zu spielen. Er fand gleichaltrige Freunde in seinem Wohnteil und in dem der Gabals und Rifaas. Manchmal zog er in die Wüste zu Hinds Felsen hinaus, streifte dort umher und stieg auf den Berg hinauf. Neugierig starrte er mit den anderen kleinen Jungen zum Großen Haus hinüber und war auf den Großvater und dessen Haus sehr stolz. Nur – wenn die anderen über Gabal oder Rifaa zu streiten begannen, da wusste er nichts zu sagen. Artete der Streit gar in Beschimpfungen und Handgreiflichkeiten aus, stand er unbeteiligt daneben. Er konnte auch nie genug davon bekommen, das Haus des Verwalters zu bewundern und die Früchte der Bäume im Garten sehnsüchtig anzustarren. Als er eines Tages entdeckte, dass der Torwärter eingeschlafen war, schlich er sich unbemerkt in den Garten. Verzückt ging er die Wege entlang, hob hier und da eine Guavenfrucht aus dem Gras auf und aß sie genüsslich. Als er schließlich beim Springbrunnen ankam und die aufsteigenden Wasserfontänen sah, ließ er sich von seiner Freude hinreißen, zog den Gilbab aus und stieg ins Becken. Er tapste darin herum, planschte, tauchte unter und vergaß völlig, wo er sich befand. Plötzlich schrie eine wütende, barsche Stimme: »Du Hundesohn! Komm her, du blinder Krüppel und Sohn eines blinden Krüppels!« Aus seiner Selbstvergessenheit jäh erwachend, sah Kasim auf und erblickte auf der Terrasse einen Mann, der in eine rote Abaja gehüllt war. Mit vor Zorn zitternder Hand wies er auf ihn, Kasim. Vor lauter Wut sah der Mann rot im Gesicht aus. Kasim stürzte zum Rand des Springbrunnens und stützte sich mit den Ellbogen auf, um schnell herauszukommen. Schon nahte der Torwärter, und so verschwand er flugs unter einem Jasminbusch, der dicht an der Gartenmauer stand.

Den Gilbab hatte er völlig vergessen. Von der Mauer aus rannte er zum Gartentor und schoss wie ein Pfeil ins Viertel hinaus. Er lief und lief. Als ihn die anderen Kinder sahen, rannten sie ihm kreischend hinterher, Grund genug für die Hunde, ihnen ebenfalls hinterherzukläffen. Aber der Torwärter Osman hatte auch schon das Viertel erreicht, und als Kasim seinen Straßenteil erreichte, erwischte er ihn. Er packte ihn am Arm und blieb keuchend stehen. Kasim begann aus Leibeskräften zu schreien. Im Nu kam seine Tante mit dem Säugling auf dem Arm angelaufen, und auch Meister Sawaris trat aus dem Kaffeehaus. Als die Tante den Torwärter sah, staunte sie. Sie nahm seine Hand und sagte: »Bei Allah, Onkelchen Osman, hast du den Jungen erschreckt! Was hat er denn getan, und wo ist sein Gilbab?«

»Der Herr Verwalter hat ihn entdeckt, als er im Springbrunnen planschte! Dieser kleine Teufel verdient die Peitsche! Ich war eingenickt, und er hat sich hereingeschlichen. Warum verschont ihr uns nicht vor diesen Bösewichtern?«

Bittend antwortete die Tante: »Vergebt, Onkelchen! Der Junge ist eine Waise, ich werde mich um ihn kümmern.« Sie zog Osmans Hand vom Jungen. »Ich werde ihm die Schläge verabreichen, die du ihm zugedacht hast. Aber deine Haare mögen grau werden, wenn du ihm nicht den einzigen Gilbab, den er besitzt, zurückgibst!«

Der Torwärter drohte wütend mit der Hand und knurrte beim Weggehen: »Wegen dieses Ungeziefers wurde ich beschimpft und verflucht! Es gibt hier nur solche Satansbraten! Das ganze Viertel ist voll von solchen Hundesöhnen!«

Die Frau kehrte ins Gehöft zurück. Den kleinen Hasan trug sie auf der Hüfte, den heulenden Kasim zerrte sie an der Hand hinter sich her.

65

Sakarija betrachtete Kasim voller Wohlgefallen. »Kasim«, sagte er, »du bist nun kein Kind mehr. Du wirst bald zehn Jahre alt, da ist es Zeit für dich, zu arbeiten.«

Kasims große schwarze Augen leuchteten freudig auf. »Wie lange habe ich mir schon gewünscht, Onkel, dass du mich mitnimmst.«

Der Mann lachte. »Da hast du wahrscheinlich gedacht, du könntest dabei spielen und müsstest nicht arbeiten. Jetzt bist du aber verständig geworden und kannst mir helfen.«

Der Junge lief hinaus und versuchte, den Karren in Bewegung zu setzen. Sakarija konnte das gerade noch verhindern. »Pass lieber auf«, warnte seine Frau, »dass die Kartoffeln nicht herunterfallen, sonst verhungern wir.«

Sakarija packte also mit beiden Händen die Stangen und sagte: »Lauf vor dem Karren her und rufe ›Süße Kartoffeln! Gebackene Kartoffeln!‹ Und pass genau auf, was ich sage oder tue! Du wirst den Kunden die Kartoffeln in die Wohnung bringen. Überhaupt – halt die Augen offen!«

Kasim blickte sehnsüchtig auf den Karren. »Aber ich kann ihn bestimmt auch schon schieben.«

Doch Sakarija schob ihn selbst weiter. »Mach, was ich gesagt habe, und sei nicht so halsstarrig! Denk daran, dass dein Vater einer der gutmütigsten Menschen war.«

Sie zogen in Richtung Gamalija los, und Kasim rief mit hoher, durchdringender Stimme: »Süße Kartoffeln! Gebackene Kartoffeln!« Nichts konnte ihm mehr Freude bereiten, als endlich in fremde Viertel zu kommen und wie ein Mann richtig zu arbeiten. Sie erreichten mit dem Karren das Watawit-Viertel, und Kasim schaute sich neugierig um. Dann sagte er: »Hier hat sich Idris Adham in den Weg gestellt!« Gleichgültig nickte Sakarija mit dem Kopf. Der Junge lachte: »Adham schob damals genau wie du einen Karren vor sich her, Onkel!«

Der Karren machte die tägliche Runde – von al-Husainija nach Bait al-Kadi, von Bait al-Kadi nach ad-Darrasa. Staunend betrachtete Kasim die Leute, die Läden und die Moscheen. Als sie auf einen kleinen Platz kamen und der Onkel ihm erklärte, dass dies der Mukattam-Markt sei, blickte sich Kasim bewundernd um. »Ist das wirklich der Mukattam-Markt? Hierher ist doch Gabal geflohen, und hier wurde Rifaa geboren!«

Sakarija war nicht aus der Ruhe zu bringen. »So ist es«, sagte er lediglich. »Wir haben aber weder mit dem einen noch mit dem anderen etwas zu tun.«

»Aber wir sind doch alle die Kinder von Gabalawi! Weshalb gehen sie uns dann nichts an?«

Der Onkel stieß ein bitteres Lachen aus. »Zumindest sind wir alle gleich arm.« Er schob den Karren auf einen kleinen Laden zu, in dem es Rosenkränze, Weihrauch und Amulette gab. Der Laden lag am Rand des Marktes, und man konnte von dort weit in die Wüste blicken. Auf einem Fell saß ein alter Mann mit weißem Bart. Sakarija stellte den Wagen ab und begrüßte den Alten freudig. »Ich habe heute noch genug Kartoffeln«, sagte der Alte.

Sakarija setzte sich trotzdem hin. »Ein Weilchen bei dir zu sein, ist mir wichtiger, als etwas zu verdienen.« Er bemerkte, dass der Alte aufmerksam zu dem Jungen hinüberschaute, und rief: »Komm her, Kasim, und küsse Meister Jachja die Hand!« Kasim trat zu dem Alten, nahm die runzlige Hand und berührte sie ehrerbietig mit den Lippen. Der Alte fuhr mit der Hand leicht über Kasims Locken und betrachtete sein hübsches Gesicht. »Wer ist der Junge?«, fragte er dann.

Sakarija hatte die Beine weit von sich gestreckt. »Das ist der Sohn meines verstorbenen Bruders.«

Der Alte deutete mit einem Zeichen an, dass Kasim sich mit auf das Fell setzen solle, und fragte: »Kannst du dich denn noch an deinen Vater erinnern, mein Sohn?«

Kasim schüttelte den Kopf. »Nein, Onkel.«

»Dein Vater war ein Freund von mir, er war ein sehr freundlicher Mann.«

Kasim hob den Kopf und besah sich die vielen bunten Sachen, die im Laden herumstanden. Der Alte griff in ein Regal und nahm ein Amulett heraus. Als er es Kasim um den Hals legte, sagte er: »Hüte es gut, es wird dich vor dem Bösen schützen.«

»Meister Jachja«, begann Sakarija zu erklären, »stammt auch aus unserem Viertel, er gehörte zur Rifaafamilie.«

Überrascht blickte Kasim den Alten an. »Warum hast du unser Viertel verlassen, Onkel?«

Sakarija antwortete für ihn. »Er hat vor langer Zeit den Wächter der Rifaafamilie verärgert und es dann vorgezogen, aus dem Viertel wegzugehen.«

»Dann hast du ja das Gleiche getan wie Meister Schafii, der Vater von Rifaa«, sagte Kasim verblüfft.

Als der Alte laut loslachte, sah Kasim, dass er kaum noch Zähne im Mund hatte. »Ach«, sagte Meister Jachja mit einem Schmunzeln, »das weißt du also? Da kennen die Kinder unseres Viertels die alten Geschichten so gut, aber lernen tun sie nichts daraus.«

Aus dem Kaffeehaus kam ein Junge mit einem Tablett. Nachdem er Tee vor den alten Jachja gestellt hatte, ging er wieder. Der Alte holte ein kleines Päckchen aus seiner Brusttasche, öffnete es und sagte genüsslich: »Ich habe guten Stoff. Der wirkt bis morgen früh.«

»Dann lass uns mal versuchen«, antwortete Sakarija neugierig. Der alte Jachja lachte. »Ich habe dich noch nie Nein sagen hören!«

»Wie könnte ich denn so etwas Angenehmes ablehnen?«

Die Männer teilten sich das Stück, und jeder schob sich etwas in den Mund. Gebannt sah Kasim zu, wie sie kauten. Als sein Onkel dies merkte, schmunzelte er. Jachja schlürfte den Tee. »Träumst du denn auch wie die anderen davon, ein Wächter zu werden?«

Strahlend blickte Kasim ihn an. »Aber ja!«

Sakarija lachte laut auf. »Nimms ihm nicht übel, Meister Jachja«, sagte er. »Du weißt ja, dass man in unserem Viertel entweder zu diesen Schlägern gehört oder die Prügel einsteckt.«

Der alte Jachja seufzte. »Ach, Rifaa, Allah sei deiner armen Seele gnädig, aber wie hast du es nur geschafft, in diesem höllischen Viertel deiner Aufgabe nachzugehen?«

»Deshalb musste er ja so enden, wie du weißt.«

Der Alte runzelte die Stirn. »Rifaa ist nicht bei dem Blutbad damals gestorben. Richtig tot war er erst an jenem Tag, als sein ehemaliger Gefährte sich zum Wächter gemacht hat.«

Kasim, der aufmerksam zuhörte, fragte: »Wo ist er denn begraben, Onkel? Die Leute aus seiner Familie erzählen, dass unser Großvater ihn in seinem Garten beerdigt hat. Aber die von der Gabalfamilie sagen, dass sein Leichnam irgendwo in der Wüste liegt.«

»Diese verdammten Lumpen!«, rief der Alte empört. »Bis zum heutigen Tag haben sie doch tatsächlich nicht aufgehört, ihn zu hassen!« Dann aber fiel ihm der Junge wieder ein. »Sag mal, Kasim«, wandte er sich an ihn, »hast du Rifaa gern?«

Kasim schaute unsicher seinen Onkel an, antwortete dann aber freiweg: »Ja, ich habe ihn sogar sehr gern.«

»Wie würdest du lieber sein, so wie er oder so wie die Wächter?«

Kasim sah den alten Jachja verwirrt an und lächelte. Seine Lippen bewegten sich, aber er sagte kein Wort. Als Sakarija merkte, wie verunsichert der Junge war, lachte er und sagte: »Er soll sich mal lieber mit dem Verkauf von Kartoffeln begnügen!«

Nachdenklich schwiegen die drei. Plötzlich brach auf dem Markt Lärm aus. Ein Esel wälzte sich auf der Erde und hatte den Wagen, vor den er gespannt war, umgeworfen. Die Frauen, die darauf gesessen hatten, krochen darunter hervor.

Der Kutscher hingegen schlug wie wild auf den Esel ein. Sakarija erhob sich und sagte: »Vor uns liegt noch ein weiter Weg, also auf Wiedersehen, Meister.«

»Bring den Jungen mit, wenn du wieder herkommst«, antwortete der Alte. Er reichte Kasim die Hand, strich ihm noch einmal über die Locken und sagte: »Was bist du doch für ein hübscher Junge.«

66

Der einzige Platz, der in der Wüste Schutz vor der erbarmungslosen Hitze der Sonne bot, war Hinds Felsen. Genau dort hockte Kasim im Sand. Seine einzigen Gefährten waren die Schafe und Ziegen. Er trug einen blauen, sauberen Gilbab, so sauber jedenfalls, wie das bei einem Hirten möglich war. Um den Kopf hatte er sich ein grobes Schaltuch gebunden, zum Schutz vor der Sonne, und seine Füße steckten in alten, abgetragenen Schuhen, die an der Spitze verschlissen waren. Manchmal saß er ganz in sich versunken da, manchmal schaute er zu den Schafen und Lämmern, den Ziegen und Zicklein hinüber. Den Stock hatte er beiseitegelegt. Aus der Nähe wirkte der Mukattam-Berg unheimlich und gewaltig. Es schien, als wäre er das einzige Wesen auf der von der klaren Himmelskuppel bedeckten Erde, das es wagte, sich dem Zorn der Sonne trotzig entgegenzustellen. Die sich im Unendlichen verlierende Wüste barg in sich nur lastende Stille und heiße Luft. Wurde Kasim zu sehr von seinen Gedanken, Träumen und jugendlichen Begierden bedrängt, dann ließ er den Blick zu den Tieren hinüberschweifen, um ihrem Spiel und Spaß, ihren Streitereien und Versöhnungen, ihrer Flinkheit und Trägheit zuzuschauen. Am liebsten waren ihm die Lämmer. Er bewunderte ihre schwarzen Augen, und wenn sie ihn anschauten, hatte er das Gefühl, dass sie mit ihm sprächen. In solchen Augenblicken war er richtig gerührt. Es kam sogar vor, dass er tatsächlich mit ihnen sprach. Zumeist erzählte er ihnen dann, mit wie viel Fürsorge sie von ihm beschützt wurden und wie viel Verachtung im Gegensatz dazu die Menschen seines Viertels von den eingebildeten Wächtern erfahren mussten. Er kümmerte sich nicht darum, dass die Leute auf ihn, den Hirten, herabsahen, hatte er doch von Anfang an den Glauben, ein Hirte sei etwas viel Besseres als ein Schmarotzer, Dieb oder Bettler. Außerdem liebte er die Wüste, die frische Luft, den Mukattam-Berg, Hinds Felsen und vor allem die Himmelskuppel mit ihren immer wechselnden Wundern. Zu all diesen schönen Dingen kam hinzu, dass er als Hirte immer einmal beim alten Meister Jachja vorbeischauen konnte. Als er zum ersten Mal mit der Herde bei ihm aufgetaucht war, hatte Meister Jachja verwundert gefragt: »Was ist denn das? Vom Kartoffelverkäufer zum Hirten?«

»Warum nicht?«, hatte Kasim ohne Zögern erwidert. »Das ist eine Arbeit, um die mich Hunderte von Elenden in unserem Straßenteil beneiden.«

»Aber warum hast du denn deinen Onkel allein gelassen?«

»Sein Sohn Hasan ist herangewachsen, und er hat eher ein Recht darauf, mit ihm umherzuziehen. Die Schafe zu hüten, ist doch besser, als zu betteln.«

Es verging kein Tag, an dem er nicht den alten Mann besuchte. Kasim liebte ihn und war glücklich, wenn er mit ihm reden konnte. Der alte Jachja kannte sich aufs Beste in den Geschichten des Viertels aus, den heutigen und denen von früher. Er wusste, was die Sänger zur Rabab vortrugen, und einiges mehr. Ja, er war sogar über das unterrichtet, was ihnen manchmal entgangen war. Mit ihm konnte Kasim über alles reden. Einmal hatte Kasim ihm erklärt: »Ich hüte die Schafe aus allen Straßenteilen, die von den Gabals, die von der Rifaafamilie und die von den ganz Reichen. Seltsam ist, dass alle diese Schafe in einer Brüderlichkeit zusammen weiden, wie sie ihre Besitzer, die Menschen aus unserem Viertel, nicht kennen.« Ein anderes Mal sagte Kasim: »Humam war auch ein Hirte, trotzdem wird diese Arbeit heute von den anderen verachtet. Lieber betteln sie, bummeln herum und sind arm. Aber zur gleichen Zeit verehren sie die Wächter, obwohl sie nichts anderes sind als schamlose Diebe und Mörder. Allah möge euch verzeihen, ihr Kinder des Viertels!«

Eines Tages kam Kasim zum alten Jachja und war zum Scherzen aufgelegt. »Ich bin zufrieden«, sagte er, »obwohl ich arm bin. Ich tue niemandem etwas zuleide. Selbst meinen Schafen gegenüber bin ich immer freundlich. Findest du nicht, dass ich wie Rifaa bin?«

Der Alte sah ihn verächtlich an. »Rifaa! Du und wie Rifaa! Rifaa hat sein Leben damit zugebracht, die Menschen von ihren Dämonen zu befreien, damit sie glücklich leben können!« Er lachte trocken auf. »Du bist doch verrückt nach den Frauen! Liegst nach Sonnenuntergang auf der Lauer und wartest darauf, dass sich ein Mädchen in der Wüste sehen lässt!«

»Na und?«, fragte Kasim zurück. »Ist daran was Schlimmes, Meister?«

»Nein, überhaupt nicht. Es ist deine Sache. Aber erzähl mir nicht, du wärst wie Rifaa.«

Kasim schien darüber nachzudenken. Dann sagte er: »Gabal gehörte genauso wie Rifaa zu den guten Menschen in unserem Viertel. Und obwohl er sich verliebt und geheiratet hat, erkämpfte er seiner Familie das Recht auf die Stiftung, um deren Anteil dann gerecht zu verteilen.«

»Weil alles, was er wollte, einzig und allein die Stiftung war«, erwiderte der Alte schroff.

Nachdem Kasim ein Weilchen überlegt hatte, sagte er unvermittelt: »Aber er wollte, dass alle friedlich zusammenleben und Recht und Ordnung herrschen.«

Meister Jachja sah ihn verdrossen an. »Also dann findest du Gabal besser als Rifaa?«

Kasims große, schwarze Augen blickten verwirrt. Er zögerte eine ganze Weile. Dann antwortete er: »Beide waren gute Menschen, und die sind selten genug in unserem Viertel. Adham, Humam, Gabal und Rifaa – sie waren die Einzigen, die gütig gewesen sind. Nur diese Wächterbanditen – die haben wir in Hülle und Fülle.«

Der alte Jachja nickte betrübt. »Adham starb vor Kummer, und Humam wurde ermordet wie Rifaa.«

Als Kasim jetzt im Schatten von Hinds Felsen saß, musste er an dieses Gespräch denken. Diese Männer waren wirklich die einzig guten Menschen im Viertel gewesen, und doch hatte ihr gütiges Leben ein schreckliches Ende gefunden. Aus tiefstem Innern stieg in Kasim plötzlich der heiße Wunsch auf, so zu werden wie sie. Was die Wächter mit den Menschen taten, war wirklich schrecklich. Trauer überfiel ihn und versetzte ihn in Unruhe. Um sich abzulenken, dachte er an das, was dieser Felsen schon alles miterlebt hatte. Da war Kadris und Hinds Liebe gewesen, dann der Tod von Humam, die Begegnung von Gabal mit Gabalawi, das Gespräch zwischen Rifaa und seinem Großvater. Wo war das alles hin? Es ist im Gedächtnis verankert, und dieses bleibt. Die Erinnerung an das Gute ist kostbarer als Schaf- und Ziegenherden. Das Schönste an diesem Felsen aber war, dass er einst diesen gewaltigen Großvater gesehen hatte und erleben durfte, wie er ganz allein durch die unendlichen Weiten gestreift war und so viel Land in Besitz nahm, wie er wollte. Damals hatte er all die verbrecherischen Lumpen vertrieben. Wie mag es ihm wohl jetzt ergehen, einsam und allein?

Kurz vor Sonnenuntergang stand Kasim auf, gähnte und streckte sich. Er nahm den Stock und pfiff vor sich hin. Dann schwenkte er den Stock und trieb die Herde unter lautem Rufen zusammen. Nach und nach sammelten sich die Tiere und setzten sich in Richtung der Häuser in Bewegung. Kasim verspürte Hunger, denn außer ein paar Sardinen und einem Stückchen Brot hatte er den ganzen Tag über nichts gegessen. Er wusste, dass ein gutes Abendbrot zu Hause beim Onkel auf ihn wartete. Er trieb die Herde an, schneller zu laufen. Schon bald zeigte sich ihm in der Ferne der Umriss des Großen Hauses mit den hohen Mauern, den geschlossenen Fenstern und den Wipfeln der Bäume. Wie mochte wohl der Garten aussehen, von dem die Sänger so oft erzählten und dessentwegen Adham vor Kummer gestorben war? Von Weitem schon schlug der Lärm des Viertels an sein Ohr. Als er die Mauer entlangging und die ersten Häuser erreichte, lag die Landschaft im braunen Licht des nahenden

Abends. Mühsam suchte er sich mit seinen Tieren einen Weg durch die Horde von spielenden und sich mit Dreck bewerfenden Kindern. Die Ohren tönten ihm vom Schreien der Händler, dem Gezeter der Frauen, den derben Spottrufen und Beschimpfungen der Männer, den Hilferufen von ein paar Verrückten und dem heftigen Klingeln der Glocke am Wagen des Verwalters. Gleichzeitig drang der durchdringende Duft des honigsüßen Tabaks, der Gestank faulenden Mülls und alten Bratenfetts in seine Nase. Kasim ging zunächst zum Gabalteil und dann zum Rifaateil, um dort den Besitzern ihre Tiere zu übergeben. Als das erledigt war, blieb nur noch ein Mutterschaf übrig, das Frau Kamar gehörte. Sie war die Einzige im Wohnteil der Garabis, die Geld besaß und in einem einstöckigen Haus wohnte. In der Mitte des Hofes stand eine Palme und am äußersten Rand ein Guavenbaum. Als Kasim das Schaf, das den schönen Namen »Huldreiche« trug, in den Hof trieb, begegnete ihm Sakina, die Dienerin. Ihr schwarzes Haar war schon von grauen Strähnen durchzogen. Er grüßte sie, woraufhin sie ihn anlächelte und mit hell klingender Stimme fragte: »Wie gehts der Huldreichen?«

Kasim erklärte ihr, wie schön er dieses Schaf fand, und übergab es ihr. Als er gerade hinausgehen wollte, kehrte die Hausherrin heim. Die locker fallende Milaja verhüllte geschickt ihren etwas fülligen Körper. Durch den Gesichtsschleier hindurch schauten ihn zwei schwarze, sehnsuchtsvolle Augen an. Er trat höflich zur Seite und senkte den Blick. »Guten Abend«, grüßte sie mit feiner, zarter Stimme.

»Guten Abend, Herrin«, erwiderte er. Sie verharrte ein wenig, betrachtete das Schaf und sah ihn dann an. »Die Huldreiche wird von Tag zu Tag ansehnlicher, das habe ich nur dir zu verdanken.«

Mehr als ihre gütigen Worte verwirrte Kasim der weiche Schimmer in den Augen. »Der Dank gebührt dem Herrn und eurer Fürsorge.«

Frau Kamar drehte sich zu Sakina um. »Bring ihm was zum Abendbrot!«

Als Zeichen des Dankes hob er die Hände an den Kopf. »Du bist wie immer viel zu gütig, Herrin.« Dann verabschiedete er sich grüßend von ihr, während ein weiterer sehnsüchtiger Blick ihn traf. Beim Weggehen war Kasim zutiefst von ihrer Liebenswürdigkeit und Warmherzigkeit bewegt. Immer wenn er das Glück hatte, ihr zu begegnen, erging es ihm so. Sie strahlte eine Wärme aus, wie er sie nie zuvor erfahren hatte und von der er nur ahnte, dass Mutterliebe ähnlich stark sein musste. Wenn seine Mutter jetzt noch lebte, dann wäre sie wie Frau Kamar ungefähr vierzig Jahre alt. Wie wunderbar war es doch, in diesem Viertel, das nur von Gewalt und Stärke strotzte, auf solch warmherzige Zuneigung zu stoßen. Übertroffen wurde dieses Wunder nur noch von ihrer scheu gezeigten Schönheit und dem ihn überflutenden Glücksgefühl. Das war doch etwas ganz anderes als die Abenteuer in der Wüste mit dem schnell aufflackernden, blinden Heißhunger und der schwermütig stimmenden, flüchtigen Sättigung.

Mit dem Stock auf der Schulter eilte er zum Haus des Onkels. Er war so aufgeregt, dass er unterwegs kaum etwas wahrnahm. Die Familie des Onkels saß schon auf dem Balkon, der auf den Hof hinausging, und wartete auf ihn. Er setzte sich dazu. Der Abendbrottisch war gedeckt, es gab Bohnenpastetchen, Lauch und Melone. Hasan war jetzt schon sechzehn Jahre alt. Er war groß und von kräftigem Wuchs, und Onkel Sakarija träumte davon, ihn eines Tages als Wächter der Garabis zu sehen. Als sie zu Ende gegessen hatten, trug die Tante das Geschirr hinein, und Onkel Sakarija verließ das Haus. Die beiden Jungen blieben auf dem Balkon sitzen, bis jemand nach Kasim rief. Es war Sadik, ein Freund. Sie antworteten ihm, dass sie gleich hinunterkämen.

Sadik begrüßte sie mit strahlendem Gesicht. Er war ungefähr so alt wie Kasim, auch so groß, aber etwas schlanker. Er arbeitete bei einem Kupferschmied, dessen Laden am Ende des Garabiteils lag, kurz bevor Gamalija begann. Die drei Freunde gingen zu Dunguls Kaffeehaus hinüber. Als sie eintraten, sahen sie den Sänger Tasa, der hinten im Raum auf einem Polster hockte. Der Wächter Sawaris hatte dicht neben Dungul am Eingang Platz genommen. Als Erstes begrüßten sie ihn unterwürfig. Sie kamen nicht umhin, dies zu tun, obgleich Kasim und Hasan sich stets ihrer verwandtschaftlichen Beziehungen zu ihm rühmten. Kaum hatten sie auf einem Sofa Platz genommen, da brachte der Gehilfe ihnen auch schon ihre bevorzugten Getränke. Kasim liebte besonders Pfefferminztee und die Wasserpfeife. Sawaris hatte ihn schon eine ganze Zeit verächtlich angestarrt und fuhr ihn nun plötzlich grob an: »Was ist los mit dir, Bengel? Siehst ja heute schmuck wie ein Mädchen aus.«

Kasim errötete vor Verlegenheit. Als müsste er sich entschuldigen, antwortete er: »Aber es ist doch nichts Schlechtes, wenn man sauber ist, Meister.«

Ungehalten runzelte Sawaris die Stirn. »Das schickt sich nicht in deinem Alter.«

Mit einem Schlag war es still im Kaffeehaus. Es schien, als würden selbst die Gläser und Tassen nicht mehr zu klappern wagen. Mitleidig sah Sadik den Freund an, wusste er doch, wie feinfühlig er war. Hasan aber senkte das Gesicht so tief wie möglich über das Ingwerglas, damit der Wächter seine Wut nicht bemerkte. Zum Glück nahm nun Tasa die Rabab in die Hand, schlug ein paar Saiten an und entsandte zuerst dem Verwalter Rifat seinen Gruß, dann dem obersten Wächter Lahita und dann Sawaris, dem Herrn des Straßenteils. Erst danach begann er zu singen: »Adham glaubte, Schritte zu hören. Schwer und gemächlich schienen sie zu sein, und dumpfe Erinnerungen stiegen in ihm auf wie reiner, süßer Duft, der unbegreiflich in seiner Wirkung bleibt. Er blickte zur Tür und sah, wie sie sich öffnete. Dann stand plötzlich etwas da, was wie eine riesige Gestalt aussah. Er starrte sie verwirrt an. Hoffnung glomm in seinem Blick auf, getrübt von Verzweiflung. Ein tiefes Stöhnen entrang sich seiner Brust, und fragend flüsterte er: ›Vater?‹ Dann glaubte er, die alte Stimme zu erkennen. ›Guten Abend, Adham.‹ Seine Augen füllten sich mit Tränen. Er wollte aufstehen, aber er konnte nicht. Ein Gefühl unendlichen Glücks durchströmte ihn, wie er es schon seit mehr als zwanzig Jahren nicht mehr verspürt hatte.«

67

»Warte, Kasim«, sagte die Dienerin Sakina. »Ich habe Tee für dich.« Kasim blieb am Palmenbaum stehen, wo er das Schaf angebunden hatte. Als die Dienerin im Haus verschwand, klopfte sein Herz aufgeregt. Wenn Sakina so nett mit ihm sprach, überlegte er sich, dann konnte das nur daher kommen, dass ihre Herrin solch eine hochherzige, großmütige Frau war. Sehnsuchtsvoll wünschte er sich, ihre Augen zu sehen und ihre Stimme zu hören. Vielleicht hätte das die Glut seines Körpers gekühlt, die ihn tagsüber und in der Nacht zu verbrennen drohte. Sakina kam mit einem Päckchen in der Hand aus dem Haus, gab es ihm und sagte: »Da ist noch ein wenig Kuchen, möge er dir schmecken.«

Er nahm das Päckchen an sich und erwiderte: »Überbringe deiner großzügigen Herrin meinen Dank.« Da hörte er sie plötzlich vom Fenster her sagen: »Der Dank gebührt dem Herrn, du guter Junge.«

Ohne hinaufzublicken, deutete er mit der Hand ein Zeichen des Dankes an und ging los. Wie im Rausch wiederholte er ihre Worte. »Du guter Junge«, hatte sie gesagt. Noch nie hatte ihn, den Hirtenjungen, jemand so genannt. Und wer hatte es nun getan? Die von allen geachtete und verehrte Frau in diesem elenden Straßenteil. Sein Blick glitt heiter über das vom Abendlicht umhüllte Viertel. Wenn unser Viertel auch im Unglück lebt, dachte er, so birgt es doch Dinge in sich, die dem gequälten Herzen Glück bringen können.

Ein lautes Gebrüll riss ihn aus seinem schönen Traum. »Mein Geld! Mein Geld wurde gestohlen!«, schrie ein Mann, der die Straße heruntergerannt kam und mit einem Turban und einem weißen, wallenden Gilbab bekleidet war. Die Leute sahen ihn an, und Kinder liefen zu ihm. Händler reckten die Hälse, um besser sehen zu können. Männer, die an den Hauseingängen saßen, standen auf. Aus Luken und Fenstern schauten Gesichter heraus, und aus den Kaffeehäusern kamen die Gäste auf die Straße. Im Nu war der Mann umringt. Dicht neben Kasim stand ein Mann, der müde aussah und sich mit einem Stock den Rücken kratzte.

»Wer ist das?«, fragte Kasim ihn.

»Ein Polsterer, der im Haus des Verwalters gearbeitet hat«, antwortete der Mann, ohne im Kratzen innezuhalten.

Die Männer gingen jetzt auf den, der geschrien hatte, zu – Sawaris, der Wächter der Garabis, Haggag, der Wächter der Rifaas, und Galta, der Wächter der Gabals. Als sie den Leuten befahlen zurückzugehen, traten alle sofort ein paar Schritt beiseite. Aus dem Fenster eines Gehöfts des Rifaateils rief eine Frau: »Der arme Mann wurde vom bösen Blick getroffen!«

»Richtig!«, schrie eine andere Frau aus einem der Gabalgehöfte. »Alle haben ihn um das Geld beneidet, das er beim Verwalter verdient hat! Möge Allah uns vor dem bösen Blick bewahren!«

Eine Dritte, die vor ihrer Haustür stand und seelenruhig den Kopf eines kleinen Jungen entlauste, erklärte lautstark: »Dabei hat er doch so gelacht, der arme Kerl, als er aus dem Haus des Verwalters kam. Bestimmt hat er nicht gedacht, dass er schon im nächsten Augenblick schreien und weinen wird. Nichts als Ärger macht das Geld!«

Der Mann schrie jetzt aus Leibeskräften: »Das ganze Geld hat man mir gestohlen, den Lohn für eine Woche Arbeit! Und dazu noch das, was ich in meiner Tasche hatte, für den Haushalt, den Laden und die Kinder! Zwanzig Pfund waren es und ein paar Groschen! Möge Allah diese gemeinen Schurken ins Verderben stürzen!«

»Ruhe!«, donnerte Galta los. »Ihr seid jetzt alle still! Hört auf zu blöken, ihr Schafsköpfe! Hier geht es um das Ansehen des Viertels, und wenn etwas an uns hängen bleibt, dann schadet es letzten Endes dem Ansehen der Wächter!«

»Beim Herrn der Himmel«, erklärte nun Haggag, »es wird schon keine Schande auf uns fallen! Woher wollen wir denn überhaupt wissen, dass er das Geld in unserem Viertel verloren hat?«

Mit heiserer Stimme rief der Polsterer: »Geschieden soll ich werden, wenn es nicht stimmt, dass ich in eurem Viertel bestohlen wurde! Ich hab das Geld vom Torwärter des Herrn Verwalter bekommen, und als ich meine Tasche befühlte, war nichts mehr da!«

Der Lärm der Stimmen schwoll an. »Ruhe, ihr Lumpenpack!«, schrie Haggag. »Hör mal zu, Mann! Wo genau hast du gemerkt, dass das Geld weg ist?«

Der Mann wies in die Richtung des Straßenteils der Garabis. »Es war genau vor dem Laden des Kupferschmieds. Aber, um die Wahrheit zu sagen, es ist mir dort niemand zu nahe gekommen.«

»Also wurde es vorher gestohlen, bevor du in unseren Teil gekommen bist«, erklärte Sawaris.

»Als dieser Mann bei uns vorbeiging«, sagte Haggag, »saß ich im Kaffeehaus. Niemand hat sich ihm genähert, das habe ich gesehen.«

»Was soll das heißen?«, brüllte Galta. »Bei den Gabals gibt es keinen Dieb! Sie sind die Herren des Viertels!«

Haggag fiel ihm wütend ins Wort. »Vorsicht, Meister Galta! Du solltest dich schämen, von den Gabals als den Herren des Viertels zu sprechen.«

»Das bestreitet niemand, außer ein paar Starrköpfen!«

Jetzt brüllte Haggag los: »Weck nicht den Teufel in mir! Verflucht sei ein Glaube, der so wenig Höflichkeit zeigt!«

Darauf schrie Galta zurück: »Tausend und abertausend Flüche sollen die schlechten Sitten treffen! Aber man wird sie nicht in unserem Straßenteil finden!«

Mit weinerlicher Stimme meldete sich der Polsterer zu Wort: »Aber Männer! Mein Geld ging in eurem Viertel verloren. Ihr seid meinetwegen gut und gerne alle Herren des Viertels, aber wo ist mein Geld? Oh, armer Fangari, dein Haus und deine Familie sind zerstört!«

Mit aller Schärfe befahl Haggag: »Ihr werdet alle durchsucht! Wir sehen uns jede Tasche an, jeden Mann, jede Frau, jedes Kind und jede Ecke!«

»Na, sucht doch!«, höhnte Galta. »Ihr werdet sehen, dass es nicht unsere Gesichter sind, die vor Schande schwarz werden!«

Haggag war von seinem Plan nicht mehr abzubringen. »Der Mann ging, nachdem er vom Verwalter kam, zuerst durch den Gabalteil, und genau dort werden wir mit der Durchsuchung beginnen.«

Für Galta, den Wächter der Gabals, war das zu viel. »Solange Galta am Leben ist, wird dies nicht geschehen! Haggag, vergiss nicht, wer du bist und wer ich bin!«

»Pass auf, Galta! Ich habe mehr Narben am Leib als Haare!«

»Und ich, ich habe nicht einmal Platz für Haare am Körper!«

»Hau ab, du Satansbraten!«

»Her zu mir, all ihr Teufel der Erde!«

Nun mischte sich Fangari, der Polsterer, wieder ein: »Was soll denn das? Ist das Gerede der Leute, dass ich in eurem Viertel bestohlen worden bin, nicht schon Schande genug?«

»Das reicht, du Eulengesicht!«, zeterte eine Frau. »Soll das Viertel etwa wegen dir zugrunde gehen?!«

Eine Stimme aus der Menge fragte plötzlich: »Warum sollte das Geld nicht bei den Garabis gestohlen worden sein? Die meisten von denen sind doch sowieso nur Diebe und Bettler!«

Sogleich meldete sich Sawaris: »Unsere Diebe stehlen nicht im eigenen Viertel!«

»Wer kann das wissen?«

Vor Wut wurden Sawaris' Augen rot. »Wir haben es nicht nötig, uns so unverschämt behandeln zu lassen! Die Durchsuchung wird zeigen, wo der Dieb wirklich steckt, wenn nicht, kann man unserem Viertel nur noch gute Nacht wünschen.«

Mehrere Stimmen riefen gleichzeitig: »Fang im Garabiteil mit der Durchsuchung an!«

»Wer es wagt, den ordentlichen Gang der Durchsuchung zu behindern, dem schlage ich meinen Stock ins Gesicht!« Er hob den

Stock, seine Männer stellten sich hinter ihn. Haggag tat nun das Gleiche, und auch Galta zog sich in seinen Teil zurück und baute sich dort mit seinen Männern auf. Der Polsterer aber flüchtete in den Eingang eines Gehöfts und begann zu weinen. Schon nahte die Nacht, und alle erwarteten, dass gleich eine blutige Schlacht ausbrechen würde. Plötzlich stürmte Kasim vor, stellte sich mitten auf die Straße und rief, so laut er konnte: »Haltet ein! Ein Blutvergießen wird uns das verlorene Geld auch nicht zurückbringen, und die Leute in Gamalija, ad-Darrasa und Utuf werden sagen, dass man mitten im Gabalawi-Viertel bestohlen werden kann, obwohl man dort angeblich unter dem Schutz des Verwalters und der Wächter steht!«

Ein Mann von den Gabals fragte: »Was will denn der Schafhirt?«

Kasim erklärte: »Ich habe eine Idee, wie der Mann sein Geld auch ohne Streit und Kampf zurückbekommen kann!«

Der Polsterer lief zu ihm hin und rief: »Ich werde dir immer zu Dank verpflichtet sein!«

An die Menge gewandt, sagte Kasim: »Der Besitzer wird sein Geld zurückbekommen, ohne dass der Dieb vor aller Augen entehrt wird.« Schweigen setzte ein, alle Augen waren gespannt auf Kasim gerichtet. »Lasst uns einfach warten, bis es dunkel ist«, fuhr er fort. »Es dauert nicht mehr lange. Wir werden keine einzige Kerze anzünden und alle zusammen vom Anfang des Viertels bis zum Ende gehen. So kann kein Straßenteil stärker als der andere verdächtigt werden. Während dieser Zeit aber kann der Dieb das Geld loswerden, ohne dass es jemand merkt. Wir brauchen es nur noch aufzuheben, und das Viertel hat keine Metzelei mehr zu befürchten.«

Verzweifelt, wie der Polsterer war, zerrte er an Kasims Ärmel und rief: »Ja, das ist die Lösung! Nehmt sie bitte um meinetwillen an!«

»Eine vernünftige Idee, junger Mann!«, schrie jemand. »Das ist die Rettung für den Dieb und für das Viertel!«, brüllte ein anderer. Eine Frau brach in Freudentriller aus. Nun gingen die Blicke der Menschen zwischen den drei Wächtern hin und her, Angst war mit Hoffnung gemischt. Jeder der drei Wächter war offensichtlich zu stolz, um als Erster zu verkünden, dass er den Vorschlag billigte. Bangen Herzens fragten sich die Menschen, ob die Vernunft siegen oder Knüppel auf Knüppel prallen und Blut fließen würde. Plötzlich rief ein Mann: »Da ist er!«

Mit einem Ruck flogen die Köpfe in die Richtung, in die der Mann wies. Unweit seines Hauses stand Lahita, der oberste Wächter des Viertels. Es herrschte Stille, und alle warteten aufgeregt auf seine Worte. Lahita verzog verächtlich den Mund und sagte: »Nehmt den Vorschlag an, ihr Strolche! Wenn ihr nicht so blöd wärt, dann müsste euch nicht ein Hirtenjunge retten.«

Die Menge atmete auf, die Frauen trillerten vor Freude. Kasims Herz klopfte wie wild. Als er zum Haus von Frau Kamar hinübersah, war er sich sicher, dass ihre schwarzen Augen ihn von einem der aufs Viertel hinausgehenden Fenster beobachteten. Stolze Freude überkam ihn, denn er verspürte die ihm bisher unbekannte Wonne eines großen Sieges. Die Menschen warteten nun ungeduldig auf die Dunkelheit. Mal zum Himmel schauend, mal zur Wüste hinüberblickend, verfolgten sie, wie das Abendlicht allmählich schwächer wurde. Die Umrisse der Bauten verwischten sich, die Konturen der Gesichter wurden undeutlich, die Körper der Menschen ähnelten mehr und mehr schemenhaften Gestalten. Die zwei Wege aber, die um das Große Haus herum in die Wüste führten, lagen schon in völliger Finsternis. Die graue Menge der Gestalten geriet in Bewegung und zog zum Großen Haus. Von dort aus durchschritt sie das Viertel bis hin zu der Stelle, wo Gamalija begann. Danach verteilten sie sich alle auf ihre Wohnteile. Als niemand mehr zu sehen war, rief Lahita: »Licht an!«

Das erste Haus, das sofort erleuchtet war, gehörte Frau Kamar im Garabiteil. Es flackerten die Lichter an den Handkarren auf, dann die Lampen in den Kaffeehäusern. Das Viertel begann wieder zu leben. Die Leute fingen an, die Erde abzusuchen. Es dauerte nicht lange, und jemand rief: »Hier ist die Geldtasche!«

Fangari kam sofort angelaufen und nahm sie in Empfang. Schnell zählte er das Geld, lief in Richtung Gamalija und kümmerte sich nicht um Weiteres. Ihm folgte eine Woge von Gelächter und Freudentrillern. Kasim stand plötzlich im Mittelpunkt, alle wollten ihn beglückwünschen, mit ihm scherzen und ihm ihre Sicht der Dinge mitteilen. Als er mit Sadik und Hasan ins Kaffeehaus der Garabis ging, wurde er von Sawaris mit freundlichem Lächeln empfangen: »Bring Kasim eine Wasserpfeife auf meine Rechnung!«, rief er heiter gestimmt.

68

Mit rosigem Gesicht, strahlendem Blick und glücklichem Herzen kam Kasim auf den Hof von Frau Kamar, um das Schaf abzuholen. »Hier bin ich!«, rief er und machte sich daran, das Seil loszuknüpfen, mit dem das Schaf unten an der Treppe festgebunden war. Hinter ihm knarrte eine Tür, und schon hörte er, wie Frau Kamar Guten Morgen sagte.

Voller Inbrunst antwortete er: »Möge der Herr dir einen Morgen voller Glück schenken, Herrin.«

»Gestern Abend hast du unserem Viertel großes Heil beschert.«

Sein Herz tanzte vor Freude. Bescheiden antwortete er: »Allah allein zeigt den Weg zum Heil.«

»Du hast uns gestern bewiesen, dass Weisheit wichtiger ist als Kraft.« In ihrer weichen Stimme lag ein wenig Bewunderung.

Deine Zuneigung ist viel schöner noch als alle Weisheit, dachte Kasim bei sich. Laut sagte er: »Möge der Herr dir Ehre erweisen.«

Als sie weitersprach, hörte er ihrer Stimme an, dass sie im Innern lächelte. »Gestern haben wir erlebt, dass du die Kinder des Viertels genauso gut zu hüten verstehst wie die Schafe. So gehe denn in Frieden.«

Er zog mit der Huldreichen los, und immer, wenn er an einem

Gehöft vorbeikam, gesellte sich ein Ziegenbock oder eine Ziege, ein Mutterschaf oder ein Lamm dazu. Überall wurde er herzlich begrüßt, und selbst die Wächter, die ihn sonst übersahen, nickten ihm freundlich zu. Mit der Herde, die hinter ihm hertrottete, zog er an der Mauer des Großen Hauses entlang. In der Wüste angekommen, empfing ihn die über dem Berg stehende Sonne mit sengenden Strahlen. Schon barg der strahlende Morgen den heißen Hauch der Tagesglut. Am Fuße des Berges waren andere Hirten zu sehen. Ein Mann, bekleidet mit einem leichten Gewand, zog vorüber. Er spielte Flöte. Am klaren Himmel kreisten Gabelweihen. Bei jedem Atemzug füllten sich seine Lungen mit reiner, frischer Luft. Ihm kam es vor, als ob der gewaltige Berg wahre Schätze an vielversprechenden Hoffnungen in sich barg. Er ließ den Blick vergnügt über die Wüste schweifen, und plötzlich überkam ihn solche Freude, dass er zu singen begann: »Oh, meine Kleine, Süße aus Oberägypten, dein Name ist geritzt in meine Hand.« Sein Blick wanderte zum Felsen von Kadri und Hind, zu den Stellen, wo Humam und Rifaa getötet wurden und wo Gabalawi mit Gabal zusammengetroffen war. Hier gab es das alles – Sonne, Berg, Sand, Ruhm, Leidenschaft, Tod. Hier klopfte ein Herz, in dem die Liebe erwachte. Aber was hat dies alles zu bedeuten, fragte sich Kasim. Was hatte es auf sich mit dem, was vergangen war, und mit dem, was kommen würde? Was war mit diesem sich ewig streitenden Viertel und den auf Schimpf und Spott bedachten Wächtern? Was sollten die alten Geschichten, die in jedem Kaffeehaus auf eigene Weise erzählt wurden?

Zur Mittagszeit trieb er die Herde zum Mukattam-Markt, um Meister Jachja zu treffen. Als er sich in der Hütte niedergelassen hatte, fragte der Alte fröhlich: »Was erzählen denn da die Leute über dich?«

Kasim versuchte, seine Verlegenheit zu überspielen, und griff zum Teeglas. »Vielleicht wäre es besser gewesen«, fuhr der Alte fort, »wenn du sie miteinander hättest streiten lassen und sie alle dabei umgekommen wären.«

Kasim blickte nicht auf. »Ach, das sagst du doch nur so«, erwiderte er. Aber Meister Jachja wurde nun ernst. »Lass dich nicht zu stark bewundern, sonst ziehst du dir den Unwillen der Wächter zu.«

»Kann einer wie ich die Aufmerksamkeit der Wächter erregen?« Meister Jachja seufzte. »Es hat sich auch niemand vorstellen können, dass jemand Rifaa verrät.«

»Wie kommst du denn darauf, einen Zusammenhang zwischen mir und dem glorreichen Rifaa zu sehen?«, fragte Kasim verblüfft. Als er aufstand, verabschiedete ihn der alte Jachja mit den Worten: »Pass immer gut auf den Talisman auf, den ich dir geschenkt habe.«

Am Nachmittag setzte er sich wie immer hinter Hinds Felsen, wo ein bisschen Schatten war. Plötzlich hörte er die Dienerin Sakina nach der Huldreichen rufen. Er sprang auf, ging um den Felsen herum und sah, dass Sakina bei dem Schaf stand und ihm den Kopf kraulte. Als er sie mit einem Lächeln grüßte, erklärte sie: »Ich habe etwas in ad-Darrasa zu besorgen, und da dachte ich mir, dass der Weg hier entlang kürzer ist.«

»Aber dafür ist er heißer«, erwiderte Kasim.

Sakina lachte. »Deshalb würde ich mich auch gern ein wenig im Schatten des Felsens ausruhen.« Sie setzten sich beide hin, und Sakina sagte: »Als ich gestern Abend sah, was du fertiggebracht hast, dachte ich mir, dass deine Mutter von tiefstem Herzen für dich gebetet haben muss, bevor sie starb.«

Kasim schmunzelte. »Und du? Betest denn du nicht für mich?«

Mit Mühe konnte sie ein verschmitztes Leuchten in den Augen verbergen. »Für einen wie dich betet man, dass er eine ehrbare Frau bekommt.«

»Wer begnügt sich schon mit einem einfachen Hirten?«, fragte Kasim lachend.

»Das Glück bringt Wunder zustande. Schon heute genießt du das Ansehen eines Wächters, und zwar ohne jedes Blutvergießen.«

»Weiß der Himmel, deine Worte sind süßer als Honig.«

Sie schaute ihn mit ihren matten Augen an. »Soll ich dir einen guten Rat geben?«

Eine plötzliche Erregung überfiel Kasim. »Ja!«

»Versuch dein Glück, und bitte um die Hand einer ganz bestimmten Frau aus unserem Straßenteil«, erklärte sie kurz und bündig.

»Wen meinst du, Sakina?«

»Tu nicht so, als ob du nicht wüsstest, wen ich meine. In unserer Gegend gibt es nur eine alleinstehende Frau.«

»Frau Kamar?«

»Na sicher.«

Mit zitternder Stimme sagte Kasim: »Aber ihr Mann hat zu den angesehenen Leuten gehört, und ich bin nur ein Hirte!«

»Wenn das Glück erst mal lacht, dann lacht alles mit, selbst die Armut.«

Als spräche er mit sich selbst, murmelte er: »Wird sie denn nicht ärgerlich werden, wenn ich meinen Antrag vorbringe?«

Sakina erhob sich. »Wann die Frauen zufrieden sind oder wann sie sich ärgern, das kann keiner vorhersehen. Also vertraue auf Allah.« Im Weggehen fügte sie hinzu: »Lass es dir gut gehen!«

Kasim hob den Kopf zum Himmel und schloss die Augen, als wäre er müde.

69

Meister Sakarija sah Kasim bestürzt an. Seine Frau und Hasan waren nicht weniger verblüfft. Die Familie hatte gerade zu Abend gegessen und saß im Vorraum der Wohnung noch ein wenig zusammen.

»Was erzählst du denn da«, sagte Meister Sakarija. »Trotz deiner und unserer Armut habe ich dich immer für einen besonders klugen und ehrenhaften jungen Mann gehalten. Was hat dir denn jetzt nur den Verstand geraubt?« In den Augen der Tante blitzte Neugierde auf.

»Es gibt etwas, das mich ermutigt hat. Die Dienerin Sakina hat mir diese Aussichten eröffnet.«

»Die Dienerin!«, wiederholte Kasims Tante erstaunt. Es war ihr anzusehen, dass sie nun alles wissen wollte. Der Onkel lachte nur kurz auf, er schien verunsichert. »Vielleicht hast du sie falsch verstanden?«

Kasim bemühte sich, betont ruhig zu sprechen, um sich nicht anmerken zu lassen, wie aufgeregt er war. »Aber nein, Onkel!«

Seine Tante jubelte los: »Ich habe verstanden! Wenn die Dienerin so etwas geäußert hat, dann hat es in Wirklichkeit ihre Herrin gesagt.«

Hasan, der Kasim über alles liebte, erklärte: »Kasim ist ein Mann, wie man ihn selten findet.« Aber Meister Sakarija schüttelte nur den Kopf und murmelte vor sich hin: »Süße Kartoffeln …, gebackene Kartoffeln!« Nach einer Weile schaute er auf und stieß hervor: »Du besitzt keinen einzigen Millim!«

»Wenn er ihr Schaf hütet, wird sie das ja wissen«, entgegnete die Tante heftig. Dann musste sie lachen und sagte: »Ich warne dich, Kasim, schlachte nie in deinem Leben ein Mutterschaf. Das darfst du schon der Huldreichen zu Ehren nicht tun!«

»Meister Awis, der Gemüsehändler«, begann Hasan laut zu überlegen, »ist ein Onkel von Frau Kamar. Er ist der reichste Mann in unserem Straßenteil und wäre dann mit uns genauso verwandt wie Sawaris. Das wäre doch herrlich!«

»Außerdem ist Frau Kamar«, fügte die Tante hinzu, »eine Verwandte von Amina, der Gattin des Herrn Verwalters. Ihr verstorbener Mann kam aus Frau Aminas Familie.«

»Das macht ja alles noch schwieriger«, stöhnte Kasim.

Angesichts des Ansehens, das er aufgrund solcher Verwandtschaft erringen würde, musste Meister Sakarija sich plötzlich zu einem Entschluss durchgerungen haben. Er schien nun ganz begeistert zu sein. »Du musst einfach so reden wie damals an dem Abend, als es den Vorfall mit dem Polsterer gab. Du bist mutig und klug genug! Wir gehen zusammen zu Frau Kamar und sprechen mit ihr. Erst dann suchen wir Meister Awis auf. Wenn wir nämlich zuerst mit ihm reden, schickt er uns ins Irrenhaus.«

So geschah es denn auch, und es war der Grund dafür, dass Meister Awis jetzt im Empfangszimmer von Frau Kamar saß und auf sie wartete. Er zwirbelte seinen dicken Schnurrbart, um der Erregung Herr zu werden. Schließlich kam sie und reichte ihm höflich die Hand zum Gruß. Sie war einfach gekleidet, und ihr Haar war von einem braunen Tuch bedeckt. Als sie sich setzte, lag in ihren Augen ein Blick von ruhiger Entschlossenheit.

»Du verwirrst mich, Tochter«, erklärte Meister Awis. »Gestern noch hast du die Hand von Herrn Mursi, meinem Geschäftsführer, unter dem Vorwand ausgeschlagen, dass er dir nicht angemessen wäre, und heute willst du dich mit einem Hirten zufriedengeben!«

Vor lauter Verlegenheit wurde sie rot. »Lieber Onkel, es stimmt, dass er arm ist. Aber es gibt niemanden, der ihm und seiner Familie nicht eine gute, edle Gesinnung bezeugen würde.«

Awis runzelte die Stirn. »Ja, sicher, aber das ist genauso, wie man einem Diener Zuverlässigkeit und Sauberkeit bescheinigt. Mit der Ebenbürtigkeit eines Ehepartners hat dies nichts zu tun!«

»Zeig mir nur einen einzigen Mann im Viertel, lieber Onkel, der so wohlerzogen ist wie er. Zeig mir den Mann, der wie er keinen Wert legt auf schmutzige und gemeine Geschäfte!«

Awis war einem Wutanfall nahe, doch erinnerte er sich rechtzeitig daran, dass er nicht nur mit der Tochter seines Bruders sprach, sondern auch mit der Frau, die mit einer recht stattlichen Summe an seinem Laden beteiligt war. So gab er seiner Stimme einen bittenden Klang: »Kamar, wenn du willst, verheirate ich dich mit einem jeden von den Wächtern. Lahita selbst würde dich nehmen, wenn du bereit wärst, ihn mit seinen anderen Frauen zu teilen.«

»Ich mag die Wächter nicht! Ich mag überhaupt nicht diese Art Männer. Mein Vater war – wie du – ein guter Mensch, aber er hatte so unter der Gewalt der Wächter zu leiden, dass er mir den Hass auf diese Leute vererbt hat. Kasim hingegen ist ein anständiger Mensch, dem nichts weiter fehlt als Geld, und davon habe ich genug.«

Der Onkel seufzte und blickte sie lange an. Dann sagte er mit derselben bittenden Stimme: »Ich soll dir auch etwas von Amina, der Frau des Herrn Verwalters, ausrichten. Sie lässt dir sagen, dass du vernünftig sein sollst. Du wärst sonst im Begriff, einen Fehler zu begehen, über den sich das ganze Viertel das Maul zerreißen würde.«

»Es interessiert mich nicht im Geringsten, was Frau Amina sagt«, entgegnete Kamar scharf. »Leider scheint sie nicht zu wissen, wer hier im Viertel schon lange ins Gerede gekommen ist.«

»Meine liebe Nichte, sie will nur, dass du auch weiterhin Achtung genießt.«

»Mein lieber Onkel, glaub ja nicht, dass sie sich auch nur einen Deut für uns interessiert oder sich gelegentlich an uns erinnert. Seit mein Mann gestorben ist, also seit zehn Jahren, hat sie sich kein einziges Mal um mich gekümmert.«

Der Onkel zögerte eine Weile, ihm war ganz offensichtlich unbehaglich zumute. Schließlich erklärte er verdrießlich: »Sie sagte noch, dass es vor allem dann unvernünftig von einer Frau sei, einen ihr nicht ebenbürtigen Mann zu heiraten, wenn dieser zuvor des Öfteren ihr Haus betreten habe, aus welchem Grund auch immer.«

Wie ein Pfeil schoss Kamar in die Höhe, ihr Gesicht wurde blass vor Wut. »Man sollte ihr die Zunge abschneiden! Ich bin hier geboren und aufgewachsen, ich habe hier geheiratet und bin hier Witwe geworden, die Menschen kennen mich alle! Von mir und meinem Lebenswandel wird nur das Beste berichtet!«

»Natürlich, mein Kind, natürlich. Sie wollte ja bloß darauf aufmerksam machen, dass die Leute allerhand reden könnten.«

»Hör zu, Onkel, lassen wir diese Frau, sie macht einem nur Kopfschmerzen. Ich teile dir, meinem Onkel, also mit, dass ich Kasims Heiratsantrag angenommen habe. Du wirst dem zustimmen und bei der Hochzeit anwesend sein!«

Awis saß nachdenklich da und schwieg. Es war einerseits unmöglich, diese Heirat zu verhindern. Andererseits wäre es leichtfertig, Kamar so zu verärgern, dass sie ihr Geld aus seinem Geschäft abzog. Verwirrt und bekümmert starrte er zu Boden. Er schien etwas sagen zu wollen, aber nur unklares Gestammel kam heraus. Kamar hingegen tat nichts anderes, als ihn geduldig und beharrlich anzusehen.

70

Onkel Sakarija schenkte Kasim ein wenig Geld, damit er sich auf die Hochzeit vorbereiten konnte. Das meiste davon hatte er sich geborgt. Als er es ihm überreichte, sagte er: »Wenn ich könnte, würde ich dich mit Geld überschütten, Kasim. Nie werde ich vergessen, wie großzügig dein Vater am Tag meiner Hochzeit zu mir war.«

Kasim kaufte sich einen Gilbab, Wäsche, ein besticktes Tuch, hellgelbe Schuhe, einen Stock aus Bambus und eine Schnupftabakdose. Kurz nach Sonnenaufgang ging er ins Bad. Er genoss den heißen Dampf, sprang ins Badebecken und überließ sich den Händen des Masseurs. Danach wusch er sich, ließ sich mit duftenden Essenzen einreiben und streckte sich auf dem Ruhebett in einer Kabine aus, um bei einem Tee vom künftigen Glück zu träumen.

Kamar hatte es übernommen, die Hochzeit auszurichten. Sie ließ das Dach des Hauses für den Empfang der weiblichen Gäste herrichten, bestellte eine bekannte Sängerin und den besten Koch der ganzen Gegend. Auf dem Hof wurden Baldachine für die männlichen Gäste und den Sänger aufgebaut. Zur Hochzeit kamen Kasims Familie, seine Freunde und die Männer aus dem Straßenteil, angeführt von Meister Sawaris. Das Bier floss reichlich, und zwanzig Pfeifen wurden geraucht, sodass dichte Schwaden um die Lampen zogen. Der Duft vorzüglichsten Haschischs lag in der Luft. Von überall her tönten Freudentriller, Glückwünsche und Gelächter. Onkel Sakarija, der vom Wein schon ein wenig betrunken war, prahlte stolz: »Wir sind eine vornehme Familie von alter, edler Abstammung.«

Meister Awis, der zwischen ihm und Sawaris saß, konnte nur schlecht seinen Unwillen unterdrücken und sagte kurz angebunden: »Es reicht schon, dass ihr mit Meister Sawaris verwandt seid.«

»Meister Sawaris sei tausendmal gegrüßt!«, rief Onkel Sakarija. Sofort spielten die Musiker auf und entsandten ihm ebenfalls ihren Gruß. Sawaris nickte in die Runde und winkte allen zu. Bisher hatte er sich immer geärgert, wenn Sakarija davon schwatzte, wie eng verwandt sie miteinander seien. Seit er aber von der Heirat Kasims mit Kamar wusste, hatten sich seine Gefühle ihm gegenüber verändert. Ja, er war nunmehr sogar entschlossen, Kasim nicht mehr die Zahlung des Schutztributs zu erlassen.

»Kasim ist wirklich sehr beliebt«, sprach Sakarija weiter. »Gibt es überhaupt jemanden im Viertel, der ihn nicht mag?« Als er bemerkte, dass Sawaris verärgert aussah, beeilte er sich hinzuzufügen: »Wenn er damals, bei der Sache mit dem Diebstahl, nicht so klug gewesen wäre, dann hätten sich die Führer der Gabals und Rifaas nicht des Knüppels unseres Wächters Sawaris zu erwehren gewusst.«

Sawaris' Gesichtszüge entspannten sich, und Awis bekräftigte schnell noch Sakarijas Lob. »Da hast du recht, beim Herrn der Himmel und Erde!«

Gerade wurde gesungen: »Die Zeit des Liebesbundes naht mit Grüßen...«, und Kasim wurde zusehends aufgeregter. Wie immer konnte Sadik sich in ihn einfühlen und reichte ihm ein neues Glas. Kasim setzte an und trank es bis auf den letzten Schluck aus, wobei er auch noch die Wasserpfeife in der Hand hielt. Hasan, der ein wenig zu viel getrunken hatte, sah die Verzierungen des Baldachins vor sich schwanken. Awis bemerkte es und sagte zu Onkel Sakarija: »Hasan trinkt mehr, als ihm in seinem Alter zusteht.«

Der stand mit dem Glas in der Hand auf und ging zu Hasan. »Trink nicht so viel«, ermahnte er ihn.

Hasans Antwort auf dieses »Soviel« bestand darin, dass er das Glas, begleitet vom Gelächter der anderen, leerte. Awis platzte fast vor Wut. Wenn meine Nichte nicht diese Dummheit begehen würde, dachte er, dann hätten dich die Getränke heute Abend mehr gekostet, als du besitzt.

Um Mitternacht forderte man Kasim zum Hochzeitsumzug auf, der bei Dunguls Kaffeehaus beginnen sollte. Vorneweg ging Sawaris, der Führer des Zuges und sein Beschützer. Draußen, vor dem Haus, drängten sich Kinder, Bettler und Katzen, die der Duft der Küche angezogen hatte. Im Kaffeehaus nahm Kasim zwischen Hasan und Sadik Platz. Dungul begrüßte sie herzlich und rief dem Gehilfen zu: »Was für eine Nacht des Glücks! Bring den jungen Männern Dunguls Pfeife!« Jeder, der ausreichend Geld besaß, spendierte für alle eine Pfeife auf seine Rechnung. Als die Bläser und Trommler kamen, gefolgt von den Sängern, stand Sawaris auf und sagte energisch: »Beginnen wir den Umzug!«

Kaabura eröffnete den Zug. Er trug nur einen Gilbab, tanzte barfuß und ließ dabei auf dem Kopf einen Stock kreisen. Hinter ihm gingen die Musiker, dann folgten Sawaris und der Bräutigam mit seinen beiden Freunden. Links und rechts schritten Fackelträger. Mit hübscher Stimme ließ der Sänger den Vers erschallen:

»Das Erste waren die Augen, das Zweite die Hände, das Dritte die Füße.

Denn die Augen haben mich mit dem Liebsten verbunden, die Hände haben ihn gegrüßt, die Füße haben mich zu ihm getragen.«

Trunken von Wein und Bier und berauscht von der Pfeife, ließen die Männer Beifallsrufe hören. Der Zug bahnte sich seinen Weg nach Gamalija, dann nach Bait al-Kadi und von dort nach al-Husainija und ad-Darrasa. Die Gäste waren so fröhlich, dass sie nicht wahrnahmen, wie schnell die Nacht verflog. Genauso heiter wie auf dem Hinweg ging es im Hochzeitszug auch auf dem Rückweg zu. Zum ersten Mal verlief im Viertel eine solche Feierlichkeit völlig friedlich. Kein Knüppel war geschwungen und kein Blut vergossen worden. Sakarija war außer sich vor Freude, er nahm den Stock und begann zu tanzen. Er wirbelte mit ihm herum, wiegte sich stolz in den Hüften, schüttelte mal den Kopf, mal den Brustkorb und kreiste mit den Lenden. Seine geschmeidigen Bewegungen wirkten bald kampflustig, bald sinnlich.

Mit einer letzten Drehung ließ er die anderen wissen, dass dies der schwungvolle Abschluss war, und so klatschten sie Beifall und jubelten.

Kasim ging zu den Frauengemächern hinüber. Kamar saß vor zwei Reihen von weiblichen Gästen. Als er auf sie zuschritt, brandete eine Woge von Freudentrillern auf. Er nahm ihre Hand, sie erhob sich, und sie gingen hinaus. Vor ihnen wiegte sich eine Tänzerin. Es schien, als wollte sie ihnen eine letzte Lektion erteilen. Im Hochzeitszimmer angekommen, schloss er die Tür und sperrte so die Außenwelt aus. Kein Lärm drang mehr herein, man hörte nur noch leises Gewisper und das Klappern von Schuhen. Mit einem Blick erfasste Kasim das Bett mit dem rosa Bezug, das weiche Sofa und den schön verzierten Teppich – alles Dinge, die er sich so prächtig nie hätte vorstellen können. Seine Augen glitten zu der Frau hinüber, die sich hingesetzt hatte und den Kopfschmuck abnahm. Sie sah hübsch drall, weich und wunderschön aus. Die Zimmerwände schienen ihm mit ihrem Glanz zuzublinzeln. Er sah alles nur noch durch den Schleier der Verwirrtheit, der Erregung und des übermäßigen Glücksgefühls. Er ging zu ihr. Trotz des leichten, seidenen Gilbabs, den er trug, strömte sein Körper Hitze aus, vermischt mit dem Duft des Rausches. Als er vor ihr stand, schlug sie erwartungsvoll die Augen nieder. Er nahm ihr Gesicht in seine Hände, wollte etwas sagen, ließ es dann aber sein. Er beugte sich tief über sie, sodass sein heftiger Atem ihr Haar durcheinanderbrachte. Dann küsste er sie auf Stirn und Wangen.

Von draußen drang durch die Türritze der Duft von Weihrauch herein, und er hörte Sakina eine geheimnisvolle Zauberformel flüstern.

71

Die Tage und Nächte waren angefüllt von Liebe, Zuneigung und Ausgelassenheit. Wie schön kann doch das Glück auf dieser Welt sein! Kasim verließ nur deshalb manchmal das Haus, weil die Leute sonst darüber geredet hätten, dass er sich seit der Heirat überhaupt nicht mehr draußen zeigte. Der Durst seines Herzens wurde von so vielen schönen Dingen gestillt, dass er sich fast in einem ununterbrochenen Rausch fühlte. Er wurde nun mit allem beglückt, was er sich an Zärtlichkeit, Wärme und Fürsorge gewünscht hatte. Da er Sauberkeit liebte, freute es ihn, hier alles wohlgeordnet zu finden. In den Räumen schwebte der Duft von köstlichem Räucherwerk, und sein Auge konnte sich des Anblicks einer Frau erfreuen, die hübsch zurechtgemacht war und deren Gesicht stets vor Liebe strahlte.

Eines Tages, als sie dicht beieinander im Empfangszimmer saßen, sagte Kamar: »Du bist immer sanft wie ein Lamm, nie forderst oder befiehlst du etwas, nie höre ich von dir ein Wort des Tadels. Dabei gehört doch alles dir, was sich hier im Haus befindet.« Kasim spielte mit einer hennagefärbten Locke ihres Haars. »Ich bin einfach wunschlos glücklich.« Sie drückte ihm zärtlich die Hand und sagte: »Mein Herz hatte mir von Anfang an gesagt, dass du der Beste aller Männer unseres Straßenteils bist. Aber aus lauter Höflichkeit benimmst du dich manchmal wie ein Fremder im eigenen Haus. Kannst du dir nicht denken, dass mich das schmerzt?«

»Vergiss nicht, du sprichst mit einem Mann, den sein gütiges Schicksal aus dem heißen Sand befreite und in das Paradies dieses glücklichen Hauses brachte.«

Kamar bemühte sich, ernst auszusehen, obwohl sie im Innersten doch schmunzeln musste. »Denk bloß nicht, dass du hier immer so ruhig leben kannst. Morgen oder übermorgen wirst du den Platz meines Onkels einnehmen und Verwalter meines Vermögens sein. Oder meinst du, das ist zu schwer?«

»O nein«, erklärte Kasim lachend. »Verglichen mit dem Schafehüten, ist das ein Vergnügen.«

Also übernahm er die Verwaltung ihrer Besitztümer, die zwischen dem Garabiteil und Gamalija verstreut lagen. Der Umgang mit einigen zänkischen Mietern erforderte viel Geschick, aber Kasim erwies sich dabei als äußerst gewandt. Niemand hätte es besser machen können. Er brauchte nur einige Tage im Monat für diese Arbeit, die restliche Zeit hatte er nichts zu tun. Das war er bisher nicht gewohnt gewesen. Der größte Erfolg aber, den er in seinem neuen Leben errang, war der Umstand, dass er sich das Vertrauen von Awis, Kamars Onkel, erwarb. Von Anfang an hatte sich Kasim ihm gegenüber aufmerksam und respektvoll verhalten und ihm gern in einigen Dingen geholfen. Der Onkel gewann ihn schließlich richtig gern und erwiderte seine Freundschaft und Achtung. Eines Tages konnte er nicht mehr an sich halten und sagte in aller Offenheit zu Kasim: »So mancher Gedanke ist wirklich ein Frevel. Weißt du, für mich warst du genauso ein Schurke wie die meisten hier im Viertel. Ich habe gedacht, du würdest die Gefühle meiner Nichte ausnutzen, um dich ihres Geldes zu bemächtigen, um es dann bei deinen Vergnügungen zu verschleudern oder eine andere Frau damit zu heiraten. Aber du hast gezeigt, dass du ein ehrlicher und kluger Mann bist. Kamar hat eine gute Wahl getroffen.«

Als Kasim mit seinen Freunden im Kaffeehaus saß, lachte Sadik fröhlich und sagte: »Bestell uns auf deine Rechnung eine Pfeife, so machen es reiche Leute wie du.« Hasan fügte hinzu: »Warum gehst du nicht mit uns in ein Wirtshaus?«

Kasim sah sie ernst an. »Ich habe nur das Geld, das ich für die Verwaltungsarbeit bei meiner Frau verdiene oder von Onkel Awis für einige Gefälligkeiten bekomme.«

Sadik sah verblüfft drein. »Aber wenn eine Frau einen Mann liebt, ist sie doch ein Spielzeug in seinen Händen.«

»Nicht wenn der Mann sie genauso liebt«, erwiderte Kasim ärgerlich und sah ihn vorwurfsvoll an. »Du, Sadik, siehst in der Liebe wie alle Leute hier im Viertel nur ein Mittel, Gewinn zu erzielen.«

Sadik lächelte verlegen. »Etwas anderes können die Schwachen nicht tun. Was sollen denn die machen, die nicht so stark sind wie Hasan oder du? Ich muss vergeblich danach trachten, Ansehen und Macht zu erringen. In unserem Viertel gehört man entweder zu denen, die schlagen, oder man wird geschlagen.«

Da sein harter Ton gegenüber Sadik ihn offensichtlich reute, war Kasim bereit, die Entschuldigung gelten zu lassen. »Ja«, sagte er, »das ist wirklich ein sehr seltsames Viertel. Du hast recht, Sadik, man kann schon traurig werden, wenn man sieht, wie es hier zugeht.« Hasan lächelte still vor sich hin. »Wenn es wenigstens so wäre, wie die Leute aus den anderen Vierteln es sich vorstellen«, sagte er nachdenklich.

»Die sagen doch nur immer«, pflichtete Sadik ihm bei, »dass das Gabalawi-Viertel etwas ganz Besonderes sei, weil es da tüchtige Wächter gibt.«

Kasim sah niedergeschlagen aus. Er blickte verstohlen zu Sawaris hinüber, um sich zu vergewissern, dass er sie nicht hören konnte. »Es scheint, dass sie nie etwas von unserem Unglück gehört haben«, sagte er dann.

»Die Menschen himmeln die Stärke an, selbst die Opfer tun es noch!«

Nachdem Kasim ein Weilchen überlegt hatte, sagte er: »Aber es gibt auch eine Stärke, die Gutes tut – nehmt Gabal oder Rifaa als Beispiel. Es sind nicht nur Schläger und Verbrecher stark.«

Der Sänger Tasa war beim Vortrag der alten Geschichten gerade da angelangt, wo es heißt: »Adham schrie ihn an: ›Trag deinen Bruder!‹ Kadri wimmerte: ›Nein, das kann ich nicht!‹ – ›Du hast ihn auch töten können‹ – ›Ich kann es nicht, Vater‹ – ›Nenn mich nicht Vater! Der Mörder eines Bruders hat weder Vater noch Mutter noch Geschwister!‹ ›Ich kann nicht.‹ Der Vater packte härter zu. ›Ein Mörder kann sein Opfer auch tragen!‹«

Der Sänger nahm die Rabab und stimmte ein Lied an. Sadik beugte sich zu Kasim und sagte: »Du lebst heute so, wie Adham sich das immer erträumt hat.«

»Aber auf Schritt und Tritt stoße ich auf Dinge, die mich traurig machen und das Glück vergessen lassen. Adham hat nur deshalb von Müßiggang und Wohlstand geträumt, weil er in beidem eine Möglichkeit sah, zum wahren Glück zu gelangen.«

Die drei Freunde schwiegen nachdenklich. Dann sagte Hasan: »Dieses reine Glück kann es niemals geben.«

Kasims Augen glänzten träumerisch. »Außer wenn alle reichlich über die Mittel verfügen, die dazu führen.« Dieser Gedanke ließ ihn nicht los. Er besaß genug Geld und Freizeit, aber das Unglück der anderen verleidete ihm sein eigenes Glück. Auch er zahlte an Sawaris unterwürfig das Schutzgeld. Wenn er selbst in seiner Freizeit am liebsten arbeitete, dann nur deshalb, weil er sich und diesem grausamen Viertel entfliehen wollte. Wenn Adhams Wünsche in Erfüllung gegangen wären, hätte er dieses Glück wahrscheinlich auch nicht ertragen können. Selbst Adham hätte sich nach Arbeit gesehnt.

In diesen Tagen zeigten sich an Kamar plötzlich seltsame Veränderungen, von denen Sakina meinte, sie würden auf eine Schwangerschaft hinweisen. Kamar wagte kaum, daran zu glauben. Ein Kind zu bekommen, war einer ihrer schönsten Träume. Unendliche Freude überfiel sie, und auch Kasim verspürte ein solches Glücksgefühl, dass er die Nachricht bei allen seinen Freunden verbreitete. Schon bald wusste man im Haus des Onkels ebenso Bescheid wie im Laden des Kupferschmieds, im Laden von Awis und in Meister Jachjas Hütte. Kamar aber kümmerte sich fast ausschließlich um sich selbst, ja sie erklärte Kasim sogar, dass sie jegliche Beschwernisse nunmehr vermeiden müsse. Da er verstand, worauf sie hinauswollte, schmunzelte er. »Sakina nimmt dir dann eben alle Hausarbeit ab«, antwortete er, »und ich werde mich in Geduld fassen müssen.«

Fröhlich wie ein Kind drückte sie ihn und sagte: »Vor lauter Dank könnte ich den Boden küssen.«

Kasim ging in die Wüste, weil er Meister Jachja besuchen wollte. Als er Hinds Felsen erreichte und dort die schattige Stelle sah, setzte er sich hin. Nicht weit weg sah er einen Hirten. Ihm wurde warm ums Herz, und am liebsten hätte er diesem armen Menschen gesagt, dass man nicht allein durch hohes Ansehen oder Macht glücklich wird, ja, dass man überhaupt nicht dadurch glücklich wird. Aber wäre es nicht besser, dies den Wächtern zu sagen, zum Beispiel Lahita und Sawaris? Wie sehr dauerten ihn die Kinder seines Viertels, die vergeblich vom Glück träumten, denn im Handumdrehen endeten ihre Träume als Abfall auf dem Müllhaufen. Warum kann er sich nur nicht seines Glücks erfreuen, warum schließt er nicht einfach die Augen vor dem, was ihn umgibt? Vielleicht hatten diese Fragen damals auch Gabal verwirrt, vielleicht war es Rifaa nicht anders ergangen? Sie hätten doch in Ruhe leben und sich ihren inneren Frieden auf immer bewahren können. Worin liegt nur das Geheimnis für die Qualen, die uns verfolgen? Er grübelte vor sich hin und schaute dabei zum Himmel über dem Berg empor, der sich in klarer Bläue weithin erstreckte und nur von den kleinen Fetzen verstreuter Wölkchen, weißen Blütenblättern ähnlich, durchwirkt war. Als fühlte er sich krank und erschöpft, senkte er den Kopf. Da fiel sein Blick plötzlich auf etwas, das sich bewegte. Er schaute genauer hin und sah, dass es ein Skorpion war, der auf einen Stein zulief. Schnell hob er seinen Stock, schlug zu und zerquetschte das Tier. Angeekelt starrte er es eine Weile an, dann stand er auf und ging weiter.

72

In Kasims Haus hatte ein neues Leben das Licht der Welt erblickt, und alle Armen des Wohnteils erlebten die Feier dieses freudigen Ereignisses mit. Das Mädchen erhielt den Namen von Kasims Mutter, Ichsan, die er ja nie kennengelernt hatte. Mit der Geburt des kleinen

Mädchens mussten sich die Großen auf Ungewohntes einstellen – auf Weinen, Unordnung und schlaflose Nächte. Aber dafür gab es auch neue Freuden und Zufriedenheit. Doch warum war der Vater manchmal so geistesabwesend? Er sah aus, als quälten ihn Sorgen. Kamar machte dies unruhig, und so fragte sie ihn einmal: »Fühlst du dich nicht gut?«

»Aber ja ...«

»Du bist nicht wie sonst.«

Er schlug die Augen nieder. »Der Herr weiß, wie es um mich steht.«

Kamar zögerte ein wenig. »Gibt es irgendetwas hier im Haus, was dir nicht gefällt?«

Kasim wehrte entschieden ab. »Ich liebe dich und unser kleines, liebes Mädchen mehr als alles andere auf der Welt.«

Sie seufzte erleichtert auf. »Vielleicht ist es der böse Blick!«

Er lächelte. »Vielleicht.«

Kamar begann, für ihn Zauberformeln zu sprechen, Weihrauch abzubrennen und aus tiefstem Herzen Segen für ihn herbeizuwünschen. Als sie eines Nachts aufstand, weil Ichsan weinte, entdeckte sie, dass sein Platz neben ihr leer war. Zuerst dachte sie, er sei noch nicht aus dem Kaffeehaus zurück. Aber als sie die Kleine beruhigt hatte, merkte sie, dass das Viertel in tiefem Schweigen lag. Das aber war nur dann der Fall, wenn die Kaffeehäuser bereits geschlossen hatten. Zweifel überkam sie. Sie ging zum Fenster, schaute hinaus und sah, dass tiefste Finsternis das schlafende Viertel bedeckte. Ichsan begann wieder zu weinen. Sie lief zu ihr und gab ihr die Brust. Unaufhörlich fragte sie sich, was ihn wohl zu so später Stunde noch draußen aufhalten könnte. Solange sie beide zusammenlebten, war dies nie geschehen. Als Ichsan eingeschlafen war, trat sie abermals ans Fenster. Nichts war zu hören, und so beschloss sie, hinunterzugehen und Sakina zu wecken. Schlaftrunken und müde richtete sich die Dienerin auf und bekam einen Schreck, als sie ihre Herrin vor sich sah. Nachdem Kamar ihr erzählt hatte, warum sie gekommen war, beschloss Sakina, sofort Onkel Sakarija aufzusuchen, um dort nach dem Verbleib ihres Herrn zu fragen. Insgeheim fragte sich Kamar, was ihr Mann dort in so später Stunde zu tun haben könnte. Die einzige Antwort, die ihr einfiel, hätte all ihr weiteres Glück getrübt. Trotzdem ließ sie Sakina gehen, denn vielleicht gab es eine völlig andere Erklärung. Zumindest aber könnte sie Onkel Sakarija in all der Verwirrung um Hilfe bitten. Als Sakina das Haus verlassen hatte, fragte sich Kamar ein ums andere Mal, warum er in der Nacht nach draußen gegangen war. Hatte es etwas damit zu tun, dass er sich in letzter Zeit in seinem Benehmen verändert hatte? Gab es zwischen seinem nächtlichen Ausbleiben und seinen Spaziergängen in der Wüste am späten Nachmittag und am Abend irgendeine Beziehung?

Als Sakina Sakarija und Hasan geweckt hatte, erfasste beide Unruhe. Hasan erklärte, dass Kasim sich an diesem Abend im Kaffeehaus nicht hatte sehen lassen. Onkel Sakarija wollte wissen, wann genau Kasim das Haus verlassen habe, und Sakina antwortete, dass das so gegen Nachmittag gewesen sei. Zusammen mit Sakina verließen die Männer das Gehöft. Hasan ging ins Nachbarhaus und kehrte mit Sadik zurück. »Bald kommt die Morgendämmerung«, sagte er beunruhigt, »wo kann er bloß sein?«

»Vielleicht ist er beim Felsen eingeschlafen«, überlegte Hasan.

Onkel Sakarija wies die Dienerin an, zu ihrer Herrin zurückzukehren und ihr Bescheid zu geben. Sie würden nach ihm suchen. Die drei Männer zogen los in Richtung Wüste. Als ihnen die feuchte Herbstluft entgegenschlug, zogen sie die Schaltücher fester um den Kopf. Das matte Licht des Neumonds leitete sie, nur wenige Sterne glänzten zwischen der spärlich aufgerissenen Wolkendecke. Hasan rief mit durchdringender Stimme: »Kasim! Kasim!«, und vom Mukattam-Berg kam das Echo seines Rufes zurück. Sie eilten vorwärts, bis sie zu Hinds Felsen kamen. Sie umkreisten ihn und sahen sich aufmerksam um, ohne aber eine Spur von Kasim zu entdecken.

Mit rauer Stimme fragte Onkel Sakarija: »Wo ist er nur hingegangen? Er gehört nicht zu denen, die einfach aus Spaß verschwinden, und er hat auch keine Feinde.«

»Aber warum sollte er sonst fliehen?«, stammelte Hasan verwirrt.

Bei dem Gedanken, dass es in der Wüste auch Wegelagerer gab, sank Sadiks Herz vor Schreck in die Hosentasche. Er wagte es nicht, seine Befürchtung laut auszusprechen.

Müde fragte Onkel Sakarija: »Ob er wohl zu Meister Jachja gegangen ist?«

Hasan und Sadik schrien los, und es klang wie ein einziger verzweifelter Hilferuf: »Ja, Meister Jachja!«

»Aber was könnte ihn veranlasst haben, über Nacht dort zu bleiben?«, überlegte Onkel Sakarija, von Sorge erfüllt. Trotzdem zogen sie los, ein jeder vertieft in unheilvolle Gedanken. Von fern waren schon die ersten Hahnenschreie zu hören, aber noch herrschte tiefe Dunkelheit. Die Wolken waren zu dicht. Ein Seufzer entrang sich Sadik: »Wo bist du, Kasim?« Sie gingen weiter und weiter, obwohl die Suche ihnen schon sinnlos schien. Als sie Meister Jachjas Hütte erreichten, lag dort alles in tiefstem Schlaf. Onkel Sakarija schlug mit der Faust gegen die Tür, und endlich erklang drinnen Meister Jachjas Stimme: »Wer ist da?« Wenig später öffnete er und kam, gestützt auf seinen Stock, heraus.

»Entschuldige«, sagte Sakarija, »aber wir sind gekommen, um nach Kasim zu fragen.«

»Das war zu erwarten«, antwortete Meister Jachja gelassen.

Die drei Männer atmeten im ersten Augenblick erleichtert auf, aber dann befiel sie erneute Unruhe. »Weißt du etwas über ihn?«, fragte Onkel Sakarija.

»Er schläft da drinnen«, erwiderte der alte Jachja.

»Ist er wohlauf?«

»Ich denke schon.« Er bemühte sich, seine Stimme betont ruhig klingen zu lassen. »Jedenfalls geht es ihm jetzt gut. Ein paar Nachbarn, die von Utuf kamen, haben ihn bei Hinds Felsen gefunden, er war ohnmächtig. Sie haben ihn zu mir gebracht. Ich habe ihm

Duftessenzen unter die Nase gehalten, bis er wieder zu sich kam. Da er so erschöpft war, habe ich gesagt, er solle liegen bleiben und schlafen. Das tat er dann auch sofort.«

»Du hättest uns benachrichtigen können«, sagte Onkel Sakarija vorwurfsvoll.

»Sie haben ihn mir mitten in der Nacht gebracht«, erwiderte der Alte ganz ruhig. »Da habe ich keinen mehr gefunden, den ich hätte zu euch schicken können.«

»Er ist bestimmt krank«, sagte Sadik beunruhigt.

»Wenn er aufwacht, ist er gewiss bei bester Gesundheit«, antwortete der Alte.

»Am besten ist, wir wecken ihn«, meinte Hasan, »damit wir sehen, wie es ihm geht.«

»Aber nein«, wehrte Meister Jachja entschieden ab. »Wir müssen schon warten, bis er von selbst erwacht.«

73

Kasim saß im Bett. Mit dem Rücken lehnte er an einem Kopfkissen, die Bettdecke hatte er bis zum Hals hinaufgezogen. Er blickte nachdenklich vor sich hin. Kamar hockte mit gekreuzten Beinen zu seinen Füßen und hielt Ichsan in den Armen, die unaufhörlich mit den kleinen Händchen herumfuchtelte und seltsame, für niemanden verständliche Laute von sich gab. In der Mitte des Zimmers stand ein Kohlebecken, von dem ein dünner Rauchfaden aufstieg, der sich krümmte, in sich zusammenfiel und dann einen geheimnisvollen Duft verbreitete.

Kasim streckte die Hand nach dem Glas mit dem Kümmelgetränk aus, das auf einem Tisch dicht neben dem Bett stand, und trank in kleinen Schlucken davon, bis nur noch ein Rest übrig war. Kamar sprach leise mit dem Kind und spielte mit ihm. Aber ihre ängstlich verstohlenen Blicke zu ihrem Mann deuteten darauf hin, dass sie damit nur ihre heimlichen Gefühle zu verbergen suchte.»Wie geht es dir jetzt?«, fragte sie Kasim scheinbar unbefangen.

Unwillkürlich glitt sein Blick erst zur geschlossenen Tür, dann sah er sie an und sagte ruhig:»Was ich habe, ist keine Krankheit.«

Verwirrt schaute sie ihn an.»Es freut mich, das zu hören. Aber dann sag mir in Allahs Namen, was du hast!«

Er schien zu zögern.»Ich weiß es nicht! Aber vielleicht sollte ich dies nicht sagen, denn eigentlich weiß ich alles. Aber ... ich habe tatsächlich Angst, dass die ruhigen Tage vorbei sind.«

Ichsan fing plötzlich zu weinen an. Kamar gab ihr schnell die Brust, dann sah sie wieder teils beunruhigt, teils neugierig zu Kasim. »Warum?«

Er seufzte und zeigte auf sein Herz.»Hier drinnen berge ich ein großes Geheimnis. Es ist so ungeheuerlich, dass ich es allein nicht zu tragen vermag.«

Kamar blickte ihn nun wirklich besorgt an.»Erzähl mir davon, Kasim.«

Er setzte sich aufrecht hin und sah sie ernst und entschlossen an. »Ich enthülle dieses Geheimnis zum ersten Mal, du bist also der erste Mensch, der davon hört. Du musst mir unbedingt glauben, denn alles, was ich sage, ist wahr. In der gestrigen Nacht ist etwas Seltsames geschehen, und zwar bei Hinds Felsen. Ich war ganz allein inmitten der Nacht und der Wüste.« Er würgte an seinem Speichel. Kamar ermunterte ihn mit einem liebevollen Blick weiterzusprechen.»Ich saß am Felsen und betrachtete den Mond, der immer wieder hinter den sich jagenden Wolken verschwand. Es war dunkel, und ich wollte gerade aufstehen, als ich plötzlich eine Stimme sagen hörte: ›Guten Abend, Kasim.‹ Vor Schreck begann ich zu zittern, denn kein Geräusch und keine Bewegung hatten mich gewarnt. Ich hob den Kopf und sah ungefähr einen Schritt vor mir einen Mann stehen. Sein Gesicht konnte ich nicht erkennen, nur ein weißes Schaltuch und die Abaja, in die er gehüllt war. Ich bemühte mich, ihm nicht meinen Ärger über den Schrecken zu zeigen, und erwiderte lediglich: ›Guten Abend! Wer bist du?‹ Da antwortete er ... was denkst du wohl, was er antwortete?«

Kamar schüttelte benommen den Kopf. »Nun sag schon, ich bin viel zu ungeduldig!«

»Er sagte: ›Ich bin Kindil!‹ Ich wunderte mich und erwiderte: ›Entschuldige bitte, aber ich weiß nicht ...‹ Da unterbrach er mich und erklärte: ›Ich bin Kindil, der Diener von Gabalawi.‹ Kamar schrie leise auf. »Was hat er gesagt?«

»Er sagte: ›Ich bin Kindil, der Diener von Gabalawi.‹

Vor lauter Aufregung hatte Kamar der kleinen Ichsan die Brustwarze entzogen, sodass diese das Gesicht verzog, als ob sie gleich wieder losweinen wollte. Schnell reichte Kamar ihr die Brust. Sie war kreidebleich im Gesicht. »Kindil, ein Diener des Stiftungsgründers? Es gibt niemanden, der etwas von den Dienern des Stiftungsgründers weiß. Der Herr Verwalter kümmert sich doch um die Dinge, die im Großen Haus gebraucht werden, und sein Diener bringt alles zum Garten, wo ein Bediensteter es abholt.«

»Ja, das ist, was man hier im Viertel darüber weiß. Aber er hat so zu mir gesprochen.«

»Und hast du ihm gleich geglaubt?«

»Ich bin sofort aufgesprungen, zum einen wollte ich höflich sein, zum anderen wollte ich mich, falls notwendig, verteidigen können. Dann habe ich ihn gefragt, woher ich wissen soll, ob er die Wahrheit sagt. Er antwortete gelassen: ›Wenn du willst, kannst du mit mir zum Großen Haus gehen und sehen, wie ich dort eintrete.‹ Allmählich wurde ich ruhiger. Ich sagte mir: Glaub ihm erst einmal, bis du weißt, was er von dir will. Also habe ich ihm gezeigt, wie sehr ich mich freue, ihn zu treffen. Ich fragte, wie es unserem Großvater geht und was er so tut.«

Verblüfft fragte Kamar: »Das hast du ihn tatsächlich gefragt?«

»Ja, bei Allah, hör doch nur zu! Er sagte mir, dass es dem Großvater gut gehe, aber das war auch schon alles. Also fragte ich ihn, ob denn der Großvater überhaupt wüsste, was in unserem Viertel geschieht. Er antwortete, dass Gabalawi über alles Bescheid wisse und er, auch wenn er sich nur im Großen Haus aufhalte, alles aufmerksam verfolge, was im Viertel passiere, gleich, ob es große oder kleine Dinge seien. Deshalb habe er ihn ja auch zu mir geschickt.«

»Zu dir?«

Ungehalten runzelte Kasim die Stirn. »So hat er es jedenfalls gesagt. Er hätte mir ansehen müssen, wie verwirrt ich war, nahm aber keine Notiz davon, sondern sprach weiter: ›Vielleicht hat er dich erwählt, weil du bei dem Diebstahl damals so klug gewesen bist und weil du dich so redlich mit deiner Familie verhältst. Er lässt dir sagen, alle Kinder des Viertels sind gleichermaßen seine Enkel, und die Stiftung ist ihrer aller gleichberechtigtes Erbe. Die Gewalt aber ist ein Übel, das verschwinden muss, und das Viertel muss endlich dem Großen Haus ähnlich werden!‹ Als er zu Ende gesprochen hatte, herrschte Schweigen. Ich fand kaum Kraft, auch nur ein Wort zu sagen. Ich schaute zu ihm auf und sah, dass sich die Wolken zerteilt hatten und der Mond silbrig glänzend strahlte. Da fragte ich: ›Warum lässt er mir das alles sagen?‹ Und die Antwort lautete: ›Damit du selbst das alles verwirklichst.‹«

»Du?!«

»So sagte er. Ich wollte ihn noch bitten, mir das näher zu erklären, aber da grüßte er schon zum Abschied und ging. Ich folgte ihm, bis ich zu sehen glaubte, wie er auf einer unerhört langen Leiter oder so etwas Ähnlichem nach ganz oben auf die Mauer stieg, von wo man die Wüste überblicken kann. Ich war völlig verstört, entschloss mich aber, zurückzugehen und Meister Jachja aufzusuchen. Ich muss jedoch ohnmächtig geworden sein und bin erst wieder in der Hütte des Meisters aufgewacht.«

Beide schweigen jetzt. Kamar konnte den bestürzten Blick nicht von ihm wenden. Ichsan nuckelte noch immer an ihrer Brust, schlief aber langsam dabei ein und ließ den Kopf auf Kamars Arm fallen. Vorsichtig legte sie das Kind aufs Bett und blickte wieder beunruhigt und mit blassem Gesicht zu ihrem Mann hinüber. Draußen ertönte Sawaris' grobe Stimme, wild schimpfte er gerade auf jemanden ein. Dann hörte man, wie ein Mann schrie und stöhnte, woraus zu entnehmen war, dass er geschlagen oder geohrfeigt wurde. Kurz danach stieß Sawaris, wohl schon im Weggehen, laute Drohungen aus, und der Mann rief voller Hass und Verzweiflung mit lauter Stimme: »O Gabalawi!«

Unter dem lastenden Blick seiner Frau fragte sich Kasim, was sie jetzt wohl von ihm dachte. Aber auch Kamar war tief in ihre Gedanken versunken. Er ist aufrichtig, sagte sie sich, denn er hat mich noch nie belogen. Warum sollte er solch eine Geschichte erfinden? Er ist auch vertrauenswürdig, noch nie hat er nach meinem Geld getrachtet, obwohl er das doch ohne Weiteres hätte tun können. Warum also sollte er jetzt nach dem Stiftungsvermögen gieren, zumal dies mit so viel Gefahr verbunden ist? Ob nun die ruhigen Tage wirklich vorbei sind? »Bin ich die Erste, der du dein Geheimnis anvertraut hast?«, fragte sie. Als er nickte, fuhr sie fort: »Hör zu, Kasim. Unsere Leben sind zu einem geworden, und ich bin mehr um dich besorgt als um mich. Dein Geheimnis ist gefährlich, über die Folgen bist du dir sicher im Klaren. Versuche, dich noch einmal an alles ganz genau zu erinnern, und sag mir rundheraus, ob alles wirklich geschehen ist oder ob es vielleicht nur ein Traum war.«

Entschlossen und sogar ein wenig unwillig erwiderte er: »Es ist wirklich alles wahr, und ich hätte ihn mit der Hand greifen können. Es war kein Traum!«

»Aber du warst doch ohnmächtig, als die Leute dich gefunden haben.«

»Das war lange nach der Begegnung!«

»Vielleicht bist du aber auch nur ein wenig verwirrt«, sagte sie mitleidig.

Er seufzte gequält auf. »Ich bin überhaupt nicht verwirrt. Die Begegnung steht mir so deutlich vor Augen wie ein heller Sonnentag.«

Kamar zögerte eine Weile und fragte dann: »Woher wollen wir

wissen, ob er wirklich ein Diener des Stiftungsgründers ist und zu dir geschickt wurde? Warum sollte er nicht einer von diesen Trunkenbolden sein, die wir im Viertel in Hülle und Fülle haben?«

Kasim blieb hartnäckig: »Ich habe gesehen, wie er auf die Mauer des Großen Hauses stieg.«

Sie seufzte schwer. »Im Viertel gibt es nicht einmal eine Leiter, die bis zur halben Höhe der Mauer reicht«, erklärte sie.

»Aber ich habe die Leiter gesehen.«

Kamar kam sich wie eine Maus in der Falle vor. Aber sie weigerte sich, jetzt schon aufzugeben. »Es ist doch nur«, sagte sie, »weil ich um dich Angst habe. Du weißt, was ich meine. Ich habe um dich Angst, um unser Haus, unser Kind und unser Glück. Immer wieder frage ich mich, warum er ausgerechnet dich ausgesucht hat. Warum setzt er seinen Willen nicht selbst in die Tat um, wo er doch der Besitzer der Stiftung und Herr über alle Menschen ist?«

»Warum hat er Gabal und Rifaa ausgesucht?«, hielt er dagegen.

Erschrocken weiteten sich ihre Augen, und wie bei einem Kind, das gleich zu weinen anfängt, zuckte es in ihren Mundwinkeln. Verängstigt blickte sie zu Boden.

»Du glaubst mir nicht«, sagte Kasim. »Und ich kann nicht verlangen, dass du es tust.«

Kamar brach in Tränen aus. Sie schluchzte, als könnte sie sich dadurch ihrer Sorgen entledigen. Kasim beugte sich über sie, nahm ihre Hand und zog sie an sich. »Warum weinst du?«, fragte er zärtlich.

Sie sah ihn durch den Tränenschleier an und sagte noch immer schluchzend: »Weil ich dir glaube … ja, ich glaube dir. Ich habe nur Angst, dass unsere schöne Zeit jetzt vorbei ist.« Sie machte eine kleine Pause und fragte dann besorgt: »Was wirst du tun?«

74

Unruhe und Spannung beherrschten die Stimmung im Raum. Onkel Sakarija saß mit nachdenklicher, gerunzelter Stirn da, während Onkel Awis an seinem Schnurrbart zwirbelte. Hasan schien in ein Selbstgespräch vertieft, und Sadik starrte ununterbrochen seinen Freund Kasim an. Kamar hatte sich in eine Ecke zurückgezogen und flehte Allah an, sie alle zu rechtem und vernünftigem Tun zu leiten. Um die leeren Kaffeetassen schwirrten zwei Fliegen. Kamar blickte auf und rief Sakina, damit sie das Geschirr hinausbrachte. Als die Dienerin gegangen war, zog sie die Tür hinter sich zu. Awis holte tief Luft und sagte: »Dieses Geheimnis zerrt an den Nerven!«

Draußen heulte ein Hund auf, als hätte ihn ein Stein oder ein Stock getroffen. Ein Dattelverkäufer pries singend seine Ware an, eine alte Frau rief weinerlich: »O Herr, befreie uns von diesem Leben!«

Sakarija wandte sich an Awis und sagte: »Meister Awis, du bist von uns allen der angesehenste Mann. Sag du uns, was du darüber denkst.«

Awis schaute von Sakarija zu Kasim und wieder zurück. Schließlich erwiderte er: »Ich sage die Wahrheit, wenn ich behaupte, dass Kasim ein Mann ist, wie man ihn selten findet. Aber was er da erzählt hat, verdreht mir völlig den Kopf.«

Sadik war anzusehen, dass er schon lange etwas sagen wollte. »Kasim ist ein ehrlicher Mensch«, erklärte er nun. »Ich würde mich jedem entgegenstellen, der behauptete, je aus seinem Mund eine Lüge gehört zu haben. Für mich ist er durch und durch glaubwürdig, das schwöre ich euch beim Grab meiner Mutter!«

»Das sehe ich auch so, ich werde ihm immer zur Seite stehen«, pflichtete ihm Hasan sofort bei.

Kasim lächelte jetzt zum ersten Mal und schaute dankbar und bewundernd Hasan an, der stark und kräftig gebaut war.

Aber Sakarija blickte missbilligend drein. »Die Sache ist kein Kinderspiel«, erklärte er. »Ihr müsst bedenken, dass es um unser Leben und unsere Sicherheit geht.«

Awis nickte zustimmend. »Richtig«, sagte er, »denn das, was wir hier heute gehört haben, ist noch niemandem zugestoßen.«

»Aber Ähnliches, ja sogar noch viel Schlimmeres haben wir schon über Gabal und Rifaa vernommen«, erwiderte Kasim.

Awis fuhr erschrocken zusammen und sah ihn abweisend an. »Denkst du vielleicht, dass du wie Gabal und Rifaa bist?«

Als Kamar sah, wie Kasim schmerzlich berührt den Kopf senkte, fühlte sie Mitleid mit ihm. »Onkel, wer kann schon wissen, wie solche Dinge sich zutragen?«

Awis zwirbelte noch immer an seinem Schnurrbart.

Sakarija ergriff wieder das Wort. »Wo soll es denn hinführen, wenn er denkt, dass er wie Gabal und Rifaa ist? Rifaa ist auf grausamste Weise ermordet worden, und auch Gabal hätten sie getötet, wenn seine Familie nicht zu ihm gehalten hätte. Wen hast du hinter dir, Kasim? Hast du vergessen, dass sie unseren Straßenteil als den der ›Wüstenmäuse‹ bezeichnen, dass die meisten Leute hier Bettler und schrecklich arm sind?«

»Vergesst eines nicht«, sagte Sadik entschlossen, »Gabalawi hat ihn erwählt und nicht einen aus den anderen Straßenteilen, wo es so viele bekannte Wächter gibt. Ich glaube nicht, dass sich Gabalawi von ihm zurückzieht, wenn die Lage schwierig wird.«

»Das wurde zu Rifaas Zeiten auch schon gesagt«, wies ihn Sakarija unwillig ab. »Aber trotzdem wurde er getötet, und zwar nur eine Armeslänge von Gabalawis Haus entfernt!«

»Sprecht nicht so laut!«, mahnte Kamar.

Awis blickte verstohlen zu Kasim hinüber. Seltsam, was er da alles gehört hatte. Was hatte dieser armselige Hirte, aus dem die Tochter seines Bruders erst einen Herrn gemacht hatte, alles erzählt! Er musste ihm Ehrlichkeit und Redlichkeit zugestehen, aber reichte das, um aus ihm einen Gabal oder einen Rifaa zu machen? Und kündigt sich die Größe von bedeutenden Männern auf so einfache Weise an? Was würde geschehen, wenn seine Träume Wirklichkeit würden? »Es scheint«, sagte er nun laut, »dass Kasim sich von unseren Warnungen nicht beeindrucken lässt. Was will der junge Mann nun eigentlich? Kann er es nicht ertragen, dass unser Straßenteil der einzige ist, der keinen Anteil vom Stiftungsvermögen erhält? Willst du, Kasim, der Wächter und Verwalter unseres Teils werden?«

Kasim war anzusehen, dass er sich ärgerte. »Davon hat er mir doch überhaupt nichts gesagt«, fuhr er den Onkel aufgeregt an. »Er hat lediglich erklärt, dass alle Kinder des Viertels seine Nachkommen sind, dass die Stiftung zu gleichen Teilen ihnen allen gehört und dass die Gewalt ein Übel ist!«

Hasans und Sadiks Gesichter strahlten vor Begeisterung, aber Awis sah umso verstörter aus.

»Weißt du, was das bedeutet?«, fragte Sakarija.

»Sags ihm!«, pflichtete ihm Awis verärgert bei.

»Das bedeutet, dass du die Macht des Verwalters herausforderst und damit die Prügelstöcke von Lahita, Galta, Haggag und Sawaris!«

Kamars Gesicht wurde aschfahl. Kasim blieb völlig ruhig, nur als er sagte: »So ist es!«, schien traurige Verzweiflung in seinen Worten zu liegen. Awis stieß ein bitteres Lachen aus, das in die Gesichter von Kasim, Sadik und Hasan einen deutlichen Zug von Unwillen brachte. Sakarija kümmerte sich nicht darum, sondern sprach weiter: »Das bedeutet für uns alle den Untergang. Wie Ameisen werden sie uns zertreten! Niemand wird dir glauben, denn wenn sie es früher schon nicht bei denen taten, die Gabalawi selbst getroffen oder seine Stimme gehört hatten, wie sollten sie dann dem glauben, der nur mit einem seiner Diener gesprochen hat?«

Awis versuchte nun, Kasim auf andere Weise umzustimmen. »Lassen wir das mal beiseite, was die alten Geschichten erzählen. Niemand kann bezeugen, dass Gabal Gabalawi getroffen hat, und mit

Rifaa verhält es sich ebenso. Es wird erzählt, aber niemand weiß es genau. Trotzdem haben sie etwas Gutes bewirkt, denn sowohl die Gabalfamilie als auch die Rifaafamilie können nun eine geachtete Stellung einnehmen. Es wäre schon unser Recht, ihnen gleichgestellt zu sein. Warum auch nicht? Schließlich und endlich sind wir alle aus den Lenden dieses Mannes hervorgegangen, der sich in seinem Großen Haus verkrochen hat. Aber wir müssen die Sache geschickt und vorsichtig angehen. Also kümmer dich, Kasim, um deinen Straßenteil, und lass den ganzen Unsinn mit den Enkeln, der Gleichberechtigung und dem, was gut und was schlecht ist. Es wird uns nicht schwerfallen, Sawaris auf unsere Seite zu ziehen, schließlich ist er mit dir verwandt. Wir könnten mit ihm aushandeln, dass er uns einen Anteil vom Stiftungsvermögen überlässt.«

Kasims Gesicht war immer finsterer geworden. Wütend erklärte er: »Meister Awis, ihr sitzt in einem Boot, wir aber in einem anderen. Mir liegt nichts an Feilschen und Handeln, auch nichts an einem Anteil, ich bin fest dazu entschlossen, den Willen unseres Großvaters zu verwirklichen, so wie er mir übermittelt worden ist.«

»O allmächtiger Herr!«, stöhnte Sakarija auf.

Kasim runzelte immer noch verärgert die Stirn. Er dachte daran, wie traurig und einsam er die ganze Zeit über gewesen war und wie oft er darüber mit Meister Jachja gesprochen hatte. Und dann – endlich – wurde ihm durch diesen Diener so viel Freude zuteil, wie er nie zuvor erlebt hatte. Aber schon türmten sich neue Schwierigkeiten auf – Sakarija dachte nur an seine Sicherheit, und Awis hatte nichts als einen Anteil am Stiftungsvermögen im Sinn. Das Leben würde aber erst dann für alle gut werden, wenn sie sich jeglichen Hindernissen mutig entgegenstellten. Seufzend sagte er: »Mein lieber Onkel, zwar wollte ich zuerst mit euch sprechen, aber das soll nicht heißen, dass ich von euch etwas verlange!«

Sadik griff nach seiner Hand und erklärte: »Ich halte zu dir!«

Hasan ballte die Faust. »Ich auch! Und zwar in guten wie in schlechten Zeiten!«

»Lass dich nicht vom Gerede dieser Lümmel täuschen«, schalt Sakarija ungehalten. »Wenn die Knüppel lossausen, sind alle Schlupflöcher von solchen Strolchen wie diesen voll! Für wen willst du dich eigentlich dem Untergang preisgeben? Alle hier im Viertel sind doch nur Würmer und anderes Viehzeug. Du verfügst über genügend Mittel, um ein sorgenfreies, gutes Leben zu führen. Also sei vernünftig, und genieße dein Leben!«

Kasim fragte sich, während er zuhörte, ob seine innere Stimme ihm dies nicht auch ständig vorhielt … deine Tochter, deine Frau, dein Haus, du selbst. Aber andererseits wurdest du auserwählt, so wie Gabal und Rifaa. Also muss deine Antwort lauten wie die ihrige. »Onkel, ich habe lange nachgedacht, bevor ich meinen Weg beschloss.«

Erbost schlug Sakarija die Hände zusammen und rief: »Dann sei es, wie es sei, es gibt keine Kraft noch Stärke außer bei Allah!«

Awis aber gab noch nicht auf, sondern warnte: »Die Schwachen werden sich über dich lustig machen, und die Starken werden dich töten!«

Entsetzt schaute Kamar von einem Onkel zum anderen. Einerseits würde es ihr leidtun, wenn Kasim eine Enttäuschung erlebte, andererseits fürchtete sie die Folgen, unter denen er zu leiden hätte, wenn er auf seiner Meinung beharrte. Sie wandte sich an ihren Onkel. »Du bist in unserer Gegend von allen der bedeutendste Mann, da könntest du ihn doch mit deinem Einfluss unterstützen!«

»Was willst du bloß, Kamar?«, wehrte er ab. »Du hast Geld, eine Tochter und einen Mann. Was geht es dich an, ob das Stiftungsvermögen an alle gerecht verteilt wird oder ob sich die Wächter den Anteil einstecken? Wir halten schon den für verrückt, der sich anmaßt, ein Wächter zu werden. Was meinst du wohl, was wir erst von dem denken, der danach strebt, Verwalter des ganzen Viertels zu werden?!«

Von Schmerz erfüllt, sprang Kasim auf. »All das begehre ich doch überhaupt nicht! Ich will nur, dass all das Gute verwirklicht wird, das unser Großvater sich für uns wünscht!«

Awis setzte ein erzwungenes Lächeln auf, um Kasim zu besänftigen. »Aber wo ist er denn, dieser Großvater? Soll er doch ins Viertel kommen, sollen seine Diener ihn doch hertragen! Dann kann er die Gebote seiner Stiftung ganz in seinem Sinne verwirklichen! Denkst du vielleicht, dass ein einziger Mensch im Viertel, so stark er auch sein mag, es wagen würde, zu ihm, dem Stiftungsgründer, aufzuschauen, wenn er spricht, oder gar mit dem Finger auf ihn zu weisen?«

Sakarija wollte diesen Gedanken noch weiterführen. »Und wenn die Wächter losspringen, um uns abzuschlachten, wird er da auch nur einen Finger krümmen oder sich im Geringsten darum scheren, wie es uns ergeht?«

Kasim war schrecklich niedergeschlagen. »Ich habe von niemandem verlangt, dass er mir glaubt oder mich unterstützt.«

Sakarija ging zu ihm und legte ihm freundschaftlich die Hand auf die Schulter. »Kasim, dich muss der böse Blick getroffen haben, ich kenne mich in diesen schlimmen Sachen aus. Da haben alle immer erzählt, wie klug du bist und wie viel Glück du hast, und nun hat dich der böse Blick getroffen. Suche Zuflucht bei Allah, um dich vor dem Satan zu schützen. Du bist einer der großen Männer unserer Gegend geworden, und wenn du willst, kannst du mit dem Geld deiner Frau Geschäfte machen und unermesslich reich werden. Also schlag dir diese Geschichte aus dem Kopf, und gib dich mit dem zufrieden, was Allah dir an Wohlstand geschenkt hat.«

Betrübt hatte Kasim den Kopf gesenkt, jetzt schaute er zum Onkel auf und sagte: »Ich werde mir das nicht aus dem Kopf schlagen, selbst wenn mir die gesamte Stiftung allein gehörte!«

75

Was wirst du tun? Wann wird das Grübeln und Warten ein Ende haben? Worauf wartest du noch? Wenn dir die Menschen nicht glauben, die dir nahestehen, wie sollen dann erst die anderen es tun? Was hat es für einen Sinn, traurig zu sein? Was nützt es, dass du einsam und allein bei Hinds Felsen sitzt? Die Sterne geben keine Antwort, auch nicht der Mond und die Dunkelheit. Du tust, als würdest du darauf warten, dass der Diener noch einmal kommt. Was sollte er dir Neues sagen? Da streifst du im Dunkeln an der Stelle herum, von der es heißt, dein Großvater hätte dort Gabal getroffen. Du stehst endlos an der großen Mauer, wo er zu Rifaa gesprochen haben soll. Aber weder hast du etwas von ihm zu sehen bekommen, noch hast du ihn hören dürfen, und es kommt auch kein Diener. Was sollst du also tun? Diese Frage wird dich verfolgen, so wie die Sonne dir nachstellte, als du Hirte in der Wüste warst. Sie wird dir von nun an immer deinen inneren Frieden und die Freude an allen schönen Dingen rauben. Gabal war auch allein, so wie du, aber trotzdem hat er gesiegt. Rifaa wusste, was er zu tun hatte. Er ging seinen Weg, wurde getötet und trug dennoch den Sieg davon. Aber was sollst du tun?

Vorwurfsvoll sagte Kamar: »Du kümmerst dich viel zu wenig um deine hübsche kleine Tochter. Wenn sie weint, hast du kein Mitleid mit ihr, und wenn sie spielt, lässt du sie dabei immer allein.«

Er lächelte dem kleinen Gesicht zu, als hoffte er, von ihm ginge erfrischende Kühle für seine wie Flammen lodernden Gedanken aus. »Ist sie niedlich!«, murmelte er.

»Selbst dann«, schalt Kamar weiter, »wenn wir beieinandersitzen, bist du geistesabwesend und gibst uns das Gefühl, dass wir nicht zu dir gehören.«

Er rückte auf dem Sofa dichter an sie heran, küsste erst Kamars

Wangen und dann die Kleine. »Spürst du nicht«, fragte er dann, »dass ich deine Wärme brauche?«

»Mein ganzes Herz, mit allem, was es an Liebe, Freundschaft und Zärtlichkeit besitzt, gehört dir. Aber du selbst musst ein wenig schonender mit dir umgehen.« Sie reichte ihm die Kleine hinüber, er nahm sie in die Arme, wiegte sie zärtlich und lauschte ihrem wundersamen Geplapper und Gesumme.

Plötzlich sah er Kamar an und sagte: »Wenn der Herr mir den Sieg vergönnt, werde ich nicht länger zulassen, dass die Frauen keinen Anteil an der Stiftung haben.«

»Aber die Stiftung ist nur für die Männer da, nicht für die Frauen«, erwiderte sie verwirrt.

Kasim schaute der Kleinen bewundernd in die großen, schwarzen Augen. »Mein Großvater ließ mir durch seinen Diener sagen, dass die Stiftung allen gehört. Die Hälfte der Bewohner unseres Viertels sind Frauen, und es ist seltsam genug, dass die Frauen hier nicht geachtet werden. Von dem Tag an, an dem die Menschen schätzen gelernt haben, was Gerechtigkeit und Nächstenliebe bedeutet, wird man hier auch den Frauen mit Ehrerbietung begegnen.«

Sie sah ihn liebevoll, doch auch ein wenig mitleidig an. Er sprach vom Sieg, aber wie weit mochte der entfernt sein? Wie gern hätte sie ihm zugeredet, Frieden und Ruhe allem anderen vorzuziehen, aber dazu war sie nicht mutig genug. So fragte sie sich insgeheim, was ihnen der morgige Tag bringen würde. Könnte sie das Glück finden, das Schafika an der Seite ihres Gabal zuteilwurde, oder müsste sie das Schicksal von Abda, der Mutter Rifaas, erleiden? Ein Schaudern überlief sie, sie schaute schnell weg, damit Kasim nicht von der Angst, die in ihren Augen lag, beunruhigt wurde.

Als Sadik und Hasan kamen, um mit ihm ins Kaffeehaus zu gehen, schlug er ihnen vor, Meister Jachja zu besuchen, um die beiden mit ihm bekannt zu machen. Der Alte saß in seiner Hütte und rauchte eine Pfeife. Der reiche Duft von Haschisch schwängerte die Luft. Kasim stellte ihm seine Freunde vor, und sie setzten sich in den

Vorraum der Hütte. Strahlend wie das Glück schien der Vollmond durch eine Fensterluke.

Der alte Jachja blickte verwundert auf die Gesichter der jungen Männer. Sollten tatsächlich sie es sein, die das Viertel auf den Kopf stellen würden? Obwohl er Kasim schon oft genug ermahnt hatte, fühlte er das Bedürfnis, seine Warnung nochmals zu wiederholen. »Pass gut auf, dass niemand von deinem Geheimnis erfährt, bevor du nicht alles vorbereitet hast.«

Einer nach dem anderen ließ sich die köstliche Pfeife schmecken. Das Licht des Mondes fiel auf Kasims Kopf und Sadiks Schultern, die Glut der Holzkohle flackerte im Dunkel des Raums.

»Wie soll ich denn alles vorbereiten?«, fragte Kasim.

Der Alte lachte. »Ein Mann, den Gabalawi auserwählte, kann doch nicht solch einen alten Greis wie mich nach seiner Meinung fragen!« Schweigen setzte ein, das nur vom gurgelnden Geräusch der Pfeife unterbrochen wurde. Nach einer Weile sagte der alte Jachja: »Du hast deinen Onkel und deine Frau den ihrigen. Was deinen Onkel betrifft, so wird er weder eine Hilfe sein noch groß schaden. Den anderen Onkel könntest du aber auf deine Seite ziehen, wenn du ihm versprichst, dass für ihn etwas zu holen ist.«

»Was sollte ich ihm denn versprechen?«

»Dass er der Verwalter der Garabis wird.«

»Aber niemand«, warf Sadik treuherzig ein, »soll mehr vom Stiftungsanteil bekommen als die anderen! Es ist das Erbe aller, und es soll Gerechtigkeit herrschen. Das ist Gabalawis Wille!«

Wieder lachte der Alte. »Unser Großvater ist schon ein seltsames Wesen! Bei Gabal hat er von Stärke gesprochen, bei Rifaa war es Barmherzigkeit, und nun ist es wieder etwas anderes.«

»Er ist der Herr der Stiftung«, hielt Kasim ihm entgegen. »Da ist es sein gutes Recht, die zehn Gebote zu ändern.«

»Vor dir liegt eine schwierige Aufgabe, mein Sohn, denn es geht nicht nur um einen Straßenteil, sondern um das ganze Viertel.«

»So hat es der Stiftungsgründer auch gemeint.«

Meister Jachja wurde von einem heftigen Hustenanfall geschüttelt und drohte fast zu ersticken. Hasan sprang hilfsbereit hinzu, um ihm die Pfeife abzunehmen. Der Mann streckte die Füße weit von sich und atmete schließlich tief durch. Dann fragte er: »Willst du dich wie Gabal auf Stärke stützen, oder ziehst du wie Rifaa die Güte vor?«

Nachdenklich strich Kasim mit der Hand über das Tuch auf seinem Kopf. »Die Stärke muss man einsetzen, wenn es notwendig ist. Die Güte muss allgegenwärtig sein.«

Meister Jachja nickte und begann zu lächeln. »Dein einziger Fehler ist wirklich nur, dass du die Stiftung im Kopf hast. Das wird dir noch unermessliche Qualen einbringen.«

»Wie sollen die Menschen ohne die Stiftung leben?«

»Wie Rifaa«, erwiderte der Alte stolz.

»Rifaa lebte von der Hilfe seines Vaters und all derjenigen, die ihn liebten. Von seinen Gefährten aber, die er zurückließ, hat es keiner fertiggebracht, nach seinem Vorbild zu leben. Es ist tatsächlich so, dass unser elendes Viertel unendlich viel Reinheit und Würde braucht.«

»Und das ist nur mittels der Stiftung zu erreichen?«

»Nicht nur, Meister Jachja, die Wächter müssen auch abgeschafft werden. Erst dann werden alle eine solche Achtung genießen, wie Gabal sie für seine Familie errungen hat. Die Menschen werden gütig und liebevoll miteinander umgehen, wie es Rifaa gefordert hat. Und mehr noch, auch das Glück, von dem Adham einst träumte, wird dann wirklich herrschen.«

Meister Jachja lachte laut auf. »Was bleibt da noch für die zu tun, die nach dir kommen?« Kasim überlegte einen Augenblick und sagte dann: »Wenn Allah mir die Gnade des Sieges gewährt, wird das Viertel nach mir niemanden mehr brauchen.« Wie von Engelshand bewegt, machte die Pfeife die Runde. Im gläsernen Rohr gluckerte das Wasser. Vor lauter Gemütlichkeit gähnte der alte Jachja. »Was bleibt euch eigentlich, wenn die Stiftung gerecht verteilt wird?«

»Wir wollen die Stiftung nutzbringend anlegen, damit das Viertel dem Großen Haus gleich wird.«

»Seid ihr darauf vorbereitet?«

Der Mond verschwand hinter einer Wolke, und für einen Augenblick war es im Raum finster. Als das matte Licht wieder hereinbrach, betrachtete Meister Jachja Hasans kräftigen Körper. »Wird der Sohn deines Onkels stark genug sein, um die Wächter in die Flucht zu schlagen?«, fragte er Kasim.

»Ich überlege ernsthaft, ob es nicht besser ist, einen Rechtsanwalt einzuschalten.«

»Welcher Rechtsanwalt wird es wagen, dem Verwalter Rifat und seinen Wächtern die Stirn zu bieten?«, rief der Alte unwillig.

Nicht nur, dass die Freunde zu ratlos und niedergeschlagen waren, um noch weiter nachzudenken, sie waren auch vom Haschisch ein wenig betäubt. Als sie sich auf dem Heimweg befanden, waren sie schon fast in einem Zustand völliger Hoffnungslosigkeit.

In der darauffolgenden Zeit nahm Kasim wieder seine einsamen Spaziergänge auf, die für ihn immer qualvoller wurden. Er sah so bedrückt aus, dass Kamar eines Tages zu ihm sagte: »Es ist nicht nötig, sich so sehr um anderer Leute Glück zu sorgen, dass wir selbst unglücklich werden.«

Kasim antwortete schroff: »Ich muss mich der guten Meinung würdig erweisen, die man von mir hat.« Tief im Innern aber ließ ihn die Frage nicht los, was er nun eigentlich tun solle. Warum, so überlegte er, trittst du nicht einfach vom Rand dieses Abgrunds zurück? Es ist ein Abgrund voller Verzweiflung, erfüllt von Schweigen und Erstarren. Es ist das Grab der Träume, der schönen Erinnerungen und freudvollen Lieder, von Asche bedeckt. Das Morgen eingehüllt in das Leichentuch des Gestern.

Doch eines Tages rief er Sadik und Hasan zu sich und erklärte: »Die Zeit ist gekommen, wir beginnen.«

Ihre Gesichter strahlten, und Hasan fragte: »Sag uns, was zu tun ist.«

Als Kasim zu sprechen begann, war seiner Stimme anzuhören, dass neue Lebenskraft ihn erfüllte. »Ich habe lange nachgedacht und bin zu dem Entschluss gekommen, einen Sportverein zu gründen.«

Vor lauter Überraschung verschlug es den beiden die Sprache.

Kasim lächelte. »Der Hof meines Hauses hier wird die Heimstatt dieses Vereins sein. Sport ist etwas, was fast alle Leute in den verschiedenen Straßenteilen gern betreiben.«

»Und was hat das mit unserer Aufgabe zu tun?«, fragte Hasan entgeistert, und Sadik bohrte weiter: »Zum Beispiel Gewichtheben, was hat das für eine Beziehung mit der Stiftung?«

Kasims Augen glänzten. »Die jungen Burschen werden zu uns kommen, weil sie ihre Muskeln kräftigen wollen und gern spielen. Wir wählen aber nur die aus, die vertrauenswürdig und geeignet sind.«

Die beiden rissen die Augen auf. Hasan rief: »Wir werden eine Truppe sein, und was für eine!«

»Ja, und wir werden Mitglieder aus der Gabalfamilie und aus der Rifaafamilie haben.«

Vor lauter Freude sangen sie los, und Kasim schien von nun an mehr zu tanzen als zu gehen.

76

Kasim saß dicht am Fenster, um das Fest zu beobachten, das an diesem Tag gefeiert werden sollte. Es gibt nichts Prächtigeres in unserem Viertel als die Feste. Die Wasserverkäufer hatten die Straßen schon besprengt, um Nacken und Schwänze der Esel waren Papierblumen gewunden. Die hellen Kleider der Kinder leuchteten, und Luftballons machten das Bild noch bunter. An den Handkarren flatterten kleine Fähnchen. In das Gerufe und Gejauchze mischten sich die Töne der Samamir. Die mit Sängerinnen und Sängern schwer beladenen Wagen schwankten unter ihrer Last. Die Läden hatten geschlossen, dafür waren die Kaffeehäuser, Gaststuben und Haschischhöhlen umso voller. In jedem Winkel war das Lachen zu Hause, und jeder wünschte dem anderen ein fröhliches »Alles Gute zum Fest«.

Kasim hatte ein neues Gewand angelegt. Zwischen seinen Knien stand Ichsan, die er fürsorglich stützte. Ihre kleinen Hände patschten neugierig in seinem Gesicht herum, manchmal bohrte sie ihre Finger in seine Wangen. Unter dem Fenster begann jemand zu singen: »Was mich in Liebe verstrickte, das waren meine Augen …«, und Kasim erinnerte sich wieder an seine glückliche Hochzeit. Es wurde ihm warm ums Herz. Er liebte Musik und Gesang, und so musste er daran denken, wie sehr Adham gewünscht hatte, sich in dem wunderschönen Garten ganz der Musik hingeben zu können. Was hatte der Mann da gerade gesungen? »Was mich in Liebe verstrickte, das waren meine Augen …«, und recht hatte er. Aber damals, als er, Kasim, seine Augen im Dunkeln auf Kindil gerichtet hatte, waren ihm nicht nur das Herz, sondern auch Verstand und Wille geraubt worden. Im Hof war der Verein für Leibesstärkung und Seelenläuterung eingerichtet, und Kasim stemmte genau wie die anderen Gewichte oder übte sich im Stockkampf. Sadiks Armmuskeln waren jetzt genauso kräftig wie die seiner Beine, die schon durch seine Arbeit als Kupferschmied stark waren. Hasan aber war zu einem richtigen Riesen geworden. Sie und all die anderen waren in ihrer Begeisterung kaum zu bremsen. Klugerweise hatte Sadik eines Tages geraten, auch Bettler und Arbeitslose in den Verein aufzunehmen. Schon nach kürzester Zeit spielten sie voller Elan mit und lauschten eifrig auf das, was er sagte. Sicher, noch waren sie wenige, aber sie alle waren so begierig und ehrgeizig, dass ihre Kraft um ein Vielfaches größer war als ihre Zahl.

Ichsan kreischte: »Da! Da!«, und Kasim küsste sie einige Male, bis er merkte, dass sein neuer Gilbab ein wenig nass war. Aus der Küche hörte man das Klappern des Mörsers, die Stimmen von Kamar und Sakina, das Miauen der Katze. Unter dem Fenster fuhr ein Wagen vorbei, auf dem rhythmisch gesungen und geklatscht wurde.

»Dem Soldaten ein Gebet, der sich herunterriss den Tarbusch und geworden ist ein Heiliger.«

Kasim musste lächeln, er erinnerte sich an die Nacht, als Meister Jachja volltrunken dieses Lied gesungen hatte. Ach, käme doch alles in Ordnung, dann könntest du, mein Viertel, nur noch singen. Morgen ist der Tag, an dem sich meine starken und zuverlässigen Freunde im Verein versammeln. Morgen werde ich gemeinsam mit ihnen den Verwalter und die Wächter angreifen und allen Schwierigkeiten trotzen, damit endlich im Viertel nur ein gütiger Großvater und rechtschaffene Enkel leben. Armut, Schmutz, Bettelei und Gewaltherrschaft werden ausgerottet sein. Niedriges Gewürm, Fliegengeschmeiß und Knüppel sind vernichtet. Im Schatten von prächtigen Gärten wird bei herrlichem Gesang nur noch Sorglosigkeit herrschen.

Kamars wütend schimpfende Stimme riss ihn aus seinen Träumen. Sie beschimpfte offensichtlich Sakina. Erstaunt hörte er eine Weile zu, dann rief er sie.

Kamar kam sofort hereingestürzt, die Dienerin vor sich herstoßend. »Schau dir nur diese Frau an!«, rief sie. »Da ist sie hier in unserem Haus geboren, wie schon ihre Mutter, und schämt sich nicht, uns nachzuspionieren!«

Kasim blickte Sakina missbilligend an. Aber sie schrie auch schon los: »Ich bin keine Verräterin, Herr! Aber meine Herrin will sich meiner nicht erbarmen!«

Auf Kamars Gesicht stand Angst geschrieben, die sie vergeblich zu unterdrücken versuchte. »Ich habe gerade hören müssen«, erklärte sie, »wie sie lächelnd sagte: ›Wenn das nächste Fest kommt, dann wird, so Allah will, mein Herr der Führer des ganzen Viertels sein – so wie Gabal Führer des hamdanschen Teils wurde.‹ Frag sie doch mal, was sie damit meinte!«

Besorgt runzelte Kasim die Stirn. »Was wolltest du damit sagen, Sakina?«

Sakina, die noch nie ängstlich war, erwiderte mutig: »Ich habe das so gemeint, wie ich es gesagt habe. Ich bin nicht wie die anderen

Dienerinnen, die heute hier und morgen dort arbeiten. Ich bin in diesem Haus der gute Geist, und es ist nicht richtig, vor mir etwas zu verbergen.«

Kasim und Kamar warfen sich schnell einen Blick zu, dann bat er sie, ihm das Kind abzunehmen. Sakina bedeutete er, sich zu setzen.

Kaum hatte sie sich zu seinen Füßen hingehockt, legte sie wieder los: »Ist es vielleicht in Ordnung, dass fremde Leute dein Geheimnis kennen, ich aber davon ausgeschlossen werde?«

»Was für ein Geheimnis meinst du denn?«

»Na, dein Gespräch mit Kindil bei Hinds Felsen.«

Kamar seufzte erschreckt auf, aber Kasim ermunterte Sakina weiterzusprechen. »Gabal und Rifaa hatten auch solch ein Gespräch, und du, Herr, bist kein Geringerer als sie. Du bist ein wirklicher Herr, das warst du schon als Hirte. Und ich habe zwischen euch beiden vermittelt, erinnerst du dich? Bevor die anderen etwas wussten, hätte also ich alles erfahren müssen. Wie kannst du den Fremden eher als deiner Dienerin trauen? Möge Allah euch das verzeihen. Ich bete trotzdem für deinen Sieg. Ja, ich bete dafür, dass du den Verwalter und die Wächter besiegst. Könnte es denn jemanden geben, der dies nicht tut?«

Kamar, die die Kleine auf dem Arm erregt hin und her schaukelte, schrie: »Es ist unglaublich, dass du uns nachspionierst! Diese Schande wird dir immer anhängen!«

Als Sakina antwortete, klang ihre Stimme aufrichtig und warm. »Allah kann bezeugen, dass ich nicht lauschen wollte. Aber als ich an der Tür stand, hörte ich zufällig, wie darüber gesprochen wurde, und da konnte ich nicht anders – ich musste weiter zuhören. Kein Mensch hätte es fertiggebracht, sich dabei die Ohren zuzuhalten. Aber was mir das Herz zerreißt, Herrin, das ist, dass du mir nicht vertraust. Ich bin keine Verräterin, und du wärst die Letzte, die ich verraten würde. Für wen sollte ich so etwas tun? Allah möge dir verzeihen, Herrin.«

Kasim hatte Sakina die ganze Zeit über aufmerksam beobachtet. Wie mit den Augen hatte er sie auch mit dem Herzen geprüft. Als sie schließlich zu Ende gesprochen hatte, sagte er mit ruhiger Stimme: »Du bist aufrichtig und treu, Sakina, daran gibt es keinen Zweifel.«

Sie sah hoffnungsvoll zu ihm auf und stammelte: »Mögest du lange leben, Herr, denn bei Allah, ich bin es wirklich.«

Kasim dämpfte die Stimme. »Ich weiß, wer treu ist. In meinem Haus wird es keinen Verrat geben wie bei meinem Bruder Rifaa. Kamar, diese Frau ist genauso ehrlich wie du, also denk nicht länger schlecht von ihr. Sie gehört zu uns wie wir zu ihr. Ich werde niemals vergessen, dass sie die Botin war, die mir das Glück überbrachte.«

»Aber sie hat gelauscht«, warf Kamar schon nachgiebiger ein.

Kasim lächelte. »Sie hat nicht wirklich gelauscht, der Herr hat es so gefügt, dass etwas an ihr Ohr gedrungen ist. Rifaa hatte ja auch ohne sein Zutun die Stimme seines Großvaters gehört. Segen liegt auf dir, Sakina!«

Die Dienerin griff nach seiner Hand und drückte immer wieder Küsse darauf. »Meine Seele würde ich für dich als Lösegeld geben, Herr. Bei Allah, du wirst über deine und unsere Feinde den Sieg davontragen und übers Viertel herrschen!«

»Wir sind nicht auf das Herrschen aus, Sakina.«

Sie breitete die Hände aus und sagte: »O Allah, lass seine Wünsche in Erfüllung gehen!«

»Amen.« Er lächelte sie an. »Wenn ich einen Sendboten brauche, wirst du es sein. Auf diese Weise hast auch du Anteil an unserem Werk.«

Das Gesicht der Frau strahlte vor Freude, ihre Augen glänzten vor Stolz. Kasim sprach weiter: »Wenn das Schicksal es will, dass wir die Stiftung so aufteilen können, wie wir es uns vorstellen, dann werden wir auch keine Frau ausschließen, sei sie nun Herrin oder Dienerin.«

Vor Staunen brachte Sakina kein Wort heraus. Kasim fuhr fort: »Der Gründer hat gesagt, dass die Stiftung allen gehört, und du, Sakina, bist ebenso eine seiner Enkelinnen wie Kamar.«

Unendliches Glück lag auf dem Gesicht der Frau, und sie sah ihren Herrn voller Dankbarkeit an.

Im Viertel spielte eine Holzpfeife zum Tanz auf. Jemand rief: »Gegrüßt sei Lahita tausendmal!« Als Kasim hinunterschaute, sah er, wie die Wächter stolz und auf geschmückten Pferden einzogen. Die Menschen liefen vor ihnen her, jubelten und warfen ihnen Geschenke zu. Der Zug schwenkte in die Richtung der Wüste ein, wo die Wächter, wie immer bei Festen, in Wettläufen und Stockkämpfen ihre Kräfte maßen. Kaum waren alle verschwunden, da tauchte Agrama auf. Er war betrunken und schwankte. Kasim lächelte, als er ihn sah, denn er gehörte zu den treuesten Freunden des Vereins.

Agrama baute sich in der Mitte des Garabiteils auf und schrie: »Ich bin ein toller Kerl!«

Die Antwort ließ nicht lange auf sich warten, sie kam aus einem der ersten Gehöfte des Rifaateils. Höhnisch brüllte jemand: »Du schönste aller Wüstenmäuse!«

Mit geröteten Augen blickte Agrama zu dem Fenster auf, aus dem der Ruf erscholl, und grölte lallend: »Jetzt sind wir bald dran, ihr Lumpenpack!« Im Nu hatten sich Jungen, Betrunkene und Haschischberauschte um ihn geschart und machten furchtbaren Lärm. Gesang und Gebrüll mischten sich mit Getrommel und Gepfeife. Plötzlich brüllte jemand: »Hört nur zu, jetzt ist die Zeit der Garabis gekommen! Aber das wollt ihr vielleicht nicht hören!«

Agrama schwankte noch schlimmer und schrie: »Ein Großvater für alle! Eine Stiftung für alle! Schluss mit den Wächtern!« Taumelnd tauchte er in der Menge unter.

Kasim sprang auf, griff nach seiner Abaja und rannte aus dem Zimmer mit den Worten: »Allah verfluche den Wein und alle, die ihn trinken!«

77

»Geht nicht unter die Leute, wenn ihr betrunken seid!«, erklärte Kasim mit ernstem, düsterem Gesicht. Er saß mit seinen besten Freunden aus dem Verein bei Hinds Felsen. Da waren Sadik, Hasan, Agrama, Schaaban, Abu Fasada und Hamrusch. Hoch ragte hinter ihnen der Berg auf, über dem sich schon die ersten Anzeichen der hereinbrechenden Nacht zeigten. Die Wüste war menschenleer, nur weit entfernt, im Süden, konnte man die Umrisse eines Hirten erkennen, der sich auf seinen Stock stützte.

Agrama senkte bekümmert den Kopf. »Wäre ich doch vorher lieber gestorben!«, seufzte er.

»Es gibt Fehler«, erwiderte Kasim, »bei denen Entschuldigungen nichts nützen. Für mich ist jetzt das Wichtigste, herauszubekommen, ob unsere Feinde etwas von deinem Gefasel mitbekommen haben.«

»Er wurde bestimmt von vielen gehört«, sagte Sadik, und Hasan fügte verdrossen hinzu: »Das kann ich bestätigen. Ein Freund von den Gabals hatte mich in eines ihrer Kaffeehäuser eingeladen, und da hörte ich, wie ein Mann laut von Agramas Auftritt berichtete. Er lachte dabei zwar spöttisch, aber ich halte es nicht für unmöglich, dass seine Geschichte bei einigen Leuten Misstrauen hervorruft. Außerdem kann ich mir vorstellen, dass die Geschichte von Mund zu Mund geht und einer der Wächter schließlich davon erfährt.«

»Nun übertreib doch nicht, Hasan«, wehrte Agrama ab.

»Besser, wir übertreiben, als dass wir es zu leicht nehmen, sonst trifft uns der Schlag aus einer Ecke, aus der wir ihn nicht erwarten.«

»Aber wir haben doch geschworen, dass wir den Tod nicht fürchten!«, erklärte Agrama.

»Ja, genauso, wie wir geschworen haben, das Geheimnis zu bewahren!«, fuhr Sadik ihn schroff an.

»Wenn wir jetzt vernichtet werden, sind all die großen Hoffnungen umsonst gewesen«, sagte Kasim. Je dunkler es wurde, desto niedergeschlagener war die Stimmung. Schließlich erklärte Kasim: »Wir müssen die Sache in Angriff nehmen.«

»Am besten ist«, bemerkte Hasan, »wenn wir bei unserem Plan von der ungünstigsten Situation ausgehen.«

Düster sagte Kasim: »Das heißt, wir sollten uns auf einen Kampf einstellen.«

Die Männer blickten sich schweigend an. Am Himmel über ihnen kamen nach und nach die Sterne zum Vorschein. Der milde Abendwind trug noch Spuren der Tageshitze.

»Wir werden bis zum Tod kämpfen«, verkündete Hamrusch.

»Und alles wird bleiben, wie es war«, fuhr Kasim ihn ärgerlich an.

»Wir würden in kürzester Zeit erledigt sein«, überlegte Sadik laut.

»Aber zum Glück bist du«, wandte sich Abu Fasada an Kasim, »mit Sawaris verwandt und deine Frau mit der des Verwalters. Außerdem war dein Vater mit Lahita befreundet, als er jung war.«

»Könnte sein, dass das unseren Untergang ein wenig hinauszögert, aufhalten wird es ihn aber nicht«, wehrte Kasim müde ab.

»Erinnerst du dich nicht?«, fragte Sadik mit neuer Hoffnung. »Du hast doch daran gedacht, einen Rechtsanwalt zu verpflichten.«

»Bloß sagte man uns, dass kein Anwalt es wagen wird, den Verwalter und die Wächter herauszufordern.«

Erfreut, vielleicht doch ein wenig von seiner Schuld wiedergutmachen zu können, schlug Agrama vor: »In Bait al-Kadi soll es einen Anwalt geben, der für seinen Mut bekannt ist.«

Selbst Sadik fand die Idee nicht mehr gut. »Was ich dabei am meisten fürchte«, sagte er, »ist, dass wir unsere Feindseligkeit auf diese Weise öffentlich verkünden, obwohl wir schon genug Ängste wegen Agramas Gerede ausstehen müssen.«

»Lasst uns trotzdem einen Anwalt hinzuziehen«, beharrte Agrama. »Wir können ihm vorschlagen, die Klage vorzubringen, wenn wir dazu gezwungen sind. Wir werden schon jemanden finden, den wir mit der Sache betrauen können, selbst wenn er aus einem anderen Viertel kommt.«

Kasim und die anderen stimmten dem Vorschlag schließlich als Möglichkeit für alle Fälle zu. Sie beschlossen, das Büro des Anwalts Schanafiri in Bait al-Kadi aufzusuchen. Dort angekommen, erläuterte Kasim dem Anwalt das Problem und sagte ihm, dass er die Klage erst zu einem späteren Termin erheben wollte. So hätte er genügend Zeit, sich mit der Angelegenheit vertraut zu machen und die entsprechenden Maßnahmen vorzubereiten. Obwohl die meisten von ihnen es nicht geglaubt hatten, war der Anwalt bereit, sich der Sache anzunehmen. Er ließ sich sogar im Voraus bezahlen. Die Freunde gingen fröhlich gestimmt von ihm weg und trennten sich. Die anderen kehrten ins Viertel zurück, nur Kasim wollte noch Meister Jachja aufsuchen. Er setzte sich in den Vorraum der Hütte, rauchte mit ihm eine Pfeife und erzählte alles. Der Meister zeigte sich bekümmert über das Vorgefallene und riet Kasim zu großer Aufmerksamkeit und Vorsicht. Kasim machte sich auf den Nachhauseweg. Als Kamar ihm die Tür öffnete, bemerkte er sofort, wie verstört sie war. Auf seine Frage, was denn geschehen sei, antwortete sie: »Der Herr Verwalter hat nach dir geschickt.«

»Wann?«

»Zuletzt vor zehn Minuten.«

»Zuletzt?«

»Innerhalb von einer Stunde hat er dreimal nach dir fragen lassen.«

Als Kasim sah, dass ihr Tränen in den Augen standen, sagte er: »Du darfst nicht weinen, das hätte ich von dir nicht erwartet.«

»Geh nicht dorthin!«, schluchzte sie.

Er tat völlig ruhig. »Hinzugehen ist besser und sicherer, als fernzubleiben. Bedenke, dass diese Halunken bei sich zu Hause niemandem Gewalt antun.«

Ichsan fing an zu weinen, und Sakina lief zu ihr.

»Warte ab, und lass mich erst mit Frau Amina sprechen.«

»Nein«, erwiderte er entschlossen, »das ist unser nicht würdig.

Ich werde sofort gehen, und es gibt keinen Grund, ängstlich zu sein. Keiner von ihnen weiß etwas über mich.«

Sie klammerte sich an ihn. »Aber er hat nach dir und nicht nach Agrama geschickt. Ich fürchte, dass dich jemand verraten hat.«

Er machte sich behutsam von ihr frei und sagte dann: »Ich habe dir gleich zu Anfang gesagt, die ruhigen Tage sind nun vorbei. Wir alle wissen, dass wir früher oder später mit Unheil zu rechnen haben. Sei also nicht traurig, und pass auf dich auf, bis ich zurückkomme.«

78

Der Torwärter kam ihm vom Haus des Verwalters entgegen und forderte ihn grob auf einzutreten. Kasim folgte ihm, sichtlich bemüht, seiner Erregung Herr zu werden. Der Garten war erfüllt von herrlich reinen Düften, aber er nahm sie nicht wahr. Als sie die Tür des Empfangszimmers erreicht hatten, machte ihm der Torwärter Platz, und Kasim trat ein. Er fühlte in seinem Herzen eine solche Sicherheit, wie er sie noch nie zuvor in seinem Leben verspürt hatte. Er sah den Verwalter hinten im Raum auf einem Diwan, rechts und links von ihm saß je ein Mann. Er konnte sie nicht recht erkennen, versuchte es auch gar nicht, sondern steuerte gleich auf den Verwalter zu. Dicht vor ihm stehend, hob er die Hand zum Gruß und sagte höflich: »Guten Abend, Herr Verwalter.« Als er unwillkürlich nach rechts schaute, erkannte er Lahita. Dann glitt sein Blick hinüber zu dem anderen, und plötzlich durchfuhr ihn ein Schreck, der ihn fast zusammenbrechen ließ. Der Mann war niemand anders als Scheich Schanafiri, der Anwalt! Sofort war ihm die Gefährlichkeit der Situation bewusst. Das Geheimnis war enthüllt. Dieser gemeine Mensch hatte das in ihn gesetzte Vertrauen gebrochen, Kasim war in die Falle gegangen. Verzweiflung überfiel ihn, gemischt mit Wut und Zorn. Ihm war klar, dass hier weder List noch Ausflüchte halfen, und so entschloss er sich, standzuhalten und dem Verwalter die Stirn zu bieten. Sich jetzt zurückzuziehen, war unmöglich, also musste er voranstürmen oder zumindest standhaft bleiben. In den darauffolgenden Tagen sollte er sich dieser Situation als eines Ereignisses erinnern, bei dem in seinem Innersten ein neuer Mensch geboren wurde, wie er ihn sich nie hätte vorstellen können.

Die barsche Stimme des Verwalters riss ihn aus dem Strudel seiner Gedanken. »Bist du Kasim?«

»Ja, Herr«, antwortete er scheinbar unbefangen.

Der Verwalter forderte ihn nicht auf, sich zu setzen, sondern fragte weiter: »Bist du überrascht, den Scheich hier zu sehen?«

»Aber nein, Herr!«

»Bist du der Schafhirt?«

»Vor mehr als zwei Jahren habe ich mit dieser Arbeit aufgehört.«

»Und was tust du jetzt?«

»Ich kümmere mich um das Vermögen meiner Frau.«

Der Verwalter warf spöttisch den Kopf zurück und gab dem Scheich ein Zeichen, dass er nun sprechen dürfe.

»Du bist vielleicht erstaunt«, setzte dieser an, »mich hier zu treffen, obwohl ich doch dein Anwalt bin. Aber dem Herrn Verwalter kommt ein Rang zu, der alles andere in den Hintergrund drängt. Dir ist damit zugleich die Möglichkeit gegeben, Reue zu bekunden, ist das doch sehr viel besser, als in Feindseligkeiten verstrickt zu werden, die nur deinen Untergang bedeuten würden. Der Herr Verwalter hatte mir gestattet, dir mitzuteilen, dass ich durch meine Fürsprache sein Vergeben für dich erreicht habe. Allerdings müsstest du erst dein Vergehen öffentlich bereuen. Ich hoffe, du kannst meine gute Absicht schätzen. Hier ist auch das Geld, das du im Voraus bezahlt hast.«

Kasim sah ihn kühl an. »Warum hast du mit mir nicht ehrlich gesprochen, als ich in deinem Büro war?«

Angesichts dieser Kühnheit verschlug es dem Anwalt fast die Sprache, der Verwalter kam ihm zu Hilfe: »Du bist nicht hier, um Fragen zu stellen, sondern um Antworten zu geben!« Der Scheich erhob sich. Mit einem Handzeichen wurde ihm die Erlaubnis erteilt, sich zu entfernen. Er strich verwirrt seine Gubba glatt und ging hinaus. Der Verwalter musterte Kasim frostig und fragte mit absichtlich beleidigendem Ton: »Was hat dich nur auf die aberwitzige Idee gebracht, gegen mich eine Klage zu erheben?«

Was sollte er antworten? Nun war er gefangen, und entweder kämpfte er jetzt, oder ihm drohte der Tod. Der Verwalter drängte weiter: »Nun red schon! Erkläre mir, was du dir dabei gedacht hast! Vielleicht bist du nicht ganz richtig im Kopf?«

Niedergeschlagen antwortete Kasim: »Ich bin durchaus bei Verstand, Allah sei es gedankt.«

»Das scheint keineswegs sicher zu sein. Wie kommst du sonst dazu, etwas so Abscheuliches zu tun? Du bist nicht mehr arm, seit sich dieses verrückte Weib mit dir als Ehemann zufriedengegeben hat. Was also hast du dir erhofft?«

Kasim versuchte, die in ihm aufsteigende Wut zu unterdrücken. »Für mich selbst erhoffe ich überhaupt nichts.«

Der Verwalter blickte zu Lahita hinüber, als wollte er sich eines Zeugen angesichts dieser seltsamen Antwort vergewissern. Dann sah er wieder Kasim an. Immer wütender werdend, schrie er: »Warum hast du das alles getan?«

»Ich will weiter nichts als Gerechtigkeit.«

Hasserfüllt kniff der Verwalter die Augen zusammen.

»Glaubst du vielleicht, dass dich die Verwandtschaft deiner und meiner Frau vor irgendetwas schützt?«

»Aber nein, Herr«, erwiderte Kasim mit gesenktem Blick.

»Oder denkst du etwa, dass du stark genug bist, die Wächter des ganzen Viertels anzugreifen?«

»Aber nein, Herr.«

»Dann sag, dass du verrückt bist, und lass mich in Ruhe!«

»Ich bin bei vollem Verstand, Herr.«

»Und wieso wolltest du gegen mich Klage erheben?«

»Ich wollte Gerechtigkeit.«

»Für wen?«

Kasim war anzusehen, wie angestrengt er nachdachte. »Für alle.«

Der Verwalter starrte ihn ungläubig an. »Was hast du mit dem Pöbel zu tun?«

Als wäre er vom eigenen Mut berauscht, gab Kasim zur Antwort: »Erst wenn Gerechtigkeit für alle herrscht, wären die zehn Gebote des Stiftungsgründers verwirklicht!«

»Du armselige Wüstenmaus wagst es«, brüllte der Verwalter, »von den Geboten des Stiftungsgründers zu sprechen?«

»Er ist unser aller Großvater«, erwiderte Kasim ruhig.

Der Verwalter fuhr zornig in die Höhe und schlug Kasim mit all seiner Kraft den Fliegenwedel ins Gesicht. »Unser aller Großvater! Bei euch gibt es doch nicht einen, der seinen Vater kennt! Wie könnt ihr da die Unverschämtheit haben, von eurem Großvater zu sprechen? Ihr Diebe, ihr Wüstenmäuse, ihr Lumpenpack, ihr! Du wagst es, frech zu werden, weil du denkst, dass dieses Haus dich und deine Frau schützen wird! Aber der Hund, der seinen Wohltäter beißt, verliert jeglichen Schutz!«

Lahita stand auf, um den Verwalter zu besänftigen.

»Setz dich nur ruhig wieder hin«, sagte er. »Lass dir doch von solch einer Fliege nicht die gute Stimmung verderben.« Der Verwalter setzte sich, schrie aber gleich wieder los: »Jetzt wagen es sogar diese Wüstenmäuse, nach der Stiftung zu gieren und frech von ihrem Großvater zu sprechen!«

Auch Lahita setzte sich wieder und erklärte: »Offensichtlich trifft zu, was die Leute von den Garabis erzählen. Es ist das Unglück unseres Viertels, dass immer jemand freiwillig in den Untergang rennt!« Er wandte sich an Kasim. »Dein Vater war einer der Ersten, die mich unterstützten. Also zwing mich nicht, dich umzubringen!«

»Er verdient viel Schlimmeres als den Tod«, brüllte der Verwalter. »Wenn da nicht meine Frau wäre, dann wäre er schon elendiglich verendet!«

Lahita setzte seine Befragung fort. »Hör mal, mein Sohn, wer steckt eigentlich hinter dir?«

Kasim, dem das Gesicht vom Schlag mit dem Fliegenwedel noch immer brannte, fragte zurück: »Was meinst du damit, Herr?«

»Wer hat dich veranlasst, die Klage zu erheben?«

»Niemand, das war ganz allein ich.«

»Du warst früher ein einfacher Hirte, bevor dir das Glück gelacht hat. Was also willst du noch mehr?«

»Gerechtigkeit, es geht nur um Gerechtigkeit, Meister.«

Der Verwalter knirschte mit den Zähnen. »Gerechtigkeit!«, schrie er. »Ihr Hunde, ihr erbärmlichen Nichtsnutze! Das ist wohl euer geheimes Kennwort, wenn ihr zum Plündern und Rauben aufbrecht!« Erregt wandte er sich an Lahita: »Nimm ihn dir vor, damit er alles gesteht!«

Als Lahita wieder sprach, lag ein drohender Unterton in seiner Stimme: »Sag mir, wer steht hinter dir!«

»Unser Großvater«, antwortete Kasim mit heimlichem Trotz.

»Großvater?«

»Ja! Sieh dir die Gebote seiner Stiftung an, und du wirst wissen, dass er es ist, der mich dazu getrieben hat.«

Wieder sprang der Verwalter auf. »Schaff ihn mir aus den Augen, schmeiß ihn raus!«, brüllte er.

Lahita stand auf, nahm Kasim am Arm und ging mit ihm zur Tür. Obwohl sein Griff hart wie Eisen war, ertrug Kasim den Druck geduldig. Dicht an der Tür flüsterte ihm Lahita zu: »Komm wieder zur Vernunft um deiner selbst willen, und zwing mich nicht, dein Blut zu trinken!«

79

Als Kasim nach Hause kam, fand er Sakarija, Awis, Sadik, Agrama, Schaaban, Abu Fasada und Hamrusch vor. Schweigend und mitleidsvoll blickten sie ihn an. Nachdem er sich zu Kamar gesetzt hatte, sagte Awis: »Hatte ich dich nicht gewarnt?«

Kamar meinte: »Langsam, Onkel, lass ihn erst einmal ausruhen.«

Aber Meister Awis konnte nicht an sich halten: »Am schlimmsten sind die Probleme, die man sich selbst macht!«

Onkel Sakarija musterte besorgt Kasims Gesicht. »Sie haben dich gedemütigt, Sohn meines Bruders«, sagte er, »ich kenne dich wie mich selbst. Das hättest du dir alles ersparen können.«

»Ohne Frau Amina wäre er nicht heil zurückgekommen«, erklärte Onkel Awis.

Kasim blickte seine Freunde an und sagte: »Dieser gemeine Anwalt hat uns verraten.«

Ihre Gesichter erstarrten, und sie sahen sich beunruhigt an. Bevor sie noch etwas sagen konnten, forderte Awis sie auf: »Geht nun in Frieden, und ein jeder von euch sollte Allah danken, dass er entkommen ist.«

»Was sagst du da?«, fragte Hasan erstaunt.

Aber Kasim kam einer Antwort zuvor: »Ich will euch nicht verheimlichen«, sagte er, »dass uns allen der Tod droht. So entbinde ich einen jeden von seinem Versprechen, mir zu helfen.«

»Und damit wäre die Sache dann ausgestanden«, freute sich Onkel Sakarija.

»Was mich betrifft«, sagte Kasim, »ich werde die Sache nicht aufgeben, gleichgültig, welche Folgen es hat. Ich werde meinem Großvater und unserem Viertel gegenüber nicht weniger ergeben sein als Gabal und Rifaa.«

Awis sprang empört auf und rief beim Hinausgehen: »Der Mann ist wahnsinnig. Möge Allah dir beistehen, Tochter meines Bruders.«

Sadik eilte zu Kasim, küsste seine Stirn und sagte: »Mit diesen Worten hast du mir wieder meinen Lebensgeist zurückgegeben.« Und Hasan fügte begeistert hinzu: »Hier im Viertel bringen sich die Menschen schon wegen eines Millims um, manchmal auch ohne jeglichen Grund. Warum sollen wir den Tod fürchten, wenn wir dafür einen richtigen Grund haben?«

Von draußen ertönte die Stimme Sawaris', der nach Sakarija rief. Er schaute hinaus und bat den Wächter herein. Kaum hatte er das Zimmer betreten und sich düster dreinblickend hingesetzt, sah er auch schon Kasim an und sagte: »Ich hatte gar nicht gewusst, dass es in unserem Straßenteil außer mir noch so einen tüchtigen, starken Mann gibt.«

Als bäte er um Verzeihung, sagte Sakarija: »Die Angelegenheit verhält sich keineswegs so, wie sie dir erzählt worden ist.«

»Was mir erzählt wurde, ist noch viel unheilvoller und bitterer.«

»Der Satan muss den jungen Männern den Kopf verdreht haben«, stöhnte Sakarija.

Aber Sawaris gab sich damit nicht zufrieden, sondern fuhr ungehalten auf: »Lahita hat mir wegen deines Neffen ziemlich stark zugesetzt. Ich hatte ihn zwar immer für einen verständigen jungen Mann gehalten, aber plötzlich dreht er völlig durch. Hört mir gut zu, wenn ich die Sache zu leicht nehme, kommt Lahita selbst und bestraft euch. Aber ich denke gar nicht daran, mir von irgendjemandem mein Ansehen verächtlich machen zu lassen. Also verhaltet euch anständig, und wehe dem, der sich halsstarrig zeigt!«

In den darauffolgenden Tagen beobachtete Sawaris das Tun und Lassen von Kasim und seinen Gefährten. Keiner von ihnen durfte sich zu nah an seinem Haus zeigen. Um seinen Anordnungen Nachdruck zu verleihen, beleidigte er einmal Sadik, ein anderes Mal schlug er Abu Fasada. Über Sakarija ließ er Kasim wissen, dass er sein Haus nicht eher verlassen dürfe, bevor sich nicht der Sturm gelegt habe. So fand sich Kasim als Gefangener im eigenen Haus wieder, und außer Hasan kam niemand zu Besuch. Keine Kraft der Welt aber reichte aus, um die Gerüchte im Viertel einzusperren. Schon flüsterten sich die Leute im Rifaa- und im Gabalteil zu, dass es im Garabiteil Unruhe gegeben habe und es beinahe zu einer Klage gegen den Verwalter gekommen sei. Es wurde darüber geredet, dass es bestimmte Behauptungen über die zehn Gebote gegeben habe. Die größte Aufregung verursachte aber das Gerücht, dass ein Diener von Gabalawi, nämlich Kindil, mit Kasim zusammengetroffen sein sollte. Die Wellen der Erregung schlugen hoch, wobei sich spöttische mit argwöhnischen Bemerkungen abwechselten.

Eines Tages sagte Hasan zu Kasim: »Im ganzen Viertel gehen Gerüchte um, in den Haschischspelunken ist nur noch von dir die Rede.«

Wie immer in der letzten Zeit sah Kasim besorgt und nachdenklich aus. »Wir sind Gefangene geworden«, sagte er, »und die Tage verstreichen, ohne dass wir etwas tun können.«

»Man kann von niemandem verlangen«, warf Kamar ein, »dass er mehr als das Menschenmögliche tut.«

»Jedenfalls sind unsere Brüder von der Sache so begeistert wie eh und je«, erklärte Hasan.

»Stimmt es, dass die Gabal- und Rifaafamilien mich der Lüge beschuldigen und für wahnsinnig halten?«, fragte Kasim.

Hasan senkte bekümmert den Blick. »Feigheit verdirbt die Männer«, lautete seine Antwort.

Kasim schüttelte verwirrt den Kopf. »Aber wie können sie sagen, dass ich lüge, wenn doch auch einer der Ihren Gabalawi getroffen oder zumindest mit ihm gesprochen hat? Warum bezichtigen sie mich der Lüge, obwohl sie die Ersten sein müssten, die mir die Wahrheit zugestehen und mich unterstützen müssten?«

»Die Krankheit unseres Viertels ist Feigheit, und sie ist der Grund dafür, warum sie den Wächtern gegenüber heucheln.«

Von der Straße drang Sawaris' Stimme an ihre Ohren. Er brüllte wie ein Ochse, schimpfte und fluchte. Als die drei aus dem Fenster hinausschauten, sahen sie, dass er Schaaban am Kragen gepackt hielt und auf ihn einschrie: »Was hat dich hierhergeführt, du Hurensohn?« Der junge Mann bemühte sich vergeblich, ihm zu entkommen. Sawaris griff mit der linken Hand nach seinem Hals und schlug ihn mit der rechten Hand ins Genick und auf den Kopf.

Als Kasim dies sah, überkam ihn furchtbare Wut, und er rannte hinaus, ohne sich darum zu kümmern, dass Kamar ihn flehentlich bat, sich zurückzuhalten. In weniger als einer Minute stand er vor Sawaris und erklärte entschlossen: »Lass ihn los, Meister Sawaris!«

Aber dieser ließ nicht locker, sondern schlug weiter auf sein Opfer ein und schrie dabei Kasim an: »Kümmer dich um deine eigenen Angelegenheiten, oder ich mache dich so fertig, dass selbst deine Feinde deinetwegen in Tränen ausbrechen!«

Aber Kasim packte die Hand von Sawaris, hielt sie fest und rief: »Ich werde nicht zulassen, dass du ihn umbringst, da kannst du machen, was du willst!«

Sawaris ließ von Schaaban ab, der ohnmächtig zu Boden fiel. Dann griff er nach einem Korb mit Sand, den eine Frau gerade auf ihrem Kopf vorbeitrug, und stülpte ihn über Kasims Kopf. Schon wollte sich Hasan auf Sawaris stürzen, aber Sakarija kam gerade noch rechtzeitig hinzu und hielt ihn fest. Kasim nahm den Korb herunter. Sein Gesicht war rot angelaufen, als hätte man ihn gewürgt, der Sand bedeckte seinen Kopf und rieselte über die Kleidung. Plötzlich wurde er von einem heftigen Hustenanfall geschüttelt. Oben am Fenster schrie Kamar auf, und Sakina jammerte los. Awis eilte schleunigst herbei. Männer, Frauen und Kinder kamen aus den Hausfluren gerannt, alle redeten und schrien durcheinander. Sakarija hielt Hasan noch immer mit aller Kraft fest und sah ihn bittend und warnend an.

Awis ging auf Sawaris zu. »Lass es an mir aus, Meister Sawaris, wenn er etwas Schlechtes getan hat«, und sogleich riefen mehrere der Umstehenden: »Vergib ihm, um Allahs willen!«

Sawaris brüllte: »Lauter Verwandte und Fürsprecher, und zwischen allen steht Sawaris verloren herum und soll sich zum Weib machen lassen!«

»Vergib ihm, Meister«, rief Sakarija, »du bist und bleibst unser Herr, die Krone unserer Häupter!«

Sawaris ging zum Kaffeehaus hinüber. Einige der Männer richteten Schaaban auf, Hasan half Kasim, sich das Gesicht und das Gewand zu säubern. Jetzt, nachdem Sawaris weggegangen war, wagten es die Leute, ihm zu sagen, wie leid ihnen das Vorgefallene tat.

80

Am Abend des gleichen Tages erhob sich aus einem der Gehöfte des Garabiteils Wehklagen, das den Tod eines Menschen anzeige. Aufgestiegen aus einer einzigen verzweifelten Kehle, tönten die Schreie im Handumdrehen zehnfach aus dem Gehöft. Kasim ging zum Fenster und fragte Fatin, den Melonenkernhändler, was geschehen sei.

»Mögest du lange leben«, antwortete er, »Schaaban ist leider tot.«

Erschrocken verließ Kasim das Haus und ging hinüber zu Schaabans Gehöft, das das übernächste war. Der Hof lag im Dunkeln und war voll von den Bewohnern des Erdgeschosses. Sie sprachen Worte der Trauer und des Beileids und gaben ihrem Groll über das Geschehene Ausdruck. Auf den Fluren im ersten Stock erschollen noch immer Klagen und Wehrufe. Kasim hörte eine Frau sagen: »Er ist nicht gestorben, sondern von Sawaris getötet worden!« Eine andere fügte hinzu: »Möge Allah dein Haus zugrunde richten, Sawaris!« Da mischte sich eine Dritte ein: »Nicht Sawaris, sondern Kasim hat ihn getötet! Er verbreitet Lügen, und unsere Männer werden deshalb umgebracht!«

Trauer überfiel Kasim. Er bahnte sich einen Weg durch die Menge und erblickte schließlich das erste Stockwerk, wo sich die Wohnung des Toten befand. Im Schein der Lampe erblickte er im Vorraum einige Freunde, darunter auch Hasan, Sadik, Agrama, Abu Fasada und Hamrusch.

Sadik kam weinend auf ihn zu und umarmte ihn schweigend.

Hasan, dessen erschrockenes Gesicht im matten Licht noch blasser wirkte, erklärte: »Sein Blut wurde nicht umsonst vergossen.«

Agrama näherte sich Kasim und flüsterte ihm zu: »Seiner Frau geht es offensichtlich sehr schlecht, denn sonst käme sie nicht auf den Gedanken, uns seinen Tod anzulasten.«

»Möge Allah ihr beistehen«, sagte Kasim leise.

»Der Mörder muss getötet werden«, erklärte Hasan rachedurstig.

Abu Fasada widersprach missmutig: »Wer würde hier im Viertel schon gegen ihn aussagen?«

Hasan war nicht zu halten: »Wir könnten ihn einfach umbringen, genauso, wie sie es immer tun.«

Kasim versetzte ihm einen Stoß und bedeutete ihm, den Mund zu halten. »Es ist besser«, riet er seinen Freunden, »wenn wir nicht im Trauerzug mitgehen, sondern uns gleich auf dem Friedhof beim Mukattam-Berg einfinden.«

Nach diesen Worten wollte er in die Wohnung des Toten gehen, doch Sadik hielt ihn zurück und rief die Witwe heraus.

Als sie Kasim mit verweinten Augen begegnete, sah sie ihn erstaunt an. Dann wurde ihr Blick hart, und sie fragte grob: »Was willst du?«

»Ich bin gekommen, um dich zu trösten«, erwiderte er traurig.

»Du bist es, der ihn getötet hat! Wir haben nicht die Stiftung gebraucht, sondern ihn!«

»Der Herr möge dir Nachsicht schenken«, sagte Kasim sanft. »Er möge die Verbrecher zugrunde richten. Wir sind deine Familie, du kannst dich an uns wenden, wann immer du uns brauchst. Sein Blut wird nicht umsonst geflossen sein.«

Sie warf ihm einen scheelen Blick zu und wandte sich ab. Kaum war sie wieder in der Wohnung, brachen die Klagen erneut aus. Kasim ging niedergeschlagen und bekümmert fort.

Am nächsten Morgen saß Sawaris am Eingang zu Dunguls Kaffeehaus. Er blickte die Vorübergehenden angriffslustig und feindselig an, die Leute aber grüßten ihn doppelt freundlich, um ihren Groll zu verbergen. Die Trauerfeier mieden sie und zogen es vor, in ihren Läden und hinter den Karren zu bleiben oder im Straßenstaub herumzusitzen. Am Vormittag wurde die Totenbahre herausgetragen, Schaabans nächste Verwandte folgten ihr. Kasim gesellte sich zu ihnen, ohne sich um die sengenden Blicke der Wächter zu kümmern. Der Schwager des Toten sah ihn erbost an und zischte ihm zu: »Erst bringst du ihn um, dann gehst du in seinem Begräbniszug!« Kasim antwortete nicht, sondern ertrug sein Schimpfen geduldig. Schon fuhr ihn ein anderer grob an: »Warum bist du gekommen?«

»Weil ich wie mein Freund, Allah sei ihm gnädig, kämpfen will! Er war mutig, ihr seid es nicht. Ihr wisst genau, wer ihn umgebracht hat, aber an mir lasst ihr euren Zorn aus.«

Die meisten der Trauergäste schwiegen. Hinter den Männern sammelten sich die Frauen, barfüßig und in schwarze Gewänder gehüllt. Sie ließen sich Sand über die Köpfe rieseln und schlugen sich auf die Wangen. Der Trauerzug durchquerte Gamalija und zog in Richtung Bab an-Nasr. Als die Zeremonie vorüber war, zerstreuten sich die Gäste. Kasim, der langsamer gegangen und hinter den anderen geblieben war, kehrte noch einmal zum Grab zurück, wo er schon seine Freunde versammelt fand. In seinen Augen standen Tränen, und bald fingen alle bitterlich an zu weinen.

Schließlich wischte sich Kasim die Tränen ab und sagte: »Wer lieber in Sicherheit leben will, der kann gehen.«

»Wenn wir Sicherheit wollten, hätten wir nicht hier auf dich gewartet«, erwiderte Hamrusch.

Kasim legte die Hand auf den Grabstein. »Sein Verlust ist schmerzlich, denn er war mutig, und unsere Sache hat ihn begeistert. Nun ist er von uns gegangen, obwohl wir ihn gerade jetzt so sehr brauchten.«

»Von einem verräterischen Wächter wurde er getötet«, erklärte Sadik, »aber etliche von uns werden am Leben bleiben, um den Tod des letzten Wächters mit anzusehen.«

Hamrusch setzte mahnend hinzu: »Es ist nicht nötig, dass wir wie unser Freund durch einen Verräter umkommen. Denkt also ans Morgen und daran, wie wir unseren Sieg erringen können!«

»Wir müssen zuerst einmal überlegen, wie wir uns treffen können, um miteinander zu reden«, warf Abu Fasada ein.

»An nichts anderes habe ich gedacht, als ich eingesperrt in meinem Haus saß«, sagte Kasim. »Ich bin zu einem Entschluss gekommen. Er ist zwar nicht leicht durchzuführen, aber wir werden nicht darum herumkommen.« Alle schauten ihn neugierig an. »Verlasst das Viertel! Packt eure Sachen und geht weg. Wie Gabal einst und wie Meister Jachja vor Kurzem werden wir das Viertel verlassen und an einem sicheren Ort in der Wüste unseren Verein wiederaufbauen, damit wir stärker werden und mehr Leute dazugewinnen.«

»Ja, das ist gut!«, rief Sadik.

Aber Kasim hatte noch nicht zu Ende gesprochen. »Wir werden das Viertel nur mit Gewalt von den Wächtern befreien können, und auch die Gebote des Stiftungsgründers werden wir nur mit Gewalt durchsetzen. Zu Gerechtigkeit, Barmherzigkeit und Frieden können wir nur auf diese Weise kommen. Aber unsere Gewalt wird zum ersten Mal eine gerechte und keine tyrannische sein.«

Aufmerksam lauschten ihm die Freunde und betrachteten das hinter ihm liegende frische Grab. Fast schien es ihnen, als weilte Schaaban noch unter ihnen und segnete das eben Gehörte.

Bewegt sagte Agrama: »Ja, durch Gewalt werden sich alle Probleme lösen, und zwar durch eine gerechte und keine tyrannische! Schaaban war gerade auf dem Weg zu dir, Kasim. Wenn wir bei ihm gewesen wären, hätte es der Wächter mit einer Kraft zu tun gehabt, die nicht leicht zu bezwingen gewesen wäre. Möge Allah Furcht und Spaltung verdammen!«

Kasim atmete zum ersten Mal nach langer Zeit erleichtert und glücklich auf. »Unser Großvater hat uns in der sicheren Überzeugung sein Vertrauen geschenkt, dass es unter seinen Kindern einige Söhne gibt, die dieses Vertrauens würdig sind.«

81

Als Kasim um Mitternacht nach Hause kam, lag Kamar wach und erwartete ihn. Sie schien noch besorgter und mitleidsvoller als sonst zu sein. Es tat ihm leid, dass sie zu so später Stunde noch nicht schlief. Er bemerkte, dass ihre Augen müde aussahen, konnte aber nicht genau erkennen, ob sie vom Weinen oder von der Sonne des Tages gerötet waren. So fragte er also: »Hast du geweint?«

Sie antwortete nicht und tat, als wäre sie ganz und gar damit beschäftigt, ihm ein Glas warmer Milch einzugießen.

»Der Tod von Schaaban hat uns alle sehr traurig gestimmt, Allah sei ihm gnädig«, sagte er.

»Über den Tod von Schaaban habe ich vorhin geweint«, erklärte sie. »Immer wieder kamen mir die Tränen, als ich daran dachte, wie dieser Mann dich behandelt hat. Du bist wahrlich der Letzte, der es verdient, dass man in schimpflicher Weise Sand über ihn ausschüttet.«

»Was ist das schon im Vergleich zu dem, was unser armer Freund erleiden musste!«

Sie setzte sich zu ihm und reichte ihm die Milch. »Am meisten bekümmert mich, was die Leute über dich sagen.«

Kasim trank die Milch und lächelte, als wollte er ihr zeigen, dass er alles nicht so schwernahm.

»Galta hat der Gabalfamilie versichert«, stieß sie aufgebracht hervor, »dass du nach der Stiftung strebst, um sie ganz für dich allein zu haben. Das erzählt auch Haggag bei den Rifaas. Überall verbreiten sie, dass du weit weniger wert bist als Gabal und Rifaa.«

Ohne ihr noch länger zu verheimlichen, wie bedrückt er war, sagte er: »Ich weiß das alles. Sogar, dass ich ohne dich überhaupt nicht mehr am Leben wäre.«

Sie streichelte ihm zärtlich die Schulter. Unwillkürlich musste sie an früher denken, an die Tage, an denen sie unentwegt miteinander plauderten und unermesslich glücklich waren. Nächte voll strahlenden Glücks hatten sie nach der Geburt von Ichsan erlebt. Jetzt aber gehörte ihr nichts mehr von ihm, ja, er gehörte nicht einmal mehr sich selbst. Sogar die Schmerzen, unter denen sie manchmal litt, verheimlichte sie vor ihm. Da er auch nicht an sich dachte, wie sollte sie ihn mit ihren Sorgen belasten? Sie schämte sich, ihn übermäßig zu beanspruchen, denn unbeabsichtigt könnte sie damit seinen Feinden helfen. Wem könnte sie ihn anvertrauen, wenn ihre Lebenszeit vorüber war wie die glücklichen Tage von damals? Möge Allah dir, unserem Viertel, vergeben!

»Ich habe die Hoffnung noch nicht verloren«, sagte Kasim, »und selbst bei Finsternis bin ich nicht verzweifelt. Ich habe gute, ehrliche Freunde, auch wenn manchmal der Eindruck entsteht, dass ich ganz allein bin. Einer von ihnen hat Sawaris getrotzt – wer hätte das früher gewagt? Und die anderen sind wie Schaaban. Mut ist das Allerwichtigste für unser Viertel, damit es sein zukünftiges Leben nicht unter qualvollen Fußtritten ertragen muss. Rate mir nicht, mich in Sicherheit zu bringen. Der Mann, der gerade beerdigt wurde, ist gestorben, als er auf dem Weg zu mir war. Du würdest es nicht gutheißen, wenn sich dein Mann feige demütigen würde.«

Kamar lächelte, als sie ihm das leere Glas abnahm. »Die Frauen der Wächter stoßen Freudentriller aus, wenn sich ihre Männer auf ihre bösartigen Kämpfe einlassen. Wie sollte ich mich da weniger freuen, wenn mein Mann einen guten Kampf aufnehmen will?«

Kasim begriff, dass sie trauriger war, als es den Anschein hatte. So streichelte er ihr liebevoll über die Wange und tröstete sie: »Du bist mein Ein und Alles auf der Welt, du bist mein bester Freund.«

Kamar lächelte und bemühte sich, innere Ruhe zu finden, um einschlafen zu können.

Meister Schantach, der Kupferschmied, wunderte sich, als Sadik plötzlich nicht zur Arbeit erschien. Er ging zu ihm nach Hause, fand aber weder von ihm noch von seiner Familie irgendeine Spur. Auch Abd al-Fattach, der Salzheringhändler, suchte im ganzen Viertel vergeblich nach Agrama, der ihm sonst bei der Arbeit half. Ohne vorher Bescheid zu geben, erschien auch Abu Fasada nicht mehr in Hamduns Rösterei. Und wo war Hamrusch geblieben? Hassuna, der Bäcker, erklärte, er habe sich in nichts aufgelöst, als sei er von den Flammen im Ofen verschlungen worden. Auch andere junge Leute waren fortgegangen. Die Neuigkeit verbreitete sich im Garabiteil und gelangte schließlich in die anderen Teile des Viertels. Dort machten sich die Menschen darüber lustig und höhnten, dass die Garabis alle auswandern wollten und Sawaris schon bald keinen mehr finden würde, von dem er das Schutzgeld eintreiben könnte.

Sawaris bestellte Sakarija in Dunguls Kaffeehaus und erklärte ihm: »Der Sohn deines Bruders kann wohl am ehesten das Geheimnis dieser Fluchtwelle lüften.«

»Aber Meister Sawaris«, widersprach Sakarija, »sei nicht ungerecht! Es sind Tage und Wochen, ja Monate vergangen, ohne dass er sein Haus verlassen hat!«

»Das ist doch Kinderkram! Ich wollte dich nur warnen, dem Sohn deines Bruders könnte etwas zustoßen!«

»Aber Kasim ist auch von deinem Fleisch und Blut! Tu nichts, was unsere Feinde schadenfroh machen könnte.«

»Er ist sein eigener Feind, und meiner ist er auch. Wenn er sich wirklich einbildet, der Gabal von heute zu sein, dann ist das der kürzeste Weg, um auf dem Friedhof von Bab an-Nasr zu enden.«

»Sei nachsichtig, Meister Sawaris, wir stehen doch alle unter deinem Schutz.«

Als Sakarija nach Hause ging, traf er zufällig Hasan, der gerade von Kasim kam. Mit einem Schwall von Worten wollte er an ihm seine Wut auslassen, aber Hasan unterbrach ihn: »Beherrsche dich, Vater! Kamar ist krank, sie ist sogar schwer krank, Vater.«

Das ganze Viertel erfuhr von Kamars Krankheit, auch im Haus des Verwalters hörte man davon. Kasim, äußerst bedrückt und niedergeschlagen, wich nicht von ihrer Seite. Verzweifelt schüttelte er den Kopf und stammelte: »Da liegst du nun plötzlich hilflos danieder.«

Schwach und matt erwiderte sie: »Ich wollte vor dir verbergen, wie schlecht es mir geht. Dein Herz war schon schwer genug von Sorgen.«

»Ich hätte von Anfang an deine Schmerzen teilen müssen!«

Ihre blassen Lippen öffneten sich zu einem müden Lächeln. »Bestimmt werde ich wieder gesund.«

Kasim betete dafür. Nur – warum lag über ihren Augen solch ein Nebel? Warum war die Haut in ihrem Gesicht so trocken? Woher nahm sie die Kraft, die Schmerzen zu verbergen? Sie tut es nur für mich. O Herr, erbarme dich ihrer, und erhalte sie mir! Hab Mitleid mit dem Kind, das ununterbrochen weint! »Wenn du mir verzeihst, kann ich auch mir selbst verzeihen.«

Sie lächelte mühsam und ein wenig vorwurfsvoll.

Umm Salim wurde herbeigeholt, Weihrauch abzubrennen, Umm Atija kam, um ein paar Salben zuzubereiten. Ibrahim, der Barbier, setzte einige Schröpfköpfe an. Kamar schien sich jeglicher Heilung zu widersetzen.

»Könnte doch ich für dich die Schmerzen tragen«, stöhnte Kasim.

Als sie zum Sprechen ansetzte, war sie kaum zu verstehen. »Möge dich nie ein Unheil treffen«, flüsterte sie und fügte nach einer Weile hinzu: »Du bist mir immer der liebste Mensch gewesen.«

O Himmel, dachte Kasim, wenn ich sie so elend sehe, ist die ganze Welt für mich in Dunkelheit gehüllt.

»Ein solch kluger Mann wie du«, hauchte sie, »wird sicher keinen Wert auf Tröstung legen.«

Das Haus füllte sich mit Besuchern, Kasim ertrug es nicht länger und floh aufs Dach. Die Stimmen von Frauen drangen zu ihm herauf, und in ihre Flüche mischten sich die Rufe der Händler. In der Nähe hörte er ein Kind weinen, sodass er zunächst annahm, es wäre

Ichsan. Dann sah er, wie sich auf dem Dach des Nachbarhauses ein kleiner Junge auf dem Boden wälzte. Langsam wurde es dunkel. Ein Schwarm von Tauben kehrte in den Verschlag zurück. Ein einziger Stern stand am Himmel. Er fragte sich, was der seltsame Blick in Kamars Augen zu bedeuten hatte. Es war, als hätte sie nichts sehen können. Ihr Mund hatte so eigenartig gezuckt, als hätte sie sich nicht in der Gewalt. Ihre Lippen waren merkwürdig blau. Warum war ihm nur so beklommen zumute? Er blieb einige Stunden auf dem Dach und stieg dann wieder hinunter. In der Eingangshalle traf er Sakina, die die kleine Ichsan auf dem Arm trug. Leise sagte sie: »Sei vorsichtig, wenn du hineingehst, damit du sie nicht weckst.« Er legte sich auf das Sofa, das dem Bett gegenüberstand. Auf dem Fensterbrett stand eine Lampe, die den Raum schwach erhellte. Draußen war alles still, nur die klagenden Töne der Rabab waren zu hören. Dann setzte der Sänger Tasa ein: »›Ich habe beschlossen‹, erklärte der Großvater in ruhigem Ton, ›dir eine Möglichkeit zu bieten, wie ich sie noch keinem von draußen gewährt habe. Du sollst in diesem Haus leben dürfen, du sollst hier heiraten und ein neues Leben beginnen.‹ Ein Rausch der Freude überflutete Humam, und er sagte: ›Dank für deine Güte!‹ – ›Du bist ihrer wert.‹ Humams Blick wanderte verwirrt zwischen dem Großvater und dem Teppich hin und her. Dann fragte er besorgt: ›Und meine Familie?‹ – ›Alles, was ich wollte, habe ich deutlich gesagt.‹ Da sagte Humam flehentlich: ›Aber sie verdienen alle deine Güte und deine Zuneigung.‹«

Vom Bett her kam das Geräusch einer heftigen Bewegung. Kasim sprang auf und eilte zu Kamar. Aus ihren Augen war der Nebel gewichen, ein neuer Glanz lag in ihnen. Kaum hatte er sie gefragt, ob sie etwas brauche, da rief sie schon: »Ichsan! Wo ist Ichsan?«

So schnell er konnte, lief er aus dem Zimmer. Er kam mit Sakina zurück, in deren Armen das Kind schlief. Kamar winkte sie heran und küsste Ichsan auf die Wange. Kasim hatte sich aufs Bett gesetzt. Sie sah ihn an und flüsterte: »Es ist noch viel schlimmer mit mir geworden.«

Kasim beugte sich über sie. »Was meinst du?«

»Ich habe dir oft Kummer bereitet, aber was ich jetzt erdulden muss, ist weit schlimmer.«

Kasim biss sich auf die Lippen. »Kamar, ich bin furchtbar traurig, dass ich deine Schmerzen nicht lindern kann.«

»Ich habe Angst um dich, wenn du ohne mich bist«, sagte sie besorgt.

»Sprich nicht von mir!«

»Kasim, geh weg, schließ dich deinen Freunden an! Wenn du bleibst, werden sie dich töten.«

»Wir gehen zusammen.«

»Unsere Wege trennen sich«, brachte sie mühsam hervor.

»Du willst dich meiner nicht erbarmen?«

»Ach, alles liegt so weit zurück.«

Offensichtlich mühte sie sich, einer schrecklichen Kraft zu widerstehen. Ihre Hand griff ins Leere. Kasim beugte sich tiefer zu ihr, sodass er ihren Atem spüren konnte. Sie krümmte sich und reckte den Hals vor, als wollte sie um Hilfe rufen. Ihr Brustkorb hob und senkte sich, sie keuchte schwer. Sakina rief: »Setz sie hin! Sie will sitzen!«

Er umarmte sie, um sie aufzurichten, aber da ächzte sie auf. Es war wie ein letzter, stummer Gruß. Ihr Kopf fiel auf seine Brust.

Sakina lief mit dem Kind hinaus. Ihr lautes Klagen zerriss das Schweigen.

82

Am Morgen war das Haus voller Menschen, die Kasim ihr Beileid aussprechen wollten. Im Viertel gab es eine tief verwurzelte Achtung vor verwandtschaftlichen Beziehungen, auch wenn sie einem zumeist keinen Gewinn einbrachten. So bestand kein Zweifel daran, dass Sawaris erscheinen musste, eiligst gefolgt von den zahlreichen

Garabis. Natürlich musste auch der Verwalter Rifat kommen, dem sich Lahita, Galta und Haggag anschlossen. Dann kamen nach und nach Krethi und Plethi. Dem Begräbniszug schloss sich eine so große Zahl von Menschen an, wie man es im Viertel bisher nur gesehen hatte, wenn ein Wächter beerdigt wurde. Kasim, im Innersten vom Schmerz zerwühlt, legte die geduldvolle Miene eines weisen Mannes an den Tag. Selbst als der Sarg hinabgesenkt wurde und er mit allen Sinnen und Fasern seines Leibes weinte, blieben seine Augen trocken. Nachdem die Gäste gegangen waren, standen nur noch Sakarija, Awis und Hasan bei Kasim.

Sakarija fasste ihn am Arm und sagte: »Bleib stark, mein Junge. Allah wird dir helfen.«

Kasim beugte sich ein wenig vor und stammelte: »Hier in diesem Sand wurde mein Herz begraben, Onkel.«

Hasan versuchte, die Tränen zu unterdrücken. Das schlimmste aller Schweigen herrschte, das des Grabes.

Sakarija ging einen Schritt zurück. »Es ist Zeit für uns zu gehen.«

Aber Kasim blieb unbeweglich stehen und sagte verdrossen: »Warum sind sie gekommen?«

Sakarija wusste, wen er meinte, und erwiderte schnell: »Auf jeden Fall verdienen sie Dank.«

Awis nahm all seinen Mut zusammen. »Versuche, mit ihnen einen neuen Anfang zu finden. Sie sind auf dich zugegangen, nun musst du ihnen entgegenkommen. Zum Glück braucht man das, was die Leute in den anderen Straßenteilen eine Weile über dich erzählt haben, nicht ernst zu nehmen.«

Kasim zog vor, sich nicht auf einen Streit einzulassen. Schweigend hörte er zu. Plötzlich näherte sich ihnen eine Menschengruppe, an deren Spitze Sadik auszumachen war. Offensichtlich hatten sie gewartet, bis die Trauergäste weggegangen waren. Es waren viele, und alle hatten vertraute Gesichter. Als sie auf Kasim zueilten und ihn einer nach dem anderen umarmten, standen ihm Tränen in den Augen. Awis sah verärgert zu, aber niemand kümmerte sich um ihn.

»Nun gibt es nichts mehr«, sagte Sadik zu Kasim, »was dich im Viertel halten könnte.«

Ehe Kasim antworten konnte, fuhr Sakarija Sadik schroff an: »Da sind noch seine Tochter, sein Haus und sein Vermögen.«

»Es war notwendig, dass ich im Viertel aushielt, denn dank dessen hat sich im Lauf der Zeit eure Zahl vervielfacht«, erklärte Kasim. Er blickte die Männer an, als wollte er sich der Richtigkeit seiner Worte vergewissern. Fast allen hatte er zugesprochen, das Viertel zu verlassen und sich den Freunden anzuschließen. Des Nachts, wenn das Viertel schlief, war er aus dem Haus geschlichen und hatte diejenigen aufgesucht, von denen er sicher wusste, dass sie ihm freundlich gesinnt und bereit waren, seinen Worten zu glauben.

»Werden wir noch lange warten müssen?«, fragte Agrama.

»So lange, bis eure Zahl groß genug geworden ist«, antwortete Kasim.

Sadik nahm ihn ein wenig zur Seite, küsste ihn und flüsterte: »Mir könnte es das Herz zerreißen, wenn ich deinen Kummer sehe. Vielleicht weiß ich am besten von allen, wie sehr du leidest.«

»Du hast recht«, sagte Kasim gerührt, »es kann keinen schlimmeren Schmerz geben.«

Sadik sah ihn voller Mitleid an. »Beeil dich, und komm schnell zu uns. Du bist jetzt allein.«

»Alles braucht seine Zeit.«

Laut genug, sodass alle es hören konnten, erklärte Awis: »Wir müssen jetzt gehen.«

Die Freunde umarmten sich zum Abschied, und Kasim kehrte mit seinen Begleitern heim. Die nächsten Tage verbrachte er allein und schwermütig in seinem Haus. Sakina begann, sich zu sorgen, dass seine Trauer schlimme Folgen für ihn haben könnte. Doch er setzte seine heimlichen nächtlichen Spaziergänge mit einem Eifer fort, der keineswegs auf Schwäche schließen ließ. Die Zahl derer, die plötzlich verschwanden, wurde immer größer, und die Leute fragten sich ratlos und verwirrt, was vor sich ging. In den anderen Teilen des

Viertels hörte man gar nicht mehr auf, über die Garabis zu spotten. Belustigt erzählte man sich sogar, dass heute oder morgen auch Sawaris an der Reihe wäre zu verschwinden.

Eines Tages warnte Sakarija Kasim: »Die Lage ist äußerst beunruhigend. Es ist zu befürchten, dass das alles nicht folgenlos bleibt.«

Aber Kasim wollte abwarten und verbrachte die Tage in unermüdlicher Arbeit, trotz wachsender Gefahr. In all der Düsternis ließ ihn nur Ichsan zuweilen lächeln. Sich auf die Stuhlkanten stützend, lernte sie gerade stehen. Wenn sie es geschafft hatte, wandte sie ihm stolz ihr offenes Gesicht zu und plapperte etwas in der Sprache der Spatzen und Nachtigallen. Er genoss es, sie zärtlich anzuschauen, und manches Mal sagte er sich, dass sie sicherlich ein hübsches Mädchen werden würde, ihm aber wichtiger sei, dass sie gütig und liebevoll wie ihre Mutter wäre. Wenn die großen, schwarzen Augen in dem rundlichen Gesicht ihn anstrahlten, dann war dies für ihn ein bleibendes Zeichen des Liebesbandes, welches das Schicksal zerrissen hatte. Ob er wohl lange genug leben würde, um sie als junge, schöne Braut zu erleben? Oder war es ihr vielleicht beschieden, sich an ihr Elternhaus nur mit Schmerzen zu erinnern?

Eines Tages klopfte es, und als Sakina an die Tür ging und fragte, wer da sei, antwortete eine jugendliche Stimme: »Mach auf, Sakina.«

Als sie öffnete, erblickte sie ein ungefähr zwölfjähriges Mädchen, das nicht nur in eine Milaja gehüllt war, sondern auch das Gesicht noch mit einem Schleier verdeckt hatte. Sakina schaute sie verwundert an und fragte nach ihrem Begehr, aber das Mädchen stürzte schon an ihr vorbei in Kasims Zimmer. »Guten Abend, Meister«, grüßte sie heftig atmend. Sie nahm den Schleier ab, und Kasim zeigte sich ein rundes, weizenfarbenes Gesicht, das wunderbar geschnitten war.

Überrascht zuckte er zusammen, dann sagte er erstaunt: »Sei gegrüßt, setz dich. Herzlich willkommen.«

Das Mädchen nahm auf der Sofakante Platz. »Ich bin Badrija, mein Bruder Sadik hat mich zu dir geschickt.«

»Sadik?«

»Ja.«

Forschend blickte er sie an. »Was hat ihn zu diesem Wagnis veranlasst?«

Eifrig, als müsste sie ihren Bruder verteidigen, erklärte sie: »Mit der Milaja kann mich niemand erkennen.« Sie sah dabei noch hübscher aus. Kasim nickte beruhigend mit dem Kopf. Offensichtlich war sie jünger, als sie aussah. Noch eifriger als zuvor fuhr sie fort: »Er lässt dir sagen, dass du sofort das Haus verlassen musst, weil Lahita, Galta, Haggag und Sawaris beschlossen haben, dich heute Nacht umzubringen.«

Sakina stieß einen spitzen Schrei aus. Beunruhigt runzelte Kasim die Stirn. »Wie hat er das erfahren?«

»Meister Jachja hat es ihm erzählt.«

»Und woher weiß der es?«

»Ein Freund von ihm hat es in einem Wirtshaus von einem Betrunkenen erfahren. Das hat mein Bruder gesagt.«

Kasim blickte sie schweigend an. Sie stand auf und legte sich wieder die Milaja um ihren hübschen Körper. Kasim erhob sich und sagte: »Ich danke dir, Badrija. Du musst dich gut verbergen, und grüße deinen Bruder von mir. Auf Wiedersehen.«

Sie ließ den Schleier über das Gesicht fallen. »Was soll ich ihm denn nun ausrichten?«

»Sag ihm, dass wir uns noch vor dem Morgen treffen.«

Sie reichte ihm die Hand und ging.

83

Sakina war blass geworden, und ihren Augen konnte Kasim ansehen, wie erschrocken sie war. »Lass uns unverzüglich weggehen«, rief sie und wollte schon losstürzen, da sagte Kasim: »Zieh Ichsan an, und versteck sie unter deinem Mantel. Du verlässt das Haus, als hättest du etwas zu besorgen, dann läufst du zum Grab von Kamar und wartest dort.«

»Und du, Herr?«

»Sobald ich kann, komme ich nach.« Er sah Angst und Besorgnis in ihren Augen und wollte sie beruhigen. »Hasan wird euch beide zu dem Ort bringen, an dem wir dann bleiben werden.«

In wenigen Minuten hatte Sakina das Nötigste zusammengepackt. Er küsste Ichsan immer und immer wieder. Als Sakina mit dem Kind zur Tür ging, sagte sie: »Möge der dich beschützen, der nie stirbt!«

Kasim stellte sich ans Fenster und beobachtete durch die Ladenritzen die Straße. Er sah, wie Sakina den Weg nach Gamalija einschlug. Sein Herz klopfte wie wild, als er auf die Falte ihres Mantels schaute, wo die kostbare Last verborgen war. Dann war sie verschwunden. Er blickte die Straße hinauf und hinunter und entdeckte ein paar Männer, von denen er wusste, dass sie für die Wächter arbeiteten. Einige saßen in Dunguls Kaffeehaus, während andere hier und dort herumlungerten. Ihre Gesichter waren in der einfallenden Dunkelheit schwer zu erkennen, aber alles wies darauf hin, dass sie sich bereithielten. Hatten sie sein Geheimnis entdeckt, und würden sie ihm bei einem seiner nächtlichen Ausflüge auflauern oder spät in der Nacht sein Haus umzingeln? Sicher schwärmten sie deshalb so vorsichtig aus, damit man ihre Verschwörung nicht entdecke. Da schlichen sie also im Dunkeln wie ekliges Gewürm herum, und von ihrem Atem ging der Geruch des Verbrechens aus. Würde ihn Gabals Schicksal treffen oder das von Rifaa? Auch Rifaa hatte einst eine solche Nacht erlebt. Das Herz voll der besten Absichten, musste er sich oben in seinem Haus verstecken, während sich unten schon blutrünstige Schurken mit schwerem Schritt näherten. Wann wirst du endlich genug vom Blutvergießen haben, du elendes Viertel?

Unruhig schritt er im Zimmer auf und ab. Es klopfte, und er hörte, wie Hasan nach ihm rief. Als er ihm öffnete, sah er, dass auch er, obwohl groß und stark, aufs Äußerste beunruhigt war. »Da draußen geht etwas Seltsames vor, etwas Verdächtiges.«

Ohne sich weiter darum zu kümmern, fragte Kasim: »Ist mein Onkel schon von seinem abendlichen Ausgang zurück?«

»Nein. Aber ich sage dir, dass sich da draußen etwas zusammenbraut. Guck doch mal durch die Fensterläden!«

»Ich habe es schon gesehen, und ich weiß, was es zu bedeuten hat. Sadik hat mich zur rechten Zeit durch seine kleine Schwester gewarnt. Wenn es stimmt, was er mir ausrichten ließ, dann werden die Wächter heute Nacht versuchen, mich zu töten. Deshalb ist Sakina auch schon mit Ichsan geflohen, sie wartet an Kamars Grab auf dich. Also lauf zu ihr, und geh dann mit ihnen zum Versteck unserer Brüder.«

»Und du?«

»Ich werde auch fliehen und komme zu euch.«

Hasan sah ihn entschlossen an. »Ich werde dich nicht allein lassen.«

»Tu unverzüglich, was ich dir sage«, erwiderte Kasim sichtlich verärgert. »Ich muss mit einer List entkommen, nicht mit Gewalt. Deine Kraft würde mir überhaupt nichts nützen, wenn wir gezwungen wären, Widerstand zu leisten. Aber wenn du gehst, kannst du meine Tochter beschützen. Kümmere dich darum, dass vom Ende der Gamalija-Straße bis hin zum Mukattam-Berg Wachen aufgestellt werden, sodass sie mir helfen können, wenn ich sie auf der Flucht brauche.«

Hasan fügte sich. Als er Kasim zum Abschied die Hand drückte, sagte er: »So klug wie du ist keiner, deshalb ist sicher auch richtig, was du vorbereitet hast.« Kasim lächelte ihn zuversichtlich an, aber Hasan ging dennoch mit düsterer Miene hinaus.

Wenig später kam Onkel Sakarija keuchend angelaufen. Da Kasim ahnte, dass er bei Meister Jachja gewesen war und ihm nun die schreckliche Nachricht überbringen wollte, kam er ihm zuvor und sagte: »Sadik hat mir schon alles mitteilen lassen.«

Sakarija stutzte verwirrt. »Ich habe gerade davon erfahren, als ich beim alten Jachja war, und hatte Angst, dass du noch nichts weißt.«

Kasim bat ihn, sich zu setzen. »Entschuldige«, sagte er, »dass ich dir so viele Sorgen bereite.«

»Ich habe schon seit einiger Zeit so etwas erwartet. Sawaris verhielt sich mir gegenüber plötzlich anders als sonst, nur habe ich es vor mir selbst immer leugnen wollen. Heute habe ich nun gesehen, dass diese Satansbraten wie die Heuschrecken ausschwärmen. Du bist ganz allein, es wird für dich schwer sein zu entkommen.«

Kasim richtete sich entschlossen auf. »Ich werde es versuchen. Wenn es mir nicht gelingt, dann sind dort am Berg noch immer meine Männer, die sie nicht überwältigen können.«

In Sakarija stieg Groll auf. »Was ist das denn wert, wo es um dein Leben und das deiner Tochter geht!«

Kasim lächelte vorwurfsvoll. »Ich wundere mich, dass du noch immer nicht an der Spitze meiner Gefährten stehst.«

Sakarija tat, als hätte er nicht verstanden. »Komm mit mir zu Sawaris! Wir werden mit ihm verhandeln und alles versprechen, was er will!«

Kasim lachte, über einen solchen Vorschlag konnte er sich nur lustig machen. Unnötig, ein Wort darüber zu verlieren. Sakarija ging zum Fenster und lugte durch die Ritzen. Dunkel lag die Straße da, und es war furchterregend. »Warum haben sie gerade diese Nacht gewählt?«, fragte Kasim.

»Gestern hat bei den Gabals jemand verkündet, dein Anliegen bedeute für alle etwas Gutes, und Ähnliches hat auch einer von den Rifaas behauptet. Vielleicht war es das, was sie zur Eile angetrieben hat.«

»Siehst du, Onkel«, frohlockte Kasim, »ich bin zwar für den Verwalter und die Wächter ein Feind, aber für unser Viertel bin ich ein Freund. Alle werden das noch erfahren.«

»Denk lieber an das, was dich nun erwartet.«

»Ich sage dir, was ich vorhabe. Ich werde über die Dächer bis zu deinem Haus fliehen. Um sie zu täuschen, lass das Licht brennen.«

»Es könnte dich jemand sehen.«

»Ich gehe erst dann los, wenn die abendlichen Gäste die Dächer verlassen haben.«

»Und wenn sie dein Haus vorher angreifen?«

»Nein, sie werden erst loslegen, wenn die Leute im Viertel schlafen gegangen sind.«

»Du kannst dir nicht vorstellen, wie frech und unbekümmert sie geworden sind.«

»Wenn sie es wagen, dann werde ich sterben müssen. Wer kann schon den Zeitpunkt seines Todes verschieben?«

Sakarija blickte ihn flehentlich an, aber Kasim lächelte ruhig und gelassen. »Vielleicht durchsuchen sie auch mein Haus?«, fragte Sakarija verzweifelt.

»Glücklicherweise wissen sie nicht, dass wir von ihren Absichten Wind bekommen haben. Deshalb kann ich sie hoffentlich mit der Flucht überraschen.«

Die beiden Männer sahen sich lange an. Ihr Blick war beredter, als es Tränen hätten sein können. Dann umarmten sie sich. Als Kasim wieder allein war, bezwang er seine Erregung und ging zum Fenster. Der Garabiteil sah aus wie immer. Die Kinder spielten an den erleuchteten Karren, im Kaffeehaus wimmelte es von Gästen, auf den Dächern schwatzten die Frauen, in den Husten der Haschischraucher mischten sich Zoten und Schimpfwörter, und die Rabab ließ ihr Klagen hören. Sawaris aber hockte auf der Türschwelle des Kaffeehauses, die Sendboten des Todes lauerten an allen Ecken. Oh, ihr verräterische Brut, ihr diebisches Pack! Seit Idris' kaltherziges Lachen erscholl, ist das Verbrechen euer Erbe, erträukt ihr das Viertel in einem Meer von Finsternis. Ist es nicht an der Zeit, dass der gefangene Vogel freigelassen wird?

Träge floss die Zeit dahin und brachte das Ende der abendlichen Vergnügungen. Auf den Dächern wurde es still, die Karren und die Kinder verschwanden, die Kaffeehäuser leerten sich. Eine Weile waren noch die Stimmen der Heimgehenden zu hören, und einige Betrunkene, die von Gamalija zurückkehrten, grölten Unsinn durch

die Nacht. Als schließlich auch die Kohlebecken in den Haschischspelunken verloschen, barg das Dunkel nur noch die Gefährten des
Todes. Zeit, ans Werk zu gehen, sagte sich Kasim. Eilends lief er die
Treppe zum Dach hinauf. Oben angekommen, rannte er zur Mauer,
die das Dach seines Hauses von dem des Nachbarn abgrenzte. Mühelos sprang er hinüber und wollte gerade weiterlaufen, als sich ihm
eine Gestalt in den Weg stellte. »Stehen bleiben!«, tönte es ihm entgegen. Er begriff, dass die Mörderbande die Dächer besetzt hielt
und ihr Belagerungsplan klüger war, als er gedacht hatte. Er machte
kehrt, um zurückzulaufen, da sprang der andere ihn schon an und
umklammerte ihn mit starken Armen. Kasim wandte all seine Kraft
auf, die sich in seiner Angst zu verdoppeln schien, und versetzte
dem Mann einen Schlag in den Bauch, sodass er von ihm abließ.
Er gab ihm einen kräftigen Fußtritt, der Mann stöhnte auf, fiel hin
und blieb liegen. Vom dritten oder vierten Dach hörte er ein unterdrücktes Husten, darum entschloss er sich, nicht weiterzulaufen,
sondern auf dem Dach seines Hauses zu bleiben. Er stellte sich an
die Treppe und lauschte ins Dunkel. Mehrere Leute kamen herauf
und blieben vor seiner Wohnungstür stehen. Sie schlugen so kräftig
an die Tür, dass sie aufsprang und fast aus den Angeln brach. Dann
stürmten sie hinein. Ohne auch nur eine Sekunde länger zu warten,
rannte Kasim auf den Hof hinunter. Er lief zum Tor. Dahinter sah
er einen Schatten, der sich bewegte. Er stürzte sich auf den Mann,
packte ihn an der Kehle und rammte ihm den Kopf in die Brust. Er
stieß ihm das Knie in den Magen, sodass er rücklings hinfiel und
nicht mehr aufstand. Als er in Richtung Gamalija losrannte, schlug
sein Herz wie rasend. Jetzt entdeckten sie wahrscheinlich gerade,
dass das Haus leer war. Einige Männer würden auf das Dach laufen
und über ihren niedergestreckten Kumpan stolpern. Die anderen
hatten vielleicht schon seine Verfolgung aufgenommen. Kasim lief
am Haus des Onkels vorbei, ohne stehen zu bleiben. Am Ende des
Viertels angekommen, stürmte er weiter und hatte schon bald die
Grenze zum Gamalija-Viertel erreicht. Aber genau dort sprang eine

Gestalt aus dem Dunkel und rief: »Bleib stehen, du Hurensohn!« Der Mann hob so schnell den Knüppel, dass Kasim nicht einmal mehr zur Seite springen konnte. In diesem Augenblick tauchte noch jemand aus einem Versteck auf und schlug dem anderen so heftig auf den Kopf, dass er schreiend zu Boden fiel. »Wir müssen rennen, so schnell wir nur können!«, sagte der Mann, und Kasim erkannte Hasan. Sie liefen los, ohne sich auch nur im Geringsten darum zu kümmern, ob ihnen Steine im Weg lagen oder ob sie über Löcher stolperten.

84

Dort, wo das Watawit-Viertel begann, schloss sich ihnen Sadik an. Als sie das Viertel verließen, stießen sie auf Agrama, Abu Fasada und Hamrusch, die einen vierrädrigen Karren bereithielten. Die Männer warfen sich eiligst auf den Wagen, das Pferd rannte, von der Peitsche getrieben, los. Trotz der Dunkelheit kamen sie schnell voran. Nur der Karren machte einen schrecklichen Lärm, und ängstlich spähten sie nach hinten.

Um die Gefährten zu beruhigen, erklärte Sadik: »Sie werden nach Bab an-Nasr laufen, weil sie denken, dass Kasim sich in der Wüste bei den Gräbern versteckt.«

»Aber sie wissen doch, dass ihr dort nicht seid«, entgegnete der argwöhnisch. Das Wichtigste war, dass der Wagen schnell vorankam und die Männer deshalb mehr und mehr das Gefühl hatten, außer Gefahr zu sein.

Erleichtert sagte Kasim: »Ihr habt alles gut vorbereitet und geplant. Und danke, Sadik, für die Warnung, ohne sie würde ich jetzt bei den Toten weilen.«

Sadik drückte ihm schweigend die Hand. Der Wagen hielt auf den Mukattam-Markt zu, dessen erste Häuser schon im schwachen

Licht der Sterne zu erkennen waren. Einsam und regungslos lag das Viertel im Dunkeln, und nur aus Meister Jachjas Hütte drang der Schein einer Laterne. Aus Vorsicht stellten sie den Wagen mitten auf dem Markt ab und gingen zur Hütte des alten Jachja hinüber. Kaum hatte er die nahenden Schritte gehört, fragte er, wer da käme. Als Kasim ihm antwortete, stieß er laute Dankesworte aus. Die beiden Männer umarmten sich heftig.

»Ich schulde dir mein Leben«, sagte Kasim.

Der Alte lachte. »Das war reiner Zufall. Glücklicherweise wurde ein Mann gerettet, der am meisten zu leben verdient. Lauft nun schnell zum Berg, das ist die beste Festung für euch.« Kasim reichte ihm die Hand und sah ihn dankbar und liebevoll an. Bewegt sagte Meister Jachja: »Jetzt gleichst du Rifaa und Gabal. Ich werde ins Viertel zurückkehren, wenn dir der Sieg bestimmt ist.«

Die Männer entfernten sich in östlicher Richtung durch die Wüste auf den Berg zu. Vorneweg ging Sadik, der den Weg am besten kannte. Ein feiner Lichtschein mischte sich ins Dunkel und zeigte an, dass der Morgen nahte. Die Luft war feucht vom nächtlichen Tau. Von Weitem drang Hahnengeschrei herüber und verkündete die Geburt des neuen Tages. Am Fuß des Berges angelangt, wandten sie sich nach Süden. Schließlich entdeckten sie den schmalen Pfad, der zu ihrem neuen Lager, oben auf dem Berg, führte. Sadik ging noch immer voran, und einer nach dem anderen folgte ihm.

»Wir haben für dich eine Hütte mitten zwischen unseren errichtet«, sagte er zu Kasim. »Ichsan schläft dort schon.«

Agrama fügte hinzu: »Wir haben die Hütten aus Blechteilen und Sackleinen errichtet.«

»Viel schlechter als unsere alten Häuser sind sie nicht«, sagte Hasan fröhlich.

Kasim erwiderte: »Es reicht uns völlig, keinen Verwalter und keine Wächter bei uns zu haben.«

Stimmengewirr scholl ihnen entgegen. »Unser neues Viertel ist aufgewacht und erwartet dich«, sagte Sadik. Die Männer blickten zum Himmel und sahen, dass der Glanz des Morgens den Rest der Dunkelheit vertrieb. »Hier ist er!«, rief Sadik, und im Nu zeigte sich oben eine Menge Frauen und Männer, die losjubelten und vor Freude trillerten. Ein Lied erklang: »Schmückt den Vogel rot mit Henna ...«

Ein Freudentaumel ergriff Kasim, und voller Bewunderung rief er: »Wie viele ihr schon seid!«

»Ein neues Viertel ist hier auf dem Berg entstanden«, erklärte Sadik stolz. »Und wir werden im Laufe der Zeit noch viel mehr werden. Meister Jachja hat den Flüchtlingen aus dem Viertel den Weg zu uns gewiesen.«

»Das Einzige, was uns Sorgen macht«, sagte Hamrusch, »ist, dass wir in entlegenen Vierteln unseren Lebensunterhalt verdienen müssen. Wir fürchten nämlich, andernfalls jemandem aus unserem Viertel über den Weg zu laufen.«

Oben auf dem Berg umarmten Kasim die Männer zur Begrüßung, und die Frauen reichten ihm die Hand. Grüße wurden ihm zugerufen, und etliche schrien »Er lebe hoch!« und »Allah ist groß!«. Mitten in der Menge stieß er auf Sakina, die ihm erzählte, dass Ichsan noch in der Hütte schlafe. Alle zusammen betraten nun das neue Viertel, welches genau auf dem Gipfel lag. Die Hütten waren so aufgestellt, dass sie ein Viereck bildeten. Noch immer wurde gesungen und gejubelt. Der Himmel war lichtdurchflutet, ein Meer von Rot und Weiß.

Ein Mann rief: »Willkommen sei unser Wächter Kasim!«

Das freudige Strahlen in Kasims Gesicht wich im Handumdrehen. »Der Fluch Allahs«, rief er wütend, »soll alle Wächter treffen! Wo diese sind, gibt es keinen Frieden und keine Sicherheit!« Die Leute starrten ihn an. »Wir werden unsere Knüppel wie Gabal schwingen müssen, aber nur um der Barmherzigkeit willen, zu der Rifaa aufrief. Wir werden die Stiftung zum Guten für alle Menschen nutzen, damit Adhams Traum endlich wahr wird. Das ist unsere Aufgabe, nicht aber, als Wächter die Menschen zu unterdrücken!«

Hasan drängte ihn vorsichtig zur Hütte, die man für ihn errichtet hatte, und rief den Leuten zu: »Er hat die ganze Nacht kein Auge zugetan, lasst ihn jetzt in Ruhe, damit er sich ein wenig ausruhen kann.«

Kasim warf sich neben seine Tochter auf einen Strohsack und schlief sofort ein. Als er am frühen Nachmittag erwachte, war ihm der Kopf schwer und der Körper matt. Sakina brachte Ichsan. Er legte sie sich in den Schoß und küsste sie zärtlich. Sakina stellte ein Glas Wasser vor ihn hin und sagte: »Das Wasser wird uns von derselben öffentlichen Stelle gebracht, von der schon Gabals Frau Wasser geholt hat.« Kasim lächelte glücklich, liebte er doch alles, was ihn mit den Geschichten von Gabal und Rifaa verband. Er schaute sich um. Die Wände bestanden aus Sackleinen. Liebevoll hob er Ichsan auf und legte sie in Sakinas Arme. Als er die Hütte verließ, warteten Sadik und Hasan schon. Er setzte sich zwischen sie, nachdem er sie mit einem »Guten Morgen« begrüßt hatte. Dann sah er sich um, und ihm fiel auf, dass im neuen Viertel nur Frauen und Kinder zu sehen waren.

Sadik hatte seinen erstaunten Blick bemerkt. »Die Männer«, so erklärte er ihm, »sind nach Saijida Sainab gegangen und versuchen dort, etwas zu verdienen. Wir sind hiergeblieben, damit jemand da ist, wenn du aufwachst.«

Kasim sah den Frauen zu, die vor ihren Hütten mit Kochen oder Waschen beschäftigt waren. Die Kinder spielten. »Ob sie wohl zufrieden sind?«

»Sie träumen davon, die Stiftung zu besitzen und wie Amina, die Frau des Verwalters, in Wohlstand zu leben«, bemerkte Sadik.

Kasim schmunzelte und sah die beiden abwechselnd an. »Was habt ihr euch überlegt, was müsste der nächste Schritt sein?«

Hasan streckte den Kopf zwischen seinen breiten Schultern in die Höhe. »Wir wissen eigentlich nur, was wir haben wollen.«

»Und wie ist das zu bewerkstelligen?«

»Wir warten, bis sie nicht mehr so scharf aufpassen, und schlagen dann zu.«

Sadik war nicht einverstanden. »Nein«, erklärte er, »wir müssen uns in Geduld fassen, bis sich uns noch mehr Leute aus dem Viertel angeschlossen haben. Wenn wir dann angreifen, wissen wir einerseits, dass wir siegen, und können andererseits eine große Zahl an Opfern vermeiden.«

Kasims Gesicht heiterte sich auf. »Das ist gut!«, rief er.

Die drei Freunde versanken in träumerisches Nachdenken, bis eine schüchterne Stimme sagte: »Das Essen ist fertig!«

Kasim sah auf und erkannte Badrija, die in einer Schüssel gekochte Saubohnen und dazu Brot brachte. Sie schaute ihn mit glänzenden Augen an, sodass er nicht umhinkonnte, ihr zuzulächeln. »Ein herzlicher Willkommensgruß meinem Lebensboten!«, sagte er.

Sie stellte das Gefäß vor ihn hin. »Möge Allah dir ein langes Leben schenken.« Dann ging sie wieder zurück in die Hütte ihres Bruders, die neben der seinen stand.

Gut gelaunt und zufrieden ließ er sich das Essen schmecken. Nach einer Weile sagte er: »Ich habe noch Geld, es kann uns im Notfall vielleicht helfen.« Er kaute weiter. »Wir müssen jeden Vertrauenswürdigen aus unserem Viertel dazu überreden, bei uns mitzumachen. Es gibt viele unterdrückte Menschen, die uns zwar den Sieg wünschen, aber noch zu viel Angst haben.«

Sadik und Hasan brachen nun ebenfalls nach Saijida Sainab auf, und Kasim blieb allein zurück. Er spazierte ein wenig herum, als wollte er sich den Platz näher anschauen. Die spielenden Kinder kümmerten sich nicht um ihn, aber die Frauen riefen ihm Segenswünsche zu. Sein Blick blieb auf einer sehr alten Frau ruhen. Ihr Kopf war von schneeweißem Haar gekrönt, die Augen vom Schleier des Alters bedeckt, und das Kinn zitterte, als hätte sie sich an ihrem Bart verschluckt. Grüßend trat er näher, sie erwiderte seinen Gruß und wünschte ihm Segen. »Wer bist du, Mutter?«, fragte er.

»Ich bin die Mutter von Hamrusch«, erwiderte sie, und ihre Stimme klang wie das Rascheln von trockenem Herbstlaub.

»Willkommen, du unser aller Mutter. Fiel es dir nicht schwer, unser Viertel zu verlassen?«

»Es ist dort am besten, wo mein Sohn ist.« Sie überlegte. »Außerdem ist es gut, weit weg von den Wächtern zu sein.« Da er freundlich lächelte, schien sie Mut zu fassen. »Als ich jung war, habe ich Rifaa gesehen!«

»Wirklich?«

»Bei meinem Leben, ja! Er sah gut aus und war sehr freundlich. Aber nie hätte ich gedacht, dass je ein Straßenteil nach ihm heißen würde und sein Leben zu einer Geschichte wird, die die Sänger fortwährend erzählen.«

Kasim fragte mit wachsendem Interesse: »Hast du ihn denn nicht auch wie alle anderen aufgesucht?«

»Aber nein! Uns kannte doch niemand, wir selbst waren uns ja untereinander im Straßenteil fremd. Ohne dich würde noch heute niemand von den Garabis sprechen!«

Er musterte sie staunend und fragte sich, wie wohl jetzt der Großvater aussehen mochte. Da er sie noch immer freundlich anlächelte, wünschte sie ihm Segen. Er ging weiter und kam an die Stelle, wo der schmale Pfad nach unten begann. Er schaute hinunter in die Wüste und sah dann zum Himmel hinauf. In der Ferne glänzten Kuppeln und Dächer, sodass man hätte denken können, sie gehörten bei aller Unterschiedlichkeit zusammen. Ja, sagte er sich, sie könnten wirklich eins sein. Wie klein das von hier oben alles aussieht! Wenn man hier steht, dann ist der Verwalter Rifat genauso bedeutungslos wie der Wächter Lahita. Von hier aus gesehen, besteht zwischen diesem Rifat und Onkel Sakarija kein Unterschied. Wenn nicht das Haus des Stifters wäre, das sich überdeutlich von allen anderen Gebäuden abhebt, würdest du nur mit Schwierigkeiten den Weg zurück ins sorgenbeladene Viertel finden. Wie gewaltig ist das Haus unseres Großvaters mit der erstaunlich hohen Mauer und den hoch aufragenden Bäumen! Nur ist er leider alt geworden und die Furcht vor ihm verschwunden wie die untergehende Sonne. Wo bist du, wie mag es dir gehen? Warum tust du so, als gäbe es dich nicht mehr? Die Menschen, die deine Gebote verfälschen, leben in unmittelbarer Nähe deines Hauses. Aber die Frauen und Kinder, die weit weg von dir hier oben auf dem Gipfel leben, sind sie nicht diejenigen, die deinem Herzen am nächsten stehen? Du wirst deinen Rang und deine Würde wiedererhalten, wenn die Gebote deiner Stiftung ohne heimtückische Morde eines Verwalters und feige Überfälle von Wächtern verwirklicht werden. Dein Ansehen wird wieder erstrahlen wie die Sonne, wenn sie am Zenit des Himmels steht. Wenn du nicht wärst, hätten wir keinen Vater, kein Viertel, keine Stiftung und keine Hoffnung.

Eine zarte Stimme riss ihn aus einem Wachtraum. »Ich bringe den Kaffee, Meister.«

Er drehte sich um und erblickte Badrija, die ihm eine Tasse hinhielt. »Warum machst du dir so viel Mühe?«

»Für dich ist es mir eine Freude, Meister.«

Allahs Gnade für Kamar erflehend, begann er, langsam den Kaffee zu trinken. Immer wieder begegneten sich ihrer beider Augen mit einem Lächeln. Es gab nichts Schöneres, als oben auf dem Berg, hoch über der Wüste, Kaffee zu trinken.

»Wie alt bist du, Badrija?«

Sie verzog die Lippen, sodass sie ganz schmal wurden, und sagte zögernd: »Ich weiß nicht.«

»Weißt du denn, warum wir hier oben auf dem Berg sind?«

Sie lächelte verlegen. »Wegen dir!«

»Wegen mir?«

»Ja, du willst den Verwalter und die Wächter besiegen und die Stiftung für uns gewinnen. So hat es mir mein Vater erklärt.«

Er lächelte und merkte dann, dass die Tasse längst ausgetrunken war, er aber vor lauter Zerstreutheit vergessen hatte, sie ihr zurückzureichen. Als er ihr die Tasse nun gab, sagte er: »Könnte ich dir doch nur so danken, wie du es verdienst!«

Das Mädchen wandte sich errötend ab und lief weg. Leise sagte er: »Möge es dir gut gehen!«

85

Der späte Nachmittag war dem Stockkampf vorbehalten, und so begannen die Männer mit den schwierigen Übungen. Das war umso anstrengender, als ja die Männer und einige Frauen gerade erst mit wenig Geld und Nahrung nach einem mühevollen Arbeitstag nach Hause gekommen waren. Kasim war der Eifrigste bei der Ausbildung und freute sich immer wieder, wenn er sah, mit welcher Begeisterung sich seine Männer auf den entscheidenden Tag vorbereiteten. Unter ihnen gab es viele, die groß und stark waren, auch sie brachten ihm so viel Liebe entgegen, wie es sie in ihrem vom Hass zermürbten Viertel noch nie gegeben hatte. Die Knüppel hoben sich, sausten nieder und prallten hart aufeinander. Die kleinen Jungen sahen zu und versuchten, es den Großen gleichzutun. Die Frauen ruhten in dieser Zeit aus oder bereiteten das Abendbrot zu. Die Reihe der Hütten war schon beträchtlich länger geworden, neue Männer hatten sich ihnen angeschlossen. Sadik, Hasan und Abu Fasada bestätigten sich immer wieder als geschickte Jäger. Sie legten sich dort auf die Lauer, wo gewöhnlich Männer aus dem Viertel vorbeikamen, und ließen sie nicht eher in Ruhe, bis sie sie davon überzeugt hatten, dass es das Beste wäre, sich ihnen anzuschließen. Wenn die Männer das Viertel heimlich verließen, taten sie es, weil sie zum ersten Mal auf ein neues Leben hoffen konnten.

Sadik sagte des Öfteren besorgt zu Kasim: »Ich bin nicht sicher, ob unsere Feinde uns nicht vielleicht aufstöbern – bei all dem lebhaften Treiben hier.«

Aber Kasim beruhigte ihn. »Sie können nur auf dem schmalen Pfad zu uns heraufsteigen, und sollten sie das tun, ist es ihr sicherer Untergang.«

Ichsan war sein immerwährendes Glück. Er spielte mit ihr, wiegte sie in den Armen und sprach zärtlich zu ihr. Nur wenn er sich bei ihrem Anblick an ihre verstorbene Mutter erinnerte, fühlte er sich einsam und empfand den brennenden Schmerz der Sehnsucht nach seiner Frau, die ihm am Anfang seines Weges entrissen worden war. Durch ihren Tod fiel er der Einsamkeit anheim, manchmal war er ihretwegen Gewissensbissen ausgesetzt, wie zum Beispiel damals, am Abhang des Berges, als ihm von Badrija der Kaffee gereicht wurde, oder an jenem Tag, an dem er mit einem so sanften Blick von ihr bedacht wurde, dass es ihn, wie bei einem frischen Lufthauch am Nachmittag, schauderte. Eines Nachts konnte er keinen Schlaf finden. Wie ein reißendes Tier fiel die Einsamkeit im Dunkel der Hütte über ihn her. Er stand auf und ging hinaus, um im Schein der glitzernden Sterne auf dem Platz vor den Hütten ein wenig auf und ab zu gehen und die frische Luft der Sommernacht auf dem Berg einzuatmen. Plötzlich rief jemand seinen Namen und fragte, wohin er zu dieser mitternächtlichen Stunde noch wolle. Er drehte sich um und sah Sadik. »Schläfst du noch nicht?«, fragte er ihn.

»Ich hatte mich vor die Hütte gelegt und bin wach geworden, als du herauskamst. Der Schlaf ist mir nicht wichtig, du bist mir teurer.«

Seite an Seite gingen die beiden Männer zum Abhang des Berges. Dort blieb Kasim stehen: »Das Alleinsein ist manchmal unerträglich.«

Sadik lachte. »Es ist eigentlich immer unerträglich!«

Sie blickten beide zum Himmel auf. Die ganze Welt schien nur aus einem funkelnden Zelt über einer in Dunkelheit versunkenen Erde zu bestehen. »Die meisten deiner Männer«, nahm Sadik das Gespräch wieder auf, »sind verheiratet oder haben Eltern und Geschwister bei sich. Deshalb sind sie nicht einsam.«

Kasim tat, als würde er ihn nicht verstehen. »Was meinst du?«

»Ein Mann wie du kommt nicht ohne Frau aus.«

Je mehr Kasim fühlte, dass Sadik recht hatte, umso stärker versuchte er, abweisend zu wirken. »Soll ich etwa nach Kamar noch einmal heiraten?«

»Wenn Kamar mit dir reden könnte, würde sie dir das Gleiche sagen wie ich.«

Die widersprüchlichsten Gefühle tobten in Kasims Brust. Als spräche er mit sich selbst, sagte er: »Das wäre wie Verrat an ihrer Liebe und Fürsorge.«

»Die Toten bedürfen unserer Treue nicht mehr.«

Meinte der Freund dies wirklich? Ist er ehrlich zu mir, oder will er mir nur helfen, meine Begierde zu rechtfertigen? Die Wahrheit schmeckt manchmal bitter. Deinen eigenen Problemen hast du dich nie mit der gleichen Offenheit gestellt wie den Problemen deines Viertels. Der, der die Sterne dort oben am Himmel in der richtigen Ordnung hält, der hat auch die Dinge deines Lebens geordnet. Ganz ohne Zweifel stimmt es, dass dein Herz jetzt genauso heftig klopft wie damals beim ersten Mal. Kasim seufzte laut auf.

»Wenn jemand einen Menschen braucht, der ihm ganz vertraut ist, dann bist du es«, erklärte Sadik.

Als Kasim zur Hütte zurückkehrte, wartete dort Sakina auf ihn. Sie sah ihn fragend an und sagte beunruhigt: »Ich habe gemerkt, dass du hinausgegangen bist. Dabei hatte ich gedacht, dass du fest schläfst.«

Ihm war das Herz schwer, und er sagte ohne Umschweife zu ihr: »Du hättest Sadik hören sollen, wie er mir zugesetzt hat, noch einmal zu heiraten!«

In dem Gefühl, dass diese einzigartige Gelegenheit ein Geschenk des Himmels wäre, erwiderte sie unumwunden: »Und ich hatte mir so sehr gewünscht, die Erste zu sein, die dir dies sagt!«

»Du?«

»Ja, Herr. Wie oft hat es mir das Herz abgeschnürt, wenn ich dich so allein sitzen sah, der Einsamkeit und dem Grübeln ausgeliefert.«

Kasim wies auf die in ruhigem Schlaf daliegenden Hütten. »Alle diese Menschen sind doch um mich herum.«

»Ja, aber niemand ist in deinem Haus, nur ich, ein altes Weib, das nur noch mit einem Bein auf der Erde, mit dem anderen aber schon im Grab steht.«

Sein Zögern war ihm der Beweis dafür, dass er das Gehörte billigte. Aber als könnte er sich damit nicht abfinden, sagte er bedauernd beim Betreten der Hütte: »Solch eine Frau wie sie werde ich nie wieder bekommen.«

»Das stimmt, trotzdem gibt es genügend Mädchen, die einen Mann glücklich machen können.« Beide sahen sich im Dunkeln an, und nachdem sie eine Weile geschwiegen hatten, murmelte Sakina: »Da ist zum Beispiel Badrija. Ein netteres Mädchen kann man kaum finden.«

Sein Herz klopfte heftig, er war schrecklich verwirrt. »Dieses junge Ding!«

Sakina war bemüht, ein verschmitztes Lächeln zu unterdrücken. »Aber wenn sie das Essen oder den Kaffee bringt, wirkt sie ganz schön reif.«

Jäh wandte er sich von ihr ab und sagte: »Du Teufelsweib! Solche wie dich sollte Allah verfluchen!«

Die Nachricht wurde vom ganzen Berg-Viertel mit Freude aufgenommen. Sadik tanzte vor lauter Begeisterung, und seine Mutter stieß so laute Freudentriller aus, dass es weit über die Wüste schallte. Kasim wurde mit einem Schwall von Glückwünschen überschüttet, das Viertel feierte die Hochzeit auch ohne bestellte Musiker und Sänger ausgelassen. Es tanzten eben die Frauen des Viertels, auch die Mutter von Badrija. Abu Fasadas Stimme klang richtig hübsch, als er sang: »Ich war ein Fischer, und Fischen ist wunderbar ...«

Der Hochzeitsumzug führte um die Hütten herum, die vom Licht der vielen kleinen Sternenlämpchen erhellt waren. Sakina zog mit Ichsan in Hasans Hütte, damit die Brautleute genügend Platz hatten.

86

Es bereitete Kasim Vergnügen, auf einem Fell vor der Hütte zu sitzen und Badrija beim Teigkneten zu beobachten. Natürlich war sie sehr jung, aber es gab keine Frau, die emsiger und umsichtiger arbeitete. Wenn sie so angestrengt beschäftigt war, richtete sie sich manchmal auf und strich mit dem Handrücken die in die Stirn fallenden Strähnen zurück. Sie wirkte außerordentlich verführerisch. Als sie merkte, dass er sie beobachtete, wurde sie rot im Gesicht und hielt schalkhaft inne. Kasim lachte heiter und ging zu ihr. Er nahm ihren Zopf beiseite, küsste sie mehrmals innig und setzte sich wieder hin. Ihm war froh und unbekümmert zumute, wie immer, wenn er sich für kurze Zeit von den Gefährten absonderte und die schweren Gedanken vergaß. Ganz in seiner Nähe tapste Ichsan herum, stets in Blickweite von Sakina, die sich auf einen Stein gesetzt hatte.

Von der Stelle, wo der schmale Pfad begann, tönte Lärm herüber. Kasim sah Sadik und Hasan, die zusammen mit anderen Freunden einen Mann umringten. Als sie sich näherten, erkannte er Churda, den Straßenfeger aus dem Rifaateil. Er stand auf, um sie zu begrüßen. Die Frauen stießen Freudentriller aus, was sie immer dann taten, wenn sich ihnen ein neuer Mann aus dem Viertel anschloss. Kasim umarmte ihn. »Ich will bei euch bleiben«, erklärte Churda, »und habe auch meinen Knüppel mitgebracht.«

Kasim hieß ihn herzlich willkommen: »Wir machen keinen Unterschied zwischen dem einen und dem anderen Straßenteil, betrachten wir doch das ganze Viertel als das unsrige und die Stiftung als die von allen.«

Der Mann von den Rifaas lachte. »Sie würden gern wissen, wo ihr euch versteckt haltet, und machen sich darauf gefasst, dass ihr Schlimmes im Schilde führt. Aber viele Menschen wünschen dir von ganzem Herzen den Sieg.« Als er sich umschaute und die vielen Hütten und Menschen erblickte, rief er erstaunt: »All diese Leute sind hier!«

»Churda hat eine wichtige Nachricht mitgebracht«, sagte Sadik.

Daraufhin sah Kasim den Mann fragend an, der erklärte: »Sawaris heiratet heute seine fünfte Frau. In dieser Nacht findet der Hochzeitsumzug statt.«

Hasan schrie begeistert: »Das ist eine einmalige Gelegenheit, ihn umzubringen!«

Die anderen Männer fanden den Gedanken gut, und Sadik unterstützte ihn mit den Worten: »Eines Tages wollen wir doch das Viertel angreifen, und es wird leichter und sicherer für uns sein, wenn wir uns zuvor möglichst vieler Wächter entledigt haben.«

Kasim überlegte eine Weile und entschied dann: »Wir werden den Hochzeitszug überfallen, so wie die Wächter das ja auch tun. Aber denkt immer daran, dass wir nur deshalb angreifen, weil wir Ungerechtigkeit und Gewalt abschaffen wollen!«

Gegen Mitternacht versammelten sich die Männer am Abhang des Berges. Einer nach dem anderen stieg hinter Kasim hinunter, den Stock mit der Hand fest umklammernd. Der Himmel war klar. Hoch droben thronte der Vollmond und vergoss mit seinem Licht die schönsten Träume über die Welt. Nachdem sie unten in der Wüste angekommen waren, gingen sie in nördlicher Richtung am Fuß des Berges weiter, um auf diese Weise den Weg nicht zu verfehlen. Bei Hinds Felsen erwartete sie einer ihrer Späher. Er berichtete, dass der Hochzeitszug nach Bab an-Nasr ziehen würde. Kasim war erstaunt, denn normalerweise schlugen solche Hochzeitszüge immer die Richtung nach Gamalija ein. Aber Churda erklärte: »Wahrscheinlich meiden sie die Orte, von denen sie vermuten, dass ihr dort euer Lager aufgeschlagen habt.«

Kasim überlegte angestrengt und ordnete dann an: »Sadik wird mit einigen Männern zum Futuh-Tor ziehen, und Agrama geht mit ein paar anderen in die Wüstengegend von Bab an-Nasr. Ich werde mich mit Hasan und den restlichen Männern beim Nasr-Tor aufstellen und euch den Befehl zum Angriff geben.«

Die Männer teilten sich in Gruppen. Vor dem Aufbruch riet ihnen Kasim: »Konzentriert euch auf Sawaris und seine Helfer, denn die anderen werden vielleicht schon morgen eure Brüder sein.«

Die einzelnen Trupps machten sich auf den Weg. Kasim, Hasan und ein paar Männer drangen erst weiter nach Norden vor, schwenkten dann nach links in den Friedhofsweg ein und versteckten sich beim Tor. Auf diese Weise hatte Kasims Gruppe die Straße fest im Griff, während rechts von ihr Sadik und links von ihr Agrama lauerten.

»Der Hochzeitszug wird sich bei Falakis Kaffeehaus sammeln«, sagte Hasan.

»Also müssen wir sie angreifen, bevor sie dort eintreffen, damit wir nicht diejenigen verletzen, die nichts mit der Sache zu tun haben.«

Angespannt warteten sie im Dunkeln. Plötzlich sagte Hasan leise: »An nichts erinnere ich mich besser als an den Tod von Schaaban.«

Kasim flüsterte zurück: »Die Wächter haben unendlich viele Menschen umgebracht.«

Sadik pfiff zu ihnen herüber, dann auch Agrama. Sie lauschten noch angestrengter.

»Wenn Sawaris beseitigt ist«, sagte Hasan, »werden die Leute aus unserem Teil des Viertels sehr schnell bei uns sein.«

»Und wenn die anderen uns vernichten wollen, besiegen wir sie auf dem engen Pfad.«

Solcherlei Träume überfluteten sie wie das Licht des Mondes. Keine Stunde würde es mehr dauern, und sie hatten entweder gesiegt oder waren getötet worden, und die Hoffnungen hatten sich in nichts aufgelöst. Kasim glaubte, die Gestalt von Kindil zu sehen und Kamars Stimme zu hören. Es schien eine Ewigkeit her zu sein, seit er die Schafe gehütet hatte. Den Stock noch fester umklammernd, sagte er sich, dass sie unmöglich besiegt werden könnten.

»Hast du gehört?«, fragte Hasan.

Er lauschte aufmerksam. Tatsächlich, das war Musik. »Haltet euch bereit, der Hochzeitszug kommt.«

Die Stimmen näherten sich und wurden deutlicher. Die Männer konnten das Samr und die Trommel hören. Hochrufe und Glückwünsche erschollen, dann tauchte im Schein der Fackeln der Hochzeitszug auf. Der verfluchte Sawaris schritt gewichtig inmitten einer Schar von Tänzern, die ihre Stöcke durch die Luft wirbeln ließen.

»Soll ich zu Agrama hinüberpfeifen?«, fragte Hasan.

»Erst wenn die Spitze des Zuges den Knoblauchladen erreicht hat.«

Der Zug schritt voran, die Tänze und Spiele wurden immer wilder. Der Tänzer, der den Zug anführte, war offensichtlich in eine Art von Rausch geraten, er sprang in die Luft, drehte sich gewandt und schnell im Kreis und wirbelte dabei den Stock hoch über dem Kopf. Nach jeder Umdrehung machte er einen Schritt vorwärts. Als er am Knoblauchladen schon vorbei war, hatte die Spitze des Zuges diesen gerade erst erreicht. In diesem Augenblick pfiff Hasan dreimal. Agrama und seine Männer stürzten aus der Tamaijin-Gasse hervor und fielen mit ihren Knüppeln über das hintere Ende des Zuges her, sodass die Reihen dort durcheinandergerieten und nur noch Wutgeschrei und Angstrufe zu hören waren. Da aber pfiff Hasan erneut, und nun stürzte Sadiks Gruppe aus der Samakin-Gasse hervor und griff die Mitte des Zuges an, noch bevor sich die hinteren Reihen auf den ersten Überfall eingestellt hatten. Jetzt war der Zeitpunkt gekommen, an dem Kasim und seine Leute von vorn auf den Zug einstürmen konnten. Allmählich aber erholten sich Sawaris und seine Helfer von dem Schock. Sie schwangen die Stöcke und stürzten sich in den erbitterten Kampf. Viele Gäste, die mit alldem nichts zu tun haben wollten, rannten davon und suchten Zuflucht in Gassen und Seitenwegen.

Immer härter prallten die Stöcke aufeinander, Blut floss von den Köpfen und über die Gesichter. Lampen barsten, Blumengirlanden zerrissen und wurden von Füßen zertrampelt. Von den Fenstern ertönten Schreie, und die Türen der Kaffeehäuser wurden schnell geschlossen. Sawaris schlug mit dem Stock heftig um sich, behänd, wie er war, ließ er ihn wie ein Verrückter mal hier und mal dort niedersausen. Immer kräftiger wurden die Schläge, immer hasserfüllter standen sich die Männer gegenüber. Als Sawaris plötzlich Sadik vor sich gewahrte, schrie er: »Du Sohn einer schmutzigen Dirne!«, und schlug zu. Aber sein Stock traf sich mit dem von Sadik, sodass er heftig erschüttert wurde und ins Straucheln geriet. Er hob den Stock zum zweiten Mal und ließ ihn niedersausen. Sadik fing zwar den Schlag mit dem Knüppel auf, seine Wucht aber zwang ihn in die Knie. Schon wollte Sawaris den dritten und entscheidenden Schlag führen, aber da sah er, dass Hasan sich wie ein wildes Tier auf ihn stürzte, um seinen Freund zu retten. Er wandte sich ihm zu und schrie, rasend vor Wut: »Du also auch, Sohn von Sakarija! Du Hurensohn!« Er hieb so gewaltig auf ihn ein, dass Hasan, wäre er nicht beiseitegesprungen, auf der Stelle erledigt gewesen wäre. Aber während des Sprungs stieß er geschickt mit der Spitze des Stockes zu und traf Sawaris im Nacken. Dieser war für einen kurzen Augenblick daran gehindert, den nächsten Schlag zu führen, sodass Hasan das Gleichgewicht wiederfand und mit all seiner Kraft zuschlagen konnte. Er traf Sawaris an der Stirn. Ein Blutstrahl schoss hervor, der Stock glitt ihm aus der Hand und fiel zu Boden. Sawaris taumelte ein paar Schritte rückwärts und sank bewegungslos nieder. Ein greller Schrei übertönte den Lärm der aufeinanderprallenden Stöcke: »Sawaris ist tot!«

Agrama traf den Mann, der das gerufen hatte, mit dem Stock an der Nase. Der Mann heulte auf, wich zurück und stolperte über einen Verletzten. Er fiel hin. In dem Maß, in dem Kasims Männer entschlossener zuschlugen, ließ die Kraft von Sawaris' Männern nach. Als sie voller Entsetzen wahrnahmen, wie viele der Ihren niedergestreckt dalagen, wichen sie zurück und nahmen Reißaus. Kasims Männer scharten sich um ihren Führer. Ihr Atem ging heftig, einige bluteten. Ein paar Männer schleppten Verwundete heran. Im Schein des spärlichen Lichts, das aus den Türritzen der Kaffeehäuser drang, konnten sie viele reglose Körper auf dem Boden erkennen. Einige hatte der Tod ereilt, andere waren bewusstlos. Hamrusch stand auf Sawaris' Schatten und rief: »Nun kannst du in Frieden ruhen, Schaaban!«

Kasim zog ihn an seine Seite und sagte: »Der Tag des Sieges ist nahe! Es wird der Tag sein, an dem die anderen Wächter das gleiche Schicksal trifft! An diesem Tag sind wir die Herren des Viertels. Wir besitzen dann die Stiftung und werden unserem Großvater rechtschaffene Enkel sein!«

Wieder oben auf dem Berg angekommen, wurden die Männer von den Frauen mit Freudentrillern empfangen. Die Nachricht vom Sieg hatte sich mit Windeseile verbreitet. Als Kasim in die Hütte trat, sagte Badrija: »Du bist ja voller Staub und Blut und wirst vor dem Schlafengehen erst einmal baden.« Nach dem Bad legte er sich hin, wobei er vor Schmerz stöhnte. Badrija kam mit dem Essen und wartete, dass er sich aufrichtete. Er war so matt, dass er nicht einmal wusste, ob er noch wach oder schon eingeschlafen war. Einerseits fühlte er sich entspannt und glücklich, andererseits ließ ihn eine Unruhe nicht los, die ihn fast traurig stimmte.

Als Badrija ihn bat, etwas zu essen, sah er sie träge und träumerisch an. »Bald wirst du den Sieg erleben, Kamar«, sagte er leise. Sofort wurde ihm klar, welch schlimmer Versprecher ihm unterlaufen war. Er sah, wie sich ihr Gesichtsausdruck veränderte, und setzte sich schnell auf. Verlegen sagte er besonders liebevoll: »Das Essen ist wirklich sehr appetitlich.«

Da sie sich wenig beeindruckt zeigte und mürrisch blieb, nahm er ein Bohnenpastetchen und hielt es ihr hin. »Nun bin ich wohl an der Reihe, dich zum Essen aufzufordern.«

Sie wandte das Gesicht ab und sagte leise: »Sie war viel zu alt, und hübsch war sie auch nicht.«

Betrübt sank er in sich zusammen. Vorwurfsvoll und auch traurig erwiderte er: »Sag nie etwas Schlechtes über sie, denn über eine Frau wie sie kann man nur voller Gnade sprechen.«

Ruckartig hob sie den Kopf. Als sie aber sah, wie traurig er war, schwieg sie.

87

Beschämt über die Niederlage, kehrten Sawaris' Männer heim, wobei sie sich, so gut es ging, von seinem Haus fernhielten, das noch im prächtigen Hochzeitsschmuck strahlte. Ein jeder von ihnen schlich in sein Haus. Wie ein Lauffeuer verbreitete sich die schreckliche Nachricht. Aus vielen Wohnungen waren Schreie zu hören, und die ganze Pracht der Hochzeit verlosch wie eine mit Sand erstickte Flamme. Wehgeschrei erhob sich über Sawaris' Tod, und auch die Männer, die mit ihm starben, wurden beklagt. Das Unglück hatte nicht nur die Garabis getroffen, am Hochzeitszug hatten auch Männer der Gabals und Rifaas teilgenommen. Und wer war der schreckliche Verbrecher? Kasim! Der Schafhirt Kasim, der sein Leben lang als Bettler herumgezogen wäre, hätte er nicht Kamar gefunden. Ein Mann behauptete, dass er Kasims Truppe auf dem Rückweg in ihr Lager oben auf dem Mukattam-Berg gefolgt sei. Schon fragten sich einige besorgt, ob Kasim sich dort oben so lange verstecken würde, bis alle Männer des Viertels umgebracht wären.

Die Schlafenden wurden geweckt, und gemeinsam zogen alle hinaus auf die Straßen des Viertels. Lautes Gebrüll und Gezeter drang durch die Gehöfte.

Ein Mann aus der Gabalfamilie schrie wütend: »Tötet die Garabis!«

Aber Galta schnauzte ihn an: »Sie trifft keine Schuld! Ihr Wächter und viele ihrer Männer wurden umgebracht!«

»Legt Feuer an den Berg!«

»Her mit dem Leichnam von Kasim, damit ihn die Hunde fressen!«

»Ich werde sein Blut trinken, oder ich lass mich scheiden!«

»Diese dreckige, feige Wüstenratte!«

»Er denkt, der Berg schütze ihn!«

»Nichts wird ihn vor uns schützen, außer das Grab!«

»Wenn er von mir auch nur einen Millim bekam, hat er vor lauter Dank den Boden geküsst!«

»Da hat er immer so freundlich und nett getan, und jetzt verrät er uns und tötet unsere Männer!«

Am nächsten Tag strömte das Viertel zum Massenbegräbnis, am darauffolgenden Tag versammelten sich die Wächter im Haus des Verwalters Rifat, der furchtbar aufgebracht war. Mit bitterem Sarkasmus erklärte er: »Da werden wir uns wohl von nun an im Viertel verbarrikadieren, um sicher zu sein, nicht sterben zu müssen!«

Lahita schien von allen Wächtern am meisten unter der neuen Lage zu leiden, trotzdem wollte er offensichtlich die Sache herunterspielen, damit ihm nicht eine zu große Verantwortung aufgebürdet wurde. »Das war nur ein Kampf zwischen einem Wächter und ein paar Männern aus seinem eigenen Straßenteil!«

Galta erhob Einspruch: »Immerhin hat er einen der Unsrigen getötet und drei verletzt.«

Haggag ergänzte: »Von meinen Leuten hat er auch einen umgebracht.«

Der Verwalter war klug genug, um zu wissen, dass er sich an Lahita halten musste. »Es ist ein Anschlag auf deinen guten Ruf, du Oberwächter des Viertels!«

Lahita wurde blass vor Wut. »Ein Schafhirt! Wer ist das schon? Bei Allah, du beliebst zu scherzen!«

Aber so schnell war der Verwalter nicht zu beruhigen. »Jawohl, ein Schafhirt! Trotzdem ist er gefährlich geworden. Wir haben seine Narreteien eine Zeit lang nicht ernst genommen und aus Achtung vor seiner Frau ein Auge zugedrückt. So hat er in aller Ruhe sein Süppchen zum Kochen bringen können. Er hat Unterwürfigkeit geheuchelt, bis er genug Macht erlangt hatte, um seinen Wächter und dessen Helfer zu erledigen. Noch hockt er oben auf dem Berg, aber sein Ehrgeiz wird keine Grenzen kennen!« Die Wächter sahen sich verärgert an. »Er verführt die Leute«, fuhr der Verwalter fort. »Das war schon immer das Unglück unseres Viertels, davor sollten wir nicht die Augen verschließen. Er verspricht den Leuten die Stiftung. Dass ihm und seinen Freunden nicht einmal die Stiftung reicht, wird keiner glauben. Die Bettler jedenfalls nicht, und die meisten hier sind Bettler. Unser ganzes Viertel besteht doch aus Bettlern! Außerdem verspricht er, dass Gewalt und Unterdrückung abgeschafft werden, da jubeln natürlich alle Feiglinge, und die meisten hier sind Feiglinge. Unser ganzes Viertel besteht doch aus Feiglingen! Immer schließen sie sich denen an, die in der Überzahl sind. Wenn wir untätig bleiben, sind wir verloren!«

»Er hat nur einen Haufen Ratten um sich, nichts ist einfacher, als sie auszurotten!«, erklärte Lahita.

»Aber sie haben sich oben auf dem Berg verschanzt!«, warf Haggag ein.

»Wir müssen eben den Berg beobachten, bis wir wissen, wie wir an sie herankommen«, schlug Galta vor.

»Tut irgendwas, aber tut etwas«, drängte der Verwalter. »Es ist, wie ich sagte; wenn wir untätig bleiben, ist das unser Untergang.«

Lahita ärgerte sich immer mehr. »Erinnerst du dich, Herr, dass ich ihn töten wollte, als seine Frau noch lebte? Aber da hatte deine werte Gattin Einspruch erhoben!«

Der Verwalter wandte den Blick ab und sagte wie zur Entschuldigung: »Es nutzt nichts, wenn wir uns jetzt Fehler vorhalten.« Er schwieg für einen Augenblick. »Von alters her werden verwandtschaftliche Beziehungen bei uns geachtet.«

Von draußen drang ungewöhnlicher Lärm herein, der auf neues Unheil hindeutete. Da die Männer ohnehin nervös waren, rief der Verwalter den Torwärter und fragte, was draußen vor sich ginge.

»Die Leute sagen, der Schafhirt habe sich Kasim angeschlossen und die Herde mitgenommen!«

Lahita sprang auf und brüllte: »Dieser Hund! Dieses ganze Hundeviertel! Wehe ihm!«

»Aus welchem Straßenteil ist dieser Hirte?«, fragte der Verwalter.

»Er gehört zu den Garabis und heißt Sakla.«

88

»Willkommen, Sakla!« Freudig umarmte Kasim den Hirten.

»Ich war nie gegen dich, sondern mit dem Herzen immer an deiner Seite«, sagte der Hirte begeistert. »Wenn ich nicht so viel Angst gehabt hätte, wäre ich als einer der Ersten bei dir gewesen. Als ich dann aber von Sawaris' Tod erfahren habe, möge Allah ihn in der Hölle schmoren lassen, bin ich sofort losgezogen und habe die Schafe all deiner Feinde vor mir hergetrieben!«

Kasim warf einen Blick auf die Herde, die auf dem Platz vor den Hütten stand und von den Frauen freudig lärmend umringt wurde. Er lachte. »Als Gegenleistung für das, was uns im Viertel an Einkommen geraubt wurde, steht uns die Herde völlig rechtmäßig zu.«

Im Laufe des Tages kamen so viele Menschen wie nie zuvor. Das stärkte noch die Entschlossenheit der Männer Kasims und gab ihren Hoffnungen festen Boden. Aber am nächsten Tag wurde Kasim in aller Frühe von lautem Geschrei geweckt. Sofort rannte er aus der Hütte und sah einige seiner Männer aufgeregt auf sich zukommen. Sadik war dabei, heftig atmend berichtete er: »Das Viertel will Rache nehmen, sie stehen unten, dort, wo der Pfad beginnt.«

»Ich brach heute als Erster zur Arbeit auf«, erklärte Churda, »und da sah ich sie schon, ganz in der Nähe der Wüste. Ich bin sofort zurückgerannt. Ein paar haben mich verfolgt und mit Steinen beworfen, einer hat mich am Rücken getroffen. Ich habe nach Sadik und Hasan gerufen, und als einige unserer Brüder oben am Pfad auftauchten und sahen, wie gefährlich die Lage war, haben sie Steine auf die Angreifer geworfen und sie vertrieben.«

Kasim sah zum Pfad hinüber. Dort stand Hasan immer noch mit einigen Männern. »Wenn sie hinaufkommen wollen, brauchen wir nicht mehr als zehn Männer, um sie zurückzuwerfen.«

Hamrusch pflichtete ihm bei: »Dort hinaufzuwollen, wäre Selbstmord. Sollen sie es nur versuchen.«

Männer und Frauen kamen aus ihren Hütten und versammelten sich um Kasim. Die Männer waren mit ihren Stöcken bewaffnet, die Frauen trugen Körbe mit Steinen herbei, die sie für den Verteidigungsfall vorbereitet hatten. Erste Sonnenstrahlen zeigten sich am wolkenlosen Himmel.

»Gibt es von der Stadt her noch einen anderen Weg?«, fragte Kasim.

»Ja«, erklärte Sadik bedrückt. »Vom Süden her, man braucht aber zwei Stunden, um zum Berg zu gelangen.«

»Ich glaube nicht, dass unsere Wasservorräte länger als zwei Tage reichen«, sagte Agrama.

Besorgtes Murmeln ging durch die Reihen der Männer und Frauen, vor allem die Frauen sahen beunruhigt aus. »Wenn sie kommen«, griff Kasim ein, »dann, um Rache zu nehmen, und nicht, um uns zu belagern. Aber selbst wenn sie uns belagern sollten, können wir ihnen immer noch auf diesem anderen Weg entwischen.« Er dachte angestrengt nach, äußerlich aber wirkte er völlig ruhig. Alle Blicke waren auf ihn gerichtet. Sollte man sie belagern, könnten sie nur mit größter Mühe auf dem südlichen Weg Wasser heranschaffen. Wenn er aber mit seinen Männern den Angriff begänne, wäre es da nicht ungewiss, ob sie über diese Truppe, die immerhin von Lahita, Galta und Haggag angeführt wurde, siegen könnten? Welches Schicksal wartete auf sie, wenn dieser Tag sich neigte? Er ging zur Hütte, nahm seinen Stock und lief zu Hasan, der ihn mit den Worten empfing: »Keiner von ihnen wagt es, näher zu kommen.«

Kasim lugte den Abhang hinunter und sah, dass sich die Feinde in Form eines Halbmondes aufgestellt hatten, weit genug weg, um nicht von Steinen getroffen werden zu können. Entsetzt nahm er wahr, wie viele es waren, konnte aber die Wächter nicht erkennen. Sein Blick schweifte zum Großen Haus hinüber, dem Haus von Gabalawi, der sich in Schweigen hüllte, als ginge ihn der Kampf seiner Kinder um seiner selbst willen nichts an. Nichts könnten sie jetzt mehr gebrauchen als seine unglaubliche Kraft, mit der er sich in vergangener Zeit diesen Landstrich untertan gemacht hatte. Vielleicht wäre er, Kasim, ruhiger, wenn er sich nicht daran erinnert hätte, dass Rifaa ganz in der Nähe des Hauses seines Großvaters hingemetzelt worden war. Aus tiefstem Innern stieg in ihm der Wunsch auf, so laut wie nur möglich »O Gabalawi!« zu rufen, wie das die Menschen seines Viertels immer taten, wenn sie in Not waren.

In diesem Augenblick lenkten ihn die Stimmen von näher kommenden Frauen ab. Als er sich umdrehte, sah er, dass seine Männer nach wie vor am Rand des Abhangs standen und die Feinde beobachteten, dass die Frauen nun aber auch im Begriff waren, sich an diesen gefährlichen Platz zu begeben. Er forderte sie auf umzukehren, doch sie zögerten. Da schrie er sie an und befahl ihnen, sich um das Essen und ihre üblichen Aufgaben zu kümmern. Schließlich fügten sie sich seinem Willen.

Sadik trat zu ihm: »Das hast du richtig gemacht. Was ich übrigens am meisten befürchte, ist, dass Lahitas Name allein schon genügt, um unseren Leuten Angst zu machen.«

»Trotzdem haben wir keine andere Wahl, als zuzuschlagen«, erwiderte Hasan. Trotzig schwang er seinen Knüppel. »Jetzt, da sie wissen, wo wir uns verbergen, ist es für uns unmöglich, unseren Lebensunterhalt noch länger hier in der Gegend zu verdienen. Also bleibt uns nichts weiter übrig, als anzugreifen.«

Kasim blickte zum Großen Haus hinüber. »Du hast recht. Was sagst du dazu, Sadik?«

»Wir warten, bis es Nacht ist.«

»Langes Warten schadet uns nur«, widersprach Hasan. »Dunkelheit würde uns beim Kampf überhaupt nichts nützen.«

»Was könnten sie für einen Plan haben?«, überlegte Kasim laut.

»Sie werden uns zwingen wollen herunterzukommen«, erwiderte Sadik.

Kasim überlegte. Dann sagte er: »Wenn wir Lahita erledigen würden, wäre uns der Sieg sicher.« Er schaute von einem zum anderen und fügte hinzu: »Wenn er fällt, werden sich Galta und Haggag gegenseitig bekämpfen, um seinen Platz einzunehmen.«

Die Sonne stieg immer höher, die kleinen Steinchen glühten schon, die Hitze des Tages kündigte sich an.

»Also, was machen wir?«, fragte Hasan. Seine Frage brachte alle in Verlegenheit, aber viel Zeit zum Überlegen blieb ihnen nicht, denn plötzlich ertönte auf dem Platz vor den Hütten der Schrei einer Frau. Im Nu kreischten auch andere Frauen los. Ein Ruf jedoch übertönte alles: »Wir werden von der anderen Seite her angegriffen!«

Eilends sprangen die meisten Männer vom Bergrand zurück und rannten hinüber auf den Platz. Kasim wies die anderen an, besonders aufmerksam den Pfad zu beobachten. Churda forderte er auf, kampffähige Frauen zur Überwachung heranzuholen. Dann lief er mit Sadik und Hasan zum Platz hinüber, wo ihn seine Männer umringten. Es war deutlich zu erkennen, dass sich Lahita mit einem großen Trupp vom Süden her näherte. Kasim war wütend. »Er hat uns mit den Männern auf der anderen Seite so lange abgelenkt, bis er um den Berg herummarschiert ist und von Süden her angreifen kann.«

Hasans riesiger Körper straffte sich, als wollte er jeden Augenblick losstürmen. »Da macht er sich solche Mühe, um zu sterben!«, schrie er.

»Wir müssen siegen, und deshalb werden wir siegen«, sagte Kasim entschlossen.

Die Männer verteilten sich und bildeten links und rechts von ihm zwei Flügel. Die Angreifer kamen immer näher. Sie hielten die Stöcke in die Höhe, sodass es aussah, als ob ein Dornengestrüpp auf Kasims Männer zukroch. Als sie dicht genug heran waren, dass man ihre Gesichter erkennen konnte, sagte Sadik: »Weder Galta noch Haggag sind dabei!«

Kasim begriff, dass beide bei den Belagerern am Fuß des Berges sein mussten. Es war zu vermuten, dass sie – koste es, was es wolle – versuchen würden, den Pfad hinaufzuklettern. Ohne diesen schrecklichen Verdacht jemandem mitzuteilen, trat er einige Schritte vor und schwenkte hoch über dem Kopf den Knüppel. Die Männer umklammerten die Stöcke noch entschlossener. Lahita grölte mit seiner grobschlächtigen Stimme: »Ihr werdet nicht einmal in einem anständigen Grab bestattet werden, ihr Hurensöhne!«

Kasim stürzte los, mit ihm seine Männer. Sie prallten auf die Reihen des Feindes, und nur noch das dumpfe Prasseln der aufeinanderschlagenden Stöcke, übertönt vom Kampfgebrüll, war zu hören. Im selben Augenblick begegneten die Frauen am Abhang dem Angriff von unten mit einem Steinhagel. Jeder von Kasims Männern hatte jetzt seinen Feind unmittelbar vor sich. Kasim und Dungul kämpften erbittert gegeneinander. Lahita schlug auf Hamrusch ein, traf mit dem Stock dessen Schlüsselbein und zertrümmerte es. Ununterbrochen aufeinander einschlagend, standen Sadik und Sainhum beieinander, bis endlich Hasan dazwischenging und Sainhum ausschaltete. Lahita drosch nun auf Sakla ein, der – am Hals getroffen – zu Boden ging. Kasim hatte es geschafft, Dungul mit all seiner Kraft am Ohr zu treffen. Er schrie auf, taumelte zurück und brach zusammen. Sainhum hatte sich wieder aufgerappelt und stürzte auf Sadik. Der aber bohrte ihm den Stock in den Bauch und nutzte seinen Aufschrei für den zweiten Stoß. Sainhum sank nieder. Churda hatte gerade Hafnawi überwältigt, aber bevor er sich seines Sieges erfreuen konnte, hatte Lahita seinen rechten Arm getroffen, der plötzlich wie gelähmt war. Hasan sprang hinzu, wollte auf Lahita einschlagen, aber der schnellte geschickt beiseite. Schon hob er den Stock, um Hasan zu treffen, da eilte Kasim herbei und griff ihn an. Der aber wehrte den Schlag mit dem Stock ab. Abu Fasada schoss wie ein Pfeil vor, um Lahita im dritten Versuch endlich zu treffen. Lahita rammte ihn mit dem Kopf und brach ihm die Nase. Er schien eine nicht zu überwältigende Kraft zu besitzen.

Der Kampf wurde immer hitziger. Erbittert prallten die Stöcke aufeinander, während sich gleichzeitig wahre Sturzbäche von Flüchen und Schmährufen auf die Gegner ergossen. Das Blut floss in Strömen, und die Sonne sandte ihre sengenden Strahlen hernieder.

Unaufhörlich setzte es Schläge, auf beiden Seiten stürzte ein Mann nach dem anderen zu Boden. Wütend über den todesmutigen Widerstand, auf den er nicht gefasst war, schlug Lahita mit doppelter Kraft um sich. Kasim gab seinerseits nun Hasan und Agrama ein Zeichen, die günstigste Gelegenheit abzupassen, um gemeinsam Lahita anzugreifen. Wenn er fiele, hätten die Angreifer keinen Halt mehr, an den sie sich klammern könnten.

Da aber kam eine der Frauen herübergerannt und schrie: »Sie steigen den Pfad herauf und schützen sich mit Teigbrettern vor den Steinen!«

Kasim und seine Männer wurden von Entsetzen gepackt. Hämisch brüllte Lahita wieder: »Für euch wird es nicht ein einziges Grab geben, ihr Hurensöhne!«

Kasim schrie den Männern zu: »Ihr müsst sie besiegen, bevor diese Schurken den Aufstieg geschafft haben!« Dann stürzte er zusammen mit Hasan und Agrama auf Lahita los, dessen ersten, kräftigen Schlag Kasim mit dem Stock abfangen konnte. Agrama wollte Lahitas nächstem Schlag zuvorkommen, aber der Lump erwischte ihn am Kinn, sodass er vornüber auf die Erde fiel. Hasan sprang vor Lahita, beide droschen aufeinander ein, bis Hasan sich schließlich mit seinem ganzen Gewicht auf Lahita warf. Beide Männer rangen in einem todbringenden Kampf.

Am anderen Ende schrien die Frauen immer lauter, einige flohen entsetzt. Die Lage war äußerst gespannt. Eilends schickte Kasim Sadik mit einigen Männern hinüber. Gerade wollte er sich wieder auf Lahita stürzen, da stellte sich ihm Sachlafa, einer von Lahitas Leuten, in den Weg. Hasan aber versetzte Lahita mit aller Kraft einen mächtigen Stoß, sodass er rückwärtstaumelte. Dann spuckte ihm Hasan aufs Auge, brüllte dabei wie ein Wahnsinniger und trat ihm mit voller Wucht aufs Knie. Blitzschnell schoss er vor und rammte ihm den Kopf in den Bauch. Hasan wütete wie ein rasender Stier. Lahitas massige Gestalt verlor das Gleichgewicht, er fiel auf den Rücken. Hasan kniete sich auf ihn und drückte ihm, so fest er konnte, den Stock auf die Kehle. Als Lahitas Männer herbeiliefen, um ihrem obersten Wächter beizustehen, wurden sie von Kasim und einigen seiner Leute daran gehindert. Lahitas Füße fingen an zu zittern, seine Augen quollen hervor, das Blut schoss ihm ins Gesicht, er röchelte. Hasan sprang auf den ermattenden Gegner und schlug ihm den Stock voller Wut auf den Kopf. Der Schädel zerbarst, es war aus mit ihm. Mit Donnerstimme brüllte Hasan: »Lahita ist tot! Euer Führer ist erledigt! Schaut euch seinen Leichnam an!«

Lahitas unerwarteter Tod hatte eine ungeheure Wirkung. Der einen Seite gab es neue Kampfkraft, die andere wirkte wie gelähmt. Die einen stürzten sich mit neuer Hoffnung in den Kampf, die anderen waren verzweifelt. Hasan blieb an Kasims Seite, und keiner seiner Schläge verfehlte das Ziel. Der Kampfplatz war voller Männer, die aufsprangen oder sich duckten, ihre Knüppel hoben oder fallen ließen. Wolken von Sand wirbelten auf, die Häupter der Kämpfer kränzten Kronen von Blut. Den Brüsten entrangen sich Wutschreie, Flüche, Schmähungen, Schimpftiraden, Stöhnen und Drohgebrüll. Von einem Augenblick zum anderen geriet ein Mann ins Schwanken und fiel nieder oder sprang zurück und entfloh. Überall lagen Gefallene, ihr Blut glitzerte in der Sonne.

Kasim ging einige Schritte beiseite und schaute beunruhigt zum Abhang hinüber. Sadik und seine Männer stürzten körbeweise Steine hinunter, ein Zeichen dafür, dass die Gefahr immer größer wurde. Die Frauen, unter denen sich auch Badrija befand, schrien nach Hilfe. Als er beobachtete, dass einige Männer bereits nach den Knüppeln griffen, um auf diejenigen einzuschlagen, die trotz des Steinhagels den Aufstieg schafften, erfasste er die Gefährlichkeit der Lage. Auf der Stelle kehrte er um und ging zu Lahitas Leichnam. Vom Kampfgetümmel war hier nichts mehr zu spüren, die Männer aus dem Viertel hatten sich zurückgezogen. Er schleifte den Toten hinter sich her und rief schließlich Sadik, der sofort zu ihm gelaufen kam. Gemeinsam schleppten sie den toten Lahita zu der Stelle, wo der Pfad begann, und warfen ihn hinunter. Der Leichnam flog ein Stück durch die Luft, prallte dann auf den Boden und rollte weiter, bis er schließlich vor den Füßen der Feinde liegen blieb. Es entstand Verwirrung. Haggag versuchte, die Lage zu retten, und rief: »Vorwärts! Nur hinauf! Wehe diesen Schurken!«

Kasim, dem nicht gerade nach Spott zumute war, nahm sich zusammen und schrie: »Ja, kommt nur! Das ist der Leichnam eures Führers, eure Männer liegen dort hinten! Sie sind alle tot! Nun kommt, wir warten auf euch!« Er gab seinen Leuten ein Zeichen, woraufhin die Steine wie Regen auf die Feinde niederprasselten. Die Vorhut der Angreifer hielt an und begann, sich langsam zurückzuziehen, obwohl Haggag und Galta die Männer vorwärtstrieben. Kasim konnte hören, wie unten etliche Männer schimpften und murrten. Also rief er ihnen zu: »Galta! Haggag! Nun kommt doch, und verdrückt euch nicht!«

Voller Hass brüllte Galta: »Kommt doch herunter, wenn ihr Männer seid! Kommt herunter, ihr Weiberhaufen und Hurensöhne!«

Haggag, der mitten unter den zurückweichenden Männern stand, schrie: »Wenn ich nicht dein Blut saufen kann, will ich nicht weiterleben, du dreckiger Hirte!«

Da packte Kasim einen Stein und warf ihn mit aller Gewalt hinunter. Die anderen taten es ihm nach. Der Rückzug wurde sichtlich lebhafter, sodass die Männer schließlich mehr rannten als langsam wichen.

In diesem Augenblick kam Hasan. Er wischte sich mit der Hand das Blut vom Gesicht und erklärte: »Der Kampf ist zu Ende. Die noch am Leben sind, flohen in Richtung Süden.«

»Ruf die Männer zusammen«, rief Kasim, »damit wir sie verfolgen!«

Aber Sadik sagte: »Du blutest an Mund und Kinn.«

Kasim wischte mit der Hand über das Gesicht und sah, dass sie voll von dunklem Blut war.

»Acht unserer Männer wurden getötet«, sagte Hasan traurig. »Und die anderen haben so schreckliche Wunden, dass sie sich nicht bewegen können.«

Noch immer prasselten die Steine hinunter, und Kasim konnte sehen, dass die Feinde stolpernd und strauchelnd davonliefen. Sadik sagte: »Wenn sie es geschafft hätten, bis nach oben zu kommen, hätten sie keinen von uns angetroffen, der noch kampffähig gewesen wäre.« Er küsste Kasim auf das blutende Kinn und sagte leise: »Deine Klugheit hat uns gerettet!«

Kasim ließ zwei Männer als Wache am Hang zurück. Die anderen sollten sich den Fliehenden an die Fersen heften, um zu erfahren, was sich dort unten abspielte. Dann ging er mit Sadik und Hasan müde und erschöpft zurück auf den Platz, dessen Boden mit Toten übersät war. Welch schreckliches Gemetzel! Acht seiner Männer waren tot und zehn von den Feinden, dazu noch Lahita. Die anderen hatten zwar ihr Leben gerettet, litten aber an fürchterlichen Wunden und Brüchen. Sie hatten sich in die Hütten geschleppt, wo sie von den Frauen versorgt wurden. Aus den Hütten der Toten aber drang das Weinen und Klagen ihrer Frauen und Kinder. Badrija kam betrübt herbei und lud die drei Männer in die Hütte ein, um ihre Wunden zu verbinden. Wenig später trat Sakina ein, die laut weinende Ichsan im Arm. Die Sonne stand am Zenit und brannte unbarmherzig nieder. Gabelweihen und Krähen zogen am Himmel ihre Kreise. Die Luft war voller Staub und roch nach Blut. Ichsan weinte noch immer, aber niemand kümmerte sich darum. Selbst der große und starke Hasan schien zu taumeln.

Sadik murmelte leise: »Möge Allah sich unserer Toten erbarmen!«

»Möge Allah sich aller Menschen erbarmen, der Toten wie der Lebenden!«, sagte Kasim.

Über Hasans Gesicht huschte ein glückliches Lächeln. »Schon bald, wenn wir den vollen Sieg davongetragen haben, wird sich unser Viertel von Blut und Grausamkeit auf immer verabschieden.«

»Zur Hölle mit Grausamkeit und Blut«, bekräftigte Kasim seinen Wunsch.

89

Solch ein Unglück hatte das Viertel nie zuvor erlebt. Bestürzt und erschöpft schweigend, kehrten die Männer heim. Sie starrten auf die Erde, als ob eine unsichtbare Kraft ihnen die Lider niederdrückte. Sie mussten feststellen, dass die Nachricht von der Niederlage das Viertel schon erreicht hatte, denn aus den Gehöften tönten Geheul und Gejammer. Auch in den anderen Vierteln wussten die Menschen Bescheid, und lüstern und schadenfroh zerriss man sich die Mäuler über das geschändete Ansehen des vormals so gefürchteten Gabalawi-Viertels. Im Garabiteil schienen alle Bewohner aus Angst vor Rache geflohen zu sein, Häuser und Läden lagen einsam und verlassen da. Alle Welt war davon überzeugt, dass sich nun auch die Letzten dem siegreichen Sohn ihres Straßenteils anschließen würden und seine Truppe an Stärke und Zahl noch weiter zunähme. Schmerz lastete auf dem Viertel, das sich in Trauer hüllte. Dessen ungeachtet aber mischten sich in die trübselige Stimmung hitziger Hass und Rachegelüste. Einige der Gabalmänner stellten sich bereits die Frage, wer wohl der neue Wächter des Viertels sein könnte. Auch bei den Rifaas war davon die Rede. Boshafte Bemerkungen wirbelten durch die Luft wie Sandkörner im Sturm. Als der Verwalter Rifat erfuhr, was den Leuten so alles durch den Kopf ging, bestellte er Haggag und Galta zu sich. Beide ließen sich von ihren stärksten Männern begleiten, sodass das Empfangszimmer des Verwalters voller Menschen war. Jeder Trupp stellte sich auf eine Seite des Raumes, als ob sie sich auf keinen Fall mit den Nachbarn vermischen wollten. Der Verwalter erfasste, was dies zu bedeuten hatte, und sagte grambeladen: »Ihr wisst, dass uns ein Unglück getroffen hat. Aber noch sind wir nicht tot, noch sind wir nicht erledigt. Es liegt in unserer Hand, den Sieg davonzutragen – dies gelingt uns aber nur, wenn wir unsere Einheit wahren. Andernfalls können wir uns Lebewohl sagen.«

Einer von den Gabals sagte: »Der letzte Schlag wird unser sein, nach Leid kommt Freud.« Und Haggag fügte hinzu: »Wenn sie sich nicht dort oben festgesetzt hätten, wären sie bis auf den letzten Mann umgekommen.« Ein Dritter beeilte sich zu sagen: »Lahita musste sich ihnen nach einem langen und beschwerlichen Fußmarsch stellen, selbst ein Kamel wäre da in die Knie gegangen.«

Verärgert entgegnete der Verwalter: »Erzählt mir lieber, wie es mit eurem Zusammengehen aussieht!«

»Dank Allahs Gnade sind wir Brüder, und wir werden es auch bleiben«, erklärte Galta.

»Das sagst du, aber die Tatsache, dass ihr in solcher Zahl hier erschienen seid, deutet auf das Misstrauen hin, welches ihr in euren Herzen hegt.«

»Aber nein«, widersprach Haggag, »das geschah nur, weil jeder seine Gier nach Rache zeigen will.«

Der Verwalter blickte angespannt in die düsteren Gesichter der Männer. »Seid ehrlich! Mit einem Auge schielt ihr auf euren Trupp und mit dem anderen auf Lahitas Platz, auf den des obersten Wächters des Viertels. Solange dieser Zustand anhält, wird das Viertel nicht zur Ruhe kommen. Ich befürchte das Schrecklichste, dass nämlich schließlich die Stöcke mitreden werden und ihr euch gegenseitig umbringt. Dann kann Kasim daherkommen und braucht den fetten Happen nur noch zu schlucken.«

Wie mit einer Stimme schrien alle auf: »Da sei Allah vor!«

Entschlossen griff der Verwalter ein: »Das Viertel besteht nur noch aus zwei Straßenteilen, dem der Gabals und dem der Rifaas. Beide haben ihren Wächter, also ist kein Bedarf an einem dritten, obersten Wächter. Lasst uns darin übereinkommen, lasst uns wie ein starker Arm gegen die Auswanderer kämpfen!«

Für einige Sekunden herrschte bedrückende Stille, dann kam es schwach und zögernd: »Ja ... einverstanden.«

»Wir werden dem zustimmen«, erklärte Galta, »obwohl wir von alters her die Herren des Viertels sind.«

»Wenn wir uns einverstanden erklären«, widersprach Haggag heftig, »ist das noch lange keine Gnade, die uns erwiesen wird. Es gibt hier keine Herren und keine Diener, vor allem jetzt nicht, da die Garabis weg sind. Wer würde wohl leugnen wollen, dass Rifaa der edelste aller Menschen war, die es hier je im Viertel gab?«

Wütend schrie Galta ihn an: »Haggag! Ich kenne deine schwarze Seele!«

Schon wollte einer von den Rifaas Einwand erheben, da brüllte der Verwalter wütend: »Erklärt mir endlich, ob ihr Männer seid oder nicht! Jedes Zeichen eurer Schwäche wird zur Folge haben, dass sich die Garabis wie die Wölfe heranschleichen! Also sagt mir, ob ihr fähig seid, gemeinsam in einer Reihe zu stehen, oder ob ich mir die ganze Sache anders überlegen muss!«

Vereinzelte Stimmen riefen: »Seid endlich still! ... Das ist doch eine Schande, Männer! ... Wir sind kurz davor, alles zu verlieren!« Alle Augen richteten sich erwartungsvoll auf den Verwalter. Schließlich sagte er: »Noch seid ihr in der Überzahl, noch seid ihr stärker, aber greift nicht wieder den Berg an!« Als er sah, dass sie ihn offensichtlich nicht verstanden, fügte er hinzu: »Wir werden sie belagern! Wir riegeln die beiden Wege ab, die den Berg hinaufführen. Entweder verhungern sie da oben, oder sie kommen herunter und werden erledigt.«

»Ich bin einverstanden«, sagte Galta. »Den gleichen Vorschlag hatte ich schon Lahita gemacht, Allah erbarme sich seiner, aber er hielt es für Feigheit und wollte auf jeden Fall angreifen.«

»Ich stimme auch zu«, erklärte Haggag. »Aber lasst uns noch eine Weile warten, denn die Männer müssen sich erholen.«

Der Verwalter bestand darauf, dass sie sich zu Brüderlichkeit und Zusammenarbeit verpflichteten. So reichten sie sich also die Hände und leisteten einen Schwur.

Jeder, der Augen im Kopf hatte, merkte in den darauffolgenden

Tagen, dass sowohl Galta als auch Haggag ihre Männer härter als sonst anpackten. Offensichtlich wollten sie auf diese Weise die schmählich erlittene Niederlage vergessen machen. Außerdem verkündeten sie überall im Viertel, dass ohne die Dummheit von Lahita Kasim mühelos hätte beseitigt werden können. Er habe darauf bestanden, den Berg zu erklimmen, und dies habe die Männer aufgerieben und ihren Mut und ihre Kraft erschöpft. Sie seien schon völlig verbraucht auf den Feind getroffen. Die Leute glaubten es, und wenn jemand Zweifel äußerte, fielen sie mit Beschimpfungen, Flüchen und Schlägen über ihn her. Aber niemand durfte fragen, wer nun der oberste Wächter des Viertels wäre, zumindest durfte es niemand laut fragen. Viele jedoch, bei den Gabals wie bei den Rifaas, redeten in den Haschischhöhlen darüber, wer nach dem künftigen Sieg Lahitas Platz einnehmen würde. Trotz aller Versprechungen und Schwüre keimte allmählich und im Verborgenen Misstrauen. Jeder der beiden Wächter traf seine Vorsichtsmaßnahmen, keiner von ihnen hätte sich aus seinem Machtbereich entfernt, ohne eine Schar Männer um sich zu haben. Die Vorbereitung auf den Tag der Rache ruhte keinen einzigen Augenblick. Sie waren übereingekommen, dass Galta mit seinen Männern den Weg belagern sollte, der vom Mukattam-Markt auf den Berg führte, und dass Haggag mit seinem Trupp den Weg absperren sollte, der vom Viertel aus nach oben ging. Niemand hätte seinen Platz zu verlassen, und wenn er sein Leben dort verbringen müsste. Die Frauen würden sich um Einkauf und Handel kümmern und den Männern das Essen bringen.

Am Vorabend der großen Belagerung versammelten sich die Männer in den verschiedensten Haschischspelunken. Sie hatten Kannen mit Bier und Wein mitgebracht, berauschten sich an Haschisch und tranken bis spät in die Nacht. Die Männer der Rifaas begleiteten Haggag bis an den Zaun seines Gehöfts. Fröhlich und zufrieden stieß er die Tür auf und brummelte gerade den Anfang des Liedes »Ah, als Erstes möchte ich …«, weiter kam er nicht. Von hinten stürzte sich eine dunkle Gestalt auf ihn. Sie hielt ihm mit der einen

Hand den Mund zu und bohrte ihm mit der anderen ein Messer in die Brust. Obwohl Haggags Körper heftig zuckte, schaffte es der Mann, ihn ohne jegliches Geräusch zu Boden gleiten zu lassen. Fast fürsorglich legte er ihn zurecht, und nichts regte sich mehr in der stockdunklen Nacht.

90

Früh am Morgen wurde das Viertel von entsetzlichem Geschrei geweckt. Die Fensterläden flogen auf, neugierige Gesichter schauten heraus. Es war unschwer zu erkennen, dass in Haggags Gehöft etwas geschehen sein musste, denn dort hatte sich eine Menge Menschen versammelt, die laut vor Trauer oder Empörung schrien. Der Gang zum Gehöft war vollgepfropft mit Männern und Frauen. Fragen und Mutmaßungen schwirrten durch die Luft, und die vom Weinen geröteten Augen ließen das Ausmaß des gefährlichen Unheils erahnen. Aus jedem Gehöft, jedem Haus und jedem Unterschlupf strömten die Menschen herbei. Bald traf auch Galta mit seinen Männern ein. Die Menge machte Platz. Als er schließlich bis zum Gang vorgedrungen war, rief er: »Was für ein schreckliches Unglück! Oh, Haggag, hätte ich mich doch nur statt deiner opfern können!«

Wer weinte, hörte auf zu weinen. Wer gerade noch geschrien hatte, schrie nicht mehr. Die, die voller Zorn waren, verstummten. Kein einziges freundliches Wort vernahm Galta. »Das ist ein hundsgemeiner Anschlag«, sprach er weiter, »zu dem kein Wächter, wohl aber dieser bettelnde Schafhirt Kasim fähig ist! Nicht eher werde ich mich wieder meines Lebens erfreuen, bis ich nicht seine Leiche den Hunden zum Fraß vorgeworfen habe!«

Wutentbrannt rief eine Frau: »Glückwunsch dir, Galta, du einziger Wächter des Viertels!«

Als Galtas Gesicht sich zornig verzerrte, fielen die, die vorne standen, in furchtsames Schweigen, aber weiter hinten ging immer noch Gemurmel und Gebrumme durch die Reihen. »Die Frauen sollten an solch einem schwarzen Tag besser den Mund halten!«, brüllte Galta.

Aber die Frau rief: »Jeder mit gesundem Menschenverstand sieht ohnehin, was hier vor sich geht!«

Die Wogen der Erregung schlugen hoch, alles schrie durcheinander. Galta wartete, bis sich der Sturm gelegt hatte, und sagte dann: »Das Ganze ist doch nichts anderes als eine hinterhältige Verschwörung, ausgeführt in dunkler Nacht und mit dem Ziel, uns zu entzweien!«

»Ha! Verschwörung!«, rief eine andere Frau. »Kasim und seine Garabis sitzen da oben auf dem Berg, aber Haggag wurde in seinem Straßenteil, mitten unter seinen Leuten und inmitten seiner Nachbarn, die nach der Führung streben, ermordet!«

»Die ist ja verrückt!«, schrie Galta. »Jeder, der das glaubt, ist genauso verrückt! Wenn ihr euch dies einreden lasst, werden wir uns noch gegenseitig umbringen und damit tun, was Kasim ausgeheckt hat!«

Ein Wasserkrug flog durch die Luft und zerschellte zu Galtas Füßen. Er trat mit seinen Männern ein Stück zurück. »Dieser Hurensohn weiß genau, wie er Zwietracht zwischen uns säen kann!« Er drehte sich um und ging auf der Stelle zum Haus des Verwalters.

Nachdem er sich entfernt hatte, brandete der Aufruhr noch stärker auf. Schon fielen zwei Männer übereinander her, einer von den Gabals und einer von den Rifaas. Zwei Frauen gerieten sich in die Haare, und die kleinen Jungen aus den beiden Straßenteilen fingen an, sich zu prügeln. Von Fenster zu Fenster wurde die Schlacht mit Schimpfwörtern und verleumderischen Schmährufen geführt. Der Aufruhr hatte das ganze Viertel erfasst, in jedem Straßenteil sammelten sich die Männer und hielten ihre Stöcke bereit.

Da trat der Verwalter aus seinem Haus, begleitet von Dienern und anderen Männern, und stellte sich dort auf, wo die Straßenteile der

Rifaas und Gabals zusammentrafen. So laut er nur konnte, rief er: »Seid vernünftig! Eure Wut wird euch nur blind gegenüber eurem wirklichen Feind machen, dem Mörder von Meister Haggag!«

Einer von den Rifaas schrie: »Woher willst du das wissen? Kein Garabi würde es wagen, das Viertel auch nur zu betreten!«

»Warum sollten die Gabals Haggag jetzt umbringen, wo sie ihn am meisten brauchen?«, brüllte der Verwalter zurück.

»Frag doch diese Schurken und nicht uns!«

»Die Rifaas werden sich niemals einem Wächter der Gabals unterwerfen!«

»Die Gabals werden Haggags Blut teuer bezahlen müssen!«

Erneut versuchte der Verwalter, sich durchzusetzen. »Lasst euch durch diese List nicht hinters Licht führen, sonst werdet ihr erleben, dass Kasim wie eine Pest über euch kommt!«

»Soll Kasim kommen, wenn er will! Galta wird jedenfalls nicht unser Wächter sein!«

Verzweifelt schlug der Verwalter die Hände zusammen. »Mit uns ist es aus, wir werden alle zugrunde gehen!«

Mehrere Stimmen riefen gleichzeitig: »Besser als Galta!«

Aus den Gehöften der Rifaas wurde ein Stein auf die Männer der Gabals geworfen. Die Antwort ließ nicht lange auf sich warten, ein Stein schlug bei den Rifaas auf. Der Verwalter zog sich eilends zurück. Die Steine prasselten nur so los, im Handumdrehen war eine blutige Schlacht entfacht. Sogar auf den Dächern wurde sie mit aller Kraft geführt, dort bewarfen sich die Frauen aus beiden Straßenteilen mit großen und kleinen Steinen, Holzstücken und Sandklumpen. Der Kampf dauerte lange an, obwohl sich die Rifaamänner ohne ihren Führer schlagen mussten. Viele von ihnen fielen durch Galtas unfehlbare Schläge.

Mitten im Kampfgetümmel gellten plötzlich von den Fenstern her Schreie, die sich zunächst vom allgemeinen Lärm nicht sonderlich abhoben. Als aber alle Frauen an den Fenstern aufgeregt nach Osten und nach Westen wiesen, drehten sich doch einige um, um zu sehen, was dort los war. Kasim stand am Großen Haus, umringt von Männern mit Stöcken. Die Leute schauten in die andere Richtung und sahen Hasan mit einem Trupp auf sich zukommen. Entsetzte Rufe durchschnitten die Luft, nun jagte ein Ereignis das andere. Wie gelähmt ließen die gerade noch Kämpfenden die Hände sinken. Unwillkürlich rückten sie zusammen, Sieger und Besiegter standen dicht nebeneinander. Gemeinsam teilten sie sich in zwei Gruppen auf, um sich den Näherrückenden entgegenzuwerfen.

»Ich hatte euch gesagt, dass alles eine List war, ihr aber wolltet mir nicht glauben!«, schrie Galta wütend.

Sie machten sich zum Kampf bereit, erschöpft und äußerst verzweifelt. Plötzlich aber hielt Kasims Trupp an, und wie verabredet blieb auch Hasan mit seinen Männern stehen. Mit lauter Stimme rief Kasim herüber: »Wir wollen niemandem Schaden zufügen! Es soll keinen Sieger und keinen Besiegten geben! Wir alle sind Kinder eines Viertels und haben alle denselben Großvater! Die Stiftung gehört allen!«

»Das ist eine neue List!«, brüllte Galta.

»Hetze sie nicht zum Kampf auf, nur weil du deine Stellung behalten willst!«, rief Kasim. »Wenn du unbedingt willst, dann kämpfe selbst dafür!«

»Vorwärts! Greift sie an …!« Galta stürzte voran, gefolgt von einigen Männern. Ein paar andere warfen sich Hasan entgegen. Viele zögerten. Die Verwundeten schleppten sich in ihre Häuser, ebenso die Erschöpften, und bald folgten die Unschlüssigen. Galta blieb mit seinen Gefolgsleuten übrig und nahm entschlossen den Kampf auf. Verzweifelt verteidigten sie sich mit allem, was ihnen zur Verfügung stand – Stöcke, Köpfe, Füße, Hände. Galta stürzte sich mit blindem Hass auf Kasim. Beide schlugen wild aufeinander ein, bis schließlich Kasim dazu überging, Galtas Schläge nur noch geschickt und vorsichtig mit dem Stock abzufangen. Da Kasims Männer in der Überzahl waren, konnten sie Galtas Trupp umzingeln, sodass diese unter Dutzenden von Stöcken verschwanden. Hasan und Sadik fielen über

Galta her, der noch immer mit Kasim rang. Sadik schlug ihm den Stock aus der Hand, und Hasan hieb ihm einmal, ein zweites und drittes Mal den Stock über den Kopf. Galta wollte davonstürzen, fiel aber schon nach wenigen Schritten um wie ein geschlachteter Ochse. Der Kampf war zu Ende. Der Lärm der Stöcke und das Gebrüll der Männer waren verstummt. Die Sieger standen keuchend da und wischten sich das Blut von Gesicht, Kopf und Händen. Trotzdem lächelten sie, zufrieden über den gewonnenen Kampf und den endlich erfochtenen Frieden. Aus vielen Fenstern drang Wehklagen herüber. Galtas Männer lagen hingestreckt in der glühenden Sonne.

»Du hast gesiegt!«, erklärte Sadik. »Allah hat dir zum Sieg verholfen. Unser Großvater hat sich nicht getäuscht, als er dich erwählte. Von heute an wird das Viertel über kein Leid mehr klagen müssen.«

Auf Kasims Gesicht lag ein ruhiges Lächeln. Er drehte sich um und blickte entschlossen zum Haus des Verwalters hinüber. Alle Augen waren auf ihn gerichtet.

91

Als Kasim mit seinen Freunden beim Haus ankam, waren Türen und Fenster verschlossen. Vom Haus ging bedrückendes Schweigen aus. Hasan schlug mit der Faust an die Tür, aber niemand antwortete. Einige Männer begannen, mit aller Wucht gegen die Tür zu rennen, sodass sie schließlich aufsprang. Kasim trat ein, gefolgt von seinen Leuten. Niemand ließ sich sehen – kein Torhüter, kein Diener. Sie liefen in das Empfangszimmer, in die danebenliegenden Räume, durchsuchten die drei Stockwerke und begriffen, dass der Verwalter mit seiner Familie und den Dienern geflohen war. Im tiefsten Innern war Kasim froh, denn er wäre davor zurückgeschreckt, den Verwalter zu töten. Ohne dessen Frau wäre er, Kasim, gleich zu Beginn umgebracht worden. Aber Hasan und die anderen Männer wurden furchtbar wütend darüber, dass sich der Mann gerettet hatte, der das Viertel während seiner Herrschaft in Armut und Erniedrigung hatte leben lassen.

Kasim hatte nun vollends gesiegt und konnte der unumstrittene Führer des Viertels werden. Er übernahm die Aufgaben des Verwalters, den die Stiftung natürlich brauchte. Die Garabis kehrten in ihren Straßenteil zurück und auch die vielen anderen, die aus Furcht vor den Wächtern einstmals geflohen waren. Als einer der Ersten kam Meister Jachja. Vierzig Tage vergingen, alles war friedlich, die Wunden heilten, die Gemüter waren besänftigt und die Herzen beruhigt.

Eines Tages ging Kasim zum Großen Haus und rief die Männer und Frauen des ganzen Viertels, aus allen Straßenteilen, zu sich. Neugierig und besorgt zugleich kamen sie angelaufen. Sie vermuteten die unterschiedlichsten Dinge und schauten ihn klopfenden Herzens an. Dicht gedrängt standen alle auf dem Platz zusammen, die Garabis, die Gabals und die Rifaas. Trotz seiner Sanftmut und Bescheidenheit hatte Kasims Lächeln etwas Ehrfurchtgebietendes, als er auf das Große Haus wies. Dann sprach er: »Hier wohnt Gabalawi, unser aller Großvater. Keiner ist mit ihm mehr verwandt als der andere – kein Straßenteil, kein einzelner Mensch, kein Mann mehr als eine Frau.« Auf den Gesichtern zeichnete sich freudige Überraschung ab, am meisten bei denen, die geglaubt hatten, nun die Ansprache eines Mannes zu hören, der gesiegt hatte und sich als Herrscher fühlte.

Kasim fuhr fort: »Um euch herum erstreckt sich das Gebiet der Stiftung. Sie wird von nun an allen zugleich gehören, so wie der Stiftungsgründer es Adham versprochen hatte, als er sagte: ›Die Stiftung wird deinen Nachkommen gehören.‹ Es liegt an uns, den Ertrag so gut zu nutzen, dass er für alle reicht, ja dass sogar Überfluss herrscht. Dann werden wir leben, wie Adham es sich einst gewünscht hatte – in Wohlstand, Zufriedenheit und reinem Glück.« Die Menschen blickten sich ungläubig an, als hielten sie das alles für einen Traum.

»Der Verwalter ist fort und kommt nicht zurück. Die Wächter gibt es nicht mehr. Von heute an wird es nie wieder Wächter in unserem

Viertel geben! Ihr werdet keinem Tyrannen Schutzgeld zahlen und braucht euch vor keinem streitsüchtigen Barbaren mehr zu demütigen. Ihr werdet euer Leben von nun an in Frieden, Barmherzigkeit und Liebe verbringen. In eurer Hand liegt es, dass die früheren Zustände für immer der Vergangenheit angehören. Überwacht euren Verwalter, und wenn er euch betrügt, setzt ihn ab. Strebt jemand nach Macht, dann schlagt ihn. Beansprucht ein Mann oder ein Straßenteil, Herr über andere zu sein, züchtigt ihn. Nur auf diese Weise könnt ihr sichern, dass nicht alles wieder wie früher wird. Unser Herr sei mit euch!«

An diesem Tag betrauerten zwar einige Menschen ihre Toten, andere auch noch die Niederlage, aber alle schauten erwartungsvoll der Zukunft entgegen wie dem aufsteigenden Vollmond in einer Frühlingsnacht. Kasim verteilte den Stiftungsanteil gerecht und behielt nur eine bestimmte Summe für neue Bauten und Ausbesserungsarbeiten ein. Natürlich bekam der Einzelne nicht viel, aber das Gefühl, dass er gerecht und würdig behandelt wurde, war wichtiger. So verlief Kasims Zeit in Frieden und Erneuerung. Nie zuvor hatte unser Viertel solche Tage der Eintracht, des Vertrauens und des Glücks erlebt. Gewiss, einige von den Gabals konnte man hier und da, wenn auch nur insgeheim, murren hören: »Sollen etwa wir, die Gabals, von einem Garabi regiert werden?« Ähnliche Stimmen konnte man auch bei den Rifaas vernehmen, selbst bei den Garabis gab es welche, die nicht frei von Hochmut und Dünkel waren. Aber kein Einziger erhob seine Stimme laut und trübte das Glück.

Für die Garabis war Kasim ein mustergültiger Mensch, wie es ihn nie zuvor gegeben hatte und wohl auch nie wieder geben würde. Für sie verkörperte er zugleich Kraft und Sanftmut, Klugheit und Bescheidenheit, Würde und Liebe, Vornehmheit und Einfachheit. Er war Verwalter und trotzdem ehrlich. Überdies war er fröhlich, witzig und hübsch, und da er zudem einen guten Geschmack hatte, Gesang und Späße liebte, wurde er bei allen geselligen Runden herzlich willkommen geheißen. Er blieb eigentlich immer der Alte, nur in seinem Eheleben schien er dem gleichen Hang zu unterliegen, den er bei seinen ständigen Erweiterungs- und Erneuerungsarbeiten an der Stiftung zeigte. Trotz aller Liebe zu Badrija heiratete er ein hübsches Mädchen von den Gabals und dazu noch eins von den Rifaas. Nachdem er sich obendrein in eine Frau von den Garabis verliebt hatte, ging er mit dieser eine weitere Ehe ein. Die Leute meinten, er suche nach etwas, was ihm durch den Tod seiner ersten Frau, Kamar, verloren gegangen sei. Onkel Sakarija erklärte, dass er damit lediglich eine engere Bindung zu allen Teilen des Viertels bekommen wolle. Aber unser Viertel brauchte weder Erklärungen noch Begründungen, denn wenn es schon seinen guten Charakter bewunderte, so bestaunte es noch mehr seine Lebenskraft. Die Liebe zu Frauen gilt in unserem Viertel als eine Stärke, auf die man sich etwas einbilden darf. Sie bringt den Männern ein Ansehen, das dem der früheren Wächter zumindest gleichkommt.

Sei es, wie es sei, jedenfalls hatte sich unser Viertel nie zuvor in einem solchen Maße als sein eigener Herr gefühlt. Es nahm seine Geschicke in die eigene Hand, ohne dass ein Verwalter es ausplündern oder ein Wächter es erniedrigen konnte. Tage eines solch brüderlich einträchtigen und friedlichen Zusammenlebens wie zu Kasims Zeit hatte es nie zuvor gegeben. Viele sagten, dass das Viertel, das schon so oft von der Seuche des Vergessens befallen worden war, von dieser Seuche nun endlich geheilt werden müsste. Es sollte, so meinten die Menschen, diese Seuche für immer ausgerottet werden.

So meinten sie …

Oh, unser Viertel, so meinten sie …!

ARAFA

92

Schaute sich jemand in unserem Viertel um, dann konnte er kaum glauben, wovon die Rabab in den Kaffeehäusern erzählte. Wer war Gabal? Wer Rifaa und wer Kasim? Welche Zeugnisse außerhalb der Kaffeehäuser sprachen noch davon, dass es sie gegeben hatte? So weit das Auge reichte, versank das Viertel in Finsternis. So weit das Ohr lauschte, sang die Rabab von Träumen. Wie hatten wir nur so tief sinken können? Wo war Kasim geblieben mit seinem in Eintracht lebenden Viertel und der zum Wohle aller genutzten Stiftung? Wer oder was hatte diesen gierigen Verwalter und diese wahnsinnigen Wächter hervorgebracht?

Wenn die Pfeife in den Haschischspelunken kreiste, konnte man hören, wie die Männer zwischen Seufzern und Lachen sich manchmal davon erzählten, dass nach Kasims Tod Sadik die Verwaltung übernommen und ganz in dessen Sinn die Dinge gelenkt hatte. Allerdings gab es bereits damals einige Leute, die der Meinung waren, dass Hasan eher ein Recht auf diese Stellung zustände, denn zum einen war er mit Kasim verwandt gewesen, und zum anderen hatte er in der entscheidenden Schlacht die Wächter getötet. Sie stachelten Hasan sogar an, zu seinem unbesiegbaren Knüppel zu greifen, um sich durchzusetzen, aber er lehnte ab, über das Viertel wieder die Zeit brutaler Machtkämpfe zu bringen. Schon wieder war das Viertel gespalten, und einige von den Gabals und Rifaas wagten es nun, laut und in aller Öffentlichkeit zu sagen, was sie bisher nur insgeheim gedacht hatten. Als Sadik dann starb, enthüllten die bisher unterdrückten Wünsche ihr wahres, hässliches Gesicht und zeigten sich in all ihrer Bösartigkeit. Die Knüppel erwachten aus dem Schlaf, und Blut floss sowohl innerhalb als auch zwischen den Straßenteilen. Dann wurde der neu eingesetzte Verwalter getötet, und niemand hielt mehr die Zügel straff in den Händen, sodass Frieden und Sicherheit begraben wurden. Um die erbitterten Kämpfe zu beenden, sahen die Menschen schließlich keinen anderen Ausweg, als dem letzten Nachkommen des früheren Verwalters Rifat das Amt des Verwalters anzutragen. So übernahm also Kadri diesen Posten.

Die Straßenviertel waren wieder von ihrem alten Familienfanatismus beherrscht, jedes hatte wieder seinen Wächter. Erneut waren unter den Wächtern Kämpfe um die Führerschaft aufgebrandet, bis sich schließlich Saadallah durchsetzen konnte. Er zog ins Haus des Oberwächters und wurde die rechte Hand des Verwalters. Bei den Gabals konnte sich Jussuf als Wächter behaupten, bei den Rifaas hatte es Aggag und bei den Kasims Santuri geschafft. Anfangs legte der Verwalter noch darauf Wert, den Stiftungsanteil einigermaßen gerecht zu verteilen. Es wurde im Viertel weiter gebaut und erneuert. Aber schon bald siegte die Gier im Herzen des Verwalters, und wie zu erwarten gewesen war, eiferten ihm die Wächter darin nach. So kehrten sie also zur alten Ordnung zurück. Der Verwalter beanspruchte die Hälfte des Stiftungsvermögens für sich, den vier Wächtern gab er die andere Hälfte. Diese aber behielten den Anteil allein für sich und ließen all den anderen, die ein Recht darauf hatten, nichts zukommen. Damit nicht genug, gingen sie in ihrer Dreistigkeit so weit, diesen armen Menschen noch Schutzgelder aufzuerlegen. Die Folge war, dass das Bauen nicht weitergeführt und die Arbeit an manchen Häusern eingestellt wurde, obwohl sie nur zur Hälfte oder gar nur zu einem Viertel fertig waren. Es schien, dass alles wieder beim Alten war, abgesehen davon, dass aus dem Garabiteil der Kasimteil geworden war. Auch dort herrschte wieder ein Wächter, aber immerhin standen nun an der Stelle der ehemaligen Hütten und Ruinen Gehöfte. Jedenfalls lebten die Menschen im Viertel wieder genauso wie in den schwärzesten Zeiten, ohne Würde und ohne Ehre. Armut zehrte sie aus, Knüppel bedrohten sie, Schläge setzte es reichlich. Überall war es schmutzig, es wimmelte von Fliegen und Läusen. Die Zahl der Bettler, Betrüger und Krüppel nahm ständig zu. Gabal, Rifaa und Kasim waren nur noch Namen oder Figuren in Liedern, die berauschte Sänger zum Besten gaben. Jede Familie war auf »ihren« Mann stolz, und obwohl von keinem etwas geblieben war, stritten sie sich um die Bedeutung ihres Helden so heftig, dass es manchmal zu richtigen Kämpfen kam. Redewendungen tauchten auf, die bald in aller Munde waren. Betrat zum Beispiel jemand eine Haschischspelunke, dann pflegte er zu sagen: »Was nutzt das alles schon?«, womit natürlich nur das Leben im Allgemeinen, nicht aber das Haschisch gemeint war. Oder es hieß: »Wir alle haben ein gemeinsames Ende, den Tod. Besser, durch Allahs Hand zu sterben als durch die Knüppel der Wächter. Am besten ist es, sich zu betrinken oder am Haschisch zu berauschen.« Die Männer pflegten traurige Lieder zu singen, die aus den Fäden der Enttäuschung, Armut und Schmach gesponnen waren. Bisweilen stimmten sie auch schlüpfrige und zotige Verse an und schleuderten sie mit Freude vor allem jenen Frauen und Männern entgegen, die in einer dunklen Ecke Trost und Zerstreuung suchten. Immer wenn jemandem der Kummer unerträglich geworden war, sagte er: »Das Schicksal nimmt eben seinen Lauf, da nützt kein Gabal noch Rifaa noch Kasim. In dieser Welt sind wir Fliegen, in der jenseitigen Staub.« Seltsam, dass unser Viertel sich trotz allem den Ruf erhalten hat, das beste aller Viertel zu sein. Die Nachbarn zeigen noch immer bewundernd auf uns und sagen achtungsvoll: »Das ist das Gabalawi-Viertel!« Wir aber hocken bekümmert und niedergeschlagen in einem Winkel, als gäben wir uns mit den teuren, alten Erinnerungen zufrieden oder lauschten dem Gemurmel einer inneren Stimme, die uns zuraunt: »Es ist vielleicht doch nicht ganz unmöglich, dass morgen abermals geschieht, was gestern sich ereignete. Vielleicht können die Träume der Rabab noch einmal verwirklicht werden, sodass die Dunkelheit aus unserer Welt verschwindet.«

93

Eines schönen Tages, so gegen Nachmittag, konnte das Viertel einen seltsam aussehenden jungen Mann beobachten, der aus der Wüste kam. Ihm folgte eine Gestalt, die wie ein Zwerg aussah. Der junge Mann trug einen grauen Gilbab, der in der Hüfte von einem Gürtel zusammengehalten wurde. Sein Oberkörper war mit den verschiedensten Dingen behängt. An den Füßen trug er verschlissene, ausgeblichene Schuhe. Sein Kopf war unbedeckt, sodass der Wind sein dichtes, zottiges Haar zauste. Er hatte eine bräunliche Gesichtsfarbe, und sein Blick war durchdringend und beunruhigend zugleich. Die Art, wie er sich bewegte, verriet Selbstbewusstsein. Aber es ging auch viel Vertrauenerweckendes von ihm aus. Vor dem Großen Haus blieb er kurz stehen, dann ging er gemächlich weiter, von seinem Begleiter gefolgt. Alle Blicke richteten sich auf ihn, manch einer schien sich insgeheim zu sagen: »Ein Fremder in unserem Viertel? Was für eine Unverschämtheit!«

Dem jungen Mann konnte dies nicht verborgen bleiben, sah er doch den Gesichtern der Händler und Ladenbesitzer ebensolche Empörung an wie denen der Gäste der Kaffeehäuser und der Neugierigen an den Fenstern. Da selbst die Hunde und Katzen ihn anstarrten, glaubte er allmählich, dass selbst die Fliegen ihn voller Verachtung und Entrüstung mieden. Die kleinen Jungen schauten angriffslustig zu ihm hinüber, und während sich einige ihm näherten, brachten andere ihre Pfeile in Anschlag oder sammelten Steine auf. Er lächelte sie freundlich an, griff in eine Tasche und kramte Pfefferminz hervor. Während er es zu verteilen begann, kamen die Kinder fröhlich angelaufen. Sie lutschten die Pfefferminzstücke und starrten ihn bewundernd an. Immer noch lächelnd, sagte er: »Gibt es hier ein freies Zimmer, das ich mieten könnte? Los, Jungen, wer mir von euch eins zeigen kann, der bekommt eine ganze Tüte voll Pfefferminz von mir.«

Eine Frau, die vor einem der Gehöfte auf der Erde saß, mischte sich ein. »Da soll doch Unglück über Unglück über dich hereinbrechen! Wer bist du denn, dass du es wagst, hier in unserem Viertel wohnen zu wollen?«

Der Mann lachte. »Ich bin der dir ergebene Arafa, der genauso zu eurem Viertel gehört wie alle anderen und jetzt nach langer Abwesenheit zurückkehrt.«

Die Frau musterte ihn eingehend. »Wessen Sohn bist du, du Schössling deiner Mutter?«

Er lächelte sie noch gewinnender an. »Meine Mutter war die unvergessliche Gachscha. Kennst du sie etwa nicht, du Erste aller Frauen?«

»Gachscha? Die Wahrsagerin?«

»Genau die war es, von deren Fleisch und Blut ich bin.«

Eine andere Frau, die an die Mauer gelehnt saß und einem vor ihr hockenden Jungen den Kopf entlauste, sagte: »Als du klein warst, bist du deiner Mutter immer hinterhergelaufen. Ich erinnere mich gut an dich. Du siehst völlig anders aus, nur die Augen sind dieselben.« Sofort pflichtete ihr die Erste bei: »Ja, tatsächlich! Wo ist deine Mutter? Gestorben? Allah sei ihr gnädig! Wie oft habe ich vor ihrem Korb gesessen und sie über das Verborgene und Unsichtbare ausgefragt! Während ich leise die Formeln flüsterte, hat sie die Muschelschalen geworfen und die Zukunft vorausgesagt. Allah erbarme sich deiner, meine Gachscha!«

Der junge Mann wirkte nun erleichtert. »Möge Allah dir ein langes Leben schenken«, wünschte er ihr freundlich und fuhr fort: »Würdest du mir vielleicht ein freies Zimmer zeigen?«

Die Alte sah ihn mit müdem, triefigem Blick an. »Was hat dich denn nach so langer Zeit zurückgeführt?«

»Einen jeden bringt das Leben in sein Viertel und zu seiner Familie zurück«, antwortete er im Tonfall eines alten Weisen.

Die Frau wies auf eins der Gehöfte im Rifaateil. »Dort ist eine Wohnung frei. Die Frau, die dort wohnte, ist bei einem Brand umgekommen, Allah sei ihr gnädig. Oder macht dir das Angst?« Eine Frau, die aus dem Fenster schaute, musste über die Frage lachen. »So wie der aussieht«, erklärte sie, »fürchten sich die Dämonen vor ihm!«

Er sah zu ihr hinauf und lachte fröhlich zurück. »O du mein reizendes Viertel! Was sind das doch für gewitzte Menschen hier! Jetzt weiß ich, warum mir meine Mutter vor ihrem Tod den Rat gegeben hat, hierher zurückzukehren.« Er blickte auf die Frau hinunter, die auf dem Boden hockte. »Jedem von uns ist der Tod beschieden, da ist es gleich, ob er verbrennt, ertrinkt, von einem bösen Geist besessen ist oder durch einen Knüppel umkommt.« Er hob die Hand zum Gruß und ging zum Gehöft hinüber, auf das sie gezeigt hatte. Viele Blicke folgten ihm. Ein Mann sagte: »Nun wissen wir zwar, wer seine Mutter, nicht aber, wer sein Vater ist.«

»Da hat Allah einen Schleier drübergelegt«, antwortete die Alte. Einer der Umstehenden warnte: »Er könnte behaupten, ein Sohn der Gabals, der Rifaas oder Kasims zu sein, je nachdem, wie es ihm nützt. Allah sei seiner Mutter gnädig!«

Auf dem Weg zum Gehöft flüsterte Arafas Gefährte ihm leise zu: »Warum wolltest du, dass wir in dieses Viertel zurückkehren?«

Arafa lächelte still vor sich hin. »Das fragst du überall, wo wir hinkommen. Auf jeden Fall ist das unser Viertel und damit der einzige Platz, wo wir hingehören. Wir sind zur Genüge auf Märkten herumgezogen und haben die Nase voll davon, in der Wüste und in Ruinen zu schlafen. Außerdem sind die Menschen hier angenehm, auch wenn sie giftige Zungen haben. Es sind nette Dummköpfe, selbst wenn einige mit ihren Knüppeln drohen. Es wird uns hier nicht schwerfallen, den Lebensunterhalt zu verdienen, vergiss das nicht, Hanasch!«

Hanasch zuckte mit den schmalen Schultern, als wollte er sagen: Überlassen wir das Allah.

Ein Mann, der zu viel getrunken hatte, stellte sich ihnen in den Weg. »He, du«, pöbelte er Arafa an, »wie sollen wir dich nennen?«

»Ich heiße Arafa.«

»Und dein Familienname?«

»Arafa, Sohn von Gachscha.«

Angesichts der Schande, dass Arafa nicht den Namen seines Vaters nennen konnte, brüllten die Umherstehenden vor Lachen laut los. Der Betrunkene war hartnäckig. »Wie oft haben wir uns damals, als deine Mutter schwanger war, gefragt, wer wohl der Vater sein könnte. Hat sie dir wenigstens die Wahrheit gesagt?«

Um nicht zu zeigen, wie verletzt er war, lachte Arafa noch lauter als die anderen. »Sie starb, bevor sie es selbst wusste«, sagte er und ging weiter, gefolgt vom Gelächter.

Die Nachricht seiner Ankunft im Viertel verbreitete sich wie ein Lauffeuer in allen Straßenteilen. Noch bevor er die Wohnung gemietet hatte, kam der Gehilfe aus dem Rifaaschen Kaffeehaus herbeigeeilt, um ihm mitzuteilen, dass Meister Aggag, der Wächter der Rifaas, ihn sprechen wollte. Arafa entschloss sich, erst einmal zu ihm zu gehen. Das Kaffeehaus befand sich im Nachbargehöft, und als er dort ankam, fielen ihm schon von draußen die Bilder an der Rückwand, über dem Sitz des Sängers, auf. Da war zuunterst ein Bild von Aggag, wie er auf sein Pferd stieg. Dann zeigte eins den Verwalter Kadri, mit dickem Schnurrbart und vornehmer Abaja. Über diesen beiden Bildern hing ein drittes, auf dem zu sehen war, wie Gabalawi den toten Rifaa aus einer Grube hob, um ihn auf den Armen fortzutragen. Arafa schaute sich die Bilder zwar nicht lange, aber sehr genau an. Schließlich trat er ein. Aggag saß auf einem Sofa, das an der rechten Wand, genau in der Mitte, stand. Um ihn herum hatten sich seine Gefolgsleute gruppiert. Arafa ging zu ihm hinüber. Nun, da er vor dem Wächter stand, maß ihn dieser mit einem langen, verächtlichen Blick, als wollte er ihn erst einschläfern, bevor er sich auf ihn stürzte. Arafa hob grüßend beide Hände an den Kopf und sagte: »Segensreiche Grüße für unseren Wächter, von dem wir beschützt werden und dessen Nähe uns glücklich macht!«

Aggag kniff die Augen zusammen und erwiderte spöttisch:

»Hübsch gesagt, junger Mann, aber Worte allein sind hier keine gültige Währung.«

Arafa lächelte höflich. »So der Herr will, kommt die richtige Währung schon in kürzester Zeit.«

»Bettler gibt es bei uns mehr als nötig.«

»Ich bin kein Bettler«, antwortete Arafa, und in seiner Stimme schwang Stolz. »Ich bin ein Magier, dessen Können schon Hunderte anerkannt haben.«

Die Männer sahen sich erstaunt an, Aggag runzelte die Stirn. »Was meinst du damit, du Sohn der verrückten Gachscha?«

Arafa griff in eine Tasche der Abaja und holte eine kleine Dose heraus. Als er sie Aggag demutsvoll hinüberreichte, nahm dieser sie gleichgültig entgegen und öffnete sie. In dem Döschen befand sich eine schwarze Masse. Als der Wächter fragend zu Arafa aufschaute, erklärte dieser selbstsicher: »Nimm davon zwei Stunden vor dem Beischlaf ein einziges Körnchen – entweder bist du dann sehr zufrieden mit dem dir ergebenen Arafa, oder du kannst ihn auf der Stelle und von Flüchen begleitet aus dem Viertel jagen.«

Neugierig streckten sich alle Hälse vor, selbst Aggag konnte nicht verbergen, dass ihn die Sache zu interessieren begann. Trotzdem zeigte er sich nach außen hin gleichgültig. »Und das ist deine ganze Zauberei?«

»Ich besitze natürlich auch seltene Räucheressenzen und wunderbare Rezepturen. Bei mir findet sich alles – Medizin, Heiltränke, Amulette. Wessen ich wirklich fähig bin, das wird sich erst zeigen, wenn ich Kranke, Unfruchtbare und Sieche behandle.«

»Bei Allah, genug davon! Da können wir uns ja auf reichliches Schutzgeld freuen«, erwiderte Aggag mit drohendem Unterton.

Bei diesen Worten wurde Arafa beklommen zumute, weshalb er noch mehr bemüht war, ruhig und gelassen zu wirken. »Alles, was ich besitze, steht dir zur Verfügung, Meister.«

Aggag lachte plötzlich los. »Aber du hast uns immer noch nicht gesagt, wer dein Vater ist.«

»Vielleicht weißt du es besser als ich?«

Das Kaffeehaus barst vor Gelächter. Die von Rauchschwaden erfüllte Luft war vom Lärm spöttischer Bemerkungen getränkt. Arafa ging hinaus. Hasserfüllt sagte er sich insgeheim: »Wer weiß schon wirklich, wer sein Vater ist! Das gilt genauso für dich, Aggag! Diese Hundesöhne!« Dann aber freute er sich mit Hanasch über die neue Wohnung. »Sie ist größer, als ich gedacht hatte. Sie ist genau richtig für uns, Hanasch. Vorn empfangen wir Besucher, im kleinen Raum hinten schlafen wir, und in dem anderen Zimmer arbeiten wir.«

»In welchem Zimmer ist die Frau wohl verbrannt?«, fragte Hanasch beunruhigt.

Arafa lachte laut auf, sodass es von den leeren Wänden widerhallte. »Fürchtest du dich etwa vor Dämonen, Hanasch? Wir arbeiten doch mit ihnen zusammen, so wie Gabal mit den Schlangen.« Er sah sich zufrieden um. »Nur das Zimmer, das zur Straße hinausgeht, hat ein Fenster. Die Straße sehen wir zwar nur von unten und durch Eisengitter, aber dieses Grab bietet den unschätzbaren Vorteil, dass nichts gestohlen werden kann.«

»Aber es könnte eingebrochen werden.«

»Das könnte es.« Arafa seufzte. »Dabei gereicht doch alles, was ich besitze, den Menschen nur zum Vorteil. Trotzdem habe ich in meinem ganzen Leben nur Kränkungen erfahren.«

»Wenn du erst einmal Erfolg hast, dann wird dich das für all den Kummer entschädigen, der dir und deiner Mutter früher angetan wurde.«

94

Es machte Arafa Spaß, in seiner freien Zeit auf dem alten Sofa am Fenster zu sitzen und hinauszuschauen. Er stand mit der Stirn an die Gitterstäbe gelehnt und betrachtete alles, was sich vor ihm auf ebener Erde bewegte – Füße, Räder, Hunde, Katzen, Insekten, Kinder. Wollte er das Gesicht oder die Brust eines Menschen sehen, dann ging dies nur, wenn er sich duckte, den Kopf vorstreckte und nach oben blickte. Gerade stand ein nacktes Kind vor ihm, das mit einer toten Maus spielte. Dann kam ein alter blinder Mann vorbei, der in der linken Hand ein Tablett trug, auf dem, von Fliegen bedeckt, gekochte Bohnen, Melonenkerne und Süßigkeiten standen. Mit der rechten Hand stützte er sich auf einen dicken Stock. Aus einem der gegenüberliegenden Fenster erscholl lautes Geheul, und als er hinüberschaute, sah er, dass sich dort zwei Männer verbissen prügelten.

Arafa lächelte dem nackten Kind zu und fragte freundlich: »Wie heißt du, pfiffiges Kerlchen?«

»Una.«

»Du meinst Hassuna. Gefällt dir die tote Maus, Hassuna?«

Der kleine Junge warf sie zu ihm hinunter, und wenn nicht die Gitterstäbe gewesen wären, hätte Arafa das Tier ins Gesicht bekommen. Das Kind rannte, so gut es irgend konnte, auf unsicheren, stolpernden Füßen davon.

Arafa drehte sich zu Hanasch um, der eingenickt war. »In jeder Ecke und in jedem Winkel dieses Viertels kannst du einen Beweis dafür finden, dass es hier Wächter gibt. Aber du wirst nirgendwo eine Spur entdecken, die darauf hinweist, dass hier Menschen wie Gabal, Rifaa und Kasim gelebt haben.«

Hanasch gähnte. »Zu sehen sind nur solche wie Saadallah, Jussuf, Aggag und Santuri«, sagte er. »Von Gabal, Rifaa und Kasim hingegen hören wir nur.«

»Aber es gab sie doch, oder nicht?«

Hanasch wies mit dem Finger auf den Fußboden. »Diese Wohnung hier gehört zu einem Rifaagehöft, alle Bewohner sind Rifaas Anhänger. Jeden Abend bestätigt ihnen die Rabab, dass er um der Liebe und des Glücks willen lebte und starb. Trotzdem hören wir als Erstes, kaum dass wir morgens die Augen aufgeschlagen haben, wie sie sich gegenseitig beschimpfen und miteinander streiten. So sind sie eben, Frauen und Männer unterscheiden sich da in nichts.«

Arafa verzog unwillig den Mund. »Aber sie haben doch gelebt!«

»Die gegenseitigen Beschimpfungen«, fuhr Hanasch fort, »sind gar nichts im Rifaateil. Erst die Prügeleien! Da kann man nur hoffen, dass Allah einen vor so etwas bewahrt! Noch gestern hat einer der Leute bei einer solchen Schlägerei sein Auge verloren.«

Arafa sprang wütend auf. »Ein eigenartiges Viertel! Möge sich Allah meiner armen Mutter erbarmen! Nimm nur uns als Beispiel. Alle haben durch uns Nutzen, aber kein Einziger bringt uns Achtung entgegen.«

»Sie achten überhaupt niemanden.«

Zähneknirschend sagte Arafa: »Nur die Wächter, die achten sie!«

Lachend erwiderte Hanasch: »Zumindest bist du hier im Viertel der Einzige, der mit den Leuten aus allen Straßenteilen zu tun hat.«

»Der Fluch soll sie alle treffen!« Arafa schwieg einen Augenblick. Zornig blitzten seine Augen. »Dumm und ungebildet, wie sie sind, prahlt hier jeder mit seinem Helden. Sie sind auf jene Männer stolz, von denen nichts außer dem Namen geblieben ist. Noch nie haben sie versucht, auch nur einen einzigen Schritt über diese verlogene Prahlsucht hinauszugehen! Alle sind feige Hundesöhne!«

Der erste Kunde, der ihn gleich in der Woche nach dem Einzug aufgesucht hatte, war eine Frau von den Rifaas gewesen. Mit gedämpfter Stimme hatte sie ihn gefragt: »Wie kann man sich einer Frau entledigen, ohne dass es jemand merkt?«

Arafa war zutiefst erschrocken und hatte sie befremdet angesehen. »Für so etwas bin ich nicht zuständig«, hatte er geantwortet. »Wenn du Medizin für den Leib oder die Seele brauchst, kann ich dir helfen.«

»Aber bist du denn kein Zauberer?«, hatte sie mit deutlichem Vorwurf gefragt.

»Ja, aber das gilt nur für Dinge, die den Menschen Gutes tun. Was Mord betrifft, so gibt es dafür andere Leute.«

»Hast du vielleicht Angst? Wir beide wären doch die Einzigen, die um das Geheimnis wüssten!«

Arafa war freundlich geblieben, konnte aber einen gewissen Spott nicht unterdrücken. »Rifaa war nicht so gewesen.«

Empört hatte die Frau gerufen: »Rifaa! Möge er Barmherzigkeit finden! Wir leben hier in einem Viertel, in dem Güte nichts nützt. Wenn sie jemals zu etwas nützlich gewesen wäre, dann hätte man Rifaa nicht umgebracht.«

Jeder Hoffnung beraubt, dass er ihr helfen würde, hatte sie ihn verlassen. Ihm tat seine Entscheidung nicht leid. Selbst Rifaa, einer der besten Menschen, war in diesem Viertel nicht sicher gewesen. Wie hätte er auf Sicherheit hoffen können, wenn er seine Arbeit mit einem Verbrechen begonnen hätte? Und wie hatte seine Mutter leiden müssen, obwohl sie nie einem Menschen Schaden zugefügt hatte! Nein, er musste versuchen, mit allen Menschen auf gutem Fuß zu stehen, wie es sich für einen geschickten Geschäftsmann gehörte.

Arafa gewöhnte sich an, regelmäßig die Kaffeehäuser aufzusuchen. Schon bald traf er überall Männer wieder, die er bereits als Kunden kennengelernt hatte. Er hörte in den verschiedenen Straßenteilen so oft den Geschichten der Rabab zu, dass diese nach und nach in seinem Kopf durcheinandergerieten.

Der Erste, der von den Kasims zu ihm kam, war ein schon älterer Mann. Verlegen lächelnd, war er dicht an ihn herangetreten und hatte leise gesagt: »Wir haben von dem Geschenk gehört, das du dem Wächter der Rifaas, Aggag, überreicht hast.« Da Arafa nicht antwortete, sondern nur aufmerksam lächelte und dabei das runzlige Gesicht des Alten betrachtete, fuhr er fort: »Schenk uns, was du davon noch hast, und wundere dich nicht über diesen Wunsch. Ich bin durchaus noch nicht zu alt dafür.« Wie zwei heimlich Verbündete lächelten sie sich zu. Ermutigt fuhr der Alte fort: »Du bist einer von den Kasims, nicht wahr? Jedenfalls halten dich die Leute unseres Straßenteils für einen der Ihren.«

»Wissen sie denn, wer mein Vater ist?«, fragte Arafa spöttisch.

Der Alte blieb ernst. »Einen der Kasims erkennt man an seinem Gesichtsausdruck, deshalb ist klar, dass du einer bist. Wir waren es, die dem ganzen Viertel ein Übermaß an Gerechtigkeit und Heil gebracht hatten. Aber leider ist das Unglück erneut zurückgekehrt.« Dann erinnerte er sich wieder an den eigentlichen Grund seines Kommens. »Das Geschenk, bitte.« Als der Alte ging und dabei das Döschen dicht vor die kranken Augen hielt, schwangen in seinem schlürfenden Schritt neue Kraft und Hoffnung mit.

Unlängst war ein Mann gekommen, dessen Besuch für Arafa eine völlige Überraschung war. Als er gerade gemütlich im Besuchszimmer auf dem Kissen vor dem Kohlebecken saß, von dem feiner Rauch aufstieg, betrat Hanasch mit einem bejahrten Nubier den Raum und stellte den Besucher gleich vor: »Meister Junus, der Torwärter des Herrn Verwalters.«

Arafa war sofort aufgesprungen, reichte ihm freundlich die Hand und sagte dabei immer wieder: »Willkommen, herzlich willkommen, was für eine Ehre! Bitte, mein Herr!«

Nachdem sich beide gesetzt hatten, erklärte der Nubier ohne Umschweife: »Die Gattin des Herrn Verwalters, Frau Nasira, träumt so schlimme Sachen, dass sie nicht mehr richtig schlafen kann.«

In Arafas Augen blitzte Interesse auf, und bei dem Gedanken, dass all seine Hoffnung und sein Ehrgeiz nun vielleicht verwirklicht werden könnten, klopfte sein Herz aufgeregt. »Das wird bestimmt bald vorübergehen«, sagte er scheinbar ganz ruhig.

»Aber Frau Nasira ist sehr beunruhigt und schickt mich deshalb zu dir, damit du ihr etwas Passendes gibst.«

Ein Gefühl unendlichen Glücks und unermesslichen Stolzes überflutete Arafa, war er doch bisher von allen nur als Landstreicher angesehen und gedemütigt worden. »Das Beste wird sein, wenn ich mit ihr selbst spreche.«

»Unmöglich!«, entgegnete der Torwärter scharf. »Weder wird sie zu dir kommen, noch wird sie dich empfangen.«

Fest entschlossen, die goldene Gelegenheit nicht verstreichen zu lassen, erwiderte Arafa: »Dann brauche ich wenigstens ein Tuch oder sonst irgendetwas Persönliches.«

Der Nubier senkte grüßend den von einem Turban gezierten Kopf und erhob sich. Als die beiden Männer die Tür erreicht hatten, zögerte er ein wenig und flüsterte Arafa zu: »Wir haben von dem Geschenk gehört, das du Aggag, dem Wächter der Rifaas, gegeben hast.«

Nachdem auch er mit einem kleinen Döschen verschwunden war, lachten Arafa und Hanasch laut los. »Wem«, fragte Hanasch kichernd, »wird er wohl das Geschenk geben? Dem Herrn Verwalter, dessen Gattin oder sich selbst?«

»Ach, du Viertel der Geschenke und Knüppel!«, rief Arafa voll Spott. Er trat ans Fenster und schaute in die Nacht hinaus. Die gegenüberliegende Mauer sah aus wie vom Licht des Mondscheins versilbert. Die Grillen zirpten. Vom Kaffeehaus drang die Stimme des Sängers herüber: »Und Adham fragte: ›Wann endlich wirst du zu der Einsicht kommen, dass nichts uns miteinander verbindet?‹ Idris sagte: ›Der Himmel sei uns gnädig, bin ich denn nicht dein Bruder? Das ist ein Band, das man nicht einfach zerschneiden kann.‹ – ›Idris! Es reicht, was du mir bisher schon angetan hast!‹ – ›Trauer ist etwas Hässliches, aber wir sind ja beide davon betroffen. Du hast Humam und Kadri verloren, ich habe Hind nicht mehr. Nun hat also der mächtige Gabalawi eine hurende Enkelin und einen ermordeten Enkel.‹ Adham stöhnte: ›Wenn alles, was du tust, genauso gemein ist wie das, was du mir angetan hast, um mich zu strafen, dann soll die Welt doch gleich untergehen!‹«

Verdrossen trat Arafa vom Fenster zurück. Wann endlich würde das Viertel aufhören, immer wieder die alten Geschichten zu erzählen? Wann endlich würde diese Welt untergehen? Die Mutter hatte oft gesagt: »Wenn all die Schande keine Strafe findet, dann soll die Welt im Staub versinken.« Die arme Mutter, die nun für immer in der Wüste ruht. Was hast du, unser Viertel, von all den Geschichten nur gehabt?

95

Arafa und Hanasch arbeiteten angestrengt im hinteren Raum, der von einer Gaslampe an der Wand schwach erleuchtet wurde. Da dieses kleine Zimmerchen feucht und dunkel war, hatte Arafa beschlossen, hier seinen Arbeitsplatz einzurichten. Auf dem Fußboden und in den Ecken standen und lagen die unterschiedlichsten Dinge – papierne Amulette, Sand, Kalk, Pflanzen, Gewürze, getrocknete Insekten und Mäuse, Kröten und Skorpione. Dann waren da Glasscherben, langhalsige Flaschen, Wasserkanister, seltsame Essenzen mit durchdringendem Geruch, Kohlestücke und ein Ofen. An den Wänden waren Regale befestigt, vollgepackt mit den verschiedensten Behältern, Dosen und Beuteln. Arafas ganze Aufmerksamkeit war gerade davon in Anspruch genommen, in einem irdenen Gefäß mehrere Substanzen zu vermischen und sie kräftig durchzurühren. Da ihm vor lauter Anstrengung der Schweiß von der Stirn lief, wischte er die Tropfen von Zeit zu Zeit mit dem Ärmel seines Gilbabs ab. Hanasch hatte sich ein Stückchen weiter niedergelassen und sah ihm gespannt zu. Er schien ständig auf dem Sprung zu sein, um auf ein Zeichen hin zu helfen. Als wollte er Arafa trösten und ihm etwas Freundliches sagen, meinte er: »Nicht einmal der Mensch, der in diesem elenden Viertel am härtesten arbeitet, muss sich so plagen wie du. Und wofür tust du das alles? Für ein paar Millim oder, wenn es hochkommt, für einen Piaster.«

»Möge Allah sich meiner lieben Mutter erbarmen! Niemand anders als ich weiß um ihre Verdienste. Der Tag, an dem sie mir die wunderbare Magie übergab, mit deren Hilfe ich endlich meine Gedanken ordnen konnte, hat mein Leben von Grund auf verändert. Ohne meine Mutter wäre ich bestenfalls zum Taschendieb oder Bettler geworden.«

»Trotzdem«, beharrte Hanasch, »erhalten wir für alles nur ein paar Millim.«

»Wenn man Geduld hat, wird das Geld schon noch kommen. Du darfst die Hoffnung nicht verlieren. Man kann auch ohne brutale Gewalt reich werden. Du darfst nicht vergessen, welch hohes Ansehen ich hier genieße. Die Leute, die mich aufsuchen, vertrauen mir völlig und legen ihr Glück ganz in meine Hände. Das ist nicht gerade wenig. Außerdem musst du dir vor Augen halten, dass die Magie allein Spaß macht. Es ist etwas Wunderbares, wenn man aus irgendeinem niederen, unreinen Material etwas Nützliches herstellt. Es macht Freude, wenn ein Mensch geheilt ist, nachdem er deine Anordnungen befolgt hat. Und dann sind da die vielen unbekannten Kräfte, die du entdecken und beherrschen möchtest.«

Hanasch sah nachdenklich zum Ofen hinüber und unterbrach plötzlich den Redefluss seines Freundes. »Das Beste wird sein, wenn ich den Ofen im Lichtschacht aufstelle. Sonst ersticken wir noch.«

»Stell ihn meinetwegen in die Hölle, aber unterbrich mich nicht in meinen Gedanken! Keiner von diesen Einfaltspinseln hier im Viertel, die sich so außerordentlich gescheit dünken, kann überhaupt erfassen, wie wichtig die Dinge sind, die in diesem dunklen, schmutzigen Raum, voll der seltsamsten Gerüche, vor sich gehen. Was sie begriffen haben, ist die Nützlichkeit dessen, was sie ›Geschenk‹ nennen. Aber das ist noch lange nicht alles! Hier in diesem Raum geschehen Wunder, wie sie sich keiner, sogar in seinen kühnsten Träumen nicht, vorstellen kann. Aber diese Verrückten erfassen überhaupt nicht Arafas wirklichen Wert. Vielleicht werden sie es eines Tages tun, dann müssen sie Allahs Gnade für meine Mutter erflehen und dürfen ihr Ansehen nicht länger in den Schmutz ziehen, wie sie dies jetzt noch tun.«

Hanasch hatte sich halb aufgerichtet. »All diese schönen Dinge könnte einer von diesen blöden Wächtern mit seinem Knüppel zerstören.«

»Wir schaden doch niemandem«, brauste Arafa auf. »Wir zahlen sogar das Schutzgeld. Warum sollte uns da jemand etwas tun, du Schwarzmaler?«

Hanasch musste lachen. »Welche Schuld hatte denn Rifaa auf sich geladen, dass er sterben musste?«, verteidigte er sich.

Ein strenger Blick strafte ihn. »Warum belastest du mich mit solchen Fragen?«

»Du hoffst darauf, zu Geld zu kommen. Aber hier werden nur die Wächter reich. Du denkst, dass du einmal mächtig wirst, aber das steht nur den Wächtern zu. Nun rechne dir mal deine Möglichkeiten aus, Bruder.«

Arafa blieb die Antwort schuldig, weil er sich erst vergewissern wollte, ob die Mischung der Substanzen stimmte. Dann schaute er zu Hanasch hinunter, sah, dass der immer noch solch ein ängstlich warnendes Gesicht machte, und musste lachen. »Meine Mutter hat mich schon lange zur Vorsicht vor dir ermahnt. Also vielen Dank, Hanasch, du Nervensäge. Als ich ins Viertel zurückkehrte, hatte ich bereits meinen Plan im Kopf.«

»Dich scheint nichts weiter zu interessieren als deine Zauberei.«

Fröhlich, als wäre er im Rausch, erklärte Arafa: »Magie ist wirklich eine wunderbare Sache. Keine Grenze ist ihrer Macht gesetzt, kein Mensch kann wissen, wie weit er kommen wird. Verglichen mit der Magie, sind die Knüppel der Wächter geradezu ein Spielzeug. Du musst lernen, Hanasch! Sei kein Dummkopf! Stell dir vor, wie es wäre, wenn alle Kinder unseres Viertels die Magie beherrschten!«

»Wenn die Leute hier alle Zauberer wären, würden sie vor Hunger sterben!«

Arafa lachte laut los. Seine weißen, starken Zähne blitzten. »Stell dich nicht so dumm, Hanasch, sondern frage dich lieber, was die Menschen dann alles machen könnten. Bei Allah, Wunder würde es im Viertel in Hülle und Fülle geben, so wie es jetzt nur Beschimpfungen und Beleidigungen gibt.«

»Das ja, aber unter der Bedingung, dass die Leute zuvor nicht längst verhungert sind.«

»Sie werden nicht sterben, wenn sie nicht ...« Er schien über etwas so angestrengt nachzudenken, dass er mitten im Satz zu sprechen und zu rühren aufhörte. Nach einer Weile fuhr er fort: »Der Sänger von der Kasimfamilie hat unlängst von Kasim berichtet, der die Stiftung so nutzen wollte, dass jeder genug zum Leben hat und nicht mehr arbeiten muss. Jeder könnte dann in dem reichen Glück schwelgen, von dem Adham träumte.«

»So sagte Kasim.«

Arafas Augen blitzten. »Aber Reichtum ist nicht das höchste Ziel! Stell dir nur mal vor, wenn du das ganze Leben in Reichtum und Müßiggang verbringen müsstest! Das ist ein schöner, aber gleichwohl völlig lächerlicher Traum, Hanasch. Das Schönste wäre, wenn wir ohne schwere Arbeit nur noch Wunder vollbringen könnten.«

Hanasch schüttelte empört den großen, schweren Kopf, der auf die Schultern aufgepfropft zu sein schien, weil der Hals zu kurz geraten war. Das alles war für ihn völlig sinnloses Geschwätz. »Lass mich jetzt lieber den Ofen im Lichtschacht aufstellen«, sagte er, und seiner Stimme war anzuhören, dass er es vorzog, wieder zu den ernsten Dingen des Lebens überzugehen.

»Tu das, und steck dich selbst gleich ins Feuer, denn etwas anderes verdienst du nicht.«

Nach ungefähr einer Stunde beendete Arafa die Arbeit und setzte sich auf das Sofa, um hinauszuschauen. Nach der langen Zeit des stillen Arbeitens tönten ihm nun die Ohren vom Lärm des alltäglichen Lebens auf der Straße. Das Geschrei der Händler vermischte sich mit dem Geschnatter der Frauen. Laute Witze wechselten mit gegrölten Schimpfwörtern. Das alles begleitete den nicht abreißenden Strom von Kommenden und Gehenden. Plötzlich fiel ihm auf, dass sich auf der gegenüberliegenden Straßenseite etwas verändert hatte. Jemand hatte ein schnell auf- und abzubauendes Kaffeehaus errichtet, das aus nichts weiter bestand als einem Gestell, bedeckt von einer alten Milaja. Der Mann hatte eine Menge Kaffee-, Tee- und Zimtbüchsen hingestellt, dazu einen Ofen. Rundherum standen

Kännchen, Tassen, Gläser, lagen Löffel. Vor dem Ofen hockte ein alter Mann auf der Erde, der dem Feuer Luft zufächelte, um das Wasser zum Kochen zu bringen. Hinter dem Gestell stand ein Mädchen in schönstem Alter, das mit weicher, warmer Stimme rief: »Bester Kaffee, ihr Burschen!« Das neue Kaffeehaus lag genau an der Stelle, wo der Rifaa- und Kasimteil aneinandergrenzten. Die meisten Kunden schienen Karrenhändler und arme Teufel zu sein. Arafa ließ sich Zeit und schaute das Mädchen lange und genau an. Das dunkelhäutige Gesicht und der Kopf waren von einem schwarzen Schleier verhüllt, trotzdem konnte er sehen, dass sie ausgesprochen hübsch war. Der dunkelbraune Gilbab bedeckte ihren Körper vom Hals bis zu den Füßen, und wenn sie zu einem Kunden ging oder mit einem leeren Glas von ihm zurückkehrte, schleifte der Saum des Gilbabs auf dem Boden. Dieses Gewand sprach davon, dass sie Scham und Anstand hatte. Wie schlank sie war, und welch hübsche, honigbraune Augen sie hatte! Nur dass das linke Augenlid gerötet war, störte ein wenig. Entweder war es entzündet, oder es war Schmutz ins Auge gekommen. Die Ähnlichkeit mit dem Mann war so stark, dass sie nur die Tochter sein konnte. Er war offensichtlich in hohem Alter Vater geworden, was in unserem Viertel ja des Öfteren vorkam. Ohne noch länger zu zögern, rief Arafa: »He, du, Mädchen, eine Tasse Tee, bitte!«

Sie blickte in seine Richtung und goss dann schnell aus einem bis zur Hälfte in Asche eingegrabenen Krug Tee in ein Glas.

Nachdem sie herübergelaufen war und ihm das Glas gereicht hatte, sagte Arafa: »Mögest du ein gutes Leben haben! Wie viel kostet das?«

»Zwei Millim.«

»Das ist viel, aber für dich ist mir nichts zu teuer.«

»Aber im großen Kaffeehaus kostet ein Tee mehr als das Doppelte, und der ist nicht besser als unserer«, widersprach sie ihm. Ohne seine Antwort abzuwarten, ging sie weg.

Arafa trank den Tee, bevor er abkühlte, und ließ dabei keinen Blick von ihr. Wie glücklich wäre er, wenn er solch ein junges

Mädchen sein Eigen nennen dürfte. Alles stimmte an ihr, nur das entzündete Auge störte, aber nichts leichter, als es zu behandeln. Allerdings müsste er für einen Antrag viel mehr Geld haben, als er im Augenblick besaß. Ein Schlafzimmer stände zur Verfügung, Hanasch brauchte ja nur im Vorraum oder im Besucherzimmer sein Lager aufzuschlagen, vorausgesetzt, er säuberte es von den Wanzen.

Durch ein seltsames Gemurmel aufmerksam gemacht, sah er, dass die Leute auf der Straße ans obere Ende des Viertels schauten. Er konnte hören, dass einige Santuris Namen nannten, und beugte sich so weit vor, wie es ging. Der Wächter kam, umringt von einer Schar von Helfern, die Straße entlang. Als er an dem neu errichteten Kaffeehaus vorbeiging und sein Blick auf das Mädchen fiel, fragte er einen seiner Männer: »Wer ist das?«

»Das ist Awatif, die Tochter von Meister Schakrun.«

Santuri war offensichtlich angenehm überrascht, seine Augenbrauen zuckten bewegt. Dann entfernte er sich in seinen Straßenteil. Arafa spürte Ärger und Unruhe in sich aufsteigen. Er winkte mit dem leeren Glas dem Mädchen. Sie kam schnell gelaufen und nahm das Glas und das Geld. Er nutzte den Augenblick, wies in die Richtung, in der Santuri verschwunden war, und fragte: »Hast du dich vielleicht belästigt gefühlt?«

»Ich werde dich bitten, mir zu helfen, wenn es nötig ist. Aber würdest du mir überhaupt helfen?«

Dass sie über ihn spottete, tat ihm weh. Schlimmer aber war, dass sie dabei nicht trotzig, sondern eher traurig aussah. Er ärgerte sich noch mehr. Da aber rief Hanasch nach ihm. Er sprang auf und ging in den hinteren Raum.

96

Im Laufe der Zeit konnte Arafa immer mehr Besucher empfangen. Aber nie war seine Freude größer als an jenem Tag, an dem er im Empfangszimmer Awatif sitzen sah. Er vergaß völlig das würdevolle Gehabe des Meisters, das er sich den Kunden gegenüber angewöhnt hatte, und sprang auf, um sie auf das Herzlichste zu begrüßen. Er bat sie, auf einem Polster Platz zu nehmen, hockte sich selbst im Schneidersitz auf sein Kissen und empfand, dass die Welt nicht genug Raum für seine übergroße Freude hatte. Sein Blick umfasste sie voller Wärme und verharrte auf ihrem linken Auge, das wegen der Entzündung stark angeschwollen war. Vorwurfsvoll sagte er: »Du hast dich um das Auge nicht gekümmert, mein Fräulein. Als ich dich zum ersten Mal sah, war es nur gerötet.«

»Ich dachte, es reicht, wenn ich es mit heißem Wasser spüle«, antwortete sie schuldbewusst. »Wenn man wie ich die ganze Zeit arbeitet, vergisst man so etwas leicht.«

»Deine Gesundheit darfst du nicht vernachlässigen, vor allem dann nicht, wenn es um so etwas Wertvolles wie dein hübsches Auge geht.« Erfreut über diese Schmeichelei, lächelte sie, Arafa griff hinter sich ins Regal, entnahm ihm einen Krug und kramte ein kleines Päckchen daraus hervor. »Tu dies in ein Tuch«, erklärte er, »und halte es über heißen Wasserdampf. Dann lege es nachts auf das Auge, damit es wieder genauso schön wird wie das andere.«

Awatif nahm das Päckchen, holte eine Geldbörse aus ihrer Tasche und schaute ihn mit dem gesunden Auge fragend an.

»Nein, nein«, wehrte er ab, »das musst du nicht. Wir sind Nachbarn und somit Freunde.«

»Aber du bezahlst doch auch immer den Tee!«

»Ich gebe deinem Vater das Geld«, wich er geschickt aus. »Was für ein ehrwürdiger Mann er ist. Es tut mir ungeheuer leid, dass er in diesem hohen Alter noch gezwungen ist zu arbeiten.«

»Aber seine Gesundheit ist gut«, sagte sie stolz. »Er will nicht einfach zu Hause herumsitzen. Dass er schon so alt ist, macht ihn traurig. Er gehört noch zu denen, die die Vorfälle zu Kasims Zeit als Augenzeuge miterlebt haben.«

Arafa horchte auf. »Wirklich? War er etwa einer von Kasims Verbündeten?«

»Das nicht, aber er hat all das Glück zu Kasims Zeit auskosten dürfen und sehnt sich immer noch danach zurück.«

»Ich möchte ihn gern kennenlernen und ihm zuhören, wenn er erzählt.«

»Bring ihn nicht auf dieses Thema«, sagte sie hastig. »Ich möchte, dass er es für immer vergisst. Ich will, dass er in Sicherheit lebt. Als er einmal mit Freunden in einer Gastwirtschaft ein wenig zu viel getrunken hatte, stand er auf und verkündete mit lauter Stimme, dass das Leben wieder so werden sollte wie zu Kasims Zeiten. Kaum war er wieder im Viertel, da fiel Santuri, der ihm aufgelauert hatte, über ihn her und bearbeitete ihn so lange mit Schlägen und Tritten, bis er das Bewusstsein verlor.«

Wut stieg in Arafa hoch, als er über das soeben Gehörte nachdachte. Nach einer Weile sah er das Mädchen verschmitzt an: »Niemand ist bei diesen Wächtern sicher.«

Awatif warf ihm schnell einen Blick zu, als fragte sie sich, ob er damit vielleicht noch etwas anderes gemeint hatte. »Du hast recht«, erwiderte sie, »keiner ist vor ihnen sicher.«

Arafa zögerte ein wenig und biss sich auf die Lippen. Schließlich sagte er: »Ich habe beobachtet, wie Santuri dich frech und unverschämt angesehen hat.«

Sie senkte den Kopf, um ihn nicht sehen zu lassen, dass sie lächelte. »Möge der Herr ihn strafen«, sagte sie dann.

Doch Arafa plagten noch immer Zweifel. »Freut sich ein Mädchen nicht, wenn es einem Wächter wie Santuri gefällt?«

»Er hat doch schon vier Frauen.«

Sein Herz sank in die Hosentasche. »Und wenn er noch Platz für eine fünfte hätte?«

»Ich hasse ihn, seit er meinen Vater geschlagen hat«, fuhr sie ihn schroff an. »Und nicht nur ihn, sondern alle Wächter. Sie haben kein Herz, nehmen den Leuten Schutzgeld ab und tun dabei so überheblich, als würden sie etwas verschenken.«

Froh über ihre Worte, erwiderte er begeistert: »Das hast du gut gesagt, Awatif! Genau das meinte auch Kasim, als er sie damals erledigte. Aber sie kommen immer wieder, wie verborgene Geschwüre.«

»Deshalb trauert mein Vater ja Kasims Zeit nach.«

Plötzlich von Enttäuschung übermannt, schüttelte Arafa den Kopf und sagte: »Ja, es gibt auch viele, die sich die Zeiten von Gabal und Rifaa zurückwünschen. Aber die Vergangenheit kehrt leider nicht zurück.«

Schnippisch erwiderte sie: »Das sagst du nur, weil du nicht wie mein Vater Kasim erlebt hast.«

»Du hast ihn ja auch nicht erlebt.«

»Aber mein Vater hat mir von ihm erzählt.«

»Und mir meine Mutter. Aber was nützt das schon? Es wird uns nicht von den Wächtern befreien. Meine Mutter ist eins ihrer Opfer, und sie reden selbst nach ihrem Tod schlecht von ihr.«

»Wirklich?«

Alle Freude war aus seinem Gesicht gewichen, und er sah schrecklich betrübt aus. »Deshalb habe ich Angst um dich, Awatif. Die Wächter sind für alles eine Bedrohung – für das Leben, für Hab und Gut, für die Liebe und den Frieden. Eins will ich dir ganz offen sagen. Seit ich beobachtet habe, wie dieser Wilde dich angesehen hat, bin ich davon überzeugt, dass man diese Schlägerhorde beseitigen muss.«

Sie sah ihn gespannt an. »Es heißt, dass dies dem Willen unseres Großvaters, des Stiftungsgründers, entspricht.«

»Aber wo ist er?«

»Im Großen Haus«, erklärte sie ganz selbstverständlich.

Ruhig, aber auch ein wenig gleichgültig erwiderte er: »Ja, natürlich. Dein Vater erzählt von Kasim, und Kasim wiederum erzählte vom Großvater. Ständig hören wir etwas, aber zu sehen bekommen wir nur Kadri, Saadallah, Aggag, Santuri und Jussuf. Um uns von diesen Qualen zu befreien, brauchen wir Kraft. Was nützen uns die Erinnerungen!« Er hielt inne, denn plötzlich merkte er, dass ihm dieses Gesprächsthema die Begegnung zu verderben begann. Also sagte er mit veränderter Stimme: »Das Viertel bedarf einer neuen Kraft, genauso, wie ich dich brauche.«

Als er daraufhin nur einen missbilligenden Blick erntete, lächelte er sie herausfordernd an. Gleich darauf wurde er wieder ernst, wollte er doch, dass sich ihr Unmut, den die zuckenden Augenbrauen ankündigten, schnell legte. »Sieh mal, da ist ein nettes Mädchen, fleißig und hübsch. Vor lauter Arbeit vergisst sie sogar ihr krankes Auge, bis es plötzlich anschwillt. Dann kommt das Mädchen hierher, weil es denkt, dass es mich braucht, und da entdeckt sie die Wahrheit, nämlich, dass ich dieses Mädchen brauche.«

Im Begriff aufzustehen, erklärte sie: »Es ist Zeit zu gehen.«

»Aber nicht, wenn du mir grollst. Überlege einmal, ich habe dir nichts Neues gesagt. Du hast bestimmt schon gemerkt, dass du mir gefällst. In all den Tagen habe ich nur zu eurem Kaffeehaus hinübergesehen. Ein Junggeselle wie ich kann doch nicht ewig allein leben. Und diese Wohnung, in der ständig gearbeitet wird, braucht eine pflegende Hand. Der Junggeselle verdient mehr, als er braucht, da kann durchaus noch jemand anders daran teilhaben.«

Als sie hinausging, begleitete er sie bis in den Vorraum, um sich dort von ihr zu verabschieden. Ganz ohne Gruß schien auch sie nicht gehen zu wollen, und so sagte sie kurz angebunden: »Alles Gute.«

Nun, da sie gegangen war, blieb Arafa unbeweglich stehen. Tief in ihm sang eine Stimme:

Deine Wangen sind frisch, mein Mond, drum lass mich von dir trinken.

Gleich, wer auch die Welt bewohnt, was Hübscheres kann ich nicht finden.

Beschwingt ging er in den Arbeitsraum, in dem er Hanasch, eifrig beschäftigt, vorfand. »Was machst du da?«

Hanasch wies auf eine Flasche, die vor ihm stand. »Ich habe sie gefüllt und gut verschlossen. Aber du musst es in der Wüste ausprobieren.«

Arafa nahm die Flasche und prüfte den Verschluss. »Ja, natürlich, sonst wird unser Geheimnis entdeckt.«

Hanasch schien beunruhigt zu sein. »Allmählich beginnen wir, etwas zu verdienen, das Leben lächelt uns zu. Verschwende nicht, was dir Allah an Glück geschenkt hat.«

Bei dem Gedanken, dass Hanasch jetzt am Leben hing, da es angenehmer geworden war, musste Arafa lächeln. Er blickte ihn nachdenklich an und sagte: »Sie war deine Mutter genauso wie meine.«

»Ja, aber sie hat dich immer wieder gebeten, nicht an Rache zu denken.«

»Früher hast du anders darüber gedacht.«

»Bevor wir uns rächen können, werden sie uns umgebracht haben.«

Arafa lachte laut auf. »Ich will dir nicht länger verheimlichen, dass ich schon seit einiger Zeit jeden Gedanken an Rache aufgegeben habe.«

Hanasch strahlte vor Freude. »Gib die Flasche, Bruder, lass es uns versuchen!«

Aber Arafa nahm die Flasche an sich. »Nein, wir probieren es erst, wenn alles fertig ist.« Als er sah, dass Hanasch ihm grollte, fügte er hinzu: »Ich meine wirklich, was ich sage. Glaube mir, ich habe jeden Gedanken an Rache aufgegeben. Nicht etwa, weil ich dem Bitten unserer Mutter nachträglich gehorchen will, sondern weil ich der Meinung bin, dass wir die Wächter nicht erledigen können, wenn wir ständig nur an Rache denken.«

»Alles nur, weil du dieses Mädchen liebst«, brummelte Hanasch ärgerlich.

Wieder lachte Arafa laut los. »Liebe zu einem Mädchen oder Liebe zum Leben – nenn es, wie du willst. Kasim hatte schon recht.«

»Was hast du mit Kasim zu tun? Kasim hat einzig und allein den Wunsch seines Großvaters verwirklicht.«

Arafa schnitt eine Grimasse. »Wer weiß? Das Einzige, was unser Viertel vermag, ist, Geschichten zu erzählen. Wir aber arbeiten hier in diesem Raum ganz zweifellos an entscheidenden Dingen. Wo gibt es denn hier im Viertel Sicherheit? Schon morgen kann Aggag kommen und uns all unser Geld rauben. Und wenn ich darum bitte, Awatif heiraten zu dürfen, wird sich mir Santuri mit seinem Knüppel in den Weg stellen. So sieht das Leben eines jeden Mannes in unserem Viertel aus, selbst das eines Bettlers. Was mir das Glück trübt, das trübt dem ganzen Viertel das Leben. Was mir mehr Sicherheit geben wird, das wird auch dem Viertel Sicherheit geben. Es ist wahr, ich bin kein Wächter mit Macht und Gewalt, und ich bin auch keiner von Gabalawis Männern. Aber dafür besitze ich hier in diesem Raum wahre Wunder, die eine Kraft darstellen, von der Gabal, Rifaa und Kasim nicht einmal ein Zehntel hatten.« Er hob die Flasche und tat, als wollte er sie weit wegwerfen. Dann aber reichte er sie Hanasch und sagte: »Wir werden sie heute Nacht am Berg ausprobieren. Also mach ein freundlicheres Gesicht, und zeig wieder deine alte Begeisterung.«

Er ging hinaus, hockte sich am Fenster auf das Sofa und blickte zu dem kleinen Kaffeehaus hinüber. Die Nacht brach allmählich herein. Awatif pries mit heller Stimme den Kaffee und den Tee an. Sie vermied es, zu ihm hinüberzublicken, und das konnte nur heißen, dass er ihr im Kopf umherging. Wie ein Stern von Zeit zu Zeit aufblitzt, huschte bisweilen ein zartes Lächeln über ihr Gesicht. Arafa strahlte vor Glück, alles um ihn war davon erfüllt. Sein Herz war so voller Freude, dass er sich schwor, sich von nun an jeden Morgen das Haar zu kämmen.

Von Gamalija tönte Lärm herüber. Offensichtlich verfolgten ein paar Leute einen Dieb. Im Kaffeehaus schlug der Sänger die Saiten der Rabab an und begann den abendlichen Gesang mit den Worten:
»Gepriesen sei als Erster –
Herr Kadri, unser Verwalter, gepriesen sei als Zweiter –
Saadallah, unser oberster Wächter,
gepriesen sei als Dritter –
Aggag, der Wächter unseres Straßenteils.«
Arafa fühlte sich erbarmungslos aus den schönsten Träumen gerissen. Gelangweilt und voller Überdruss sagte er sich, dass nun wieder die Geschichten anfangen würden. Wann hätte es wohl ein für alle Mal ein Ende damit? Was brachte es schon für Nutzen, wenn die Leute dem nächtelang zuhörten? Aber was hilfts, der Sänger wird erzählen, und die Haschischspelunken werden lebendig. Oh, du bejammernswertes Viertel!

97

An Meister Schakrun zeigten sich Zeichen einer seltsamen Verwirrung. Manchmal sprach er so laut, als hielte er eine Rede. Mitleidig sagten die Leute: »Das ist das Alter.« Bisweilen wurde er beim geringfügigsten Anlass oder vollkommen grundlos fürchterlich wütend. Auch dann sagten die Leute: »Das Alter, das macht das Alter.« Es kam aber auch vor, dass er sich in einsames Schweigen hüllte, selbst wenn von ihm erwartet wurde, dass er etwas sagte. Wieder entschuldigten das die Leute mit der Bemerkung: »Das Alter.« Wenn er gar Dinge aussprach, die im Viertel als schlimmste Ketzerei galten, flüsterten die Leute besorgt: »Möge uns Allah vor dieser Art von Alter bewahren!« Arafa pflegte ihn bekümmert und besorgt vom Fenster aus zu beobachten. Eines Tages, als er ihm wieder zusah, sagte er sich: »Er ist ein Ehrfurcht gebietender Mann, trotz seines zerlumpten und schmutzigen Aussehens.« Sein ausgemergeltes Gesicht widerspiegelte den Verfall, den das Viertel nach Kasims Zeit erfahren hatte. Das Unglück dieses alten Mannes bestand darin, dass er Kasim noch erlebt und sich der Tage der Gerechtigkeit und Sicherheit noch erfreut hatte. Er war damals in den Genuss seines vollen Anteils vom Stiftungsvermögen gekommen. Er hatte mit angesehen, wie dank der Stiftung neue Häuser gebaut worden waren und wie dann alles durch den Verwalter Kadri zum Stillstand gekommen war. Kurzum, er war ein unglücklicher Mann, der länger als notwendig gelebt hatte.

Dann erblickte Arafa Awatif. Ihr Gesicht war jetzt makellos, nachdem er das Auge geheilt hatte. »Tee, bitte!«, rief er ihr zu. Als sie mit dem Glas herüberkam, nahm er es ihr nicht gleich ab. So konnte sie nicht sofort wieder gehen. »Glückwunsch zur Heilung«, sagte er schnell, »du Rose unseres Viertels.«

»Das habe ich Allah und dir zu verdanken«, erwiderte sie lächelnd.

Er nahm ihr das Glas aus der Hand und berührte dabei absichtlich ihre Fingerspitzen. Schnell ging sie weg, aber ihr beschwingter Schritt verriet, dass sie wegen der Berührung weder unzufrieden noch empört war. Nichts wäre vernünftiger, als jetzt den entscheidenden Schritt zu tun. Es mangelte ihm auch nicht an Mut, obwohl er bei Santuri mit dem Schlimmsten rechnen musste. Es war unrecht von Meister Schakrun gewesen, dass er seine Tochter diesem Santuri über den Weg hatte laufen lassen. Aber er war ein armer Mensch, den das Umherziehen mit dem Karren matt und schwach gemacht hatte, sodass er schließlich damit aufhören und dieses unglückselige Kaffeehaus eröffnen musste.

Vom unteren Ende der Straße, aus Richtung Gamalija, war der Lärm jubelnder Stimmen zu hören. Arafa sah, dass sich im gegenüberliegenden Haus alle Fenster öffneten und die Leute begierig Ausschau hielten. Bald tauchte ein Wagen auf, der voller singender und klatschender Frauen war. In ihrer Mitte stand eine Braut, die vom Bad zurückkehrte. Johlend liefen die kleinen Jungen herbei und klammerten sich an den Wagen, der durch den Gabalteil zog.

Für eine Weile herrschte ein schrecklicher Tumult, durchsetzt von Freudentrillern, Glückwunschrufen und mehr oder weniger lauten Zoten. Meister Schakrun sprang wütend auf und schrie mit Donnerstimme: »Schlag zu …! Schlag zu!«

Schnell eilte Awatif herbei, zog ihn wieder auf seinen Stuhl und streichelte ihm traurig und zärtlich über den Rücken. Arafa fragte sich, ob der alte Mann träumte oder unter Wahnvorstellungen litt. Was für ein Fluch war doch ein solch hohes Alter! Wenn man sich im Alter dermaßen veränderte, wie musste es dann erst um Gabalawi stehen, wenn er noch lebte? Arafa wartete, bis der alte Mann sich beruhigt hatte, und fragte ihn dann: »Meister Schakrun, hast du schon einmal Gabalawi gesehen?«

Ohne zu ihm hinüberzublicken, antwortete der Alte: »Du Dummkopf, du! Weißt du denn nicht, dass er sich schon vor der Zeit von Gabal in sein Haus zurückgezogen hat?«

Arafa lachte, und auch Awatif musste lächeln. »Unser Herr möge dir ein langes Leben bescheren, Meister Schakrun«, rief er fröhlich.

»Das ist ein Wunsch«, erklärte der alte Mann, »der nur damals einen Wert hatte, als sich das Leben noch lohnte.«

Awatif kam, um ein leeres Glas abzuholen, und flüsterte ihm zu: »Lass ihn ein wenig ruhen. Er kann nachts überhaupt nicht schlafen.«

»Mein Herz ist nur bei dir, Awatif«, sagte er, und bevor sie wieder weg war, fügte er hinzu: »Ich möchte gern mit ihm über uns reden.«

Warnend hob sie den Finger und lief zum Vater hinüber. Arafa vergnügte sich damit, den Kindern zuzusehen, die Bockspringen spielten. Plötzlich tauchte aus dem Kasimteil Santuri auf, unwillkürlich zog Arafa den Kopf zurück. Was wollte er hier? Arafa empfand es als glücklichen Umstand, dass er im Rifaateil eine Wohnung gefunden hatte und Aggag damit als Beschützer für ihn zuständig war. Und der schwamm ja geradezu in seinen Geschenken. Santuri war näher gekommen und blieb vor Schakruns Kaffeehaus stehen. Er blickte aufdringlich Awatif an und sagte dann: »Einen Kaffee ohne Zucker!«

An einem der Fenster kicherte eine Frau, eine andere witzelte laut:

»Wie kommt es denn, dass der Wächter der Kasims sich in einem Kaffeehaus von solchem Bettelpack einen Kaffee bestellt?«

Santuri kümmerte sich nicht darum. Als Awatif ihm die Tasse brachte, verkrampfte sich Arafas Herz. Er beobachtete, wie Santuri den Kaffee noch ein wenig abkühlen ließ und das Mädchen mit entblößten Goldzähnen angrinste. Arafa gab sich das Versprechen, ihm am Berg aufzulauern und ihn furchtbar zu verprügeln. Santuri nahm einen Schluck und sagte zu Awatif: »Gesegnet sei deine hübsche Hand!«

Awatif traute sich weder, ihm zuzulächeln, noch, ihn mürrisch anzublicken. Der alte Schakrun sah beide erschrocken an. Als Santuri ihr eine Fünf-Piaster-Münze hinübergereicht hatte und sie das Wechselgeld aus der Tasche holen wollte, wartete Santuri erst gar nicht ab. Offensichtlich wollte er darauf verzichten und ging weg in Richtung des kasimschen Kaffeehauses. Awatif blieb völlig verstört zurück. Da sagte Arafa leise: »Geh nicht zu ihm hin!«

»Und was ist mit dem Rest des Geldes?« Meister Schakrun stand trotz seiner Schwäche auf, nahm die Münzen und ging in das große Kaffeehaus hinüber. Nach einer Weile kehrte er zurück und setzte sich wieder hin. Völlig unvermittelt lachte er laut los. Schnell trat Awatif an ihn heran und bat: »Hör auf zu lachen!«

Der Alte erhob sich, wandte sich dem Großen Haus zu und rief: »Oh, Gabalawi! Höre, Gabalawi!«

Sofort lugten aus allen Fenstern neugierige Gesichter, die Türen der Kaffeehäuser und Gehöfte wurden aufgerissen. Die Jungen kamen herbeigelaufen, selbst die Hunde stellten sich vor dem Alten auf und starrten ihn an. Der aber holte Luft und brüllte weiter: »Oh, Gabalawi! Wie lange willst du noch schweigen und dich verstecken? Dein Vermächtnis wird nicht beachtet, und dein Vermögen wird verschwendet. Du wirst genauso bestohlen wie deine Enkel!«

Die Kinder machten sich lustig über ihn, indem sie ihn scheinbar anfeuerten, die vielen Umstehenden begannen zu lachen. Der Alte aber war nicht aufzuhalten, sondern schrie: »He, Gabalawi, hörst du mich nicht? Weißt du denn nicht, wie es uns geht? Warum hast du Idris bestraft, wo er doch hundertmal besser war als die Wächter unseres Viertels? Oh, Gabalawi!«

In diesem Augenblick kam Santuri aus dem Kaffeehaus und brüllte den Alten an: »Du alter Schwätzer, hör auf!«

Aber Meister Schakrun drehte sich wütend um und rief: »Verflucht sollst du sein, du mieser Schuft!«

Viele flüsterten: »Der Alte ist verloren.« Blind vor Zorn stürzte sich Santuri auf Schakrun und schlug ihm die Faust auf den Kopf. Der alte Mann schwankte und wäre gestürzt, wenn Awatif ihn nicht hätte halten können. Als Santuri das Mädchen sah, ging er zurück ins Kaffeehaus. Weinend bat Awatif den Vater: »Lass uns nach Hause gehen.«

Arafa sprang hinzu, um ihrem Vater zu helfen, aber der Alte versuchte trotz aller Schwäche, die beiden zurückzustoßen. Sein Atem ging schwer. Furchtsames Schweigen herrschte um ihn herum.

»Du hast recht, Awatif«, rief eine Frau vom Fenster herüber, »er sollte lieber zu Hause bleiben.«

Das Mädchen weinte noch immer. »Was soll ich denn mit ihm machen?«, erwiderte sie.

Meister Schakrun murmelte leise vor sich hin: »Oh, Gabalawi, oh, Gabalawi.«

98

Kurz vor Sonnenaufgang zerriss schreckliches Wehklagen die morgendliche Stille. Schon bald wussten alle, dass der alte Schakrun gestorben war. Der Tod war nichts Ungewöhnliches im Viertel. Santuris Leute erklärten lediglich: »Zur Hölle mit ihm! Er hat sich immer schlecht benommen, deshalb ist er gestorben.«

Arafa sah das anders. »Er wurde getötet«, sagte er zu Hanasch.

»Es ist ihm genauso ergangen wie schon vielen anderen zuvor. Diese Mörderbande gibt sich nicht einmal die Mühe, ihre Verbrechen zu verheimlichen. Niemand wagt es, Klage zu erheben oder als Zeuge aufzutreten.«

Voller Abscheu erwiderte Hanasch: »Was für ein Unglück! Warum sind wir bloß hierhergekommen!«

»Weil es unser Viertel ist!«

»Unsere Mutter hatte es mit gebrochenem Herzen verlassen. Es ist ein verfluchtes Viertel, und verflucht sei jeder, der hier lebt.«

»Trotzdem ist es unser Viertel«, beharrte Arafa.

»Als ob wir für Verbrechen büßen sollen, die wir nicht begangen haben!«

»Das schlimmste Verbrechen wäre, sich zu unterwerfen und alles stillschweigend hinzunehmen.«

»Zu allem Unglück ist auch noch der Versuch mit der Flasche gescheitert«, sagte Hanasch verzweifelt.

»Dann klappt es eben beim nächsten Mal.«

Als Schakrun auf der Totenbahre hinausgetragen wurde, waren Awatif und Arafa die Einzigen, die hinterhergingen. Alle wunderten sich, dass er am Begräbnis teilnahm. Sie flüsterten sich gegenseitig zu, dass dieser verrückte Zauberer unerhörten Mut zeige.

Das Seltsamste aber war, dass auch Santuri sich dem Geleit anschloss, als die Bahre durch den Kasimteil getragen wurde. Das war nun tatsächlich die schändlichste Unverfrorenheit. Er zeigte nicht die geringste Spur von Scham, sondern wandte sich an Awatif und wünschte ihr ein langes Leben. Arafa begriff, dass Santuri damit den zu erwartenden Antrag vorbereiten wollte.

Plötzlich wurde es auf der Straße lebendig. Viele Nachbarn und Bekannte, die sich bisher furchtsam zurückgehalten hatten, reihten sich in den Trauerzug ein. Auf einmal war die Straße voller Menschen.

»Mögest du lange leben, Awatif«, wiederholte Santuri seinen Gruß.

Trotzig entgegnete sie: »Erst mordest du, dann gehst du beim Begräbnis mit!«

Laut genug, damit es alle hörten, erwiderte Santuri: »Das wurde auch Kasim schon vorgeworfen.«

Stimmengewirr kam auf. Hier und da war herauszuhören: »Alles liegt bei Allah! Nur Er allein bestimmt die Stunde des Todes!«

Awatif konnte nicht länger an sich halten. »Mein Vater wurde einzig und allein durch deinen Fausthieb getötet!«, schrie sie ihn an.

»Allah vergebe dir! Wenn ich richtig zugeschlagen hätte, wäre er auf der Stelle tot umgefallen. Alle können bezeugen, dass ich ihn zwar bedroht, aber nicht wirklich geschlagen habe.«

Eifrig pflichteten ihm viele bei: »So war es! Seine Hand hat ihn nicht berührt. Die Würmer sollen uns die Augen ausfressen, wenn wir lügen!« Doch Awatif rief laut: »Unser Herr wird der Rächer sein!«

Mit einer Geduld, die später fast sprichwörtlich wurde, entgegnete Santuri lediglich: »Allah vergebe dir, Awatif.«

Arafa beugte sich zu ihr und flüsterte: »Lass den Begräbniszug friedlich weiterziehen.« Aber bevor er noch wusste, wie ihm geschah, fiel einer von Santuris Männern, Addad, über ihn her, schlug ihm ins Gesicht und brüllte: »Du Scheißkerl, was hast du dich einzumischen, wenn der Meister mit ihr spricht!«

Verblüfft drehte sich Arafa um und empfing einen zweiten und noch härteren Schlag als zuvor. Ein anderer Mann versetzte ihm einen Stoß, ein Dritter spuckte ihm ins Gesicht, ein Vierter packte ihn am Kragen, ein Fünfter stieß ihn so kräftig, dass er hinfiel. Da trat ein Sechster hinzu, bearbeitete ihn mit Fußtritten und schrie: »Du wirst auf dem Friedhof landen, wenn du es wagst, dich ihr zu nähern!«

Arafa blieb völlig verstört auf dem Boden liegen, dann sammelte er seine Kräfte und stand auf. Es war ihm anzumerken, dass er große Schmerzen hatte. Er schüttelte sich den Sand von Gesicht und Gilbab. Eine Menge Kinder hatte einen Kreis um ihn gebildet und kreischte jubelnd: »Das Kalb ist gefallen, her mit dem Messer!«

Humpelnd und vor Wut fast wahnsinnig, ging er zurück nach

Hause. Als er angekommen war, blickte Hanasch ihn mitleidig an und sagte: »Ich habe dir ja gesagt, dass du nicht mitgehen sollst.«

Rasend vor Wut, schrie er ihn an: »Sei still! Wehe ihnen!«

Hanasch redete weiter, wobei er sich bemühte, möglichst einfühlsam und dennoch entschieden zu sein. »Sieh dieses Mädchen nicht wieder an, sonst ist es aus mit uns.«

Arafa schwieg eine Weile und blickte nachdenklich zu Boden. Als er wieder aufsah, lag in seinem Gesicht ein Ausdruck von düsterster Entschlossenheit. »Eher, als du denkst, wirst du mich mit ihr verheiratet sehen.«

»Aber das ist doch heller Wahnsinn!«

»Aggag persönlich wird vorneweg im Hochzeitszug marschieren!«

»Ebenso gut kannst du deine Kleidung mit Alkohol tränken und ins Feuer springen!«

»Noch heute Nacht werde ich in der Wüste den Versuch mit der Flasche wiederholen.«

Mehrere Tage lang verließ Arafa nicht die Wohnung. Durch die Gitterstäbe des Fensters hindurch blieb er mit Awatif in Verbindung. Nachdem die Zeit der Trauer für sie vorüber war, traf er sich mit ihr heimlich im Flur des Gehöfts, in dem sie wohnte. Ohne lange Vorrede sagte er zu ihr: »Es wäre das Beste für uns, wenn wir auf der Stelle heirateten.«

Sie war nicht überrascht von diesem Antrag, erwiderte aber traurig: »Wenn ich einwillige, wird es unerträgliche Folgen haben.«

»Aggag hat sich bereit erklärt, die Feier zu bewachen. Was das bedeutet, wirst du sicher begreifen.«

Die Hochzeit wurde in aller Heimlichkeit vorbereitet. Nachdem sie vollzogen war, erfuhr das Viertel ohne jegliche Vorankündigung, dass Awatif, die Tochter von Schakrun, mit Arafa, dem Zauberer, verheiratet worden war. Sie wäre bereits in sein Haus gezogen, und Aggag, der Wächter der Rifaas, hätte der Hochzeit beigewohnt. Völlig überrascht fragten sich die Leute, wie dies hatte geschehen können. Woher hatte Arafa den Mut genommen, und wie hatte er Aggag überzeugen können, der Heirat seinen Segen zu geben? Nur die Weisen und Erfahrenen unter ihnen warnten: »Das wird Unglück geben.«

99

Santuri versammelte seine Gefolgsleute im Kaffeehaus der Kasims. Als Aggag davon erfuhr, rief er seinerseits seine Leute im Rifaa-Kaffeehaus zusammen. Kaum hatte das Viertel von diesen beiden Versammlungen gehört, war die Lage gespannt. Im Nu hatten die Händler, Bettler und Kinder den Straßenzug, der zwischen Kasim- und Rifaateil lag, geräumt. Läden und Fenster wurden geschlossen. Als Santuri mit seinen Männern aus dem Kaffeehaus trat, dauerte es nicht lange, und auch Aggag zeigte sich mit seinen Leuten. Unheil lag in der Luft, sodass man fast glaubte, es riechen zu können. Ein einziger Funke hätte gereicht, um die alles verzehrenden Flammen auflodern zu lassen.

Ein Mann rief vom Dach seines Hauses versöhnlich herunter: »Was hat denn unsere tüchtigen Männer so aufgebracht? Denkt erst einmal nach, bevor ihr Blut vergießt!«

Bedrohliches Schweigen folgte. Plötzlich sagte Aggag, wobei er zu Santuri hinübersah: »Wir sind nicht aufgebracht, und es gibt überhaupt keinen Grund, wütend zu sein.«

Santuri fuhr ihn barsch an: »Du hast die Gesetze der Kameradschaft verletzt, Meister! Kein Wächter kann billigen, was du getan hast!«

»Was habe ich denn getan?«

Santuris Augen blitzten. »Du hast einen Mann beschützt, der mich herausgefordert hat.«

»Was hat der Mann schon groß getan? Er hat nur ein Mädchen

geheiratet, das nach dem Tod des Vaters ganz allein dastand. Im Übrigen bin ich bei jeder Hochzeit im Rifaateil anwesend.«

Voller Verachtung schleuderte Santuri ihm entgegen: »Der ist doch kein Rifaa! Kein Mensch weiß, wer sein Vater ist, nicht mal er selbst. Vielleicht bist du sein Vater, vielleicht sogar ich? Vielleicht ist es aber auch irgendein Bettler aus dem Viertel.«

»Aber er lebt in meinem Teil.«

»Weil er da eine Wohnung gefunden hat!«

»Und wennschon!«

»Gibst du nun zu, dass du die Gesetze verletzt hast?«, brüllte Santuri.

»Schrei mich nicht an, Meister!«, rief Aggag zurück. »Es besteht kein Grund, uns hier wie beim Hahnenkampf aufzuführen!«

»Vielleicht doch!«

Als würde er sich selbst die Weisung zur Bereitschaft erteilen, sagte Aggag: »Möge dir Allah, meine Seele, Geduld verleihen.«

»Aggag! Sei auf der Hut!«

»Verflucht sei jeder brutale Genickschläger!«

»Verflucht sei dein Vater!«

Schon waren alle im Begriff, die Knüppel zu erheben, da fuhr eine Stimme im Befehlston dazwischen: »Schande über euch, Männer!«

Alle Köpfe flogen in die Richtung, aus der das Brüllen kam. Es war Meister Saadallah, der Oberwächter des Viertels, der sich seinen Weg durch die Reihen der Rifaamänner bahnte und schließlich zwischen den beiden Parteien stehen blieb. »Nehmt die Knüppel herunter!«, befahl er.

Die Knüppel senkten sich wie die Köpfe von Betenden. Saadallah blickte erst zu Santuri, dann zu Aggag und sagte schließlich: »Ich möchte jetzt von keinem etwas hören! Verschwindet hier, und zwar friedlich! Ein Blutbad wegen einer Frau? Was hat doch das Mannestum für Schaden genommen!«

Schweigend gingen die Männer auseinander, und Saadallah entfernte sich ebenfalls. Arafa und Awatif, die in der Wohnung geblieben waren, konnten nicht glauben, dass die Nacht nun doch friedlich verlaufen würde. Klopfenden Herzens und mit bleichem Gesicht hatten sie das Geschehen draußen beobachtet. Sie fühlten sich von ihrer Angst erst erlöst, als sie Saadallahs befehlsgewohnte Stimme hörten. Da holte Awatif tief Luft und seufzte: »Wie grausam ist doch dieses Leben!«

Arafa wollte sie ein wenig ruhiger und zuversichtlicher stimmen. Er tippte sich mit dem Finger an den Kopf und sagte: »Ich arbeite hiermit. So hat es Gabal getan und auch Kasim, der Schlauberger.«

Awatif, deren Hals vor Angst trocken geworden war, schluckte mühsam. »Meinst du, dass es ruhig bleibt?«

Arafa tat, als wäre er heiter gestimmt, und schloss sie fest in seine Arme. »Wenn nur alle Eheleute so glücklich wären wie wir!«

Sie legte den Kopf an seine Schulter und atmete wieder ruhiger. Leise flüsterte sie: »Ob die Angelegenheit damit erledigt ist?«

»Man kann keinem Wächter trauen.«

Sie schaute zu ihm auf. »Ich weiß. Tief in mir fühle ich eine Wunde, die erst heilen wird, wenn ich ihn niedergestreckt sehe.«

Er wusste, wen sie meinte. Nachdenklich betrachtete er sie. »In einem Fall wie dem deinigen ist Rache notwendig. Aber leider würde sie nichts grundsätzlich verändern. Unsere Sicherheit ist nicht deshalb gefährdet, weil Santuri uns Gewalt antun will, sondern weil die Sicherheit des ganzen Viertels von der Gewalt der Wächter bedroht ist. Selbst wenn wir über Santuri den Sieg davontragen, wer will uns zusichern, dass nicht morgen Aggag Streit anfängt oder übermorgen Jussuf? Entweder sind wir alle sicher, oder niemand kann sicher sein.«

»Willst du denn Gabal oder Rifaa oder Kasim nacheifern?«

Er küsste ihr Haar und genoss dessen Duft. Da er nicht antwortete, sprach sie weiter. »Die drei haben ihren Auftrag von unserem Großvater, dem Stiftungsgründer, erhalten.«

»Großvater! Stiftungsgründer!«, entgegnete er unwillig. »Wie dein verstorbener Vater ruft jeder, der nicht mehr aus noch ein weiß, nach

Gabalawi. Aber hast du je von solchen Enkeln wie uns gehört, die ihren Großvater nie gesehen haben, obwohl sie dicht an seinem verschlossenen Haus leben? Oder hast du je von einem Stiftungsgründer gehört, der mit seinem Vermögen ein dermaßen frevelhaftes Spiel treiben lässt und sich überhaupt nicht rührt?«

»Er ist eben alt.«

»Ich habe noch nie gehört, dass jemand so lange gelebt hätte«, sagte er zweifelnd.

»Die Leute erzählen aber, dass am Mukattam-Markt ein Mann lebt, der schon mehr als hundertfünfzig Jahre alt ist. Allah ist allmächtig!«

Arafa schwieg. Nach einer Weile murmelte er: »Genau wie die Magie, sie kann auch alles.«

Über so viel Hochmut musste Awatif schon wieder lachen. Sie pikte ihm mit dem Finger in die Brust und sagte belustigt: »Deine Zauberei vermag Augen zu heilen.«

»Und vieles andere mehr!«

Sie seufzte plötzlich bekümmert. »Was sind wir doch für Narren! Wir plaudern hier und schwatzen, als ob uns keine Gefahr drohte!«

Er kümmerte sich nicht um ihren Einwand, sondern sprach träumerisch weiter: »Eines Tages wird es möglich sein, die Wächter zu erledigen. Dann können wieder Häuser gebaut werden, und alle Kinder unseres Viertels werden genug zu essen haben.«

»Könnte das vielleicht noch vor dem Jüngsten Tag sein?«, machte sie sich wieder lustig.

Seine sonst durchdringend blickenden Augen bekamen einen schwärmerischen Glanz. »Ach, wenn wir nur alle Magier wären!«

»Ja, wenn ...« Nach einem Weilchen fügte sie hinzu: »Kasim hat ohne jede Zauberei in kürzester Zeit Gerechtigkeit geschaffen.«

»Und in kürzester Zeit war sie wieder vorbei! Aber die Wirkung der Magie dauert an. Unterschätze sie nicht, mein Goldauge! Sie ist nicht weniger wichtig als unsere Liebe, wie diese kann auch sie neues Leben hervorbringen. Allerdings wird sie ihre volle Kraft erst dann zeigen können, wenn die meisten Menschen von ihr wissen und gebildet sind.«

»Und wie kann das erreicht werden?«

Er überlegte lange, bevor er antwortete. »Wenn Gerechtigkeit verwirklicht ist, wenn die Gebote des Stifters durchgesetzt sind, wenn die meisten von uns nicht mehr so hart arbeiten müssen und all ihre Aufmerksamkeit der Magie zuwenden!«

»Willst du denn aus dem ganzen Viertel ein Viertel der Magie machen?« Sie lächelte ihn an und fuhr fort: »Und wie soll man die zehn Gebote verwirklichen können, wenn unser Großvater bettlägerig ist und keinen seiner Enkel mit dieser Aufgabe betrauen kann?«

Arafa schaute sie nachdenklich an, dann fragte er: »Warum gehen wir nicht zu ihm?«

Wieder lachte sie. »Du hast es doch nicht einmal geschafft, ins Haus des Verwalters zu kommen.«

»Das nicht, aber vielleicht ist es mir möglich, ins Große Haus zu gelangen.«

Überrascht klatschte sie in die Hände. »Hör auf mit deinen Späßen, wir sollten uns erst einmal darum kümmern, dass wir unseres Lebens sicher sind.«

»Wenn ich nur spaßen wollte, wäre ich nicht ins Viertel zurückgekehrt.«

In seiner Stimme lag etwas, was sie mit Entsetzen erfüllte. Beunruhigt blickte sie ihn an und rief erschrocken: »Du meinst tatsächlich, was du sagst!« Als Arafa sie daraufhin nur schweigend betrachtete, wurde ihr immer ängstlicher zumute. »Stell dir nur vor, man nimmt dich im Großen Haus fest!«

Arafa schien sich nicht aus der Ruhe bringen zu lassen. »Was ist daran so merkwürdig, wenn ein Enkel seinen Großvater zu Haus besucht?«

»Sag, dass du Spaß machst! O Herr! Warum siehst du dabei so ernst aus? Das ist doch alles ungeheuerlich! Warum willst du ausgerechnet zu ihm gehen?«

»Ist es denn die Begegnung mit ihm nicht wert, dass ich dafür etwas wage?«

»Aber das war doch alles nur so dahingesagt, und jetzt willst du daraus blutigen Ernst machen?«

Er streichelte ihre Hand, damit sie sich ein wenig beruhigte. »Ich denke schon die ganze Zeit, seit ich wieder im Viertel bin, über Dinge nach, auf die noch niemand gekommen ist.«

»Aber warum können wir nicht einfach weiterleben wie bisher?« Awatifs Stimme war ein einziges Flehen.

»Wenn es nur ginge! Die anderen werden es nicht zulassen. Jeder Mensch will aber seines Lebens sicher sein!«

»Dann lass uns lieber aus dem Viertel fliehen.«

»Ich stehle mich nicht heimlich weg, solange ich über die Kraft der Magie verfüge.« Zärtlich zog er sie an sich und streichelte ihre Schulter. Dann flüsterte er: »Wir werden darüber noch oft reden können, aber jetzt lass uns erst einmal Sorge tragen, dass du wieder ganz ruhig wirst.«

100

War der Mann dem Wahnsinn verfallen, oder war er nur verblendet? Diese Frage stellte sich Awatif immer wieder, wenn sie Arafa arbeiten oder grübelnd herumsitzen sah. Was sie betraf, so trübte nur der Wunsch nach Rache an Santuri, dem Mörder ihres Vaters, die Heiterkeit ihres Glücks. Rache war im Viertel eine geheiligte Sitte von alters her. Aber selbst darauf könnte sie, ungern zwar, verzichten, wenn das dem glücklichen Leben, das ihr die Ehe geschenkt hatte, dienen würde. Für Arafa hingegen war die Rache an Santuri nur ein winziger Teil jener großen Aufgabe, die er sich selbst auferlegt hatte. Jedenfalls kam ihr das so vor. Sie verstand ihn überhaupt nicht. Glaubte er denn im Ernst, dass er dereinst zu den Männern gehören würde, von denen die Sänger erzählten? Von Gabalawi hatte er keinen Auftrag erhalten. Arafa schien auch kein besonders großes Vertrauen zu diesem Großvater zu haben und ebenso nicht zu dem, was in den alten Geschichten erzählt wurde. Einzig sicher war nur, dass Arafa in seine Zauberei viel, viel mehr Arbeit und Zeit steckte, als für den Lebensunterhalt notwendig gewesen wäre. In seinen Überlegungen ging er weit über seine Person und seine Familie hinaus und gelangte zu Fragen, für die sich niemand interessierte. So sann er über das Viertel, die Wächter, die Stiftungsverwaltung, die Stiftung selbst, den Anteil daran und über Magie nach. Er hatte die kühnsten Träume von einer sich durch Magie verändernden Zukunft. Dabei war er der einzige Mann im Viertel, der kein Haschisch nahm. Seine Arbeit, so erklärte er immer, erfordere die ganze Schärfe seines Verstandes und volle Aufmerksamkeit. Aber all dies war bedeutungslos, verglichen mit der verrückten Idee, ins Große Haus einzudringen. Warum nur, lieber Mann? Damit er mir einen Rat gibt, wie das Leben im Viertel weitergehen kann. Aber du weißt doch, wie es weitergehen wird! Wir alle wissen es. Was nützt es da, dass du dafür dein Leben aufs Spiel setzt? Ich will die zehn Gebote der Stiftung erfahren. Das Wissen darum hilft nichts, es müsste etwas getan werden. Aber was kannst du schon tun? Ich will das Buch haben, dessentwegen Adham vertrieben wurde – falls es wahr ist, was die Geschichten besagen. Was ist dir an diesem Buch denn wichtig? Ich weiß nicht genau, warum ich überzeugt bin, dass es ein Buch über die Mittel der Magie ist. Was Gabalawi damals ganz allein in dieser Wüstenödnis geschafft hat, lässt sich nur mit Magie erklären und nicht mit Muskelkraft und bloßer Gewalt, wie alle annehmen. Warum willst du dieses Wagnis auf dich nehmen, wenn du auch ohne dies glücklich bist und genug verdienst? Du darfst nicht denken, dass Santuri uns vergessen hat, denn jedes Mal, wenn ich das Haus verlasse, treffen mich die hasserfüllten Blicke seiner Männer. Gib dich doch mit der Zauberei zufrieden, und lass den Gedanken an das Große Haus fallen! Aber da ist dieses Buch, das erste Zauberbuch, das das

Geheimnis der Stärke Gabalawis in sich birgt und das er selbst seinem Sohn vorenthalten hat. Du wirst vielleicht überhaupt nichts von all dem darin finden, was du dir erhoffst! Vielleicht doch, und dann hat sich dieses Wagnis gelohnt.

Eines Tages tat er den entscheidenden Schritt und sagte in aller Offenheit zu seiner Frau: »So bin ich nun einmal, Awatif. Was soll ich da machen! Ich bin nur der verachtete Sohn einer unglücklichen Frau und eines unbekannten Vaters, und alle wissen es und machen sich darüber lustig. Nichts auf der Welt interessiert mich mehr als dieses Große Haus, und bei einem, der seinen Vater nicht kennt, ist es doch nicht verwunderlich, wenn er mit aller Gewalt wenigstens seinem Großvater gegenübertreten will. Die Arbeit in meiner Kammer hat mich gelehrt, dass ich keiner Sache glauben darf, die ich nicht mit eigenen Augen gesehen und mit eigenen Händen geprüft habe. Also ist es unvermeidlich, ins Große Haus zu gelangen. Möglicherweise finde ich dort jene geheime Kraft, nach der ich schon so lange suche. Vielleicht finde ich dort überhaupt nichts. Auf jeden Fall werde ich damit festen Boden unter den Füßen bekommen, was zehnmal besser ist als diese Ungewissheit, unter der ich zurzeit leide. Ich bin nicht der Erste, der sich in unserem Viertel einen leidvollen und gefährlichen Weg auserwählt hat. Gabal hätte durchaus sein Leben lang weiter in der Verwaltung der Stiftung arbeiten, Rifaa der beste Tischler im Viertel werden und Kasim sich an Kamar und ihrem Vermögen erfreuen und als angesehener Mann leben können.«

Hanasch, der bei ihnen saß, sagte traurig: »Wie viele in unserem Viertel sind schon auf eigenen Füßen ins Unglück gelaufen!«

»Aber die wenigsten von ihnen hatten dafür einen vernünftigen Grund«, widersprach Arafa heftig.

So unterschiedlicher Meinung die beiden auch waren, Hanasch half seinem Bruder, wo er nur konnte. So auch in jener Nacht, als Arafa hinauszog in die Wüste. Hanasch folgte ihm wie ein Schatten. Awatif blieb vor lauter Verzweiflung über Arafas Starrsinn nichts weiter übrig, als die Hände zu heben und für ihn zu beten. Es war stockdunkle Nacht, der Mond hatte sich nur für eine kurze Stunde gezeigt und war dann gänzlich verschwunden. Die Brüder gingen dicht an der Mauer des Großen Hauses entlang, bis sie an die Rückseite gelangten. Dahinter schloss sich gleich die Wüste an.

»Hier hat Rifaa gestanden«, flüsterte Hanasch, »als die Stimme von Gabalawi zu ihm herüberdrang.«

Arafa sah sich prüfend um. »So heißt es in den Geschichten, die die Rabab begleitet. Ich werde bald über alles die Wahrheit erfahren.«

Hanasch zeigte in die Weite und sagte verängstigt: »Dort in der Wüste hat er mit Gabal gesprochen, und dorthin hat er auch seinen Diener zu Kasim geschickt.«

»Hier wurde Rifaa getötet und unsere Mutter geschlagen und beraubt, und bei alledem hat dein Großvater ruhig zugesehen!«

Nachdem Hanasch den Korb mit Hacken und Schaufeln abgesetzt hatte, begannen beide, unterhalb der Mauer einen Graben auszuheben. Den Sand warfen sie in den Korb. Beide arbeiteten emsig und entschlossen, sodass schon bald Hals und Lunge voller Staub waren. Hanasch war nicht weniger begeistert bei der Sache als Arafa. Auch er schien trotz aller Ängstlichkeit vom Wunsch beseelt zu sein, dem geheimnisvollen Haus auf die Spur zu kommen. Von Arafa, der im Graben stand, war nur noch der Haarschopf zu sehen. »Das reicht für heute Nacht«, sagte er und sprang heraus, wobei er sich mit den Händen abstützte. »Wir legen ein Brett darüber und bedecken es mit Sand, so merkt niemand etwas.«

Eiligst machten sich die beiden Männer auf den Rückweg, denn schon brach der Morgen herein. Arafa sann über den neuen Tag nach, jenen wundervollen Tag, an dem er ins Unbekannte des Großen Hauses eindringen würde. Wer weiß, vielleicht begegnete er tatsächlich Gabalawi, vielleicht würde er sogar mit ihm sprechen? Dann könnte er ihn bitten, ihm all die Dinge zu erklären, die gewesen waren und die sind. Er könnte ihn nach den Geboten der Stiftung und dem Geheimnis des Buches fragen. Er würde erfahren, was es mit dem Traum auf sich hatte, der sich bisher nur in den Rauchschwaden der Haschischpfeifen als Wirklichkeit ausnahm.

Zu Hause angekommen, fanden die Brüder Awatif vor, die unruhig auf sie wartete. Sie bedachte Arafa mit müdem und vorwurfsvollem Blick und murmelte: »Du siehst aus, als wärst du einem Grab entstiegen.« Um sich seine Unruhe nicht anmerken zu lassen, ging er darauf nicht weiter ein, sondern sagte nur: »Wie hübsch du doch bist!«

Als er sich zu ihr legte, war sie ihm immer noch böse. »Wenn ich dir nur ein wenig bedeuten würde, würdest du mehr auf meine Meinung geben.«

»Aber die wirst du schon bald ändern, nämlich dann, wenn du erlebst, was morgen geschieht.«

»Die Möglichkeiten, durch so etwas glücklich zu werden, stehen eins zu tausend!«

Arafa lachte, wurde aber im nächsten Moment wieder ganz ernst. »Wenn du diese bösen Blicke spüren würdest, dann wärst auch du davon überzeugt, dass die augenblickliche Ruhe nichts weiter als eine Täuschung ist.«

Ein greller Schrei, dem ein Heulen folgte, durchriss die morgendliche Stille. Awatif legte die Stirn in Falten und stammelte: »Das ist ein schlechtes Omen.«

Arafa zuckte nur mit den Achseln und sagte: »Im Übrigen darfst du schon deshalb nicht mit mir schimpfen, weil du zum Teil für mein Vorhaben verantwortlich bist.«

»Ich?«

»Schau mal, ich bin doch nur ins Viertel zurückgekommen, weil ich insgeheim vom Wunsch beseelt war, meine Mutter zu rächen. Als dann dein Vater angegriffen wurde, war ich fest entschlossen, an allen Wächtern Rache zu nehmen. Aber meine Liebe zu dir gab mir einen neuen Gedanken ein, der alles andere in den Hintergrund treten ließ. Ich wollte nun die Wächter nicht mehr aus Rachegefühlen beseitigen, sondern weil alle Menschen sich ihres Lebens erfreuen sollen.

So will ich nur deshalb in das Haus unseres Großvaters eindringen, um hinter das Geheimnis seiner Macht und Stärke zu kommen.« Als Awatif ihn lange und fest ansah, konnte er im matten Schein des Kerzenlichts in ihrem Blick die schmerzliche Angst herauslesen, ihn ebenso wie ihren Vater zu verlieren. Um ihr Mut zu machen, lächelte er ihr zärtlich zu.

Draußen ertönte noch immer das schauerliche Heulen.

101

Als Arafa tief unten in der Grube stand, drückte ihm Hanasch zum Abschied die Hand. Dann blieb er abwartend stehen. Arafa aber legte sich auf den Bauch und begann, durch den Tunnel zu kriechen, der erfüllt vom Geruch des Sandes war. Er schob sich weiter vor, bis er plötzlich am anderen Ende, im Garten des Großen Hauses, angelangt war. Kaum hatte er innegehalten, schlug ihm ein wunderbarer Duft entgegen. Es war, als wären ganze Büschel von Rosen, Jasmin und Henna mit dem Tau der Morgendämmerung verschmolzen. Wie im Rausch gab er sich diesem Wohlgeruch hin, obwohl er genau wusste, in welch gefährlicher Situation er sich befand. Endlich konnte er den Duft dieses Gartens atmen, dessenthalben Adham vor Kummer gestorben war. Zu erkennen war nichts, alles war ins Dunkel der Nacht gehüllt. Nur wenige Sterne funkelten. Es herrschte schreckliche Stille. Ein paar Blätter raschelten ab und zu, als wollten sie dem schwachen Windhauch Antwort geben. Der Boden war feucht und locker, sodass er beschloss, später die Schuhe auszuziehen, um im Haus keine Spuren zu hinterlassen. Wo hatten der Torwärter, der Gärtner und die anderen Diener ihre Schlafstellen? Langsam und geräuschlos kroch er auf allen vieren auf das Haus zu, das sich als gewaltiges Viereck allmählich vom Dunkel abzuheben begann. Selbst er, der in seinem bisherigen Leben immer mit der Dunkelheit vertraut gewesen war, weil er oft genug in der Wüste oder in verfallenen Ruinen die Nacht verbracht hatte, fühlte nun, wie ihn eisiges Entsetzen packte, als er sich auf das Haus zubewegte. Langsam schob er sich voran, bis er mit der Hand an die Mauer des Vorbaus stieß, von dem aus die Treppe den Sängern zufolge zur Terrasse führte. Hier hatte Gabalawi Idris von sich gestoßen und ihn vertrieben. Hier hatte Idris' Schicksal seinen Lauf genommen, weil er sich dem Befehl seines Vaters widersetzt hatte. Was aber würde Gabalawi mit dem machen, der heimlich in sein Haus schlich, um das Geheimnis seiner Gewalt zu stehlen! Doch gemach! Bisher vermutete niemand, dass ein Dieb in dieses Haus einzudringen versuchte, das – gewappnet mit dem Schutzschild höchster Ehrerbietung – über all die Jahre hinweg unzugänglich gewesen war. Er tastete sich an der Balustrade entlang und erklomm, auf Händen und Knien kriechend, die Treppe. Auf der Terrasse zog er die Schuhe aus und klemmte sie sich unter den Arm. Dann schlich er auf eine Seitentür zu, von wo er – immer noch den Sängern vertrauend – zur kleinen Schlafkammer zu kommen hoffte.

Plötzlich hörte er jemanden husten. Das Geräusch kam aus dem Garten. Er blieb wie angenagelt stehen und starrte gebannt in diese Richtung. Eine Gestalt tauchte auf und kam auf die Terrasse zu. Er hielt den Atem an, weil es ihm vorkam, als tönte schon das Klopfen seines heftig pochenden Herzens wie Donnerhall. Die Gestalt kam immer näher, stieg die Treppe hinauf. War es Gabalawi? Vielleicht ertappte er ihn genauso bei seinem Verbrechen, wie er damals zur beinahe gleichen Stunde Adham entdeckt hatte? Nun war diese Gestalt auf der Terrasse angekommen und stand zwei Armlängen von seinem Versteck entfernt. Plötzlich ging dieses Wesen zur anderen Seite hinüber und streckte sich auf einer bettähnlichen Liege aus. Arafas Anspannung ließ ein wenig nach, er fühlte sich plötzlich ganz schwach. Wahrscheinlich war es ein Diener gewesen, der hinausgegangen war, um sein Bedürfnis zu verrichten, und nun weiterschlafen wollte. Als er im nächsten Augenblick lautes Schnarchen hörte, wurde er wieder mutiger und tastete mit der Hand nach dem Türknauf. Vorsichtig drehte er ihn und stieß behutsam die Tür so weit auf, dass er hindurchschlüpfen konnte. Nachdem er sie leise hinter sich zugezogen hatte, befand er sich in völliger Finsternis. Mit vorgestreckten Händen tastete er umher, bis er schließlich an eine Treppe stieß. Leichtfüßig stieg er hinauf und gelangte auf einen langen Flur, der von einer Lampe in einer Nische ein wenig erleuchtet war. Rechts von ihm machte der Flur einen Knick und führte offensichtlich in das Innere des Hauses, während er sich nach links über die ganze Breite des Gebäudes hinzog. Geradeaus, in der Mitte, musste also die Tür zur Schlafkammer sein. An dieser Ecke des Flurs war Umaima stehen geblieben, von hier aus war Adham weitergegangen. Nun stand er hier und war genau hinter der gleichen Sache her. Angst schnürte ihm das Herz zusammen, sodass er sich selbst ermahnen musste, Mut und Willenskraft zu bewahren. Es wäre ihm lächerlich vorgekommen, jetzt umzukehren und zurückzugehen. In jedem Augenblick konnte einer der Diener auftauchen, in jeder Minute musste er damit rechnen, dass sich ihm eine Hand auf die Schulter legte und ihn aus diesem tollkühnen Vorhaben riss. Also war jetzt nichts wichtiger, als sich zu beeilen. Er schlich auf Zehenspitzen zur Tür, griff zum glänzenden Türknauf und drehte ihn herum. Dann stemmte er sich gegen die Tür und stieß sie behutsam auf. Er schlüpfte hinein, zog die Tür hinter sich zu. Er lehnte sich gegen das Holz. Vor lauter Dunkelheit war nichts zu erkennen. Er atmete vorsichtig, als ob er mit Luft geizte. Vergeblich bemühte er sich, die Finsternis zu durchdringen. Nach einer Weile nahm er den feinen Duft von Weihrauch wahr, der in seinem Herzen unwillkürlich eine seltsame Unruhe und Trauer hervorrief. Er zweifelte nicht länger daran, dass er sich in Gabalawis Schlafgemach befand. Wann würde er sich endlich an die Dunkelheit gewöhnt haben? Wie konnte er sich aus seiner Verwirrung befreien und ruhiger werden? Wer alles hatte zuvor an dieser Stelle gestanden? Warum hatte er das Gefühl, dass er verloren wäre, wenn er jetzt nicht all seine Kraft, Entschlossenheit und seinen Mut zusammennahm? Wenn er nicht jede Bewegung genau berechnete, drohte ihm der

Untergang. Plötzlich tauchte in seiner Erinnerung das Bild von dahinziehenden Wolken auf, die von einem Augenblick zum anderen seltsame Formen annahmen – mal ein Berg, mal ein Grab.

Er tastete mit den Fingern die Wand ab und glitt gebückt daran entlang, bis er mit der Schulter an einen Stuhl stieß. Eine plötzliche Bewegung hinten im Raum ließ ihm das Blut in den Adern erstarren. Er duckte sich hinter den Stuhl und richtete die Augen auf die Tür. Er hörte Schritte und das Rauschen eines Gewandes und versuchte, sich darauf einzustellen, dass gleich helles Licht die Dunkelheit überflutete und er Gabalawi gegenüberstände. Er würde sich ihm zu Füßen werfen, um Vergebung bitten und sagen: Ich bin dein Enkel. Einen Vater habe ich nicht. Mein Ziel ist es, Gutes zu tun. Tue mit mir, was du willst.

Obwohl es noch immer dunkel war, sah er, dass sich eine Gestalt auf die Tür zubewegte. Dann öffnete diese sich leise, und vom Flur drang Licht herein. Die Gestalt ging hinaus, durch die angelehnte Tür konnte er sehen, dass sie sich nach rechts wandte. Im Licht der Flurlampe nahm er eine alte, schwarzhäutige Frau mit ausgemergeltem Gesicht wahr. Hochgewachsen, bot sie einen unvergesslichen Anblick. War sie eine Dienerin? Ob dieser Raum möglicherweise zu jenem Flügel des Hauses gehörte, in dem die Diener wohnten? Er schaute sich um, da er sich nun mithilfe des schwachen Lichts vom Flur ein wenig zurechtfinden konnte. Die Umrisse von Stühlen und einem Sofa zeichneten sich ab. Weiter hinten stand ein großes Bett mit Säulen und Vorhängen, neben dem ein kleineres aufgestellt war. Vielleicht hatte darin die Alte gelegen. Das große, prächtige Bett konnte nur Gabalawi gehören. Bestimmt lag er jetzt darin und schlief, nichts ahnend von dem Verbrechen, das er, Arafa, gerade zu tun im Begriff war. Nichts wünschte er sich sehnlicher, als einen einzigen Blick auf ihn zu werfen, und wäre es auch nur von Weitem. Aber die Tür war noch immer nur angelehnt, was ihm ein warnendes Zeichen dafür war, dass die Dienerin in jedem Augenblick zurückkehren konnte. Als er weiter nach links schaute, erkannte er die Tür zu jener kleinen Kammer, die das schreckliche Geheimnis barg. So hatte auch Adham dorthin gestarrt, möge seine arme Seele Erbarmen finden. Er versuchte, nicht mehr an Gabalawi zu denken, schlich um die Stühle herum und erreichte schließlich die kleine Tür. Er vermochte nicht länger der Versuchung zu widerstehen und hob die Hand, bis seine Finger die Klinke berührten. Langsam drückte er sie herunter. Die Tür ging auf. Sofort schloss er sie wieder. Sein Herz klopfte wie wild vor Aufregung und dem Gefühl des Sieges. Aber im gleichen Augenblick verlosch der schwache Schein des Lichts, das Zimmer war wie zuvor in völlige Dunkelheit gehüllt. Wieder vernahm er das Geräusch leichtfüßiger Schritte. Dann knarrte das Bett, die Frau hatte sich also wieder hingelegt. Schweigen herrschte. Er fasste sich in Geduld und wartete, bis die Alte eingeschlafen sein musste. Angestrengt starrte er in die Richtung des großen Betts, konnte aber nichts erkennen. Er sagte sich also, dass es ohnehin eine wahnsinnige Idee war, mit dem Großvater in Verbindung kommen zu wollen. Bevor dies möglich wäre, würde die Alte aufwachen, das ganze Haus zusammenschreien, und er könnte alles vergessen. Im Grunde genügte ihm ja auch dieses wichtige Buch, das die Gebote der Stiftung und die magischen Zeichen enthielt, dank deren sich der Großvater in seiner frühesten Zeit die Wüstenödnis und die Menschen unterworfen hatte. Niemand war je zuvor auf den Gedanken gekommen, dass es ein Zauberbuch sein könnte, denn keiner hatte vor ihm, Arafa, sich auf die Zauberei verstanden.

Wieder hob er die Hand und öffnete die Tür. Er kroch durch den engen Spalt hindurch und zog sie hinter sich zu. Vorsichtig richtete er sich auf und atmete tief durch, um ruhiger zu werden. Warum enthielt Gabalawi das Geheimnis dieses Buches seinen Kindern vor? Selbst dem Sohn, der ihm der liebste gewesen war, Adham, hatte er es verwehrt. Mit diesem Buch musste es ein Geheimnis auf sich haben, und in wenigen Sekunden, wenn er die Kerze angezündet hatte, würde er es entdecken. Auch Adham hatte sich damals von einer Kerze Helligkeit erhofft, und nun stand er an der gleichen

Stelle, der vaterlose Sohn, und holte aus der Tasche eine Kerze. Auf ewig würde die Rabab diesen Augenblick besingen.

Als das Licht aufflammte, sah er zwei Augen, die auf ihn gerichtet waren. Trotz allen Schreckens erkannte er, dass ihn ein alter Neger anstarrte, der an der Tür in einem Bett lag. Obwohl er völlig verblüfft war, merkte er, dass der Alte sich krampfhaft bemühte, vollends wach zu werden. Arafa musste ihn durch das Geräusch des Streichholzes im Schlaf aufgeschreckt haben. Ohne es selbst zu wollen, stürzte er sich auf ihn und drückte ihm, so kräftig er nur konnte, mit der rechten Hand die Kehle zu. Der Alte wehrte sich verzweifelt und versuchte, die Hand wegzuziehen. Aber Arafa trat ihm in den Bauch und verstärkte den Druck seiner Hand.

Dabei entglitt ihm die Kerze, die er in der Hand gehalten hatte, fiel zu Boden und verlosch. Alles war stockdunkel. Der alte Mann machte eine letzte, verzweifelte Anstrengung, dann blieb er plötzlich still liegen. Als wäre er völlig von Sinnen, drückte Arafa immer weiter, bis ihm schließlich die Hand ermattete. Keuchend taumelte er rückwärts und lehnte sich an die Tür. Sekunden verharrte er so, sich gleichsam in der Hölle schlimmster Qualen befindend. Er spürte, wie ihn seine Kräfte verließen. Die Zeit lastete schwerer auf ihm als sein Vergehen. Wenn er diesen Schwächeanfall nicht überwand, würde er gleich zu Boden oder gar auf den Leichnam seines Opfers stürzen. Unwiderstehlich beherrschte ihn der Wunsch, auf der Stelle zu fliehen. Er würde es nicht fertigbringen, über den Toten hinwegzusteigen, um an dieses alte Buch heranzukommen. Dieses unheilvolle Buch! Nochmals die Kerze anzuzünden, dazu fehlte ihm der Mut. Lieber tappte er wie ein Blinder umher. Er fühlte, dass seine Arme schmerzten. Wahrscheinlich hatte ihn der Alte dort blutig gekratzt, als er verzweifelt Widerstand leistete. Bei diesem Gedanken überlief ihn ein Schauer. Adhams Verbrechen hatte in Ungehorsam bestanden, er hingegen hatte einen Mord auf sich geladen. Er hatte einen Mann getötet, den er nicht kannte. Er hatte ihn ermordet, ohne dafür den geringsten Grund zu haben. Dabei war er doch gekommen, um die geheimnisvolle Kraft zu entdecken, mit der er das Verbrechen bekämpfen könnte. Nun war er selbst zum Verbrecher geworden. Er wandte den Kopf in die Richtung, in der er das Buch vermutete. Dann stieß er die Tür auf und schlüpfte hinaus. Sich behutsam an der Wand entlangschleichend, hielt er bei dem Stuhl inne, der in der Nähe der Flurtür stand. Er war in diesem Haus nur auf Diener gestoßen, wo aber war der Herr? Wenn es ihn gab, würde seine Mordtat auch immer zwischen ihnen beiden stehen. Die Enttäuschung über seinen Misserfolg erschütterte ihn bis ins Innerste. Als er vorsichtig die Tür öffnete, fühlte er sich vom Licht geblendet, fast kam es ihm vor, als tauchte es ihn in grelles Getöse. Er zog die Tür hinter sich zu und ging auf Zehenspitzen weiter. Dann stieg er die Treppe hinunter. Nun musste er die Terrasse überqueren, um in den Garten zu gelangen. Die große Anspannung und Enttäuschung hatten ihn geschwächt, sodass er weniger vorsichtig war. Offensichtlich hatte er daher den auf der Terrasse schlafenden Diener geweckt, denn dieser rief plötzlich: »Wer ist da?« Arafa kauerte sich, von Entsetzen gepackt, an die Wand, durch den Schreck fühlte er sich wieder etwas kräftiger. Der Diener wiederholte seine Frage, aber die einzige Antwort war das Miauen einer Katze. Arafa hielt sich weiter verborgen, denn nichts fürchtete er mehr, als ein neues Verbrechen zu begehen. Als es nach einer Weile endlich wieder still war, schlich er auf allen vieren durch den Garten. Er tastete sich an der Mauer entlang, bis er das Loch fand. Kroch hinein und glitt bis zum Ende des Tunnels. Schon glaubte er, den Rückweg geschafft zu haben, da stieß er plötzlich an einen Fuß. Bevor er noch wusste, wie ihm geschah, fühlte er einen heftigen Schmerz am Kopf.

102

Arafa stürzte sich auf den Angreifer. Der Kampf dauerte nicht lange, denn als der andere vor Wut aufschrie, erkannte Arafa die Stimme und rief bestürzt: »Hanasch!«

Nun halfen sich beide, um schnell wieder nach draußen zu kommen. Kaum konnten sie sich aufrichten, erklärte Hanasch: »Du warst so lange weg, da wollte ich herausbekommen, was los ist.«

»Wie üblich machst du alles falsch, aber lass uns nun lieber gehen«, erwiderte Arafa, immer noch keuchend.

Sie kehrten beide ins Viertel zurück, das noch im Schlaf lag. Als sie zu Hause angekommen waren, rief Awatif erschrocken: »Wie siehst du aus? Was für Blut ist da an deiner Hand und an deinem Hals? Du musst dich waschen!«

Arafa erschauerte, gab aber keine Antwort. Er wollte sich waschen gehen und fiel ohnmächtig nieder. Nach einer Weile kam er wieder zu sich. Awatif und Hanasch setzten ihn auf das Sofa und stützten ihn. Er hatte das Gefühl, dass von nun an ruhiger Schlaf für ihn weiter entfernt wäre als Gabalawi. Sein schreckliches Geheimnis lag wie eine Last auf ihm, er konnte es nicht länger für sich behalten. So erzählte er Awatif und Hanasch von seinem wundersamen Ausflug. Als er zu Ende gesprochen hatte, sahen ihn beide voller Entsetzen und Verzweiflung an. »Ich war von Anfang an dagegen«, flüsterte Awatif. Hanasch hingegen schien die Sache herunterspielen zu wollen. »Es war einfach nicht möglich, dieses Verbrechen zu vermeiden.«

»Aber es ist schrecklicher als alles, was Santuri und die anderen Wächter je getan haben«, sagte Arafa tief betrübt.

»Niemand wird auf den Gedanken kommen, dass du es gewesen bist.«

»Ich habe einen alten Mann getötet, der keinerlei Schuld auf sich geladen hatte! Wer weiß, vielleicht war es der Diener, den Gabalawi zu Kasim geschickt hatte.«

Wie betäubt schwiegen sie. Dann fragte Awatif: »Wäre es nicht besser, jetzt erst einmal zu schlafen?«

»Geht zu Bett«, erwiderte Arafa. »Ich werde heute Nacht keinen Schlaf finden.«

Wieder schwiegen alle bedrückt. Eine Frage schien Hanasch nicht loszulassen. »Hast du wenigstens einen flüchtigen Blick auf Gabalawi werfen können oder seine Stimme gehört?«

»Nein.«

»Aber du hast im Dunkeln sein Bett gesehen?«

»Es war nicht anders, als wenn wir von Weitem sein Haus sehen.«

»Ich hatte gehofft, dass du deshalb so lange weg bist, weil du mit ihm sprechen konntest.«

»Ja, wenn man draußen ist, stellt man sich alles ganz einfach vor.«

Awatif machte sich Sorgen. »Du siehst aus, als hättest du Fieber. Es wäre wirklich das Beste, wenn du erst einmal schlafen würdest.«

»Wie soll ich jetzt schlafen können?« Dabei hatte er das Gefühl, dass sie recht hatte. Ihm war heiß und benommen zumute.

Hanasch schien sich wegen des Misserfolgs nicht beruhigen zu können. »Da warst du nur eine Armlänge von dem Buch entfernt und hast trotzdem nicht hineingeschaut!« Betrübt verzog er das Gesicht. »Es war alles so schwer, und nun ist nichts dabei herausgekommen.«

»So ist es.« Arafa überlegte. Plötzlich schien er wieder etwas von seiner alten Entschlossenheit zurückzugewinnen, denn gleich darauf erklärte er: »Aber mich hat dieses Abenteuer gelehrt, dass es unumgänglich ist, sich einzig und allein auf die Magie zu stützen, die uns zur Verfügung steht. Habe ich mich denn nicht auf dieses wahnsinnige Unternehmen nur um einer Idee willen eingelassen, die mit meinem ursprünglichen Plan überhaupt nichts zu tun hat?«

»Das stimmt. Aber niemand außer dir hat behauptet, dass dieses berühmte Buch ein Zauberbuch wäre.«

Arafa rang noch immer mit sich. »Der Versuch mit der Flasche wird bestimmt früher, als du denkst, Erfolge zeigen. Das wird sehr nützlich sein, wenn wir uns verteidigen müssen.«

Um zu vermeiden, dass wieder jenes schreckliche Schweigen einsetzte, beeilte sich Hanasch zu sagen: »Wenn du doch ein Zaubermittel kennen würdest, das es dir ermöglicht, ohne ein solches Wagnis ins Große Haus zu gelangen!«

»Die Magie ist unerschöpflich«, sagte Arafa begeistert. »Bis jetzt haben wir mit ihrer Hilfe nur einige Heilmittel entwickelt und die Flasche erfunden, mit der wir uns verteidigen oder angreifen können. Aber was man sonst noch alles damit machen kann, das können wir uns bis jetzt nicht einmal ausmalen!«

»Auf den Gedanken, dich heimlich ins Große Haus zu schleichen, hättest du gar nicht kommen dürfen!«, griff Awatif nun verärgert ein. »Unser Großvater lebt in seiner Welt, wir aber hier in unserer. Selbst wenn es dir gelungen wäre, mit ihm zu sprechen, hätte dir das überhaupt nichts genützt. Wahrscheinlich hat er schon längst alles vergessen – die Stiftung, die Verwaltung, die Enkel und auch das Viertel!«

Ohne zu wissen, warum, wurde Arafa wütend. Vielleicht war es seinem verwirrten Zustand anzulasten, dass er sich so verhielt. Ungewöhnlich schroff entgegnete er: »Dieses verblendete, unwissende Viertel! Was versteht es denn schon von irgendwelchen Zusammenhängen? Nichts, aber auch gar nichts! Alles, was es kennt, sind die alten Geschichten und die Rabab. Undenkbar, dass die Menschen hier wenigstens das tun, was ihnen immer erzählt wird. Sie bilden sich ein, der Nabel der Welt zu sein, dabei ist dieses Viertel nichts weiter als der Unterschlupf von Gaunern und Bettlern! Ursprünglich war es wenigstens noch ein guter Brutplatz für allerlei Viehzeug, dann aber kaum euer Großvater, dieser so berühmte Stifter!«

Hanasch fuhr erschrocken zusammen. Awatif feuchtete ein Tuch an, das sie auf Arafas Stirn legen wollte. Er aber schob grob ihre Hand weg und sprach hitzig weiter: »Mir gehört, was sonst keiner besitzt, nicht einmal Gabalawi! Ich verfüge über die Magie, eine Kraft, die all das verwirklichen kann, was Gabal, Rifaa und Kasim nicht einmal gemeinsam geschafft hätten!«

»Wann gehst du endlich schlafen?«, flehte Awatif.

»Wenn das Feuer in meinem Kopf erlischt!«

»Aber der Morgen kommt gleich«, murmelte Hanasch besorgt.

»Soll er doch! Richtiger Morgen wird ohnehin erst sein, wenn die Magie über die Wächter gesiegt hat und aus den Herzen der Menschen die bösen Geister vertrieben sind. Erst dann wird den Menschen so viel Gutes zuteilwerden, wie die Stiftung es ihnen nicht einmal teilweise geben konnte. Dann wird der lang ersehnte Reichtum einsetzen, von dem schon Adham geträumt hat!« Er seufzte tief auf und lehnte erschöpft den Kopf an die Wand. Gerade fasste Awatif neue Hoffnung, dass er nun einschlafen würde, da setzte mitten in der Stille ein ohrenzerreißender Lärm ein. Schreie des Entsetzens und Klagen brandeten auf.

Arafa sprang auf. »Der Leichnam des Dieners ist gefunden!«

»Woher willst du wissen, dass der Lärm vom Großen Haus kommt?«, fragte Awatif mit trockener Kehle. Schon lief Arafa hinaus, gefolgt von Hanasch und Awatif. Sie blieben vor dem Gehöft stehen und schauten zum Großen Haus hinüber. Die Nacht wich, der nahende Morgen kündigte sich an. Viele Fenster flogen auf, neugierige Gesichter starrten heraus. Alle blickten in die gleiche Richtung. Vom untersten Ende des Viertels kam ein Mann gelaufen. Als er in ihrer Nähe war, fragte Arafa: »Was ist geschehen?«

Ohne stehen zu bleiben, rief er: »Alles liegt in Allahs Macht! Da hat Gabalawi so lange gelebt, nun ist er tot!«

103

Die drei gingen ins Haus zurück. Arafa konnte sich nicht mehr auf den Beinen halten und warf sich auf das Sofa. »Der Mann, den ich getötet habe«, sagte er leise, »war ein schwarzer, ärmlich aussehender Diener, der in der Kammer geschlafen hat.«

Weder Hanasch noch Awatif brachten ein Wort heraus. Beide starrten zu Boden, als wollten sie seinem Blick ausweichen, der von einem zum anderen schweifte. »Ich sehe schon«, sagte er, »ihr glaubt mir nicht. Aber ich schwöre euch, dass ich mich seinem Bett nicht genähert habe!«

Hanasch zögerte, fand es aber schließlich besser, den Bruder nicht dem tödlichen Schweigen zu überlassen. »Vielleicht hast du dich einfach geirrt, weil du so überrascht warst?«

»Nein, bestimmt nicht!«, rief Arafa verzweifelt. »Wie kannst du das sagen, obwohl du gar nicht dabei warst?«

Awatif bekam es mit der Angst zu tun. »Sprich leiser!«

Er lief auf der Stelle hinaus und hockte sich in den hinteren Raum, der dunkel war. Vor Erregung zitterte er am ganzen Körper. Wahnsinn musste ihn an diesen unheilvollen Ort, zum Großen Haus, getrieben haben. O ja, es war ein unglückseliges Wagnis gewesen, und nun schwankte die Erde unter seinen Füßen. Abgründe würden sich auftun, aus denen Kummer und Trübsal auf ihn geschleudert würden. Die einzige Hoffnung, die ihm verblieben war, verband sich mit diesem kleinen Raum, der Wunder barg.

Als die ersten Sonnenstrahlen auf das Viertel fielen, eilten die Menschen zum Großen Haus und versammelten sich dort. Gerüchte sickerten durch und verbreiteten sich schnell, vor allem, nachdem der Verwalter kurz im Großen Haus gewesen und dann wieder in seinem eigenen Haus verschwunden war. Die Leute erzählten sich, dass Diebe durch einen unterirdischen Gang ins Große Haus eingedrungen seien und dort einen treuen, alten Diener umgebracht hätten. Als Gabalawi von diesem frechen Mord erfahren habe, sei dies für seine angegriffene Gesundheit, noch dazu in seinem hohen Alter, zu viel gewesen, sodass er den Geist aufgegeben habe.

Die Kunde von diesem schrecklichen Ereignis erfüllte die Herzen der Menschen mit solchem Zorn, dass man fast meinte, ihn als schwarzen Rauchschleier zu sehen und alles Klagen und Wimmern dumpfer zu hören. Nur Arafa, dem seine Frau und Hanasch vom Geschehen berichtet hatten, jauchzte erleichtert auf: »Da seht ihr, die Berichte geben mir recht!« Aber schon im nächsten Augenblick begriff er, dass er trotzdem am Tod von Gabalawi schuldig geworden war. Beschämt schwieg er. Awatif wusste nicht, was sie ihm noch sagen konnte, und murmelte nur: »Allah erbarme sich seiner.«

»Er ist schließlich alt genug geworden«, sagte Hanasch. Aber dies konnte für Arafa kein Trost sein. Mit trauriger Stimme, die wie das Klagen der Rabab klang, seufzte er: »Ich bin schuld an seinem Tod! Ich bin fürwahr der Erbärmlichste von allen seinen Enkeln und habe noch schlimmeres Unrecht getan als die Gemeinsten von ihnen!«

Awatif schluchzte los. »Du bist aber doch ohne jede schlechte Absicht hingegangen!«

»Ob sie nicht vielleicht etwas über uns herausfinden?«, fragte Hanasch besorgt.

»Wir müssen fliehen!«, rief Awatif.

Arafa winkte unwillig ab. »Damit würden wir ihnen nur den deutlichsten Beweis liefern, dass wir das Verbrechen begangen haben.«

Stimmengewirr auf der Straße zeigte an, dass die Wogen der Empörung hochschlugen. »Der Verbrecher soll sterben, bevor noch Gabalawi begraben ist!« – »Wir sind die fluchbeladensten seiner Kinder, denn in der Vergangenheit haben selbst die größten Schurken dieses Haus geachtet, sogar Idris!« – »Fluch wird auf uns liegen bis zum Jüngsten Tag!« – »Die Mörder können nicht aus unserem Viertel sein, wer sollte das glauben?« – »Schon bald wird man alles erfahren!« – »Fluch über uns bis zum Jüngsten Tag!«

Das Klagen und Jammern wurde immer lauter, sodass Hanasch schließlich die Nerven verlor und erklärte: »Wir können nicht länger im Viertel bleiben!«

Die Gabalfamilie schlug vor, Gabalawi in Gabals Grab zu beerdigen. Einerseits waren sie davon überzeugt, dass sie ihm der Herkunft nach am nächsten standen, andererseits wollten sie nicht, dass Gabalawi im Grab seiner Familie bestattet wurde, weil dort die sterblichen Überreste von Idris ruhten.

Die Rifaafamilie ihrerseits wünschte, dass er in dem Grab beigesetzt würde, in das er eigenhändig Rifaa gelegt hatte. Die Kasimfamilie wiederum behauptete, dass Kasim der Beste seiner Enkel gewesen sei und nur sein Grab der Würde des Leibs des glorreichen Großvaters entspreche. Fast wäre es zum Aufruhr gekommen, wenn nicht der Verwalter Kadri verkündet hätte, dass Gabalawi in der Moschee bestattet werden sollte, die auf dem Gelände des Großen Hauses, dort, wo früher das alte Verwaltungsgebäude lag, errichtet worden war. Dieser Vorschlag fand allgemeine Zustimmung, obgleich die Leute bedauerten, dass sie auf diese Weise vom Begräbnis des Großvaters ebenso wenig zu sehen bekamen wie von ihm selbst zu seinen Lebzeiten. Die Mitglieder der Rifaafamilie flüsterten sich froh zu, dass damit Gabalawi nun doch in dem Grab ruhen würde, in das er schon Rifaa gelegt hatte. Aber niemand außer ihnen glaubte diese alte Geschichte. Sie machten sich alle darüber lustig, was wiederum Aggag, den Wächter der Rifaas, so in Wut brachte, dass er im Begriff war, sich einen Kampf mit Santuri zu liefern. Aber Saadallah stellte sich ihnen in den Weg und brüllte sie an: »Ich werde jedem den Schädel einschlagen, der es wagt, die Würde dieses Trauertages zu verletzen!«

Bei der Totenwaschung durften nur die engsten Diener zugegen sein. Sie hüllten ihn in das Leichentuch und legten ihn auf die Bahre. Der Leichnam wurde in die große Empfangshalle getragen, in der sich die wichtigsten Ereignisse der Familie zugetragen hatten – die Übergabe der Verwaltung an Adham, der Aufruhr Idris' gegen seinen Vater. Der Verwalter und die Oberhäupter der drei Familien wurden zum Gebet geladen, und bei Sonnenuntergang wurde der Leichnam bestattet.

Am Abend suchten alle den großen Baldachin auf. Arafa und Hanasch schlossen sich der Rifaafamilie an. Arafa, der seit der Nacht des Verbrechens kein Auge zugetan hatte, sah totenblass aus. Die Menschen sprachen über nichts anderes als über Gabalawis Heldentaten und nannten ihn Bezwinger der Wüstenödnis, bester aller Männer, Symbol für Kraft und Mut, Herr der Stiftung und des Viertels, Urvater aller nachfolgenden Generationen. Arafa sah schrecklich bekümmert aus, aber niemand hätte sich auch nur im Geringsten vorstellen können, was ihn quälte. Er hatte es gewagt, in das Große Haus einzudringen und dessen Erhabenheit zu missachten. Er war nicht eher von der Existenz des Großvaters zu überzeugen gewesen, bis dieser tot war. Er war es, der sich von allen anderen abgesondert und seine Hände für immer und ewig mit Blut besudelt hatte. Wie, so fragte er sich, wie könnte er dieses Verbrechen je wiedergutmachen? All die rühmlichen Taten von Gabal, Rifaa und Kasim würden nicht reichen, um die schwere Schuld zu sühnen. Selbst wenn er den Verwalter und die Wächter besiegen und das Viertel von all ihrem bösartigen Treiben befreien würde, es reichte nicht aus. Wenn er bereit wäre, sich jeglicher Gefahr auszusetzen, er könnte die schreckliche Tat nicht vergessen. Auch wenn er jedem Einzelnen anbieten würde, ihn in der Kunst der Magie und deren Nutzen zu unterweisen, er würde das Verbrechen nicht ungeschehen machen. Eine einzige Möglichkeit war ihm gegeben, mit der er sich seiner Schande entledigen konnte: Er musste in das Wissen um die Magie so weit vordringen, dass er Gabalawi das Leben wiedergeben konnte, dem Mann, den er getötet hatte, obwohl er ihn nie gesehen hatte. Könnten die kommenden Tage ihm doch nur genügend Kraft schenken, damit die blutende Wunde in seinem Herzen heilte! Aber da waren noch diese Wächter, die heuchlerisch in Tränen zerflossen ... Ach! Keiner von ihnen hatte eine solche Freveltat wie er begangen! Sprachlos und niedergeschlagen saßen die Wächter nun da, verfolgt von Scham und Schande. In den Gassen und Straßen würden die Leute herumtuscheln, dass Gabalawi in seinem Großen Haus getötet worden war, während sich die allmächtigen Wächter am Haschisch berauscht hatten. Deshalb blitzte aus ihren Augen die Drohung, Rache zu nehmen. Verderben und Tod kündigten sich an.

Als Arafa spät in der Nacht nach Hause kam, zog er Awatif an sich und fragte sie verzweifelt und wie um Hilfe bittend: »Sag mir ganz ehrlich, bin ich für dich ein Verbrecher?«

»Du bist ein guter Mensch, der beste, dem ich je in meinem Leben begegnet bin. Aber du bist auch der, der von allen das meiste Unglück hat.«

Er schloss die Augen und sagte leise: »Niemand hat so viel Leid erfahren wie ich.«

»Ja, ich weiß.« Sie küsste ihn und flüsterte: »Ich habe Angst, dass nun ein Fluch auf uns liegt.«

Ihre Lippen waren kalt. Arafa wandte sein Gesicht ab.

»Ich habe Angst«, erklärte Hanasch. »Bestimmt wird alles herauskommen, wenn nicht heute, dann morgen. Ich kann mir einfach nicht vorstellen, dass die Leute alles über Gabalawi in Erfahrung gebracht haben, seine Herkunft, seine Stiftung, sein Umgang mit den Söhnen, seine Begegnungen mit Gabal, Rifaa und Kasim, und dass nur das Wissen über seinen Tod im Dunkeln bleibt.«

Arafa stöhnte. »Weißt du denn irgendeine Lösung außer der Flucht?« Da Hanasch keine Antwort gab, fuhr er fort: »Ich habe bereits einen Plan. Bevor ich darangehen kann, ihn zu verwirklichen, möchte ich erst wieder ruhiger werden. Ich kann nicht arbeiten, wenn ich das Gefühl habe, ein Verbrecher zu sein.«

»Du bist unschuldig«, widersprach Hanasch wenig überzeugend.

»Ich werde arbeiten!«, erklärte Arafa entschlossen. »Fürchte nichts für uns, Hanasch. Schon bald wird das Viertel nicht mehr über dieses schlimmste aller Verbrechen sprechen, sondern nur noch über bestimmte andere Ereignisse. Es werden wahre Wunder geschehen, und das größte wird sein, dass Gabalawi wieder ins Leben zurückkehrt.«

Awatif stieß einen kurzen, spitzen Schrei aus. Hanasch runzelte die Stirn und fragte: »Bist du verrückt geworden?«

Wie im Fieberwahn sprach Arafa: »Die Worte unseres Großvaters haben die Besten seiner Enkel dazu getrieben, tätig zu werden, selbst dann, wenn ihnen der Tod drohte. Ein treuer Sohn muss alles wagen, muss seinen Platz einnehmen, muss selbst der Vater werden. Verstehst du?«

104

Aller Lärm im Viertel war verstummt, und Arafa schickte sich an, das Haus zu verlassen. Awatif brachte ihn bis zum Flur des Gehöfts. Ihre Augen waren vom vielen Weinen gerötet. Als hätte sie sich in ein unabänderliches Schicksal ergeben, verabschiedete sie ihn lediglich mit den Worten: »Pass auf dich auf!«

»Warum kann ich dich nicht begleiten?«, drängte Hanasch beharrlich.

»Weil es für einen leichter ist zu fliehen als für zwei.« Besorgt legte Hanasch die Hand auf Arafas Schulter.

»Mach von der Flasche nur im äußersten Notfall Gebrauch!« Arafa nickte und ging los. Im Viertel war alles dunkel. Er schlug die Richtung nach Gamalija ein. Zwar wollte er zum Haus von Saadallah, das am Nordrand der Wüste lag, hielt es aber für besser, den weiten Umweg über Watawit, ad-Darrasa und die Wüstengegend beim Großen Haus zu machen. Als er sein Ziel erreicht hatte, ging er an der Gartenmauer entlang bis zu einer Stelle, an der ein großer Stein lag. Er rollte ihn zur Seite, und vor ihm lag der unterirdische Gang, den Hanasch und er in der letzten Zeit Nacht für Nacht ausgehoben hatten. Auf dem Bauch kriechend, gelangte er ans andere Ende, wo er die Laubtarnung entfernte. Dann stand er endlich im Garten des Oberwächters. Er duckte sich an die Mauer und sah sich um. Hinter einem der geschlossenen Fensterflügel war ein schwacher Lichtschein auszumachen. Im Garten selbst war alles dunkel, aber das Gartenhaus war hell erleuchtet. Von Zeit zu Zeit erscholl raues Männergelächter, hörte er Fetzen eines zänkischen Wortwechsels. Er zog einen Dolch aus der Brusttasche und wartete angespannt. Die Zeit verging langsam und lastete schwerer auf ihm als alle seine Sünden. Nach ungefähr einer halben Stunde schien die Haschischrunde sich aufzulösen. Die Tür wurde geöffnet, und nacheinander kamen die Männer heraus und gingen zum Tor, durch das man ins Viertel gelangte. Der Torwärter, der ihnen mit einer Laterne den Weg gewiesen hatte, schloss das Tor und kehrte zu Saadallah zurück, um ihn bis zur Terrasse zu begleiten. Arafa hob einen Stein von der Erde und schlich gebückt, den Dolch mit der rechten Hand fest umklammernd, vorwärts. Er kauerte sich hinter eine Palme, und als Saadallah die erste Stufe der Treppe erreicht hatte, schoss er hervor, stürzte sich auf ihn und stieß ihm, so kräftig er konnte, den Dolch über dem Herzen in den Rücken. Mit einem kurzen Aufschrei ging der Mann zu Boden. Erschrocken drehte sich der Torwärter um, aber da traf der Stein schon die Laterne. Das Licht verlosch. Behände lief Arafa auf die Stelle der Mauer zu, von wo er gekommen war. Kaum hatte der Torwärter laut zu schreien begonnen, da waren vom Haus und dem hinteren Ende des Gartens eilige Schritte und aufgeregte Stimmen zu hören. Arafa lief noch schneller, stolperte aber plötzlich über einen Baumstumpf und fiel hin. Er spürte einen stechenden Schmerz an Bein und Ellenbogen, kümmerte sich aber nicht weiter darum, sondern kroch den Rest der Strecke bis zur Mauer. Schon waren die Stimmen deutlicher zu vernehmen, und die Schritte der Verfolger wurden immer lauter. So schnell er nur konnte, glitt er in den Gang, schob sich wieder bäuchlings voran und kam endlich in der Wüste heraus. Stöhnend erhob er sich und lief in Richtung Osten. Bevor er die Mauer des Großen Hauses umlaufen hatte, drehte er sich um und sah, dass ihn im Dunkeln mehrere Gestalten verfolgten. Jemand rief: »Wer ist da?« Trotz des Schmerzes lief er noch schneller und erreichte schließlich die hintere Mauer des Großen Hauses. Als er die freie Fläche zwischen diesem Haus und dem des Verwalters überquerte, sah er eine Menge Fackeln. Er rannte in die Wüste, in Richtung Mukattam-Markt. Er spürte, dass die Schmerzen über kurz oder lang unerträglich werden würden. Aber die Verfolger kamen immer näher, immer deutlicher konnte er aus dem Stimmengewirr Rufe wie »Packt ihn! Kreist ihn ein!« heraushören. Da half nur eins, er musste die Flasche verwenden, die er monatelang erprobt hatte. Er blieb stehen und sah den Verfolgern entgegen. Sein scharfer Blick durchdrang das Dunkel. Als er die einzelnen Gestalten unterscheiden konnte, warf er ihnen die Flasche entgegen. Schon eine Sekunde später gab es eine Explosion, wie keiner sie je zuvor erlebt hatte. Gleich darauf hallten Schreckensschreie und Schmerzgewimmer durch die Wüste.

Arafa rannte wieder los. Nun folgte niemand mehr. Am Rande der Wüste warf er sich auf die Erde, keuchte und stöhnte. Von Schmerzen gepeinigt, lag er allein und einsam unter dem Sternenzelt. Er blickte um sich – die Welt hüllte sich in Schweigen und Dunkelheit. Er wischte sich mit der Hand das Blut vom Bein und rieb sie im Sand trocken. Ihm war klar, dass er, koste es, was es wolle, weitergehen musste. Sich auf beide Hände stützend, stand er mühsam auf und humpelte los. Als er ad-Darrasa erreicht hatte, sah er jemanden auf sich zukommen. Ängstlich schaute er der Gestalt entgegen, aber der andere ging vorbei, ohne sich um ihn zu kümmern. Er atmete erleichtert auf. Arafa machte nun einen ebenso großen Bogen wie auf dem Hinweg. Kaum näherte er sich dem Gabalawi-Viertel, schlug ihm auch schon großer Lärm entgegen, was für diese späte Nachtstunde ungewöhnlich war. In die sich überschlagenden Stimmen mischten sich Weinen, zornige Rufe und Drohungen. Für einen Augenblick verharrte er still, dann schlich er entlang der Mauern weiter. An der Straße lugte er vorsichtig um die Ecke. Am anderen Ende, zwischen dem Haus des Verwalters und dem von Saadallah, hatten sich viele Menschen versammelt. Der Straßenteil der Kasims hingegen lag wie ausgestorben und in völliger Dunkelheit. Arafa schlich weiter und erreichte schließlich sein Gehöft.

Kaum war er in der Wohnung, stürzte er zwischen Awatif und Hanasch nieder. Als er Awatif das blutende Bein zeigte, erschrak sie und holte schnell einen Krug mit Wasser. Dann machte sie sich daran, die Wunde auszuwaschen. Er biss die Zähne zusammen, um nicht vor Schmerz laut aufzuschreien. Hanasch ging ihr zur Hand.

»Da draußen ist die Hölle los«, sagte er zu Arafa.

»Was erzählen denn die Leute über die Explosion?«

»Die dich verfolgt haben, versuchten, sie zu beschreiben, aber keiner hat ihnen geglaubt. Die Leute haben verblüfft die Verwundeten angestarrt, die am Hals und im Gesicht getroffen waren. Die Geschichte mit der Explosion hat den Mord an Saadallah ganz in den Hintergrund gedrängt.«

»Der Oberwächter ist damit also erledigt. Schon morgen werden die anderen Wächter beginnen, sich einen blutigen Kampf um seine Nachfolge zu liefern.« Arafa blickte seine Frau an, die nun vorsichtig die Wunde verband. »Die Zeit der Wächter ist so gut wie vorbei. Als Nächster wird jetzt der Mörder deines Vaters verschwinden.«

Awatif blieb stumm, Hanasch sah noch immer beunruhigt aus. Arafa vergrub vor lauter Schmerz das Gesicht in den Händen.

105

Am frühen Morgen klopfte es heftig an die Tür von Arafas Wohnung. Als Awatif öffnete, stand Meister Junus vor ihr, der Torwärter des Verwalters. Sie grüßte freundlich und bat ihn einzutreten.

»Der Herr Verwalter bittet Meister Arafa in einer dringenden Angelegenheit zu sich.«

Awatif eilte zu Arafa zurück, um ihm die Einladung zu übermitteln. Unter anderen, weniger widrigen Umständen hätte sie sich über diese große Ehre nicht genug freuen können.

Es dauerte nicht lange, und Arafa trat aus dem Haus, bekleidet mit dem Besten, was er besaß: weißer Gilbab, getupftes Schaltuch, saubere Schuhe. Er stützte sich auf einen Stock, denn das Gehen fiel ihm schwer. Niemandem konnte verborgen bleiben, wie stark er humpelte. Er hob die Hand zum Gruß und sagte: »Stehe zu Diensten.« Der Torwärter ging los, und Arafa folgte ihm. Die Stimmung im Viertel war niedergedrückt. Im Blick der Menschen lag Sorge. Es war, als fragten sie sich ängstlich, welches neue Unglück sie wohl am nächsten Tage heimsuchen würde. In den Kaffeehäusern lungerten die Gehilfen der Wächter herum, vertieft in eifrige Beratungen. Aus dem Haus von Saadallah drangen ununterbrochen Klagen und Wehrufe. Arafa betrat hinter dem Torwärter das Gehöft des Verwalters und folgte ihm durch den von Jasminranken überdachten Gang. Als sie auf die Terrasse zuschritten, verglich er in Gedanken dieses Haus mit dem von Gabalawi. Ein großer Unterschied war nicht zu entdecken. Vielleicht hat die Treppe hier nicht ganz so viele Stufen, dachte er insgeheim. Wut stieg in ihm auf, und voller Groll stellte er für sich fest, dass diese Leute den viel gerühmten Großvater nur in dem nachahmten, was für sie selbst nützlich war. An die anderen Menschen dachten sie dabei nicht.

Der Torwärter hieß ihn warten, bis er ihn angekündigt hatte. Als er zurückkam, forderte er ihn auf hineinzugehen. Arafa betrat die große Empfangshalle. Der Verwalter Kadri saß auf der anderen Seite der Halle auf einem Diwan. Arafa blieb kurz vor ihm stehen und verbeugte sich ehrerbietig. Trotz des nur flüchtigen Blicks hatte er bemerkt, dass der Verwalter groß und kräftig gebaut war und ein rundes, gut durchblutetes Gesicht hatte. Als er Arafa auf seinen Gruß hin anlächelte, entblößte er eine Reihe schmutzig gelber Zähne, was nicht gerade der Pracht seiner Erscheinung entsprach. Der Verwalter gab ihm ein Zeichen, sich zu ihm zu setzen. Aber Arafa zog es vor, eine Entschuldigung zu murmeln und auf den nächststehenden Stuhl zuzusteuern. Der Verwalter schien auf seiner Einladung bestehen zu wollen, denn wieder wies er auf den Platz an seiner Seite und erklärte halb befehlend, halb freundlich: »Hierher! Setz dich hierher!«

Arafa konnte nicht umhin, dieser Aufforderung Folge zu leisten. Er ließ sich am äußersten Ende des Diwans nieder, und ihm kam der Gedanke, dass es sich um eine äußerst geheime Angelegenheit handeln musste. Sein Verdacht bestätigte sich, als er sah, dass der Torwärter die Tür zur Empfangshalle schloss. Während ihn der Verwalter mit einem ruhigen Blick maß, schwieg er unterwürfig. Leise, als handelte es sich hier um eine Verschwörung, fragte der Verwalter plötzlich: »Warum hast du Saadallah umgebracht?«

Beider Blicke trafen sich, und sie waren gleichermaßen zu Eis erstarrt. Arafa hatte das Gefühl, dass ihm alle Knochen weich wurden. Die Dinge hatten sich in ihr Gegenteil verkehrt, Zukunft war zu Vergangenheit geworden. Der Mann sah ihn mit völlig sicherem Blick an, kein Zweifel, er wusste alles, kannte sich in Schicksal und Verhängnis aus. Viel Zeit zum Überlegen ließ er ihm nicht, schon sprach er, nun mit mehr Schärfe: »Hab keine Angst! Wie konntest du denn töten, wenn du so schreckhaft bist? Nimm dich zusammen, damit du endlich meine Frage beantworten kannst. Erkläre mir frank und frei, warum du Saadallah getötet hast!«

Das Schweigen wurde unerträglich, da er nicht wusste, was er sagen sollte, stammelte er nur: »Herr ... Ich?«

Der Verwalter fuhr ihn an: »Du Hundesohn! Denkst du vielleicht, dass ich hier nur so einfach herumfasele? Oder dass ich etwas daherrede, ohne einen Beweis zu haben? Also antworte endlich, warum hast du ihn getötet?«

Vor Verzweiflung nicht aus noch ein wissend, ließ er verwirrt den Blick im Raum umherschweifen.

»An Flucht brauchst du nicht zu denken, Arafa«, sagte der Verwalter, seine Stimme war von schneidender Kälte. »Und die da draußen, die würden dich, wenn sie alles wüssten, mit den Zähnen in Stücke reißen und dein Blut trinken.«

Das Geheul im Haus des Wächters Saadallah war noch durchdringender geworden. Alle seine Hoffnungen konnte er zu Grabe tragen. Er öffnete den Mund, aber nichts kam heraus.

»Schweigen ist natürlich auch eine Art von Flucht. Das Beste wird also sein, wenn ich dich diesen wilden Tieren da draußen übergebe und ihnen sage, dass der Mörder von Saadallah vor ihnen steht. Wenn du willst, füge ich hinzu, dass sie auch den Mörder von Gabalawi vor sich haben!«

»Gabalawi?!«

»Du hast doch die Gänge unter den Mauern gegraben! Beim ersten Mal ging alles gut, aber beim zweiten Mal bist du gestürzt. Warum, Arafa, warum begehst du Morde?«

Verzweifelt und ohne eigentlich zu wissen, was er sagte, antwortete er: »Ich bin unschuldig, Herr Verwalter, völlig unschuldig.«

»Wenn ich bekannt gebe, dass du verdächtig bist, wird niemand einen Beweis dafür verlangen. Hier im Viertel gilt ein Gerücht als Wahrheit, die Wahrheit ist das Urteil, und das Urteil ist die Hinrichtung. Aber sage mir, was hat dich dazu getrieben, ins Große Haus einzudringen? Warum hast du Saadallah umgebracht?«

Dieser Mann wusste alles. Wie konnte das nur sein? Warum aber brachte er diese Beschuldigung hier vor, ohne dass die Menschen aus dem Viertel zugegen waren?

»Hattest du die Absicht, dort etwas zu stehlen?«

Arafa blickte starr und voller Verzweiflung zu Boden, sagte aber nichts. Da brüllte der Verwalter wütend los: »Heraus mit der Sprache, du Natterngezücht!«

»Herr …«

»Warum willst du etwas stehlen, obwohl es dir besser geht als vielen anderen?«

»Es gibt eben das niedere Ich, das zum Bösen treibt.«

Triumphierend lachte der Verwalter auf, was Arafa noch verwirrter machte. Warum nur, so fragte er sich, hatte er ihn nicht einfach umbringen lassen? Warum hatte er das Geheimnis nicht schon längst einem der Wächter enthüllt, anstatt ihn auf so seltsame Weise vorzuladen?

Nachdem der Verwalter eine Weile geschwiegen hatte, als wollte er ihn damit noch mehr quälen, sagte er schließlich: »Du bist ein gefährlicher Mensch!«

»Ich bin ein armer Mann.«

»Kann einer als arm betrachtet werden, wenn er über eine Waffe verfügt, die die Knüppel der Wächter zum Spielzeug werden lässt?«

Nun war alles verloren, und ihm fiel das Sprichwort ein, das besagte, dass kein Toter über den Verlust des Augenlichts weint. Dieser Mann war der Zauberer, nicht er.

Der Verwalter kostete Arafas Verzweiflung offensichtlich genüsslich aus. Dann erklärte er: »Einer meiner Diener befand sich unter den Männern, die dich verfolgten. Er lief ziemlich weit hinten, sodass er von deiner Waffe nicht getroffen wurde. Deshalb konnte er in aller Ruhe weiter auf deiner Spur bleiben, ohne dass du es merktest. In ad-Darrasa hat er dich dann erkannt, wollte dich aber nicht angreifen, weil er Angst hatte. Er kam, so schnell er konnte, zu mir gelaufen und teilte mir alles mit.«

»Ist es nicht möglich, dass er darüber noch mit jemand anderem gesprochen hat?«

Der Verwalter lächelte. »Er ist ein treuer Diener.« Als er weitersprach, gab er seiner Stimme einen bedeutungsvollen Unterton. »Erzähle mir jetzt von deiner Waffe.«

Das war es also! Allmählich hoben sich die Nebelschleier. Der Mann gierte nach etwas, was ihm, Arafa, kostbarer war als sein Leben. Nur, was sollte er tun? Er schwamm in einem Meer von Hoffnungslosigkeit. Gab es denn für ihn noch die geringste Aussicht auf Entkommen? Mit gedämpfter Stimme antwortete er: »Die Sache ist einfacher, als die Leute glauben.«

»Ich könnte auf der Stelle dein Haus durchsuchen lassen, aber ich will vermeiden, dass man auf dich aufmerksam wird. Hast du verstanden?« Der Verwalter blickte ihn kalt und abweisend an. Für einen Augenblick schwieg er, dann fügte er hinzu: »Solange du dich mir fügst, wird dir nichts geschehen.« Mehr als der Mund sprachen seine Augen davon, dass dies eine Drohung war.

Sich in seine hoffnungslose Lage dreinschickend, erklärte Arafa: »Du kannst über mich verfügen.«

»Endlich fängst du an zu verstehen, du Zauberer. Wenn ich gewollt hätte, dass du umgebracht wirst, dann wären jetzt schon die Bäuche der Hunde von dir voll.« Er räusperte sich kurz. »Reden wir nicht mehr von Gabalawi und Saadallah, sondern von deiner Waffe. Was ist es?«

»Eine Zauberflasche.«

Ein zweifelnder Blick traf ihn. »Erkläre das genauer!«

Zum ersten Mal gewann Arafa etwas von seiner gewohnten Gelassenheit zurück. »Nur Zauberer verstehen die Sprache der Magie.«

»Und wenn ich dir verspreche, dass du unbehelligt aus der Sache herauskommst, wärst du dann bereit, mir alles zu erklären?«

Arafa freute sich insgeheim, blieb aber nach außen hin völlig ruhig. »Was ich gesagt habe, ist die reinste Wahrheit.«

Der Verwalter blickte kurz zu Boden. Als er wieder aufsah, fragte er: »Hast du viele Flaschen?«

»Im Augenblick habe ich gar keine.«

»Du Schlangenbrut!« Wütend knirschte der Verwalter mit den Zähnen.

»Du kannst meine Wohnung durchsuchen lassen, um dich davon zu überzeugen.«

»Kannst du welche herstellen?«

»Aber sicher.«

Aufgeregt verschränkte der Verwalter die Arme über der Brust. »Ich will eine ganze Menge davon haben.«

»Du sollst bekommen, was du willst.«

Zum ersten Mal blickten die beiden Männer sich verständnisvoll an. Arafa nahm all seinen Mut zusammen. »Du möchtest wohl ohne diese verfluchten Wächter auskommen?« Ohne auf die Frage einzugehen, blinzelte der Verwalter ihn nur an und fragte dann: »Was wolltest du eigentlich im Großen Haus?«

»Nichts, ich war einfach neugierig. Den Tod dieses alten Dieners habe ich nicht gewollt.«

Ein zweifelnder Blick traf ihn. »Aber damit hast du den Tod des großen Mannes verursacht.«

»Das zerreißt mir das Herz und macht mich furchtbar traurig.«

»Wenn wir nur so lange wie er leben könnten!«

Was ist das doch für ein schändlicher Heuchler, dachte Arafa. Ihn interessiert nur die Stiftung. Laut sagte er: »Möge Allah dir ein langes Leben schenken!«

»Du bist wirklich nur aus Neugier dort eingedrungen?«

»Aber ja!«

»Und warum hast du Saadallah getötet?«

Arafa entschloss sich, die Wahrheit zu sagen. »Weil ich ebenso wie du wünsche, dass alle Wächter beseitigt werden.«

Der Verwalter lächelte. »Sie sind ein altes, fest eingewurzeltes Übel.«

Aber nicht deshalb verabscheust du sie, dachte Arafa wieder insgeheim. Du kannst sie nicht leiden, weil sie vom Stiftungsvermögen ihren Teil bekommen müssen. »Das hast du gut gesagt, Herr.«

»Du könntest reicher werden, als du je gedacht hast.«

»Nichts anderes hatte ich im Sinn«, erwiderte Arafa listig.

Der Verwalter war sichtlich beruhigt. »Du hast es nicht nötig, wegen einiger weniger Millim hart zu arbeiten. Von nun an sollst du dich nur um deine Zauberei kümmern, im Interesse meines Schutzes. Alles, was du dir wünschst, sollst du bekommen.«

106

Die drei saßen auf dem Sofa, Arafa erzählte, was geschehen war, Awatif und Hanasch hörten aufgeregt und erschrocken zu. Als alles berichtet war, schloss Arafa mit den Worten: »Wir haben keine andere Wahl. Noch ist Saadallah nicht beerdigt, entweder nehmen wir den Vorschlag an, oder es ist aus mit uns.«

»Oder wir fliehen«, sagte Awatif.

»Seine Spione sind überall, wir werden nirgendwo vor ihnen sicher sein.«

»Das sind wir auch nicht, wenn wir unter seinem Schutz stehen.«

Er wollte weder auf ihre Einwände eingehen noch weiter darüber nachdenken. So wandte er sich also an Hanasch. »Was ist los mit dir? Warum sagst du nichts?«

»Als wir in dieses Viertel zurückkehrten«, antwortete er niedergeschlagen, »da hatten wir uns keine großen, aber doch bestimmte Hoffnungen gemacht. Du allein bist schuld daran, dass sich danach alles verändert hat und wir viel zu große Dinge erwarteten. Zuerst widersetzte ich mich deinem Ehrgeiz, habe dir aber trotzdem ohne jedes Zögern geholfen. Allmählich habe ich mich von dir überzeugen lassen, sodass ich selbst schließlich auf nichts anderes mehr hoffte, als das Viertel frei und glücklich zu sehen. Jetzt kommst du schon wieder mit einem neuen Plan, der uns zu einem furchterregenden Werkzeug für noch größere Erniedrigungen im Viertel werden lässt, einem Werkzeug, dem man keinen Widerstand entgegensetzen und das man nicht zerstören kann. Beides, Widerstand und Tod, war bei den Wächtern immerhin noch möglich!«

»Wir werden überhaupt nicht mehr sicher sein«, warf Awatif ein. »Wenn er von dir bekommen hat, was er wollte, wird er sich mithilfe irgendeiner List deiner entledigen. Er wird mit dir genau das machen, was er jetzt mit den Wächtern vorhat.«

Im tiefsten Innern war Arafa überzeugt davon, dass beide recht hatten. Er selbst hatte niemals aufgehört, anders zu denken. Als spräche er nun mit sich selbst, sagte er: »Ich werde ihn dahin bringen, dass er meiner Magie ständig bedarf.«

»Im besten Falle wirst du sein neuer Wächter sein«, erwiderte Awatif, und Hanasch fügte hinzu: »Genau, und zwar ein Wächter mit einer Flasche als Waffe anstelle des bisherigen Knüppels. Erinnere dich, wie er über die Wächter denkt, dann weißt du, was er von dir halten wird.«

Arafa wurde wütend. »Bei Allah, ihr tut ja gerade so, als wäre ich habgierig, und ihr wärt die, die auf alles verzichten können! Dabei bin ich es doch, mit dem euch ein neuer Glaube verbindet. Ich war es, der die Nächte hinten in der Kammer verbracht und sich der Todesgefahr ausgesetzt hat, alles nur zum Wohle des Viertels. Wenn ihr der Meinung seid, seine Bedingungen ablehnen zu sollen, dann ratet mir doch, was ich tun soll.« Er sah sie ärgerlich an, erhielt aber keine Antwort. Von Kummer überwältigt, schien ihm die Welt ein einziger Albtraum zu sein, der ihn zu ersticken drohte. Er hatte das dunkle Gefühl, dass das, was er jetzt durchlitt, nur die Rache für den grausamen Überfall auf das Haus des Großvaters war. Dies machte seinen Schmerz nur noch größer.

»Lass uns fliehen!«, bettelte Awatif voller Verzweiflung.

»Wie denn?«

»Das weiß ich nicht, aber es kann nicht schwieriger sein, als sich heimlich ins Große Haus zu schleichen.«

Arafa stöhnte verzweifelt. »Der Verwalter lässt uns jetzt keinen Augenblick aus den Augen, seine Spione belauern uns. Wie soll da eine Flucht gelingen?« Schweigen setzte ein und wurde unerträglich. So still musste es in Gabalawis Grab sein. Um das Schweigen zu brechen, sagte er vorwurfsvoll: »Ich will die Niederlage nicht allein auf mich nehmen.«

Als müsste er sich rechtfertigen, sagte Hanasch: »Uns bleibt keine Wahl. Vielleicht zeigt sich in Zukunft eine Möglichkeit, doch noch gerettet zu werden.«

»Wer weiß«, erwiderte Arafa zerstreut. Dann ging er nach hinten in die Kammer, Hanasch folgte ihm. Die beiden Männer begannen, Glasstücke, Sand und anderes in Flaschen zu füllen. Plötzlich sagte Arafa: »Wir müssen uns auf symbolische Zeichen einigen, mit denen wir die einzelnen Arbeitsschritte kennzeichnen. Dann halten wir alles in einem geheimen Buch fest, das wir sicher verwahren. Sonst besteht die Gefahr, dass all unsere Mühe verloren geht. Mein Tod könnte das Ende aller Versuche bedeuten, wenn nichts aufgezeichnet ist. Außerdem ist es mein Wunsch, dass du die Magie erlernst, wissen wir doch nicht, was das Schicksal für uns verborgen hält.«

Sie arbeiteten angestrengt weiter. Einmal drehte sich Arafa zufällig zu Hanasch um und sah, wie finster der dreinblickte. Er ahnte, was in seinem Freund vorging. Als hätte er nichts bemerkt, sagte er: »Diese Flaschen werden die Wächter erledigen.«

Hanaschs Antwort kam so leise, dass Arafa Mühe hatte, sie zu verstehen. »Aber weder wird das zu unserem noch zum Wohl des Viertels sein.«

Ohne die Arbeit zu unterbrechen, erwiderte Arafa: »Was hat dich die Rabab des Sängers gelehrt? Dass es in der Vergangenheit Männer wie Gabal, Rifaa und Kasim gegeben hat. Warum sollte es in Zukunft nicht ebensolche Männer geben?«

»Bisweilen hatte ich schon gedacht, du wärst einer von ihnen«, seufzte Hanasch.

Arafa ließ ein kurzes, trockenes Lachen hören. »Und nun hat dich meine Niederlage von dieser Idee abgebracht?« Da ihm der andere die Antwort schuldig blieb, sprach er weiter: »Ich werde zumindest in einer Beziehung nie wie diese Männer sein. Sie alle hatten im Viertel Gefolgsleute, mich aber versteht niemand.« Wieder lachte er. »Kasim konnte mit einem einzigen freundlichen Wort einen zuverlässigen Anhänger gewinnen. Ich aber brauche Jahre über Jahre, bis ich jemanden auf meinem Gebiet ausgebildet habe und ihn als Gefolgsmann betrachten kann.« Gerade hatte er wieder eine Flasche gefüllt und mit einem Pfropfen verschlossen. Bewundernd hielt er sie ins Lampenlicht und sagte: »Heute erschreckt solch eine Flasche nur die Leute und reißt ihre Gesichter blutig. Morgen aber wird sie vielleicht schon eine tödliche Waffe sein. Es ist, wie ich dir sagte: Der Magie sind keine Grenzen gesetzt.«

107

Wer wird der Oberwächter unseres Viertels? Diese Frage stellten sich die Menschen wieder und wieder, seit Saadallah in seinem Grab ruhte. Jede der drei Familien begann, ihren Wächter besonders lobend herauszustellen. Die Gabalfamilie erklärte, Jussuf sei der Stärkste von allen und stehe Gabalawi am nächsten. Die Rifaafamilie wiederum betonte, dass ihr Straßenteil den edelsten Mann hervorgebracht habe, den das Viertel je kannte. Er sei von Gabalawi mit eigenen Händen im Garten des Großen Hauses beerdigt worden. Die Kasimfamilie schließlich verkündete, nur sie habe ihren damaligen Sieg nicht für ihren Straßenteil allein, sondern zum Wohl aller genutzt, und das Viertel sei zur Zeit ihres Führers geeint und von Gerechtigkeit und Brüderlichkeit geprägt gewesen. Wie immer gab es zunächst Gewisper und Getuschel in den Haschischspelunken, dann schwängerten Streitigkeiten die Luft, sodass Staub aufwirbelte und die Menschen sich auf das Schlimmste einstellten. Kein Wächter zeigte sich länger ohne Begleitung auf der Straße, und wenn er in einem Kaffeehaus oder in einer Haschischhöhle den Abend verbrachte, war er stets von einer Schar von Gefolgsleuten umgeben, die mit dicken Knüppeln bewaffnet waren. Die Sänger der verschiedenen Straßenteile ließen zur Rabab nur noch Segenswünsche für ihren Wächter ertönen. Die Ladenbesitzer und Händler blickten immer mürrischer drein. Die

Menschen waren allmählich so von Sorge und furchtsamer Ahnung erfüllt, dass sie sogar den Tod von Gabalawi und den Mord an Saadallah vergaßen. Umm Nabawija, die Bohnenverkäuferin, hatte völlig recht, wenn sie laut erklärte: »Das Leben ist unerträglich geworden, glücklich kann sich der preisen, der den Tod gefunden hat!«

Eines Abends erscholl von einem der Dächer im Gabalteil die Stimme eines Mannes, der weithin hörbar verkündete: »Hört, ihr Kinder des Viertels, lasst den Verstand sprechen! Der gabalsche Straßenteil ist der älteste im Viertel, und Gabal war der Edelste aller Männer hier. Deshalb ist es für niemanden eine Schmach, wenn er Jussuf als Wächter für unser Viertel anerkennt!«

Im Nu wurden im Straßenteil der Rifaas und Kasims Spottrufe laut, begleitet von Beschimpfungen und Flüchen. Die Kinder versammelten sich vor den Gehöften und begannen zu singen:

»Jussuf, mit der Fratze einer Laus, warum machst du die Arbeit und bleibst nicht zu Haus?«

Die Menschen behandelten einander immer rücksichtsloser, die Stimmung wurde immer gereizter. Der Ausbruch eines Unglücks wurde nur dadurch verhindert, dass drei Parteien im Streit miteinander lagen. Wirklich gefährlich würde es werden, wenn zwei sich vereinten oder eine Partei den Kampf freiwillig aufgäbe. Blieb es im Viertel selbst noch ruhig, so kam es außerhalb schon zu Zusammenstößen. Als ein Händler der Gabalfamilie in Bait al-Kadi auf einen Händler der Kasimfamilie stieß, kam es zu einer blutigen Auseinandersetzung, bei der der von den Kasims seine Zähne und der von den Gabals ein Auge verlor. Im Sultanbad gerieten Frauen aus allen drei Straßenteilen in Streit. Nackt, wie sie waren, kratzten sie sich die Wangen blutig, bissen sich in Arme und Bäuche und rissen sich gegenseitig die Haare aus. Kannen, Bimssteine, Massagebürsten und Seifenstücke flogen durch die Luft. Die Schlacht endete damit, dass zwei Frauen ohnmächtig wurden und eine andere eine Fehlgeburt hatte. Noch am Nachmittag des gleichen Tages, nachdem die heldenhaften Kämpferinnen ins Viertel zurückgekehrt waren, brach auf den Dächern ein Gefecht aus, bei dem Ziegelsteine und gemeine Schimpfwörter zum Einsatz kamen. Das Viertel wurde von einem wahren Regen von Geschossen und Schlachtrufen überschüttet. Da aber schickte der Verwalter einen geheimen Boten zum Haus von Jussuf und ließ ihm ausrichten, dass er ihn aufsuchen solle. Der Wächter des Hauses war überaus eifrig darauf bedacht, dass niemand von diesem Treffen erfuhr. Der Verwalter bat Jussuf freundlich, so schnell wie möglich dafür zu sorgen, dass die Gemüter in seinem Straßenteil wieder zur Ruhe kämen. Das läge ihm deshalb so sehr am Herzen, weil dieser Teil unmittelbar an sein, des Verwalters, Haus grenzte. Als er ihm zum Abschied die Hand reichte, äußerte er den Wunsch, mit Jussuf beim nächsten Mal bereits den Oberwächter des Viertels begrüßen zu können. Als sich Jussuf auf dem Rückweg befand, fühlte er sich vor Stolz wie berauscht, glaubte er sich doch schon im Besitz des Oberwächterpostens. Nicht lange, und er hatte in seinem Teil für Ruhe und Ordnung gesorgt. Schon flüsterten sich die dortigen Bewohner zu, dass ihr Straßenteil demnächst an Macht und Rang von keinem mehr übertroffen werde. Natürlich sickerten die Neuigkeiten durch, sodass die Bewohner der beiden anderen Straßenteile in helle Aufregung gerieten. Nur wenige Tage später trafen sich heimlich Aggag und Santuri und einigten sich darauf, Jussuf zu beseitigen und nach dem Sieg über ihn auszulosen, wer der neue Oberwächter sein sollte. Im Morgengrauen des nächsten Tages sammelten sich die Männer der Kasims und Rifaas und griffen den Gabalteil an. Der Kampf tobte erbittert, schließlich lagen Jussuf und etliche seiner Männer tot darnieder. Die anderen flohen, sodass der Gabalteil sich jeder weiteren Hoffnung beraubt sah und sich der neuen Machtlage fügen musste. Am Nachmittag sollte wie vereinbart das Los über die neue Führung entscheiden. Alle Kasims und Rifaas, Männer wie Frauen, eilten ans obere Ende des Viertels, wo das Große Haus stand. Die Menschenmenge füllte die Straße zwischen dem Haus des Verwalters und dem des Oberwächters, das nun in den Besitz des Losgewinners gehen sollte. Santuri kam mit seiner Truppe und Aggag mit der seinigen, beide tauschten Grußworte aus und umarmten sich vor aller Augen. Weithin hörbar erklärte Aggag: »Ich und du – wir sind Brüder, und wir werden es für alle Zeit bleiben.«

»Für alle Zeit!«, rief Santuri begeistert.

Die Männer der beiden Straßenteile standen sich gegenüber, zwischen ihnen lag der Platz vor dem Tor zum Großen Haus. Zwei Männer lösten sich aus der Menge, einer von den Kasims, der andere von den Rifaas. Sie trugen einen Korb voller Zettel und stellten ihn mitten auf diesen Platz. Dann reihten sie sich wieder in ihre Truppe ein. Es wurde laut verkündet, dass der Hammer das Zeichen für Aggag wäre und das Beil das von Santuri. Entsprechende Symbole befänden sich auf den Zetteln, die den Korb zur Hälfte füllten. Ein Bursche, dem die Augen verbunden worden waren, trat an den Korb heran. Gespanntes Schweigen herrschte, als er hineingriff und einen Zettel hervorholte. Er faltete das Papier auseinander und hielt es in die Höhe. Ein Jubelschrei brauste aus den Kehlen der Kasims auf. »Das Beil! Das Beil!«

Santuri reichte Aggag die Hand, die dieser freundlich lächelnd schüttelte. Die Menge jauchzte los: »Hoch lebe Santuri, der Oberwächter unseres Viertels!«

Ein Mann löste sich aus den Reihen der Rifaas und eilte mit offenen Armen auf Santuri zu. Der hob die Arme, um ihn herzlich zu empfangen. Nun spielte sich alles in rasender Geschwindigkeit ab: Der Mann stieß ihm mit aller Macht ein Messer mitten ins Herz. Santuri fiel tot nieder. Für einen Augenblick herrschte verblüfftes Schweigen, dann aber brach ein Sturm entsetzter und wuterfüllter Schreie aus, und wenig später waren beide Straßenteile in einen blutigen, unerbittlichen Kampf verkeilt. Keiner der Kasimmänner konnte gegen Aggag bestehen, sodass sich schon bald für sie die Niederlage abzeichnete. Wer fiel, der fiel. Wer laufen konnte, der lief. Kaum war es Abend geworden, sah sich Aggag als Oberwächter bestätigt. Während nun im Kasimteil das Klagen und Jammern nicht mehr abriss, erschollen im Rifaateil durchdringende Freudentriller. Die Menschen tanzten auf der Straße um Aggag herum und feierten ihn als Oberwächter des Viertels. Mitten im Lärm schrie plötzlich eine Stimme: »Ruhe! Hört zu, ihr Schafsböcke!«

Als die Leute erstaunt nach dem Rufer Ausschau hielten, erblickten sie Junus, den Torwärter des Verwalters. Hinter ihm schritt der Verwalter höchstpersönlich einher, umringt von einer Schar von Dienern. Aggag eilte auf ihn zu und rief: »Hier steht dein dir ergebener Diener Aggag, der Oberwächter des Viertels.«

Der Verwalter bedachte ihn mit einem verächtlichen Blick. Im ganzen Viertel war es still geworden. »Hör zu, Aggag«, erklärte der Verwalter, »ich will im Viertel weder einen Wächter noch Oberwächter haben.«

Im Nu wich die Freude aus den Gesichtern der Rifaamänner, sie sahen sich verdutzt an. Als hätte Aggag nicht genau verstanden, stammelte er verwirrt: »Was meinst du damit, Herr?«

Unbeirrt wiederholte der Verwalter: »Wir wollen keine Wächter mehr und auch keine Gewaltanwendung. Lasst das Viertel in Frieden leben!«

»Frieden?« Da der Verwalter ihn nur kühl ansah und er noch immer nicht begriff, was er meinte, fragte Aggag nun etwas schroffer: »Und wer soll dich beschützen?«

Plötzlich kam Bewegung in die Reihen der Diener. Sie holten Flaschen hervor und warfen sie auf Aggag und seine Männer. Ohrenbetäubender Lärm ließ die Mauern erzittern, ein Hagel von Glas und Sand stürzte hernieder und riss Gesichter und Arme blutig. Die Menschen wurden von solchem Entsetzen gepackt, dass sie aufgescheucht wie eine vom Milan bedrohte Schar Küken umherirrten. Aggag und seine Gefolgsleute fielen zu Boden, die Diener gaben ihnen den Gnadenstoß. Wehklagen erhob sich im Rifaateil, im Kasim- und Gabalteil erschollen Jubeltriller der Schadenfreude. Der Torwärter Junus stellte sich mitten im Viertel auf und gebot Schweigen. Dann erklärte er lautstark: »Kinder des Viertels, dank unseres

Herrn Verwalters, möge Allah ihm ein langes Leben bescheren, ist für euch nun die Zeit des Glücks und des Friedens gekommen. Kein Wächter wird euch vom heutigen Tag an unterdrücken oder eures Geldes berauben!«

Hochrufe stiegen zum Himmel auf.

108

In der Nacht zog Arafa mit seiner Familie in das Haus des Oberwächters, das links neben dem Großen Haus lag. Der Verwalter hatte es angeordnet, und seinem Willen konnte sich niemand widersetzen. Die drei kamen sich vor wie im Traum. Da war der üppig grüne Garten, das hübsche Gartenhäuschen, die Terrasse, die Empfangshalle. Im zweiten Stock bestaunten sie die vielen Zimmer zum Schlafen, Sitzen und Essen. Sie stiegen aufs Dach hinauf, wo in allen Ecken und Winkeln Gehege für Hühner und Kaninchen und Taubenschläge zu finden waren. Zum ersten Mal in ihrem Leben konnten sie sich in prächtige Gewänder hüllen und reine, frische Luft atmen, die obendrein noch mit köstlichen Duftstoffen versetzt war.

»Das ist eine Nachbildung des Großen Hauses, nur kleiner, und sie birgt keine Geheimnisse«, sagte Arafa.

»Deine Zauberei findet nun hier statt, sind das etwa keine Geheimnisse?«, fragte Hanasch.

Awatif aber staunte noch immer: »Das hätte man sich nicht einmal im Traum vorstellen können.«

Die drei sahen bald völlig verändert aus, trugen sie doch jetzt Kleider in leuchtenden Farben und dufteten nach teuren Essenzen. Kaum hatten sie sich ein wenig eingewöhnt, da stellte sich eine Gruppe von Männern und Frauen ein. Der Erste behauptete, er sei der Torwärter, der Zweite stellte sich als Koch vor, der Dritte als Gärtner, der Vierte als Gehegemeister, und alle anderen behaupteten, für das Haus ganz allgemein zuständig zu sein. In seiner Verwunderung fragte Arafa die Leute, wer sie denn geschickt hätte. Stellvertretend für alle erklärte der Torwärter: »Der Herr Verwalter.«

Wenig später wurde Arafa zum Verwalter gebeten, und natürlich suchte er ihn sofort auf. Nachdem er neben ihm auf dem Diwan in der Empfangshalle Platz genommen hatte, sagte der Verwalter: »Wir werden uns jetzt des Öfteren sehen müssen, Arafa. Hoffentlich stört es dich nicht, wenn ich dich rufen lasse.«

Es war tatsächlich so, dass sowohl der Raum als auch das vertrauliche Nebeneinandersitzen mit diesem Mann Arafa beunruhigten, aber er hielt es für besser, dies mit einem freudigen Lächeln zu übergehen. »Möge dir Heil und Segen zuteilwerden, Herr«, erklärte er gewinnend.

»Deine Zauberei ist die Quelle allen Heils. Gefällt dir dein neues Haus?«

»Es ist schöner, als wir es uns je hätten erträumen können. Wenn man so arm ist wie wir, kann man sich so etwas gar nicht ausmalen. Heute kamen übrigens eine Menge Diener, die für alles Mögliche zur Verfügung stehen.«

Der Verwalter blickte ihn prüfend an und sagte: »Sie gehören zu meinen Leuten, ich habe sie geschickt, damit sie sich um alles kümmern, aber auch, damit sie dich beschützen.«

»Beschützen?«

Der Verwalter lachte. »Ja, natürlich. Weißt du denn nicht, dass die Leute im Viertel von nichts anderem als von deinem Umzug ins Haus des Oberwächters sprechen? Ah, sagen sie, er ist es also, der diese Zauberflasche besitzt. Die Familien der Wächter haben sich noch nicht rächen können, und die anderen sterben fast vor Neid. Das alles zusammengenommen, bist du in großer Gefahr. Ich kann dir nur raten, niemandem zu vertrauen, nicht allein auszugehen und dich nicht allzu weit vom Haus zu entfernen.«

Arafa runzelte die Stirn. Er war also ein Gefangener, umgeben von Hass und Wut.

»Aber du musst keine Angst haben, meine Männer passen auf dich auf. Genieße das Leben in deinem und in meinem Haus. Was verpasst du schon? Abgesehen von unseren Häusern, gibt es sonst nur Wüste und elende Hütten. Im Übrigen darfst du nicht vergessen, dass die Leute im Viertel darüber reden, dass Saadallah mit der gleichen Waffe getötet wurde wie Aggag. Und der Mörder von Saadallah wäre, so sagen sie, in sein Haus auf die gleiche Weise eingedrungen wie in das Große Haus. Also steht für sie fest, dass der Mörder von Aggag, Saadallah und Gabalawi ein und dieselbe Person ist, nämlich Arafa, der Zauberer.«

Am ganzen Leibe zitternd, rief Arafa: »Da bin ich ja mit einem Fluch belegt, der einem Todesurteil gleichkommt!«

»Du hast nichts zu befürchten, solange du dich unter meiner Obhut befindest und meine Diener um dich hast.«

Du gemeiner Kerl!, dachte Arafa, hast mich tatsächlich zu deinem Gefangenen gemacht. Ich wollte die Magie nutzen, um dich zu beseitigen, aber nicht, um dir zu dienen. Jetzt ist es so weit gekommen, dass die, die ich liebe und befreien will, mich hassen und vielleicht sogar töten werden. »Verteile die Anteile der Wächter an die Bewohner des Viertels, dann werden sie mit dir und mit mir zufrieden sein«, bat er.

Der Verwalter lachte höhnisch. »Was hätte es dann für einen Sinn gehabt, die Wächter zu erledigen?« Er blickte ihn frostig an. »Du suchst also einen Weg, wie man sie zufriedenstellen kann? Vergiss es, und gewöhne dich wie ich an die Tatsache, dass die anderen dich hassen. Denk lieber daran, dass von meinem Wohlgefallen deine ganze Sicherheit abhängt.«

»Ich stand dir immer zu Diensten und werde es auch weiterhin tun«, murmelte Arafa verzweifelt.

Der Verwalter sah zur Zimmerdecke auf, als wollte er die Verzierungen studieren. Dann blickte er wieder Arafa an. »Ich hoffe, dass dich die Freude an deinem neuen Leben nicht von deiner Zauberei abhält.« Arafa nickte nur, denn schon sprach der andere weiter:

»Und ich will, dass du so viele von diesen Flaschen wie nur möglich herstellst.«

»Aber es reicht doch, was wir jetzt schon haben.«

Der Verwalter versuchte, den Ärger, der in ihm aufstieg, mit einem Lächeln zu überspielen. »Ist es nicht klüger, wenn wir davon eine stattliche Anzahl horten?«

Arafa blieb die Antwort schuldig. Verzweiflung überfiel ihn. Sollte er so schnell an die Reihe kommen? »Herr, wenn mein Dasein dich hier vielleicht stört, dann gestatte, dass ich für immer weggehe.«

»Was hast du da gesagt, junger Mann?«, fragte der Verwalter entrüstet.

»Ich weiß, dass mein Leben davon abhängt, ob und wie du mich brauchst«, erklärte Arafa und blickte dem anderen dabei voll ins Gesicht.

Der Verwalter lachte zwar, aber es war deutlich zu spüren, dass er überhaupt nicht belustigt war. »Du musst nicht denken, dass ich nicht weiß, wie klug du bist. Dein Gedankengang ist völlig richtig, das gebe ich gern zu. Aber wie kommst du auf die Idee, dass ich dich nur wegen dieser Flaschen brauche? Kann deine Zauberei nicht noch ganz andere Dinge zuwege bringen?«

Aber Arafa wollte den einmal geäußerten Gedanken zu Ende bringen. »Es waren deine Männer, die das Geheimnis, mit dem ich dir diene, in Umlauf gebracht haben. Daran gibt es überhaupt keinen Zweifel. Du solltest aber bedenken, dass dein Leben auch von mir abhängt...« Obwohl der andere ihn drohend ansah, sprach Arafa unbeirrt weiter. »Du stehst jetzt ohne Wächter da, deine einzige Stärke sind die Flaschen. Was du zurzeit davon hast, nützt dir nicht viel. Wenn ich heute sterbe, bist du morgen oder übermorgen an der Reihe.«

Ruckartig drehte sich der Verwalter zu ihm um und griff mit beiden Händen, wie ein wildes Tier fauchend, nach seinem Hals. Er drückte und drückte, bis Arafa am ganzen Körper zitterte. Dann ließ er plötzlich los, grinste widerwärtig und erklärte: »Da siehst du, was dein dummes Geplapper aus mir macht. Dabei gibt es überhaupt keinen Grund, warum wir beide in Streit geraten sollten. Wir könnten in aller Ruhe unseren Erfolg und das Leben genießen.« Arafa bemühte sich, tief durchzuatmen und seine Fassung wiederzugewinnen, während der Verwalter weitersprach: »Wegen mir brauchst du keine Angst um dein Leben zu haben, ich werde es beschützen, als ginge es um mein eigenes. Genieße die Welt, und vergiss nicht deine Zauberei, deren reiche Früchte wir ernten werden. Denk immer daran, dass der, der den anderen betrügt, auch sich selbst betrügt!«

Als Arafa, nach Hause zurückgekehrt, Awatif und Hanasch von dem Gespräch erzählte, machten beide sehr niedergeschlagene Gesichter. Allen dreien war bewusst, dass es ihrem neuen Leben an wirklicher Sorglosigkeit mangelte. Erst am Abend, als sie zu Tisch saßen und die köstlichen Gerichte und den besten Wein vor sich hatten, vergaßen sie ihre Unruhe. Zum ersten Mal lachte Arafa aus vollem Hals, und Hanasch prustete, am ganzen Körper bebend, los.

Das Leben der beiden Männer verlief nun den Umständen entsprechend. Sie arbeiteten in einem Raum hinter der Empfangshalle, den sie dafür eingerichtet hatten. Arafa war unermüdlich damit beschäftigt, die von ihm für geeignet befundenen Symbole in ein Buch einzutragen, von dem niemand außer ihnen beiden etwas wusste. Als sie eines Tages wieder emsig arbeiteten, stöhnte Hanasch laut: »Wir sind richtige Gefangene!«

»Sprich leiser, die Wände haben Ohren«, warnte Arafa.

Voller Grimm blickte Hanasch zur Tür hinüber und flüsterte: »Kannst du nicht eine neue Waffe erfinden, mit der wir ihn, ohne dass er etwas merkt, beseitigen können?«

»Bei all diesen Dienern werden wir keine Gelegenheit finden, sie heimlich auszuprobieren«, wehrte Arafa unwillig ab. »Nichts von dem, was wir tun, entgeht ihm. Selbst wenn wir ihn erledigen könnten, müssten wir immer noch damit rechnen, dass sich die Leute aus dem Viertel an uns rächen und uns umbringen, bevor wir dazu kämen, uns zu verteidigen.«

»Aber warum strengst du dich dann so sehr an?«

»Weil mir nur noch die Arbeit geblieben ist«, seufzte Arafa.

Am Spätnachmittag pflegte Arafa zum Verwalter hinüberzugehen und mit ihm zu trinken. Wenn er nachts nach Hause kam, hatte Hanasch im Garten schon alles für eine kleine Haschischrunde vorbereitet. Früher hatte Arafa nie Haschisch geraucht, aber das neue Leben hatte dies mit sich gebracht. Es vertrieb ihm ein wenig die Langeweile. Selbst Awatif hatte gelernt, mit Haschisch umzugehen. Allen dreien verhalf es dazu, den Überdruss und die Angst, Verzweiflung und Schuldgefühle zu vergessen. Am schwersten aber war es für sie, sich die großen Hoffnungen, die sie früher gehegt hatten, aus dem Kopf zu schlagen. Die beiden Männer hatten ihre Arbeit, aber Awatif hatte überhaupt nichts zu tun. Sie aß und aß, bis sie eine Magenverstimmung hatte. Sie schlief so lange, bis sie dessen überdrüssig war. Viele Stunden verbrachte sie im Garten und bewunderte die herrlichen Farben. Als ihr bewusst wurde, dass sie jetzt das Leben führte, nach dem sich Adham so sehr gesehnt hatte, sagte sie sich, dass es eigentlich nichts Langweiligeres gebe. Wie konnte man nur im Verlangen nach diesem Leben vor Gram vergehen? Vielleicht aber, so überlegte sie, würde sie all das Neue auch als angenehm empfinden und genießen können, wenn sie sich nicht als Gefangene fühlen müsste und ihr nicht nur Feindseligkeit und Hass entgegengebracht würden. Nichts würde sich je ändern, das Leben würde für immer ein Gefängnis, umgeben von Hass, bleiben. Die einzige Möglichkeit, dem zu entfliehen, bot sich, wenn sie mit den beiden Männern beim Haschisch zusammensaß.

Eines Abends, Arafa war zu später Stunde noch nicht vom Verwalter zurückgekehrt, kam Awatif auf die Idee, ihn im Garten zu erwarten. Vom Mond getrieben, schritt die Nacht voran. Sie saß und lauschte dem Rauschen der Zweige und dem Quaken der Frösche. Als sie hörte, wie das Tor geöffnet wurde, schickte sie sich an, den Heimkommenden zu empfangen. Aber da vernahm sie vom Haus her das Rascheln eines Kleides, und als sie hinüberblickte, sah sie, dass eine Dienerin auf das Gartentor zueilte. Arafa tauchte auf und ging schwankend auf die Dienerin zu, die sich an die Terrassenmauer gelehnt hatte. Awatif sah, wie sich beide eng aneinanderschmiegten, durch den Schatten der Mauer vor dem Mondlicht beschützt.

109

Awatif brach in Raserei aus, wie sich das für eine Frau aus dem Gabalawi-Viertel gehörte. Sie stürzte sich wie eine Löwin auf diesen noch immer an der Frau klebenden Kerl und hieb mit den Fäusten so stark auf Arafas Schädel ein, dass er erschrocken zurücktaumelte, das Gleichgewicht verlor und der Länge nach hinschlug. Dann krallte sie sich am Hals der Dienerin fest und setzte ihr mit Hieben zu. Diese schrie auf. Das grässliche Schreien zerriss das Schweigen der Nacht. Arafa, der inzwischen wieder aufgestanden war, wagte es nicht, sich der erbitterten Schlacht zu nähern. Schon kam Hanasch herbeigelaufen, gefolgt von einer Dienerschar. Als er begriff, worum es hier ging, schickte er zunächst die Diener fort und schob sich geschickt zwischen die kämpfenden Frauen. Schließlich gelang es ihm, Awatif ins Haus zurückzubringen, die nun eine wahre Flut von Schimpfwörtern, Schmährufen und Flüchen über die andere Frau ausschüttete. Arafa war mit unsicheren Schritten ins Erkerzimmer hinaufgestiegen, von dem aus man über die Wüste schauen konnte. Er warf sich auf ein Polster, streckte die Beine von sich und lehnte den Kopf an die Wand. Er schien fast ohnmächtig zu sein. Wenig später kam Hanasch zu ihm und setzte sich schweigend vor das Kohlebecken. Er sah kurz zu Arafa hinüber, blickte dann wieder zu Boden und sagte schließlich: »Das musste ja irgendwann herauskommen.«

Arafa sah ihn verlegen an und erwiderte ausweichend: »Mach das Feuer an!«

Die beiden Männer blieben bis zum frühen Morgen oben in dem Zimmer. Die Dienerin hatte das Haus bereits verlassen müssen, und eine neue war für sie gekommen. Awatif hatte das Gefühl, dass die Umstände, unter denen sie lebten, solche Geschichten begünstigten. Das würde bestimmt nicht Arafas letztes Vergehen sein. Von nun an begann sie, jedem Verhalten ihres Mannes etwas Schlechtes zu unterstellen und ihrem Misstrauen freien Lauf zu lassen. Das Leben wurde zur Hölle. Awatif verlor den einzigen Trost in ihrem von Ängsten so bedrängten Leben. Das Haus war nicht mehr ihr Haus, ihr Mann war nicht mehr ihr Mann. Tagsüber fühlte sie sich wie in einem Gefängnis, nachts glaubte sie, in einem Freudenhaus zu leben. Wo war der Arafa, der sie über alle Maßen geliebt hatte? Wo war der Arafa, der sich Santuri in den Weg gestellt hatte, damit dieser sie nicht heiratete? Wo war der Arafa, der sich unzählige Male selbst dem Untergang ausgesetzt hatte, um den Menschen im Viertel zu helfen, und den sie, Awatif, schon als einen jener Männer gesehen hatte, von denen dereinst die Rabab erzählen würde? Heute war dieser Arafa nur noch ein Schuft wie der Verwalter Kadri und der Wächter Saadallah. Das Leben an seiner Seite brachte nur noch glühende Qualen und schlafraubende Ängste.

Eines Nachts, als Arafa vom Haus des Verwalters zurückkehrte, war von Awatif keine Spur zu entdecken. Der Torwärter erklärte, dass sie am Abend das Haus verlassen habe und seitdem noch nicht zurückgekehrt sei. Arafa, der stark nach Wein roch, fragte: »Wo kann sie nur hingegangen sein?«

»Wenn sie ins Viertel gelaufen ist«, sagte Hanasch ängstlich, »ist sie bestimmt bei ihrer früheren Nachbarin, Umm Sunful, der Honigverkäuferin.«

Arafa war wütend. »Man darf eben zu einer Frau nicht nachgiebig sein. Diese alte Weisheit der Leute im Viertel bewahrheitet sich. Ich werde mich nicht um sie kümmern, bis sie von selbst wieder zurückkommt und sich fügt.«

Doch Awatif kam nicht. Nachdem zehn Tage vergangen waren, entschloss sich Arafa, in der Nacht Umm Sunful aufzusuchen. Es lag ihm viel daran, dass niemand etwas von diesem Besuch merkte. Zur geplanten Zeit schlich er zusammen mit Hanasch aus dem Haus. Kaum hatten sie sich einige Schritte entfernt, da hörten sie, dass ihnen jemand folgte. Als sie sich umsahen, standen zwei Diener da. »Geht nach Hause!«, forderte Arafa sie auf.

»Wir haben vom Herrn Verwalter den Auftrag, dich zu bewachen«, erwiderte der eine. Obwohl Arafa vor Wut fast barst, bestand er nicht weiter auf seinem Wunsch. Sie setzten ihren Weg fort, bis sie zu einem alten Gehöft im Kasimteil gelangten. Das Zimmer von Umm Sunful lag im obersten Stockwerk. Arafa klopfte mehrmals. Schließlich wurde geöffnet, und Awatif selbst stand in der Tür. Sie sah verschlafen aus. In der Hand hielt sie eine kleine Lampe, und als sie im Lichtschein sein Gesicht erkannte, runzelte sie die Stirn und wollte sich schnell zurückziehen. Arafa trat geschwind ein und zog die Tür hinter sich zu. Als Umm Sunful, die in einer Ecke des Zimmers geschlafen hatte, erwachte, sah sie ihn überrascht an. Awatif fauchte los: »Warum kommst du hierher? Was willst du? Geh zurück in dein Haus, das dir so überaus gesegnet erscheint.«

Umm Sunful flüsterte beunruhigt ein ums andere Mal: »Arafa, der Zauberer!« Ohne sich um die Honigverkäuferin zu kümmern, befahl er seiner Frau: »Sei vernünftig und komm mit mir!«

»Ich werde nicht wieder in dein Gefängnis zurückkehren! Hier, in diesem Zimmer, bin ich zur Ruhe gekommen, und ich will sie nicht wieder verlieren.«

»Aber du bist meine Frau!«

»Deine Frauen sind dort und können meinetwegen allen Segen und Wohlstand genießen!«, rief sie wütend.

»Lass sie schlafen«, protestierte nun Umm Sunful, »und komm am Morgen zurück.«

Er sah die alte Frau kühl an und würdigte sie keiner Antwort. Dann blickte er wieder zu Awatif. »Jeder Mann begeht mal solch einen Fehler.«

»Du selbst bist ein einziger großer Fehler und bestehst nur daraus«, schrie sie los.

Er beugte sich zu ihr hinüber und bemühte sich, Honig in seine Stimme zu legen. »Awatif, ich kann dich nicht entbehren.«

»Aber dafür kann ich es umso besser!«

»Du willst mich wegen eines Fehlers verlassen, den ich im Rausch begangen habe?«

Am ganzen Körper bebend, rief sie: »Entschuldige dich nicht damit, dass du betrunken warst! Dein ganzes Leben hindurch machst du nichts als Fehler! Um sie zu entschuldigen, brauchtest du Hunderte von Erklärungen. Das Einzige, was dabei für mich herauskommt, sind Qualen und Sorgen.«

»Immer noch besser, als hier in diesem Zimmer zu leben.«

Ein bitteres Lächeln huschte über ihr Gesicht. »Wer weiß? Erzähl mir doch mal, wie du es fertiggebracht hast, dass deine Kerkermeister dich herkommen ließen?«

»Awatif!«

»Ich werde auf keinen Fall in dieses Haus zurückkehren, in dem ich nichts anderes zu tun habe, als herumzugähnen und den Geliebten meines Mannes, des großen Zauberers, zuzusehen.«

Vergeblich mühte er sich, sie von ihrem Entschluss abzubringen. Redete er sanft, stieß er auf Hartnäckigkeit. Wurde er wütend, traf er auf Zorn. Schimpfte er, schrie sie zurück. Verzweifelt gab er alle weiteren Versuche auf und ging, von Hanasch und den beiden Dienern gefolgt.

»Was wirst du jetzt tun?«, fragte Hanasch.

»Das Übliche«, erwiderte er müde und verärgert.

Als Arafa seinen nächsten Besuch beim Verwalter abstattete, fragte dieser, ob er Neuigkeiten über seine Frau erzählen könnte. Arafa setzte sich zu ihm und antwortete: »Starrköpfig wie ein Esel, ehrwürdiger Herr.«

»Lass dich nicht von einer Frau verrückt machen, du hast Wichtigeres zu tun«, sagte der Verwalter verächtlich. Er musterte Arafa eingehend und fragte dann: »Weiß deine Frau etwas über die Geheimnisse deiner Arbeit?«

Arafa blickte ihn missbilligend an. »Von der Magie versteht nur der Meister selbst etwas.«

»Ich fürchte, dass …«

»Das musst du nicht, denn es gibt nichts zu befürchten.« Für einen kurzen Augenblick herrschte Schweigen, dann fügte Arafa beklommenen Herzens hinzu: »Solange ich lebe, wirst du ihr nichts antun!«

Der Verwalter schluckte seinen Ärger hinunter und lächelte. Er wies mit einer einladenden Geste auf zwei gefüllte Gläser und sagte: »Wer hat denn behauptet, dass ihr jemand etwas tun will?«

110

Arafas Freundschaft mit dem Verwalter vertiefte sich, und bald wurde er auch zu dessen privaten Geselligkeiten geladen. Für gewöhnlich begannen diese erst um Mitternacht und fanden in der großen Empfangshalle statt. Als Arafa zum ersten Mal erschien, waren die Tische mit allem, was an Essen und Trinken gut und teuer war, beladen. Hübsche Mädchen führten nackt Tänze auf, sodass Arafa, teils wegen der Getränke und teils wegen der Frauen, fast den Verstand verlor. An diesem Abend konnte er erleben, wie zügellos und streitsüchtig der Verwalter war. Er führte sich wie ein wildes Tier auf. Ein anderes Mal wurde er zu einer Feier eingeladen, die in einer mit Bäumen und Büschen dicht bewachsenen Ecke des Gartens stattfand. Begrenzt wurde dieser Teil durch einen künstlich angelegten Bach, auf dessen Oberfläche sich der Mond silbern spiegelte. Er war mit dem Verwalter allein, und für beide waren reichlich Früchte und Wein aufgetischt. Zwei verführerische Mädchen standen zu ihrer Verfügung. Die eine kümmerte sich um das Kohlebecken, die andere um die Wasserpfeifen. Der kühle Nachtwind trug den Duft von Blumen und den Klang einer Laute heran. Leise ertönte Gesang: »Nelkenduft und Pfefferminze, mit dem Lautenklang vermischt, lässt der jungen Burschen Herzen höherschlagen beim Haschisch.«

Es war eine herrliche Mondnacht, und wenn sich die Zweige des üppig grünenden Maulbeerbaums im Wind neigten, glänzte der Mond in seinem vollen Schein. Ließ der kühle Hauch nach, dann lugte der Mond mit silbrigen Augen durch die Blätter und Zweige. Die sanfte Hand des Mädchens und die Wasserpfeife versetzten Arafa in einen Rausch, sodass sich die Sterne um ihn zu drehen schienen.

»Allah hat sich Adhams doch erbarmt«, stöhnte er genüsslich.

Der Verwalter schmunzelte: »Auch Idris scheint sein Erbarmen gefunden zu haben. Wie kommst du jetzt auf Adham?«

»Weil wir hier so schön sitzen.«

»Adham liebte die Träume, aber seine Fantasie überstieg nie, was Gabalawi ihm eingab.« Er lachte kurz auf. »Dieser Gabalawi, den du endlich von den Qualen seines hohen Alters befreit hast.«

Arafas Herz krampfte sich zusammen, sein Rausch war verflogen. Bedrückt murmelte er: »Ich habe nie im Leben einen anderen Mord begangen als den an einem verbrecherischen Wächter.«

»Und was war mit dem Diener von Gabalawi?«

»Ich habe ihn nicht töten wollen.«

»Du bist ein Feigling«, spöttelte der Verwalter.

Arafa flüchtete sich in Schweigen und schaute durch die Zweige zum Mond hinauf. Wasserpfeife und Laute waren vergessen. Selbstvergessen sah er dem Mädchen zu, das mit flinker Hand den Pfeifenkopf neu aufsetzte.

»Wo bist du mit deinen Gedanken?«, fragte der Verwalter plötzlich.

Aufgeschreckt fragte Arafa zurück: »Feierst du des Nachts auch manchmal allein, Herr?«

»Es gibt kaum jemanden, den ich in solch einer Nacht ertragen kann.«

»So geht es mir auch, aber ich habe wenigstens Hanasch.«

»Ab einer bestimmten Stufe von Trunkenheit kümmert es einen nicht mehr, dass man allein ist«, meinte der Verwalter abschätzig.

Arafa zögerte ein wenig und fragte dann: »Leben wir nicht alle in einem Gefängnis, Herr?«

»Was bleibt uns anderes übrig«, erwiderte der Verwalter schroff, »wenn wir von Menschen umgeben sind, die uns hassen!«

Arafa musste an Awatifs Worte denken und daran, dass sie Umm Sunfuls Zimmer seinem prächtigen Haus vorzog. »Was für ein Fluch liegt auf uns!«, stöhnte er.

»Pass auf, verdirb uns nicht die Stimmung.«

Arafa griff wieder zur Pfeife. »Möge das Leben ewig schön sein!«

Der Verwalter Kadri lachte. »Ewig? Uns reicht doch schon, wenn wir uns, solange wir leben, dank deiner Zauberei einen Hauch von Jugendlichkeit erhalten!«

Die Feuchtigkeit der Nacht vermischte sich mit den Düften des Gartens und ließ diese noch eindringlicher wirken. »Welch ein Glück für Arafa, dass er nicht ganz ohne Nutzen ist«, sinnierte Arafa.

Das Mädchen nahm dem Verwalter die Pfeife ab. Er stieß eine dicke Rauchwolke aus, die im Mondlicht silbrig glänzte. »Warum nur holt uns das Alter ein?«, seufzte er bekümmert. »Da essen wir die köstlichsten Speisen, trinken die erlesensten Weine, führen überhaupt das angenehmste Dasein, aber der Herbst des Lebens kriecht heran, unabänderlich wie der Lauf der Sonne und des Mondes.«

»Arafas Pillen werden aus der Kälte des Greises Wärme machen.«

»Aber eine Sache gibt es, der auch er machtlos gegenübersteht.«

»Was sollte das sein, Herr?«

Der Verwalter sah plötzlich bekümmert aus. »Was hasst du am meisten?«

Arafa überlegte. Vielleicht das Gefängnis, in dem er sich befand? Vielleicht all den Hass, der ihn umgab? Vielleicht sogar das einstige Ziel, das sich immer weiter von ihm entfernte? Laut sagte er: »Den Verlust der Jugend.«

»Aber nein, davor musst du dich nicht fürchten.«

»Warum nicht? Wo doch meine Frau mir zürnt.«

»Das macht nichts, Frauen finden immer einen Grund, um sich zu ärgern.«

Der Wind wehte jetzt ein wenig stärker, sodass die Zweige rauschten und die Glut im Kohlebecken aufglühte.

»Warum sterben wir, Arafa?«, fragte Kadri plötzlich. Da Arafa ihn nur schwermütig ansah und nichts sagte, sprach er weiter: »Selbst Gabalawi musste sterben.«

Wie von einer Nadel gestochen, zuckte Arafa zusammen. »Wir sind Kinder von Toten und werden bald selbst Tote sein.«

»Du musst mich nicht an meine eigenen Worte erinnern«, ärgerte sich der Verwalter.

»Mögest du lange leben!«

»Lang oder kurz, am Ende ist schließlich nur diese Grube, die die Würmer am liebsten haben.«

»Lass dir von solchen Gedanken nicht die heitere Stimmung verderben«, mahnte Arafa freundlich.

»Das lässt mir aber keine Ruhe, immer denke ich: der Tod, der Tod und nochmals der Tod. Er kann sich in jedem Augenblick einstellen, aus dem nichtigsten Anlass, sogar ohne jeden Grund. Wo ist nun Gabalawi? Wo sind die Männer geblieben, deren glorreiche Taten die Rabab so oft besungen hat? Solch ein endgültiges Urteil sollte es nicht geben.«

Arafa sah den Verwalter genauer an und entdeckte Blässe in seinem Gesicht und Entsetzen in seinen Augen. Sein Anblick stand in schreiendem Widerspruch zur friedlichen und prunkvollen Umgebung. Unruhe überfiel ihn. »Wichtig ist doch nur, dass das Leben lebenswert ist«, sagte er sanft.

Ärgerlich winkte der Verwalter ab, und die Schroffheit, die nun in seiner Stimme lag, wies darauf hin, dass für ihn die ungetrübte Stimmung der Nacht vorbei war. »Das Leben ist gut, ja besser, als es sein müsste. Es mangelt an nichts. Mit deinen Pillen wird es vielleicht sogar gelingen, uns von unserer Jugendlichkeit so viel wie möglich zu bewahren. Aber was nützt das schon, wenn uns der Tod wie ein

Schatten verfolgt? Wie soll ich nicht an ihn denken, wo er sich ganz von selbst in jeder Stunde in Erinnerung bringt?«

Arafa freute sich, dass der andere solche Qualen litt. Aber schon im nächsten Augenblick ertappte er sich bei dem Gedanken, dass zum Spott eigentlich kein Grund bestehe. Während er die Hände des hübschen Mädchens zärtlich und sehnsüchtig betrachtete, tauchte in seinem tiefsten Innern die Frage auf, wer ihm eigentlich zusichern könne, dass er auch noch in der nächsten Nacht den Mond bewundern werde. »Vielleicht sollten wir einfach mehr trinken«, erklärte er jäh.

»Am nächsten Morgen sind wir trotzdem wieder bei Bewusstsein.«

Arafa empfand nur noch Verachtung für den anderen. Jedoch bot sich ihm hier vielleicht eine Gelegenheit, die er nutzen sollte. »Wenn alle die, die vom Leben in Wohlstand ausgeschlossen sind, nicht so neidisch auf uns wären, würde uns unser eigenes Dasein wahrscheinlich ganz anders schmecken.«

Kadri grinste höhnisch. »Dummes Zeug! Natürlich könnten wir den Menschen im Viertel so viel geben, dass sie genauso gut leben wie wir. Aber würde der Tod deshalb darauf verzichten, uns zu jagen?«

Um ihn zu beruhigen, nickte Arafa zustimmend, sagte dann aber doch: »Der Tod stellt sich häufig dort ein, wo es Armut, Elend und Unglück gibt.«

»Und wo es das alles nicht gibt, da stellt er sich auch ein, du Dummkopf.«

Arafa musste lächeln. »Natürlich, weil der Tod eben wie einige Krankheiten ansteckend ist.«

Der Verwalter lachte und sagte: »Das ist ja eine seltsame Idee, mit der du deine Unfähigkeit zu verbergen versuchst.«

Von dieser Heiterkeit ermutigt, erklärte Arafa: »Wir wissen kaum etwas über den Tod, vielleicht ist es tatsächlich so, wie ich sagte. Wenn wir die Verhältnisse der Menschen zum Besseren wenden, bekommt das Leben für den Einzelnen mehr Wert, und jeder,

der glücklich ist, würde sich dann mit aller Kraft für das Leben einsetzen.«

»Das bringt überhaupt nichts ein.«

»O doch, die Menschen könnten Kenntnisse der Magie in sich aufnehmen und sich dem Tod mit aller Kraft widersetzen. Jeder, der nur im Geringsten dazu imstande ist, könnte mit der Magie arbeiten, dann wäre der Tod selbst vom Tod bedroht.«

Der Verwalter brach in lautes Lachen aus. Dann schloss er die Augen, als sänne er einem Traum nach. Arafa griff nach der Pfeife und nahm einen tiefen Zug, sodass die Glut aufleuchtete. Der Lautenklang setzte wieder ein, und eine zärtliche Stimme sang: »O Nacht, neige dich nicht zum Ende …«

»Du bist ein Haschischsüchtiger, Arafa, aber kein Zauberer.«

»Auf diese Weise töten wir den Tod.«

Der Verwalter überlegte und fragte: »Warum arbeitest du eigentlich nicht allein?«

»Wenn man wie ich jeden Tag arbeitet, hält man das ganz allein nicht durch.«

Ohne sichtliche Begeisterung lauschte der Verwalter für eine Weile der Musik. Dann sagte er plötzlich: »Ach, Arafa, wenn du nur erst Erfolg hättest …! Was würdest du dann eigentlich tun?«

Überstürzt, als würde ihm die Antwort unbedacht entschlüpfen, antwortete er: »Ich würde Gabalawi das Leben zurückgeben!«

Missbilligend schürzte der andere die Lippen. »Das geht nur dich etwas an, schließlich hast du ihn auch umgebracht.«

Schmerzlich berührt, flüsterte Arafa: »O Arafa, wenn du doch Erfolg hättest!«

III

Erst im Morgengrauen verließ Arafa das Haus des Verwalters. Berauscht, wie er war, konnte er sich kaum auf den Beinen halten. Er wandelte in einer Traumwelt, die voll der verschwommensten Geräusche und Wahrnehmungen war. Torkelnd schlug er die Richtung seines Hauses ein und erreichte nur mühsam das von tiefem Schlaf umfangene, vom Mond in ein silbrig glitzerndes Meer verwandelte Viertel. Auf der Hälfte des Weges, genau vor dem Tor des Großen Hauses, ragte plötzlich eine Gestalt vor ihm auf, von der er nicht wusste, woher sie auf einmal gekommen war. Eine Stimme sagte fast flüsternd: »Guten Morgen, Meister Arafa.«

Angst befiel ihn, denn die unverhoffte Begegnung erschrak ihn zutiefst. Seine beiden Begleiter griffen nach der Person und hielten sie fest. War sein Blick auch ziemlich getrübt, so konnte er doch erkennen, dass eine Negerin vor ihm stand, die von Kopf bis Fuß in einen schwarzen Gilbab gehüllt war. Er befahl den beiden Dienern, sie loszulassen, und fragte die Frau: »Was willst du?«

»Ich will mit dir allein sprechen.«

»Warum?«

»Eine von Sorgen geplagte Frau will dir ihr Leid klagen.«

Unwillig und schon im Weggehen begriffen, entgegnete er: »Möge Allah sich deiner erbarmen.« Da aber flehte sie ihn mit durchdringender Stimme an: »Beim teuren Leben deines Großvaters! Du musst mir meinen Wunsch erfüllen!«

Ärgerlich sah er sie an, konnte er doch den Blick nicht von ihr lassen. Wo hatte er diese Frau gesehen, und vor allem, wann? Da durchfuhr sein Herz ein Beben, sodass alle Trunkenheit wie weggeblasen war. Dieses Gesicht hatte er an der Tür zu Gabalawis Zimmer gesehen, als er sich in jener unglückseligen Nacht hinter dem

Stuhl versteckt gehalten hatte. Das war die Dienerin Gabalawis, die mit ihm im Zimmer war. Vor lauter Schreck wurden ihm die Knie weich, und er starrte die Frau entsetzt an.

»Sollen wir sie wegjagen?«, fragte einer der Begleiter.

»Geht zum Tor des Hauses und wartet dort!«, befahl er ihnen. Er wartete ab, bis sie verschwunden waren. Nun stand er ganz allein mit der Frau vor dem Tor des Großen Hauses. Aufmerksam musterte er ihr schmales, schwarzes Gesicht mit der hohen Stirn, dem spitzen Kinn und den Fältchen um Augen und Mund. Um sich zu beruhigen, sagte er sich, dass sie ihn in jener Nacht bestimmt nicht gesehen hatte. Aber wo hatte sie sich seit Gabalawis Tod aufgehalten, und warum kam sie jetzt zu ihm?

»Was willst du, Frau?«

»Ich komme nicht, um irgendwelche Beschwerden vorzubringen, sondern weil ich mit dir allein sprechen will, um ein Vermächtnis zu erfüllen.«

»Was für ein Vermächtnis?«

Sie beugte sich ein wenig vor. »Ich bin Gabalawis Dienerin. Ich war bei ihm, als er verschied.«

»Du?«

»Ja, du musst mir glauben.«

Er glaubte ihr durchaus. Verwirrt fragte er: »Wie ist unser Großvater gestorben?«

»Er war furchtbar aufgeregt, nachdem man den Leichnam seines Dieners gefunden hatte. Völlig unvermittelt schien er dem Tode nahe zu sein, sodass ich nur noch zu ihm eilen konnte, um ihn, zittrig, wie er war, mit dem Rücken an die Wand zu lehnen. Man stelle sich nur vor – dieser Mann mit der Kraft eines Riesen, der sich die Wüstenödnis unterworfen hatte!«

Arafas lautes Seufzen drang in die Stille der Nacht. Er senkte den Kopf, als wollte er seinen Schmerz nicht dem Mondlicht zeigen.

»Ich bin gekommen«, sprach die Frau weiter, »um sein Vermächtnis zu erfüllen.«

Ein Beben lief durch Arafas Körper. Er hob den Kopf und fragte: »Was hast du zu sagen? Sprich!«

»Bevor er den Geist aufgab, sagte er zu mir: ›Geh zu Arafa, dem Magier, und überbringe ihm die Mitteilung, dass ihm sein Großvater im Angesicht des Todes verziehen hat.‹«

Erregt rief Arafa aus: »Du Lügnerin! Was für eine Hinterlist hast du dir da ausgedacht!«

»Herr! All meine Sorge gilt aufrichtig dir!«

»Erkläre mir offen und ehrlich, was für ein hinterhältiges Spiel du mit mir treibst!«

»Ich will nichts anderes als dir ausrichten, was ich gesagt habe«, erklärte sie mit unschuldiger Stimme und fügte hinzu: »Allah sei mein Zeuge!«

Argwöhnisch fragte er: »Was weißt du über den Mörder?«

»Nichts, Herr! Nachdem mein Gebieter verstorben war, musste ich mich zu Bett legen. Das Erste, was ich tat, als ich mich besser fühlte, war, dich aufzusuchen.«

»Und was hat er nun wirklich zu dir gesagt?«

»Er sagte: ›Geh zu Arafa, dem Magier, und überbringe ihm die Mitteilung, dass sein Großvater, im Angesicht des Todes, mit ihm zufrieden war.‹«

»Schwindlerin! Du hinterhältiges Weib weißt genau, dass ich …« Er hielt unvermittelt inne und dämpfte seine Stimme. »Woher weißt du überhaupt, wo ich zu finden bin?«

»Ich habe den Ersten, den ich traf, gefragt. Man sagte mir, dass du beim Herrn Verwalter wärst, und da habe ich gewartet.«

»Hat man dir nicht gleich erzählt, dass ich der Mörder von Gabalawi sei?«

Erschrocken wich sie zurück. »Aber Gabalawi ist doch nicht getötet worden!«, rief sie aus. »Niemals wäre es jemandem möglich gewesen, ihn zu töten!«

»Wieso? Der, der den Diener getötet hat, hat auch ihn umgebracht!« Die Frau schien geradezu zornig zu werden. »Das ist eine hinterhältige Lüge! Mein Gebieter ist in meinen Armen gestorben!«

Arafa war nach Weinen zumute, aber er brachte keine einzige Träne hervor.

Die Dienerin sah seinen leidvollen Blick und sagte schlicht und warmherzig: »Lass mich dir zum Abschied Wohlbefinden wünschen.«

Als er zu sprechen anhob, schien das heisere Röcheln, das sich ihm entrang, die Qualen seines gepeinigten Gewissens laut werden zu lassen. »Kannst du mir schwören, dass du die volle Wahrheit gesagt hast?«

»Bei Allah, ich schwöre, denn Er ist mein Zeuge.« Mit diesen Worten wandte sie sich ab und ging fort. Schon färbte der Morgen den Himmel mit den leuchtendsten Farben. Arafa sah der Frau nach, bis sie seinen Blicken entschwunden war, dann ging er nach Hause. In seinem Zimmer sank er ohnmächtig aufs Bett. Als er nach wenigen Minuten wieder zu sich kam, fühlte er sich zu Tode erschöpft. Er schlief ein. Aber schon nach zwei Stunden ließ ihn eine innere Unruhe erwachen. Er rief nach Hanasch, und nachdem dieser gekommen war, erzählte er ihm von der Frau. Hanasch, der die ganze Zeit über verwirrt zugehört hatte, lachte laut, als Arafa schließlich schwieg. Belustigt sagte er: »Meinen Glückwunsch, da hast du ja gestern einen tüchtigen Rausch gehabt!«

»Das war kein Rausch«, brüllte Arafa ihn an. »Was ich erlebt habe, ist die reine Wahrheit!«

»Schlaf noch ein wenig«, sagte Hanasch nun fast bittend. »Du hast Schlaf nötig.«

»Dann glaubst du mir also nicht?«

»Natürlich nicht. Du wirst sehen, wenn du erst einmal geschlafen hast, weißt du nichts mehr von dieser Geschichte.«

»Warum glaubst du mir nicht?«

Hanasch lachte. »Als du aus dem Haus des Verwalters kamst, habe ich am Fenster gestanden und gesehen, wie du durchs Viertel auf das Große Haus zugekommen bist. Vor dem Tor bist du ein wenig stehen geblieben und hast dann den Weg fortgesetzt, gefolgt von den beiden Dienern.«

Arafa sprang plötzlich auf und rief triumphierend: »Lass die beiden Diener kommen!«

Hanasch hob warnend die Hand und erklärte: »Tu das nicht! Sonst zweifeln alle an deinem Verstand.«

»Die Diener sollen kommen und in deinem Beisein alles bezeugen«, beharrte Arafa.

Fast flehentlich erwiderte Hanasch: »Wir haben ohnehin kaum Ansehen bei den Dienern, also zerstöre nicht noch den letzten Rest.«

Aber Arafas Augen glänzten, als wäre er dem Wahnsinn verfallen. Mitleid ergriff Hanasch, und schon hörte er Arafa sagen: »Ich bin nicht verrückt. Was heute Nacht geschah, war kein Wahn! Gabalawi ist gestorben und ließ mir ausrichten, dass er mir verziehen hat.«

Hanasch gab auf. »Also gut, aber verzichte jetzt auf die Diener.«

»Pass auf, wenn es ein Unglück gibt, wird es dich als Ersten treffen.«

»Das würde Allah nicht dulden«, sagte Hanasch nachsichtig. »Aber lass uns die Frau herbeiholen, dann kann sie uns alles selbst noch einmal erzählen. Wo ist sie nach eurer Begegnung hingegangen?«

Arafa legte die Stirn in Falten und überlegte. Dann sagte er beunruhigt: »Ich habe vergessen zu fragen, wo sie wohnt.«

»Wenn die Geschichte wirklich wahr wäre, dann hättest du sie nicht gehen lassen.«

»Aber sie ist wahr«, rief Arafa verzweifelt, »ich bin nicht verrückt. Gabalawi ist gestorben, ohne mit mir unzufrieden gewesen zu sein.«

»Schon gut, überanstrenge dich nicht. Du brauchst Ruhe.« Hanasch tätschelte Arafa den Kopf, schob ihn vorsichtig zum Bett hinüber und wartete ab, bis er sich hingelegt hatte. Erschöpft schloss Arafa die Augen und lag schon im nächsten Augenblick im tiefsten Schlaf.

112

Ich bin entschlossen zu fliehen«, erklärte Arafa mit ruhiger Entschiedenheit. Hanasch war so verblüfft, dass er seine Arbeit unterbrach. Vorsichtig sah er sich um. Obwohl der Arbeitsraum abgeschlossen war, schien er sich zu fürchten. Arafa kümmerte sich nicht darum, sondern arbeitete emsig weiter. »Dieses Gefängnis hier«, sagte er, »lässt mich an nichts anderes mehr denken als an den Tod. Es ist, als wehte aus jedem Blumentopf der Geruch des Grabes herüber.«

»Aber im Viertel erwartet uns ebenfalls der Tod«, flüsterte Hanasch beunruhigt.

»Wir werden weit weggehen.« Er blickte Hanasch fest an. »Eines Tages aber werden wir zurückkehren und den Sieg davontragen.«

»Wenn wir nur fliehen könnten!«

»Da diese Schurken uns jetzt völlig vertrauen, werden wir es schon schaffen.« Schweigend arbeitete Arafa weiter. Dann fragte er: »Ist es nicht genau das, was du dir immer gewünscht hast?«

Verlegen murmelte Hanasch: »Ich hatte es fast vergessen ... Aber erkläre mir doch bitte, was dich heute zu diesem Entschluss gebracht hat.«

Arafa lächelte. »Mein Großvater hat kundgetan, dass ich sein Wohlgefallen gefunden habe, obwohl ich in sein Haus eingedrungen bin und seinen Diener getötet habe.«

Nun starrte Hanasch ihn noch verblüffter an. »Da setzt du dein Leben nur wegen eines Traums aufs Spiel, den du im Rausch gesehen hast?«

»Nenne es, wie du willst. Ich bin fest davon überzeugt, dass ich sein Wohlgefallen hatte, als er starb. Weder der Einbruch ins Haus noch der Mord haben seinen Zorn heraufbeschworen. Aber wenn er mein jetziges Leben sehen würde, dann böte die ganze Welt nicht genügend Platz für seinen Unwillen.« Etwas leiser setzte er hinzu: »Deshalb hat er mich ganz sacht darauf hingewiesen, dass er zuvor durchaus zufrieden mit mir war.«

Hanasch kam nicht aus dem Staunen. »Früher gehörte es nicht gerade zu deinen Gewohnheiten, von unserem Großvater ehrerbietig zu sprechen.«

»Das war in der allererster Zeit, als ich noch voller Zweifel war. Aber jetzt, da er tot ist, hat er genau wie jeder andere das Recht, dass von ihm mit Achtung gesprochen wird.«

»Allah erbarme sich seiner.«

»Und wie könnte ich je vergessen, dass ich schuld bin an seinem Tod! Deshalb habe ich die Pflicht, ihn ins Leben zurückzubringen, sobald ich dazu imstande bin. Wenn mir Erfolg beschieden ist, werden wir den Tod nicht mehr kennen.«

Hanasch sah ihn traurig an. »Bisher hat dir deine Zauberei nichts weiter eingebracht als belebende Pillen und zerstörerische Flaschen.«

»Wir wissen auf jeden Fall, wo die Magie beginnt. Aber wo sie endet, können wir uns noch nicht ausmalen.« Sein Blick schweifte durch den Raum. »Wir werden hier alles, bis auf das Buch, zerstören. Das Buch enthält alle Geheimnisse. Ich werde es an meiner Brust verbergen. Unsere Flucht wird nicht so schwer sein, wie du denkst.«

Wie gewohnt ging Arafa auch an diesem Abend zum Verwalter. Als er im Morgengrauen zurückkehrte, war Hanasch schon wach und erwartete ihn. Die beiden Männer blieben noch fast eine Stunde im Schlafzimmer, um sich zu vergewissern, dass die Dienerschaft zu Bett gegangen war. Dann schlüpften sie vorsichtig auf die Terrasse hinaus. Dort lag ein Diener, der laut und regelmäßig schnarchte. Leise stiegen sie die Treppe hinunter und gingen auf das Tor zu. Dort beugte sich Hanasch über das Bett des Torwärters. Er hob den Stock und ließ ihn auf das Bett niedersausen. Ein dumpfes Geräusch tönte durch die stille Nacht. Was hier lag, war nur ein puppenähnliches Stoffbündel, aber kein Torwärter. Ängstlich besorgt, dass das Geräusch jemanden geweckt haben könnte, blieben beide mit klopfenden Herzen hinter dem Tor stehen. Dann machte sich Arafa daran, den Riegel langsam hochzuschieben. Das Tor ging auf, und er schlüpfte hinaus, gefolgt von Hanasch. Nachdem sie die Torflügel hinter sich zugezogen hatten, schlichen sie die Mauer entlang auf das Gehöft von Umm Sunful zu. Alles lag in schweigendem Dunkel. Als sie schon mitten im Viertel waren, lag plötzlich ein Hund vor ihnen auf der Straße. Neugierig stand er auf, kam schnüffelnd auf sie zugelaufen und folgte ihnen. Nach einigen Metern blieb er stehen und gähnte. Beim Eingang des Gehöfts flüsterte Arafa: »Warte hier auf mich. Wenn dir etwas auffällt, pfeifst du und läufst sofort zum Mukattam-Markt.«

Arafa ging ins Haus, durchquerte den Flur und stieg die Treppe hinauf. Behutsam klopfte er an die Zimmertür von Umm Sunful, schon wenig später hörte er seine Frau fragen, wer da sei. »Ich bin es, Arafa, mach schnell auf, Awatif!« Er hatte seine Bitte voller Inbrunst hervorgestoßen. Als sie die Tür öffnete, blickte er in ihr blasses und verschlafenes Gesicht, das vom Licht einer kleinen Lampe in ihrer Hand erleuchtet war. Ohne langes Zögern sagte er: »Schnell, folge mir, wir fliehen gemeinsam.«

Verwirrt starrte sie ihn an, hinter ihr tauchte Umm Sunful auf. »Wir gehen weg aus dem Viertel und leben wieder wie früher. Beeil dich«, erklärte er.

Awatif zögerte. Als sie nun sprach, war ihrer Stimme anzumerken, dass sie ihm noch immer grollte. »Wie kommt es, dass du dich noch an mich erinnerst?«

»Lass die Vorwürfe für später«, drängte er ungeduldig, »jetzt ist jede Minute kostbar!«

Genau in diesem Augenblick war ein durchdringender Pfiff zu hören und gleich darauf Lärm. Entsetzt schrie Arafa: »Diese Hunde! Wir haben die Gelegenheit verpasst, Awatif!« Mit diesen Worten sprang er zur Treppe und spähte in den Hof hinunter. Als er die vielen Lichter und Gestalten sah, überlief ihn ein Schauder.

»Komm herein!«, rief ihm Awatif zu.

»Nein, das darfst du nicht«, herrschte ihn Umm Sunful, um sich selbst besorgt, grob an.

Was hätte es für einen Sinn, wenn er sich im Zimmer verstecken würde? Im Flur der Wohnung, zu der Umm Sunfuls Zimmer gehörte, entdeckte er ein kleines Fenster. »Wo führt das hin?«, fragte er hastig Awatif.

»Zum Lichtschacht.«

Schnell griff er in den Ausschnitt seines Gilbabs und zog das Buch hervor. Er eilte auf das Fenster zu, schob Umm Sunful aus dem Weg und warf das Buch hinunter. Dann rannte er los und zog die Wohnungstür hinter sich zu. Er sprang die wenigen Stufen zum Dach hinauf. Als er von oben auf die Straße hinuntersah, konnte er ein Meer von Fackeln und Gestalten erkennen. Schon drang der Lärm von Schritten an sein Ohr, die immer näher kamen. Er lief zur Mauer hinüber, die das Haus vom Nachbargehöft in Richtung Gamalija trennte. Eine Menge Menschen liefen dort unten hinter einem Fackelträger her. Sofort sprang er zurück und rannte zur Mauer auf der anderen Seite hinüber, von wo aus er in den Rifaateil blicken konnte. Schon drang durch die Tür des dortigen Nachbarhauses der flackernde Schein von Fackeln. Verzweiflung würgte ihn. Von unten glaubte er, Umm Sunfuls Schreie zu hören. Hatten die Männer ihre Wohnung erreicht? Hatten sie vielleicht schon Awatif überwältigt?

»Ergebe dich, Arafa!« Der Ruf war von der Tür zum Dach gekommen. Ohne auch nur ein Wort über die Lippen zu bringen, blieb er stehen. Keiner der Männer kam auf ihn zu, stattdessen rief jemand: »Wenn du auch nur eine deiner Flaschen wirfst, treffen dich Dutzende davon!«

»Ich habe keine einzige bei mir«, erklärte er.

Die Männer stürzten auf ihn zu und umzingelten ihn. Unter ihnen befand sich auch Junus, der Torwärter des Verwalters. Er trat dicht an ihn heran und zischte ihm zu: »Du Schurke! Du gemeiner Kerl und undankbarer Schuft!«

Unten im Viertel bot sich ihm ein schrecklicher Anblick.

Zwei Männer stießen Awatif vor sich her. Inbrünstig flehte er: »Lasst sie los! Sie hat nichts mit der Sache zu tun!« Aber schon traf ihn ein heftiger Schlag an die Stirn und brachte ihn zum Schweigen.

113

Arafa und Awatif standen vor dem wutschnaubenden Verwalter. Beiden waren die Arme auf dem Rücken gefesselt. Wieder und wieder schlug der Verwalter Arafa ins Gesicht, bis ihm schließlich die Arme müde wurden. »Du Hurensohn!«, brüllte er. »Hast deine dunklen Pläne geschmiedet, während du bei mir sitzen durftest!«

»Er ist doch nur gekommen«, schluchzte Awatif unter Tränen, »weil er sich mit mir versöhnen wollte!«

Der Verwalter spuckte ihr ins Gesicht und schrie: »Halts Maul, du Verbrecherin!«

»Sie ist unschuldig und hat mit allem nichts zu tun«, sagte Arafa.

»Ganz im Gegenteil, sie war dein Kumpan beim Mord an Gabalawi und all deinen anderen Verbrechen!« Er schrie so laut, dass seine Stimme sich beinahe überschlug. »Du wolltest also fliehen, das kannst du gern haben! Ich werde dir helfen, der ganzen Welt für alle Zeit zu entkommen!«

Er rief nach seinen Männern, und im Handumdrehen erschienen sie mit zwei Säcken. Sie stießen Awatif so heftig, dass sie vornüberfiel. Dann fesselten sie ihr die Füße und zerrten sie in den Sack. Awatif schrie schrecklich, aber schon banden die Männer den Sack fest zu. Arafa gebärdete sich wie ein Wahnsinniger und schrie: »Töte uns nur! Morgen werden dich dann die umbringen, die dich hassen!«

Ein kaltes Lachen war die Antwort des Verwalters. Dann erklärte er stolz: »Ich habe so viele Flaschen in meinem Besitz, dass ich für alle Zeiten genügend Schutz habe.«

»Aber Hanasch ist entkommen!«, schrie Arafa. »Er ist mit allen

Geheimnissen entflohen. Eines Tages wird er so mächtig zurückkehren, dass du ihm nichts entgegenzustellen hast. Dann wird er das Viertel von all deinen Widerwärtigkeiten befreien!«

Ein Fußtritt traf ihn in den Bauch, sodass er sich vor Schmerz krümmte und zu Boden fiel. Die Männer stürzten sich über ihn, fesselten ihn und stülpten ihm den Sack über. Dann hoben sie die beiden Säcke auf und machten sich auf den Weg in die Wüste. Awatif war schnell ohnmächtig geworden, aber Arafa musste alle Qualen bewusst miterleben. Wo schleppten sie sie wohl hin? Und welche der vielen Todesarten hatten sie sich ausgeheckt? Würden sie sie mit Stöcken erschlagen? Mit Steinen zerschmettern? Im Feuer schmoren lassen? Oder würden sie sie vom Gipfel des Berges hinunterwerfen? Oh, wie waren doch diese letzten Minuten des Lebens von unerträglichem Leid erfüllt! Selbst seine Magie vermochte es nicht, ihm einen Ausweg zu weisen. Sein Kopf war von den vielen Schlägen benommen, und da er mit den Beinen nach oben im Sack steckte, schien er fast zu ersticken. Die einzige Hoffnung auf Ruhe bot nur noch der Tod. Ja, er würde sterben und mit ihm alle Hoffnungen. Dieser Mann da aber, der mit dem kalten Lachen, würde vielleicht noch lange leben. Und all die Menschen, die er, Arafa, befreien wollte, würden sich nun angesichts seines Todes vor Schadenfreude die Hände reiben. Wer konnte schon wissen, was Hanasch tun würde? Die Männer, die ihn zu seinem Todesplatz führten, schwiegen. Kein einziges Wort war von ihnen zu hören. Schwärzeste Finsternis umgab ihn, nach dieser Dunkelheit würde nur noch der Tod folgen. Er hatte sich aus Angst vor dem Sterben unter die Fittiche des Verwalters geflüchtet, und jetzt war doch alles verloren. Nun ging es ans Sterben. Nun kam der Tod, vor dem man aus lauter Angst schon hundertfach im Leben gestorben war, bevor er sich überhaupt genähert hatte. Wenn er noch einmal das Leben zurückgewinnen könnte, dann würde er jedem Mann zurufen: »Fürchte dich nicht! Angst schützt einen nicht vor dem Tod, sondern hindert einen nur daran, wirklich zu leben! Ihr Leute des Viertels, ihr lebt doch gar nicht! Solange ihr den Tod fürchtet, ist euch das Leben nicht vergönnt!«

Einer von der Mörderbande sagte: »Hier ...«

»Nein«, wehrte ein anderer ab, »dort ist die Erde frischer.«

Sein Herz erbebte. Hatte er auch nicht verstanden, was gemeint war, so begriff er doch, dass dies die Sprache des Todes war. Der Schrecken vor dem, was auf ihn zukam, wurde so unerträglich, dass er versucht war, zu bitten, ihn gleich auf der Stelle umzubringen. Er tat es nicht. Plötzlich fiel der Sack zu Boden, und Arafa stöhnte auf, als er mit dem Kopf schwer aufschlug. Ein furchtbarer Schmerz schien ihm Genick und Rückgrat zu brechen. Er erwartete, dass von einem Augenblick zum anderen ein Knüppel oder noch Schrecklicheres über ihn niederfahren würde. Wegen all des Bösen, das der Verbündete des Todes war, stieß er einen Fluch aufs ganze Leben aus.

Plötzlich hörte er Junus sagen: »Grabt schnell, damit wir noch vor dem Morgen zurückkehren können.«

Warum hoben sie das Grab aus, bevor er tot war? Der ganze Mukattam-Berg schien auf seiner Brust zu liegen. Er hörte ein Stöhnen und begriff sofort, dass das Awatif sein musste. Obwohl er gefesselt war, versuchte er, sich heftig aufzubäumen. Jetzt war nur das Klappern der Schaufeln zu hören. Er wunderte sich, dass Männer so roh sein konnten.

Plötzlich sagte Junus: »Wir werfen euch jetzt auf den Grund der Grube, und wenn Sand aufgeschüttet wird, kann euch niemand mehr etwas antun.«

Awatif schrie los, obwohl sie völlig geschwächt war. Arafa aber litt stumm vor sich hin.

Kräftige Hände hoben die Säcke empor und ließen sie in die Grube fallen. Dann fiel nur noch Sand auf sie nieder. Staubwolken stiegen in die dunkle Nacht auf.

114

Die Nachricht von Arafas Tod verbreitete sich schnell im Viertel. Kannte auch niemand die genauen Gründe dafür, so ahnten die Leute mehr oder weniger, dass er seinen Herrn erzürnt hatte und deshalb das ihm auferlegte Schicksal tragen musste. Eine Zeit lang hieß es, er sei durch ebendie Zauberwaffe gestorben, mit der er selbst schon Saadallah und Gabalawi getötet hatte. Die Menschen freuten sich über seinen Tod, obwohl sie den Verwalter hassten. Vor allem die Angehörigen der Wächterfamilien und die ihrer Gefolgsleute waren voller Schadenfreude. Es stimmte sie geradezu heiter, dass endlich der Mann hatte sterben müssen, der am Tod ihres glorreichen Großvaters schuld war und außerdem dem tyrannischen Verwalter diese schreckliche Waffe in die Hand gegeben hatte. Erst mithilfe der Zauberflaschen hatte er sie alle erniedrigen können. Die Zukunft sah ziemlich schwarz aus, schwärzer als jemals zuvor. Alle Macht war nun in zwei grausame Hände gelegt, und damit war jede Hoffnung geschwunden, dass zwei Parteien in Streit gerieten, aus dem beide geschwächt hervorgingen, sodass sich zumindest eine auf die Seite der Leute des Viertels schlagen musste. So schien es den Menschen, dass ihnen jetzt nichts anderes übrig blieb, als sich demütig zu unterwerfen. Die Stiftung, ihre Gebote, die Worte von Gabal, Rifaa und Kasim waren nichts anderes mehr als verloren gegangene Träume, die gerade noch gut genug für die Rabab waren, aber nicht gut genug, um in diesem Leben Wirklichkeit zu werden.

Als Umm Sunful eines Tages nach ad-Darrasa ging, begegnete sie einem Mann, der ihr einen guten Abend wünschte und sie bei ihrem Namen nannte. Verblüfft starrte sie ihn einen Augenblick lang an und rief dann überrascht: »Hanasch!«

Lächelnd trat er näher und fragte: »Hat der Verstorbene nicht in jener Nacht, als er überwältigt wurde, etwas in deiner Wohnung hinterlassen?«

Als müsste sie einen Verdacht von sich weisen, entgegnete sie entschieden: »Nein, überhaupt nichts! Ich hatte damals nur beobachtet, dass er etwas in den Lichtschacht geworfen hatte. Am nächsten Tag schlich ich dort hinein und stöberte im Müll herum, fand aber nur ein völlig unnützes Buch. Ich habe es liegen gelassen und bin wieder weggegangen.«

Hanaschs Augen glänzten seltsam auf. »Hilf mir bitte, das Buch zu finden.«

Die alte Umm Sunful fuhr vor Schreck zusammen und rief: »Weg von mir! Wenn sich Allah deiner nicht erbarmt hätte, dann wärst auch du in jener Nacht umgekommen!«

Er ließ eine Münze in ihre Hand gleiten, woraufhin ihr Schreck sichtlich geringer wurde. Dann machte er mit ihr aus, dass er spät in der Nacht käme, wenn alle schon schliefen. Als er wie verabredet erschien, zeigte sie ihm, wie man in den Lichtschacht gelangte. Unten angekommen, zündete er eine Kerze an, hockte sich inmitten der Müllhaufen hin und begann, alles zu durchwühlen. Fetzen um Fetzen, Stück für Stück trug er die Haufen ab. Seine Finger stöberten in Asche, Staub, Tabakresten und faulenden Essensabfällen. Alles war da zu finden, nur nicht das lang Ersehnte. Also ging er wieder zu Umm Sunful hinauf und sagte verzweifelt: »Ich habe nichts gefunden!«

»Was geht mich das an!«, entgegnete sie spöttisch. »Wenn einer wie du hier auftaucht, bringt das nur Unglück.«

»Geduld, Umm Sunful, nur Geduld.«

»Die Zeit hat uns weder Geduld noch Verstand übrig gelassen. Warum interessiert dich dieses Buch überhaupt?«

Er zögerte ein wenig. »Es ist das Buch von Arafa.«

»Arafa! Möge Allah ihm verzeihen! Er hat Gabalawi getötet, überließ dem Verwalter seinen ganzen Zauber und ging einfach weg.«

»Nein, er gehörte zu den gütigsten Menschen dieses Viertels«, widersprach er ihr traurig. »Das Glück war ihm nicht besonders hold, obwohl er für euch alle verwirklichen wollte, was Gabal, Rifaa und Kasim schon erträumt hatten. Ja, er hatte sogar noch mehr und Besseres geplant.«

Die Alte sah ihn zweifelnd an. Offenbar wollte sie ihn loswerden und sagte deshalb: »Vielleicht hat der Müllmann dieses Buch weggeschleppt, denn ich hatte es ja da unten liegen gelassen. Du solltest bei der Feuerstelle in Salihija suchen.«

Hanasch machte sich auf den Weg. In Salihija erkundigte er sich nach dem Müllmann, der für das Gabalawi-Viertel zuständig war. Als er den Mann gefunden hatte, fragte er ihn, wo er den Müll aus dem Viertel gewöhnlich ablud. »Suchst du nach etwas, was du verloren hast? Was ist es?«, fragte er zurück.

»Ein Buch.«

Der Mann sah ihn argwöhnisch an, wies aber dann in die Ecke eines Raums, der an das Bad grenzte. »Versuch dein Glück! Entweder findest du es, oder es brennt gerade im Feuer.«

Hanasch ging mit neuer Hoffnung daran, den Müll geduldig durchzuwühlen. Mit diesem Buch war für ihn alle Zuversicht verbunden, die ihm das Leben noch bieten konnte. Es war nicht nur für ihn der Hoffnungsschimmer, sondern für das ganze Viertel. Der unglückselige Arafa hatte unverrichteter Dinge sterben müssen, er hatte nur Leid hinterlassen, und sein Name war in den Schmutz gezogen worden. Mit diesem Buch würde er, Hanasch, alle Fehler wiedergutmachen und Arafas Feinde vernichten. Mit diesem Buch könnte er dem Viertel die Düsterheit nehmen und ihm neue Hoffnungen schenken.

»Hast du noch nichts gefunden?«

»Lass mir ein wenig Zeit, unser Herr wirds dir danken.«

Der Mann kratzte sich die Achselhöhlen und fragte weiter: »Was ist denn an diesem Buch so wichtig?«

Beunruhigt erklärte Hanasch: »Da stehen all unsere Rechnungen drin, du kannst es dir ja dann ansehen.« Er wurde immer unruhiger, suchte aber trotzdem weiter. Plötzlich hörte er eine Stimme, die er kannte. »Wo ist dein Bohnentopf, Mitwalli?«, fragte ein Mann, und voller Schrecken ahnte er, dass dies Meister Schankal, der Bohnenverkäufer, sein musste. Obwohl er sich nicht umdrehte, fragte er sich angsterfüllt, ob der Mann ihn wohl bemerkt hatte. Sollte er besser verschwinden? Seine Hände bewegten sich immer schneller, suchten immer eifriger. Fast sah es aus, als ob ein Hase verzweifelt ein Schlupfloch ausbuddelte.

Meister Schankal jedenfalls kehrte ins Viertel zurück und erzählte jedem, dem er begegnete, dass er Hanasch, den Freund von Arafa, an der Feuerstelle in Salihija gesehen habe. Der Müllmann habe ihm erzählt, dass Hanasch nach einem Buch suche. Kaum hatte der Verwalter die Neuigkeit zu Ohren bekommen, schickte er einen Trupp Diener nach Salihija. Aber von Hanasch war keine Spur mehr zu finden. Die Männer befragten den Müllmann, aber der erklärte ihnen lediglich, dass er wegen irgendeiner Sache habe weggehen müssen und Hanasch unterdessen wohl aufgebrochen sei. Er könne deshalb auch nicht sagen, ob er das Buch gefunden habe.

Niemand konnte genau sagen, wer als Erster damit begonnen hatte, flüsternd zu behaupten, dass es sich bei dem Buch um das von Arafa handelte, in dem alle Geheimnisse seiner Kunst und Waffen aufgezeichnet waren. Er habe es bei seiner Flucht damals verloren, und es sei mit dem Müll zur Feuerstelle in Salihija gekommen. Nun sei es also im Besitz von Hanasch.

Das Getuschel ging durch alle Haschischhöhlen, und überall wurde behauptet, dass Hanasch nun das zu Ende bringen werde, was Arafa begonnen hatte. Hanasch werde ins Viertel zurückkehren und am Verwalter schreckliche Rache nehmen. Die Gerüchte schienen sich zu bestätigen, als der Verwalter demjenigen eine hohe Belohnung versprach, der Hanasch tot oder lebendig zu ihm bringe. In allen Kaffeehäusern und Haschischspelunken wurde es von seinen Dienern verkündet. Niemand zweifelte noch länger daran, dass Hanasch im Leben der Menschen noch eine wichtige Rolle spielen würde. In die Herzen zog neue Freude ein und verdrängte die bisherige Verzagtheit und Unterwürfigkeit. Die Menschen begannen, mit Hanasch Mitleid zu fühlen, weil er sich noch immer an einem geheimen Ort verstecken musste. Die wachsende Zuneigung zu ihm bewirkte sogar, dass sie selbst Arafas liebevoller gedachten. Die Menschen wünschten sich, Hanasch im Kampf gegen den Verwalter beizustehen, sodass sein Sieg auch der ihre sein würde und das Viertel wieder ein Leben in Wohlstand, Gerechtigkeit und Frieden führen könnte. Sie waren allmählich entschlossen, ihm zu helfen, sahen sie in ihm doch die einzige Möglichkeit, sich zu befreien. Für alle stand fest, dass die Zauberwaffe, die sich in den Händen des Verwalters befand, nur mit einer gleichwertigen zu besiegen war, und die konnte ihnen allein Hanasch bringen.

Als der Verwalter erfuhr, worüber die Leute tuschelten, ließ er die Sänger in den Kaffeehäusern wissen, dass sie nur noch die Geschichte von Gabalawi, vor allem aber von seinem Tod durch Arafa erzählen sollten. Sie sollten davon berichten, dass der Verwalter gezwungen gewesen sei, mit Arafa einen Vertrag zu schließen und freundschaftliche Beziehungen zu knüpfen, weil er Angst vor dessen Zauber hatte. Schließlich aber habe er Arafa besiegt und mit dessen Tod Rache für den glorreichen Großvater genommen.

Verwunderlich war, dass die Menschen die Lügen der Rabab mit Gleichmut und Spott aufnahmen. Ihre Halsstarrigkeit ging so weit, dass sie bisweilen schon sagten: »Was geht uns die Vergangenheit an! Die einzige Hoffnung, die wir noch haben, ist die Zauberkunst von Arafa. Hätten wir zwischen Gabalawi und der Magie zu wählen, dann würden wir uns ganz eindeutig für die Magie entscheiden.«

Kein Tag verging, ohne dass die Menschen nicht ein Stückchen mehr vom wahren Geschehen erfuhren. Ausgegangen war das vielleicht von Umm Sunful, hatte sie doch über Arafa vieles von Awatif erfahren, als diese bei ihr Zuflucht genommen hatte. Möglicherweise sorgte aber auch Hanasch selbst dafür, dass die Menschen die wahren Zusammenhänge begriffen, denn bisweilen traf er sich an weit entlegenen Plätzen mit Bewohnern des Viertels. Wie es auch gewesen sein mag – wichtig war nur, dass die Menschen diesen Mann kennenlernten und erfuhren, was für ein traumhaftes Leben Arafa dem Viertel mithilfe der Magie hatte bringen wollen. Die Wahrheit erfüllte ihre Seelen mit Staunen, und so setzten sie ihm ein rühmliches Gedenken. Der Name von Arafa wurde fortan sogar höher eingeschätzt als der von Gabal, Rifaa und Kasim. Einige meinten, er könne keinesfalls der Mörder von Gabalawi gewesen sein, wie früher behauptet wurde. Andere sagten, er sei der bedeutendste und beste Mann im Viertel gewesen, selbst wenn er Gabalawi getötet habe. Die einzelnen Straßenteile wetteiferten um ihn, jeder Teil beanspruchte ihn für sich.

Dann geschah es, dass einige junge Männer plötzlich aus dem Viertel verschwanden. Es hieß, dass sie zu Hanasch gefunden und sich ihm angeschlossen hätten. Er würde sie in der Magie unterweisen und auf diese Weise die Vorbereitungen für den Tag der verheißenen Befreiung treffen. Den Verwalter und seine Diener überfiel Furcht. Er schickte Spione aus, ließ alle Häuser und Läden durchsuchen. Die grausamsten Strafen wurden für die geringfügigsten Vergehen verhängt. Eine unpassende Bemerkung, ein Witz, ein Lachen genügten, und man bekam die Knüppel der Diener zu spüren. Das Viertel lebte in düsterster Furcht und erbittertem Hass. Aber die Menschen ließen alle Ungerechtigkeiten über sich ergehen und fassten sich in Geduld. Sie hielten an ihrer großen Hoffnung fest. Wann immer ihnen ein Leid geschah, sagten sie: »Wie der Tag die Nacht ablöst, so wird auch die Tyrannei ihr Ende finden. Wahrlich, wir werden noch den Untergang der Gewaltherrschaft erleben. Mit eigenen Augen werden wir den Anbruch der lichten Zeit der Wunder erblicken.«

Nachwort

Als Nagib Machfus 1988 den Nobelpreis für Literatur erhielt, wurde in der Flut von Artikeln, Meldungen und Interviews immer wieder ein Werk aus dem mehr als dreißig Titel umfassenden Romanschaffen hervorgehoben – *Die Kinder unseres Viertels*. Europäische Literatur- und Islamwissenschaftler bezeichneten das Buch als das »fesselndste«, »originellste« von Machfus' Arbeiten, als »Höhepunkt moderner arabischer Geistesgeschichte«. Im November 1988 wurde Machfus während eines Zeitungsinterviews gefragt, welches seiner Werke er seinerseits für das beste halte. Er nannte als ersten Titel *Die Kinder unseres Viertels*. Im Unterschied zu den anderen Büchern, die er anschließend noch aufzählte, gab er dazu eine Erklärung: »... ein Buch, das fast dreißig Jahre wegen angeblich religionskritischer Passagen in Ägypten verboten war und das erst soeben wieder freigegeben worden ist.« Nun liegen Problemkinder vielen Eltern oftmals besonders am Herzen. Vielleicht hat also Machfus – als geistiger Vater – eine solch enge Beziehung zu diesem Buch, weil es damit von Anfang an Schwierigkeiten gegeben hatte.

Der Roman war in gewisser Beziehung ein Auftragswerk, denn nachdem Machfus 1957 für seine Kairo-Trilogie den Staatspreis für Literatur erhalten hatte, wurde ihm von der bedeutendsten ägyptischen Tageszeitung »al-Ahram« angetragen, einen Fortsetzungsroman zu veröffentlichen. Machfus stimmte zu. Er brach damit eine Schaffenspause von rund fünf Jahren ab, die er nach der Juli-Revolution von 1952 eingelegt hatte, weil in ihm »der Wunsch geschwunden war, die alte Gesellschaft zu kritisieren«. Der Umstand, dass das neue Werk zuerst in der Presse erschien, ist für Machfus aus heutiger Sicht schuld daran, dass der Roman in Ägypten als Buch nicht herausgegeben werden durfte. »Leser von Büchern gibt es viel weniger als solche, die

Zeitungen lesen. Tatsache ist, dass mir dieser Roman durch seine Veröffentlichung in al-Ahram fast eine Katastrophe einbrachte.« Konservative islamische Kräfte hatten gegen seine Drucklegung ihr Veto eingelegt, und so konnte die staatliche Führung dem Autor lediglich zusichern, dass einer Publikation im Ausland nichts im Wege stünde. So geschah es denn auch. Der Roman erschien 1959 im Beiruter Verlag Dar al-Adab. Die Auflage durfte in Ägypten nicht vertrieben werden, und sie blieb auch für dreißig Jahre die einzig existierende. Erst Ende 1988 kündigte der Leiter des Beiruter Verlagshauses die zweite Auflage an. Zu dieser Zeit trafen verschiedene günstige Umstände zusammen. Der ägyptische Präsident Mubarak strebte bei seinem Amtsantritt die Demokratisierung und Liberalisierung der gesellschaftlichen Verhältnisse an, was sich nach der einseitig westlich orientierten Politik des vorherigen, 1981 ermordeten Präsidenten Sadat auf das künstlerische Schaffen im Land belebend und fruchtbar auswirkte. Als dann im Oktober 1988 Nagib Machfus der Nobelpreis für Literatur zugesprochen wurde, empfand die Mehrheit der Intellektuellen in den arabischen Ländern das nicht nur als Würdigung des umfangreichen Werks des Altmeisters, sondern auch als Anerkennung des weltliterarischen Niveaus der arabischen Literatur insgesamt. Beides, die liberale Haltung des ägyptischen Staatsoberhaupts und die internationale Anerkennung von arabischem Literaturschaffen, trug sicherlich dazu bei, dass schon im November des gleichen Jahres vom ägyptischen Staatspräsidenten Mubarak das Publikationsverbot für *Die Kinder unseres Viertels* aufgehoben wurde.

Der Eindruck, dass die Wintermonate von 1988/89 von literaturfreundlichen Umständen geprägt wären, sollte sich jedoch als trügerisch erweisen. Zunächst war da nur ein eher verwirrendes Symptom. Die Kairoer Abendzeitung »al-Masa«, die im Dezember 1988 mit dem Abdruck des Romans in Fortsetzungen begonnen hatte, musste die Veröffentlichungen nach wenigen Folgen wieder abbrechen. Schon wurden Vermutungen laut, dass die Gelehrten der Ashar-Moschee wiederum ein Verbot erwirkt hätten. Da aber meldete sich der Autor selbst zu Wort. Nein, so teilte er mit, es handele sich diesmal vorerst nicht um eine Auseinandersetzung mit religiösen Kräften, sondern es ginge vielmehr um Fragen des Copyrights.

Wenig später, Mitte Februar 1989, wurde die Welt auf einen anderen Autor, der ebenfalls dem islamischen Kulturkreis verhaftet ist, auf jähe Weise aufmerksam. Ajatollah Chomeini hatte dazu aufgerufen, den britisch-indischen Schriftsteller Salman Rushdie wegen des vermeintlich alle muslimischen Gläubigen beleidigenden Buchs »Satanische Verse« zu ermorden. Bei allem Verständnis für die mögliche Verletzung religiöser Gefühle rief das Aussetzen eines Kopfgeldes weltweit Unverständnis und Empörung hervor. Kontroverse Diskussionen wurden geführt, in deren Mittelpunkt vor allem auch die Frage stand, inwieweit denn ein literarisches, also fiktives Werk den Toleranzgrad der islamischen Religion in solch lebensbedrohendem Ausmaß überschreiten kann. Noch im April des Jahres 1989 wurde diese Frage durch Vertreter von religiös fanatischem Denken in Ägypten selbst eindeutig beantwortet. Scheich Omar Abdel-Rahman, das religiöse Oberhaupt der extremistischen Organisation Dschihad (Heiliger Krieg), rief dazu auf, auch Nagib Machfus als Abtrünnigen zu ermorden. Als Beweis für die Verunglimpfung des Islam stünde der Roman *Die Kinder unseres Viertels*. Die Existenz Gottes sei darin infrage gestellt; mit religiösen Werten würde Spott getrieben, die Propheten seien verhöhnt und die muslimischen Gläubigen »Wüstenmäuse« genannt worden. Die ganze Schändlichkeit sei schon daran zu erkennen, dass der Roman in 114 Kapitel unterteilt ist, was wohl auf die 114 Suren des Korans hindeuten solle. Nur wegen der Beleidigung des Islam hätte der Autor vom (andersgläubigen europäischen) »Westen« den Nobelpreis für Literatur erhalten.

Die Argumentation weist darauf hin, dass es lediglich mittelbar um Literatur und die Wirkungsmöglichkeit von ein oder zwei Romanen geht. Es steht mehr dahinter. Der Islam ist in den Entwicklungsländern die am weitesten verbreitete Religion. Als ein Mittel im berechtigten Kampf um ökonomische und politische Gleichberechtigung in den internationalen Prozessen wird die kulturelle Authentizität angesehen, die für eine starke Mehrheit in diesen Ländern eben islamisch geprägt ist. Extremistische Gruppen wittern die Möglichkeit, sich mittels einer panislamischen Alternative zu bereits bestehenden Gesellschafts- und Ideologiesystemen weltweit Machtpositionen zu erobern. Sie setzen auf den Zusammenhang von Religion und Politik, der in der islamischen Welt ungleich stärker ist als im Christentum. Ein Moslem gilt als guter Staatsbürger. Die, die vom Glauben abfallen, stellen sich außerhalb der Gemeinschaft, müssen – oder können – als Abtrünnige zum Tod verurteilt werden. Hier liegt die Toleranzbreite innerhalb des Islam. Während fundamentalistische Kräfte für das »müssen« optieren, sind andere Kräfte auf Vor- und Umsicht eingestellt. »Irrtümlich tausend Renegaten am Leben zu lassen«, sagte schon ein Rechtsgelehrter des 19. Jahrhunderts, »ist eine geringfügigere Schuld, als irrtümlich das Blut eines einzigen Menschen zu vergießen, der in Wirklichkeit Moslem ist.« Auf die Frage eines Journalisten, ob Nagib Machfus denn nicht beunruhigt sei über den Vergleich mit Salman Rushdie, antwortete er: »Überhaupt nicht. Anders als im Iran gilt in Ägypten das staatliche Strafgesetzbuch und nicht die Meinung eines Geistlichen.«

Radikal fundamentalistische Gruppierungen setzen sich zwar besonders lautstark in Szene, sind aber dennoch nicht der »Islam«. Das wird selbst am Begriff von »islamischer Literatur« deutlich. Gegen die fundamentalistische Meinung, dass diese nur auf Fakten und religiös geprägter Sittlichkeit aufbauen dürfe und alle Symbole, Mythen, Allegorien als unislamisch vermeiden müsse, steht beispielsweise die des Dekans der Theologischen Fakultät der Ashar-Universität in Kairo, »islamische Literatur« könne durchaus mit jener Weltliteratur (wohl im Sinne von »weltlicher Literatur«) identisch sein, die sich ernsthaft mit religiösen, theologischen oder weltanschaulichen Fragen auseinandersetze. Gegen fiktive, mit Symbolen und Allegorien arbeitende Literatur sei islamischerseits überhaupt nichts einzuwenden.

Der mit Nobelpreis und Morddrohung gleichermaßen bedachte

Nagib Machfus hat sich immer zum Islam bekannt, aber jede Art von religiösem Fanatismus abgelehnt. »Die fundamentalistische Bewegung«, sagte er in einem Interview schon vor der Verleihung des Nobelpreises, »ist deshalb so gefährlich, weil sie eine Phase der Krise auszunützen versucht, um zur Gewalttätigkeit und zum Bürgerkrieg aufzuwiegeln ... Das Grundproblem für mich und viele ägyptische Intellektuelle ist die Frage der Demokratie. Solange es keine Demokratie gibt, oder wenn sie verschwindet, werden der Gewalt Tür und Tor geöffnet. Und zwar von beiden Seiten: vom Staat und von subversiven Elementen, die sich auf die Religion oder auf andere Ideologien beziehen. Und die Gewalt ist ein Teufelskreis ohne Ende.«

Das ist genau das Thema des Romans *Die Kinder unseres Viertels*. Machfus hatte sich fünf Jahre Zeit gelassen, um über den Verlauf der Menschheitsgeschichte nachzudenken, angeregt von seiner Tätigkeit im Ministerium für religiöse Stiftungen: War denn nicht die ganze Welt allen Menschen von Gott als Geschenk übergeben worden, damit sie gerecht verteilt wird? Was aber machte dann Revolutionen notwendig? Hatten die Menschen die Botschaft nicht verstanden?

Von diesen großen Fragen bewegt, stand Machfus vor dem Angebot, in der renommiertesten Tageszeitung einen Fortsetzungsroman zu veröffentlichen. Wie konnten und sollten diese Problemstellungen in spannender Weise erzählt werden, damit der normale Zeitungsleser nicht die Lust am Lesen verlöre? Machfus erzählt vom Anspruch der Weltverbesserer, der Heilsbringer in ganz gegenwärtiger Form. Er schreibt einen Aktionsroman mit Mord und Totschlag, in dem die Hauptfiguren Adham, Gabal, Rifaa, Kasim und Arafa heißen. Unschwer ist in der Figur des Adham Evas Adam zu erkennen. Mit Gabal und Rifaa verbinden sich assoziativ Moses und Jesus. Schwerer hingegen fällt es vielleicht dem hiesigen Leser, in Kasim den islamischen Propheten Mohammed zu sehen. Machfus hält sich wie bei Gabal und Rifaa auch bei Mohammed nur so weit an die schriftlichen Überlieferungen, als es die gedankliche Mitarbeit des Lesers erforderlich macht. Auch Mohammed arbeitete zunächst als Hirte, bevor er eine etwa fünfzehn Jahre ältere wohlhabende Witwe heiratete, die ihm bei der Durchsetzung seiner Mission fest zur Seite stand. Mohammed war ein kluger, kompromissbereiter Taktiker. So sucht denn auch Kasim zunächst einen Rechtsanwalt auf. Auch Mohammeds Frau starb noch vor der Verwirklichung seiner Ziele. Wie Mohammed trägt Kasim den endgültigen Sieg in einer Schlacht davon. In dem gleichen Maß, wie Machfus dem Leser den Gedanken nahebringt, dass es sich um Adam, Moses, Jesus und Mohammed handelt, arbeitet er dieser Assoziation entgegen. Da ist von Blechhütten, Geldscheinen, Ölgemälden, Seifenschaum die Rede. Da fragen Kinder in einem Lied, ob einer Jude oder Christ sei, obwohl doch Rifaa seine neue Gemeinschaft noch gar nicht durchgesetzt hat. Die größten Schwierigkeiten ergeben sich aber dabei, den Urvater Gabalawi als personifiziertes Gleichnis Gottes zu sehen. Da heißt es beispielsweise, dass nur Allah wissen kann, wie es dem Gabalawi geht. Der Urvater wird von Machfus mit Eigenschaften ausgestattet, die allzu menschlich sind. Er ist despotisch, hat mehrere Frauen, Diener. In seinem Haus gibt es alkoholische Getränke, Haschisch und Teppiche. Das Verwirrendste ist aber, dass die Menschen bereits einen Glauben haben. Sie beten zu Allah. Geschieht das vielleicht aus Angst vor dem alten Verdikt früherer orthodoxer Gelehrter, dass Allah nicht in menschlicher Gestalt gezeigt werden dürfe? Ganz sicher nicht, vielmehr will Machfus eine neue fiktive Realität schaffen, und dabei stützt er sich auf jenes Wissen, über das eine große Anzahl von Lesern verfügt, auf Koran und Bibel. So handelt es sich hier weder um eine Profanierung der alten Heilsgeschichten, noch geht es um eine leicht verständliche, unterhaltsame Darstellung von Religionsgeschichte für einfache Gemüter. Wie jeder Autor, der eine Geschichte erzählt, nimmt er für sich das Recht in Anspruch, seine eigene Wahrheit, seine Botschaft zu verkünden. Wenn er hier also überlieferte Legenden und Symbole in allegorischer Weise nutzt und sich dabei des hohen Verinnerlichungsgrades bei den Lesern gewiss sein kann, dann will er auf die gähnende Kluft zwischen Ideal und Wirklichkeit in früherer, aber auch in heutiger Zeit aufmerksam machen. Gabal, Rifaa und Kasim waren mit dem Anspruch angetreten, den Menschen Gerechtigkeit, Wohlleben und Frieden zu bringen. Ohne blutigen Kampf war das für keinen zu erreichen, selbst nicht für Rifaa, der noch darauf hoffte, nur die Seelen läutern und reinigen zu müssen. Doch was ist aus diesem Anspruch geworden? Machtrausch und Habgier wurden damit nicht aus der Welt geschafft. »Du musst doch nur die Ungerechtigkeit hassen, die dich betrifft«, lässt Machfus seinen Gabal wütend schreien. So wird denn aus Eigennutz Unterdrückung anderer. Der liebenswerte, friedliche Moralist Rifaa wird bestialisch umgebracht. Kasim will schließlich all das verwirklichen, was Gabal und Rifaa nicht erreichten. Mit gerechter, nicht aber tyrannischer Gewalt will er alle Familien, auch die Frauen, Bettler und Diener, als gleichberechtigte Erben Gabalawis sehen. Er will die Wächter, die Söldner des Machtapparates, ein für alle Mal beseitigen. »Wenn Allah mir die Gnade des Sieges gewährt, dann wird das Viertel nach mir niemanden mehr brauchen«, behauptet er kühn. Aber auch sein Kapitel endet mit dem bangen Seufzer des Erzählers, ob denn nun wirklich das Viertel – die Welt – nicht länger der Seuche des Vergessens anheimfallen wird.

Mit diesem Seufzer, mit der Frage, ob denn die Menschheit nichts aus ihrer Geschichte gelernt hätte, lässt es Machfus nicht bewenden. Das letzte große Hauptkapitel gehört Arafa, dem Magier. Verfängt man sich nicht in der von Machfus bewusst naiv gehaltenen Erzählweise, dann versteht man, dass hier ein Zweifelnder, ein Prüfender, der Wissenschaftler auftritt. Er gehört keiner Familie an, aber auch diese Unabhängigkeit ist nur schöner Schein. Der Machtapparat macht sich seine Wunderwaffe zu eigen. Arafa wird getötet. Aber von nun an existieren nicht nur die göttlichen Gebote, sondern es gibt auch das Buch des Wissens. Geschrieben von einem Menschen, der nicht länger auf Wunder hoffte und es gewagt hatte, den Kampf gegen die Wächter aufzunehmen.

Nagib Machfus geht in seiner Erzählweise von der Alltagserfahrung der Zeitungsleser aus. Alles, was sich in der großen Welt und vor langer Zeit abgespielt hat, könnte sich auch so in einem einzigen Stadtviertel zugetragen haben oder heute noch so ablaufen. Da sind im Viertel zum Beispiel die Wächter. Machfus hatte sie als Junge noch selbst erlebt. In seinen Erinnerungen, die der ägyptische Autor Gamal al-Ghitani aufzeichnete und 1980 veröffentlichte, beschreibt er sie: »Ich konnte die Futuwwat (›Wächter‹) erleben, wenn zum Beispiel die von Utuf mit denen von Kasr asch-Schauk in die Wüste hinauszogen, um sich zu streiten. Jeder Führer hatte seine Männer bei sich, die Körbe mit Steinen und Flaschen trugen ... Nachdem dann einer auf den anderen losgegangen war, konnte ich beobachten, wie sie auf Wagen geladen und zur Polizeistation von Gamalija gebracht wurden. Dort setzte man Protokolle auf, und dann kamen die Erste-Hilfe-Autos, um die Verwundeten wegzufahren.«

Es ist also durchaus auch möglich, diesen Roman als eine Mischung von Erlebtem und Fiktivem, als eine Art modernes Märchen zu lesen. Dass sich der Erzähler im Prolog als erster Berufsschreiber vorstellt, kann nur sehr bedingt als Indiz für eine sehr frühe Zeit der Menschheitsgeschichte mit wenig entwickelter Arbeitsteilung gewertet werden. In vielen Ländern der Welt gibt es noch heute eine große Anzahl von Analphabeten, für die der Beruf des Schriftstellers etwas Unvorstellbares ist.

Nagib Machfus' Bescheidenheit und Liebenswürdigkeit haben viele ausländische Journalisten nach der Nobelpreisvergabe kennenlernen können, und selbst die Arrogantesten unter ihnen mussten ihm bescheinigen, dass er von geradezu ansteckendem Humor ist. *Die Kinder unseres Viertels* sind ein beredtes Beispiel dafür. So ernst der Appell ist, doch endlich aus den Erfahrungen der Menschheit zu lernen, so vergnüglich ist die Art und Weise, mit der Machfus die Balance zwischen Geschichte und Gegenwart, zwischen Altem und Neuem zu halten weiß. Es ist, als ob der Autor augenzwinkernd dem Leser ein Rätsel aufgeben will. Hat man jemals gehört, dass Adam einen Gemüsekarren zog? Wurde denn Moses in einer Regenpfütze gefunden? Wie kann man auf die Idee kommen, dass es zu Mohammeds Zeit schon Sportvereine gab?

Dieses Verwirrspiel ist ein großer Reiz des Romans, der es überflüssig macht, nach stilistischen, sprachlichen oder strukturellen Innovationen suchen zu wollen. Der heute 78-jährige Machfus ist sich seiner literarischen Mittel während der mehr als vierzig Jahre andauernden Schaffenszeit immer bewusst gewesen. »Der größte Feind der Kunst«, sagte er einmal, »ist die blinde Imitation.« Deshalb erklärt er denen, die ihm literarischen Traditionalismus vorwerfen: »Ich benutze den Stil, der mir am besten passt, und kümmere mich wenig um das Namensschild, das man ihm anhängt. Mein Stil sei traditionell, heißt es. Für wen und in Bezug auf was, frage ich. In Bezug auf die europäische Literatur? Vielleicht, trotzdem handelt es sich nicht um Traditionalismus, sondern schlichtweg um den Stil, der mir zusagt und den erschaffen zu haben ich gar nicht vorgebe. Es gibt weder einen ›wahren‹ noch einen ›falschen‹ Roman, es gibt nur den Roman, der vom Herzen kommt, und da kann man nicht sagen, dass er irgendetwas imitiert, weder Europa noch den Orient.«

Die hohen Auflagen der Romane und Erzählungsbände von Nagib Machfus sind ein Beweis dafür, dass die Leser weltweit nach seinen Büchern greifen. An sie alle – seien sie nun Juden, Christen, Moslems oder Atheisten – wendet sich Nagib Machfus mit seiner zutiefst humanistischen Botschaft, dem Ruf nach realer Umsetzung alter und neuer menschlicher Ideale, um endlich den »Teufelskreis von Gewalt« zu durchbrechen.

Berlin, im September 1989
Doris Kilias

Nachbemerkung zur Neuausgabe 2018

Nach 1989, dem Jahr der deutschen Erstausgabe und der Abfassung dieses Nachworts, gingen die Auseinandersetzungen um *Die Kinder unseres Viertels* weiter. Zunächst mit lebensbedrohlichen Folgen für Nagib Machfus selbst. 1994 kam auf offener Straße ein junger Mann auf ihn zu. Machfus dachte, er wolle ihn begrüßen und streckte ihm die Hand entgegen. Aber der Mann zückte ein Messer und verletzte Machfus lebensgefährlich am Hals. Er wollte die Morddrohung der Islamisten in die Tat umsetzen. Als in der Folge mehrere ägyptische Verlage den Roman veröffentlichen wollten, widersetzte sich Nagib Machfus diesen Vorhaben. Nicht nur, weil sie die Genehmigung des Autors nicht einholten, sondern weil, wie er sagte, zum gegenwärtigen Zeitpunkt jede Diskussion darüber, ob dieser Roman nun religionsfeindlich oder nicht sei, vom unakzeptablen Verbrechen des Mordversuchs ablenke. Die Veröffentlichung in Ägypten solle zu einem späteren Zeitpunkt erfolgen. Bis heute ist es dazu nicht gekommen.

Auch das Nachwort von Doris Kilias ist nicht völlig unberührt von geschichtlichen Verwerfungen. Dass es 1989 in dieser Form in der deutschen Erstausgabe erscheinen konnte, ist eine kleine Auswirkung des großen deutschen Wendejahrs. Die offizielle DDR-Politik erlaubte keine kritische Auseinandersetzung mit dem politischen Islamismus. Doris Kilias hielt sich nicht daran und die zuständigen DDR-Verantwortlichen konnten keine Publikationsgenehmigung für das Nachwort geben. Während der Buchmesse 1989 versuchte der Unionsverlag zunächst erfolglos, die Freigabe zu erreichen. Genau während dieses Gesprächs, am 18. Oktober, lief auf dem Gang der Messehalle ein Verkäufer der Bild-Zeitung durch die Halle und schwenkte das Blatt mit der Sensationsmeldung auf der Frontseite: Honecker war zurückgetreten. »Das Problem ist gelöst«, sagte der Verantwortliche, und das Nachwort konnte unverändert erscheinen.

Der Verlag

Nagib Machfus im Unionsverlag

DIE KAIRO-TRILOGIE
Das Hauptwerk des ägyptischen Nobel-Preisträgers – »Der Baedeker zu Ägyptens Seele.« *Newsweek*

Zwischen den Palästen
Abd al-Gawwad, der übermächtige Herrscher der Familie, ist gefürchtet und geliebt zugleich. Strotzend vor Vitalität und Lebenslust, ist er zuhause doch der gnadenlose Patriarch, der Ehefrau, Töchter und Söhne an seinen Fäden führt. Die Familienmitglieder verstricken sich immer tiefer im Geflecht ihrer verunsicherten Beziehungen.

Palast der Sehnsucht
Entmutigt durch die schroffe Ablehnung, mit der der Vater Kamals Begeisterung für die Wissenschaft und die nationale Unabhängigkeitsbewegung begegnet, beginnt Kamal, sich in Weinbuden zu betrinken und durch die Bordellgassen zu streifen. Sein Bruder und der Vater buhlen derweil, ohne es voneinander zu wissen, um die Liebe derselben Frau.

Zuckergässchen
Gealtert und durch Krankheit gezähmt, verfolgt Abd al-Gawwad, der einst so stolze Herrscher der Familie, auf dem Balkon seines Palastes das Straßentreiben. Da erreicht der Zweite Weltkrieg Ägypten. Luftangriffe auf Kairo! Der Riss, der durchs Land geht, bricht auch in Abd al-Gawwads Familie auf.

Mehr über Autor und Werk auf *www.unionsverlag.com*

Nagib Machfus im Unionsverlag

Das Lied der Bettler
Alle, die in den engen Gassen von Kairos Altstadt ihr Leben fristen, stehen unter dem Schutz des Bandenkönigs. Ihr Urahne ist Aschur, ein Findelkind, das zu einem Mann heranwächst, stark wie das Tor eines Derwischklosters. Mit ihm steigt der Stern des Viertels, er sorgt für Ordnung, Wohlstand und Gerechtigkeit – bis er eines Tages spurlos verschwindet.

Der Dieb und die Hunde
Als Said Muran das Gefängnis verlässt, sind vier kostbare Jahre seines Lebens dahin. Kairo ist wie damals, nur die Menschen haben sich verändert. Seine Familie, sein Freund Raouf – niemand will mehr von der gemeinsamen Vergangenheit wissen. Allein gelassen, ohne Wert und ohne Hoffnung, sinnt Said auf Rache.

Echo meines Lebens
Das Echo dieses Lebens zeigt einmal mehr, dass Nagib Machfus nicht nur ein grandioser Geschichtenerzähler ist, sondern ein heiterer Philosoph, der mit einem lachenden, aber auch scharfen Auge von den Verwirrungen im Leben schreibt, vom Alter, Tod und der Vergänglichkeit des Glücks.

Cheops
Um den von Langeweile geplagten Pharao Cheops zu zerstreuen, führen seine Höflinge einen berühmten Wahrsager und Zauberer zu ihm. Doch statt amüsante Geschichten zum Besten zu geben, prophezeit dieser, dass ein an diesem Tag geborenes Kind den Thron übernehmen wird. Cheops und seine Söhne setzen alles daran, das Kind aufzuspüren.

Mehr über Autor und Werk auf *www.unionsverlag.com*

Nagib Machfus im Unionsverlag

Radubis
Die goldene Sandale, die ein Adler vor dem Pharao zu Boden fallen lässt, verwirrt ihn. Ob die Besitzerin so schön und elegant ist wie ihr Schuh? Die Sandale gehört keiner geringeren als der Kurtisane Radubis. Der Pharao beschließt, die Sandale höchstpersönlich zurückzubringen.

Das Buch der Träume
Nagib Machfus wagt in seinem letzten zu Lebzeiten erschienenen Buch noch einmal etwas radikal Neues. Schwerelos, halluzinatorisch steigen in seinen Träumen Geschichten an die Oberfläche des Bewusstseins: Bruchstücke aus seiner Kindheit, Erinnerungen an Frauen, die er geliebt hat, Episoden mit alten Weggefährten, geschichtliche Umwälzungen.

Die Nacht der Tausend Nächte
Am Morgen der Tausendundersten Nacht übernimmt Nagib Machfus von Schehrezad den Erzählfaden und spinnt ihn weiter: von Liebenden, Aufrührern, Weisen und Narren. Machfus wäre nicht Machfus, wenn er dabei nicht mit liebevollem Spott dem Menschengeschlecht einen Spiegel seiner Schwächen und Eitelkeiten vorhalten würde.

Die himmlische Begegnung
Neben seinen großen Romanen hat Nagib Machfus zahlreiche Erzählungen geschaffen, in denen sich seine Kunst in höchster Konzentration entfaltet. Liebevoll und heiter rückt er Schwächen und Marotten, Sehnsüchten und Ängsten vor allem des kleinen Volkes zu Leibe und zeigt, dass unter Gottes weitem Mantel auch Platz für viele dunkle Leidenschaften ist.

Mehr über Autor und Werk auf *www.unionsverlag.com*

Nagib Machfus im Unionsverlag

Karnak-Café
Alt und Jung, Arm und Reich treffen sich im Karnak-Café. Sie erzählen aus ihrem Leben, teilen Freude und Leid und manch müßiggängerische Stunde. Als drei junge Stammgäste plötzlich verschwinden, ist es vorbei mit der heiteren Kaffeehausatmosphäre. Aus der einstigen Oase der Kameradschaft wird ein Ort des Argwohns.

Der Rausch
Omar al-Hamzawi ist erfolgreicher Anwalt in Kairo, fünfundvierzig, verheiratet und Vater von zwei Töchtern. Eines Tages wird ihm bewusst, dass er eingeschlossen ist in einem schalen Alltag voller Kompromisse. Er wirft das bürgerliche Leben ab und stürzt sich rücksichtslos in ein Leben ohne Schranken, jenseits aller Konventionen und Tabus.

Echnaton
Wenige Jahrzehnte nach Echnatons Tod geht der junge Historiker Merimun auf die Suche nach der Wahrheit um Echnaton und Nofretete, das rätselhafte Pharaonenpaar. Ein Schleier von Verleumdung und Vergessen verbirgt die Epoche dieses revolutionären Pharaos. Nagib Machfus wendet sich mit diesem Roman dem Alten Ägypten zu.

Miramar
Die Pension Miramar hat ihre besten Zeiten hinter sich, sie ist zum Zufluchtsort einer zusammengewürfelten Gästeschar geworden. Ein jeder versucht, sich auf seine Weise mit den neuen Verhältnissen zu arrangieren: resigniert, skeptisch, zynisch, ehrgeizig. Verstrickungen ergeben sich, Intrigen, ein mysteriöser Todesfall.

Mehr über Autor und Werk auf *www.unionsverlag.com*

Nagib Machfus im Unionsverlag

Das junge Kairo
Der ambitionierte Student Machgub lässt sich auf einen faustischen Pakt mit unabsehbaren Folgen ein: Er heiratet eine Frau, die ihre Unschuld verloren hat, zur Rettung ihrer Ehre – ohne seine Braut vorher gesehen zu haben. Im Gegenzug erhält Machgub eine Position in einem Ministerium. Doch er hat die Rechnung ohne den Geliebten gemacht …

Anfang und Ende
Wie soll eine Mutter nach dem plötzlichen Tod ihres Mannes die vier Kinder in Ehren hochbringen? Jedes geht seinen eigenen Weg. Als der älteste Sohn als Rauschgifthändler verhaftet und die Tochter mit einem Liebhaber in einer Absteige aufgegriffen wird, liegt für die ganze Familie der Schein ehrbaren Lebens in Trümmern.

Der letzte Tag des Präsidenten
Randa und Alwan sind schon seit Jahren verlobt und werden nie genug sparen können, um sich die Hochzeit zu leisten. Doch dann, an der großen Siegesparade zum Jahrestag des Oktoberkriegs, wird Präsident Sadat ermordet. Dieses Ereignis findet seinen tragischen Widerhall im Leben der Liebenden. – Ein dichtes Porträt Ägyptens in der Ära Sadat.

Ehrenwerter Herr
Ein Mann strebt nach oben: Osman will Ministerialdirektor werden. Aber wenn einer aus diesem Viertel stammt, Sohn eines Kutschers ist, keinerlei Protektion genießt und nur auf Talent und List bauen kann, dann muss er Opfer bringen. Mit leichter Feder, kompakt und satirisch, hat Machfus einen Prototyp des universalen Bürokraten geschaffen.

Mehr über Autor und Werk auf *www.unionsverlag.com*

Nagib Machfus im Unionsverlag

Die Midaq-Gasse
Einst glänzte die Midaq-Gasse wie ein Stern in der Geschichte des mächtigen Kairo. Inzwischen sind die Arabesken am berühmten Kirscha-Kaffeehaus bröcklig und morsch geworden, aber immer noch ist die Gasse erfüllt vom Lärm ihres eigenen Lebens. Hier laufen die Fäden zusammen, hier strömen die Menschen ein und aus – Mikrokosmos einer Welt im Umbruch.

Die Reise des Ibn Fattuma
Aus Liebeskummer schließt sich Ibn Fattuma einer Handelskarawane an und hofft, auf dem langen Weg durch die Wüste seine Enttäuschung zu vergessen. Doch die Reise durch fremde, heidnische Länder mit ihren unbekannten Sitten und Gebräuchen wird immer mehr zu einer Begegnung mit sich selbst und führt ihn zu den Grundfragen des Seins.

Spiegelbilder
In diesem Werk erzählt Machfus von Begegnungen aus der Kindheit, den Studententagen und aus seiner Karriere als Beamter, von Freunden und Feinden. Vierundfünfzig funkelnde, scharfsinnige, heitere, melancholische Menschenbilder fügen sich zu einem Kaleidoskop seiner Epoche mit immer wieder neuen Mustern.

»Meine Liebe gilt den Bewohnern der Gassen. Nicht nur der alten Gassen von Kairo, sondern der Gassen der ganzen Welt.«
Nagib Machfus

Tschingis Aitmatow im Unionsverlag

Abschied von Gülsary
Der alte Tanabai und sein Hengst Gülsary haben ein Leben lang Glück und Not geteilt.

Du meine Pappel im roten Kopftuch
Iljas, der Lastwagenfahrer, will das verschneite Pamirgebirge bezwingen. Er verspielt die Liebe seines Lebens.

Der Richtplatz
Awdji Kallistratow, der ausgestoßene Priesterzögling, geht auf eine Reise, die ihm zum Kreuzzug wird.

Dshamilja
Die lebensfrohe Dshamilja lernt den träumerischen Danijar kennen und lieben.

Aug in Auge
Die unzensierte, vollständige Fassung von Aitmatows provokativem Erstling.

Die Klage des Zugvogels
Die frühen Erzählungen des großen Erneuerers einer erstarrten Literatur.

Ein Tag länger als ein Leben
Tschingis Aitmatows Vision und Warnung vor dem Untergang des Menschen durch die Technik.

Begegnung am Fudschijama
Im Gespräch mit Daisaku Ikeda zieht Tschingis Aitmatow Bilanz über Leben und Werk.

Mehr über Autor und Werk auf *www.unionsverlag.com*

Tschingis Aitmatow im Unionsverlag

Der weiße Dampfer
Der Junge sieht in der Ferne einen weißen Dampfer, der ihn in seinen Tagträumen zum Vater bringt.

Das Kassandramal
Eine rätselhafte Erscheinung bringt die Menschheit in Aufruhr.

Goldspur der Garben
Die Kolchosbäuerin Tolgonai erzählt am Totengedenktag dem Feld von ihrem Leid.

Kindheit in Kirgisien
Tschingis Aitmatow erzählt von seiner Jugend, die ebenso reich war wie schwer.

Liebesgeschichten
Drei Liebesgeschichten, die zu den schönsten der Weltliteratur gehören.

Frühe Kraniche
Von der Schönheit und Härte des Lebens in der kirgisischen Steppe.

Der Schneeleopard
Weder für den Schneeleoparden noch für den Journalisten scheint es einen Platz zu geben auf dieser Welt.

Der Junge und das Meer
Die erste Robbenjagd des halbwüchsigen Kirisk wird zum lebensgefährlichen Abenteuer.

Mehr über Autor und Werk auf *www.unionsverlag.com*

Yaşar Kemal im Unionsverlag

Die Memed-Romane
Wie aus Memed, dem schmächtigen, ängstlichen Knaben, ein Räuber, Rebell und Rächer des Volkes wird.

Memed mein Falke
Die Disteln brennen
Das Reich der Vierzig Augen
Der letzte Flug des Falken

Die Insel-Romane
Der Romanzyklus einer paradiesischen Insel in der Ägäis, die zum Spielball der Weltpolitik wurde.

Die Ameiseninsel
Der Sturm der Gazellen
Die Hähne des Morgenrots

Weitere Werke
Der Baum des Narren
Auch die Vögel sind fort
Salman
Die Ararat-Legende
Der Granatapfelbaum
Salih der Träumer
Zorn des Meeres
Töte die Schlange
Das Lied der Tausend Stiere
Der Wind aus der Ebene
Das Unsterblichkeitskraut
Eisenerde, Kupferhimmel

Mehr über Autor und Werk auf *www.unionsverlag.com*

Unionsverlag Taschenbuch

BÜCHER FÜRS HANDGEPÄCK
Ägypten · Argentinien · Bali · Bayern · Belgien · Brasilien · China · Dänemark · Emirate · Finnland · Himalaya · Hongkong · Indien · Indonesien · Innerschweiz · Island · Japan · Kalifornien · Kambodscha · Kanada · Kapverden · Kolumbien · Korea · Kreta · Kuba · London · Malaysia · Malediven · Marokko · Mexiko · Myanmar · Namibia · Neuseeland · New York · Norwegen · Patagonien und Feuerland · Peru · Provence · Sahara · Schottland · Schweden · Schweiz · Sizilien · Sri Lanka · Südafrika · Tessin · Thailand · Toskana · Vietnam

ASLI ERDOĞAN Die Stadt mit der roten Pelerine (UT 819)
JØRN RIEL Sorés Heimkehr (UT 816)
DAGMAR BHEND (HG.) Weihnachten in der Schweiz (UT 815)
JOHANNES MERKEL (HG.) Das Mädchen als König (UT 814)
MAURICE MAETERLINCK Das Leben der Bienen (UT 813)
SALLY MORGAN Ich hörte den Vogel rufen (UT 812)
YAŞAR KEMAL Memed mein Falke (UT 811)
NAGIB MACHFUS Die Kinder unseres Viertels (UT 810)
KOBO ABE Die Frau in den Dünen (UT 809)
AVTAR SINGH Nekropolis (UT 808)
COLIN DEXTER Eine Messe für all die Toten (UT 807)
COLIN DEXTER Zuletzt gesehen in Kidlington (UT 806)
JOSÉ EDUARDO AGUALUSA Das Lachen des Geckos (UT 805)
PATRICK DEVILLE Äquatoria (UT 804)
FISTON MWANZA MUJILA Tram 83 (UT 803)
A. DJAFARI / J. BOOS (HG.) Vollmond hinter fahlgelben Wolken (UT 800)
JURI RYTCHËU Die Suche nach der letzten Zahl (UT 799)
JOHANNES MERKEL (HG.) Löwengleich und Mondenschön (UT 798)
CHRISTINE BRAND Mond (UT 797)
BJÖRN LARSSON Träume am Ufer des Meeres (UT 796)
LEONARDO PADURA Neun Nächte mit Violeta (UT 795)
XAVIER-MARIE BONNOT Im Sumpf der Camargue (UT 794)
JAMES MCCLURE Artful Egg (UT 793)
JAMES MCCLURE Blood of an Englishman (UT 792)
KEN BUGUL Riwan oder der Sandweg (UT 791)
PATRICK DEVILLE Kampuchea (UT 790)
CHRISTOPH SIMON Franz oder Warum Antilopen nebeneinander laufen (UT 789)

Mehr über alle Bücher und Autoren auf *www.unionsverlag.com*